Le passé ennemi

*

Unis face au risque

*

Prisonnière d'un secret

NICOLE HELM

Le passé ennemi

Traduction française de
FLORENCE BERTRAND

BLACK ROSE

HARLEQUIN

Collection : BLACK ROSE

Ce roman a déjà été publié en 2021

Titre original :
SOUTH DAKOTA SHOWDOWN

HARPERCOLLINS FRANCE
83-85, boulevard Vincent-Auriol, 75646 PARIS CEDEX 13
Service Clients — https://www.harlequin.fr/contenu/contactez-nous
ISBN 978-2-2805-2405-6 — ISSN 1950-2753

Édité par HarperCollins France.
Composition et mise en pages Nord Compo.
Imprimé en octobre 2025 par ScandBook UAB en Lituanie
en utilisant 100% d'électricité renouvelable.
Dépôt légal : novembre 2025.

1

La minuscule bourgade de Bonesteel, dans le Dakota du Sud, ne figurait même pas sur la plupart des cartes, et c'était précisément pour cette raison que Jamison Wyatt aimait en être le shérif adjoint.

Aîné d'une fratrie de six, il avait grandi dans l'univers cruel et dangereux des Fils des Badlands, un gang de motards qui semait la terreur dans les communautés rurales du Dakota du Sud – comme celle-ci – depuis des décennies.

Un gang qui avait été fondé par son père.

Jusqu'à l'âge de cinq ans, Jamison avait connu une enfance heureuse au ranch de sa grand-mère, à la limite de Valiant County. Malheureusement, sa mère avait fini par céder à l'insistance d'Ace Wyatt et l'avait entraîné dans l'existence nomade du hors-la-loi.

Par ténacité et force de volonté, Jamison s'était cramponné aux valeurs que son aïeule avait instillées en lui. Quand sa mère avait donné naissance à un fils après l'autre, il s'était promis de les arracher au gang et de les ramener au ranch.

Dans ce monde brutal, l'immense responsabilité qu'il avait endossée en se jurant de faire évader ses frères avait façonné sa personnalité. Devenu adulte, il prenait peut-être les choses un peu trop au sérieux. Du moins, ses frères l'affirmaient.

Jamison n'avait pas de regrets sur ce point. Prendre les choses au sérieux était une garantie de sécurité. Il était assez âgé maintenant pour savourer la paix relative d'une petite ville comme Bonesteel. Il n'avait aucune envie d'être confronté à la délinquance. Il en avait assez vu. En revanche, il était toujours habité par le désir profond de veiller à ce que règnent l'ordre et la justice.

Par conséquent, il fut stupéfait de tomber sur un flagrant délit d'effraction à 9 heures du soir, un moment où les rues étaient presque désertes. Si le local visé avait été l'épicerie ou la station d'essence, il aurait pu comprendre. Mais la silhouette essayait de s'introduire dans son bureau, adjacent à l'hôtel de ville.

C'était audacieux, ridicule, et vaguement amusant. Sans doute quelqu'un qui avait bu un verre de trop, songea-t-il. Peut-être que la coupable – oui, il semblait bien s'agir d'une femme – était ivre morte et cherchait un coin où dormir.

Quand on faisait appel à lui, c'était souvent pour des incidents liés à l'excès d'alcool, pour la plupart bénins, et cela paraissait être le cas ce soir-là.

Jamison était à pied, comme toujours lorsqu'il effectuait sa dernière ronde. Il s'avança à pas lents et silencieux, restant dans l'ombre.

La femme continuait à batailler avec la poignée de la porte. Pour quelqu'un qui avait bu, elle ne titubait pas. Quoi qu'il en soit, elle n'avait pas l'air bien dangereux.

Il sortit de l'ombre.

— En général, les cambrioleurs sont plus doués pour crocheter les serrures, ironisa-t-il.

La femme s'immobilisa – mais sans pousser un cri ou tressaillir. Elle se figea simplement. De là où il se trouvait maintenant, il distinguait une longue tresse de cheveux bruns et une veste en cuir vaguement familière, guère suffisante pour affronter le froid d'une soirée de printemps dans le Dakota du Sud.

Elle se redressa calmement, lui tournant toujours le dos. Il porta la main à la crosse de son pistolet, prêt à tout, bien qu'il ne se sente pas particulièrement menacé par cette femme mince et élancée.

Sa silhouette lui rappelait… quelque chose, sans qu'il arrive à préciser quoi.

Et puis elle pivota, lentement, vers lui.

Certes, il aurait été surprenant qu'il ne connaisse pas l'intruse, mais… quinze années s'étaient écoulées depuis la dernière fois qu'il l'avait vue.

— Liza.

Elle relâcha son souffle et fit un pas tranquille dans sa direction. On aurait dit que leur dernière rencontre remontait à quelques jours et non à des années.

— Dieu merci, Jamison. Tu ne peux pas savoir depuis quand j'essaie de te trouver.

Il la détailla. En dépit du passage du temps, son visage semblait être resté le même. De grands yeux sombres et expressifs, qui lui avaient toujours valu des ennuis avec son père. Une bouche sensuelle, qui aurait pu faire rougir un marin avec le vocabulaire imagé qu'elle utilisait parfois.

Autrefois, en tout cas. Quinze ans avaient passé. Presque la moitié de sa vie. Liza avait peut-être envie de se comporter comme s'ils étaient de vieux amis, mais il n'était plus aussi naïf.

— Il faut que tu viennes avec moi, reprit-elle, en mettant une main sur son bras.

Comme s'ils étaient plus que de vieux amis, ce qui avait été le cas pendant un temps.

Il lâcha un rire qui parut amer à ses propres oreilles, et elle accusa le coup. L'air nerveux, inquiet, elle parcourut la pénombre des yeux. Quand son regard noisette croisa celui de Jamison, il y lut la peur.

— Tu crois vraiment que je serais venue si j'avais eu le choix ? chuchota-t-elle d'une voix qui tremblait un peu.

L'espace d'une seconde, une terrifiante fraction de seconde, il crut à cette peur et fut prêt à voler à son secours. Et puis il se rappela à qui il avait affaire.

— Ah non ? Tu ne travailles plus pour mon père ?

Elle lui lâcha le bras aussi vivement que si elle avait été mordue par un serpent. Elle parvint même à avoir l'air blessé. Elle était douée.

Il l'avait sauvée autrefois. L'avait enlevée au nez et à la barbe de son père, qui était toujours de mèche avec le sien.

Après avoir réussi à faire évader ses frères, il avait mis un certain temps à préparer sa propre évasion. En partie parce qu'il voulait que son père sache – sache avec certitude, après son départ, que c'était lui qui avait tout organisé.

Il avait dix-huit ans, et elle seize. Ils étaient amis. Il savait qu'elle était prête à aller plus loin, mais il s'y était refusé, parce qu'il aurait eu l'impression de profiter d'elle. Néanmoins, il n'avait pu se résoudre à l'abandonner. Pas alors que son père était aussi cruel que le sien. Pas avec les sentiments enfouis en lui.

Par conséquent, il avait fallu plus longtemps pour mettre au point un plan d'évasion, trouver un moment idéal, où ils seraient l'un et l'autre en mesure d'échapper à la vigilance des gardes.

Il avait réussi. Sa grand-mère n'avait pu recueillir Liza en plus des garçons qu'elle élevait, mais ses voisins, qui avaient toujours regretté de n'avoir eu qu'un seul enfant, l'avaient fait. Ils avaient déjà d'autres filles adoptives.

Ils auraient adopté Liza aussi. Si elle était restée.

Au lieu de quoi, elle s'était enfuie. Elle était retournée au gang que le père de Jamison dirigeait d'une poigne de fer.

Encore aujourd'hui, il ne regrettait rien. Au moins il lui avait donné une chance. C'était elle qui avait décidé de la gâcher. Pas lui.

— Je ne travaille pas pour ton père, dit-elle enfin, sa voix vibrant d'une colère à peine contrôlée.

La colère qu'il avait éprouvée aussi, autrefois.

Il avait cessé de laisser le monde le mettre en colère. Ç'avait été une dure leçon, mais il était fier de l'avoir apprise. Du moins l'avait-il pensé, jusqu'au moment où Liza avait réapparu. Déjà, il sentait sa vieille fureur remonter en lui tel un geyser prêt à jaillir.

Cependant, il était résolu à se contrôler. Sa carrière, son existence, reposaient sur sa capacité à maîtriser ses émotions. À rester assez détaché pour faire son travail, assez impliqué pour s'en soucier.

— Tu m'excuseras de ne pas croire sur parole quelqu'un qui appartient à un gang, parvint-il à articuler sans trop d'amertume. D'autant moins que tu m'as raconté assez de mensonges par le passé.

Bon, là, d'accord, ses paroles étaient un tantinet amères.

Elle secoua la tête.

— Tu ne comprends pas.

— Non. Et je n'ai pas envie de comprendre. Retourne chez toi, Liza. À la vie que tu as choisie.

— Tu ne sais rien de ce que j'ai choisi, le coupa-t-elle sèchement avant de lui reprendre le bras, sans ménagement cette fois. Ni pourquoi.

Elle le regarda avec une émotion qu'il ne sut déchiffrer.

— Et d'ailleurs, c'est sans importance, reprit-elle. Tu te souviens de Carlee Bright ?

Jamison n'aimait pas se remémorer les détails de sa vie d'alors. La succession de campements, les incursions dans des villages terrorisés, les habitants forcés de leur céder la place. Infliger la douleur était l'occupation principale d'Ace Wyatt.

Malgré tout, il se souvenait de ce nom.

— Elle avait l'âge de Cody, non ?

Le benjamin de ses frères avait neuf ans de moins que lui, mais cela faisait à Jamison l'effet d'un siècle.

— Oui. Mon père l'a mise enceinte voilà quelques années.

— Ça ne m'étonne pas, mais je ne vois pas en quoi ça me concerne. Ni toi, d'ailleurs.

— Carlee est morte.

— Je suis désolé de l'apprendre. Si tu veux alerter la police...

— Alerter la police ? Mon Dieu, Jamison, tu ne changeras jamais. Une femme est morte, sa fille a été témoin...

— Où veux-tu en venir ? l'interrompit-il, exaspéré.

— Que va faire la police à propos du meurtre d'une femme qui était membre d'un gang ? Rien. Tu le sais aussi bien que moi.

Il garda le silence. Il devait reconnaître que l'affaire n'éveillerait sans doute pas autant d'attention que si la victime avait été une citoyenne sans histoires. Néanmoins, elle ne serait pas ignorée.

Liza ne le croirait jamais.

— Il y a un corps ?

— Non. Il y a une petite fille terrifiée. Ma demi-sœur. Elle m'a parlé, Jamison, et maintenant elle a disparu aussi. J'ai besoin d'aide et je ne vais pas l'obtenir dans le gang.

— Mais tu crois que je vais t'aider ?

Elle le dévisagea longuement avant de sourire enfin, avec tristesse.

— Oui.

Bizarrement, Jamison Wyatt était presque exactement tel que dans ses souvenirs. Le temps avait laissé quelques empreintes sur son visage, mais il avait toujours été séduisant, et la maturité lui seyait. À sa vue, elle avait senti un frémissement dans ses terminaisons nerveuses, comme quand elle avait treize ans et qu'elle le regardait protéger ses frères.

Voilà pourquoi elle savait qu'il l'aiderait. Même s'il l'accusait d'être complice de son père, même s'il se méfiait d'elle, il l'aiderait.

Jamison était le seul et unique être au monde qui l'incitait à croire au bien. Au milieu de tout le mal dont ils avaient été témoins durant leur enfance, en dépit du fait qu'ils étaient issus des pires membres du gang, Jamison était parvenu à se conduire avec honneur et intégrité. C'était un don qu'il lui avait fait, et qu'il avait fait à ses frères.

Sans lui, elle n'aurait jamais su à quoi ressemblait le monde en dehors du gang. Jamais elle n'aurait connu l'espoir ni l'amour. Jamais elle n'aurait soupçonné qu'il existait de vrais foyers, où on était en sécurité, où le mensonge et le vol n'étaient pas les seules règles de vie.

Ces quinze dernières années passées parmi les Fils des Badlands avaient menacé d'ébranler ces certitudes. Suivant l'exemple de Jamison, elle était retournée au gang pour protéger les siens. Elle avait échoué auprès de sa sœur, mais depuis quatre ans maintenant elle s'évertuait à trouver le moyen de sauver sa demi-sœur. Exactement comme Jamison avait sauvé ses frères.

Tant qu'elle n'y serait pas parvenue, elle resterait dans le gang. Et si elle ne devait jamais s'en échapper, au moins aurait-elle contribué à aider quelques personnes à quitter une existence qui détruisait tout ce qui était bon et honnête en eux.

Elle gardait l'espoir d'arracher Gigi à ce monde-là.

Liza leva les yeux vers l'homme qui la dépassait d'une bonne tête, bien qu'elle soit grande pour une femme. Elle avait répété maintes fois dans sa tête les arguments qu'elle pourrait invoquer pour le convaincre, mais elle n'avait pas de temps à perdre en discussions. Elle lui pressa le bras.

— Ils vont tuer Gigi si je ne la retrouve pas. Elle… Ce n'est qu'une petite fille innocente.

Un muscle tressauta à la mâchoire de Jamison. Il plissa les yeux, comme s'il essayait de se cramponner à l'indifférence – elle connaissait cette expression. Des années plus tôt, elle aurait caressé les contours résolus de son menton. Elle l'admirait tant ! À ses yeux, il était un héros.

Elle refoula ces pensées absurdes. La vie d'une petite fille dépendait d'elle. Il fallait qu'elle soit forte. Qu'elle combine sa force à celle de Jamison. C'était sa seule chance de sauver Gigi. Elle devait croire qu'avec un des frères Wyatt à ses côtés elle pourrait y parvenir. Sauver Gigi. Il était trop tard pour Carlee, mais Gigi était encore en vie.

Du moins, elle l'espérait.

Une nouvelle bouffée de vertige la submergea, aussi violente que les précédentes. Elle avait besoin de manger quelque chose, de trouver un endroit où dormir, où reprendre des forces.

— Je peux t'emmener au poste de police, déclara Jamison sur le ton légèrement supérieur qu'il commençait à adopter lorsqu'elle avait dû quitter le sanctuaire de la maison des Knight. Tu pourras faire une déclaration...

— C'est de toi que j'ai besoin, Jamison. Tu connais le gang et tu connais la loi. Si tu es trop occupé à garder tout ça...

Elle désigna d'un geste la bourgade endormie où, au pire, il traitait de menus larcins.

— ... j'accepterai l'aide d'un de tes frères. Dev ou un des jumeaux. J'ai besoin de quelqu'un qui connaît Ace et les Fils des Badlands – qui en sait assez pour les craindre et pour les battre quand même.

Elle n'alla pas jusqu'à se demander pourquoi elle s'était adressée à lui d'abord, alors qu'elle savait pertinemment que, de tous les Wyatt qui travaillaient dans les forces de l'ordre, Jamison serait le plus réticent à enfreindre le protocole.

Car c'était de lui qu'elle avait besoin. Si l'homme implacable qui se tenait devant elle avait un talon d'Achille, c'était son désir de secourir autrui.

Il resta silencieux trop longtemps. Quand il parla enfin, la douleur qu'elle perçut dans sa voix la déchira.

— Si j'avais pu battre Ace, je l'aurais déjà fait, murmura-t-il dans le noir.

Elle cilla. Elle avait su que ce serait difficile, mais aussi qu'il incarnait son seul espoir. Au sein du gang, tous étaient trop indifférents ou trop effrayés pour lui venir en aide.

— À quand remonte la dernière fois que tu as essayé ? murmura-t-elle en retour, ses paroles trop sonores dans cette rue déserte, désolée.

Ce fut le tour de Jamison d'accuser le coup.

Il ouvrait la bouche, peut-être pour lui dire de s'en aller, quand une détonation retentit, toute proche, douloureuse.

L'espace d'un instant, Liza ne reconnut pas le son d'un coup de feu. Au point qu'elle fut stupéfaite lorsque Jamison se rua sur elle et la jeta à terre, lui faisant un bouclier de son corps chaud et puissant.

Au bout d'un moment – elle n'aurait su dire combien de temps – il la fit rouler sur le dos. Il la touchait, mais elle ne sentait pas vraiment ses mains. Elle voyait remuer ses lèvres, mais sa voix était brouillée.

Ce fut la sollicitude qu'elle lut dans son regard qui l'inquiéta. Cependant, elle flottait sur un nuage, en proie à un choc qu'elle ne comprenait pas. Et puis la douleur l'emporta.

2

Jamison souleva Liza dans ses bras et se rua vers sa voiture. Pour autant qu'il veuille poursuivre le tireur, sa priorité absolue était de la protéger. Obtenir de l'aide était la seconde.

Il devrait attendre pour retrouver les Fils des Badlands et leur faire payer ce geste. Car il n'avait aucun doute sur l'identité des coupables.

Il déposa Liza sur la banquette du véhicule. Là, dans l'espace exigu, il la palpa doucement à la recherche d'une blessure.

Ce fut seulement quand il localisa la plaie qu'il prit conscience d'avoir prié pour qu'elle soit indemne. La vue du sang sur sa jambe l'obligea à se ressaisir.

Avec un tireur dans les parages, emmener Liza à l'hôpital n'était sûrement pas la meilleure solution. Cependant, s'il appelait une ambulance, les secouristes ne lui donneraient pas le choix.

Une autre option lui vint à l'esprit : son frère était un secouriste qualifié en plus d'être shérif adjoint. Dans ces coins perdus, ce genre de formation pouvait être salvateur. Jamison lui-même était capable de dispenser les premiers soins – tels que faire un pansement, ce dont il s'acquitta aussitôt – mais il ne possédait pas les diplômes de son frère.

Brady pourrait déterminer la raison pour laquelle Liza avait perdu connaissance, et l'examiner sans insister pour qu'elle soit transportée à l'hôpital.

Hésitant encore, il tendit la main vers la radio, puis se ravisa aussitôt. Pour une fois, il allait ignorer son instinct, et enfreindre les règles.

Juste une fois.

Il attrapa son téléphone portable et appela Brady.

— Tu es où ? aboya-t-il dès que son frère prit la communication.

— Secteur A, répondit ce dernier sans s'émouvoir.

Nord-est. Bien. Ils pouvaient se donner rendez-vous et aviser.

— Retrouve-moi sur la 302e avenue, à hauteur de Fuller.

— C'est en dehors de mon secteur, J.

— J'en ai conscience. Tu termines ton service dans un quart d'heure.

Il y eut un bref silence tandis que Jamison refermait la portière et s'installait au volant.

— Il doit y avoir une urgence, commenta son frère. Je pars tout de suite.

— Pareil. Tu seras là avant moi. Il y a quelqu'un chez grand-mère ?

— Seulement Dev.

— Ça ira. Appelle-la, dis-lui qu'on arrive et de préparer la trousse de secours.

Jamison sentait les questions de Brady s'accumuler dans le silence, mais son frère ne les formula pas.

Ils coupèrent la communication et roulèrent vers le point de rendez-vous. Il faisait un noir d'encre et Jamison dut se concentrer sur la route. Derrière lui, sur la banquette, Liza respirait lentement, régulièrement.

C'était déjà quelque chose.

On avait tiré sur elle. Il n'avait pas été surpris outre mesure par le récit qu'elle lui avait fait concernant Carlee Bright. Les Fils des Badlands n'étaient pas exactement réputés pour bien traiter les femmes. Pour sa part, Jamison s'était toujours interrogé sur « l'overdose » qui aurait emporté sa mère alors que Cody n'était encore qu'un bébé. Mais à l'époque, il n'était lui-même qu'un enfant. Pas assez âgé pour exprimer ses doutes.

Parfois, il se demandait si cela aurait changé quelque chose.

Carlee Bright n'était pas sa mère, et la prétendue disparition de la demi-sœur de Liza pouvait être... une simple invention. Que Liza ait été prise pour cible ne prouvait pas la véracité de son histoire. En revanche, cela prouvait ses liens avec le gang. Elle en savait trop pour être complètement innocente.

Malgré tout, Jamison roula à vive allure dans le noir, et ne vit pas âme qui vive. Il s'engagea dans la 302e avenue, puis ralentit sur la piste gravillonnée. La voiture de patrouille de Brady était déjà là. Il se gara derrière lui, descendit et ouvrit la portière arrière.

Sans un mot, son frère le rejoignit et commença aussitôt à examiner Liza. S'il la reconnut, ce qui ne faisait presque aucun doute, il s'abstint de tout commentaire.

— Elle n'est pas tombée ? Elle ne s'est pas cogné la tête ?

— Pas que je sache.

— Elle a peut-être perdu connaissance à cause du choc.

Brady hésita.

— Tu es sûr de vouloir l'emmener chez grand-mère ? L'hôpital serait… plus sûr, ajouta-t-il, choisissant ses mots avec soin.

Avec trop de soin. Comme si Jamison était encore amoureux d'une femme qu'il avait chassée de ses pensées des années plus tôt. Des années. Ce qui l'intéressait, c'était le gang, et la protection du public. Il avait consacré sa vie à protéger des inconnus. Pourquoi pas Liza aussi ? C'était juste… son travail.

— Je te retrouve au ranch.

Brady hocha la tête et regagna sa voiture.

Ils repartirent. De temps à autre, Liza reprenait conscience, s'agitait un peu, demandait où elle était. Jamison s'efforçait de l'encourager à parler, mais elle perdait connaissance de nouveau après quelques minutes. Cela l'inquiéta, même si le fait qu'elle se réveille était rassurant en soi.

Au bout d'un moment, il emprunta le chemin de terre qui serpentait à travers les collines ondulantes du Dakota du Sud pour mener au ranch.

Une lampe brillait au-dessus de l'entrée – comme toujours. Pauline Reaves avait l'habitude de recevoir des visites à toute heure. Sa porte était toujours ouverte, sa maison accueillante, et elle avait quantité d'armes à portée de main au cas où un fauteur de troubles viendrait à se présenter.

C'était le foyer de Jamison, même s'il avait passé le plus clair de son adolescence dans divers campements des Fils des Badlands. Cette vieille bicoque, qui datait de plus d'un siècle et qu'on avait agrandie ici et là au fil du temps, abritait son âme et son cœur.

Sa grand-mère était déjà à la porte. Jamison ouvrit la portière arrière.

— On est arrivés, dit-il.

Liza cilla, referma les yeux et prit une profonde inspiration, puis descendit. Elle ne tint que quelques secondes sur ses jambes avant de vaciller, si bien que Jamison la souleva dans ses bras et se dirigea vers la maison - Brady sur ses talons.

Les deux chiens de Dev leur faisaient fête en silence : ils avaient été entraînés à ne pas aboyer sur une connaissance. Ils se contentaient de pousser de petits geignements excités, espérant à l'évidence être caressés.

Jamison ayant les mains pleines, Brady le fit pour eux deux.

— Je peux marcher, protesta Liza faiblement.

— Non, tu ne peux pas.

Elle était bien trop légère, et ses vêtements flottaient sur elle - à l'exception de cette veste en cuir trop mince, souvenir d'une époque qui remontait à quinze ans.

Il franchit le seuil. Sa grand-mère ne manifesta aucune surprise en le voyant entrer, son ex-petite amie blessée dans les bras, suivi de son frère.

Brady ferma la porte derrière eux.

— Dans la cuisine, ordonna Pauline. C'est là qu'il fait le plus clair.

Comme s'ils ne le savaient pas. Cela n'arrivait plus guère désormais, mais il y avait eu un temps où les frères Wyatt étaient régulièrement rafistolés dans la cuisine après une bagarre ou une autre.

Dev était déjà là, et avait étalé un drap sur la table.

Il arqua un sourcil à la vue de Liza, mais garda le silence. En soi, cela n'avait rien d'inhabituel. Pourtant, sa désapprobation était presque palpable.

Jamison assit Liza sur la table.

— Tu me crois maintenant ? demanda-t-elle, avant de grimacer de douleur.

Jamison choisit de suivre l'exemple de Dev et ne dit rien.

— Regardons ça, murmura Brady en s'approchant.

Il retira le pansement et examina la plaie à la lumière. Leur grand-mère avait préparé un linge et une cuvette d'eau à côté de lui, et la trousse de secours était ouverte, prête à servir.

Brady élargit la déchirure existante dans le jean pour se donner plus d'espace. Pendant qu'il nettoyait la plaie, Pauline tendit à Liza un verre d'eau et des comprimés.

— Tu sais pourquoi tu t'es évanouie ? demanda Brady d'une voix calme et agréable. Tu t'es cogné la tête récemment ? Tu as d'autres blessures ?

Liza secoua la tête.

— Tu es enceinte ?

— Non, dit-elle sèchement, le regard résolument rivé sur sa cuisse.

— Quand as-tu mangé pour la dernière fois, petite ? demanda leur grand-mère.

Liza passa une main tremblante dans ses cheveux pendant que Brady appliquait un nouveau pansement.

— Je ne...

— Elle a besoin d'un repas, affirma Pauline, en se dirigeant vers le réfrigérateur.

— Du bouillon, grand-mère, ordonna Brady.

Au grognement qui lui répondit, Jamison soupçonna que Liza allait avoir droit à un repas un peu plus consistant. L'intéressée tenta de sourire, mais sans grand succès.

— Je ne m'attendais pas à avoir la moitié des Wyatt à mes petits soins.

— Tu n'aurais pas dû te faire tirer dessus, rétorqua Dev.

— Je ne suis pas médecin, intervint Brady, mais je dirais que la perte de connaissance est due au choc et à la faim. Il n'y a pas de symptômes qui suggèrent autre chose. Il faut qu'elle mange, que le pansement soit maintenu propre, et tout devrait rentrer dans l'ordre.

— *Elle* est assise ici, lui fit remarquer Liza.

— C'est vrai, reconnut Brady avec un sourire patient. Tu vas devoir te reposer. Et nous expliquer pourquoi quelqu'un a tiré sur toi.

Elle toisa Jamison d'un air dédaigneux.

— Je suppose que ton frère peut te le dire.

Jamison soutint son regard.

— Liza pense que son père a assassiné Carlee Bright et que sa demi-sœur, qui a été témoin du meurtre, a été enlevée et est en danger de mort. Comme Liza, apparemment.

La froideur avec laquelle il résumait la situation fit frissonner Liza. Aussitôt, on lui entoura les épaules d'une couverture. Une attention de Brady.

Le silence s'abattit sur la cuisine, brisé seulement par Pauline qui s'affairait au fourneau.

— Comment sais-tu que Carlee est morte ? demanda Jamison.

— Parce que ça t'intéresse, maintenant ?

Elle se sentait fragile, déstabilisée, et sa jambe la lançait à l'endroit où la balle l'avait effleurée – par chance, ce n'était qu'une égratignure.

— Je n'irais pas jusque-là. Il est évident que les Fils sont mêlés à cette affaire, dit-il en désignant son jean déchiré. Je ne serais pas surpris que ton père ait tué Carlee. J'ai plus de mal à croire qu'il pourrait s'en prendre à sa propre fille. Ne serait-ce que parce que tu es encore vivante. Il a eu amplement le temps de te tuer, et assez de raisons de le faire.

Elle jeta un coup d'œil aux trois frères Wyatt qui se tenaient devant elle, les épaules larges et les bras croisés. Physiquement, ils ressemblaient à leur père. C'étaient des hommes bien bâtis, des hommes durs. Ils avaient les cheveux bruns, des yeux qui allaient du marron au vert. Leur menton était résolu, leur bouche fermement désapprobatrice.

Ils avaient changé, Dev surtout. Il semblait non seulement vieilli, mais... vaincu. Elle savait que toute question concernant sa claudication se heurterait à un silence de pierre.

Exactement comme elle savait que les frères Wyatt avaient une conscience, grâce à la femme qui s'activait auprès d'elle à cet instant. Ace, lui, n'en avait pas. Ses fils étaient devenus des hommes bien malgré lui.

— Gigi a quatre ans, commença-t-elle, s'efforçant de trouver le ton juste, entre l'émotion et le détachement.

Si elle était trop émue, ils ne la croiraient pas. Si elle ne l'était pas, ils penseraient qu'elle était une espionne envoyée par Ace.

— Elle a vu mon père tuer Carlee.

— Pourquoi le gang aurait-il peur de ce qu'une fillette de quatre ans peut raconter ? rétorqua Jamison. Il doit y avoir quantité d'autres gamins dans ces camps qui en ont vu tout autant. Cela ne change rien. Ils ne peuvent le révéler à personne qui soit en mesure d'agir.

— Elle me l'a dit, Jamison, insista Liza, la gorge nouée. Elle me l'a dit. Le lendemain, elle avait disparu. Je... Quelqu'un me suit partout depuis. Ils savent que je sais, et ce soir on a tiré sur moi. Parce que j'étais venue te trouver.

— Tu n'es pas une d'entre eux ? riposta Dev, d'une voix plus dure encore que celle de Jamison.

Une d'entre eux.

Des années plus tôt, Pauline aurait exigé qu'il s'excuse. Elle aurait défendu Liza, affirmé qu'elle n'avait plus de liens avec les Fils des Badlands.

Cependant, c'était une chose de plus qu'elle avait perdue en retournant au camp – la confiance de Pauline. Il ne servait à rien de s'en attrister. Elle était venue pour Gigi, pas pour s'apitoyer sur elle-même.

— S'ils pensaient vraiment que tu sais quelque chose, tu serais déjà morte, lâcha Jamison froidement, le regard glacial.

Il avait raison, ce qui l'effrayait plus que tout le reste, mais elle prit soudain conscience d'une réalité en l'écoutant. S'il n'avait pas voulu l'aider, elle ne serait pas ici. Il l'aurait conduite à l'hôpital. Pas au ranch.

Il avait beau jouer les flics grincheux et détachés, il l'avait amenée à la maison. Chez sa grand-mère. Parce que, même si elle n'avait passé que quatre ans chez les Knight, Pauline avait été sa grand-mère, tout comme Duke et Eva Knight avaient été ses parents.

Malgré tout, elle n'avait pu rester. Lorsque Jamison l'avait persuadée de s'enfuir avec lui, lorsqu'il lui avait offert ce foyer et cette famille, elle avait pensé qu'elle pourrait accepter. Qu'elle pourrait se résigner à considérer sa sœur comme une cause perdue.

Au fil des mois, elle s'était sentie de plus en plus coupable à la pensée que Marci était toujours avec le gang. Plus elle voyait s'épanouir les frères de Jamison – qu'il avait sauvés avant de s'évader lui-même —, plus elle avait eu du mal à accepter sa propre conduite.

Elle avait dû quitter les Knight et retourner au gang, afin d'arracher Marci à leurs griffes. En fin de compte, ses efforts avaient été vains. Marci était une cause perdue. Elle avait refusé de partir, refusé de voir ce qu'il y avait de bon dans le monde.

Gigi, elle, n'avait que quatre ans. Elle avait une chance de vivre normalement. D'être en sécurité et heureuse. Par conséquent, Liza avait renoncé à une sœur pour se concentrer sur l'autre.

Maintenant, elle n'avait plus rien ni plus personne ici, à cet endroit où elle avait autrefois été aimée. Mais elle pouvait tout de même se servir de ce qu'elle savait pour obtenir l'aide de Jamison.

— Il faut que je retrouve Gigi, et je n'y arriverai pas toute seule. Tu sais que je ne peux demander de l'aide à personne là-bas.

— Et tu sais que je ne peux pas t'aider là-bas.

Elle ferma les yeux, comme si ce geste suffisait pour rejeter cette simple vérité. Elle continuait simplement à espérer... Non. Elle n'avait pas le temps d'espérer. La vie de Gigi était en jeu.

— L'un de vous va m'aider, affirma-t-elle. Vous savez ce qu'il en est d'être un enfant dans cet environnement-là. Vous savez ce qu'il en est de perdre sa mère et de n'avoir plus qu'un père cruel, effrayant. Un de vous doit m'aider. Vous le savez.

Le silence dura longtemps. Pauline lui tendit une tasse de bouillon bien chaud et un sandwich sur une assiette.

Au bord des larmes, Liza la regarda, tentée de se confondre en excuses et de la supplier de lui pardonner. Cependant, trop d'années avaient passé, et elle avait des soucis plus graves en tête.

Enfin, Brady se tourna vers Jamison.

— Tu es toujours de service, observa-t-il à mi-voix, comme si Liza n'allait pas pouvoir l'entendre.

La mâchoire de Jamison se crispa.

— Je vais ramener ta voiture, reprit son frère. Te remplacer jusqu'à la relève. S'il se passe quelque chose, on sera dans le pétrin tous les deux, mais tant pis.

Jamison se contenta d'acquiescer. Brady lança un dernier regard énigmatique à Liza, embrassa sa grand-mère sur la joue et sortit.

Jamison continuait à se taire. Personne n'avait offert son aide. Tandis que le silence s'éternisait, Liza s'efforça de maîtriser un début de panique. Il fallait qu'elle mange, c'était certain. Elle avait passé trop de journées à se terrer tout en cherchant Gigi, et ne se souvenait pas du dernier repas digne de ce nom qu'elle avait pris.

Cependant, il était difficile de manger quand on avait l'estomac tordu de nœuds. Quand toutes ses actions semblaient devoir mener à la mort de Gigi, ou à la sienne.

Elle but une gorgée de bouillon, luttant de toutes ses forces pour ne pas pleurer.

— Les garçons, allez préparer deux chambres, ordonna Pauline.

Dev et Jamison parurent sur le point de protester, mais Liza savait qu'ils n'en feraient rien. Ils ne contrediraient pas leur grand-mère. En effet, ils pivotèrent sur leurs talons et quittèrent la cuisine, laissant Liza seule avec la femme qu'elle avait tant admirée adolescente.

— Tu ne sortiras pas de cette cuisine tant que tu n'auras pas fini tout ça, tu m'entends ?

Liza acquiesça. Sa vision s'était brouillée, non pas à cause de l'épuisement ou du vertige, cette fois, mais parce que ses yeux s'étaient remplis de larmes.

— Pas de ça, petite. Tu as une vie à sauver. Comment vas-tu t'y prendre ?

— Je ne sais pas, murmura Liza. Si Jamison ne veut pas m'aider, je ne sais pas ce que je ferai.

Elle n'aurait avoué cela à personne d'autre. Cependant, elle savait que Pauline garderait son secret.

Toujours pragmatique, celle-ci s'empara d'un torchon propre et essuya les larmes qui roulaient sur les joues de Liza. Puis elle lui tendit le sandwich.

— Jamison va t'aider. Il va renâcler un peu et faire le dur, mais il va t'aider. Il ne pourra pas s'en empêcher.

Pauline la dévisagea.

— Souviens-toi d'une chose : tu ne dois pas laisser ton amour-propre se dresser entre vous, petite. Et lui non plus.

3

— Ça ne me plaît pas, grogna Dev.

Il se penchait sur la droite pour soulager sa jambe raide, souvenir d'un affrontement avec son père lorsqu'il était un jeune policier résolu à le mettre hors d'état de nuire.

Chacun des frères Wyatt avait appris à sa manière qu'on ne pouvait pas s'attaquer aux Fils des Badlands sans en payer le prix.

Aucun d'entre eux ne s'était laissé décourager par leurs expériences précédentes, mais tous avaient été marqués par l'incident qui avait failli coûter la vie à Dev. À la vue de son cadet mourant, Jamison avait décidé de ne plus chercher à se venger.

Il soupira.

— Elle ne peut pas venir ici, insista son frère.

— Et pourtant, elle est ici.

Jamison n'avait pas réfléchi en l'amenant au ranch, mais il n'y avait pas d'autre option. Il savait ce que cela signifiait pour lui, pour ses frères. C'était un retour à un combat auquel ils avaient tacitement renoncé.

En dépit des vieilles promesses, il était peut-être inévitable.

Ils s'étaient échappés du gang, mais leur père continuait à sévir à la tête d'un groupe de criminels.

— Tu n'as pas seulement apporté les ennuis ici, mais à la porte des Knight.

Jamison refoula un pincement de remords. Il fallait qu'il se croie capable de gérer la situation.

— Liza n'a rien de grave. Nous partirons demain matin.

— Nous ?

Jamison se releva. Il avait terminé de faire le lit destiné à Liza – avec soin, car il savait que sa grand-mère tenait à ce que les choses soient faites correctement.

— Tu te rappelles comment c'était d'avoir quatre ans dans cet endroit ?

Dev garda le silence un instant, puis haussa les épaules avant de croiser son regard.

— Je ne connaissais rien d'autre.

— Tu sais que ce n'est pas vrai. Et si cette petite fille a vu quelque chose...

— Et si cette grande fille te raconte des histoires, qu'est-ce qui va se passer, à ton avis ? Tu vas finir par te faire tuer ?

— Quand Liza raconte des histoires, je le sais.

Du moins, il espérait être plus sensé qu'il ne l'avait été à vingt-deux ans.

Dev lâcha un rire froid.

— Depuis quand ? Tu pensais que vous deux alliez vous marier et que vous seriez un exemple pour tous les gamins coincés dans cet enfer. Un conte de fées qui pourrait les inspirer pour s'enfuir un jour. Et puis elle t'a plaqué. Pour retourner là-bas.

Ses paroles piquèrent Jamison au vif, comme seule la vérité peut le faire. Toutefois, il était trop âgé maintenant pour réagir par la colère.

— Je ne vais pas ressasser le passé, Dev. Je serai prudent, mais il faut que je l'aide à retrouver cette petite fille.

Sa sincérité imposa silence à Dev. Ils traversèrent le couloir pour gagner la chambre située en face, celle qu'ils avaient partagée des années plus tôt. Depuis son accident, Dev dormait au rez-de-chaussée. Monter et descendre les escaliers était trop pénible pour sa jambe.

— Fais attention. Tu ne peux pas lui faire confiance. Quels que soient les souvenirs qu'elle évoque.

— Je ne lui fais pas confiance, répliqua Jamison, peut-être un soupçon trop fort.

Car son esprit se troublait dès qu'il s'agissait de Liza, c'était certain. Cela dit, il s'en rendait compte. Et quand on avait conscience d'un problème, on pouvait l'affronter. Par conséquent, il n’allait pas lui faire confiance. Il obéirait à ses propres instincts et convictions et...

— C’est bon à savoir.

Ils levèrent les yeux et virent Liza sur le seuil. Jamison ne se sentit pas particulièrement coupable – il lui aurait dit la même chose en face. Pourtant, la pâleur de son visage et le paquet de gâteaux salés qu’elle tenait à la main l’émurent malgré lui.

Il se redressa avec raideur.

— Tu as la chambre d’en face.

Elle jeta un coup d’œil derrière elle et esquissa un sourire moqueur.

— J’ai de la chance.

Sur quoi elle tourna les talons, prenant appui sur sa jambe indemne.

— Sois prudent, J., insista son frère. Elle ne va t’apporter que des ennuis. Je te le garantis.

Dev sortit de la chambre à son tour, en boitant lui aussi.

Jamison prit une profonde inspiration, suivie d’une autre. Liza était à n’en pas douter une source d’ennuis. Elle l’avait toujours été. Toutefois, cela ne voulait pas dire qu’il pouvait ignorer le sort d’une fillette de quatre ans.

Certes, elle n’était pas la seule petite fille en danger dans le monde. En tant que shérif, Jamison s’était résigné au fait qu’il ne pouvait aider toute l’humanité, mais il était résolu à essayer de faire une différence là où c’était possible.

Il farfouilla dans les tiroirs de la commode jusqu’à ce qu’il trouve ce qu’il cherchait. Cela fait, il traversa le couloir et toqua pour la forme avant d’entrer dans la chambre de Liza.

Elle lâcha un juron et le foudroya du regard.

Elle avait retiré son jean déchiré, ce qui avait déplacé le pansement. Ses jambes étaient aussi longues et aussi belles que dans les souvenirs de Jamison, dont le regard s’attarda sur elles une fraction de seconde trop longtemps.

Il se ressaisit aussitôt et désigna le pansement.

— Tu as besoin d’aide ?

— Bien sûr. Pourquoi est-ce que tu ne me toucherais pas alors que je suis à moitié nue ?

Il planta ses yeux dans les siens.

— Tu as peur de ne pas pouvoir te contrôler, mon chou ?

Elle émit un grognement dédaigneux, mais ne put tout à fait réprimer un sourire amusé.

— Très bien. Aide-moi.

Après avoir posé la carte sur le lit, il s'accroupit à côté d'elle et entreprit de resserrer le pansement. Au contact de la peau tiède de Liza, il dut faire appel à toute sa maîtrise de lui-même pour ne pas se rappeler toutes les fois où il l'avait caressée.

Ils étaient différents alors.

Il se releva, évitant son regard.

— Parlons logistique, suggéra-t-il.

— Oh ! oui, c'est vraiment excitant, ironisa-t-elle.

Il jeta un coup d'œil réprobateur vers elle, et vit qu'elle faisait mine de remettre son jean.

— Attends.

Liza interrompit son geste, les sourcils froncés.

— Pourquoi ?

Il ressortit de la pièce, fouilla de nouveau dans la commode et revint avec un vieux short de sport qu'il lui lança.

— Tiens.

Elle l'attrapa et l'examina. Avec un haussement d'épaules, elle laissa tomber le jean pour l'enfiler et serrer la cordelette à la taille. Le short lui arrivait aux genoux, bien qu'elle soit grande. Toutefois, ce n'était pas suffisant pour la protéger du froid printanier qui régnait dans la chambre.

— Si tu te mettais sous les couvertures ?

— Il va vraiment falloir que tu cesses de me faire des avances, Jamison.

— Haha. Mets-toi au lit.

Elle battit des cils en se glissant entre les draps, essayant en vain de dissimuler une grimace de douleur.

Il ramassa la carte qu'il avait apportée.

— Où ?

Liza hésita, et son silence éveilla aussitôt les soupçons de Jamison. Il se souvint de toutes les manières dont elle l'avait trompé autrefois.

Cela ne se reproduirait pas.

— Tes copains flics et toi ne pouvez pas débarquer avec la grosse cavalerie. Gigi ne serait pas la seule victime.

— Tu vois une foule autour de moi, Liza ? Ou est-ce qu'il n'y a que toi et moi ?

— C'est compliqué. Tu comprends ça, non ?

— Soit tu me dis où se trouve le camp principal et je cherche le moyen de secourir Gigi, soit tu te débrouilles toute seule demain matin.

Elle posa sur lui un regard direct, scrutateur. Comme si elle le connaissait, le comprenait encore.

— Tu aimerais croire que tu es dur à ce point, hein ?

— À toi de voir si tu veux courir le risque.

Liza considérait la carte du Dakota du Sud étalée sur ses genoux. Elle possédait toutes les informations qu'il désirait. Si elle hésitait, c'était pour des raisons autres que celles qu'il imaginait.

Jamison avait une vision manichéenne des rapports qu'on pouvait avoir avec les Fils des Badlands. À ses yeux, on était soit avec eux, soit contre eux, peut-être à cause de son rôle de shérif adjoint. Il était facile de se représenter le monde en noir et blanc quand on avait du pouvoir.

Liza, elle, faisait partie des vaincus dans cet univers, et les perdants avaient des choses une vision plus ambiguë.

Elle s'inquiétait pour Gigi. Et pour quiconque risquait sa vie dans cette entreprise – parce qu'il s'agissait d'une question de vie ou de mort.

Surtout, elle s'inquiétait pour Jamison.

Elle savait qu'Ace Wyatt voudrait se venger de ses fils tôt ou tard. C'était un homme patient. Il frapperait au moment où ils s'y attendraient le moins, au moment de son choix. Afin d'assouvir ce qui était à ses yeux une espèce de justice divine.

Elle ne voulait pas envoyer Jamison sur les terres du gang en sachant que ce geste pouvait déclencher une guerre.

Tu sais qu'il incarne ton unique chance, sinon tu ne serais pas venue. D'ailleurs, crois-tu qu'Ace Wyatt ignore où tu te trouves ?

Jamison était désormais exposé au danger à cause d'elle. On

l'avait prise pour cible. Bien sûr, Ace, ou son propre père, avait envoyé un de ses sbires. Si l'un ou l'autre des deux avait appuyé sur la détente, elle serait morte à présent.

La blessure était un avertissement. De plus, celui qui avait tiré l'avait suivie. Jamison était impliqué maintenant, qu'il le veuille ou non.

Une bouffée de remords la submergea. Elle baissa les yeux sur la carte, surprise de constater que les larmes brouillaient sa vision. Elle avait pensé ne plus avoir de larmes à verser.

— Je suis désolée, murmura-t-elle.

— Il y a beaucoup de choses pour lesquelles tu pourrais être désolée, Liza. Tu vas devoir être plus précise, j'en ai peur.

— Je suis désolée de t'avoir mêlé à ça. Quoi qu'il arrive, ce sera le début de quelque chose. Je n'ai pas réfléchi aux conséquences.

Il soutint son regard longuement.

— Tout ce qui commence a une fin, Liza.

Il pointa le doigt vers la carte.

— Où ?

Liza capitula.

— Là. Ils se sont installés à Flynn.

L'expression de Jamison se durcit.

— Flynn ?

— Tu connais l'endroit ?

— C'est là que mon père est né, là que ses parents l'ont abandonné. C'est là qu'il nous a emmenés pour nous apprendre à devenir des hommes. S'il a établi ses quartiers là-bas, Liza, je ne crois pas que ce soit une simple coïncidence. Cette guerre que tu avais peur de déclencher – Ace l'a déjà commencée.

4

Jamison ne dormit guère. Après que Brady avait terminé son service sans encombre, il avait fait l'impensable : il avait appelé son supérieur et demandé à prendre tous les congés qu'il avait en réserve.

Il en avait accumulé beaucoup. Il y avait eu des questions, des réticences, mais en fin de compte le shérif Sneef n'avait pu nier que Jamison méritait « des vacances ».

Sacrées vacances.

Il entendit le grincement de la porte de derrière, les couinements des chiens laissés dehors, puis le son de bottes martelant le paillasson. Levant les yeux, il vit entrer sa grand-mère, un panier plein d'œufs accroché au bras.

— Tu es debout.

Un soupçon de désapprobation perçait dans sa voix, mais il était difficile de se lever assez tôt pour lui plaire.

Sans doute Dev était-il déjà occupé à soigner les vaches avec sa cow-girl, Sarah, une des filles que les Knight avaient recueillies et élevées. C'était une jeune femme maintenant, qui partageait son temps entre le ranch de son père adoptif et celui de Dev.

La vie continuait, loin d'Ace et des Fils des Badlands. Même si Duke Knight avait perdu sa femme après un cancer, et que Dev avait perdu une partie de ses capacités physiques après une fusillade.

— Nous n'allons pas tarder. Je voudrais seulement que Liza prenne un solide petit déjeuner avant de partir.

Sa grand-mère se contenta d'un murmure d'assentiment, sortit une poêle et se mit à s'affairer comme si tout allait pour le mieux.

Jamison aurait aimé croire que c'était le cas. En amenant Liza au ranch, il avait exposé son aïeule au danger. Ce n'était pas la première fois et ce ne serait sans doute pas la dernière, mais il se sentait coupable quand même.

Elle n'avait pas mérité cela. Ce n'était pas sa faute si sa fille unique avait été séduite par Ace Wyatt. Elle n'avait jamais prévu d'élever six garçons turbulents, traumatisés.

Pourtant, elle l'avait fait, sans jamais se plaindre. Maintenant, elle approchait des quatre-vingts ans, et il voyait quel fardeau l'univers d'Ace Wyatt avait été sur ses épaules.

— Il faudra que tu sois vigilante, dit-il sur un ton aussi neutre que possible.

Toute expression d'inquiétude l'aurait agacée, et elle se serait hérissée s'il avait eu l'audace de lui donner un ordre.

— Je le suis toujours.

Elle pivota vers lui et le dévisagea à sa manière bien particulière.

— Ne doute pas de toi. Pas maintenant.

Il n'était guère surpris qu'elle l'ait percé à jour, mais il n'en était pas soulagé pour autant.

— C'est compliqué.

— C'est souvent compliqué de faire ce qui est juste, Jamison, déclara-t-elle, avant de retourner à ses préparatifs.

Il était bien placé pour le savoir. Il avait passé sa vie entière à essayer. Comme sa grand-mère l'avait dit, c'était rarement simple.

À cet instant, Liza entra dans la cuisine. À en juger par sa mine fatiguée, elle avait passé une mauvaise nuit. Aussitôt, sa grand-mère lui tendit un verre d'eau et des comprimés analgésiques.

— Merci, Pauline.

— Assieds-toi. Le petit déjeuner sera bientôt prêt.

Liza prit la chaise la plus éloignée de lui. Ce qui aurait été très bien s'ils n'avaient pas été sur le point de s'embarquer ensemble dans une mission périlleuse. À vrai dire, il aurait de loin préféré la laisser là, d'autant plus qu'elle était blessée.

Le problème, c'était qu'elle savait mieux que lui ce qu'ils cherchaient.

La mise en garde de Dev le taraudait. Il ne pouvait négliger la possibilité que Liza ait été envoyée par son père. Que toute l'histoire ne soit qu'un stratagème pour l'attirer sur le territoire du gang.

Jamison avait toujours su que son père n'était pas homme à laisser les choses en l'état, mais peut-être sa méfiance s'était-elle endormie au fil du temps. Ace Wyatt n'avait rien tenté contre ses fils depuis l'attaque où Dev avait été blessé, près de dix ans plus tôt.

Peut-être Jamison avait-il commencé à croire que la page était tournée.

Pour autant, il n'était pas surpris outre mesure.

Même si Liza ne lui avait pas dit toute la vérité, il était convaincu qu'une petite fille était en danger. Et il avait besoin de son aide pour trouver Gigi. Il la soupçonnait d'en savoir bien plus long qu'elle ne le lui avait avoué, et elle était bien mieux informée que lui des mouvements récents du gang.

Il faudrait qu'ils travaillent ensemble.

— Je m'étonne qu'il n'y ait pas de renforts, lâcha Liza dans la cuisine silencieuse.

— Brady, Tucker et Gage ont un emploi, Liza. Ils ne peuvent pas s'en aller comme ça.

— Je me suis donc adressée à la bonne porte.

— J'avais des congés à prendre, je les ai pris. D'ailleurs, il n'y a pas de quoi me remercier.

— Et Cody ? Tu ne l'as pas inclus dans ta liste.

— Ce que Cody fait ne te regarde pas.

— Ne me dis pas qu'un des frères Wyatt est sorti du rang ?

— Ça suffit, intervint la grand-mère de sa voix calme, plus efficace qu'une arme.

Elle déposa devant eux des assiettes d'œufs au bacon accompagnés de biscuits. L'âge avait ralenti ses gestes, mais elle était toujours aussi active.

— Jamison, je vais préparer quelques provisions. Il faudra que tu emportes tes affaires de camping, bien sûr. Et un peu de linge.

— Je peux…

Sa grand-mère n'eut qu'à arquer un sourcil pour qu'il se taise. Il n'allait pas la blesser en offrant de le faire à sa place. Elle n'aimait pas être traitée comme une personne âgée et il était difficile de trouver un juste équilibre entre l'aider et l'offenser.

— Je vois que les choses n'ont pas changé ici, commenta Liza lorsqu'elle eut quitté la pièce.

Jamison aurait aimé que ce soit vrai. Cependant, elle se trompait. Les choses avaient changé. Dev vivait avec les séquelles de ses blessures. Cody travaillait loin du ranch, et restait évasif quant à la nature précise de ses activités. Quant aux trois autres frères, tous occupaient des postes liés au maintien de l'ordre dans Valiant County, et étaient apparemment satisfaits de leur vie, mais Jamison avait des doutes. Il soupçonnait qu'avec l'âge adulte ils étaient simplement devenus plus habiles à dissimuler leurs cicatrices.

Cependant, il avait assez de soucis dans l'immédiat. Il garda le silence et se concentra sur son petit déjeuner. Liza l'imita sans faire de commentaire. Dieu merci.

Elle termina son assiette, ce dont il se réjouit. Comme il débarrassait la table, il remarqua qu'elle l'observait. Elle était venue parce qu'elle pensait qu'il était le seul à pouvoir l'aider – pas parce qu'elle voulait son aide.

N'en avait-il pas toujours été ainsi ?

Il chassa cette pensée. Tant qu'il ne s'autorisait pas à plonger dans de vieux souvenirs, tout irait bien.

Quelques instants plus tard, ils étaient dans la cour, occupés à charger la vieille Ford de Pauline, un véhicule anonyme, idéal pour leur expédition. Brady et Gage amèneraient la voiture de Jamison pour sa grand-mère plus tard dans la journée.

— Ça fait beaucoup de bagages, observa Liza en se baissant pour caresser les chiens tandis qu'il casait une glacière entre ses affaires de camping.

— On ne sait pas de quoi on aura besoin ni pour combien de temps. Et je ne veux pas que tu tombes dans les pommes de nouveau.

Elle ne sourit pas, et ne lui décocha pas non plus de riposte acerbe, contrairement à ce qu'il avait espéré – non, pas espéré, escompté. Concernant Liza, il ne pouvait rien espérer.

Au lieu de quoi elle se releva et s'entoura de ses bras, les yeux rivés sur les collines qui se déroulaient à perte de vue.

— Ils sauront qu'on vient.

La vulnérabilité perçait dans sa voix, mais Jamison refusa de se laisser attendrir.

— On ne s'est pas vus depuis longtemps, mais tu devrais quand même me connaître suffisamment pour savoir que je m'en rends compte.

— Tu ne dois pas les sous-estimer.

Jamison regarda Dev qui sortait de la grange en boitant, suivi de Sarah. Son frère se dirigea vers eux tandis que la jeune femme rentrait à la maison. Les chiens coururent vers Dev. La scène offrait un tableau plaisant, mais Jamison ne voyait que la claudication de son frère.

Non, il ne sous-estimerait jamais plus son père.

Le regard que Jamison posa sur Dev n'avait pas échappé à Liza. Elle ne connaissait pas cette histoire et une partie d'elle brûlait de poser des questions. Les frères Wyatt et leur grand-mère étaient encore sa famille à ses yeux, même si elle avait coupé les ponts avec eux quinze ans plus tôt.

Pire encore, elle songeait au ranch des Knight, au-delà des collines.

Duke élevait-il toujours du bétail ? Riait-il toujours de lui-même et de ses histoires à dormir debout ? Ses sœurs adoptives d'alors étaient-elles toujours là ? Ou s'étaient-elles construit une vie heureuse ?

La détestaient-ils tous ?

— Je t'aurais bien proposé de passer là-bas, mais je ne veux pas mêler Duke et les filles à tout ça.

Liza déglutit, détournant les yeux.

— Non. Moi non plus.

Elle ne voulait pas demander quelles filles. Mieux valait ne rien savoir.

— Sarah et Rachel habitent toujours au ranch. Cecilia vit sur la réserve – elle est dans la police indienne. Felicity travaille comme garde-forestière dans le parc naturel.

Malgré elle, une question jaillit de ses lèvres.

— Et Nina ?

Jamison haussa les épaules.

— Elle est partie.

— Partie… Comment ?

— Tu tiens vraiment à le savoir, Liza ? Tu as pourtant eu le temps de te renseigner, non ? En quinze ans ?

Sa réponse lui fit mal, parce que c'était la vérité. Et parce que c'était la vérité, elle ne trouva rien à répondre. Dev s'approchait, l'air sombre et bougon – bien différent de l'adolescent enthousiaste et déterminé qu'elle avait connu.

Peut-être que certaines choses avaient changé, après tout.

— Vous partez ?

— Bientôt. Grand-mère termine de préparer quelques affaires. Je resterai en contact.

Dev acquiesça, puis reporta son attention sur elle. La désapprobation était gravée sur ses traits, et la barbe qui dissimulait son menton ne parvenait pas à adoucir son expression.

— Fais attention à toi, mon frère, dit-il en la regardant.

Elle ne prit pas la peine de plaider sa cause auprès de lui, ni de Jamison, d'ailleurs. Elle avait trahi leur confiance, et elle savait combien il était difficile de gagner la confiance des Wyatt. Elle était résignée à ce qu'ils aient une mauvaise opinion d'elle. L'important était de retrouver Gigi.

Pauline réapparut, apportant une cargaison supplémentaire. Liza avait l'impression qu'ils étaient des pionniers sur le point de traverser le pays en carriole à cheval.

Jamison prit congé des siens, en leur donnant la stricte instruction d'appeler s'il se passait quoi que ce soit de suspect au ranch. Enfin, ils montèrent dans le pick-up et se mirent en route.

Liza admira le paysage splendide qui défilait derrière les vitres. Le printemps tentait de s'établir, des touches de verdure pointaient ici et là. Les rares arbres qu'ils voyaient commençaient à bourgeonner.

Jamison roulait vers l'ouest, autrement dit droit dans la direction où se trouvait le campement du gang, ce qui la rendait nerveuse. Et s'il la déposait là et qu'il se lavait les mains de l'affaire ?

Non. Jamison ne se rendrait pas délibérément sur le territoire des Fils des Badlands. Certainement pas pour elle, en tout cas.

— Où allons-nous au juste ? demanda-t-elle au bout d'une autre minute de silence.

— Pas directement à Flynn, si c'est ça qui t'inquiète.

Elle n'aurait su dire ce qui l'inquiétait. Tout, peut-être. Elle avait fait appel à Jamison parce qu'il était le seul à pouvoir l'aider, mais cela ne signifiait pas qu'elle se fie à ses méthodes. Il était policier désormais. Il n'enfreindrait pas de lois pour mettre sa sœur en sécurité.

Il y avait environ deux heures de route entre Flynn et le ranch de Pauline, et ils roulaient déjà depuis plus d'une heure. Jamison avait affirmé qu'ils n'allaient pas directement à Flynn mais cela y ressemblait.

Liza pressa le front contre la vitre passager et, du coin de l'œil, saisit un reflet. Glacée, elle jeta un coup d'œil dans le rétroviseur et eut la confirmation de ses craintes.

— Dans l'immédiat, ce qui m'inquiète, c'est le type qui nous file, lâcha-t-elle, la gorge nouée.

Jamison sourit jusqu'aux oreilles, exactement comme autrefois. Stupidement, le cœur de Liza fit un petit bond dans son estomac, exactement comme autrefois aussi.

— Moi, il ne m'inquiète pas, dit-il tranquillement.

Sur quoi il écrasa la pédale d'accélérateur et quitta la route en trombe.

5

Jamison ne l'aurait avoué à personne, mais la poursuite éveillait chez lui une excitation qui lui avait manqué. Qu'il avait cru laisser derrière lui en entrant dans la police.

Pied au plancher, il zigzaguait entre les formations rocheuses, prenait des virages trop serrés, et en éprouvait une sombre satisfaction qu'il ne s'était pas autorisée depuis une éternité.

Il jeta un coup d'œil à Liza. Son expression oscillait entre l'inquiétude et l'amusement, le sourire espiègle dont il se souvenait. Elle avait toujours eu le goût du risque – plus encore que lui.

Mais ils n'étaient plus au bon vieux temps. Et il avait la nette impression qu'il allait devoir se rappeler ce fait plus d'une fois au cours des heures à venir.

Il n'y avait guère de cachettes, même à mesure qu'ils s'approchaient du paysage raviné, dominé par des escarpements rocheux. Il semblait impossible de continuer à rouler vite, encore moins d'échapper à leur poursuivant.

— Bon. Accroche-toi.

Il braqua brusquement, effectuant un demi-tour à cent quatre-vingts degrés. Liza poussa un cri – terrifié ou ravi, c'était difficile à dire – mais le pick-up se redressa et Jamison fonça droit sur leur poursuivant. Ils passèrent à un fil l'un de l'autre, fracassant leurs rétroviseurs respectifs.

Jamison lâcha un juron.

— Grand-mère va me tuer pour ça, marmonna-t-il en remontant sur la voie express.

Sa manœuvre lui avait permis de prendre assez d'avance pour

atteindre la bretelle de sortie qu'il avait en tête. Quelques instants plus tard, ils empruntaient une piste gravillonnée tandis que Liza observait anxieusement le rétroviseur arrière.

— Ça ne va pas être si facile.

— Non. Ce n'est que le début. Mais nous avons l'avantage de savoir qu'ils ne vont pas nous tuer.

— Comment peux-tu en être sûr ?

— Si un membre du gang doit nous éliminer, ce sera mon père ou le tien. Ils n'enverront pas leurs sbires se charger de cette tâche. Sinon, nous serions morts depuis belle lurette.

— Cette pensée ne te déprime pas ?

— Si un homme comme mon père veut me tuer, j'en conclus que j'ai plutôt réussi ma vie.

— En faisant régner l'ordre dans un bled perdu.

L'insulte n'émut pas Jamison. Il n'avait pas construit sa vie d'adulte pour impressionner une ex-petite amie qui l'avait trahi. Par conséquent, il répondit à sa pique sur un ton à la fois léger et assuré.

— En protégeant les habitants d'une petite communauté soudée face à des gens tels que lui. Ça me convient.

— Certains d'entre nous choisissent de protéger ceux qui sont à l'intérieur.

— C'est ça que tu pensais faire quand tu es partie, Liza ? Protéger des gens qui suivent nos pères de leur plein gré – qui font délibérément du mal à ceux qui se dressent en travers de leur chemin ?

— Les enfants n'ont pas le choix, Jamison. Tu devrais le savoir mieux que personne.

Il n'avait pas de réponse à cela. Il ne pouvait – ne voulait pas croire qu'elle soit retournée au gang toutes ces années plus tôt dans le but de protéger des enfants, alors qu'elle était à peine sortie de l'enfance elle-même. Pourquoi ne le lui aurait-elle pas expliqué, au lieu de disparaître en pleine nuit en leur faisant craindre le pire ?

Il ouvrit la bouche, prêt à lui demander si elle avait la moindre idée du calvaire qu'ils avaient traversé durant les jours qui avaient suivi son départ. Les Knight et leurs filles s'étaient fait un sang d'encre, ses frères et lui avaient élaboré un plan visant à attaquer le gang pour la retrouver.

Jusqu'au moment où leur grand-mère avait exprimé tout haut ce qui était une évidence. Liza était partie de son plein gré.

C'est de l'histoire ancienne. Laisse tomber.

Il prit le virage suivant un peu trop vite, compte tenu du fait qu'il était presque sûr d'avoir semé leur poursuivant. Le chemin retournait d'abord vers Bonesteel, avant de rejoindre des routes secondaires qui menaient à la voie express plus à l'ouest.

— Ils sauront quand même où nous allons, commenta Liza sans dissimuler son agacement.

— Mais ils ne sauront pas d'où nous arrivons. Ni quand. Tu crois que Gigi est à Flynn ?

— Je n'en suis pas sûre. Je ne l'ai pas vue, mais ça ne veut rien dire. Mon père n'a pas bougé de là-bas. Soit elle était là aussi, soit quelqu'un l'a emmenée quelque part et attend qu'il aille les retrouver.

— Si tu ne l'as pas trouvée, la seconde hypothèse est plus probable.

Ce qui rendait l'entreprise plus ardue, mais pas impossible. Elle ferma les yeux, comme si cette pensée était douloureuse.

— Oui.

— Tu sais où sont les camps secondaires du gang en ce moment ?

— Non, Jamison. Je n'étais pas vraiment au sommet de la hiérarchie.

— Tu ne pouvais pas être tout en bas non plus.

Elle secoua la tête.

— Tu n'as jamais compris que les femmes avaient une place à part dans le gang. Quand on est considérée comme un simple objet, personne n'éprouve le besoin de se venger de vous. Le seul fait d'être là est une punition.

Peut-être y avait-il un grain de vérité là-dedans, mais cela ne voulait pas dire qu'il avait tort.

— Les Fils des Badlands ne laissent vivre que ceux qui leur sont utiles.

— Et pourtant, tu es là, en chair et en os. À quoi leur sers-tu, Jamison ?

À quoi bon essayer de lui faire entendre raison ? Elle se trompait. Il avait su qu'il occupait une place différente de la sienne au sein du gang lorsqu'ils étaient encore là-bas. Pourquoi s'imaginait-elle qu'il avait risqué sa vie pour la faire évader ?

Cependant, avec ou sans sa coopération, il pouvait tenter de deviner. Par chance, il connaissait bien les environs de Flynn. Quand il était enfant, les Fils avaient deux bases principales – l'une dans les Badlands, et l'autre située plus près de Bonesteel. Flynn, entre les deux, était un lieu particulier pour son père. Il avait parlé d'un attachement sentimental, mais Jamison ne s'y était pas trompé.

Flynn était l'endroit où Ace Wyatt emmenait ses fils quand il voulait leur faire du mal. Les corrompre, faire d'eux des êtres à son image.

Le fait qu'il n'y soit jamais parvenu constituait sans doute son unique regret. Voilà pourquoi Jamison avait su qu'en dépit de tous les espoirs qu'il pouvait nourrir, il avait une cible dessinée sur sa poitrine.

Avant de mourir, Ace voudrait se venger de ses fils, les punir pour leur résistance. Cependant, sa maîtrise de lui-même avait été le socle qui lui avait permis de former ce gang et d'asseoir son pouvoir. Il n'allait pas se précipiter. Il voulait choisir le moment propice pour les faire souffrir.

Les laisser construire leur vie, et puis la leur voler, voilà exactement le genre de plan qui lui plairait.

Jamison jeta un coup d'œil à Liza. Il sentait en elle une angoisse sincère – pour Gigi. Malgré tout, sa requête pouvait quand même être un piège. Pour autant qu'il le sache, son père avait pu exiger sa tête contre celle de Gigi. Ce n'était pas impossible et il ne pourrait pas en vouloir à Liza de se servir de lui pour sauver sa sœur.

— Tu sais, s'ils t'ont envoyée à moi pour une sorte d'échange, ça ne va pas bien se terminer.

Elle lâcha un rire amer.

— Je sais que tu ne me connais pas du tout, et bien sûr que j'aimerais échanger ta vie contre celle de ma sœur, mais ils ne m'ont pas posé la question. Et même s'ils l'avaient fait, je ne serais pas stupide au point de pactiser avec le diable, Jamison. Le diable l'emporte toujours, et je refuse de lui laisser Gigi.

Sa voix était véhémente, furieuse, et il ne put s'empêcher de la croire. Quand il s'agissait de Liza, il y avait toujours eu une faille dans son armure.

— Si nous réussissons – si nous parvenons à la tirer de là saine et sauve —, tu ne pourras jamais retourner au gang. Jamais.

Elle tourna la tête vers lui et rencontra son regard. Ses yeux sombres étaient humides mais emplis d'une détermination farouche.

— Je sais.

Il réprima l'envie d'insister. Mieux valait atteindre leur destination d'abord. Et puis, il fallait qu'il maîtrise les émotions qui compliquaient toute cette opération.

Liza avait renoncé à mémoriser la route tortueuse empruntée par Jamison. Ils s'approchaient de Flynn, et elle avait les nerfs tendus à craquer.

Elle aurait dû demander de l'aide à un de ses frères. Ou continuer à tenter de trouver Gigi toute seule. Jamais elle n'aurait dû mêler Jamison à cette affaire, ni s'imaginer que les vieilles blessures étaient guéries.

Car elles ne l'étaient pas. Elles n'étaient qu'enfouies, et chaque regard méprisant qu'il lui adressait, chaque remarque acerbe de sa part réveillait la douleur d'autrefois.

Cependant, elle était prête à endurer tout cela pour Gigi. Elle n'avait pas réussi à sauver Marci. Elle ne pourrait surmonter un nouvel échec.

Si elle parvenait à sauver Gigi, à l'emmener loin du gang, il était évident qu'elle ne pourrait jamais y retourner. La seule raison pour laquelle elle y était repartie autrefois avait été pour sauver sa sœur.

Tout comme Jamison avait sauvé ses frères.

Si elle lui avait expliqué les raisons qui l'avaient poussée à s'en aller, il aurait rétorqué qu'elle aurait dû tout lui dire et qu'il aurait réglé le problème lui-même.

Cependant, elle avait été témoin des sacrifices qu'il s'était imposés pour sauver ses cinq frères. Pour la sauver, elle. Comment aurait-elle pu lui demander de recommencer pour quelqu'un qui était de sa responsabilité ?

Elle avait voulu se montrer à la hauteur de l'exemple qu'il lui avait donné. Malheureusement, en dépit de tous ses efforts pour persuader sa sœur de s'enfuir avec elle, Marci s'était entêtée à vivre au sein du gang. Liza ne s'était pas découragée. Elle était restée, et n'avait concédé la défaite que le jour où le petit ami de Marci avait menacé de la tuer et que sa sœur s'était contentée de rire.

À ce moment-là, Carlee était enceinte, si bien que Liza avait reporté son attention sur elle. Elle avait passé ces quatre dernières années à tenter de lui faire entendre raison. Bien qu'encore hésitante, Carlee avait paru de plus en plus sensible à ses arguments.

Maintenant, elle était morte, Gigi avait disparu, et Liza avait dû se rendre à l'évidence : elle n'était pas capable de mener seule sa mission à bien. Elle avait besoin de l'aide de Jamison.

— On va camper ici.

Arrachée à ses réflexions, elle se redressa et scruta la vitre. Ils étaient aux abords des Badlands, entourés des formations rocheuses qui avaient donné leur nom à la région.

— Camper ? répéta-t-elle.

On n'était qu'au tout début du printemps. La nuit serait glaciale.

— Tu croyais qu'on allait dans un hôtel cinq étoiles ?

Elle émit un petit rire moqueur.

— Oui, c'est à ça que je m'attendais.

— On va dormir sur le plateau. Ça ira.

— Ce sera intime.

— C'est plus sûr comme ça. On va manger quelque chose et réfléchir à une cachette autour de Flynn.

— Il y a trois jours que je suis partie. Ils ont pu l'emmener n'importe où.

— Oui, mais nous savons comment ils opèrent. Ils doivent être restés dans les parages.

— Jamison…

Elle était réticente à parler. Elle ne voulait pas détourner son attention de Gigi, mais si les rumeurs qu'elle avait entendues étaient vraies, la fillette était peut-être déjà à l'autre bout du pays.

— Il y a autre chose.

— Quelle surprise, marmonna-t-il en descendant du véhicule.

Liza n'aurait su dire si son écœurement visait le gang dans son ensemble ou elle en particulier, mais elle descendit à son tour et s'avança vers lui tandis qu'il sortait les provisions.

— Il y a des bruits qui circulent. Rien de concret, et je n'ai pas vu de preuves, mais si ces rumeurs sont fondées…

Elle était à peine capable de parler tant elle était bouleversée.

Jamison posa la glacière sur le sol et, croisant les bras, la dévisagea d'un air interrogateur. Une posture de policier qui aurait été intimidante, sans doute, si elle n'avait pas été à ce point inquiète pour Gigi.

— Du trafic, parvint-elle à articuler, la gorge nouée.

— Les Fils des Badlands ont toujours trempé dans le trafic de drogues, rétorqua-t-il. Rien de neuf là-dedans.

— Du trafic d'êtres humains, Jamison. Du trafic sexuel, précisa-t-elle, sans pouvoir empêcher sa voix de trembler.

Le masque impénétrable du policier céda la place à une expression horrifiée.

— Tu as dit qu'elle avait quatre ans !

— Peu importe l'âge qu'on a, quand on est vulnérable. Tu es policier. Tu dois bien savoir ce que certains font subir à des enfants.

Il se détourna et reprit sa tâche.

— Je te dis ça pour que tu comprennes… que le gang n'obéit plus aux mêmes règles qu'avant.

Il prépara un sandwich et le lui tendit. Liza dut se faire violence pour l'accepter bien que ce soit son favori : jambon-fromage. Elle n'avait pas d'appétit.

Elle aurait pourtant dû éprouver un peu de satisfaction à la pensée qu'il se souvenait de son sandwich préféré. Qu'il n'avait pas conservé que de mauvais souvenirs.

— Les Fils font les choses d'une certaine manière, dit-il en préparant son propre sandwich. Même s'ils ont de nouvelles activités, leurs méthodes seront les mêmes. Il faut juste qu'on devine où ils pourraient cacher des êtres humains plutôt que des drogues. Je crois qu'on peut y arriver.

— Tu es très sûr de toi.

— Tu ne t'es pas adressée à moi par hasard, Liza. Il faut que je croie que c'est parce que tu me pensais capable de réussir.

N'osant se fier à sa voix, elle se contenta de hocher la tête.

— Dans ce cas, j'y arriverai.

6

Jamison était quasiment certain qu'ils n'avaient pas été suivis, et qu'ils avaient quelques heures devant eux avant d'être localisés. Leurs poursuivants allaient essayer de retrouver leur trace avant de contacter leurs supérieurs – sans doute pas son père ni celui de Liza. Ces exécutants étaient trop bas dans la hiérarchie. Par conséquent, la communication mettrait un peu de temps à parvenir au sommet de la chaîne.

D'autres hommes seraient envoyés – de meilleurs pisteurs. Il leur faudrait tout de même une bonne heure pour les repérer. D'une part, les cachettes étaient nombreuses et, d'autre part, il s'était arrêté à une distance respectable de Flynn, qui serait certainement le point de départ des recherches.

Il avait beau savoir qu'il disposait d'une certaine marge de sécurité, il n'était pas question qu'il partage un matelas de camping avec son ex. Il avait une force de volonté exceptionnelle, mais il était aussi trop avisé pour la mettre à l'épreuve avec Liza.

Il décida donc de dormir le premier, pendant que le risque d'être découverts était moindre. Il demanda à Liza de le réveiller au bout de deux heures, réglant le réveil sur son téléphone aussi parce qu'il n'avait pas entièrement confiance en elle.

Il n'aurait pas dû avoir confiance en elle du tout, point. Cette histoire de trafic d'êtres humains était peut-être une pure invention.

Mais pourquoi serait-ce le cas ? Jamison savait que son père n'était pas au-dessus de ce genre d'agissements. Et même si Liza lui avait dissimulé certaines choses par le passé, il avait du mal à croire qu'elle pourrait mentir ainsi à propos de sa sœur.

Ce qui faisait de lui une cible idéale.

Il poussa un soupir. En temps normal, il dormait comme un loir, mais ce soir-là, il soupçonnait que le doute l'empêcherait de fermer l'œil.

Il tira son téléphone de sa poche. Pas de réseau, ce qu'il savait avant de partir. Malgré tout, il rédigea un bref texto à l'attention de Cody et de Brady pour leur signaler la possibilité que les Fils soient mêlés à du trafic humain. Dès qu'il aurait du réseau, le texto serait envoyé. Avec un peu de chance.

Jamison rangea l'appareil et déplia la carte du Dakota du Sud. Elle était usée aux plis et sans doute existait-il des moyens plus sophistiqués d'archiver ses informations, mais il préférait les voir étalées ainsi devant lui.

La carte qu'il avait montrée à Liza la veille était dans la boîte à gants du véhicule. Cette carte-ci était la sienne, celle qu'il annotait depuis des années. Avant même qu'il s'échappe du gang et devienne un représentant de la loi.

Il avait marqué tout ce qu'il savait lorsqu'il était encore au sein du groupe. Les lieux qui servaient de cachette, que ce soit pour des gens ou des drogues. Les campements qu'ils avaient utilisés au fil du temps. Les violences. Les disparitions. Les meurtres.

Une histoire de tous les méfaits qu'il n'avait pu empêcher. Après l'attaque où Dev avait failli mourir, Jamison avait renoncé à traquer le gang et s'était focalisé sur ce qu'il pouvait protéger.

Pourtant, jamais il n'avait cessé d'annoter cette carte. Chaque fois qu'il entendait parler d'un incident, il le consignait là. Par conséquent, peut-être n'avait-il pas vraiment renoncé, en dépit de ce qu'il se disait. Peut-être avait-il simplement attendu qu'une occasion se présente.

Il exhala lentement son souffle. S'il n'avait exposé que lui-même au danger, cela ne l'aurait pas inquiété. Mais il n'était pas seul. Liza était là aussi.

Jamison refoula aussitôt cette pensée. Elle était en danger parce qu'elle avait choisi de l'être. Il ne pouvait pas laisser cela peser sur sa conscience. D'ailleurs, elle serait encore plus en danger s'il n'était pas là.

Il se força à se focaliser sur la carte, où Flynn n'était qu'un point minuscule. À l'époque de son enfance, c'était une ville fantôme et sans doute n'avait-elle pas changé. Sauf qu'à présent elle abritait un campement des Fils.

Ils ne gardaient sûrement pas Gigi prisonnière là-bas. Et si cette rumeur de trafic humain était fondée, Liza et lui allaient devoir redoubler de prudence.

Jamison était relativement peu informé sur ce genre de trafic, mais il avait l'intuition que son frère Cody en savait plus que lui. Peut-être devrait-il reprendre la route jusqu'à un point où il aurait du réseau, et appeler son frère.

Néanmoins, il risquait d'attirer l'attention, alors qu'il voulait rester aussi discret que possible. Quand les hommes de son père arriveraient, car ils arriveraient tôt ou tard, cela lui donnerait une indication de ce qu'ils essayaient de dissimuler.

Aux yeux d'Ace Wyatt, Flynn était un lieu sacré. Le lieu où il était né ; où ses parents l'avaient abandonné à la mort. Le lieu où, de son point de vue, il s'était élevé de sa situation misérable jusqu'à devenir l'homme le plus craint du Dakota.

Flynn était sa Mecque. S'il avait amené tout le gang là-bas, c'était signe qu'il mijotait quelque chose. L'élargissement de ses activités criminelles au trafic d'êtres humains ?

Dans ce cas, il avait une cachette à proximité, mais pas trop près. Un endroit isolé, sans doute, entre les buttes et les ravines. Une grotte, peut-être. Les acheteurs potentiels seraient-ils conduits jusque-là, ou les membres du gang se chargeraient-ils eux-mêmes du transport des victimes ?

S'ils les convoyaient, ils se dirigeraient vers l'ouest, vers le Wyoming. C'était le meilleur moyen de passer inaperçu. Ensuite, les possibilités étaient nombreuses. Denver, par exemple, plus à l'ouest encore. Jamison replia les pages du Wyoming et du Colorado. Il devait se focaliser sur un problème à la fois. Localiser l'endroit où Gigi était détenue.

Sans doute à l'ouest de Flynn, mais pas dans le parc national même, trop fréquenté.

Jamison observa la zone qui s'étendait entre Flynn et la limite du parc, s'efforçant de ne pas penser à l'ampleur de la tâche qui les attendait. Comment trouver des gens qui ne voulaient pas être découverts dans cette vaste étendue déserte ?

Dès qu'il aurait du réseau, il contacterait Felicity pour lui demander si elle avait entendu parler d'incidents inhabituels à proximité du parc. Felicity, une des jeunes filles qui avaient été élevées par les Knight, était devenue garde-forestière. Elle était trop gentille pour garder rancune à Liza. Au contraire, elle ne demanderait sans doute qu'à les aider.

Encore fallait-il qu'il puisse lui téléphoner. Dans l'immédiat... Eh bien, Liza pouvait dormir quelques heures pendant qu'il échafaudait des plans en attendant l'arrivée des sbires de son père.

À ce moment-là, il les guiderait là où il voulait les guider.

Il ouvrit la toile et se glissa à bas du véhicule, parcourant les environs des yeux.

Debout à côté de la voiture, Liza tressaillit, et il aperçut quelque chose de doré et de familier au creux de sa main. Elle referma ses doigts sur l'objet et resta figée sur place, aussi immobile qu'une statue.

— Je croyais que tu dormirais plus longtemps, murmura-t-elle.

Il l'entendit à peine par-dessus les battements effrénés de son cœur.

— Qu'est-ce que tu as là ? demanda-t-il malgré lui.

Pourtant, il connaissait déjà la réponse. Et pour rien au monde il ne voulait en avoir la confirmation. Pas maintenant, alors que le vent du passé soufflait autour d'eux.

Elle baissa les yeux sur son poing fermé, puis soutint son regard, un mélange de méfiance et de tristesse dans le sien. Il avait été si convaincu que, s'il la faisait sortir du gang, il pourrait chasser cette tristesse. Mais il avait dix-huit ans, et il était naïf.

— Tu sais ce que c'est.

Le vent soufflait si fort qu'il n'aurait pas dû pouvoir distinguer ses paroles, mais il comprit quand même.

— Pourquoi l'as-tu gardé ?

Encore une question qu'il aurait dû s'abstenir de poser. Bizarrement, elles semblaient jaillir d'elles-mêmes comme si son cerveau ne commandait plus – comme si l'instinct avait pris le dessus.

— Tu m'as dit que c'était un porte-bonheur, dit-elle en ouvrant les doigts, laissant la chaîne pendre entre eux.

Le médaillon en forme de cœur se balança dans le vent.

— Je me suis dit que j'en avais besoin dans ma vie – maintenant plus que jamais.

Trop d'interrogations se bousculaient dans l'esprit de Jamison. Et surtout celle-ci : la même photo se trouvait-elle à l'intérieur de ce médaillon ?

Peu importait. Rien de ce qui concernait le passé n'importait. Il devait se concentrer sur ce qui l'entourait, sur leur plan. Sur n'importe quoi sauf la manière dont elle regardait ce bijou, comme s'il contenait la solution à tous ses rêves brisés.

Il y avait trop de fantômes entre eux. S'aventurer sur ce terrain-là était du suicide émotionnel. Cela compliquerait tout, et puis, quelle importance à présent ?

Malgré tout, son cœur semblait incapable d'obéir à la raison. Incapable de lâcher prise.

— Pourquoi es-tu partie ?

Liza ne bougea pas. Elle avait peur d'esquisser un geste, de s'approcher de lui au lieu de s'éloigner.

— Je pensais que tu avais tout compris, dit-elle sans le regarder.

Sinon, il verrait forcément la douleur qui irradiait d'elle comme la poussière qui tourbillonnait entre eux, soulevée par le vent.

Il se détourna, l'air dégoûté, mais elle le connaissait encore assez pour savoir que ce dégoût était dirigé contre lui-même. Il ne voulait pas lui poser ce genre de questions. Il voulait être au-dessus du passé.

Pourtant, il n'était pas indifférent. Quelque chose vibra en elle, une émotion qui, compte tenu des circonstances, pourrait se révéler fatale, mais jamais elle n'avait été très apte à discerner ce qui était bon pour elle.

C'était si douloureux de l'observer, de constater qu'il était devenu l'homme qu'elle avait su qu'il deviendrait. Douloureux d'éprouver des sentiments qu'elle avait cru effacés par le temps. Pouvait-il aimer une femme qu'il n'avait pas vue depuis quinze ans ? Quelqu'un qu'il *détestait*.

C'était impossible.

Alors qu'elle se débattait avec ces pensées, le regard de Jamison se posa sur l'horizon, et devint dur et froid. Différent de celui qu'il avait eu à Bonesteel avant qu'elle soit blessée. Il y avait eu une émotion dans son dédain alors.

Ce regard-ci était glacial.

Il éveilla une réaction surprenante en elle. Un besoin ancien de le réconforter, de lui donner la chaleur que son existence au sein du gang avait éteinte.

— Monte dans la voiture, ordonna-t-il.

Elle ne protesta pas, n'essaya pas de voir ce qu'il voyait, parce qu'il n'y avait pas le moindre doute dans son esprit : les Fils les avaient trouvés.

Elle obéit.

Autrefois, elle aurait discuté, mais maintenant, elle était simplement soulagée que quelqu'un prenne les décisions à sa place. Elle était lasse de chercher à garder une longueur d'avance sur le gang, et d'échouer.

Jamison se glissa au volant, étala une carte sur ses genoux et se mit à tracer quelques marques au crayon.

— Qu'est-ce que tu fais ? demanda-t-elle, espérant que sa question ne ressemblait pas trop à une accusation.

Des hommes les poursuivaient et il prenait des notes ?

— Il y a trois voitures – avec sans doute deux hommes à bord dans chacune. Elles viennent de l'ouest. Donc, nous allons suivre cette direction. Attrape ce sac sur la banquette.

Il continua à consulter la carte pendant qu'elle bataillait pour faire passer l'énorme sac à dos sur le siège avant.

Enfin, il replia la carte et la fourra dans sa poche, puis lui désigna l'arrière de nouveau.

— Prends le plus petit. On part en rando. Ta jambe va tenir le coup ?

Même si ça n'avait pas été le cas, elle aurait acquiescé. Elle se refusait à être la personne qui le retardait. D'autant plus que c'était à cause d'elle qu'il se trouvait dans cette situation.

Elle obtempéra et descendit du pick-up en même temps que lui.

Elle ne distinguait rien à l'horizon côté ouest, hormis peut-être un nuage de poussière. Cependant, elle se fiait à l'instinct de Jamison.

Sans un mot, elle lui emboîta le pas, réglant son allure sur la sienne. Sa jambe la lançait, mais la douleur était supportable. Elle s'y habituerait.

Il lui suffirait de penser au danger que courait Gigi pour l'endurer.

Ils s'engagèrent dans une ravine surmontée de ces étranges formations rocheuses qui attiraient les touristes. Le paysage n'était pas aussi spectaculaire que dans le parc national. Ici, il restait des étendues de terrain plat où poussait l'herbe printanière.

Liza trébucha et se cogna la jambe, étouffant un cri. Jamison ne se retourna pas, focalisé sur le chemin qu'il suivait dans sa tête.

— Pourquoi est-ce qu'on a abandonné le pick-up ? demanda-t-elle, en luttant pour ne pas déraper sur le rocher.

— On va décrire un cercle pour leur faire croire qu'on l'a abandonné. Ils vont commencer à nous chercher à pied, en rayonnant à partir du pick-up et en s'éloignant petit à petit. On devrait être de retour dans quelques heures. Vu la direction d'où ils venaient, j'ai une vague idée de l'endroit où la cachette pourrait être.

— Et s'ils montent la garde autour du pick-up ? Ou qu'ils y mettent le feu ?

Cette dernière possibilité n'était pas venue à l'esprit de Jamison. Elle le comprit à la pause presque imperceptible qu'il marqua.

— Ils ne feront pas ça. Leur premier objectif est de nous trouver et de nous ramener à nos pères. Ils se fichent de la voiture.

Liza ne prit pas la peine de discuter, mais jeta un coup d'œil en arrière, songeant à aux destructions que les Fils des Badlands prenaient plaisir à causer sur leur chemin.

Jamison avait sans doute raison de penser que les hommes avaient pour mission de les capturer et de les ramener à leurs pères, pour que « le conseil » décide de leur châtiment.

En revanche, pour ce qui était du sort du pick-up, il se berçait d'illusions. Elle en était sûre.

7

Ils marchèrent pendant une bonne heure. Jamison avait le circuit en tête, mais consultait sa boussole de temps à autre afin de s'assurer qu'ils ne tournaient pas en rond dans ce paysage fantasmagorique, où tout finissait par se ressembler.

Dès que le soleil commença à baisser, il reprit la direction du pick-up. Il maintenait un rythme lent et régulier, suffisant pour leur permettre de rejoindre le véhicule avant la tombée de la nuit, et, surtout, avant que la température ne chute. Il avait emporté des vêtements chauds pour Liza, mais avec sa blessure, une longue marche dans le froid était la dernière chose dont elle avait besoin.

Elle l'avait suivi sans se plaindre et il ouvrit la bouche pour la féliciter d'avoir tenu le coup, puis se ravisa. Elle n'avait pas besoin de ses encouragements. Elle essayait de sauver sa sœur. Pas de quêter son approbation.

Il n'était plus son protecteur, même si elle était venue lui demander un coup de main. Aider quelqu'un n'était pas la même chose que le sauver. Ces sentiments qui l'enveloppaient n'étaient que des souvenirs. Ils n'avaient rien à voir avec la réalité.

Ils n'étaient plus rien l'un pour l'autre. Plus rien du tout. Il finirait bien par se mettre ça dans le crâne.

Une odeur de brûlé s'immisça dans l'air alors qu'ils approchaient du pick-up, et un vague frisson d'appréhension le parcourut. Malgré tout, il se refusa à croire le pire. Pour quelle raison auraient-ils mis le feu au véhicule ? Cela risquait d'attirer l'attention – ce que les Fils avaient toujours évité de faire.

Cependant, comme ils s'avançaient dans la clairière, il vit le nuage de fumée noire. Atterré, Jamison contempla les dégâts en silence.

Le pick-up avait été incendié, exactement comme Liza l'avait craint. La carcasse noircie fumait encore, un squelette grotesque, incongru, sur fond de coucher de soleil flamboyant.

C'était la preuve éclatante qu'il s'était amolli. Il avait été si sûr que le gang ne prendrait pas cette peine, si sûr de savoir ce qu'ils projetaient et comment déjouer leurs plans. Son estomac se noua alors qu'il songeait aux erreurs qu'il avait commises – et à celles qu'il risquait de commettre avant la fin de cette mission insensée.

— Grand-mère Pauline va te botter les fesses, lâcha Liza sur un ton amusé.

Derrière elle, le crépuscule était un éblouissant kaléidoscope de couleurs. Signe qu'un orage allait éclater cette nuit.

Et ils n'avaient que leurs sacs à dos.

Lui botter les fesses ? Sa grand-mère allait l'écorcher vif, oui. À supposer qu'ils sortent vivants de cette expédition. Pour la première fois, il comprit vraiment pourquoi Liza avait été si effrayée, pourquoi elle s'était résolue, en dernier recours, à faire appel à lui. Des vies étaient en jeu – ce qui n'avait pas été le cas quand ils étaient adolescents, du moins, il n'en avait pas eu conscience alors.

Le pire, c'était que Liza ne manifestait aucune surprise. Elle l'avait averti, non ? Il ne pouvait que fixer les vestiges du véhicule et se demander...

Il avait sauvé ses cinq frères, et Liza pendant un temps, jusqu'à ce qu'elle change d'avis. Les fils Wyatt s'étaient bâti une vie. S'ils n'avaient pas réussi à triompher du gang, au moins y avaient-ils survécu. Ils y avaient échappé. C'était censé être suffisant. Après que Dev avait frôlé la mort, Jamison s'était persuadé que ça l'était.

Il sentait l'acide lui ronger l'estomac à la pensée qu'il avait fait précisément ce contre quoi Liza l'avait mis en garde : il avait sous-estimé les Fils des Badlands. Tout cela parce que, à un moment donné, il avait considéré l'évasion comme une victoire.

Il avait mis trente-sept ans à le comprendre, mais il acceptait enfin l'évidence : l'évasion et la survie n'étaient pas une victoire. Pas tout à fait. Pas encore.

— Ce ne sont pas les Fils que tu connaissais, Jamison, reprit Liza doucement.

Comme si elle cherchait à le réconforter plutôt qu'à lui faire remarquer qu'elle l'avait prévenu.

Il avait continué à suivre leurs faits et gestes, pourtant. Il les avait surveillés de loin. Comment avait-il pu ne pas se rendre compte du fait qu'ils avaient changé ? Qu'ils étaient plus sûrs d'eux. Plus audacieux. Beaucoup plus dangereux.

— Tu dois bien savoir quel effet un pouvoir sans restriction a sur les hommes, continua Liza.

On aurait dit qu'elle avait lu ses pensées sur son visage.

Ce qui était possible. Et tout aussi inacceptable que l'erreur de calcul qu'il avait commise.

— Au bout d'un moment, plus personne ne met leurs décisions en question. Tout le monde a peur d'eux. Même le gouvernement fédéral n'a pas pris la peine de les infiltrer depuis des années. Les Fils ont tout ce qu'ils voulaient mais ils veulent toujours davantage. Parce qu'ils savent que rien ne peut les arrêter.

Quand elle avait commencé à parler, c'était sur un ton neutre. Presque résigné. Cependant, à mesure qu'elle continuait, l'émotion s'était logée dans sa voix, y vibrait. Et elle remuait Jamison au plus profond de lui-même.

— C'étaient déjà des criminels endurcis à l'époque, observa-t-il, luttant encore pour assimiler ses paroles.

Comment pouvaient-ils être plus forts, plus redoutés ? Comment était-ce possible ? Le bien était supposé l'emporter – il l'avait emporté toutes ces années plus tôt.

Sauf que non. Le bien s'était échappé, voilà tout.

— Ils sont pires maintenant, déclara Liza avec une conviction qu'il ne mettait plus en doute.

Les faits étaient les faits. Les Fils d'autrefois ne se seraient pas donné le mal de mettre le feu au pick-up. Ils n'auraient pas voulu attirer l'attention en laissant un véhicule brûlé au milieu de nulle part.

Si Liza disait vrai, et que les autorités avaient mis fin à leurs tentatives régulières d'infiltrer le gang…

Il exhala un soupir, évacuant ses inquiétudes avec. Il avait besoin d'un nouveau plan, et l'émotion ne le mènerait à rien.

Il jeta un coup d'œil à Liza, qui regardait la fumée comme si c'était un spectacle anodin. L'affection ne le mènerait à rien non plus, et pourtant, elle était là, dans ses entrailles, pareille à une vieille maladie dont il ne s'était pas complètement rétabli.

Soudain, alors qu'il se remémorait le passé et l'adolescent qu'il avait été, Jamison comprit qu'il devait retrouver cette personne-là. Retrouver la conviction, l'arrogance de sa jeunesse. Être prêt à tout risquer de nouveau.

Et cette fois, l'objectif ne serait pas l'évasion. Il y aurait une fin.

Avant de partir, il s'était résigné à la possibilité que cette mission le mène à une nouvelle confrontation avec son père, qu'elle déclenche la vengeance de ce dernier.

Désormais, ce n'était plus une possibilité, mais une évidence. Il était temps de mettre fin une fois pour toutes à la corruption du paysage qu'il aimait tant.

Le regard rivé sur le pick-up, il laissa remonter tout ce qu'il avait choisi d'enfouir au cours des quinze dernières années. Laissa le vent emporter ses illusions. Peut-être avait-il pressenti que ce moment arriverait, car il n'éprouva qu'une brève douleur, vite étouffée par la froide certitude qui avait caractérisé son adolescence.

— Le pouvoir absolu finit par être brisé, Liza. Personne ne règne pour toujours.

— Et ce serait pour quand ?

N'avait-elle pas perçu le changement qui s'était produit en lui ? N'avait-elle pas senti de changement dans l'air ?

Il se retourna vers elle, rencontra son regard furieux et effrayé, tandis que le ciel rouge et orangé flamboyait derrière elle, comme annonciateur de l'Apocalypse.

C'était le cas. Il était temps.

Ils allaient retrouver Gigi.

Ensuite, il s'attaquerait aux Fils.

— Pour maintenant.

L'expression qu'elle voyait sur le visage de Jamison la fit frissonner, et pour plus d'une raison. Elle lui rappelait le garçon qu'elle avait connu.

Et aimé.

C'était terrible d'être brusquement confrontée à... ces vieux sentiments, plus troublants maintenant qu'ils n'étaient plus des adolescents. Qu'il ne s'agissait plus de liberté.

Il s'agissait de la vie de sa sœur, et peut-être de la leur.

Elle éprouvait de la peur, mais aussi quelque chose de plus profond, de plus primitif. Une sensation qu'elle ne s'autoriserait en aucun cas à admettre.

Du moins l'espérait-elle sincèrement.

— Qu'allons-nous faire ? demanda-t-elle dans un murmure.

Il fronça les sourcils et parcourut le paysage des yeux avant de planter son regard intense dans le sien.

— Qu'est-ce qu'on devrait faire, à ton avis ?

— Comment ?

— Tu avais raison pour le pick-up. Tu...

Il secoua la tête presque imperceptiblement.

— Je croyais avoir gardé l'œil sur eux, mais il est clair que je ne les ai pas suivis d'assez près. Tu les connais, tu les comprends mieux que moi.

— Je ne suis pas une des leurs, Jamison. Quand...

— Je n'ai pas dit que tu l'étais. J'ai dit que tu les connaissais. Il faut qu'on se serve de ce que tu sais, parce que je ne peux plus anticiper leurs mouvements.

— Je ne...

— Arrête ça tout de suite.

Elle se tut, trop choquée par le ton cassant de sa voix pour protester.

— Tu sais, reprit-il. Tu vis parmi eux depuis quinze ans. Tu n'es pas obligée de faire semblant de croire que j'en sais plus long que toi. Je ne vais pas te punir.

— Ce n'est pas ce que...

Il arqua un sourcil, et elle laissa sa phrase en suspens. Il avait en partie raison. Elle était trop habituée à faire semblant de ne rien savoir – pour se protéger. À utiliser ses connaissances et ses compétences en cachette.

Elle n'était pas habituée à avoir… un équipier. Elle n'en voulait pas.

— Je suis fatiguée, Jamison, avoua-t-elle, s'efforçant de maîtriser le tremblement de sa voix. Je mène ce combat depuis trop longtemps. Tu sais comment c'est.

— Oui. Et je sais que tu ne peux pas renoncer tant que Gigi ne sera pas en sécurité. Mais je suis là, Liza. Je ne te demande pas d'agir toute seule. Je te demande de te servir de ton cerveau.

— Tu as toujours agi seul.

— Non. Mes frères et toi étiez tous assez âgés pour vous défendre quand je vous ai aidés à fuir. Gigi n'a que quatre ans. Et les Fils sont plus dangereux maintenant. Par conséquent, nous avons besoin de collaborer. Si je n'étais pas là, que ferais-tu maintenant ?

Liza passa les mains sur son visage. Elle avait mal à la jambe et à la tête. La poussière lui brûlait les yeux et elle tombait de sommeil.

— Je continuerais à la chercher. Ils n'ont pas renoncé à nous trouver. L'incendie du pick-up était un message. Tu avais raison tout à l'heure. Ils ne vont pas nous tuer, mais ils veulent nous ramener à nos pères.

— Pourquoi le tien ne t'a-t-il rien fait quand tu es retournée au camp ?

Liza resta silencieuse. Elle s'était attendue à cette question, pourtant le mensonge qu'elle avait préparé ne jaillit pas de ses lèvres comme elle l'avait prévu.

— Encore une chose que j'ai sous-estimée, c'est ça ?

La voix de Jamison était trop douce, trop semblable à celle du garçon dont elle se souvenait.

Elle se détourna.

— Les femmes sont ignorées dans le gang. Tu le sais.

C'était un mensonge pathétique, et elle ferma les yeux.

— Mais la loyauté compte, observa-t-il. Plus que tout.

— Oui, eh bien, j'ai survécu, n'est-ce pas ? L'important, à présent, c'est de trouver Gigi. Ils savent que c'est elle qui m'intéresse. S'ils sont un tant soit peu intelligents, ils vont se contenter de nous attendre.

— Si ?

— Ils sont intelligents, mais arrogants aussi. Certains ne suivent pas tout à fait à la lettre les ordres d'Ace, parce qu'ils ont hâte de grimper dans la hiérarchie. J'ai remarqué...

Elle se tut mais Jamison attendit la suite. Il était difficile de rompre avec l'habitude de garder ses pensées, ses théories pour elle. Cependant, il avait raison. Ils devaient travailler de concert – non pas chacun de son côté, mais ensemble.

— Je n'ai pas beaucoup vu les meilleurs hommes d'Ace récemment. C'est juste une supposition de ma part, mais je me suis demandé s'ils n'avaient pas été chargés du trafic. Ce qui laisse à l'échelon suivant la tâche de nous retrouver. Cela dit, ils sont à ce niveau-là pour une raison.

— Plus de muscles que de cervelle ?

Elle acquiesça.

— D'où le pick-up incendié. Bien. Donc, nous continuons à viser Flynn. Tu penses qu'ils vont revenir ?

Liza regarda autour d'elle. Le jour déclinait rapidement. À l'est, les étoiles apparaissaient déjà dans le ciel. Elle sentait la température baisser, et le vent soufflait sans répit.

— Pas ce soir. Ils vont faire un rapport à leurs supérieurs, quels qu'ils soient. Et puis ils passeront à l'action demain matin, avec un plan.

— Et ceux qui sont responsables du trafic seront sans doute prêts à se mobiliser. Ils ne perdront pas de temps.

— Je ne sais pas si ce trafic existe réellement, objecta Liza.

Non parce qu'elle avait peur d'exprimer son opinion, cette fois, mais parce qu'elle voulait désespérément croire que ce n'était pas le cas. Croire qu'elle avait dramatisé.

Pourtant, quand elle rencontra le regard de Jamison, elle y lut trop de gentillesse. Et une pointe de pitié.

Elle se détourna.

— Il faut qu'on marche de nuit, qu'on prenne de l'avance sur eux si possible.

— D'accord.

Il s'approcha d'elle, mais elle n'osa pas relever la tête. Elle sentit qu'il ouvrait le sac à dos qu'elle portait, puis le faisait glisser sur ses épaules. Quand elle rassembla enfin le courage de le regarder, il lui tendait un sweat-shirt et un anorak.

— Enfile ça. Laisse ta veste en cuir.

Elle voulut protester, mais le bon sens l'en empêcha. Le sweat et l'anorak lui tiendraient bien plus chaud. Malgré tout, la vieille veste en cuir était une sorte de talisman. Elle avait survécu, à l'instar de Liza elle-même.

Comme s'il avait lu dans ses pensées, il lâcha un soupir et fit passer le sweat-shirt par-dessus sa tête par-dessus la veste. Cela fait, il lui tendit l'anorak.

Ravalant le nœud qui s'était formé dans sa gorge, elle enfila un bras, puis l'autre. Elle voulut tendre la main vers la fermeture, mais il la devança.

Il était trop proche. Trop Jamison. Elle mourait d'envie de se pencher vers lui : quelles que soient ses réticences envers elle, et en dépit de l'amertume qu'il éprouvait encore après la manière dont elle était partie, elle devinait qu'il la serrerait dans ses bras et lui dirait que tout allait s'arranger.

Et là, elle s'effondrerait complètement.

Par conséquent, elle resta aussi immobile qu'une statue pendant qu'il remontait la fermeture.

— J'ai déjà fait ça, dit-il, avec l'assurance tranquille dont elle se souvenait. Je peux le refaire.

Ses paroles rompirent le charme. Elle avait autrefois cru qu'il possédait des pouvoirs magiques, mais elle n'avait plus ce genre d'illusions.

— Ne fais pas de promesses que tu n'es pas sûr de pouvoir tenir, Jamison. Sinon, tu t'en voudras plus tard.

— Je m'en voudrai d'une manière ou d'une autre, marmonna-t-il en la lâchant. Si tu as besoin de te reposer ou de grignoter quelque chose, dis-le. Il faut qu'on garde nos forces.

Il lui remit le sac, fouilla dans le sien et en tira deux lampes frontales.

— Mets ça, mais laisse-la éteinte, et reste aussi près de moi que tu peux.

Sur quoi il fixa sa propre torche et l'alluma, éclairant l'espace entre eux.

Et puis il lui tendit un pistolet.

8

Quand Jamison avait pris une décision, il n'hésitait plus. En général. Cependant, donner une arme chargée à une femme en qui il n'avait pas entièrement confiance le laissait vulnérable.

Enfin, si son heure était venue, autant qu'il meure de la main de Liza. Ce serait symbolique, et sans doute une fin méritée en regard de sa stupidité.

Ils se mirent en route, mais Liza ne tenta pas de le prendre pour cible. Elle avait suivi son conseil et marchait assez près de lui pour que sa torche suffise à les guider.

Jamison ne pouvait pas l'observer pour voir si elle était fatiguée, néanmoins, après une heure de marche éprouvante dans le noir, il décida qu'ils avaient besoin d'une pause.

Il lui tendit une bouteille d'eau et une barre protéinée qu'elle accepta avec une petite grimace et glissa dans sa poche au lieu de la manger. Au prix d'un effort, il s'abstint de lui faire la leçon.

— Il faut qu'on change ton pansement.

Elle secoua la tête.

— Pas encore. Rapprochons-nous davantage. D'ailleurs, ça va pour le moment.

Il en doutait fort, même si, à la lueur diffuse de la lampe, son visage ne trahissait aucune marque particulière de douleur ou d'inquiétude. Plutôt que de perdre un temps précieux à discuter avec elle, il se contenta d'acquiescer, reprit une gorgée d'eau, puis remit la bouteille dans son sac.

Ils repartirent, Jamison à l'affût de toute présence, humaine ou animale. Les lynx pouvaient être dangereux, sans parler des serpents à sonnette : dans l'obscurité, on courait le risque de faire rouler un rocher et de déranger un nid.

Une mauvaise rencontre avec un animal serait désastreuse, surtout en pleine nuit, alors qu'ils n'avaient pas de réseau téléphonique et qu'un gang de motards était à leurs trousses.

Par conséquent, Jamison avait adopté un rythme lent et prudent. Il ne pouvait se permettre de laisser son impatience prendre le pas sur le bon sens. Le temps pressait, certes, mais toute erreur serait fatale.

Il gardait l'œil sur sa montre, veillant à faire une halte toutes les heures pour boire un peu. À la troisième, sachant qu'ils se rapprochaient de Flynn et qu'ils allaient devoir redoubler de vigilance, il observa Liza avec attention.

Elle paraissait fatiguée, mais il était sûr que lui aussi. Puisqu'elle s'était immobilisée, il ne pouvait pas savoir si elle boitait davantage, mais un juron lui échappa lorsqu'il baissa les yeux sur sa blessure. Le tissu de son pantalon était imprégné de sang, ce qui signifiait qu'un point de suture avait dû céder.

— Tu as besoin d'un nouveau pansement.

— On n'a pas le temps.

— Tu veux encore que je me déshabille ? C'est lassant, à la fin.

— Moins lassant que cette blague.

Il déposa son sac et sortit la trousse de premiers secours.

— Il faut que je resserre le pansement. Sinon...

— Oui, oui, je sais.

Quand elle abaissa son pantalon, le bandage était saturé.

— Ce n'est pas joli.

— Ça pourrait être pire.

C'était vrai, et ils n'avaient pas de temps à perdre à se quereller. Il retira la gaze ensanglantée et la mit dans un sachet en plastique qu'il avait apporté. Ensuite, il fit de son mieux pour désinfecter la plaie en dépit de la poussière soulevée par le vent.

Liza frissonnait, et il travailla aussi vite et aussi efficacement que possible à la faible lueur de la lampe. Un seul point avait cédé, et il espérait qu'un pansement plus serré réglerait le problème. Idéalement, elle aurait dû aller à l'hôpital. Si sa blessure empirait, elle serait un fardeau plutôt qu'une aide.

Il s'abstint de le lui faire remarquer. C'était Liza qui endurait la douleur. Elle voulait sauver sa sœur. Elle connaissait les risques. Ce n'était pas son rôle de lui dicter sa conduite.

Ce n'avait jamais été son rôle, et il fronça les sourcils à la pensée qu'il l'avait peut-être fait autrefois. Était-elle partie à cause de lui ? S'était-il montré trop autoritaire dans sa détermination à la protéger, de sorte qu'elle s'était réfugiée dans le seul endroit qu'elle connaissait ?

Questions absurdes. Pensées absurdes. Peu importait, et il devait cesser de ressasser le passé.

Pourtant, comme il se relevait pour ranger la trousse, il dut se rendre à l'évidence : qu'il le veuille ou non, le passé était là. Un courant électrique qui vibrait constamment dans l'air entre eux, une attirance tout aussi forte qu'autrefois.

Peut-être parce que leur histoire ne s'était pas terminée. Peut-être à cause d'un sentiment plus profond. En tout cas, il était difficile de lutter contre.

Ils étaient trop près l'un de l'autre, ils se regardaient depuis trop longtemps, et bien que le cerveau de Jamison lui ordonne de réagir, de s'éloigner, il restait exactement là où il était. Trop près d'elle. Trop tenté de...

— Tu te détesterais autant que tu me détestes, murmura Liza, rompant le charme.

Heureusement.

Il se détesterait, elle avait raison, mais l'obscurité qui les entourait rendait plus facile d'avouer la vérité, au lieu de l'enfouir profondément en lui.

— Souffrir n'est pas haïr, Liza. Ne confonds pas l'un avec l'autre. C'est ce que font les membres du gang. Pas moi.

Il recula d'un pas pendant qu'elle remontait son pantalon.

— Ça doit être bien d'avoir quitté le gang, supprimé toutes ces horreurs, et d'être parfait et heureux maintenant, lâcha-t-elle de sa voix dure et empreinte d'émotion dans le noir. Ça doit être tellement bien d'avoir laissé tout ça derrière toi.

— Tu aurais pu en faire autant, lui rappela-t-il, mais sans amertume.

Il commençait à ressentir une curieuse lassitude, qui le privait de l'énergie nécessaire pour maintenir une façade forte, indifférente. Ne restait que la vérité nue.

— Non, je ne pouvais pas.

— Si tu le dis.

— Marci était encore là-bas.

Il ne voulait pas discuter des raisons de son départ. Ou plutôt, il voulait désespérément le faire, mais savait que cela ne les satisferait ni l'un ni l'autre.

— Ta sœur n'avait aucune envie d'être sauvée. C'est pourquoi nous l'avons laissée là. Tu as dit à l'époque que tu l'acceptais. Je ne vois pas pourquoi les quatre ans que tu as passés en dehors du gang auraient changé quoi que ce soit.

— Parce que ça te suffit, à toi ? On ne devrait pas essayer de sauver quelqu'un qu'on aime juste parce qu'il ou elle ne veut pas l'être ?

Elle n'avait pas répondu aux failles qu'il avait signalées dans son raisonnement, mais à quoi bon retomber dans les ornières du passé ? Il devait mener à bien cette mission et reprendre le cours de sa vie avant que la tentation ne l'entraîne sur un chemin qu'il tenait à éviter.

— Pas si on veut se sauver soi-même.

— Tu ne peux pas comprendre. Tu n'as dû laisser personne derrière toi.

Que s'imaginait-elle ? Que tout ce qu'il avait fait alors ou qu'il faisait maintenant était *facile* ? Qu'il était *agréable* de savoir que son père était un monstre et que, s'il n'y prenait pas garde, le mal pouvait s'épanouir en lui aussi ?

Il se remit à marcher sans répondre.

Sa jambe lui faisait mal au point qu'elle était au bord des larmes. Son cœur était non moins meurtri. À cause de tant de choses. Pas seulement la douceur avec laquelle Jamison avait refait son pansement, ni la manière dont il l'avait regardée ensuite – comme s'ils s'étaient quittés la veille. Mais à cause de ce qu'il avait dit, de l'indifférence qu'il avait manifestée à l'égard de Marci, et du choc qui s'était lu sur son visage quand elle avait dit qu'il n'avait rien laissé derrière lui.

Et puis, il avait remis son masque et recommencé à marcher.

Le remords cognait dans la poitrine de Liza comme le battement de son cœur. Le regret lui nouait les poumons, et elle avait du mal à respirer sans pleurer.

Pourtant, elle continuait à avancer, parce que c'était Gigi l'important, pas son passé gâché ni les sentiments qu'elle éprouvait encore pour Jamison Wyatt.

Souffrir n'est pas haïr, Liza. Ne confonds pas l'un avec l'autre.

Ces mots la hanteraient jusqu'à la fin de ses jours. Tout ce qu'elle avait connu en grandissant, c'était la souffrance et la haine. Elle n'avait jamais discerné d'étincelle de gentillesse nulle part sauf chez les frères Wyatt, et par la suite, dans le monde que Jamison lui avait offert.

Peut-être y avait-il d'autres raisons pour lesquelles elle n'avait pu rester, en dehors de Marci. Peut-être la bonté de grand-mère Pauline et des Knight avait-elle été impossible à accepter. Trop bouleversante pour quelqu'un qui n'avait connu que le mal.

Quelle horrible pensée ! Pourtant, elle devait faire preuve d'indulgence avec elle-même. Elle avait vingt ans à l'époque. Peut-être les choses se seraient-elles passées différemment si elle avait été plus jeune, ou plus âgée.

Mais il était trop tard pour le regretter. Elle avait fait un choix. Exactement comme Marci avait fait le sien. Et Carlee.

Gigi, elle, n'avait pas le choix.

Par conséquent, Liza se forçait à marcher, à ignorer la douleur qui lui laminait la jambe. En revanche, elle ne pouvait tout à fait ignorer celle qui lui serrait le cœur.

— Tu n'as jamais eu envie de revenir ?

Si la question le surprit, il n'en montra rien.

— Je ne sais pas.

Elle s'était attendue à un « Non » plein d'emphase, à une certitude, au moins. Pas à un « Je ne sais pas ». Cet aveu ne fit qu'ajouter au désordre de ses pensées. Jamison était *toujours* sûr de lui.

— Comment ça, tu ne sais pas ?

— C'est trop compliqué, dit-il en pressant l'allure, l'obligeant à trottiner pour le rejoindre.

— Ce n'est pas une réponse, Jamison.

Il poussa un profond soupir.

— La vérité est quelque part entre les deux. C'était de là que je venais, même si je détestais cet endroit. Ace est mon père, même si je le déteste. Je ne voulais pas y retourner, mais il y avait des jours où je ne voulais pas non plus… ne *pas* y retourner.

Elle secoua la tête, comme pour nier ce qui était manifestement une réponse honnête. Elle ne connaissait que trop bien ce déchirement, ce désir d'avoir une chose et son contraire. Cette impression de ne jamais être tout à fait à sa place.

Jamais elle n'avait pu avouer cela à personne, mais Jamison venait de distiller ce sentiment en quelques mots. Des mots qui n'auraient sans doute de sens que pour eux.

Le moment était mal choisi pour une discussion sincère, mais sinon maintenant, quand ? Quand aurait-elle de nouveau l'occasion d'aborder ce sujet avec quiconque ? Jamison était le seul à comprendre les deux facettes de son existence.

— Si c'était compliqué de ne pas revenir, tu ne crois pas que l'inverse était compliqué aussi ?

Jamison resta silencieux un instant. Quand il répondit enfin, il éluda la question.

— Partagé ou pas, je n'y suis pas retourné. C'est la différence entre nous.

— Il fallait que j'y retourne.

— Si c'est ce que tu veux croire, Liza, vas-y. Tu n'as pas besoin de mon absolution. Si tu en avais eu besoin, tu ne serais pas partie.

Elle s'immobilisa alors, parce que c'était la vérité. Elle n'avait besoin ni de son approbation ni de son pardon. Si elle s'était posé la question la veille, elle aurait affirmé qu'elle ne voulait ni l'un ni l'autre.

Pourtant, là, dans la nuit glaciale balayée par le vent hurlant, le cœur en lambeaux et la jambe qui la lançait, elle comprit que c'était précisément ce qu'elle désirait le plus au monde depuis qu'elle s'était glissée hors de la maison des Knight, toutes ces années plus tôt.

Son approbation. Son pardon.

Il était trop tard. Trop tard.

— En ce qui me concerne, ça n'a pas d'importance, ajouta-t-il, déjà assez loin pour qu'elle doive allumer sa propre lampe pour le rattraper sans trébucher. Nous sommes ici pour une raison, et une seule.

— Gigi.

Ce qui signifiait qu'elle devait s'accepter et se pardonner toute seule, plutôt qu'attendre que Jamison le fasse.

Elle lâcha un soupir. C'était une prise de conscience bouleversante, mais elle ne se sentait pas délivrée pour autant. Cela n'arriverait que lorsque Gigi serait en sécurité. Alors, Liza pourrait bâtir sa propre vie.

Sa *propre* vie. Aller là où bon lui plairait et faire ce qu'il lui plairait. Sans se soucier de Jamison ni du gang.

Elle prit une profonde inspiration, laissant son cœur battre au rythme de sa douleur. Elle utiliserait sa souffrance pour triompher de la peur. Atteindre un avenir dont elle seule déciderait.

Elle rattrapa Jamison et éteignit sa lampe dès qu'elle fut assez proche de lui pour voir son chemin à la lueur de la sienne. Ils marchèrent en silence, ce qui valait sans doute mieux, songea-t-elle.

Plus de discussions. Elle ne chercherait plus à le convaincre de la croire ou de la comprendre. Cela n'avait pas d'importance. Elle devait seulement se souvenir de ses paroles. Elle n'avait pas besoin de son absolution.

Ils ne se haïssaient pas. Ils n'étaient pas obligés de se pardonner l'un l'autre.

Il suffisait qu'ils se pardonnent eux-mêmes. Elle se demanda s'il y était parvenu. Elle en doutait.

Jamison s'arrêta brusquement et éteignit sa torche. Liza retint son souffle. Au loin, une étincelle jaillit.

Celle d'un briquet.

9

— Ce doit être un campement. Tu penses qu'ils sont tous là ?

Jamison jeta un coup d'œil vers Liza, décidé à se fier à elle autant qu'à son instinct.

Elle arborait une expression curieuse. La peur et le doute ne se lisaient plus sur ses traits. Même le masque d'indifférence narquoise qu'elle avait adopté au début n'était plus là.

Elle paraissait farouche. Résolue. Il baissa les yeux sur sa jambe – pour autant qu'il puisse en juger, le pansement tenait et le sang avait cessé de couler.

— Sans doute tous ceux qui sont à notre recherche. Ou la plupart d'entre eux, en tout cas, dit-elle avec une totale certitude.

— Tu vas rester ici et...

— Non. On ne se sépare pas. Jamais.

Elle avait parlé avec une insistance qui aurait pu le faire vaciller si ces mots et la manière dont elle les avait prononcés ne lui avaient rappelé son père.

— C'est une règle des Fils.

— Une règle intelligente, déclara-t-elle sans hésiter. Si on veut les battre, il faut qu'on applique les mêmes règles qu'eux.

— Pas question.

— Jamison, je ne laisserai pas ta fierté, ton honneur, ou je ne sais comment tu veux l'appeler, nous mettre des bâtons dans les roues. Tu as dit que tu étais prêt à les neutraliser, à te confronter à eux et à ton père. Tu ne peux pas le faire en tant que policier. Tu dois le faire en tant que Jamison Wyatt.

Plutôt mourir. Il ne prononça pas les mots à voix haute, parce qu'il savait qu'il valait mieux ne pas tenter le sort quand on avait affaire aux Fils des Badlands.

— Je ne serai pas Ace, Liza. Je ne peux pas être lui.

— Je ne dis pas que tu dois l'être, Jamison. Mais si on n'emprunte pas leurs méthodes, on n'a aucune chance.

Leurs méthodes. Leur cruauté. En tant que policier, il avait dû s'endurcir contre l'injustice. Comme il l'avait dit à Liza, certains ne voulaient pas être sauvés - et on ne pouvait survivre soi-même si on s'acharnait à essayer. Mais la cruauté était autre chose. C'était une perte d'humanité - une noirceur de l'âme.

Il avait vu cette noirceur engloutir son père un peu plus au fil des ans. Car, contrairement à la plupart de ses frères, il pouvait encore se remémorer une époque où Ace n'était pas complètement mauvais. À un moment donné, il y avait eu de la compassion en Ace Wyatt.

Jamison n'avait jamais su ce qui l'avait détruite, peu à peu, mais il savait que le terrain était glissant. Plus on faisait souffrir autrui, moins on avait de bonté en soi-même si les gens qu'on faisait souffrir le méritaient.

Terrain glissant ou pas, une petite fille de quatre ans était en danger. Par conséquent, Liza avait raison sur un point : il ne pouvait appliquer les règles auxquelles il était habitué dans la police. Il ne pouvait pas respecter la loi à la lettre.

S'il voulait mettre le gang hors d'état de nuire et faire face à son père une fois pour toutes, il devait être prêt à franchir des limites qu'il s'était promis de ne pas franchir.

Mais pas toutes.

— Je ne peux pas te promettre d'être sans pitié, Liza. Je me suis trop souvent promis de ne pas devenir comme Ace. Mais je ferai tout pour sauver une petite fille innocente.

Elle exhala un soupir, mais il reprit la parole avant qu'elle ait eu le temps de répondre.

— Il faut qu'on sache combien ils sont. Je crois qu'il serait plus sûr et plus efficace qu'un seul de nous deux se rapproche pour les compter. Et, puisque je ne suis pas blessé, il serait logique que ce soit moi.

— Et s'ils te découvrent et t'emmènent à ton père, qu'est-ce que je deviens ?

— Plus nous en savons...

— Non. C'est le flic qui parle. Nous n'avons pas besoin de savoir ce qu'ils font. Nous avons besoin de savoir ce que nous faisons, nous. C'est Gigi que nous voulons, pas eux. Et si on les contournait, tout en continuant à se diriger vers Flynn ? L'endroit où ils gardent Gigi se trouve sûrement entre eux et Flynn.

— De l'autre côté de Flynn. À l'ouest. Ce sera plus commode pour le transport ou pour donner rendez-vous à des complices. Ça évite de faire venir des étrangers en ville, marmonna Jamison, vaguement agacé que le plan de Liza soit meilleur que le sien.

— Bon, dans ce cas, on marche jusque-là. Si possible, sans se faire repérer.

Son argument était sensé. Il doutait que les hommes de son père s'attendent à ce qu'ils marchent toute la nuit. S'ils pouvaient dépasser ce groupe avant le lever du soleil, il ne leur resterait plus que les sentinelles du camp principal à neutraliser.

Et s'ils réussissaient à contourner Flynn avant le lever du soleil, leurs chances seraient encore meilleures.

— Sors ta carte, ordonna-t-elle. Celle avec les notes.

Il déplaça son sac à dos et tira la carte de sa poche.

— Pas de lampe frontale. Tiens ça pendant que je cherche ma lampe stylo.

Il posa le sac par terre et fouilla à l'intérieur jusqu'à ce que ses doigts effleurent la tige mince.

— Déplie la carte.

Elle obtempéra. Alors qu'ils l'étudiaient en silence, un petit bruit le fit tressaillir.

Une sorte de froissement. Il pouvait s'agir d'un animal – c'était sans doute le cas, néanmoins un frisson lui parcourut la nuque. Il croisa le regard de Liza dans la faible lueur dégagée par le stylo. Elle ouvrit la bouche mais il l'arrêta d'un geste.

De l'autre main, il éteignit la lampe et la fourra dans sa poche. Ensuite, il effleura les doigts de Liza encore cramponnés à la carte, et lui fit signe de la replier et la ranger.

Elle hocha imperceptiblement la tête.

Jamison se tourna vers l'endroit d'où venait le bruit, lui faisant un bouclier de son corps. Le froissement du papier s'entendit dans le silence nocturne, mais exactement comme le son qu'ils avaient entendu – on aurait pu le prendre pour le grattement d'un animal, ou le souffle du vent.

Il réprima l'envie de dégainer son pistolet. Un coup de feu résonnerait dans les canyons et les trahirait. Il pouvait lutter contre un ou deux attaquants, mais pas contre tout un groupe.

Il ne distinguait rien autour de lui hormis les ténèbres. Ses yeux ne s'étaient pas encore accoutumés à l'obscurité après la lueur du stylo. Il tendit l'oreille, guettant le moindre son indiquant la présence d'un rôdeur. Par chance, Liza était derrière lui, plaquée à un rocher, par conséquent ils ne pouvaient être totalement encerclés.

À moins que quelqu'un n'arrive par le sommet du rocher.

Soudain, un frottement familier lui parvint – le bruit d'un couteau qu'on dégaine. Jamison avait un couteau, lui aussi, qu'il gardait dans sa botte. La lame était courte, et ne lui serait pas d'une grande utilité s'il devait s'en servir pour se défendre dans le noir.

Il sentit la main de Liza tirer son bras gauche vers l'arrière, puis presser un objet dans sa paume.

Le manche d'un couteau. Il ne le voyait pas, mais à en juger par son poids il était doté d'une lame plus longue que le sien. Cela dit, il ne pouvait se lancer à l'aveuglette. C'était trop risqué. Il devait voir sa cible et agir aussi silencieusement que possible.

En général, les membres du gang communiquaient au moyen de radios ou de talkies-walkies. Si l'un d'eux se trouvait à proximité, il avait éteint le sien. Ce qui donnait à Jamison l'espoir de neutraliser la menace sans être découvert – du moins, pas immédiatement.

Il avait besoin de lumière. Et d'une grosse dose de chance.

Le couteau de Liza en main, prêt à bondir, il alluma sa lampe frontale et vit précisément ce qu'il avait redouté. Un homme à moins de trois mètres de lui – par chance, aveuglé par la clarté soudaine.

Jamison se rua sur lui.

À la dernière seconde, Liza étouffa le hurlement qui lui était monté à la gorge. Un cri serait synonyme de capture.

La lampe frontale de Jamison tomba à terre pendant qu'il se jetait sur l'homme. La lumière se réfléchit sur le sol rocheux, créant un faisceau suffisant pour que Liza puisse distinguer deux silhouettes luttant dans le noir.

En revanche, elle n'y voyait pas assez pour savoir qui était qui. Trop souvent, un éclair transperçait la pénombre, le reflet d'un objet argenté, brillant.

Impossible de tirer – et pas seulement parce qu'elle risquait de blesser Jamison. Le bruit était l'ennemi. Ils pouvaient maîtriser un homme...

Une minute. Le gang n'envoyait jamais un seul homme en mission. Liza alluma sa propre lampe et regarda autour d'elle. Personne hormis Jamison et son adversaire.

Elle était debout à côté d'un promontoire rocheux. Quelques cailloux tombèrent sur le sol. Elle leva les yeux, s'écartant juste à temps pour esquiver un homme qui sautait du haut. Elle pivota pour lui faire face, regrettant à demi d'avoir donné son couteau à Jamison.

Le nouveau venu était un des laquais de son père.

— Bonsoir, Claybourne, lâcha-t-elle sur un ton narquois.

— Bonsoir, la morte.

Il avait une arme au poing, mais elle disposait d'un avantage. Il n'oserait pas s'en servir contre elle.

Non. Si elle mourait, ce serait de la main de son père. Par conséquent, elle sourit.

— Tu rêves, mon chou.

— Tu te crois intouchable, hein ? Mais il y a des limites que même toi tu ne peux pas franchir, ma belle.

Elle garda son sourire fermement plaqué sur ses lèvres, en dépit de la crainte qui lui nouait brusquement les entrailles. Même si elle n'attachait pas foi à toutes les menaces proférées par les hommes de son père, les derniers événements l'incitaient à la prudence.

Ils devaient savoir qu'elle cherchait Gigi. Et si la fillette était une des victimes du trafic dont elle avait entendu parler, cela signifiait-il que cet homme avait la permission de l'éliminer ? Son père aurait-il accepté qu'elle soit tuée par un autre que lui ?

Peu probable. Elle n'avait causé aucun ennui pour l'instant et personne ne savait qu'elle avait eu vent des rumeurs de trafic à part Jamison. Jamison qu'elle n'osait pas regarder. S'il était en train de maîtriser son adversaire, mieux valait qu'elle continue à détourner l'attention de Claybourne.

Elle se focalisa sur celui que son père considérait comme son meilleur pisteur à défaut d'être un de ses hommes les plus intelligents.

— Et quelle limite serais-je en train de franchir ? demanda-t-elle sur un ton suave.

— Je dirais que faire appel à un Wyatt en est une.

— Tu ne peux pas me tuer pour ça, Claybourne. Je le sais et toi aussi.

Il sourit dans le faisceau de sa lampe.

— Il y a une grande marge entre la situation où nous sommes en ce moment, et ton cadavre à mes pieds, non ?

Les bruits de lutte avaient cessé et Liza savait qu'elle devait continuer à parler, à garder l'attention de Claybourne focalisée sur elle. Si Jamison l'avait emporté, il pourrait le prendre par surprise. Dans le cas contraire, elle était fichue de toute manière. Elle ne pourrait pas se défendre contre deux adversaires et emmener Jamison blessé en sécurité.

Pourvu qu'il soit sain et sauf !

— Ne t'excite pas trop. Je te suivrai sans résister.

Claybourne ricana.

— C'est sûr.

Il pointa le pistolet vers sa jambe.

— Tu ne t'es pas bien occupée de ça, hein ?

— C'était donc toi le piètre tireur de Bonesteel ?

Il eut une grimace de mépris.

— J'ai tiré exactement où je voulais.

Et je vais faire pareil.

Du coin de l'œil, elle distingua Jamison qui s'avançait vers le faisceau de lumière. Il n'était qu'à quelques mètres derrière

Claybourne, invisible de lui tant que ce dernier fixait son attention sur elle.

S'ils agissaient ensemble, peut-être pourraient-ils neutraliser Claybourne sans faire trop de bruit. Ce dernier hésiterait à tirer de peur de les blesser – mais s'y résoudrait peut-être pour donner l'alerte.

Liza baissa les yeux sur l'arme, puis reporta son regard sur Jamison, à la limite du faisceau de lumière. Elle refoula un pincement de douleur à la vue de son visage tuméfié.

Elle baissa de nouveau les yeux sur le pistolet, espérant qu'il comprendrait le signal.

— Quoi ? Tu t'imagines pouvoir me le piquer, ma belle ? s'esclaffa Claybourne.

D'un accord tacite, Liza et Jamison passèrent à l'action. Liza donna un coup de pied dans le pistolet tandis que Jamison empoignait Claybourne par-derrière et plaquait une main sur sa bouche, étouffant ses cris.

L'arme tomba sur le sol. Liza se précipita pour la rattraper, tâtonna un peu pour le ramasser. Elle parcourut les environs des yeux, vit l'autre homme ligoté et bâillonné, complètement immobile. Mort ou pas, elle n'aurait su le dire, mais peu importait.

— De la lumière, Liza, ordonna Jamison, les dents serrées.

Elle pivota aussitôt pour l'éclairer. Il avait passé un bras autour du cou de Claybourne qui continuait à se débattre, mais de plus en plus faiblement.

— Je pourrais l'abattre, déclara Liza, bouleversée par le filet de sang qui coulait sur la tempe de Jamison.

— Et nous aurions combien d'hommes à nos trousses ? rétorqua-t-il. Ils vont réagir assez vite comme ça. Il doit y avoir un rouleau de corde dans ton sac. Sors-le.

Liza s'exécuta et le lui tendit. Il relâcha sa prise sur le cou de Claybourne, lequel avala une goulée d'air et se tortilla, mais Jamison le maintenait en place et eut tôt fait de le ligoter à son tour, déchirant son sweat-shirt en piteux état pour en faire un bâillon.

— Tu es blessé, dit-elle faiblement.

— On s'occupera de ça plus tard.

Il retourna d'un pas vif à l'endroit où gisait son sac à dos, à moitié renversé par son adversaire. En hâte, il ramassa le contenu éparpillé sur le sol et le fourra pêle-mêle dans le sac en désignant le rocher d'où Claybourne avait sauté.

— On y va. Tout de suite.

Elle lança un dernier regard aux hommes allongés qui gigotaient sur le sol rocheux, puis à la lueur qui continuait à briller au loin. Elle discernait des ombres, rien de net. Cependant, quand les complices des deux prisonniers se rendraient compte qu'ils ne communiquaient plus depuis un certain temps, ils viendraient à leur recherche.

Et ils auraient vite fait de comprendre ce qui s'était passé.

Elle suivit Jamison.

10

— Tu saignes toujours, Jamison.

C'était vrai, et son visage était tuméfié et douloureux. Cependant, le jour n'allait pas tarder à se lever.

— Ça attendra.

— Oui, c'est ce que disent les médecins à propos des blessures à la tête. Elles « attendent », surtout si on persiste à faire une marche de nuit sans les avoir soignées.

— Qu'est-ce que tu proposes, Liza ? Qu'on s'assoie tranquillement le temps que tu me fasses un pansement pendant que les Fils se rendent compte qu'on a éliminé deux d'entre eux ?

Il scruta l'horizon à l'est. Déjà une mince lueur apparaissait. L'aube. Il poussa un soupir. Ils n'avaient pas une minute à perdre.

— Il faut qu'on trouve une grotte.

— Une grotte ?

Sachant pertinemment que Liza était, ou avait été, claustrophobe, il n'était guère surpris par la consternation qu'il entendait dans sa voix. Cependant, cela ne changeait rien à la réalité de leur situation.

— Dès qu'il fera jour, ils se mettront à notre poursuite.

— Les grottes sont pleines de chauves-souris, de lynx, d'ours et de serpents ! protesta-t-elle avec vigueur. Je ne vais pas me cacher dans une grotte.

— Eh bien, moi si.

La douleur qui lui vrillait la tempe le rendait irritable. Et menaçait sa capacité à réfléchir calmement et de manière rationnelle.

— Ça ne faisait pas partie du plan, marmonna Liza derrière lui.

Elle était tombée plus d'une fois alors qu'ils s'efforçaient d'avancer sans allumer leurs lampes. Le sort s'acharnait contre eux – ou presque : ils avaient échappé à la capture, par conséquent les choses pouvaient encore empirer.

— Non, ça ne faisait pas partie du plan, concéda-t-il. Mais il faut s'adapter.

— Ton calme me sidère, commenta-t-elle. Ils sont peut-être déjà à nos trousses. Tu es blessé. Moi aussi. Ils savent que nous sommes dans les environs et probablement où nous allons. Et tout ce que tu trouves à dire, c'est qu'il faut s'adapter.

— Qu'est-ce que tu voudrais que je fasse ? Que je crie ? Que je pique une crise ?

— À vrai dire, j'aimerais bien voir ça.

— Haha.

Il trébucha dans une ornière, lâcha un juron. Il aurait donné n'importe quoi pour faire une pause. Une sieste. Et, oui, nettoyer son visage ensanglanté, en espérant n'avoir rien de cassé.

— Notre seule chance de pouvoir nous reposer, c'est de trouver une grotte.

— On va ramper là-dedans, risquer d'être attaqués par un lynx, et après ?

— On va se relayer pour monter la garde pendant la journée. Manger. Nettoyer mes plaies. Étudier la carte. Les laisser passer le coin au crible. Avec un peu de chance, ils ne nous trouveront pas. Et ce soir, on repartira. Même s'ils devinent notre tactique, il sera trop tard pour qu'ils nous découvrent aujourd'hui.

Avec un peu de chance.

— Ça me tue de l'admettre, mais c'est une bonne idée, maugréa-t-elle. Comment allons-nous dégoter une grotte sans allumer nos lampes ?

— Si nous sommes là où je le crois, il faut qu'on continue à aller droit vers l'ouest.

— Tu sais où nous sommes ?

— Je crois.

Il ne savait pas si sa connaissance des lieux était une chance ou un mauvais augure, mais les canyons et les grottes autour de

Flynn avaient été son terrain de jeux – et son enfer personnel – lors de son enfance.

Son père considérait que l'âge de sept ans était un tournant pour un garçon. À partir de ce moment-là, chaque été, Jamison avait été laissé seul en pleine nature pendant le nombre de jours qui correspondait aux années qu'il avait passées sur la terre. Pour l'endurcir. Faire de lui un homme.

La première fois, ç'avait été un calvaire. Sept jours de terreur absolue. Mais il avait tenu bon et obtenu les félicitations de son père. Il y avait eu un côté magique à voir la fierté d'Ace.

Cinq ans plus tard, quand son père avait imposé le même exercice à Dev, tout avait basculé pour Jamison.

Il avait su alors qu'il devait planifier leur évasion. Il avait consacré le reste de son enfance à le faire – et à survivre au châtiment infligé par son père chaque fois qu'un de ses frères disparaissait.

Ace n'avait jamais imaginé que Jamison ait pu orchestrer leur fuite, mais il l'avait accablé de reproches, fustigeant son manque de courage, de force ou de vigilance. Pour sa part, Jamison avait toujours éprouvé une satisfaction perverse à savoir que c'était l'indifférence d'Ace envers ses fils qui avait rendu leur évasion possible.

Quand Jamison avait organisé le départ de Dev – le dernier à s'enfuir avant lui – son père l'avait roué de coups, au point qu'il avait bien failli le tuer.

Jamison s'était résigné à mourir. Il avait sauvé ses frères et il pouvait mourir la conscience tranquille, en sachant qu'il avait fait de son mieux. Il aurait aimé aider son amie Liza, mais la vie était ainsi.

Au dernier moment, Ace s'était maîtrisé. Une expression terrible avait traversé son regard à cet instant, mais il n'avait rien dit. Il s'était contenté de sourire et avait abandonné Jamison blessé dans une grotte, le laissant retrouver seul le chemin du camp.

Près de vingt ans plus tard, il était de retour, en légèrement meilleur état – et il cherchait cette grotte.

C'était une expérience un tantinet déconcertante, mais il n'avait pas le choix.

Il continua donc à marcher, ignorant la douleur jusqu'au moment où il aperçut les imposantes parois rocheuses qu'ils devraient escalader pour accéder à leur refuge.

— Je passe le premier. Tu montes la garde, d'accord ?

Il s'activa sans bruit, ouvrant la voie tandis qu'elle surveillait les environs, à l'affût de tout danger éventuel. À plusieurs reprises, elle mit une main sur son épaule et ils s'immobilisèrent tous les deux, écoutant le vent qui sifflait autour d'eux alors que les premières lueurs de l'aube flirtaient avec l'horizon.

Enfin, il trouva la grotte dont il se souvenait. Il désigna l'entrée à Liza d'un signe de tête, et lut la répugnance sur ses traits. En revanche, elle ne recula pas.

— Et s'il y a un animal à l'intérieur ?

Jamison se baissa et ramassa quelques pierres qu'il jeta dans la grotte, aussi loin qu'il en était capable avec son bras blessé.

Il dressa l'oreille, mais aucun bruit ne lui parvint, aucun signe de vie. Il se hissa dans l'ouverture, puis alluma sa lampe frontale avant de dégainer son arme. Prenant appui sur sa main libre, il s'avança dans la pénombre.

Le faisceau de sa torche balaya le plafond. Quelques chauves-souris s'agitèrent au-dessus de lui, mais rien ne suggérait la présence d'un prédateur sur les lieux – pas d'os ni d'excréments.

— Je ne veux pas faire ça. Je ne veux pas faire ça, répéta Liza comme un mantra tout en le suivant à l'intérieur.

C'était tout Liza, songea-t-il. Elle allait peut-être protester vingt-quatre heures durant, mais elle était là.

— Jamison. Ils peuvent nous encercler. Nous... Il y a tant de possibilités.

— C'est vrai, mais j'ai un atout dans ma manche, si je puis dire.

Jugeant qu'ils étaient allés assez loin, il s'assit avec précaution, soulagé bien que le sol soit froid et humide.

Il leva la main, lui montrant l'objet qu'il avait volé à son adversaire.

— Leur walkie-talkie !

— Je l'ai piqué au type. On devrait pouvoir entendre tout ce qu'ils font.

— Et c'est seulement maintenant que tu me le dis ? Pourquoi est-ce que tu ne l'écoutes pas depuis le début ?

Elle ne s'était pas assise. Elle était courbée en deux, mais parvenait tout de même à avoir l'air impérieux, les mains campées sur les hanches.

— On ne pouvait pas s'en servir avant d'être sûrs qu'ils ne puissent pas nous entendre, expliqua-t-il, passant une main sur sa poitrine soudain comprimée.

Un malaise qui n'avait rien à voir avec ses blessures et tout à avoir avec Liza.

Quinze années s'étaient écoulées, et pourtant, elles n'avaient rien changé. Une bouffée de tendresse l'envahit, mêlée de désir et d'un autre sentiment, quelque chose qui ressemblait à du respect. Il avait beau lui en vouloir, penser qu'elle l'avait trahi – en choisissant le gang plutôt que lui – mais elle était encore là, elle luttait toujours. Et quelqu'un qui persistait à se battre pour le bien et la justice après avoir vécu si longtemps au sein du gang devait être quelqu'un d'exceptionnel.

Ce genre de pensées allait lui attirer des ennuis – il risquait d'être trahi de nouveau, voire de mourir —, malgré tout il avait de plus en plus de mal à les repousser.

— Nous sommes peut-être trop loin pour les capter, dit-elle, fronçant les sourcils.

— Possible, mais je doute que les Fils s'en servent à moins qu'ils n'aient une longue portée.

Il alluma la radio.

— C'est parti.

Liza retint son souffle. On n'entendait rien hormis un grésillement sourd. Elle ferma les yeux, accablée.

Cependant, quand elle rouvrit les yeux, le faisceau de sa lampe éclaira le visage meurtri de Jamison. Un autre motif d'inquiétude, plus immédiat que tout le reste.

Elle retira son sac à dos et farfouilla à l'intérieur. Elle en sortit un coupe-vent et s'agenouilla dessus, espérant qu'il était imperméable. Ensuite, elle sortit la trousse de premiers secours, ainsi qu'une bouteille d'eau.

— Bois ça. Ne la gaspille pas pour moi.

— Ne dis pas de bêtises.

Certes, ils ignoraient combien de temps allait durer leur expédition, et l'eau pouvait devenir un bien précieux qu'il faudrait préserver coûte que coûte. Cela dit, ils ne pouvaient courir le risque d'une infection – et le visage de Jamison était couvert d'entailles et maculé de poussière.

Attrapant un T-shirt en coton dans son sac, elle le déchira en deux, puis trempa une moitié dans l'eau pour s'en servir comme gant.

Il fronça les sourcils. Il ne ressemblait plus au jeune homme d'autrefois. Ses traits s'étaient durcis, et il n'était plus aussi mince qu'à vingt-deux ans. Le temps et l'âge lui avaient donné des muscles. Le soleil avait creusé de minuscules rides autour de ses yeux et de sa bouche.

Sans doute avait-elle quelques rides aussi. Et elle avait perdu la minceur de ses vingt ans – son corps avait acquis quelques rondeurs.

Même si elle n'avait jamais eu à s'inquiéter de son poids, contrairement à Carlee qui était constamment au régime.

Carlee. Le seul fait de penser à elle était douloureux. Lui rappelait la dernière fois qu'elle avait vu Gigi.

Maman, elle est partie. Les méchants lui ont fait du mal. Elle avait les yeux ouverts, mais elle ne bougeait plus.

Liza poussa un soupir et fixa l'homme qui lui faisait face. Il la regardait avec une pointe de méfiance, mais il y avait autre chose dans ce regard. Elle se souvint du moment où elle lui avait dit qu'il se haïrait s'il la touchait.

Il éprouvait peut-être encore l'écho de ces... vieilles émotions entre eux, mais il n'allait pas suivre le chemin d'autrefois. La sauver. L'aimer. Promettre de la protéger jusqu'à la fin de leur vie.

Non. Elle avait gâché sa chance.

Elle déglutit, refoula les pensées qui se bousculaient en elle et se pencha pour nettoyer le visage de Jamison. Elle avait beau s'efforcer d'être douce, elle sentait la tension dans son corps alors qu'il luttait contre la douleur. Sans même s'en rendre compte, elle murmura des paroles d'encouragement tout en désinfectant les plaies, puis en lui mettant des pansements là où c'était possible, effleurant le duvet de ses moustaches, l'arête de son nez, qu'elle avait toujours trouvée « noble ».

Quand donc avait-elle été assez sotte pour attribuer de la noblesse à la forme d'un nez ?

Son travail terminé, elle l'observa. Il avait le teint pâle, mais son regard était vif et moins méfiant qu'avant. Au contraire, l'air entre eux semblait vibrer d'électricité. D'attraction. Parce qu'ils avaient été trop proches l'un de l'autre.

Le temps ne pouvait effacer ce que leurs corps avaient partagé autrefois.

Elle tenta de se raisonner. En quinze ans, il avait forcément aimé d'autres femmes. Il avait sans doute oublié la sensation de ses lèvres pressées contre les siennes.

Ils n'avaient été que des adolescents, prisonniers d'un monde cruel. Guidés par les hormones, l'intrépidité et la conviction, sinon d'être immortels, d'être capables de survivre à tout ce que le sort pouvait mettre en travers de leur chemin.

Et pendant quelques brèves, quelques délicieuses années, ils avaient réussi. Ils s'étaient évadés, et une vie de liberté s'étendait devant eux.

Elle était plus âgée maintenant, elle avait connu trop de déboires, perdu trop d'êtres aimés, pour conserver cette illusion.

Cette pensée lui donna le vertige. Savoir qu'elle avait perdu non seulement Jamison, mais sa foi en l'avenir, était presque intolérable. Sans pouvoir s'en empêcher, elle se pencha en avant et appuya son front contre le sien.

Quand le bras de Jamison se posa sur ses épaules, lui offrant un réconfort silencieux, elle céda aux sanglots qu'elle refoulait depuis des semaines.

— Dors, murmura-t-il en l'attirant sur ses genoux.

Pelotonnée contre lui, elle sanglota tandis qu'il lui caressait les cheveux doucement. Qu'il lui essuyait les joues. La fatigue l'enveloppa telle une couverture, et le sommeil l'emporta.

Elle rêva des morts.

11

Jamison avait eu l'intention de rester éveillé, mais il s'était endormi à son tour et ne pouvait guère s'en vouloir. Ils avaient marché toute la nuit, et il était exténué.

Il ouvrit les yeux et fronça les sourcils. Liza n'était plus blottie contre sa poitrine, dormant comme si elle se sentait totalement en sécurité avec lui.

Quelque chose en lui s'était brisé alors. Et quand il avait succombé au sommeil, il avait rêvé comme jamais auparavant.

Il avait rêvé d'une paix véritable.

Ce qui était insensé. Tant que le gang existait et que son père était en vie, il ne connaîtrait pas la paix. Jamison était assez pragmatique pour ne pas croire à un monde idéal où il triompherait de l'un et de l'autre.

Mais peut-être pouvait-il triompher de l'un et ralentir l'autre. Dans le meilleur des cas.

Il leva les yeux. Adossée à la paroi opposée de la grotte étroite, à quelques pas de lui, Liza l'observait en grignotant une barre de céréales. Toute trace de vulnérabilité chez elle avait disparu.

Jamison se découvrit agacé qu'elle se soit réveillée la première et détachée de lui sans qu'il en ait conscience. Il aurait dû être plus sensible à son environnement. Cependant, le moment était mal choisi pour s'attarder là-dessus. Ils avaient des questions plus importantes à régler.

Tandis qu'il la dévisageait, elle lui lança une barre de céréales. Il l'attrapa au vol, sans cesser de la fixer.

Elle était la clé d'une porte en lui. Une porte qu'il attendait d'ouvrir depuis... toutes ces années.

Tu vas bien ?

Non.

Rien sur le talkie-walkie ?

Je n'ai rien entendu, mais je viens de me réveilleraussi.

Cette réponse le soulagea un peu. Peut-être s'était-il réveillé parce qu'elle s'était levée et lui avait-il seulement fallu quelques instants pour reprendre des esprits. Il consulta sa montre. Il n'était pas encore midi – par conséquent, il avait dormi cinq heures environ. Il était possible que les hommes partis à leur recherche – s'ils avaient compris que leurs éclaireurs avaient été neutralisés – aient emprunté une mauvaise direction.

C'est sans doute bon signe, commenta-t-il.

— À moins qu'ils n'aient compris qu'un talkie-walkie manquait à l'appel et changé la fréquence.

On peut mettre cette théorie à l'épreuve.

Il tendit la main pour qu'elle lui lance l'appareil, mais elle n'en fit rien.

— Tu parles en dormant, dit-elle, en posant sur lui un regard indéfinissable.

Étant donné qu'il avait exclusivement rêvé d'elle, Jamison se raidit malgré lui.

— Ah bon ? répondit-il sur un ton neutre. J'ai dit des choses intéressantes ?

Je suppose que tout dépend de qui tu parlais.

— Je ne pourrais pas te le dire. Je ne me souviens pas de mes rêves.

Elle émit un petit bruit songeur, mais s'abstint de tout autre commentaire. Jamison déchira l'emballage de la barre de céréales et mordit dedans sans plaisir.

— Change de fréquence, suggéra-t-il. Attends dix minutes pour voir si on reçoit quelque chose, sinon passe à une autre.

Il se pencha pour attraper son sac, un geste qui lui arracha une grimace. Tous ses membres étaient courbaturés. Quel âge avait-il donc, trente-sept ans ou quatre-vingts ? Il s'étira un peu, sortit sa bouteille d'eau et en but une gorgée, après quoi il tourna la tête d'un côté et de l'autre pour dénouer les muscles de son cou et mit la main dans sa poche pour y prendre la carte.

Elle n'était pas là. Il eut un bref instant de panique avant de se souvenir que c'était Liza qui l'avait. Luttant pour maîtriser les battements précipités de son cœur, il prit une lente inspiration, gardant les yeux rivés sur la barre de céréales jusqu'à ce qu'il se soit ressaisi.

La carte ? demanda-t-il sur un ton qui lui parut dégagé.

Elle la sortit de sa poche, mais au lieu de la lui remettre elle la déplia sur ses propres genoux.

— Elle commence à tomber en lambeaux, observa-t-elle. Qu'est-ce que c'est que tout ça, à propos ? Ces marques ne correspondent pas seulement à ce qui s'est passé au cours de ces derniers jours.

Il haussa les épaules.

C'est juste une carte.

— Non. C'est une carte codée. Explique-moi ce qu'elle veut dire, Jamison.

Pourquoi ?

Parce que ça me concerne.

Elle n'ajouta pas « toujours », mais le mot semblait planer dans l'air entre eux. Quand il s'agissait d'eux, « toujours » semblait aller de soi.

Peut-être était-ce précisément pour cela que la blessure laissée par sa disparition ne s'était jamais refermée tout à fait. Qu'elle avait laissé une cicatrice à vif qu'une autre femme ne pourrait jamais guérir.

Liza était sienne pour toujours, qu'elle soit avec lui ou non. Qu'il le veuille ou non.

Cette prise de conscience le rendait trop vulnérable. Il se força à se focaliser sur la conversation.

— Je me suis tenu au courant au fil des années. Même après que nous… que je m'étais échappé, chaque fois que j'entendais parler d'un incident lié au gang, je le notais. Les croix représentent des morts. Les carrés sont des lieux de campement. Les cercles dans la marge, des disparitions inexpliquées.

Elle cilla et baissa les yeux.

— Tu savais ? Pendant tout ce temps, tu savais et tu n'as jamais…

Il devina ce qu'elle avait eu l'intention de dire avant de laisser sa phrase en suspens. Il le savait parce qu'il se demandait constamment ce qu'il aurait pu faire de plus. Malgré tout, l'accusation silencieuse de Liza le piquait au vif.

Jamais quoi ?

Jamais rien fait.

Elle secoua la tête et planta son regard dans le sien.

Tu savais tout ce qui se passait et tu n'as rien fait.

Elle le fixait comme s'il s'était transformé en criminel sous ses yeux.

Son reproche était injuste, mais, plus que ses propos, c'était son regard qui faisait mal à Jamison. Assez mal pour qu'il renonce à se défendre. À quoi bon ? Si elle voulait avoir une mauvaise opinion de lui, quelle importance ?

Il s'en moquait. Cela ne servait à rien de tenter de lui expliquer quoi que ce soit. Cependant, les paroles jaillirent de sa bouche sans qu'il puisse les en empêcher.

— Brady, Gage et Tucker travaillent pour le bureau du shérif du comté, exactement comme moi. J'ai des contacts dans d'autres régions du Dakota du Sud. J'ai exercé des pressions là où je le pouvais. Eux aussi. Nous avons fait tout ce que nous pouvions faire.

Cependant, il était seul. Il ne disposait pas des mêmes moyens qu'une agence fédérale. Et son action était limitée par les contraintes de la loi. Jamais il n'avait considéré cela comme un échec avant que Liza pose sur lui ce regard blessé, horrifié.

— Donne-moi la carte, ordonna-t-il d'une voix bourrue.

Elle secoua la tête et prit son propre sac, puis farfouilla à l'intérieur pour trouver un stylo. Après avoir fait quelques annotations à son tour, elle la lui lança.

Il étudia le gros X qu'elle avait marqué, à une bonne vingtaine de kilomètres au nord de Flynn.

— Tu sais que c'est là que Carlee a été tuée ?

— Pas avec certitude. Mon père a une maison dans ce coin-là – j'ignore où précisément, mais je sais qu'elle se trouve dans les environs. Tu sais qu'il a toujours aimé avoir un lieu à part. Être un cran au-dessus du reste. Il gardait sa famille hors d'atteinte pour être le seul à la tourmenter. Je ne vois pas dans quel autre endroit il aurait pu tuer Carlee en présence de Gigi.

Il acquiesça, tandis qu'une nouvelle idée prenait forme dans son esprit. Il s'était dit que l'ouest était le lieu le plus logique au point de vue logistique, mais si le père de Liza était le responsable du trafic...

— Qu'y a-t-il aux alentours ? Donne-moi des détails.

— Je ne sais pas.

— Liza, insista-t-il, plus sèchement.

— Crois-moi. Je n'étais pas autorisée à approcher. On m'a laissée revenir dans le gang, mais jamais on ne m'a fait confiance. Pas une seule fois. Je suis la Mariah de cette génération-ci. Tout ce que je peux espérer, c'est secourir ma sœur avant que vienne mon tour de mourir.

Mariah. Il se souvenait d'elle. Agée d'une quarantaine d'années, elle était rebelle et n'hésitait pas à dire le fond de sa pensée, ce qui lui valait d'être régulièrement malmenée. Longtemps, Jamison et Liza s'étaient demandé pourquoi les chefs du gang lui laissaient la vie sauve. Personne d'autre au camp n'était autorisé à manifester un tel irrespect.

Elle avait même aidé Jamison un jour, lorsqu'il s'employait à faire évader Tucker. Il avait été sur le point de se faire surprendre, et elle avait créé une diversion.

Un an plus tard, on s'était servi d'elle – à son insu – dans un attentat suicide contre un convoi de prisonniers qui avait permis au gang de faire évader un des leurs.

Les Fils des Badlands étaient patients. Rusés. Ils ne se débarrassaient de personne avant d'être certains que cet individu ne pouvait plus leur être d'aucune utilité.

Jamison supposait que c'était en partie pour cette raison qu'il était resté en vie ces quinze dernières années. Son père attendait le moment où il pourrait lui être utile.

Peut-être auraient-ils dû lui forcer la main. Lui arracher le pouvoir. Prendre l'initiative, exactement comme Jamison l'avait fait en organisant l'évasion de sa fratrie.

Enfin. Ce qui était fait était fait.

— Et si la cachette était là-bas ? Chez ton père ou à proximité ?

Assez près pour que Carlee s'aperçoive de quelque chose ? Les Fils ne tuent pas sur un coup de tête. Si Gigi a été témoin du meurtre, c'est qu'il y a eu un imprévu. Je n'ai pas assisté au meurtre de ma mère. Du jour au lendemain, elle avait disparu.

La compassion adoucit le visage de Liza. Jamison continua. Il ne voulait pas de sa compassion.

— Ton père a toujours voulu être un peu à l'écart, c'est vrai, mais vingt-cinq kilomètres, c'est beaucoup. Ace n'aurait pas été d'accord avec ça, à moins d'avoir une bonne raison.

— C'est... oui, c'est possible.

— Ça expliquerait aussi qu'on ne capte rien sur le talkie-walkie. Nous sommes partis vers l'ouest. S'ils protègent ton père ou le trafic, ils sont peut-être allés vers le nord.

Elle acquiesça et planta son regard dans le sien.

— Eh bien, je suppose que c'est ce qu'on va faire aussi.

Ils restèrent dans la grotte jusqu'à la fin de l'après-midi et se relayèrent pour écouter la radio, en vain. Quand le jour commença à baisser, ils se préparèrent à partir. Jamison était d'avis que le silence des ondes signifiait qu'il n'y avait pas de danger à se mettre en route et, pour sa part, Liza était soulagée à la perspective de couvrir une partie du chemin avant la nuit.

Désormais, ils avaient un objectif clair. Elle ne pouvait s'autoriser à imaginer que la théorie de Jamison soit erronée. Il fallait qu'il ait raison, et que Gigi soit chez leur père.

Elle s'efforçait de ne pas penser à ce dernier.

Ils remplirent leurs sacs en silence. Jamison lui tendit un sachet de mélange de noix et de fruits secs et sa bouteille d'eau. Ne voulant pas se disputer avec lui, elle mangea et but autant que son estomac noué le lui permettait.

Elle insista pour examiner les pansements qu'il avait au visage et en refaire quelques-uns. À son tour, il tint à changer le sien, si bien qu'elle dut retirer son pantalon et le laisser faire. À aucun moment il ne sembla affecté par le fait de la toucher.

Elle aurait pu être n'importe qui. Une parfaite inconnue. Un de ses frères. Il aurait refait leur pansement avec le même détachement.

En fait, il aurait sans doute été plus brusque avec ses frères, parce qu'il les aimait. Il aurait été furieux qu'ils soient blessés.

Elle était une étrangère pour lui.

Et elle était idiote de laisser ses pensées tourner en rond ainsi, alors que sa sœur était en danger.

Elle réprima un gémissement quand il tamponna sa plaie avec une lingette antiseptique, mais il fut rapide. L'instant d'après, il étalait la bande douce et fraîche sur les points de suture.

Ses mains étaient calleuses – à cause du travail qu'il effectuait au ranch, sans doute, pour épauler Dev et sa grand-mère. Même s'il vivait à Bonesteel, à quarante-cinq minutes de là, il devait les aider de son mieux.

Aider. C'était sa nature. Il s'était tenu informé des faits et gestes du gang, et bien qu'elle se soit sentie trahie l'espace d'un instant, cela n'avait pas duré. Il avait utilisé son influence pour essayer de réparer les méfaits que le gang avait causés.

Il n'avait pas expliqué certaines des marques qu'elle avait vues sur la carte, mais elle savait ce qu'elles signifiaient. C'étaient les affaires où il avait réussi à obtenir une arrestation. Elle avait reconnu un endroit en particulier, à l'ouest de Bonesteel, où Lyle Pearce avait été arrêté et condamné pour meurtre trois ans plus tôt – ce qui avait suscité la fureur de son père et d'Ace.

Non, Jamison n'avait pas oublié. Contrairement à ce qu'il avait prétendu, il n'avait pas lâché prise. Elle se demanda si Ace le savait – s'il tenait lui aussi le compte des interventions de son fils.

Cette pensée l'emplit d'angoisse. C'était une chose de savoir qu'elle pouvait être une nouvelle Mariah – qu'elle risquait à tout moment d'être utilisée par le gang au péril de sa vie. C'en était une autre d'imaginer la haine qu'Ace avait dû accumuler contre son fils aîné.

Ce qui rendait cette entreprise d'autant plus dangereuse pour Jamison. L'estomac noué, elle fut tentée de dire quelque chose alors qu'il terminait le pansement, mais les mots se refusèrent à elle.

Encore accroupi devant elle, il enroulait la bande autour de sa jambe, ses doigts calleux effleurant la peau.

Il leva les yeux vers elle et se redressa lentement, le bout de ses doigts lui frôlant la peau alors qu'il remontait le pantalon. Elle se sentit fondre sous son regard brûlant, sentit sa peur s'évanouir.

Car Jamison avait toujours été son roc. Et elle avait aspiré à la sécurité qu'il lui apportait autant qu'elle avait désiré son corps.

Ce n'était pas le moment de céder à la nostalgie, mais elle se noyait, incapable de résister à l'électricité qui vibrait entre eux, et au plus profond d'elle. Il la dominait d'une bonne tête, et elle se laissa aller contre lui alors même que la raison lui disait qu'elle commettait une erreur.

Elle se hissa sur la pointe des pieds et se pressa contre son torse. Leurs corps s'épousèrent, comme ils l'avaient toujours fait. Ils étaient assortis, corps et âme. Elle se donna le temps de l'observer, guettant un signe disant qu'il ressentait la même chose.

Il ne manifesta aucune réaction. Il resta immobile, le regard calme. Quelque chose céda en Liza – sa raison, peut-être, car l'instant d'après, réaction ou pas, elle appuya ses lèvres contre les siennes.

Contrairement à ce qu'elle redoutait, il n'eut pas de mouvement de recul. Il ne la repoussa pas. Il se laissa embrasser. Et peu à peu, seconde après seconde, il s'adoucit, lui rendit son étreinte. Ce fut une telle surprise qu'elle s'y abandonna entièrement.

Le baiser s'enflamma – pas comme autrefois, où des étincelles de désespoir se mêlaient à leur bonheur. C'était différent – plus profond et plus complexe. Ce n'était pas seulement une étincelle, mais une explosion venue de l'intérieur. Du bonheur et du désir, un sentiment de trahison et de perplexité ; d'espoir et de cynisme. Il contenait tout ce qu'ils étaient, tout ce qu'ils avaient été durant les quinze années de leur séparation.

Ce baiser résumait leur amour d'enfants, leurs premiers émois sexuels, leurs cœurs encore inséparables après tout ce temps – car ils étaient faits l'un pour l'autre et ne pourraient jamais se forcer à appartenir à un être différent.

Il était le seul homme que Liza ait jamais désiré, le seul qu'elle ait touché intimement de son plein gré et, en son for intérieur, elle se réjouissait que quinze ans n'aient rien changé à cela.

Malgré tout, son soulagement était empreint de tristesse. Même si elle était encore à bout de souffle, plongée corps et âme dans le tourbillon du baiser, la réalité de leur monde s'immisçait en marge de son euphorie.

Il l'entourait de ses bras puissants, l'embrassait avec détermination. Comme s'il était possible d'effacer les vieilles douleurs et d'entamer une histoire nouvelle, durable.

Quelques instants plus tard, cependant, il la repoussa. Lentement et avec douceur, mais c'était un rejet tout de même.

Le silence et le désir tourbillonnaient autour d'eux dans la pénombre de la grotte. Le corps de Liza vibrait d'une électricité qu'elle avait presque oubliée.

Peu importait. Ce baiser était absurde, et Jamison l'avait repoussée, quoi qu'elle éprouve.

Ç'avait été une erreur, pourtant la sensation demeurait gravée en elle. Elle aurait voulu lui décocher un sourire provocant et une remarque désinvolte, mais elle en était incapable.

— Il fallait que je sache si c'était encore là, murmura-t-elle.

C'était la vérité – dans toute sa glorieuse absurdité.

Le regard de Jamison était énigmatique, impossible à déchiffrer – à moins qu'elle n'ait pas envie de le déchiffrer. Peut-être ne voulait-elle pas savoir ce qu'il ressentait.

— Je suppose que oui.

Sa réponse ne trahissait pas grand-chose, mais c'était un aveu tout de même.

— Ce n'est pas vraiment le moment d'y réfléchir.

— Pas vraiment, non, confirma-t-il sans cesser de l'observer.

— On devrait y aller.

Elle fit mine de sortir mais la main de Jamison était toujours sur son bras, et la retenait.

Elle crut qu'il allait l'embrasser de nouveau – l'espéra, peut-être. Cependant, il se contenta de la regarder, de fouiller son visage. Il y avait quelque chose qui ressemblait à de la vulnérabilité dans ses yeux, si bien qu'elle resta immobile et le laissa trouver ce qu'il cherchait.

— C'était moi ? demanda-t-il d'une voix rauque. J'étais trop... autoritaire. Une autre version d'eux. Il a fallu que tu fuies...

— Oh ! Jamison, non ! s'écria-t-elle, horrifiée. Non. Je voulais être toi. Sauver ma sœur comme tu avais sauvé tes frères. Je voulais prouver que j'étais aussi bonne que toi.

Elle se tassa brusquement, comprenant ce qu'elle ne s'était jamais autorisée à s'avouer.

— Je n'ai jamais réussi.

Il cilla, comme si elle l'avait frappé. Puis il la lâcha.

— Je suppose que ça n'a pas d'importance.

Elle s'était dit cela. Qu'il ne comprendrait pas. Que trop de temps avait passé. Pourtant, à cet instant, elle s'interrogea.

Malheureusement, ce n'était vraiment pas le moment de se poser la question.

— On devrait partir, répéta-t-elle.

S'ils ne s'en allaient pas, quelle douleur émotionnelle ajouteraient-ils à leurs blessures physiques ?

— Je vais sortir d'abord, jeter un coup d'œil, et puis tu me suivras. On a un long chemin à faire.

Oui. Ils avaient un long, très long chemin à faire.

12

Ils marchaient en silence, à la lueur d'un autre coucher de soleil flamboyant. Jamison se remémorait des soirs où, à l'époque où ils étaient encore dans le gang, Liza et lui s'éclipsaient pour gagner une colline ou un promontoire rocheux, selon l'endroit, et admirer le ciel du crépuscule.

Elle disait alors que les couchers de soleil étaient pleins de promesses – pour le lendemain. Il répondait toujours que, strictement parlant, sa remarque s'appliquait plutôt aux levers de soleil.

Chaque fois, elle lui rétorquait en souriant :

— C'est vrai, mais qui veut se réveiller d'aussi bonne heure ?

Tant qu'ils étaient parmi le gang, il avait refusé de la toucher. Ç'aurait été une violation de ce qu'il essayait d'accomplir, une insulte à l'homme qu'il aspirait à être. La première fois qu'elle l'avait embrassé, il lui avait fait la leçon alors même que son cœur cognait à tout rompre dans sa poitrine.

Il se souvenait encore du sourire espiègle qu'elle lui avait lancé au clair de lune. Comme il avait voulu s'y perdre, et se perdre en elle ! Il avait été à deux doigts d'enfreindre le vœu qu'il s'était fait à lui-même.

Bon sang. Le moment était malvenu pour ressasser des souvenirs – surtout des souvenirs heureux.

S'ils se trouvaient là où il le pensait, qu'ils ne rencontraient pas de problème et qu'ils ne se perdaient pas, ils arriveraient à proximité de la maison du père de Liza avant l'aube.

Ils continuèrent donc à marcher. Ils ne parlèrent guère. De temps à autre, ils faisaient une brève halte, buvaient une gorgée d'eau et grignotaient quelques fruits secs. Ils allumaient la radio et tendaient l'oreille.

Avant longtemps, ils reprenaient leur route, utilisant leurs lampes frontales pour s'éclairer dans la nuit noire. La lumière rendait Jamison nerveux, tout comme le fait qu'ils avaient décidé de laisser la radio allumée et que le son risquait d'alerter quiconque à leur recherche.

Quand il jugea qu'ils approchaient, il fit signe à Liza d'éteindre la radio et sa lampe. Ils se contentèrent de la sienne pendant un moment. Le paysage avait changé. Le terrain était encore rocheux, mais entouré de forêt.

Liza étouffa un bâillement, et il l'imita.

— On devrait faire une pause.

Lâchant un soupir de soulagement, elle se laissa tomber sur une petite étendue herbeuse.

— Enfin.

— Une petite pause, avertit Jamison. Nous ne devons pas être loin. Qu'en penses-tu ?

Elle parcourut les bois du regard.

— Je ne sais pas.

Jamison s'assit à côté d'elle, sortit sa lampe stylo et étudia la carte dans le petit faisceau de lumière.

Il désigna la marque que Liza avait tracée, puis traîna son doigt légèrement en direction du sud.

— Je crois que nous sommes à peu près là. La propriété est de quelle taille, à ton avis ?

— D'après ce que Gigi m'en a dit, je crois que c'est un chalet, mais assez grand. Elle a parlé d'une cheminée, et de Carlee qui avait confectionné des brownies. J'ai eu l'impression que la maison possédait tout le confort. Gigi m'a raconté qu'elle avait un terrain de jeux dehors – une balançoire et un toboggan.

Elle marqua une pause.

— Mais elle n'a mentionné personne d'autre que Carlee et mon père. Si le trafic se déroulait sous leur nez, elle aurait parlé d'autres gens.

— À moins qu'il n'y ait plusieurs bâtiments et que Gigi et Carlee aient été censées rester dans la maison principale. Je ne peux pas m'empêcher de penser que Carlee a dû voir quelque chose pour que ton père décide de l'éliminer.

— Gigi a parlé de chevaux, dit soudain Liza, comme si elle s'adressait à elle-même. J'avais oublié ça, parce que c'était il y a quelque temps. Elle a dit que son cheval lui manquait. D'abord, j'ai cru qu'elle parlait d'une peluche, mais non.

— Des chevaux. Des écuries. Ça ne ressemble pas au mode de vie du gang.

Par le passé, les Fils des Badlands avaient été des nomades. Cependant, les choses avaient changé. Liza le lui avait dit et il devait cesser d'être surpris.

— Non. Ton père pourrait toujours lever le camp en quelques minutes, mais le mien semblait vouloir poser des racines.

— Comment as-tu pu avoir accès à Gigi après la mort de Carlee ?

— Je ne savais pas que Carlee était morte. Personne ne le savait - du moins, personne ne me l'avait dit.

— C'est Gigi qui te l'a appris ?

— Mon père, Carlee et Gigi avaient l'habitude de venir au camp principal une fois par semaine. J'en profitais pour parler à Carlee, j'essayais de la persuader de fuir. Ce jour-là, elle n'était pas avec eux. Mon père avait rendez-vous avec le tien pour parler affaires, comme toujours, et il a confié Gigi à deux adolescentes. Comme il faisait beau, elles l'ont emmenée se promener et jeter des cailloux dans l'étang. Et elles étaient trop accaparées par leur portable pour se soucier de moi.

— Tu es venue à Bonesteel tout de suite ?

— J'ai attendu trois jours. J'espérais revoir Gigi toute seule.

— Tu as réussi ?

— Une seule fois. C'était difficile sans attirer l'attention. Le jour où je suis partie pour Bonesteel, mon père ne l'a pas amenée. Je ne savais pas s'il était au courant de ce qu'elle m'avait dit, mais je sentais que, si je restais, cela se terminerait mal pour nous deux. J'avais besoin d'aide. C'est là que je suis venue te trouver.

Ses paroles n'auraient pas dû déclencher une vague de chaleur en lui. Et pourtant, ce fut précisément ce qui arriva. Il était pathétique, se dit-il.

— Dors. Je vais monter la garde.

Il ne leur restait que peu de temps avant l'aube, et la lumière du jour les exposerait à un danger accru, mais elle avait besoin de repos.

Elle le dévisagea dans le noir.

— Tu es sûr ?

— Oui.

Comme elle faisait mine de s'adosser à un arbre, il leva les yeux au ciel.

— Viens ici, dit-il, plus sèchement qu'il n'en avait eu l'intention.

Sur quoi il tendit le bras et l'attira plus près, de manière à ce qu'elle puisse se servir de lui comme oreiller.

Elle le regarda, et l'espace d'une seconde le souvenir du baiser qu'ils avaient partagé dans la grotte le submergea. Cependant, Liza se contenta de nicher la tête contre son épaule avec un soupir.

Elle s'assoupit presque aussitôt. Un bras passé autour d'elle, il s'obligea à étudier la carte pour ne pas céder au sommeil à son tour.

À l'aide de la lampe stylo, il prépara un itinéraire qui les amènerait à la propriété. Puis, aux premières lueurs de l'aube, il éteignit la torche et ralluma la radio en veillant à régler le volume sur minimum.

Liza dormait profondément. Il la contempla un peu trop longtemps à la lumière dorée du matin. Il avait été si convaincu que ses sentiments pour elle étaient morts. Si certain de l'avoir effacée de sa mémoire et de son cœur.

Pourtant, à certains égards, c'était comme s'ils s'étaient quittés la veille. Elle était là, près de lui, à sa place. Avec lui.

Comme il passait une main sur son front, il saisit un mouvement parmi les arbres et se figea.

Quelqu'un était là. Une personne ou plusieurs ? Il distinguait une seule silhouette – qui ne paraissait guère soucieuse de dissimuler sa présence.

Quelque chose dans la démarche de l'individu lui semblait vaguement familier. Un instant, Jamison se tint immobile, le regard rivé sur lui, indécis. Liza dormait-elle toujours ?

Très lentement, il baissa la main vers son holster. L'inconnu fit de même.

Liza changea de position, et Jamison lui chuchota aussitôt de ne pas bouger. Elle obéit, restant immobile sur ses genoux tandis qu'il refermait la paume sur la crosse de son pistolet.

L'homme s'approcha un peu. Il était encore assez loin, mais son regard rencontra le sien, Jamison en eut la certitude.

— Cody ? lâcha-t-il, interdit, à peine conscient d'avoir parlé à voix haute.

— Ton frère ? murmura Liza.

— Je ne...

C'étaient les yeux de son frère, les gestes de son frère. Il restait à bonne distance, mais pourquoi Jamison aurait-il pensé qu'il s'agissait de Cody si ce n'était pas lui ? Même s'il ne voyait son benjamin qu'à Noël, il était certain de ne pas se tromper.

— Reste ici, ordonna-t-il à Liza avant de se lever lentement.

Ignorant ses objections, il se dirigea vers la silhouette. L'homme était armé, mais son pistolet n'était pas braqué sur lui.

Parce que c'était bel et bien son frère. Comme Jamison s'approchait, Cody mit un doigt sur ses lèvres, indiquant d'un geste le talkie-walkie qu'il portait accroché à la ceinture. Lequel ressemblait étrangement à celui que Jamison avait dans son sac. Cependant, il était impossible que Cody soit de mèche avec les Fils. Sans doute avait-il acquis le sien de la même manière que Jamison.

Cela dit, son frère n'avait l'air ni blessé ni fatigué.

Néanmoins, quand Cody prit la main de Jamison et la leva, Jamison ne résista pas, et n'adopta pas même une position qui puisse lui permettre de passer à l'attaque.

Parce que Cody était son frère.

Son petit frère.

Jamison l'avait sorti du camp juste avant qu'il atteigne ses sept ans – avant qu'il doive subir le rituel des sept nuits seul en pleine nature. Aux yeux de Jamison, c'était son plus grand succès. D'eux tous, c'était Cody qui avait vécu le plus longtemps auprès de leur grand-mère. Il était allé à l'université.

Cody ne pouvait pas faire partie du gang. Jamison se refusait à le croire.

Il se rendit compte avec un temps de retard que Cody pianotait de l'index sur sa paume. Il lui fallut quelques secondes pour comprendre qu'il s'exprimait en morse.

Va-t'en.

Jamison ouvrit la bouche pour répondre, mais Cody secoua la tête et remit un doigt sur ses lèvres.

Par conséquent, Jamison tapa sa réponse sur la paume de son frère, peut-être un peu plus fermement que nécessaire.

Non.

Il le faut.

Non.

Dangereux

Non.

Peux pas te protéger.

Pas besoin.

Cody laissa échapper un soupir de frustration, et jeta un regard rapide autour de lui.

Ne gâche pas tout.

Sur quoi, il laissa retomber la main de Jamison et s'enfonça dans les bois.

Jamison n'aurait su dire combien de temps il resta figé sur place après son départ. Il avait l'impression d'avoir fait un rêve ou vu un fantôme. En tout cas, l'incident soulevait des questions auxquelles il n'avait pas de réponses.

À commencer par « Gâcher *quoi* ? »

Au bout d'un moment, il pivota sur ses talons, à l'affût d'un autre bruit. Aucun son ne lui parvint. Il n'y avait que Liza et lui.

— Qu'est-ce qui se passe ? demanda-t-elle à son retour.

Jamison fixa les bois déserts.

— Je donnerais cher pour le savoir.

Jamison relata à Liza l'échange qu'il avait eu avec Cody pendant qu'elle s'efforçait de manger une autre barre de céréales. Cependant, elle ne pouvait pas se permettre de perdre connaissance comme elle l'avait fait à Bonesteel.

— Il avait un talkie-walkie comme le nôtre ? demanda-t-elle avec une grimace.

— Il avait un talkie-walkie. Point.

— Tu dois quand même reconnaître que tout porte à croire qu'il est de mèche avec les Fils.

— Tu as entendu des rumeurs à ce sujet ?

— Non, mais...

— Donc, ce n'est pas le cas, affirma Jamison avec conviction. Ce genre de nouvelle se répand comme une traînée de poudre. Si tu n'es pas au courant, ce n'est pas possible.

Elle réprima une bouffée de compassion. Elle devait parler.

— Sauf si c'est le secret d'Ace.

Jamison secoua la tête et ferma son sac à dos avec plus de force que nécessaire.

— Ace le chanterait sur les toits, au contraire, tant il serait fier d'avoir récupéré un de nous.

— À moins d'avoir une bonne raison de se taire.

— Cody m'a mis en garde, Liza. Les Fils ne font pas ce genre de chose.

Elle fut tentée de renoncer, mais ils s'apprêtaient à se jeter dans la gueule du loup. Elle n'avait pas le droit de négliger toutes les possibilités.

— C'est vrai dans l'ensemble. Mais ça pourrait se comprendre si Cody avait de l'affection pour toi. Il se peut qu'il fasse partie du gang tout en ne voulant pas te faire de mal.

— Ce n'est pas possible.

— Parce que tu ne veux pas que ça le soit ?

Il braqua sur elle un regard furibond. Sa colère aurait pu effrayer Liza, ou l'offenser, si elle n'avait pas perçu que la trahison de Cody serait pire que tout à ses yeux. Pire encore que son départ à elle toutes ces années plus tôt. Pire que de souffrir lui-même aux mains des Fils.

Un de ses frères – le benjamin, qu'il avait arraché au gang tout jeune. Il était insupportable à Jamison d'imaginer que Cody ait pu y retourner.

Cependant, c'était bel et bien une possibilité, et que cela lui coûte ou non, elle devait être assez rationnelle pour l'envisager.

— Quoi qu'il en soit, il ne te fera pas de mal. Mais ça ne veut pas dire qu'il ne va pas révéler notre position à quiconque.

— Je refuse d'admettre que mon frère soit membre du gang, déclara-t-il, d'une voix qui n'était pas seulement froide, mais glaciale, cassante. Nous allons continuer comme prévu.

Comprenant qu'elle ne réussirait pas à se faire entendre tant qu'il était si furieux, Liza se focalisa sur une autre approche.

— En plein jour ?

— Tu as une meilleure idée, Liza ? Je ne vois pas de cachette aux alentours. Dis-moi ce que nous devrions faire, à ton avis ?

— Eh bien, pour commencer, tu pourrais cesser de passer ta colère sur moi. Si ton frère a décidé de retourner au gang, je n'y suis pour rien.

En dépit de la tempête qui devait faire rage en lui, il se maîtrisa. Mais elle devinait sa douleur.

— Donc, c'est ma faute.

Ce n'était pas une question – et Liza en fut irritée.

— Ça t'arrive d'écouter les autres ? Ou es-tu à ce point absorbé par toi-même que tu penses être la cause de tout ?

Il se mit à marcher, se dirigeant vers un but que lui seul connaissait.

— Non, dit-il fermement, mais avec moins de véhémence.

Liza soupira et le suivit, sans pour autant pouvoir se résoudre à lâcher prise.

— Oh ! Tu penses juste être responsable de nous, c'est ça ? Parce que nous sommes faibles et stupides...

Il fit volte-face, le calme cédant la place à la fureur.

— Je vous ai *sauvés*. Tous les deux. Alors explique-moi, veux-tu ? Si vous êtes retournés au gang, qu'est-ce qui a mal tourné ?

Liza eut l'impression que son cœur se brisait. Non, ce n'était pas de la fureur qui débordait en lui, c'était de la peur. De l'inquiétude et du remords. Elle avait beau savoir qu'ils n'avaient pas de temps à perdre à refermer de vieilles plaies, elle ne pouvait pas laisser celle-ci continuer à saigner pendant qu'ils marchaient.

Elle prit le visage de Jamison entre ses mains, ses paumes lui encadrant les joues.

— Ce n'est pas à cause de toi, mon chou. Ça n'a jamais été à cause de toi.

— Alors pourquoi ?

Il porta les mains aux poignets de Liza comme pour l'obliger à le lâcher, mais en fin de compte, il les laissa là. Sa question flottait dans l'air entre eux.

— Nous ne savons pas tous comment être bons, dit-elle, gauchement, ne sachant comment expliquer ce qu'elle ne comprenait pas vraiment elle-même.

Car il était bon. La bonté était une partie intégrante de lui.

— Nous ne savons pas tous comment désirer ce qui est bon – ou le garder. Ce n'est pas gravé en nous comme ça l'est en toi. Ça n'est pas ton échec, Jamison.

Il fronça les sourcils, et son expression s'adoucit.

— Je ne crois pas que tu puisses dire que c'est le tien non plus. Vu la manière dont nous avons été élevés.

Elle ne put s'empêcher de sourire.

— Oh ! Jamison ! Comment peux-tu être si généreux ? Je ne le saurai jamais. Tu n'as pas besoin de m'absoudre de mes fautes. Je sais ce que je suis.

— Vraiment ?

L'espace d'une seconde, cette question toute simple sema le doute en elle. Mais non. Elle savait.

— Je voulais être toi, mais je n'ai pas pu sauver Marci. Et maintenant, je ne sauverai jamais Carlee. Gigi est mon dernier espoir de faire quelque chose pour mes sœurs.

— Tu l'as dit toi-même, observa-t-il. La situation est différente des hommes et différente de celle des femmes. Les fils d'Ace Wyatt et la fille de Tony Dean. Il en a toujours été ainsi et ça ne va pas changer. Ce que tu n'as pas réussi à faire n'était pas un échec.

Non, ils n'avaient pas le temps de refermer de vieilles plaies, mais ses paroles firent à Liza l'effet d'un baume apaisant. Elle essaya en vain de lutter contre le soulagement qui l'envahissait. Il ne pouvait rien changer au fait qu'elle avait échoué avec Marci et Carlee.

Malgré tout, son cœur se sentait moins meurtri.

— Te dis-tu cela parfois, Jamison ? Ou considères-tu que tout ce qui tourne mal est de ta faute ?

— On devrait repartir, dit-il d'une voix bourrue.

Liza acquiesça. Pourtant, ils restèrent encore immobiles un instant dans les bois silencieux, les mains de Liza sur les joues de Jamison, et les mains de Jamison sur ses poignets.

Elle avait du mal à se détacher de lui. À se convaincre, comme autrefois, qu'elle devait avoir assez de grandeur d'âme pour le libérer d'elle.

Ce n'était pas le moment de penser à tout cela. Il retira ses mains et elle les siennes, et ils se remirent en route. Elle s'efforça de ne pas songer à ses pieds douloureux, à la blessure qui la lançait, à l'expression de Jamison qui lui tordait le cœur.

Ils marchaient depuis un certain temps, et le soleil grimpait dans le ciel, augmentant le risque qu'ils soient vus et capturés. Liza sentait son anxiété grandir d'une minute à l'autre quand Jamison s'immobilisa soudain, le bras levé.

Lentement, il dégaina son arme et fit signe à Liza de l'imiter. Elle s'exécuta sans bruit.

Jamison fit un pas en avant et ils débouchèrent dans une clairière. Elle comprit alors qu'il n'avait pas vu de menace précise, qu'ils pénétraient simplement en territoire dangereux.

Un petit chalet rustique occupait le centre de l'espace dégagé, entouré d'un bosquet. Des piles de feuilles s'amoncelaient ici et là, sans doute poussées par le vent. Les vitres qui n'étaient pas cassées étaient noircies par la crasse. Le logis paraissait déserté, à l'abandon.

Cependant, les apparences étaient parfois trompeuses.

Ce n'était pas la maison dont Gigi lui avait parlé. Et si l'endroit était utilisé comme un repaire par les Fils, Jamison et elle auraient sans doute déjà été abattus.

L'arme au poing, scrutant tour à tour les bois et les fenêtres du chalet, elle suivit Jamison qui décrivait un grand cercle autour de la clairière, puis un second, plus petit.

Elle ne tirait pas très bien, encore moins quand elle était nerveuse, mais elle savait manier un pistolet, et avec un peu de chance, cela suffirait. Enfin, avec un peu de chance, elle n'aurait pas à presser la détente.

Il n'y avait aucun signe de présence humaine. Aucune empreinte, rien qui semble avoir été dérangé depuis très longtemps. Aucun bruit. Quand ils eurent décrit un troisième cercle, plus petit encore, Jamison désigna la porte.

— Allons voir.

Liza hocha la tête. Ils s'avancèrent, assez proches l'un de l'autre pour ne faire qu'un. Jamison tendit la main vers la poignée. Elle grinça et geignit, mais tourna.

Son pistolet armé, Jamison poussa lentement le battant jusqu'à ce que le soleil illumine l'intérieur poussiéreux. Liza entra derrière lui, parcourant des yeux les quelques meubles vermoulus, en piteux état.

— Quelqu'un est venu ici récemment, mais ne voulait pas que quiconque le sache, déclara Jamison en abaissant lentement son arme.

Liza l'imita, fronçant les sourcils. D'après ce qu'elle pouvait en juger, personne n'avait mis le pied ici depuis des années.

— Comment le sais-tu ?

— Les fenêtres ne sont pas aussi poussiéreuses que les placards. Quelqu'un les a ouvertes et a effacé les traces qu'il avait laissées. Regarde cette chaise – tu vois qu'elle a été déplacée.

— C'est peut-être un animal ?

— Non. Mais l'individu en question n'est plus là. Ce qui est une bonne nouvelle pour nous.

— Comment ça ? Il pourrait revenir.

— Oui, mais il n'a rien laissé. Par conséquent, je crois que nous sommes en sécurité ici. Autant nous reposer jusqu'à la tombée de la nuit.

— Et que ferons-nous à la tombée de la nuit ?

— Nous essaierons de trouver la maison de ton père. Et idéalement, d'échafauder un plan pour sauver Gigi.

— Rien que nous deux ?

— Tu sais, il se pourrait que Cody poursuive le même objectif que nous.

Liza ne se sentait pas prête à se quereller de nouveau avec lui à ce sujet. Elle avait des doutes concernant Cody Wyatt, mais après tout, Jamison connaissait son frère mieux qu'elle.

— Peut-être.

— Je sais que tu ne me crois pas.

— Il n'est pas nécessaire que je te croie, Jamison. Tout comme il n'est pas nécessaire que tu me croies quand je dis qu'il est peut-être membre des Fils. Nous pouvons être d'un avis différent et quand même accomplir ce que nous sommes venus faire.

Il passa une main sur son visage, et son geste lui arracha une grimace de douleur.

— Bon, soupira-t-il. On devrait se reposer.

Liza regarda d'un œil méfiant le vieux matelas posé dans le coin. Mieux qu'une grotte, supposa-t-elle. Elle s'assit dessus avec hésitation, plissant le nez. Il sentait le renfermé et le moisi.

— Attends, murmura Jamison.

Il retira son sac à dos, l'ouvrit et en tira un étui en tissu qui se révéla contenir une couverture soigneusement pliée.

— Eh bien, tu es un homme organisé.

— Quelque chose comme ça.

Il étendit la couverture, attendit qu'elle s'assoie et prit place à côté d'elle.

Elle l'observa. Il semblait porter le poids du monde sur ses épaules. Les coupures et ecchymoses qu'il avait au visage devaient le faire souffrir mais il n'en montrait rien.

Elle tendit la main et effleura sa tempe, comme elle le faisait autrefois, quand elle débordait d'amour pour un garçon qui était infiniment trop bon pour elle. Trop bon pour le monde où il avait échoué.

Lentement, il tourna la tête. Leurs yeux se rencontrèrent.

Certaines choses étaient aussi dangereuses que le gang. Et la manière dont il la regardait à cet instant en faisait partie.

13

Il était fatigué, et il aurait dû dormir. Ou manger. Ou boire quelque chose. N'importe quoi sauf rester assis là, en espérant que Liza allait faire davantage que caresser son visage tuméfié.

Ses doigts apaisaient les brûlures et les élancements. Elle était tout ce qu'il désirait, et il était assez las pour penser... Quel mal y aurait-il ? Cela ne compromettrait pas leur plan. Tant pis si elle croyait que son frère était retourné au gang. Tant pis si elle y était retournée.

Lève-toi. Focalise-toi sur ta mission.

Pourtant, là, face au désir brûlant et palpable entre eux, il eut une prise de conscience : s'il avait été totalement dévoué à son travail et à la justice ces quinze dernières années, c'était parce que Liza n'avait pas été là.

Si elle avait été là, tout serait passé au second plan. Il en avait toujours été ainsi. Il se pencha vers elle, gardant les bras le long du corps alors même qu'elle enfouissait les doigts dans ses cheveux.

— Qu'est-ce qu'on est en train de faire ? demanda-t-elle dans un souffle.

Ses yeux étaient brillants, et elle secoua la tête presque imperceptiblement.

Pourtant, elle ne s'éloigna pas. Ne se détourna pas.

Il avait compris la question, mais il ne voulait pas y répondre.

— On attend que le soleil se couche.

Elle s'efforça de sourire.

— Ah ! dans ce cas...

Elle se glissa sur ses genoux d'un mouvement fluide, tranquille, rappelant à Jamison un passé qui, avec le recul, lui semblait étrangement plus facile. Pourtant il s'était senti en danger à l'époque, désespéré parfois, mais il était jeune. Il avait cru pouvoir se battre pour la justice et toujours triompher. Les quinze années écoulées lui avaient prouvé le contraire.

Le bien ne l'emportait pas toujours.

Malgré tout, il n'avait jamais pu renoncer à l'espoir de le voir triompher.

Et la femme qui incarnait le bien, l'espoir, était là, à côté de lui. Il s'autorisa à promener les mains sur son dos. Une éternité avait passé depuis la dernière fois qu'il l'avait caressée ainsi, mais à certains égards, rien n'avait changé.

— Tu te rappelles notre première fois ? murmura-t-elle, la main légèrement posée sur son menton pour ne pas lui faire mal, sa bouche lui frôlant l'oreille.

Le souvenir était gravé en lui. Le décor n'avait été guère différent – la grange de sa grand-mère plutôt qu'une cabane abandonnée, la sécurité au lieu du danger, Liza prenant l'initiative et lui qui suivait, alors même que la raison lui enjoignait de résister. Trop de pensées se bousculaient en lui : ce n'était pas le moment, c'était trop tôt, mais il avait cédé quand même.

Parce que Liza était sa raison d'être.

— Oui.

— Tu voulais attendre. Tu voulais toujours attendre.

Elle le regarda. Ils étaient si proches qu'il distinguait les minuscules taches de rousseur sur l'arête de son nez. Il aurait pu faire la liste de ce qui avait changé sur son visage et de ce qui était resté exactement pareil. Cependant, il se noyait dans l'océan marron foncé de ses yeux.

— Qu'attendais-tu, Jamison ?

— Je ne suis pas sûr de m'en souvenir.

Le mensonge lui était venu aisément. Parce que mentir sur les sentiments qu'il éprouvait avait toujours été la seule chose qui l'avait maintenu sur le chemin du bien et de la justice.

Elle ne feignit même pas de le croire.

— Bien sûr que si. Tu te souviens de tout.

Sa bouche esquissa un sourire malgré lui. Il baissa les mains sur ses hanches et l'attira plus près de lui, plus près de son désir.

— Je me souviens de toi.

Elle exhala son souffle, hésitante, fouillant son regard à la recherche de quelque chose. Quelque chose qu'il ne voulait pas donner mais qu'elle trouverait quand même – qu'elle trouverait toujours.

Toujours vibrait entre eux.

— Qu'est-ce que c'était ? demanda-t-elle dans un murmure. Je n'ai jamais compris. Peut-être que j'avais peur de savoir. Je veux comprendre maintenant. Je sais que tu me désirais. Je sais que tu m'aimais, et pourtant tu me repoussais. Tu ne voulais pas me faire l'amour.

— Non, je ne voulais pas.

Il se remémorait si clairement l'idée qu'il se faisait de son devoir, et cela lui faisait mal. Parce qu'il avait perdu cette conviction-là. Il allait céder à leur attraction, céder à Liza, alors qu'il n'aurait jamais cédé auparavant. Trop vieux pour avoir des principes, songea-t-il. Ou peut-être trop conscient du peu de bonheur qu'il y avait dans sa vie quand elle n'était pas avec lui.

— Jamison ?

Le corps souple de Liza était pressé contre son sexe durci. Ses mains tenaient le visage de Jamison avec une douceur qu'il n'avait jamais connue jusqu'alors, et elle non plus, sans doute. Leur existence avait été jonchée d'épreuves.

Et ils ressassaient de vieilles histoires en attendant que le soleil se couche.

Curieusement, il avait l'impression d'avoir un rendez-vous avec ce destin auquel il ne croyait pas. Comme s'ils étaient arrivés à un moment où ils devaient se pencher sur le passé. Se redécouvrir. Ici même, avant d'affronter le danger, voire la défaite. Ici, avant que commence la véritable guerre – car il allait s'agir d'une guerre. Contre les Fils. Contre son père et celui de Liza.

Par conséquent, il lui avoua la vérité qu'il s'était juré de ne jamais lui avouer.

— Je voulais faire les choses comme il faut.

Elle fronça les sourcils.

— Comme il faut ?

— Je voulais qu'on se marie. Qu'on soit un couple normal, respectable. Tu étais trop jeune pour tout ça. Alors, j'ai essayé d'attendre que tu sois prête.

Elle lâcha un soupir, comme si une douleur subite l'avait saisie. Puis elle l'embrassa, longuement et tendrement, différemment d'autrefois.

— Je n'étais pas trop jeune. Et nous sommes trop vieux pour tout ça maintenant, chuchota-t-elle contre sa bouche.

— Vraiment ?

Elle se figea – à l'exception de son regard, qui se souda au sien.

Il n'était pas le même homme qu'avant. En réalité, il n'avait pas été un homme alors. Pas vraiment. Il avait la tête pleine d'idées toutes faites, de notions romantiques. Il s'imaginait pouvoir être noble et bon. Il s'imaginait que la vie était un choix entre le blanc et le noir, et qu'il choisirait toujours le blanc.

Cependant, la réalité n'était pas si simple, tant s'en faut. Enfin, il acceptait les zones grises que la vie lui présentait.

Lentement, les yeux toujours rivés aux siens, il souleva le T-shirt de Liza et le fit passer par-dessus sa tête, révélant sa peau pâle et crémeuse, qui contrastait tant avec sa chevelure brune.

Elle avait toujours été une série de contrastes. Les ténèbres et la lumière. Le bien et le mal. L'espoir et la peur. Au lieu de choisir l'un et de craindre l'autre, il acceptait les deux, il aimerait les deux.

Le médaillon en or qu'il lui avait donné toutes ces années plus tôt était accroché à son cou. Le cœur battant, il l'ouvrit.

La photo à l'intérieur était tirée d'un groupe, il s'en souvenait parfaitement. Sa grand-mère l'avait prise avec son vieux Polaroid : tous les garçons Wyatt, toutes les filles Knight, devant la grange. Elle en avait pris plusieurs parce que Brady avait accidentellement fermé les yeux au moment crucial.

Jamison en avait gardé une. Il avait découpé Liza et lui-même, puis avait glissé le cliché dans le médaillon. Un geste romantique, parce qu'il essayait de lui prouver que la vie en dehors du gang pouvait être différente. Normale.

Qu'elle l'ait gardé n'aurait pas dû avoir tant d'importance à ses yeux. Et pourtant, depuis l'instant où il l'avait surprise en train d'essayer de s'introduire dans son bureau, c'était comme si les quinze dernières années s'étaient évanouies.

Il étendit Liza sur le matelas. Cette fois, il ne cédait pas, c'était son choix. Il déposa une traînée de baisers sur sa bouche, le long de son cou, sur son épaule. Il la caressa, avec tendresse et respect, tandis qu'elle lui retirait sa chemise et le touchait à son tour, jusqu'au moment où il sut qu'elle seule pouvait le libérer de la tension accumulée en lui.

Car elle seule le pouvait.

Il acheva de la déshabiller, veillant à protéger sa jambe blessée. Elle joignit ses efforts aux siens et tira sur ses vêtements. Enfin, ils furent nus l'un et l'autre. Unis. Comme ils étaient censés l'être.

Quand elle s'arqua contre lui, murmurant son nom, il aurait voulu que cet instant dure toujours. Puis la lenteur et la tendresse cédèrent la place à la passion, à l'espoir.

Sachant que l'histoire ne pouvait être effacée et que l'avenir n'offrait aucune certitude, ils se donnèrent l'un à l'autre. Basculèrent dans un délicieux abîme ensemble, exactement comme autrefois.

— Liza.

La voix de Jamison était insistante, mais Liza, encore enveloppée de la chaleur du sommeil, répugnait à se réveiller pour de bon. Elle se nicha plus profondément dans la couverture moelleuse.

— Liza.

Elle avait moins chaud maintenant, car le corps de Jamison n'était plus à côté d'elle. Elle cilla et ouvrit les yeux. Le soleil filtrait encore à travers les vitres. Ils n'avaient dû dormir qu'une heure ou deux.

Elle le fusilla du regard. Puis se souvint que le but de l'expédition était de sauver sa sœur, pas de dormir.

Certainement pas de faire l'amour avec son ex-petit ami.

Non, songea-t-elle en contemplant le visage meurtri de Jamison, le terme d'ex-petit ami ne convenait pas.

Cet homme était l'amour de sa vie.

Quand elle avait affirmé qu'ils étaient trop vieux pour songer à se marier, à vivre normalement, il avait répondu : « Vraiment ? » comme s'ils avaient un avenir devant eux.

Ce serait de la folie de le croire, et pourtant…

S'ils survivaient, peut-être pourraient-ils se retrouver. Peut-être. Encore fallait-il qu'ils survivent.

— J'ai trouvé quelque chose.

Sa voix était neutre, dépourvue d'émotion. Ses yeux, en revanche… Elle s'obligea à se focaliser sur ses paroles.

— Quel genre de chose ?

— Habille-toi.

Elle obéit en grommelant, touchée cependant de constater qu'il avait disposé ses vêtements à côté d'elle.

— Il fait encore jour.

— Pas pour longtemps, mais ce n'est pas pour cette raison que je t'ai réveillée.

Il désigna le couloir et la salle de bains.

— J'ai remarqué une drôle de lueur verte. Qui semblait venir d'une fente dans le mur. Je suppose qu'il faisait trop jour pour qu'on la voie tout à l'heure.

— Laisse-moi deviner. Des déchets nucléaires.

Sa plaisanterie le laissa de marbre. Il s'accroupit et lui montra un trou noir, là où il avait dû retirer une partie de la cloison. À l'intérieur se trouvait un objet totalement incongru. Une sorte… d'ordinateur portable.

— Qu'est-ce que ça signifie ? demanda-t-elle, stupéfaite.

— Que nous ne sommes pas en sécurité ici. Celui ou celle qui a occupé ce chalet avant nous va revenir le récupérer. C'est certain, mais… ce n'est pas tout. Cet appareil contrôle des explosifs, Liza.

— Quoi ?

— Je ne comprends pas tout – je n'en sais pas assez là-dessus. Mais il affiche un compte à rebours avant des explosions.

— Ici ?

— Non.

Il secoua la tête.

— Non, je crois… Je n'en suis pas sûr, mais je pense que c'est peut-être la propriété de ton père. Ceci ressemble à un plan, expliqua-t-il en désignant l'écran. Il y a une maison – assez grande. Une écurie. Une sorte de hangar.

Tout en parlant, il suivait les contours des carrés et rectangles sur l'écran.

— Et chacun de ces points clignotants montre un endroit où on a placé des explosifs. Du moins, c'est ce que je devine.

Soudain glacée, elle le saisit par le bras.

— Mais Gigi est là-bas !

— Nous n'en sommes pas absolument sûrs, lui fit-il remarquer, si calme et si *flic* qu'elle eut envie de hurler.

— Jamison ! Elle pourrait être là-bas, et quelqu'un va tout faire sauter.

Elle lui pressa le bras.

— Cody. Cody était dans les parages. Nous n'avons vu personne d'autre. Si quelqu'un va s'en prendre aux Fils, c'est forcément lui. Ils ne vont pas faire exploser leur repaire eux-mêmes.

— Ils en seraient capables, mais… tu as raison, soupira-t-il. C'est sans doute Cody.

— Il faut que tu l'en empêches ! Jamison, il faut que tu lui demandes de tout arrêter.

— Comment ? Je ne sais pas où il est allé. Il m'a dit de partir.

Liza se rua hors de la salle de bains. Elle n'avait pas le temps de discuter avec lui. Elle n'avait pas de temps, point.

— Il faut qu'on se sépare. Je vais essayer de trouver la maison et de sauver Gigi. Toi, tu vas chercher Cody.

Elle tendait la main vers ses chaussures, mais il lui saisit le poignet.

— On ne se sépare pas. C'est toi qui l'as dit.

Le pire, c'était qu'elle ne voulait pas se séparer de lui. Au contraire.

— Nous n'avons pas le choix si la vie d'une petite fille est en jeu, rétorqua-t-elle en se dégageant. L'un de nous doit avertir Cody pendant que l'autre va chercher Gigi. Tout de suite.

— Nous ne savons pas de quelle maison il s'agit. Nous ne savons pas où est Cody. En fait, nous ne savons pas où est Gigi.

— Mais nous savons qu'ils ne sont pas ici.

Jamison passa une main dans ses cheveux.

— Je ne suis pas en train de suggérer que nous restions ici sans rien faire. Je suggère qu'on réfléchisse.

— À propos de quoi ? On n'a pas le temps de réfléchir. Il faut que tu retournes où nous étions et que tu essaies de trouver Cody.

Elle s'assit sur le lit et commença à nouer ses lacets.

— Et tu vas repousser ton père et ses sbires toute seule, avec un pistolet ? Même à supposer que tu le puisses – quand tu auras récupéré Gigi, que vas-tu faire ?

Elle se leva et le regarda droit dans les yeux.

— Si elle mourait sans que j'aie essayé de l'atteindre, je ne pourrais pas vivre avec ma conscience. Jamison, regarde-moi.

Elle perdit de précieuses secondes à attendre qu'il le fasse.

— Si c'était un de tes frères, qu'il avait quatre ans et qu'il était sans défense, que ferais-tu ? Mets-toi à ma place.

— Je le fais déjà. Tu penses que ça me serait égal qu'il arrive malheur à Gigi ?

Elle savait bien que non, qu'il en souffrirait presque autant qu'elle bien qu'il n'ait jamais rencontré l'enfant. Ce n'en était que plus douloureux.

Cependant, elle avait déjà perdu trop de temps. Elle ne s'était pas lancée dans cette expédition pour renouer avec Jamison. Ce qu'ils avaient partagé dans ce chalet n'était qu'un moment de faiblesse. Elle ne pouvait s'autoriser à laisser cet interlude influer sur ses décisions.

— Nous n'avons pas le temps. Pas le temps. Il faut que je parte et toi aussi.

Elle attrapa le pistolet, puis souleva son sac. Elle s'apprêtait à lui ordonner de s'écarter quand il reprit la parole.

— Je t'aime.

Elle aurait dû savoir qu'il essaierait de tricher. Mais elle se refusait à tomber dans le piège, alors même que son cœur se gonflait d'émotion, que ses yeux s'emplissaient de larmes.

— Jamison, n'essaie pas d'utiliser...

— Je t'ai toujours aimée, coupa-t-il. Je t'aimerai jusqu'à la fin de mes jours.

Il était calme. Grave.

Et ses paroles ne pouvaient pas compter. Ne comptaient pas.

— Tout l'amour du monde n'aura pas d'importance si elle

meurt sans que j'aie essayé de la sauver. Je mourrai avec elle, d'une manière ou d'une autre.

— Si tu meurs, elle aussi. Je veux que tu te souviennes de ça. Il a fallu que je m'en souvienne. Plus d'une fois j'ai dû me rappeler qu'il n'arriverait rien de bon à mes frères si je gisais mort dans un fossé. Trouve la maison. Trouve Gigi. Fais ce que tu dois faire pour la mettre à l'abri – mais ne prends pas de risques inutiles. Tu ne peux pas te mettre en danger, parce que tu la mettrais en danger aussi. Tu comprends ce que je te dis ?

Elle ne comprit pas immédiatement, non, parce que son esprit s'était focalisé sur une seule chose. Il la laissait partir. Certes, elle ne lui aurait pas permis de l'en empêcher, mais elle pensait qu'il essaierait. Qu'il...

Peu importait. Il la laissait partir sans discuter davantage, sans lui mettre des bâtons dans les roues. Elle se hissa sur la pointe des pieds et pressa sa bouche sur la sienne dans un baiser rapide, violent.

— Je t'aime. Je t'ai toujours aimé. Je t'aimerai toujours – quoi qu'il arrive.

— Je te rejoindrai dès que j'aurai averti Cody. Si tu réussis à la faire sortir, nous nous retrouverons ici. Compris ?

Elle hocha la tête. Il attrapa son propre sac et lui tendit le talkie-walkie.

— Garde-le allumé. S'ils sont là et qu'ils communiquent avec l'extérieur, une des fréquences devrait les capter.

Liza hésita, se découvrant réticente à partir seule. Et pourtant, elle s'était tellement habituée à être seule qu'elle avait cru ne plus jamais éprouver un tel sentiment, ne plus jamais avoir besoin de quelqu'un.

Quelqu'un qui lui tiendrait la main. Qui panserait ses blessures et elle les siennes. Qui lui apporterait sa force tranquille, et la mènerait à sa sœur.

Ne savait-elle pas déjà qu'elle ne réussirait pas toute seule ? Elle avait échoué avec Marci, avec Carlee...

— Liza.

Elle leva les yeux vers lui, soudain prise de panique face au plan qu'elle avait été si résolue à exécuter.

— Nous sommes toujours ensemble. Nous travaillons chacun de notre côté, chacun à une extrémité de la corde. Et nous nous retrouverons au milieu.

— Je...

— Nous nous retrouverons au milieu. Tiens.

Il sortit sa carte, la carte qu'il annotait depuis des années, et la lui tendit.

— Elle t'aidera peut-être. Il y a des piles de secours au fond de ton sac en cas de besoin. D'accord ?

Elle regarda la carte, puis le regarda. Il essayait de la rassurer. De l'encourager. Alors qu'elle savait pertinemment qu'il ne voulait pas qu'elle s'engage dans cette entreprise. Quinze ans plus tôt, il l'aurait déjà enfermée à clé dans le chalet pour s'en charger lui-même.

Je voulais faire les choses comme il faut.

Il la laissait partir, lui faisait confiance pour sauver Gigi comme elle lui faisait confiance pour retrouver Cody et empêcher les explosions.

Elle prit une profonde inspiration et acquiesça.

— Nous nous retrouverons au milieu.

Sur quoi elle sortit dans le noir, prête à tout.

14

À chaque pas, Jamison se maudissait d'avoir laissé Liza partir seule. Il aurait dû l'accompagner. Ils auraient pu libérer Gigi ensemble et laisser les explosifs détruire les lieux.

Cependant, il y avait trop d'inconnues. Et si les explosions se déclenchaient plus tôt que prévu ? Et s'il y avait d'autres innocents sur place en plus de Gigi ?

Il avait beau essayer de se convaincre que c'était pour ces raisons qu'il l'avait laissée partir, il savait que sa décision n'avait été ni rationnelle ni raisonnable.

Il avait saisi l'expression de Liza lorsqu'elle avait hésité au moment de quitter le chalet. Le moment où une faille s'était glissée dans sa détermination, la figeant sur place. Elle avait eu besoin que quelqu'un lui fasse confiance, lui affirme qu'elle était capable de réussir.

Peut-être avait-elle toujours eu besoin qu'il lui apporte ce genre de soutien et ne s'en était-il jamais aperçu. Peut-être était-ce justement ce dont beaucoup de gens dans sa vie avaient besoin – pas de quelqu'un qui débarquait pour tout régler, tout arranger, mais de quelqu'un qui leur disait qu'ils étaient capables de se débrouiller tout seuls.

Il ne servait à rien de se pencher sur le passé, de songer à toutes les manières dont il avait pu étouffer ses frères. En revanche, il pouvait réparer le présent.

Liza était forte, compétente, et elle avait besoin d'en avoir la preuve. Pour cela, il fallait qu'elle soit soutenue par des gens qui avaient foi en elle. Et il fallait que Gigi soit encore en vie.

Ce qui signifiait qu'il lui incombait d'empêcher les explosions. Aussi vite que possible, et coûte que coûte. Il n'était pas un expert en informatique, de sorte que tenter d'intervenir sur l'ordinateur était une opération de dernier recours.

Cody, lui, possédait une licence en informatique. D'eux tous, il était le seul à avoir fait des études supérieures. À vrai dire, ils ne lui avaient pas laissé le choix. Quand les professeurs de Cody avaient commencé à souligner ses capacités, Jamison et ses frères avaient résolu de tout faire pour l'envoyer à l'université.

Après avoir protesté, suggéré d'entrer dans la police, Cody avait fini par céder à leurs pressions et était entré à l'université du Dakota du Sud. Certes, ce n'était pas l'établissement le plus coté du pays, mais il avait fait bon usage des opportunités qui s'étaient offertes à lui. Il avait effectué des stages au sein de la CIA, et obtenu son diplôme avec mention. Ces dernières années, il prétendait avoir été accaparé par des activités en free-lance dans le Wyoming. Il ne rentrait au ranch que pour Noël, et ne donnait jamais beaucoup de détails.

Même si ces explosifs n'étaient pas son œuvre, Cody aurait une idée de ce qui se passait. Jamison voulait croire qu'il était mêlé à l'opération qui se préparait. Quelle autre raison aurait-il eu d'errer dans les Collines Noires, un talkie-walkie à la main, communiquant en morse ?

Parvenu à l'endroit où ils s'étaient croisés quelques heures plus tôt, Jamison s'arrêta et scruta les environs. Tout à ses réflexions sur Liza et son frère, il n'avait pas réfléchi clairement. Lorsqu'il avait vu Cody, ce dernier s'éloignait de la clairière – dans la direction opposée à celle du chalet.

Si son instinct ne le trompait pas et que ses souvenirs de la carte étaient exacts, c'était précisément par là que se trouvait la propriété du père de Liza.

Allait-il mettre les explosifs en place ?

Il n'y avait qu'une seule manière de le savoir.

Il se mit en route, revoyant la carte dans sa tête, ajustant son itinéraire à mesure qu'il avançait.

Soudain, un craquement attira son attention. Puis un infime

mouvement. Lentement, avec précaution, il mit une main sur son pistolet tandis que, de l'autre, il éteignait sa lampe frontale.

Un autre frôlement, en face de lui, cette fois.

Il était dans le noir total à présent. Sans bruit, il fit un pas de côté… et percuta quelque chose. Ou plutôt quelqu'un.

Par conséquent, Jamison passa à l'attaque. Tenta de maîtriser l'individu qui se tortillait sous lui. Celui-ci se débattit mais ne riposta pas.

— Arrête, espèce d'imbécile, pesta la voix de Cody.

Jamison s'immobilisa, puis se releva.

— Ça ne t'est pas venu à l'esprit de dire : « Salut, Jamison, je rôde dans les bois que tu traverses. » ? Qui est l'imbécile ici ? Tu croyais que je n'allais pas me défendre ?

— Tais-toi une minute, et n'allume pas cette fichue lampe, grogna Cody.

Jamison obéit, bien qu'il n'apprécie guère de voir son benjamin lui donner des ordres. Au bout de quelques secondes, Cody émit un soupir agacé.

— Qu'est-ce que tu fabriques ?

— On a le droit de parler, maintenant ? Ou tu préfères qu'on se tape dans la main ?

— Ce n'est pas le moment de plaisanter, Jamison. Tu ne dois pas aller plus loin. Retourne d'où tu viens.

— Je ne peux pas.

— Je ne plaisante pas. Sans vouloir te vexer, ce n'est pas un endroit pour l'adjoint du shérif d'un coin perdu. Je ne sais pas ce que tu fabriques avec Liza Dean, mais je n'ai pas le temps de m'y intéresser. Il faut que vous fichiez le camp. Tous les deux.

— Si je le pouvais, Cody, je l'aurais fait la première fois que tu me l'as demandé. Je ne suis pas ici en tant que shérif, et Liza n'est pas là en tant que… Peu importe. Écoute-moi. C'est toi qui as mis les explosifs ?

Cody le poussa brutalement, lui imposant le silence. Jamison fronça les sourcils, mais sa réaction fut invisible à son frère dans le noir.

— Tu essaies de nous faire tuer ? lança Cody.

— Tu ne comprends pas. Si c'est toi, il faut que tu renonces. Tu ne peux pas... Il y a des vies innocentes en jeu.

— La vie des Fils des Badlands est en jeu, répliqua son frère avec une détermination glacée. Elle ne m'importe guère.

— Et les enfants ?

— Quels enfants ? Il n'y a pas d'enfants sur place. Tu penses que je ne sais pas ce que je fais ? Tu me prends pour un idiot qui pose des explosifs pour s'amuser ? Pour se venger ? J'ai surveillé le coin et la maison. Je... Je ne peux pas te donner de détails. Je sais que tu te considères comme le sauveur suprême, Jamison, mais cette opération te dépasse. Va chercher Liza et laisse-moi faire mon travail.

— Tu as entendu parler de Carlee Bright ?

Cette fois, Cody le saisit par le col.

— Tu n'as pas la moindre idée d'où tu mets les pieds.

Et parce que son frère paraissait sincèrement - pas effrayé, non, mais affecté, inquiet, alerte et concentré, Jamison ne tenta pas de se défendre. Il répondit calmement et à voix basse.

— Non. C'est vrai. Mais je sais que la sœur de Liza a été témoin du meurtre de Carlee et qu'elle a disparu après l'avoir dit à Liza. Je sais que Tony a tué Carlee - ou, du moins, qu'il était là quand c'est arrivé. Je n'ai fait aucune recherche et je ne suis jamais venu ici, mais je sais que Gigi a quatre ans et tu peux imaginer le danger qu'elle court.

— Tony va et vient, répondit son frère. Il a trois hommes de main et quelques femmes sur place, mais pas d'enfants.

— Tu as vérifié la cabane ? L'écurie ?

— Je surveille l'endroit. Il n'y a...

— Qu'est-ce que tu surveilles, Cody ? Pas tout. Tu as surveillé Tony et ses hommes, mais as-tu fait attention au reste ?

— Tu ne sais pas où tu mets les pieds, Jamison, répéta son frère. Rentre à la maison. Retourne à Bonesteel. Laisse-moi m'occuper de ça.

— Je ne peux pas.

— Tu ne peux pas. Tu ne peux pas m'écouter ni me faire confiance. En revanche, tu fais confiance à Liza. Qui est retournée au gang.

— Je fais confiance à Liza, qui essaie de sauver quelqu'un

qu'elle aime. Il faut que tu empêches l'explosion, Cody. Il le faut. Jusqu'à ce qu'on soit certains.

— Ce n'est pas moi qui décide, Jamison.

Jamison mit la main sur celle de Cody, encore serrée sur le tissu de sa chemise. Pas pour se dégager, mais pour établir un lien avec son frère.

— Il faut que ce soit toi. Tout de suite.

La main de Cody resta ferme.

— Ce n'est plus toi qui me donnes des ordres, grand frère.

— À quoi es-tu mêlé, bon sang ?

— À des choses plus importantes que le sauvetage d'une seule petite fille.

— Il n'y a rien de plus important que d'essayer de sauver des enfants innocents. S'il suffisait de faire sauter les méchants, nous aurions pu le faire voilà vingt ans. Ce n'est pas si facile, Cody. Tu le sais. Au fond de toi, tu le sais.

Cody lâcha la chemise de Jamison, le repoussant légèrement en même temps. Puis il lâcha un juron dans le noir.

Jamison attendit, bien que chaque seconde de plus mette sa patience à rude épreuve et avive son inquiétude pour Liza. Cody pianotait sur quelque chose, un clavier d'ordinateur peut-être, mais il n'y avait pas de lumière, rien qui lui permette d'en être sûr.

Au bout de quelques minutes, il prit la main de Jamison et pressa une petite boîte rectangulaire dans sa paume.

— Tu vas aller sur place, maugréa Cody, comme s'il regrettait déjà d'avoir autorisé cela. Tu vas fouiller l'écurie – il n'y a pas d'enfants à la maison ni dans le hangar. Dans l'écurie… il n'y a que les chevaux mais ce sont mes hommes qui l'ont inspectée. Pas moi. Ça ne faisait pas partie de ma mission, mais…

— Ta mission ?

— Tu vas fouiller l'écurie, répéta Cody. S'il n'y a rien, tu appuies sur ce bouton deux fois et tu décampes aussi vite que tu peux, parce que je vais tout faire sauter. Si, par miracle, mes hommes avaient manqué quelque chose et qu'il y avait des innocents sur les lieux, tu appuies une fois et une fois seulement.

— Et s'il y a quelqu'un – qu'est-ce qui va se passer ?

— Dans ce cas, je pourrai peut-être t'obtenir de l'aide. Peut-être.

Mais pas avant d'avoir des preuves, et même alors, ce n'est pas certain.

— Cody...

— Pas de questions. Ne t'inquiète pas pour moi, mon frère. Tu as de plus grands soucis dans l'immédiat.

C'était vrai, malheureusement.

— Fais attention à toi. Ne prends pas de risques.

— Pas de risques ? Tu me prends pour qui, Jamison ? Sûrement pas pour un Wyatt, répliqua Cody avec un humour pince-sans-rire. Maintenant, vas-y. Et dépêche-toi.

Jamison avait déjà fait volte-face.

Guidée par un clair de lune intermittent, Liza marchait sans avoir recours à sa lampe frontale. Elle ne l'allumait que de temps à autre pour jeter un coup d'œil à la carte, mais seulement pendant quelques secondes pour ne pas attirer l'attention.

Elle faillit de peu trébucher sur le premier indice suggérant qu'elle était sur la bonne voie. Le petit tricycle rose était poussiéreux et couvert d'aiguilles de pin, comme si on ne s'en était pas servi depuis un certain temps.

Une bouffée d'espoir monta en elle, aussitôt réprimée. Un tricycle rose ne signifiait rien, sauf qu'une fillette était venue sur cette propriété à un moment donné.

Et qu'elle cherchait une fillette.

Elle scruta les environs et discerna des lueurs au loin.

Lentement, à pas prudents, elle s'avança. À mesure qu'elle progressait, les arbres devenaient plus denses, offrant une excellente couverture. Au bout d'un moment, elle ravala un sanglot de soulagement : là, entre les troncs d'arbres, elle voyait des fenêtres éclairées.

Un grand chalet se dressait devant elle, imposant au clair de lune. C'était l'endroit qu'elle cherchait.

Forcément.

Connaissant son père, elle était sûre que l'endroit était étroitement surveillé. Que des hommes étaient postés un peu partout. Peut-être même y avait-il des caméras. Tout était possible parce que cette propriété ne ressemblait en rien au mode de vie habituel des Fils. Ils préféraient vivre dans des campements, des tentes et des cabanes qu'ils pouvaient abandonner à tout moment, et rapidement. Ils organisaient leurs rassemblements et rendaient leur « justice » dans des grottes, de manière à ne laisser aucune trace derrière eux.

Le chalet et ses dépendances suggéraient une permanence, une sédentarité qui n'avait jamais attiré les Fils jusqu'alors.

Peut-être ce choix leur serait-il fatal.

Peu importait pour l'instant. Dans l'immédiat, une seule chose comptait : trouver Gigi. Adossée à un tronc d'arbre, elle s'obligea à respirer plus calmement, à réfléchir.

Elle avait trouvé la maison. Il ne lui restait plus qu'à découvrir Gigi et à échapper à la vigilance des gardes. En espérant que Jamison ait pu atteindre Cody et empêcher l'explosion.

Quant à la possibilité que Jamison échoue, elle était incapable de l'imaginer. Les mots « Jamison » et « échec » ne pouvaient être associés. Son cœur et sa raison s'y refusaient.

Elle s'obligea à se focaliser sur sa mission. Elle avait une petite fille à protéger. En cas de problème, elle était armée et pourrait se défendre.

Contre une horde de gangsters ? Comment avait-elle pu se croire capable de mener à bien une pareille entreprise ?

Parce qu'il n'y avait pas d'autre solution.

Pas d'autre solution. Elle se répéta ces mots alors qu'elle tournait le dos au chalet. Scrutant l'obscurité, elle tendit l'oreille. Un instant, elle vit des ombres s'avancer vers elle, avant de se rendre compte que le clair de lune lui jouait des tours.

Aucun bruit ne lui parvenait. Seuls le souffle du vent et le murmure des branches…

Des chevaux. Le son distinct d'un cheval qui s'ébroue. Elle devait être à proximité de l'écurie.

Elle se dirigea vers l'origine du bruit et découvrit avec stupeur qu'elle était tout près d'un grand bâtiment trapu. En tendant la main, elle pouvait effleurer la cloison en bardeaux. Elle se trouvait à l'arrière, car aucune porte ni fenêtre n'étaient visibles.

Elle continua à tâtons, se guidant de ses mains pour gagner

la façade. La porte était fermée par une grosse chaîne et un cadenas. Suspect.

Gagnée par l'angoisse, elle s'avança encore, s'efforçant de déterminer la source du bruit.

Soudain, elle aperçut une fenêtre haut placée, d'où émergeait la tête d'un cheval. Sous la fenêtre se trouvait une sorte de barrière qui ressemblait plutôt à une grille, également fermée par un cadenas.

Liza s'accroupit et scruta l'intérieur à travers les barreaux. Elle était trop près de la maison pour allumer sa lampe, et ne pouvait qu'espérer qu'un rayon de lune vienne à son aide.

Tout d'abord, elle ne distingua que le noir absolu. Puis, au bout d'un instant, elle crut déceler un mouvement. Était-ce un effet de son imagination ? Non. Quelqu'un bougeait dans l'écurie. Un animal ?

Parcourue d'un frisson, elle s'obligea à rester immobile, focalisant son regard sur la forme indistincte.

Des yeux.

Quelqu'un s'approchait. Elle retint son souffle, resserra sa prise sur l'arme qu'elle tenait à la main.

La silhouette était menue. Trop petite pour être celle d'un homme.

— Gigi, murmura Liza, guidée par l'espoir plutôt que la certitude.

— Sissy ?

Liza crut que ses genoux allaient se dérober sous elle. Ravalant des larmes de soulagement, elle vit de petits doigts potelés s'agripper aux barreaux, un visage crasseux qui la regardait derrière la barrière.

— Je n'ai pas le droit d'être là, murmura la fillette, jetant un coup d'œil inquiet en direction du chalet.

Liza réprima un sanglot et se baissa pour être à la hauteur de Gigi.

— Moi non plus, ma chérie.

— Je veux maman.

— Je sais. Je sais, soupira Liza en étudiant la hauteur de la fenêtre. Tu peux monter jusque là-haut ?

Gigi leva les yeux, esquissa un sourire.

— George va m'aider.

George ?

— Non. Non, mon chou, tu ne dois rien dire à…

Mais Gigi s'était déjà éloignée. Liza vit qu'elle s'approchait du cheval et lâcha un soupir de soulagement.

— Maman m'a appris un truc, expliqua Gigi à voix haute, trop haute.

Liza pressa son visage contre la grille.

— Il faut que tu parles tout bas, ma chérie. Nous devons être prudentes. N'importe qui pourrait venir. La seule façon de sortir d'ici sans encombre est de ne pas faire de bruit.

— Non. C'est l'heure de la réunion. On est toutes seules jusqu'à ce que les lumières s'éteignent en haut. Ensuite, quelqu'un vient apporter à manger.

— On te garde ici ?

Malgré tout ce qu'elle savait de son père, elle avait du mal à le croire. Pourtant, elle avait souvent été enfermée dans des placards en grandissant. Pourquoi aurait-il changé et traité Gigi différemment ? À ses yeux, les filles étaient des bouches inutiles, jusqu'au jour où elles cessaient de l'être.

Gigi ne répondit pas. Elle chuchotait quelque chose à l'animal, lequel sembla… s'agenouiller.

À la stupéfaction de Liza, Gigi se hissa sur la croupe du cheval, et lui tapota l'encolure tandis qu'il se relevait. Un rayon de lune illumina les cheveux blonds de Gigi et son grand sourire. Cramponnée à la crinière de l'animal, elle se pencha et pressa la joue contre la tête de celui-ci.

— Maman me disait que George m'aiderait à m'enfuir un jour, souffla-t-elle d'une petite voix triste.

— Elle avait raison, parvint à articuler Liza, malgré son émotion. Viens, George.

Le cheval s'approcha lentement de la grille. Liza tendit les bras. Sans hésiter, Gigi se hissa par-dessus la barrière, comme si elle avait fait ce geste des dizaines de fois auparavant. Était-ce le cas ? Carlee et elle avaient-elles préparé leur évasion ?

Liza n'avait pas le temps de s'interroger là-dessus. Gigi sauta dans ses bras avec une confiance absolue qui lui fit monter les larmes aux yeux.

L'enfant blottie contre elle, elle jeta un coup d'œil vers les fenêtres du premier étage. Elles étaient encore allumées, mais cela ne signifiait pas que personne ne montait la garde.

— Papa dit qu'il va tuer George, murmura Gigi en se pelotonnant contre elle.

— Nous ne le laisserons pas faire, affirma Liza, sincère.

Le cheval avait peut-être sauvé la vie de Gigi. Elle devrait trouver le moyen de le faire échapper à son tour.

Maintenant, c'était à elle de prendre la relève. Gigi était dans ses bras. Tout allait s'arranger. Un miracle s'était produit et elle allait devoir en profiter au maximum.

— Écoute, mon chou. On va s'enfuir. Accroche-toi à moi et ne fais pas de bruit, d'accord ?

Gigi leva la tête.

— Et les autres ?

Le sang de Liza se glaça brusquement dans ses veines.

— Quels autres ?

Gigi désigna l'écurie.

— Les autres. Je suis censée rester avec elles.

Liza étouffa un juron.

15

Jamison commençait à craindre de s'être égaré. Il faisait noir comme dans un four, il était exténué, et il lui semblait avoir perdu tout sens des directions. Peut-être était-il en train de tourner en rond, destiné à causer la mort de tous ceux qu'il aimait.

Il refoula cette sombre pensée. Par chance, il avait l'habitude de se battre contre ces voix, ces craintes. Il n'avait laissé personne mourir quand il était enfant. Il ne le ferait pas non plus à présent.

Par conséquent, il continua à avancer. Il ne pouvait s'autoriser à douter de lui. Il devait croire en lui-même et en ses compétences. Comme il croyait en Cody et en Liza.

En fin de compte, la survie dépendait constamment d'autrui. Il connaissait des policiers qui étaient trop aigris ou trop arrogants pour faire confiance à quiconque, mais en arriver là revenait à se condamner à mort. C'était si souvent l'espoir qui faisait la différence entre la vie et l'au-delà.

Dans quoi son frère était-il impliqué ? Compte tenu des explosifs, Jamison avait peine à croire que l'opération en cours soit légale.

Et cette certitude le rongeait.

Jamison et ses frères avaient tout fait pour donner à Cody l'opportunité de se construire une vie loin du gang. Au lieu de quoi, il était là, au cœur de l'action – en train de comploter avec d'autres pour faire sauter leur base.

Par certains côtés, c'était logique.

Des lumières apparurent devant lui, chassant brusquement le remords et l'exaspération qui menaçaient de le ralentir. Des lumières émanant d'une maison.

C'était si étrange d'associer les Fils à une vie sédentaire. Un chalet, un hangar, une écurie. Sans doute s'étaient-ils approprié les lieux après avoir assassiné quelqu'un, mais ce genre d'existence ne ressemblait pas à celui qu'ils avaient quand il était enfant.

Dans quelle mesure connaissait-il cette nouvelle version du gang ?

Ce nouveau gang qui se créait des racines, qui faisait le commerce de chair humaine. Liza lui avait dit que tout avait changé, et il en avait conclu que la violence était devenue hors de contrôle. Il avait compris qu'il devait les voir d'une manière différente, peut-être même les combattre d'une manière différente, mais ce changement, ce comportement de gens « normaux » allant de pair avec le trafic de petites filles... Cette possibilité-là le perturbait trop pour qu'il s'autorise à y penser.

Il se força à se focaliser sur sa mission. Qu'il soit compétent ou pas n'avait pas d'importance. Il était là.

Il s'avança sans bruit vers les lumières, marquant une pause à intervalles réguliers pour tendre l'oreille. D'abord, il ne saisit que le bruissement du vent et des branches, mais à mesure qu'il approchait, un autre son lui parvint... des chuchotements.

Guidé par les murmures, il continua sa progression, s'efforçant de déterminer si les voix étaient masculines ou féminines. Le gang n'employait que des hommes pour monter la garde, que ce soit à l'intérieur ou à l'extérieur, et pourquoi auraient-ils éprouvé le besoin de chuchoter ?

Malgré tout, il ne pouvait pas être sûr qu'il ne s'agissait pas de gardes armés. Il dut attendre d'être parvenu plus près pour qu'un rayon de lune lui apporte une réponse.

Une petite silhouette était accroupie contre un bâtiment, et une seconde, plus grande, tentait d'escalader... une sorte de barrière. Comme si elle voulait pénétrer à l'intérieur.

— Liza.

La silhouette vacilla, puis retomba, atterrissant gauchement.

— Dépêche-toi ! chuchota-t-elle.

En quelques secondes, il combla la distance qui les séparait, et vit que la petite fille se réfugiait derrière les jambes de Liza.

— Gigi, tout va bien, la rassura Liza en posant une main sur la tête de l'enfant. C'est Jamison. C'est mon ami et il va nous aider. Je te le promets.

L'enfant secoua la tête avec vigueur.

Liza s'accroupit à côté d'elle tandis qu'il les rejoignait.

— Jamison m'a sauvée, moi. Il y a longtemps. Je te promets qu'il est gentil. Il va nous aider.

— Tu l'as trouvée, murmura Jamison stupidement.

Il avait encore du mal à le croire. Elles étaient là toutes les deux, saines et sauves. Maintenant il ne leur restait plus qu'à...

— Elle dit qu'il y a d'autres enfants dans l'écurie. D'autres petites filles, murmura Liza d'une voix étranglée.

Atterré, Jamison exhala son souffle. Les choses n'allaient pas être si faciles après tout.

— J'ai vu Cody. Il me suffit de lui envoyer un message pour empêcher l'explosion.

Il sortit le boîtier que son frère lui avait remis et pressa calmement le bouton une seule fois. Un problème était résolu, mais il en demeurait un, non moins menaçant.

— Ça va nous donner un peu de temps. Il faut quand même qu'on sorte d'ici le plus vite possible.

— Emmène Gigi. Je vais aller chercher les autres filles.

Jamison ne feignit même pas de réfléchir à sa suggestion. Il s'avança vers la grille et l'examina au clair de lune.

— Je vais y aller et je te les ferai passer. Ça me sera plus facile qu'à toi, avec ta blessure. Et Gigi se sentira plus en sécurité avec toi.

— Jamison.

— Nous n'avons pas de temps à perdre.

Il ajusta son sac à dos et mit les mains à plat sur le haut de la grille. Il n'avait aucun outil qui lui permette d'ouvrir le cadenas, et il n'était pas convaincu de pouvoir repasser par-dessus la barrière. Cependant, peu importait. Si quelqu'un devait être coincé à l'intérieur, mieux valait que ce soit lui.

Il prit appui sur ses bras, mais ne parvint pas tout à fait à se hisser seul – de sorte qu'il demanda à Liza de le pousser.

Il bascula de l'autre côté, et atterrit tout sauf gracieusement, son coude et sa hanche percutant le sol en ciment qui sentait le fumier. Un éclair de douleur se répandit dans son corps, mais il n'avait rien de cassé. Pour le moment.

Malheureusement, son atterrissage maladroit avait effrayé le cheval, qui se cabra et hennit. Plus soucieux du bruit que d'une éventuelle blessure, Jamison se hâta de se relever et s'efforça d'apaiser l'animal.

— Chut. Tout va bien, murmura-t-il, en s'avançant lentement, montrant ses paumes.

Le cheval continuait à trépigner nerveusement, mais Jamison parvint à s'approcher suffisamment pour poser une main sur son flanc et le caresser. Sans doute habitué à la présence d'inconnus, il se calma peu à peu.

Jamison jeta un regard par-dessus son épaule. Derrière la grille, Gigi et Liza l'observaient avec inquiétude.

Tout dépendait de lui et il n'avait pas une seconde à perdre.

Il dépassa le cheval et s'enfonça dans la pénombre de l'écurie. Hésitant, il regarda autour de lui, mais l'obscurité était trop dense pour qu'il voie quoi que ce soit. Il avait besoin de lumière.

En dépit du danger, il retira sa lampe frontale, la braqua sur le sol et l'alluma. S'il maintenait le faisceau vers le bas, peut-être parviendrait-il à ne pas être vu de l'extérieur.

Du foin sale était répandu sur le sol. Il se trouvait dans un autre box, plus grand que le premier. Une porte au fond était entrouverte, sans doute celle par où Gigi était passée.

Il se glissa dans l'entrebâillement, qui donnait sur une sorte de long couloir entre les stalles. Aucun bruit ne lui parvenait, et il en conclut qu'il n'y avait pas d'autre cheval.

Le silence était effrayant. S'il y avait réellement des êtres humains ici, pourquoi n'entendait-il aucun bruit de voix, aucun mouvement ?

Cependant, il était policier, et il connaissait son métier. Il se mit à fouiller les lieux méthodiquement, comme il l'aurait fait dans n'importe quel bâtiment. Chaque pièce une à une, en veillant à garder le faisceau braqué sur le sol, loin de tout ce qui pouvait ressembler à une fenêtre.

Il doutait que Gigi ait inventé cette histoire d'autres petites filles, mais peut-être se trouvaient-elles ailleurs. Cela dit, Gigi était parvenue jusqu'à Liza, et même à l'âge de quatre ans, elle était assez éveillée pour savoir qu'elle venait de quitter d'autres enfants.

Mais pourquoi aurait-elle eu la permission d'aller voir le cheval, et pas les autres ? Jouissait-elle d'un traitement de faveur parce qu'elle était la fille du chef ? C'était peu probable, si elle avait assisté au meurtre de sa mère.

Jamison inspecta la stalle suivante. Jusqu'à maintenant, il n'avait pas encore trouvé de lieu fermé à clé, mais après tout, l'entrée principale était cadenassée, interdisant toute évasion.

Il ne restait plus qu'une seule pièce, située tout à l'arrière et, contrairement aux stalles, fermée par une porte pleine. On aurait dit une sorte de bureau. Jamison s'avança tout doucement, mais ne distingua aucun bruit trahissant la présence d'êtres humains prisonniers à l'intérieur.

À moins que ces êtres humains ne soient morts. Gigi aurait-elle été laissée avec des cadavres ?

Bien que tout en lui se révolte à cette idée, il se prépara à être confronté à une scène d'horreur. Il en avait l'habitude.

Quand il ouvrit la porte et balaya le faisceau de sa lampe autour de la pièce, il faillit s'effondrer de soulagement. Blotties les unes contre les autres dans un coin, un groupe de fillettes clignèrent des yeux à son entrée, se tassant sur elles-mêmes comme si elles pouvaient miraculeusement devenir invisibles.

Elles s'étaient faites si immobiles, si silencieuses, qu'il mit un instant à se rendre compte qu'elles étaient dix, au moins.

— Je ne vais pas vous faire de mal, dit-il avec douceur, sans tenter de s'approcher pour ne pas les effrayer.

Il braqua la lumière sur lui plutôt que sur elles.

— Je ne suis pas avec le gang. Je vais vous faire sortir d'ici, mais il va falloir m'écouter, et ne pas faire de bruit.

Elles se pelotonnèrent plus étroitement les unes contre les autres. Il doutait fort qu'elles le croient, pourtant il devait les convaincre. Il ne pouvait pas les obliger à l'accompagner.

— Je suis dans la police. Regardez.

Il perdait du temps, de précieuses secondes qu'ils n'avaient pas, mais comment faire autrement ? Il ne pouvait pas les tirer de là par la force. Non seulement parce qu'ils seraient découverts si elles se mettaient à hurler, mais surtout parce qu'elles avaient déjà sûrement subi assez de violences pour toute une vie.

Il retira son sac à dos et ouvrit la petite poche intérieure où il avait glissé sa plaque quelques jours plus tôt. Il avait l'impression qu'une éternité s'était écoulée depuis.

— Voici mon étoile, dit-il en l'éclairant. Je suis ici pour vous aider.

Certes, si elles avaient grandi au sein du gang, on leur avait très tôt appris à se méfier de la police. Il ne pouvait qu'espérer que la situation les incite à changer d'avis.

Aucune ne bougea. Aucune ne parla. Il rangea sa plaque, reprit son sac et mit la lampe sur son front.

— Je veux seulement que vous veniez avec moi. Une par une. Je vais vous emmener au box du cheval et vous aider à passer par-dessus la grille. Une femme vous attend là-bas, avec la petite fille qui était avec vous. Gigi. Elle est sortie. Une fois qu'on sera tous dehors, on va s'enfuir.

— Ils vont nous tuer si on s'enfuit, chuchota une fillette.

— Pas si je peux les en empêcher.

Jamison avait vu assez de gens confrontés à des situations désespérées pour savoir que mentir produisait rarement l'effet escompté. Cela dit, il ne tenait pas non plus à exposer la vérité sans fard à un groupe d'enfants terrifiées. La plus âgée devait avoir douze ans tout au plus.

La gorge nouée par l'horreur et le dégoût, il se força à poursuivre. Il devait se focaliser sur leur fuite.

— Il faudra qu'ils nous rattrapent d'abord. Vous préférez rester ici ou essayer de survivre ?

Seul le silence lui répondit. Jamison ne renonça pas pour autant.

— Une par une. Qui veut venir la première ?

Il attendit. Longtemps. Trop longtemps. Enfin, une des fillettes se leva gauchement. Quelques autres tentèrent de l'arrêter, mais elle secoua la tête. C'était une des plus âgées.

— Je préfère mourir plutôt que rester ici, déclara-t-elle fermement.

Jamison hocha la tête, réprimant l'envie de tendre la main vers elle. Il ne voulait pas qu'elle se sente menacée.

— Suis-moi, d'accord ?

Elle acquiesça. Il repartit par là où il était venu, et prit soin d'éteindre sa lampe à l'approche de la sortie. Quand la fillette vit Liza et Gigi, elle se rua vers la grille et tomba à genoux en étouffant un sanglot.

— C'est vrai, chuchota-t-elle. Vous allez nous sauver.

— On va essayer, dit Liza en lui tapotant la main. Laisse Jamison te hisser par-dessus la grille. Je vais t'attraper.

Elle acquiesça de nouveau et se retourna vers Jamison. En quelques secondes, elle était dans les bras de Liza, et se mit à pleurer pour de bon.

— Il faut aller plus vite, murmura Liza tandis que Gigi s'efforçait de la consoler.

— Je sais.

Entre les allées et venues de Jamison avec les fillettes, Liza surveillait la maison. L'opération prenait trop de temps. La réunion n'allait pas durer éternellement. Quelqu'un allait finir par apporter aux filles de quoi manger.

Et Gigi ne voulait pas la lâcher d'une semelle.

Huit fillettes étaient sorties. Liza leur avait ordonné d'aller se cacher dans les bois. L'une d'elles connaissait une cachette qu'elle croyait sûre au cas où on allumait les projecteurs qui pouvaient éclairer le pourtour de la propriété. Cependant, Liza n'avait pu persuader Gigi de les accompagner, et elle s'était mise à pleurer quand une des filles avait tenté de l'emmener.

Elle courait trop de danger ici, mais Liza ne savait que faire. Les filles que Jamison avait fait sortir avaient manifestement été maltraitées. Quel sort les attendait si Jamison et elle les abandonnaient ?

Ils n'avaient d'autre solution que de rester. Et ils réussiraient à les sauver. Au fond, les choses allaient mieux qu'elle ne l'avait craint. La lumière était encore allumée au premier étage. À chaque seconde qui s'écoulait, son cœur cognait plus fort contre ses côtes.

Peut-être allaient-ils réussir. Peut-être allaient-ils faire sortir chacune des fillettes avant que ces lumières ne s'éteignent. Peut-être...

Le premier étage bascula soudain dans la pénombre. Liza se

figea, presque incapable d'en croire ses yeux, mais la voix de Gigi l'arracha à la panique qui menaçait de l'étreindre.

— Les lampes sont éteintes, Sissy, chuchota la fillette avec un effroi presque palpable. Ils vont venir.

— Je sais, mon chou. Je sais.

Il fallait qu'elle fasse quelque chose. Qu'elle agisse. Mais Jamison avait dit qu'il restait encore deux fillettes.

Il apparut, flanqué d'une enfant.

— Il n'y a plus de lumière, Jamison. Ils arrivent.

— Mais Jenni est encore là-bas, geignit la petite fille qu'il guidait, à peine plus âgée que Gigi.

Jamison la souleva et la tendit à Liza.

— Viens aussi, le pressa-t-elle, s'efforçant de maîtriser sa panique. Emmène les filles à l'abri. Je vais aller chercher la dernière.

— Non. On n'a pas le temps. D'ailleurs, elles seront plus à l'aise avec toi. Pars. Nous vous rejoindrons. Dirige-toi vers le chalet. Avec un peu de chance, Cody sera là.

Liza ne voulait pas quitter cet endroit – sans cette dernière enfant effrayée, sans Jamison trop brave et trop bon pour l'abandonner. Cependant, plus elle tardait, plus ils risquaient d'être capturés. Tous.

— Venez, les filles, dit-elle en les prenant par la main.

La mort dans l'âme, elle prit la direction que les autres enfants avaient suivie.

Elle ne regarderait pas en arrière. Elle n'en avait pas le temps.

Si Jamison ne venait pas, elle confierait les fillettes à Cody et reviendrait le chercher. Elle ne lui permettrait pas de se sacrifier pour...

N'aurait-elle pas fait la même chose ?

Ne devrait-elle pas rester ?

Elle baissa les yeux sur Gigi, cramponnée à sa main. Non. Comme Jamison le lui avait fait remarquer, si elle mourait, Gigi serait plus en danger encore. Et Gigi était sa priorité. Tant que l'enfant ne serait pas à l'abri, rien d'autre ne comptait.

Elle ne pouvait pas penser à Jamison. Pas encore. Par conséquent, elle devait croire qu'il allait sauver cette dernière fillette et lui-même avec. Bien sûr qu'il réussirait. Jamison réussissait toujours.

Derrière elles, Liza entendit une porte grincer, puis claquer.

Quelqu'un venait.

— Vite. Il faut qu'on se dépêche, souffla-t-elle.

Elle aurait voulu pouvoir les porter toutes les deux, mais c'était impossible. Aussi, elle marcha aussi rapidement qu'elles en étaient capables, les soutenant quand elles trébuchaient, mais sans s'arrêter.

Elle jugeait avoir accompli la moitié du chemin quand elle trébucha à son tour sur une racine. Elle bascula la tête la première, entraînant les deux fillettes dans sa chute.

Malgré la douleur fulgurante qui lui traversa la cheville, Liza parvint à ne pas crier. Elle était sûre de s'être fait une entorse, mais peu importait. Elle se releva tant bien que mal, et aida les deux enfants à faire de même. Celles-ci s'étaient mises à pleurer, sans bruit d'abord, et sanglotaient maintenant.

— Chut. On va nous entendre.

Elle s'agenouilla et les pressa contre elle, déposant des baisers apaisants sur leurs tempes.

— Je sais que c'est dur, mais il faut qu'on continue pour être en sécurité. Comment t'appelles-tu, mon chou ?

— Bette, fit l'enfant en reniflant.

— Bon. Écoute-moi, Bette, je vais te porter pendant un petit moment. Ensuite, ce sera le tour de Gigi. D'accord ?

Liza souleva l'enfant, ignorant les élancements qui lui transperçaient la cheville et la jambe. Puis elle prit Gigi par la main. Quelques instants plus tard, elles avaient atteint le bouquet d'arbres où les autres fillettes s'étaient rassemblées.

— Où est Jenni ? demanda l'une d'elles.

— Elle va venir. Mais on doit...

— Attendez !

Le chuchotement effrayé venait de derrière elles. Il fut suivi d'un craquement de brindilles, et une petite forme indistincte apparut, trop menue pour appartenir à un adulte.

— Jenni ! cria Bette.

Aussitôt, Liza plaqua une main sur la bouche de l'enfant,

mais le mal était fait. Le nom résonna dans les bois silencieux. Si quelqu'un les cherchait, il l'avait forcément entendu.

— On va courir, les filles, ordonna Liza, espérant qu'elles accepteraient ses ordres sans discuter. En essayant de faire le moins de bruit possible. Vous allez me suivre. Deux par deux. Sans parler. Tenez-vous par la main pour que personne ne reste en arrière. Jamison...

Le cœur lui manqua soudain.

— Où est Jamison ? demanda-t-elle à Jenni, s'efforçant de rester calme.

Jenni lâcha un sanglot.

— Il m'a dit de courir. Je ne sais pas... Je ne sais pas ce qui s'est passé après.

— Je vois. Tout va bien, mentit Liza, la gorge nouée alors qu'elle pensait à lui, resté seul dans l'écurie. Tu as fait ce qu'il fallait. Bon, les filles, mettez-vous par deux.

Il fallait qu'elle les emmène en lieu sûr, et qu'elle trouve Cody. Quelqu'un devait aller au secours de Jamison.

Elle vérifia que les fillettes se tenaient par la main, puis commença à marcher d'un pas rapide, se retournant régulièrement pour s'assurer que toutes la suivaient. Chaque fois, elle regardait au-delà, espérant en vain apercevoir Jamison qui accourait à son tour.

Il allait s'en tirer, se répéta-t-elle. Même s'il était capturé, personne ne lui ferait de mal, puisqu'il était le fils d'Ace Wyatt.

Jusqu'au moment où Ace arriverait.

16

Contrairement à la promesse qu'il avait faite à Liza, Jamison n'avait pas suivi Jenni dans les bois.

Les fillettes avaient besoin de creuser un écart pour avoir une chance de s'en tirer. Si les membres du gang découvraient immédiatement qu'elles manquaient à l'appel, ils se mettraient à leur recherche et auraient tôt fait de les rattraper.

Et tous leurs efforts auraient été en vain.

Par conséquent, il devait gagner du temps. Avec un peu de chance, il réussirait à neutraliser celui ou ceux qui allaient venir apporter de la nourriture. Cela fait, il tenterait d'escalader la grille à son tour. Mais pour cela, il avait besoin de temps, lui aussi.

Des bruits parvinrent bientôt à ses oreilles. Des bruits de pas, de voix. Le claquement d'une chaîne, le déclic d'un cadenas.

Il parcourut du regard la pièce qui avait servi de prison aux petites filles et prit sa décision. Il s'accroupit dans le coin obscur où les enfants s'étaient blotties les unes contre les autres. Son pistolet au poing, il songea à l'acoustique et se demanda si une détonation risquait de faire accourir d'autres hommes.

Tirer serait son dernier recours, mais s'il fallait en passer par là, tant pis.

Et si les hommes étaient trop nombreux pour qu'il puisse lutter, eh bien, il avait un plan pour cette éventualité-là aussi.

Il n'en avait pas parlé avec Cody, mais Jamison comptait sur lui pour qu'il continue à surveiller le dispositif relié au boîtier. Et pour qu'il comprenne que, si le bouton était pressé de nouveau, cela signifiait que l'explosion pouvait avoir lieu.

Jamison se retrouverait peut-être pris entre deux feux, mais tant pis. Au moins, il aurait accompli la mission qu'il s'était fixée.

Sauver des vies humaines exigeait qu'on soit prêt à sacrifier la sienne si nécessaire. Il en avait toujours eu conscience.

Et même à supposer qu'un avenir avec Liza l'attende de l'autre côté de cette épreuve, elle avait raison. Comment pourrait-il vivre avec sa conscience s'il ne donnait pas à ces fillettes une chance raisonnable de s'échapper ?

La réponse était simple : il ne pourrait pas.

Jamison tendit l'oreille, se focalisa sur le présent. Deux séries de pas. Deux voix.

Il était capable d'éliminer deux hommes. Peut-être même sans tirer un seul coup de feu. Le pistolet dans une main et un couteau dans l'autre, il se prépara à passer à l'attaque.

— Elles ont appris à ne pas faire de bruit, hein ? s'esclaffa une voix grave.

— Il faut croire qu'elles sont plus malignes qu'on ne le pensait.

Que ces individus osent se moquer de petites filles retenues prisonnières dans une écurie sale et humide emplit Jamison de fureur. Malgré tout, il maîtrisa sa rage et son dégoût pour mieux se concentrer.

Deux hommes bien bâtis entrèrent dans la pièce en ricanant. L'un portait un sac contenant des barquettes de nourriture, tandis que le second tenait une lampe de camping et un pistolet dans sa main libre.

— Il faut croire qu'elles sont plus intelligentes que vous ne le pensiez, déclara Jamison calmement. Beaucoup plus.

Celui qui tenait le sac de barquettes le lâcha aussitôt, sans doute pour s'emparer d'une arme. Jamison se rua en avant – non sur l'homme, mais sur la lanterne. Il abattit la crosse de son pistolet dessus et entendit le fracas satisfaisant du verre brisé avant que la pièce soit plongée dans l'obscurité.

Ils n'allaient pas tirer à l'aveugle dans le noir. Du moins l'espérait-il.

Malheureusement, il se trompait. Le vacarme assourdissant d'un coup de feu résonna à ses oreilles.

— Espèce d'idiot ! lança un des deux hommes. Tu aurais pu me tuer.

— Que voulais-tu que je fasse d'autre ?

Profitant de leur dispute, Jamison se faufila hors de la pièce, ses yeux s'ajustant à la pénombre alors qu'il s'avançait dans le couloir. Parvenu à hauteur du box du cheval, il marqua une pause. Il allait faire du bruit, mais il pourrait quand même prendre de vitesse les types qui continuaient à se chamailler derrière lui.

Il fit sortir George dans le couloir, puis lui donna une bonne tape sur la croupe. L'animal s'élança vers la porte d'entrée laissée ouverte.

Sans se donner le temps d'espérer, Jamison le suivit. Il entendit les hommes se ruer à ses trousses, et se hâta de tirer le battant et de refermer le cadenas d'un coup sec. Le tout à la lueur argentée du clair de lune.

Les types étaient probablement équipés de radios, mais au moins il était dehors. Ils ne pourraient pas savoir dans quelle direction il était parti.

Maintenant, il devait filer, et vite.

Cependant, lorsqu'il se retourna, il s'aperçut qu'il n'était pas seul. Une seconde plus tard, deux hommes le saisissaient chacun par un bras, l'obligeant à lâcher couteau et pistolet. Jamison eut beau se débattre, ils le maintenaient fermement.

— Tu penses vraiment que je laisserais des abrutis pareils faire quoi que ce soit sans écouter tous leurs faits et gestes ?

Une lumière vive se braqua sur le visage de Jamison. Il ne cilla pas, et s'obligea à ne pas bander ses muscles. Ses gestes devaient rester souples et fluides. C'était sa seule chance de pouvoir se débarrasser des types qui lui serraient les bras.

Le faisceau demeurant rivé sur lui, Jamison se contenta de fermer les yeux. Il n'avait pas besoin de regarder son interlocuteur pour reconnaître sa voix.

— Tony. Ça me fait plaisir de te voir. Enfin, façon de parler, puisque tu m'aveugles.

Tony lâcha un rire et Jamison réprima un ricanement en retour. Il avait toujours haï le père de Liza autant que le sien, sinon davantage. Ace était le chef parce qu'il était froid et calculateur.

Il savait manipuler autrui, et éveiller une sorte de loyauté. Il était dangereux parce qu'il comprenait les gens et se servait de cette connaissance contre eux.

Tony Dean était non moins dangereux, car les autres lui étaient totalement indifférents. Son cerveau ne fonctionnait pas comme celui de tout un chacun – Jamison le trouvait indéchiffrable. Il l'aurait qualifié de sadique, mais ç'aurait été accorder un semblant d'ordre à ce qui n'était que chaos.

Personne ne pouvait jamais prédire ce que Tony allait faire – et c'était précisément pourquoi il était le bras droit d'Ace.

— Elles n'iront pas bien loin, lança-t-il en abaissant le faisceau de sa lampe sur le sol. Mais je suis impressionné que tu aies réussi à les faire sortir. Cela dit, Ace t'a appris tout ce que tu sais.

Jamison sourit, bien que la comparaison lui donne la nausée. Ace lui avait enseigné quelque chose malgré lui. Était-il impossible d'échapper au gang ?

Si c'était vrai, il n'avait qu'une seule autre option : le détruire. Il avait beau être dans le pétrin, il n'était pas encore mort.

— Tu crois ? répondit-il.

Les hommes lui maintenaient les bras. S'il parvenait à changer de position et à presser le coude contre sa poche, il pourrait appuyer sur le bouton du boîtier que Cody lui avait donné.

Il parvint à le faire une fois avant que ses gardes raffermissent leur prise et lui ordonnent de cesser de bouger. Il détendit ses muscles, compta jusqu'à cinq, puis tressaillit délibérément et parvint à appuyer une seconde fois.

Son geste lui valut un violent coup de coude à l'estomac, mais si Cody avait reçu le message, peu importait la douleur.

— Attachez-le, dit Tony en soupirant. Mais ne le malmenez pas trop. C'est le précieux aîné d'Ace Wyatt.

Jamison n'opposa aucune résistance aux hommes qui le ligotaient. À quoi bon se défendre puisque son frère ne mettrait que quelques minutes à réagir ? Du moins, c'était ce que Jamison espérait.

Il fallut encore une minute ou deux. Les sbires de Tony n'avaient pas encore terminé de l'attacher quand le premier éclair déchira la nuit autour du chalet, suivi d'une déflagration assourdissante et d'une pluie de débris.

Les gardes lâchèrent Jamison et décampèrent.

Tony, en revanche, ne bougea pas. Il garda son arme braquée sur lui.

— Tu aurais dû déclencher ça un peu plus tôt.

— Ah bon ? rétorqua Jamison sur un ton enjoué.

— Tu penses que le nom de ton père suffit à te protéger ? Je suis son associé. Je n'ai pas peur de lui. Ace ne verrait aucun inconvénient à ce que je te descende. Au contraire, il me remercierait sûrement.

— Je n'en serais pas si sûr, Tony, répliqua Jamison. À ta place, j'y réfléchirais à deux fois avant de parler pour lui. Tu le connais.

Un autre bâtiment explosa – le hangar.

Ensuite, ce serait le tour de l'écurie, songea Jamison. Sans doute serait-il tué. Il exhala son souffle et s'y résigna. Si Tony Dean mourait aussi, cela en vaudrait la peine.

Elles allaient réussir. Pourtant, au lieu d'éprouver du soulagement, Liza avait l'estomac noué. Elle ne pouvait réprimer la tentation de se retourner régulièrement, espérant envers et contre tout apercevoir Jamison qui les rattrapait.

En vain.

Les fillettes marchaient à sa suite, rapidement et sans un bruit. À mesure qu'elles s'éloignaient de l'écurie, Liza ralentit l'allure. Les enfants étaient fatiguées et, surtout, terrifiées.

Elle porta Gigi un moment, et Jenni fit de même avec Bette, sa petite sœur. Liza s'obligea à se concentrer sur le chemin : elle devait trouver le chalet ou mettre les filles à l'abri d'une manière ou d'une autre. La seule chose qui comptait était de les éloigner du gang.

Jamison les rejoindrait tôt ou tard.

Enfin, elle pénétra dans une clairière familière. Elle avait réussi. Le chalet se dressait dans l'étrange pénombre précédant l'aube, où l'obscurité régnait encore, mais le ciel semblait dégager la lumière annonciatrice du jour nouveau.

Elle avait ramené les filles. Sauvé Gigi. Elle serra l'enfant dans ses bras et rassembla ses ouailles autour d'elle. Le soulagement lui fit l'effet d'un baume, mais fut de courte durée.

Tout n'est pas encore terminé.

L'absence de Jamison pesait lourdement sur ses pensées.

Essayait-il de résister au gang ? S'était-il égaré ?

Était-il mort ?

Les questions tournoyaient en boucle dans sa tête, la dernière la frappant chaque fois avec tant de violence qu'elle en avait le souffle coupé.

Cody sortit du chalet au moment où elle s'avançait. Il ouvrit la bouche comme pour les saluer, puis son regard se posa sur les onze enfants et son expression changea.

Les filles se blottirent aussitôt les unes contre les autres derrière Liza.

— Tout va bien, dit-elle, les yeux sur Cody.

La dernière fois qu'elle l'avait vu, c'était tout juste un adolescent. Lorsqu'il avait parlé à Jamison plus tôt, elle n'avait aperçu qu'un ombre, une silhouette indistincte.

Maintenant, elle voyait les similarités avec son frère. Il n'avait pas tout à fait le même nez, et ses yeux étaient plus clairs – cerclés de vert. Il était moins large d'épaule, plus élancé.

Mais c'était indéniablement un Wyatt. Outre sa ressemblance physique avec ses frères, son expression farouche confirmait ce que Jamison avait toujours cru. Elle ne doutait plus de lui.

— Voici Cody, ajouta-t-elle. C'est le frère de Jamison. Il va nous aider, exactement comme Jamison vous a aidées à sortir de l'écurie.

— Entrez vite, dit-il, s'efforçant tant bien que mal de sourire.

Il prit soin de garder les mains derrière son dos, et de s'écarter de la porte, comme pour montrer aux filles qu'il n'était pas une menace. Liza les encouragea à pénétrer dans le chalet, fermant la marche tel un chien de troupeau.

Comme elle franchissait le seuil, Cody l'arrêta d'un geste. Elle baissa les yeux sur la main qu'il avait posée sur son bras, arquant les sourcils. Il n'était pas membre du gang, mais cela ne signifiait pas pour autant qu'elle lui fasse confiance.

Il ne bougea pas.

— Asseyez-vous où vous voulez, lança Cody aux fillettes restées debout au centre de la pièce. Vous êtes en sécurité maintenant. Reposez-vous.

Un feu crépitait dans la cheminée et quelques lampes de camping étaient allumées ici et là. L'ordinateur portable que Jamison avait découvert dans la salle de bains trônait sur le plan de travail.

— Je vais voir si je peux trouver quelque chose à grignoter, continua Cody sans lâcher le bras de Liza.

Il rabattit la porte à demi, comme s'il comprenait d'instinct que les filles supporteraient mal d'être enfermées de nouveau.

— Où est Jamison ? demanda-t-il à mi-voix.

Liza tenta de se dégager, mais il la tenait fermement.

— Écoute...

— Dis-moi où il est, gronda-t-il.

Liza le dévisagea. Il n'y avait pas que de la colère dans son regard noisette. Quelque chose qui ressemblait à de la peur rôdait là aussi.

— Il a aidé les filles à sortir, mais il...

Elle déglutit, se refusant à envisager le pire. Pas encore.

— Il n'a pas suivi la dernière. Il lui a dit qu'il venait, mais il ne l'a pas fait.

— Tu es en train de me dire qu'il... qu'il n'est pas avec vous ? Qu'il est toujours là-bas ?

— À l'écurie. Les filles étaient dans l'écurie. Il est sans doute resté pour s'assurer qu'on avait pris assez d'avance. Des hommes venaient et...

Cody lâcha un juron et passa une main sur son visage.

— Quoi ? Qu'y a-t-il ? Qu'est-ce que...

Un grondement sourd s'éleva au loin, accompagné d'un éclair de lumière.

Liza se figea.

— Qu'est-ce que c'était ? demanda-t-elle dans un souffle.

— Liza.

La voix de Cody était prudente. Trop prudente. Il lâcha lentement son bras.

— Qu'est-ce que c'était, Cody ? répéta-t-elle en le repoussant.

Elle savait, pourtant. Elle savait exactement ce que c'était.

Et ce que cela signifiait.

— Il a appuyé deux fois sur le bouton.

— Quoi ? Qu'est-ce que ça veut dire ? De quoi parles-tu ?

Cody lâcha un nouveau soupir – d'irritation, d'angoisse, de tristesse.

— Je lui ai donné un appareil. Celui-ci m'envoie un message qui ne peut être ni capté ni intercepté. Jamison l'a activé une fois, ce qui signifiait qu'il avait trouvé des gens dans l'écurie.

Cody baissa les yeux sur le sol, secouant la tête.

— Ces petites filles.

— Tu ne le savais pas.

— J'aurais dû le savoir, marmonna-t-il. Je n'ai pas déclenché les explosions. J'étais en train d'avoir une conversation avec mes supérieurs sur le risque de dommages collatéraux quand j'ai reçu un nouveau message – cette fois, Jamison avait pressé le bouton deux fois. C'était le signal de déclenchement des explosifs.

— Pour le chalet, coupa Liza, s'accrochant désespérément à l'espoir qu'elle avait encore.

— Liza...

Elle n'attendit pas la suite. Pivotant sur ses talons, elle s'élança dans la direction d'où elle était venue. Sa cheville la faisait atrocement souffrir mais elle n'en avait cure. Elle ne pouvait se soucier de sa douleur alors que Jamison était...

— Tu ne peux rien faire, cria Cody derrière elle. Les explosifs vont...

Un nouveau grondement, un autre éclair de lumière.

Elle se figea, et regarda avec horreur les flammes qui s'élevaient au loin. Non. Elle refusait d'admettre que tout était fini. Elle pouvait encore l'atteindre. S'il avait donné le signal, c'était parce qu'il ne risquait pas d'être pris dans l'explosion. Non. Ce n'était pas possible.

Elle avait à peine fait quelques pas que Cody la saisit par la taille. Elle fit volte-face et tenta de le frapper, mais il esquiva aisément le coup avant de lui empoigner le bras aussi, et de la maintenir immobile.

— Il faut que tu restes ici avec les filles, dit-il, serrant les dents, tandis qu'elle continuait à se débattre en vain. Je vais y aller et...

— Non, Cody. J'ai fait ce que je pouvais, mais je ne peux pas les emmener en lieu sûr. Toi, si. Tu peux faire venir des renforts ou… je ne sais quoi. Tu as des contacts, des supérieurs, tu as un ordinateur. C'est à toi de prendre la relève.

— Tu ne peux pas sauver Jamison s'il ne peut pas se sauver lui-même, Liza. C'est un policier, et il a de l'expérience.

Il marqua une pause. Quand il reprit la parole, sa voix était monocorde.

— S'il n'a pas survécu…

— Ne dis pas ça.

Elle s'immobilisa néanmoins. Cessant de résister, elle prit une inspiration saccadée et relâcha son souffle. Elle était convaincue que Jamison pouvait survivre à presque n'importe quoi, et elle aussi.

Cependant, elle avait parfois besoin d'aide, et Jamison aussi. Il n'avait pas agi totalement seul lorsqu'il avait libéré ses frères. Il avait eu besoin de l'appui de sa grand-mère, et du soutien occasionnel d'un membre du gang qui répugnait à faire du mal aux enfants.

— Peut-être qu'il s'en est sorti.

Le ton de Cody était presque doux, peut-être parce qu'il espérait que c'était le cas.

— Si oui, il va nous rejoindre ici. Mais tu ne dois pas aller le chercher. Nous ne savons pas dans quel état sont les bâtiments et il reste encore une explosion à venir.

Elle se refusait à l'écouter. À accepter que ce soit la réalité.

— Empêche-la !

— C'est impossible, Liza. Si je pouvais le faire, je l'aurais déjà fait. Tout est connecté. La troisième explosion va avoir lieu d'une seconde à l'autre. Le décalage a donné du temps à Jamison. S'il a pris la fuite après la première, il va s'en tirer. Tu devrais attendre.

— Et s'il ne vient pas ?

— C'est pour cette raison que tu dois me laisser y aller. Je vais appeler mes hommes pour qu'ils vous évacuent, les filles et toi. Ensuite, je partirai. Laisse les Wyatt s'occuper des Wyatt.

Laisse les Wyatt s'occuper des Wyatt. La phrase résonna dans l'esprit de Liza, mais elle était dépourvue de sens à ses yeux. Jamison lui appartenait autant qu'à ses frères. Et d'ailleurs, c'était son propre père qui était au centre de cette affaire. Pas Ace Wyatt.

— Ce n'était pas votre père qui détenait ces filles, n'est-ce pas ?

Le visage de Cody se ferma. Il avait repris son masque de policier.

— Rentre au chalet, Liza. Je m'occupe du reste.

— Comme une gentille petite femme, tu veux dire ? Parce que seul un grand homme fort peut tout régler ?

Elle était tentée de lui écraser le pied mais, comme s'il avait lu dans ses pensées, il changea de position.

— Je veux dire que ce sont les autorités qui doivent s'en charger.

— Et à quelle autorité appartiens-tu au juste, Cody ?

Il secoua la tête sans répondre.

— C'est bien ce que je pensais.

Le recours aux explosifs n'entrait pas dans le mode de fonctionnement normal des forces de l'ordre. Cody était du côté de la justice, pas forcément du côté de la loi.

La troisième explosion déchira l'air. Elle n'avait pas de temps à perdre à discuter. Cody la tenait toujours. Il fallait qu'elle s'échappe. Qu'elle fasse tout ce qui était en son pouvoir pour sauver Jamison.

Elle leva les yeux vers Cody, laissant toute son angoisse et toute sa crainte percer dans son regard.

— Excuse-moi, murmura-t-elle.

— De quoi… ?

Un coup de genou dans l'entrecuisse lui arracha un gémissement étouffé. Profitant de sa surprise et de sa douleur, elle se dégagea et prit ses jambes à son cou.

Elle avait atteint l'orée du bois quand elle sentit qu'on agrippait sa veste et qu'on la tirait brutalement en arrière – si brutalement qu'elle s'effondra. Elle foudroya Cody du regard et se releva aussitôt. Il voulait l'empêcher de partir ? Qu'il essaie !

Elle serra les poings, prête à passer l'attaque.

Il se contenta de lever les yeux au ciel.

— Tu as perdu la tête.

— Et lui ? lâcha-t-elle entre ses dents, sans changer de posture.

Cody avait baissé sa garde une fois. Il referait la même erreur et elle en profiterait pour lui asséner un coup de poing. Et un autre. Et encore un autre, jusqu'à ce qu'elle puisse aller chercher Jamison.

Cependant, en un éclair, Cody fut derrière elle, un bras autour de son cou et l'autre serrant les mains de Liza comme un étau.

— Aussi cinglé que toi, lâcha-t-il sur un ton dégoûté. Maintenant, calme-toi et je vais te laisser partir.

— Tu *quoi* ?

— Je vais te laisser partir. Je veux juste te donner quelque chose d'abord.

— Je ne vais pas tomber dans un...

— Arrête, bon sang, marmonna Cody.

Il continua à maugréer contre les gens qui refusaient d'obéir aux ordres, même quand c'était une question de vie ou de mort et ainsi de suite. Malgré tout, elle cessa de se débattre, et tout en fulminant toujours, il glissa un objet dans sa manche.

— Tiens. Maintenant, va te jeter dans la gueule du loup. Mais quand tu seras morte, ne viens pas me hanter, d'accord ? Je t'aurai avertie.

Elle fixa sa manche.

— Qu'est-ce que tu as fait ?

— Ne t'inquiète pas pour ça. Fais-moi confiance.

— Pourquoi devrais-je te faire confiance ?

— Parce qu'on aime Jamison tous les deux, je suppose ? Et qu'on espère qu'il n'est pas mort.

Liza cilla, puis fronça les sourcils alors qu'il lui faisait signe de s'en aller.

— Allez, vas-y. Il faut que je m'occupe des filles que tu as sauvées. Mais fais-moi confiance : si tu trouves Jamison, j'enverrai quelqu'un vous récupérer tous les deux. Tout ce que vous avez à faire, c'est de rester en vie.

Les filles que tu as sauvées. Elle avait réussi à libérer Gigi, elle l'avait mise à l'abri. Cody veillerait à ce que les autorités prennent le relais.

Elle avait fait son devoir envers sa sœur.

À présent, elle devait faire son devoir envers l'homme qu'elle avait toujours aimé, celui qui l'avait sauvée autrefois. Elle allait lui rendre la pareille.

17

La douleur était omniprésente. Intense, cuisante, lancinante. Il avait envie de s'endormir, de sombrer dans l'oubli, pourtant il avait une tâche à accomplir. Il devait se relever. Partir.

Jamison parvint à entrouvrir les yeux, mais ne vit que des flammes. Partout.

Ce rappel brûlant de la scène qui venait de se dérouler le fit bondir sur ses pieds en dépit des protestations de son corps. Titubant, il lutta pour recouvrer son équilibre, évitant de justesse une nouvelle chute.

Il parcourut les environs du regard. Tout semblait flamber autour de lui. Il s'ordonna de rester calme, d'analyser la situation. L'explosion l'avait projeté à l'écart de l'écurie. Divers débris fumaient encore à proximité et, à quelques mètres à peine, il distingua une forme humaine à terre. Il fit quelques pas raides vers elle.

Tony Dean gisait sans vie, les yeux ouverts et vides, un fragment de métal enfoncé dans ses entrailles.

Jamison le fixa plus longuement qu'il n'aurait dû, essayant d'assimiler la réalité. Tony Dean était mort, tandis que, par miracle, il était vivant.

Cependant, il n'avait pas le temps de s'attarder sur cette pensée. Il devait se mettre à l'abri. Trouver de l'eau. De l'air frais. S'éloigner de ce lieu car il entendait des cris, apercevait des ombres qui tentaient de maîtriser le brasier.

Les hommes que Jamison avait enfermés dans l'écurie étaient sûrement morts. Quant à ceux qui avaient entrepris de le ligoter, rien n'était moins sûr – ils avaient pris la fuite après la première explosion.

De là où il était, Jamison discernait au moins huit silhouettes qui couraient autour du chalet. Pour autant qu'il puisse en juger, tous ces hommes étaient focalisés sur l'incendie.

Il se mit à marcher en direction des bois, ignorant les élancements qui lui transperçaient le corps. Il aurait aimé croire que tout le monde était trop occupé pour le chercher, mais il ne se berçait pas d'illusions.

Tony avait su qu'il était là. Il avait forcément signalé à ses hommes que celui qui avait libéré les fillettes n'était autre que le fils d'Ace Wyatt.

Dès qu'un semblant d'ordre serait rétabli, on allait se lancer à ses trousses.

Il était impératif qu'il soit parti d'ici là, et qu'il évite le chalet où Liza avait conduit les enfants. Il ne voulait pas mener les gangsters droit à leur cachette. Il n'aurait su dire au juste combien de temps il était resté inconscient, mais au vu du chaos qui régnait encore, sans doute pas très longtemps.

Pas assez longtemps pour que Cody ait pu conduire Liza et les fillettes en lieu sûr.

Jamison étouffa un juron à cette pensée. Il devait espérer que son frère allait faire passer la sécurité des fillettes avant tout, et non se ruer à son aide en comprenant qu'il avait envoyé le signal alors qu'il était encore sur place.

Derrière l'écurie en ruines, certains arbres étaient en feu. Il longea l'orée de la forêt, dans la direction opposée à celle par où il était venu.

Il tenta de se représenter la carte. Tout était encore un peu confus dans son esprit – à l'évidence, il avait été plus secoué qu'il ne voulait l'admettre par l'explosion et sa perte de connaissance.

Quoi qu'il en soit, il devait continuer à avancer. Il n'avait pas le temps d'attendre que ses pensées soient redevenues claires. Il ne pouvait se permettre d'être repéré, encore moins capturé. Pas alors qu'il était en si piteux état. S'il devait se battre maintenant, il n'aurait aucune chance.

Il s'avança vers le chalet ravagé par les flammes. Les hommes s'activaient à l'arrière, l'endroit le plus durement touché par l'explosion. Personne ne se trouvait devant.

Une route passait là. Une route que Jamison ne se rappelait pas avoir vue sur la carte – peut-être parce qu'elle n'était pas goudronnée. S'il voulait suivre la direction opposée à celle que Liza et les filles avaient empruntée, il allait devoir traverser cette route, en terrain découvert.

Quelque chose en lui se rebellait à cette perspective. Cependant, il refoula sa réticence, la mettant sur le compte du choc qu'il avait subi, et des tremblements qui le secouaient par moments. Le contrecoup, sans doute. Au prix d'un effort surhumain, il fit un pas en avant.

Quelque chose clochait, mais il n'avait pas le temps d'y songer. Quand il tenta de faire un nouveau pas, sa jambe céda sous lui et il tomba à genoux. Il baissa les yeux et constata avec stupeur qu'il avait lui aussi un débris planté dans son mollet. C'était seulement maintenant qu'il prenait conscience de la douleur, du sang qui dégoulinait sur sa chaussure.

C'était de mauvais augure, songea-t-il confusément. D'autant plus qu'il semblait incapable de réagir. Il fixait le morceau de bois, mais sans pouvoir décider quoi faire.

Un bruit de moteur l'arracha à ses réflexions. Une jeep était apparue en haut de la colline.

C'était de mauvais augure aussi.

Déjà, les phares s'approchaient. Jamison eut beau tenter de s'écarter, son corps n'obéit pas assez vite. Il fut pris dans le faisceau des phares. Comme il essayait de s'enfuir, une autre voiture arriva – et des hommes surgirent des bois pour l'encercler.

Il resta debout, immobile, l'esprit totalement vide.

La portière de la première jeep s'ouvrit, et son père en descendit, le reflet des flammes dansant sur son visage souriant. Un visage par trop ressemblant à celui que Jamison voyait dans la glace le matin.

Il ne put réprimer un rire. La situation était ridicule. Impossible. Dire qu'il avait survécu à tant d'épreuves pour en arriver là !

— Tu n'as pas l'air en forme, fiston, ironisa Ace avec un sourire narquois.

— Tandis que, comme par hasard, Ace Wyatt est indemne, ironisa Jamison. Allez comprendre.

Six hommes étaient déployés en cercle autour de lui, chacun équipé d'un fusil semi-automatique braqué sur son torse. Ils ne tireraient pas - sauf si Ace leur donnait le signal de le faire ou, peut-être, si Jamison se jetait sur Ace. Dans ce cas-là, tout serait permis.

Un instant, il envisagea de tenter une évasion. La liberté valait la peine de prendre le risque d'être roué de coups. Mais puisque Ace était là, autant retenir son attention le plus longtemps possible, et donner à Liza et aux filles plus de chances d'en réchapper.

— Eh bien ! C'est comme ça que tout finit, papa ? Ou est-ce qu'on va avoir une conversation cœur à cœur d'abord ? demanda Jamison, s'efforçant de maîtriser le claquement de ses dents.

— Jamison, tu me sous-estimes. Ce n'est jamais la fin avant que quelqu'un soit à genoux et suppliant.

— Je ne t'ai jamais sous-estimé. Je t'ai parfois imaginé, à genoux et suppliant.

Ace lâcha un rire.

— Le plus triste, c'est que même si tu pouvais me réduire à cette extrémité, tu n'aurais jamais assez de cran pour appuyer sur la détente. Tu tiens trop de ta mère. Elle a eu plusieurs fois la possibilité de m'achever, mais elle n'a jamais pu.

Des années plus tôt, Jamison aurait explosé de rage en entendant de tels propos. Le temps lui avait appris une chose : son père ne mentionnait sa mère que lorsqu'il était vraiment déstabilisé.

Par conséquent, il se força à repousser la douleur et adopta un ton neutre, empreint d'ennui.

— Tu t'accroches toujours à ton histoire d'overdose ? Ou tu voulais te confesser ?

— Ton problème, Jamison, et la raison pour laquelle tu n'as jamais été une menace pour moi, c'est que tu es trop bon pour comprendre comment le monde fonctionne. Je sais que tu n'es pas derrière tout ça, ajouta-t-il, désignant les flammes d'un geste. Tu n'en es pas capable. Tous ces dégâts collatéraux. Toutes ces morts. Tu ne pourrais pas vivre avec toi-même.

Jamison songea aux individus qui s'étaient trouvés à l'intérieur du chalet, ces hommes complices de la détention de onze fillettes innocentes. Il avait la certitude que les rumeurs que Liza avait entendues étaient fondées. Ces petites filles prisonnières étaient l'objet d'un trafic – et elles n'étaient sûrement pas les premières.

— Ce que tu dis a peut-être été vrai autrefois, répliqua-t-il. Mais ça ne l'est plus.

— Dis-moi, Jamison, pourquoi la vie d'un enfant serait-elle plus précieuse qu'une autre ? N'avons-nous pas tous une âme ? Ne possédons-nous pas tous la capacité d'atteindre la rédemption ?

— Tu as le choix des décisions que tu prends. Pas les enfants.

Sa réponse avait été plus crispée qu'il ne l'aurait voulu. Son corps tremblait malgré lui, et il commençait à comprendre qu'il ne sortirait pas vivant de cette confrontation.

Il avait accepté ce sort quand ç'avait été un sacrifice conscient et délibéré de sa part. En revanche, si c'était son père qui dictait sa mort, son père qui décidait, comme il l'avait toujours fait, c'était une autre affaire.

— Tout individu capable de marcher et de parler a un choix, Jamison. J'avais sept ans quand mes parents m'ont abandonné à la mort, mais j'ai choisi de vivre. De diriger. Tout comme tu as choisi d'être un lâche, de t'enfuir et de mener une petite vie étriquée à essayer de te sentir important à cause d'une plaque de shérif.

La pique fit mouche, mais pas assez pour que Jamison morde à l'hameçon. Il ne s'était pas enfui par lâcheté et ce n'était pas sa plaque qui lui donnait un sentiment d'importance. C'était le fait qu'il se rendait réellement utile. Qu'il aidait les gens. Qu'il était parfois le seul obstacle au mal qui menaçait un individu.

Cela arrivait moins souvent, sans doute, qu'il ne l'avait escompté lorsqu'il fréquentait l'école de police. Mais cela arrivait suffisamment. Aider son prochain était toujours suffisant.

Si sa vie s'achevait là, aux mains de son père, il aurait aidé à sauver onze petites filles, et c'était un prix qu'il était prêt à payer.

À mesure que Liza s'approchait, les flammes semblaient de plus en plus imposantes. Malgré tout, elle ne ralentit pas l'allure, sauf quand elle aperçut un corps allongé sur le sol, immobile.

Elle exhala son souffle, puis se força à prendre une inspiration tremblante. Ensuite, elle fit un pas en avant, résolue à rester maîtresse d'elle-même.

Ce n'était pas Jamison.

Elle faillit tomber à genoux tant elle était soulagée, néanmoins il était trop tôt pour se réjouir. Il y avait d'autres cadavres étendus par terre.

Le suivant n'était pas Jamison non plus, mais son cœur manqua un battement tout de même.

C'était son père. Une partie de sa dépouille était calcinée, un fragment de métal fiché dans son ventre. Ses yeux grands ouverts ne voyaient plus rien.

Elle se sentait moins peinée qu'horrifiée. En grandissant au sein du gang, elle avait vu plus d'un corps sans vie. Elle avait regardé des hommes s'entre-tuer. Elle comprenait la mort un peu trop intimement et, dans une certaine mesure, elle avait appris à s'en détacher. Ç'avait été une condition essentielle à la survie.

Elle haïssait cet homme depuis aussi longtemps que remontaient ses souvenirs, et les actes qu'il avait commis la révoltaient. Malgré tout, c'était son père. Les sentiments qu'elle éprouvait à son égard demeuraient compliqués.

Elle se pencha, lui ferma les yeux et prit une profonde inspiration. Sa mort était une bonne chose. Il ne pourrait plus faire de mal à personne. Ni à Gigi ni à elle.

Comme elle se redressait, elle remarqua quelques objets éparpillés à proximité. Parmi eux se trouvait le sac à dos de Jamison. Cela ne signifiait pas forcément que Jamison se soit trouvé ici. Son père avait pu lui prendre le sac et le laisser enfermé dans l'écurie...

Cependant, la lampe frontale de Jamison gisait elle aussi sur le sol, à quelques pas de là. Par conséquent, il n'était pas dans l'écurie quand la bombe avait explosé.

Elle continua à marcher, inspectant chaque corps, tout en veillant à rester à l'écart des hommes qui se tenaient autour du chalet en flammes.

Ils semblaient discuter. S'ils redoutaient que des inconnus ne se soient infiltrés sur leur territoire, ils n'en laissaient rien paraître.

Jamison n'était pas mort. Il ne pouvait pas être mort. Elle aurait vu sa dépouille au milieu des décombres. Elle aurait *senti* qu'il n'était plus là. Par conséquent, elle devait persévérer, essayer de le trouver où qu'il soit allé.

Elle s'avança sans bruit. À supposer qu'il ait pu échapper à la vigilance de ces hommes, il aurait pris la direction opposée à celle qu'elle avait suivie. Pour ne pas conduire d'éventuels poursuivants droit au chalet de Cody.

Il serait passé par ici, dans l'espoir que, s'il était capturé, le gang ne saurait pas que les filles avaient emprunté un autre chemin. Il aurait tout fait pour les protéger.

Peut-être devait-elle repartir. Pour autant qu'elle puisse en juger, Jamison n'était pas mort. Et s'il n'était pas blessé, il avait pris la fuite. Le bon sens lui ordonnait de retourner au chalet et de l'attendre.

Son cerveau avait beau l'inciter à faire marche arrière, son corps s'avançait quand même, à l'affût des crépitements du feu, des voix des hommes non loin.

Parvenue à hauteur de la façade, elle marqua une pause. Plusieurs véhicules étaient garés sur la route, leurs phares braqués sur un seul et même point. Son sang se glaça dans ses veines alors qu'elle focalisait son regard sur l'endroit.

Jamison était au milieu.

Face à Ace.

Jamison avait une mine épouvantable. Le visage en sang, les vêtements roussis, un fragment de bois planté dans la jambe. Six hommes l'entouraient, munis d'armes impressionnantes. Toutes pointées sur lui.

Liza déglutit et baissa les yeux sur sa manche. Elle n'avait pas la moindre idée de ce que Cody avait mis là. Mais il avait affirmé qu'il pourrait les trouver.

Pour cela, encore fallait-il qu'ils soient encore en vie. Liza s'avança encore. Il était impossible qu'elle parvienne à neutraliser six hommes. Elle ne pourrait même pas créer une diversion. Ils se contenteraient de l'abattre.

— Ne discutons pas ici, lança Ace.

Il avait parlé d'une voix aimable, presque comme s'il s'agissait d'une discussion d'affaires agréable. Un frisson glacé parcourut l'échine de Liza, la paralysant sur place. Elle connaissait ce ton de voix. Elle savait quel genre d'ordre il précédait.

Tuez-le.

Toutefois, elle avait la certitude qu'Ace ne tuerait pas Jamison – pas tout de suite. Il allait le torturer d'abord, assouvir son désir de vengeance. Bien que tremblante, Liza se redressa. Si elle était là, ils la tortureraient d'abord. Le père de Jamison voudrait le forcer à assister au spectacle.

Pour autant que cette idée lui soit insupportable, au moins cela le maintiendrait en vie. Elle avait besoin de temps. Besoin de donner à Cody le temps de les localiser d'une manière ou d'une autre. Elle ne pouvait pas laisser Jamison seul.

Elle s'éclaircit la gorge et fit lentement un pas vers le cercle de lumière.

— On fait une petite fête, Ace ? Et je n'ai pas été invitée ?

Sa voix était légère en dépit du tremblement de ses mains.

Jamison lâcha un juron furieux. Elle lui sourit. Il ne lui rendit pas son sourire, mais au moins, il eut le bon sens de ne rien dire de plus. Ou alors il était trop blessé pour le faire.

— Ah, Juliette vient rejoindre son Roméo. C'est touchant que tu veuilles mourir avec lui, Liza. Vraiment.

Un des hommes la poussa en avant. Elle adressa à Ace un sourire froid.

— Je présume que vous n'avez jamais lu Shakespeare.

Pour toute réponse, Ace inclina la tête. Le même homme s'avança et lui décocha un violent coup de poing au menton. Elle vit des étoiles mais elle réussit à rester debout. Elle encaissait les raclées depuis qu'elle était enfant.

En revanche, Jamison se rua sur son attaquant, et récolta un coup de crosse qui le projeta à terre.

Liza s'accroupit à côté de lui.

— Ne fais pas ça. Je ne peux pas le supporter, murmura-t-elle, en lui caressant la tempe doucement.

Elle mourait d'envie de le serrer contre elle, mais elle devait détourner l'attention d'Ace le plus longtemps possible.

Jamison ne pourrait pas endurer beaucoup plus de mauvais

traitements – il était manifestement sous le choc. Par conséquent, elle se leva, et l'aida à se remettre debout.

— Qu'est-ce que tu fais ici ? parvint-il à articuler.

Elle secoua la tête.

— Ace prend plaisir à regarder d'autres hommes tabasser des femmes et des petites filles parce qu'au fond, ce n'est qu'un lâche, lança-t-elle en toisant l'intéressé avec un autre sourire moqueur.

— Un lâche ?

Ace éclata de rire, mais son hilarité était un soupçon forcée. Il n'était pas si facile d'ignorer quelqu'un qui vous tournait en ridicule.

— Je constate que ton père ne t'a pas donné assez de gifles pour t'apprendre le bon sens.

— Mon père est mort, riposta-t-elle en lui rendant son sourire méchant. Je l'ai vu moi-même. Qu'allez-vous faire sans Tony pour distribuer les punitions sadiques qui vous retournent l'estomac ?

Ace accusa le coup, et Liza éprouva une sensation de triomphe. Elle l'avait déstabilisé – ce qui était une victoire en soi.

Tant pis si elle allait sans doute la payer cher.

— Tu crois qu'il était le seul malade prêt à obéir à mes ordres, Liza ? répondit Ace avec un soupir, comme s'il s'adressait à un enfant particulièrement obtus. Tu ne t'imagines quand même pas que ton père était quelqu'un de spécial ? Je le remplacerai dès que je me serai débarrassé de vous deux.

Il claqua dans ses doigts.

— Je n'aurai qu'à faire ça.

— Vous avez déjà eu largement le temps de nous tuer, Ace. Et pourtant, nous sommes encore là. À bavarder.

— Attachez-la. Et mettez-lui un bâillon, pour l'amour du ciel !

Deux hommes s'emparèrent d'elle. Liza décida de résister pour gagner du temps. Quand l'un d'eux abattit son arme sur l'arrière de sa tête, tout devint noir l'espace d'un instant. Elle cessa de se défendre.

Ils l'attachèrent sans ménagement, lui enfoncèrent un bâillon dans la bouche avec plus de force encore. Sa vision s'était brouillée, mais redevint nette peu à peu.

Jamison observait la scène, la fureur dans les yeux. Elle avait peut-être fait un mauvais calcul, songea-t-elle, effrayée. À en juger par son expression, il allait se faire tuer avant l'arrivée des secours.

— Cela dit, tu poses une question intéressante, Liza, reprit Ace. Une question qui, j'imagine, vous a empêchés de dormir l'un et l'autre. Des années durant.

Il s'avança vers Liza. Elle refusa de laisser la peur l'envahir. Elle ne voulait pas lui donner la satisfaction de lire l'effroi sur ses traits. Malgré tout, lorsque Ace lui souleva le menton, elle ne put réprimer un mouvement de recul.

Il la toisa. Dans ses yeux brillait une lueur qu'elle ne connaissait que trop bien pour l'avoir vue sur le visage de son père au fil des années. Cet homme prenait plaisir à faire souffrir les autres.

Jamais elle n'avait vu Ace maltraiter quiconque. Ordonner à ses hommes de tuer ou de torturer, oui, mais jamais elle ne l'avait vu se charger du sale boulot en personne. Elle n'était pas certaine de pouvoir affirmer la même chose après ce soir – à supposer qu'elle soit encore capable d'affirmer quoi que ce soit.

— Tu veux savoir pourquoi vous avez survécu aussi longtemps ? Toi, Liza, parce que tu n'es rien. Personne ne se soucie de toi, par conséquent il ne me servait à rien de t'éliminer. Jusqu'à aujourd'hui.

Il tourna son regard vers Jamison.

— J'attendais que tu aies un fils, Jamison. Pour te le voler comme tu m'as volé les miens. Je sais que tu n'accordes aucune valeur à ta propre vie, mais tu en aurais accordé à celle d'un enfant.

Il reporta son attention sur Liza.

— Et il semble que tu en accordes à la sienne. C'est bon à savoir.

Soudain, il pivota et se dirigea vers une des voitures.

— Retire ce bout de bois fiché dans la jambe de mon fils et fais-les monter tous les deux dans la jeep, ordonna-t-il à un de ses hommes. Ne communique pas par talkie-walkie. Suis mon chauffeur.

Liza n'avait qu'une pensée en tête.

Vite, Cody, vite.

18

Ils allaient mourir tous les deux.

Il ne pouvait y avoir d'autre issue à présent qu'on l'avait fait monter dans la voiture. Il était blessé, plus gravement sans doute qu'il ne l'avait jamais été. Son père allait gagner.

Non. Il devait y avoir un moyen de sauver Liza. Il le fallait. Il ne pouvait renoncer. Il avait sauvé des gens dans des circonstances impossibles parce qu'il avait eu foi en lui-même. Pourquoi serait-ce différent cette fois-ci ?

Un des hommes de main poussa Liza à l'intérieur. Son père était assis devant, à côté du chauffeur. Ils discutaient à voix basse, mais Jamison ne parvenait pas à distinguer leurs paroles.

Peut-être que, une fois en route, l'un d'eux pourrait ouvrir la portière et sauter. Même si la mort était au rendez-vous, ce serait un sort préférable à celui que leur réservait Ace.

Contrairement à Liza, Jamison n'était pas ligoté. Il aurait aimé croire que la stupidité était à l'origine de cette omission, mais il était certain qu'Ace avait agi ainsi pour des raisons perverses. Peut-être voulait-il qu'ils tentent de s'échapper pour faire durer le jeu. Peut-être savait-il que Jamison n'avait plus la force de lutter.

Mais il trouverait un moyen. N'importe lequel.

S'il avait appris quelque chose au sujet de son père, c'était que celui-ci avait la rancune tenace. Après une enfance malheureuse, certains aspiraient avant tout à soulager la douleur des gens. À leur épargner les épreuves qu'ils avaient endurées. Jamison comprenait ce désir.

D'autres, comme Ace, aspiraient au contraire à infliger cette douleur à autrui.

Malgré tout, Jamison calcula qu'un coup bien placé pourrait neutraliser le chauffeur, et provoquer un accident. Cela dit, les deux hommes à l'avant portaient une ceinture de sécurité, contrairement à Jamison et Liza. Leurs chances de survie étaient minces.

Tandis qu'il passait en revue divers scénarios dans sa tête, Liza se rapprocha discrètement de lui. Bien qu'elle ait les mains liées dans le dos, elle manœuvra de façon à ce que ses doigts effleurent ceux de Jamison. Il tâta ses liens, jugea qu'ils n'étaient pas très solides. Il pourrait les défaire. Cela leur donnerait une meilleure chance.

Les doigts de Liza pressèrent les siens, et elle secoua imperceptiblement la tête.

Puis elle se mit à... pianoter dans sa paume. Tout d'abord, il crut qu'elle voulait attirer son attention, mais c'était déjà chose faite. Il y avait des pauses entre les tapotements. Des touches légères, d'autres plus fermes. Ce n'était pas du morse... ni aucun code qu'il connaissait.

Cody avait fait la même chose. Cody, qui avait accès à toutes sortes de ressources. Voulait-elle lui dire que Cody allait les aider ?

Liza était venue seule, ce qui signifiait qu'elle avait emmené les fillettes en lieu sûr – elle les avait conduites à Cody. Et ce dernier avait potentiellement les moyens de les sauver.

Dans ce cas, l'essentiel était de rester en vie le plus longtemps possible. Ce qui signifiait jouer au plus fin avec son père. La tâche ne serait pas aisée.

Mais avec l'aide de Liza, peut-être pourrait-il y parvenir.

— C'est vraiment mignon que vous vous soyez retrouvés, déclara Ace suavement en se tournant vers eux.

Il souriait d'un air bonhomme, comme un père normal qui s'adressait à son fils et à sa petite amie.

Cependant, il était tout sauf un père normal.

Liza émit un bruit, qui fut étouffé par son bâillon. Cela valait mieux, songea Jamison, parce que c'était sans doute une remarque sarcastique.

— Dommage pour ta sœur, ajouta Ace, en continuant à sourire à Liza.

Elle fronça les sourcils, mais puisqu'elle ne pouvait pas parler, c'était à Jamison de poser les questions. Avec Ace, cela revenait à s'aventurer sur un champ de mines. Malgré tout, il ne pouvait laisser cette remarque sans réponse. Liza voudrait savoir ce qui s'était passé.

— Que veux-tu dire ? demanda-t-il, feignant la perplexité.

— J'imagine que votre présence au chalet signifie que vous aviez compris qu'elle était là.

Ace se gratta la joue, l'air songeur, avant de hausser les épaules.

— Elle était dans l'écurie. Ce qui veut dire que l'explosion – à laquelle vous êtes mêlés, j'imagine – l'a tuée. Vraiment dommage que tu sois responsable de la mort de ta sœur bien-aimée et de dix de ses petites copines.

Jamison ne put que fixer son père, s'obligeant à compter les battements de son cœur pour s'empêcher de trahir la vérité.

Ace pensait que les filles étaient toujours dans l'écurie. Il y avait eu un problème de communication quelque part, et il ne savait pas qu'elles s'étaient enfuies.

Il ne savait pas.

Jamison avait envie de rire.

Même s'ils ne parvenaient pas à s'échapper, Cody pourrait arrêter Ace Wyatt pour ses liens avec un trafic d'êtres humains.

Liza tourna la tête et la nicha dans l'épaule de Jamison. Elle ne fit pas un bruit, mais ses épaules se soulevèrent et s'abaissèrent, comme si elle essayait de convaincre Ace qu'elle pleurait. Jamison soupçonnait qu'elle partageait la même envie de rire que lui, au contraire.

Il baissa la tête, enfouit le visage dans ses cheveux. Ils devaient à tout prix éviter de se trahir, mais savoir qu'ils avaient cet avantage emplissait Jamison d'un tel espoir qu'il avait du mal à ne pas sourire.

Liza et lui gardèrent donc la tête baissée pendant que la jeep cahotait sur des routes inégales, ou plutôt des pistes. Jamison ne voyait rien à travers les vitres fumées, et ne prit pas la peine d'essayer.

Quand le véhicule s'arrêta, il n'avait plus envie de sourire. L'angoisse avait succédé à l'espoir. Quoi qu'il arrive à présent, un calvaire les attendait.

Son père et le chauffeur descendirent, après quoi les portières arrière s'ouvrirent et deux hommes de main les tirèrent brutalement hors de l'habitacle, chacun d'un côté.

Jamison se mordit la langue pour ne pas hurler. Il avait beau souffrir le martyre, il ferait tout pour ne pas leur donner cette satisfaction.

Liza était encore ligotée et bâillonnée, mais puisqu'on l'avait fait passer le premier, Jamison ne pouvait pas voir si elle essayait de résister. Il devait se concentrer pour rester debout en dépit du vertige et de la douleur. Sa jambe s'était engourdie, il boitait, et le monde tournoyait autour de lui.

Il reconnaissait l'endroit, plus ou moins. Il était à Flynn, dans un bâtiment où il était entré cent fois enfant. Toutefois, la vieille baraque branlante avait été réparée, restaurée, de sorte que, de l'extérieur, elle ressemblait à une église modeste, mais bien entretenue. Toute blanche au milieu d'un bouquet d'arbres centenaires. On aurait dit un décor de carte postale, surtout à cette heure-ci, avec le soleil qui se levait à l'est, baignant le paysage d'une lumière dorée. Une lumière qui ressemblait à une promesse.

La promesse de la paix qu'il trouverait s'il tenait bon, peut-être.

On le poussa à l'intérieur. Là aussi, tout avait changé depuis l'époque où il vivait dans le gang. Les bancs avaient été astiqués avec soin, tout comme le plancher ciré. À la place de l'autel trônait un siège imposant.

Ace prit place sur ce siège.

Les symboles chrétiens avaient disparu, remplacés par les emblèmes des Fils des Badlands. Leur drapeau – représentant un crâne parmi les rochers des Badlands – était accroché à un des murs, leur devise gravée dans les lambris derrière Ace.

Le salut dans la force.

Ace était assis dessous, tel un souverain, voire un être supérieur. Il se prenait pour un dieu, et ceci était son église. Les Fils étaient ses loyaux fidèles.

Et les autres étaient punis.

Jamais Jamison n'avait vu une telle mise en scène. À l'instar du chalet de Tony, elle était bien loin du mode de vie nomade qu'il avait connu enfant.

Les Fils étaient-ils si certains de leur invincibilité qu'ils avaient commencé à se fixer ?

Jamison ne savait s'il devait s'en réjouir ou s'en effrayer. D'un côté, un excès de confiance signifiait qu'il serait plus aisé de les arrêter et de les juger, mais de l'autre, peut-être étaient-ils réellement invulnérables.

Non, il se refusait à le croire.

D'autres devises avaient été gravées sur les murs.

Les forts portent un tatouage. Les faibles portent une plaque.

Dessous se trouvaient des clichés de policiers, certains marqués d'une croix écarlate.

Les agents que le gang avait abattus.

Refoulant la vague de fureur qui le submergeait, Jamison se focalisa sur le fait que ces images étaient autant de preuves de culpabilité. S'il survivait à cette épreuve, elles contribueraient à envoyer Ace en prison.

Derrière les barreaux pour la première fois de sa vie.

— C'est un peu ridicule, même pour toi, lâcha-t-il.

— Tout ça ? demanda Ace en désignant l'église. C'est ta chance de me supplier de te pardonner, fiston. Ta seule chance. Je suggère que tu te mettes à genoux.

Jamison éclata de rire, puis cracha en direction de son père. Sachant que le coup allait venir, il esquiva et se tourna vers les deux hommes armés derrière lui. Ils avaient leur pistolet braqué sur sa poitrine, mais ils ne pouvaient pas s'en servir. Pas sans l'autorisation d'Ace.

Il y avait certains avantages à être le fils d'un dément.

— Toi, mets-le à genoux, ordonna Ace d'une voix tendue. Toi, amène-la ici.

Le premier type s'avança vers Jamison, qui lui décocha un coup de coude dans le genou. Un filet de sang éclaboussa le parquet rutilant. Jamison en éprouva un peu trop de satisfaction – le genre de satisfaction qui lui rappela qu'il était bien le fils d'un dément.

Il n'aimait pas cette sensation, ne voulait pas que la violence chante en lui, puissante et meurtrière, au point que rien d'autre ne comptait plus.

Car Liza comptait.

Les deux hommes qui la maintenaient ne la forcèrent pas à s'agenouiller. Ils la déposèrent sur les genoux d'Ace, comme si elle était une enfant.

Son père sourit à Jamison.

Ravalant sa rage et la bile qui lui montait à la gorge, ce dernier se mit à genoux. Il allait céder. Supplier si nécessaire. Mais pas renoncer.

— C'est bien, commenta Ace, en enroulant un bras autour de la taille de Liza.

Elle redressa le menton et regarda droit devant elle, mais ce fut tout.

— Mes propres parents m'ont abandonné à la mort, reprit-il, mais je ne suis pas mort. J'ai survécu, et ce que j'ai construit...

— Est une communauté loyale prête à obéir à mes ordres. Parce que j'étais fort. Plus fort que n'importe qui, récita Jamison.

Il s'était agenouillé, mais il se refusait encore à supplier. Il planta son regard dans celui de son père.

— Tes discours sont aussi assommants et aussi prévisibles qu'autrefois.

— Tout véritable leader doit subir des trahisons, Jamison. J'ai subi la tienne. J'ai attendu ma vengeance, car un bon chef sait être patient. Un bon leader, un vrai, attend son heure.

— Eh bien, puisque je n'ai pas de fils que tu puisses voler, je suppose que tu vas devoir patienter encore un peu.

— Les transgressions doivent être punies, Jamison.

Il resserra sa prise sur Liza, et Jamison dut faire appel à toute sa maîtrise de lui-même pour ne pas se ruer sur lui.

— L'un de vous deux va payer avec son sang. L'autre avec l'échec.

— Tu commences à parler comme le chef d'un culte plutôt que d'un gang, lâcha Jamison, les dents serrées.

— Ne t'en fais pas, répondit Ace tranquillement. On peut être l'un et l'autre. Qu'arrive-t-il après la chute d'un leader, Jamison ? C'est le chaos. Qu'arrivera-t-il si tu ne retournes pas à tes frères ? S'effondreront-ils ? Non. Je ne crois pas. Ils voudront te venger. Mais si j'avais voulu me venger de mes parents, qu'aurais-je construit ? Rien. J'ai voulu me venger du monde et je m'en suis créé le mien.

— Il y a un vaste monde en dehors d'ici, en dehors de ce gang, rétorqua Jamison, désireux de le faire parler pour gagner du temps. Tout ce que tu as construit, c'est... un village, peut-être.

— Je n'ai pas besoin du reste du monde, Jamison. Je n'ai besoin que de gens loyaux. Dommage que ce mot ne s'applique ni à l'un ni à l'autre de vous deux.

Il tira un couteau de sa poche et l'approcha de la joue de Liza.

— Je t'ai appris que la seule vérité était le pouvoir. Tout le reste est une faiblesse. Tu ne m'as pas cru. Maintenant, j'ai ta faiblesse entre les mains. Que devrais-je en faire, à ton avis ?

Liza se faisait violence pour dissimuler son dégoût. Le bras d'Ace était enroulé autour de sa taille tel un python. Le contact lui donnait la nausée.

Les yeux de Jamison étincelaient d'une fureur à peine contenue. Tôt ou tard, il n'allait plus pouvoir se maîtriser. Il fallait qu'elle fasse quelque chose. Et vite.

Ace avait raison sur un point : elle était le point faible de Jamison. Il commettrait un acte stupide plutôt que de laisser Ace lui faire du mal.

Ce dernier pressa la pointe du couteau contre sa joue. Elle regarda Jamison, le suppliant silencieusement de ne pas réagir.

— Tu me surprends, déclara Ace en pressant la pointe du couteau contre la joue de Liza. Soit tu as appris à te dominer, soit elle ne compte pas beaucoup pour toi. L'un comme l'autre me rendrait fier.

— Je ne vis que pour ça, répondit Jamison, sarcastique. Te rendre fier de moi.

— Je sais que tu t'imagines être au-dessus de mon influence, mais ne va pas penser que tu es devenu flic sans raison. Toi et tous tes frères. Comme si cette plaque pouvait vous faire échapper à ce que vous êtes réellement.

La pointe du couteau s'enfonça davantage dans la chair de Liza. Elle serra les dents, refusant de trahir la douleur cuisante qu'elle éprouvait.

Soudain, brusquement, Ace éloigna le couteau et abaissa le bâillon.

— Je ne voudrais pas étouffer tes cris de douleur, expliqua-t-il, en pressant le couteau contre sa gorge, cette fois.

Le sang de Liza se glaça dans ses veines, néanmoins elle se focalisa sur Jamison. Sur la lueur féroce qu'elle lisait dans ses yeux. Il avait essayé de la sauver autrefois, mais c'était à elle d'agir maintenant. Elle avait sauvé Gigi. Elle pouvait sauver Jamison.

Elle ne tremblerait pas. Ne supplierait pas. Elle serait forte, comme il lui avait appris à l'être.

— Vous ne voulez pas donner l'ordre à un de vos abrutis de faire le sale boulot à votre place ? lâcha-t-elle d'une voix calme, empreinte de mépris.

— En temps normal, c'est ce que je ferais, puisque tu n'es rien du tout. Mais je veux que Jamison revoie le moment où je t'ai tranché la gorge jusqu'à la fin de ses jours.

Liza savait qu'elle était condamnée. La mort était inévitable. Malgré tout, elle ne donnerait pas à Ace la satisfaction de mener la danse.

Elle avait un couteau sous la gorge et les mains liées dans son dos. Jamison regardait les hommes armés qui le surveillaient, prêt à tenter quelque chose.

S'ils pouvaient agir de concert, ce serait une bataille plutôt qu'un massacre. Mais comment faire ?

Elle n'eut pas le temps de trouver la réponse à sa question. Une violente explosion l'arracha à l'étreinte d'Ace et la projeta au sol.

Complètement étourdie, elle mit quelques secondes à se rendre compte qu'elle était allongée par terre, que l'air était ponctué de cris et de coups de feu. Elle saignait – à cause de l'entaille qu'Ace lui avait faite à la joue, ou à la gorge. Elle n'aurait su le dire au juste. Tout était flou.

Soudain, elle sentit qu'on la retournait sur le dos. Ace. Elle se défendit aussitôt. Elle n'avait pas de stratégie hormis donner des coups de pied – aussi fort que possible. Ses mains étaient toujours attachées : elle n'avait pas d'autre moyen de résister.

Le couteau toujours à la main, il s'assit à califourchon sur elle pour la plaquer au sol, lui maintenant les épaules pour l'empêcher de se débattre. Côté positif, songea-t-elle, il ne pourrait pas la poignarder tant qu'il restait dans cette position.

— Tu crois avoir gagné, ironisa-t-il. Mais tu ne gagneras jamais.

— C'est la différence entre vous et moi, Ace. Je n'ai pas besoin de gagner. Survivre à ce cauchemar me suffit. Je n'ai pas besoin de davantage.

— Tu penses que tu vas survivre ? s'esclaffa-t-il. Le survivant, c'est moi.

— Pas cette fois, intervint une voix derrière lui.

Il se figea, et Liza leva les yeux vers le nouveau venu. Cody braquait un pistolet sur la tête de son père.

Cody était là.

— Les filles..., balbutia-t-elle.

— ... sont saines et sauves, assura-t-il.

Ace fronça les sourcils un instant, comme s'il essayait de comprendre le sens de ces paroles.

— Oui, on les a sauvées, expliqua Liza avec satisfaction. On les a fait sortir sous votre nez. Vous avez encore envie de nous faire la leçon sur les vrais leaders ? Nous avons tous été plus forts que vous, Ace. Maintenant, vous allez comprendre à quel point.

— Lâche ce couteau, ordonna Cody.

— Je pourrais l'égorger avant que tu aies le temps de me mettre une balle dans la tête, fiston. Je te conseille de prendre un autre ton avec moi.

— Eh bien, vas-y.

Horrifiée, Liza retint son souffle, attendant la fin. Cependant, un coup de feu résonna, et le couteau échappa aux mains d'Ace tandis que la balle allait se ficher dans le mur opposé.

Comme elle levait des yeux atterrés sur Cody, il haussa les épaules.

— Les tireurs d'élite sont parfois utiles. Les experts en explosifs aussi, lâcha-t-il en désignant l'arrière du bâtiment d'un geste vague.

Puis il inclina la tête en direction de quelqu'un. Liza se sentit tirée de sous Ace, les liens de ses mains furent coupés alors qu'elle se remettait debout.

Elle parcourut des yeux l'étrange scène. Un des murs de l'église avait presque entièrement disparu, mais aucune flamme ne s'élevait. Des experts en explosifs, à n'en pas douter.

À l'intérieur, deux des hommes d'Ace étaient ligotés ensemble, étendus pêle-mêle par terre. Deux autres étaient à l'évidence morts. Et Jamison... Jamison gisait sur le sol – un des hommes de Cody penché sur lui.

Liza s'élança, trébuchant dans sa hâte à le rejoindre.

— Ça va, marmonna-t-il alors qu'elle lui effleurait la joue.

— Il est blessé à la tête et il a besoin de points de suture, rectifia une voix de femme, celle de la personne qui s'occupait de lui.

Vêtus de noir et armés jusqu'aux dents, tous les membres de l'équipe de Cody arboraient foulards, casques et cagoules qui dissimulaient leurs visages, si bien qu'il était difficile de déterminer leur sexe.

Elle se retourna vers lui, perplexe. À quoi donc était-il mêlé ?

— Ace est encore vivant ? demanda Jamison d'une voix rauque, qui trahissait l'effort qu'il devait faire pour parler.

— Je crois.

— Aide-moi à me lever.

Sur quoi il tenta de se redresser, alors même que Liza et la femme tentaient de l'obliger à rester allongé.

— Vous ne devriez pas, objecta l'inconnue.

— Il le faut.

Sachant qu'il ne renoncerait pas, Liza adressa un signe de tête à l'inconnue et l'aida à se remettre debout. L'espace d'un instant, il chancela légèrement, puis s'avança vers Cody, dont l'arme était toujours braquée sur la tête d'Ace.

L'expression de son visage glaça Liza. Elle saisit Jamison par la manche, voulant l'éloigner de la scène. Ace était étendu sur le dos, un sourire aux lèvres, et rien de bon – rien – ne pouvait venir de ce moment.

Cependant, Jamison mit calmement la main sur l'épaule de son frère.

— Ne le tue pas.

19

Cody continua à fixer Ace, mais Jamison savait qu'il l'avait entendu. Sa prise sur le pistolet avait changé, et il le sentait vaciller.

Jamison insista pendant qu'il en était encore temps.

— Je veux qu'il finisse ses jours au fond d'une prison, reprit-il.

Son crâne le lançait, et il voyait double, mais il était vivant. Il allait survivre.

Maintenant, il devait s'assurer que son benjamin survive aussi. Pas seulement qu'il sorte indemne de ce cauchemar.

— S'il est mort, tout sera terminé, objecta Cody, le doigt sur la détente.

Terminé. C'était tentant. Savoir qu'Ace ne pourrait plus resurgir dans leurs vies et y semer le chaos. N'était-ce pas cette crainte qui avait hanté Jamison pendant toutes ces années ?

Pourtant, s'il le tuait, Cody devrait vivre avec son geste pour toujours. Cela n'en valait pas la peine, songea Jamison. Ce poids sur la conscience. À jamais.

— Tu veux être comme lui ? demanda-t-il tout bas.

Comme Cody gardait le silence, il continua.

— Son second est mort. Il va aller en prison.

Jamison se tourna vers son père. Si ce dernier se sentait vaincu, il n'en laissait rien paraître. Jamison voulait qu'il paraisse vaincu. Qu'il en ait l'air. Qu'il soit l'incarnation même de la défaite. Une cellule aurait cet effet-là. Pour lui, la privation de liberté serait un sort pire que la mort.

— Que disais-tu qu'il arrive lorsqu'un vrai leader disparaît, papa ?

Ace sourit.

— C'est le chaos, fiston.

Jamison acquiesça, puis pivota vers Cody.

— On a ce qu'on voulait. C'est fini. Le gang va être démantelé. Il va finir ses jours derrière les barreaux, et tu le sais. Tout est fini. Ne te condamne pas à vivre avec ça pour toujours.

— Ce ne sera jamais fini, Jamison, protesta Ace avec un rire. Jamais. À moins qu'un de vous n'ait le courage de me descendre. Mais vous ne l'aurez pas. Aucun de vous ne l'a. Aucun.

Jamison vit tressauter les muscles de la mâchoire de Cody mais il n'eut pas besoin d'intervenir. Son frère abaissa son arme.

— Tu parles comme un homme qui a envie de mourir. Je n'ai pas l'intention de te donner cette satisfaction.

Sur un signal de sa part, deux hommes relevèrent Ace et lui passèrent les menottes.

— Je ne voudrais pas avoir l'air de me plaindre, dit Jamison en les regardant emmener leur père. Mais, puisqu'il est évident que tu n'appartiens pas aux forces de l'ordre officielles, as-tu le droit de le menotter ?

— On va s'en occuper, rétorqua Cody, dont le regard suivait son père aussi. Le temps que tout soit terminé ici, ce sera légal.

Jamison se demanda s'il devait être soulagé ou non par sa réponse.

— Où sont les filles ? intervint Liza.

Cody se détourna enfin d'Ace et leur fit signe de le suivre au-dehors. Une rangée de voitures noires attendait.

— Elles ont été emmenées dans un centre médical. Je ne voulais pas faire intervenir les services sociaux avant que vous soyez là. Certaines d'entre elles ont pu nous donner les noms de leurs parents, d'autres sont trop jeunes. Il va falloir jouer serré, mais nous voulons nous assurer que nous ne rendons pas des enfants à des parents qui les ont vendues.

— Vendues ? répéta Liza, atterrée.

— Cela arrive, malheureusement. Et dans le gang, tout est possible. Quoi qu'il en soit, le réseau est démantelé. Tony est mort, Ace va être mis en prison. Le trafic ne va pas reprendre. Pas ici, en tout cas.

— Mais tu ne savais pas que les filles étaient ici, observa Jamison. Comment as-tu… ?

— Nous enquêtions sur la disparition de Carlee Bright. Elle avait un lien avec un membre de notre groupe. Nous n'avons trouvé aucune preuve de l'existence du trafic, ce qui m'incite à penser que cette opération était la première de ce genre. Vous deux y avez mis fin avant même qu'elle ait lieu.

— Nous n'avons rien fait, objecta Jamison.

Il ne savait pas depuis combien de temps les fillettes étaient détenues dans l'écurie ni de quelle manière elles avaient été traitées. Ils leur avaient peut-être épargné un sort pire encore, mais elles avaient déjà connu la peur et la cruauté.

— Si vous n'aviez pas été là, nous aurions déclenché l'explosion et elles seraient mortes à présent, déclara Cody froidement.

Son détachement apparent ne réussit pas à tromper Jamison. Son frère se sentait coupable, à tort.

Il lui pressa l'épaule.

— Mais tu ne l'as pas fait.

Cody hocha la tête.

— Mes hommes vont vous conduire au centre médical. Quelqu'un pourra te mettre des points de suture et examiner la cheville de Liza. Nous allons terminer ici et au chalet.

C'était étrange pour Jamison de recevoir des ordres de son petit frère.

— Il y avait des photos de policiers exécutés sur les murs, dit-il. Elles doivent avoir survécu à l'explosion. On pourra s'en servir comme pièces à conviction.

— Mes hommes vont emporter tout ce qui peut servir de preuve à charge contre Ace. Nos activités ne sont peut-être pas officielles, mais nous savons comment transmettre nos informations aux autorités légales. Tony étant mort, il est clair qu'Ace va tenter de lui faire endosser les plus graves de leurs méfaits, mais ça ne suffira pas pour qu'il échappe à la prison.

— Une fois qu'il sera incarcéré, nous pourrons travailler à rassembler un maximum d'éléments contre lui, assura Jamison.

— J'espère que tu as raison, parce que si tu te trompes, nous serons tous en danger. En danger de mort.

— On gérera. Quoi qu'il arrive.

Cody regarda ses hommes qui faisaient monter Ace dans une voiture.

— Il se peut qu'on doive l'éliminer.

Jamison savait que c'était une possibilité, mais que ce serait aussi son dernier recours.

— On vaut mieux que ça. Mieux que lui.

Seul un soupir lui répondit. Jamison n'avait pas besoin d'explications pour en deviner le sens.

Je n'en suis pas si sûr.

Par conséquent, il incombait à Jamison d'en être sûr pour deux. Pour eux tous.

Des années durant, il avait craint que le mal enraciné chez son père ne soit tapi en lui.

Mais ils étaient là. En vie. Après avoir aidé à sauver des vies innocentes. Aujourd'hui, cette victoire lui suffirait.

Cody ouvrit la portière d'un gros 4x4 de type militaire. Jamison marqua une pause et le dévisagea, secouant la tête.

— Dans quoi es-tu impliqué au juste ?

Son frère sourit.

— Après cette opération ? Plus rien.

Liza s'assoupit pendant le trajet jusqu'au « centre médical », lequel ressemblait de l'extérieur à un chalet anodin, mais se révélait, à l'intérieur, être une véritable clinique. Une fois arrivée, elle refusa obstinément de se faire ausculter avant d'avoir vu Gigi. Devant son insistance, le médecin capitula, et ce fut avec l'enfant dans les bras qu'elle se laissa enfin examiner.

— Nous allons vous donner des béquilles, mais il faut vous reposer pendant les semaines qui viennent, déclara la femme, après lui avoir mis des points de suture.

Liza lâcha un petit rire.

— Je ne me le ferai pas dire deux fois !

Elle baissa les yeux sur l'enfant qui s'était endormie sur ses genoux.

— Ces petites filles… ont-elles été…

Elle s'interrompit, incapable de se résoudre à prononcer le mot.

— Hormis quelques contusions, elles vont bien. Elles se rétabliront très vite.

On toqua à la porte, et une femme passa la tête à l'intérieur.

— Cody voudrait vous parler, Liza. Je peux mettre Gigi dans son lit.

Liza resserra sa prise sur l'enfant, réticente à la lâcher.

— Vous n'allez pas pouvoir la porter, avec votre cheville blessée, reprit la femme en souriant. Venez avec moi, je vais vous conduire dans sa chambre. Vous pourrez rester avec elle jusqu'à ce que vous soyez tranquillisée. Cody attendra.

Liza sourit à son tour. Elle ne connaissait pas son interlocutrice, mais elle lui faisait confiance. À Cody aussi. Il les avait sauvés – tous. Elle avait une dette envers lui tout comme elle avait une dette envers Jamison.

Ni l'un ni l'autre ne verraient les choses sous cet angle, bien sûr. Une bouffée d'émotion la submergea, qu'elle refoula à grand-peine. Elle avait échappé au gang, et cela signifiait qu'elle allait revoir Pauline. Les Knight. Les frères Wyatt. Jamison…

Ils feraient tous partie de sa vie désormais. De la vie de Gigi.

La femme prit Gigi dans ses bras, puis attendit que Liza se lève et trouve son équilibre avec les béquilles. Ensuite, elle la fit entrer dans une pièce sombre, éclairée ici et là par quelques veilleuses. Elle contenait plusieurs lits – certains avaient à l'évidence été déplacés pour que les fillettes puissent être ensemble.

Après avoir déposé Gigi sur l'un d'eux, la femme recula, laissant à Liza le soin de la border.

L'enfant dormait à poings fermés. Liza la contempla un instant avant de promener son regard sur la salle. Les deux sœurs partageaient un lit, tandis que la plupart des autres avaient chacune le leur. Toutes dormaient.

Elles étaient en sécurité. Peut-être avaient-elles vu des choses affreuses, mais elles avaient survécu.

À regret, elle suivit l'inconnue dans le couloir.

— Nous les surveillons, ne vous inquiétez pas. Si l'une d'elles se réveille et a peur, quelqu'un viendra.

Trop émue pour parler, Liza se contenta d'acquiescer. Sa compagne la conduisit dans une autre salle. Le chalet était nettement plus vaste qu'elle ne l'avait pensé. Il abritait plusieurs chambres et salles d'auscultations, ainsi que cette pièce qui faisait penser Liza à une salle d'interrogatoire.

Cependant, Jamison était là – le visage couvert de pansements, le bras en écharpe. Il leva les yeux vers elle, l'épuisement gravé sur ses traits.

Un élan d'amour monta en elle, si violent et si douloureux qu'un sanglot lui échappa. Elle se figea, mais il ne s'écoula qu'une fraction de seconde avant que les bras de Jamison se referment autour d'elle.

— Chut. Tout va bien. Nous sommes sauvés.

Elle secoua la tête, se sentant idiote, à bout de forces.

— Assieds-toi, murmura-t-elle d'une voix rauque, tout en s'accrochant à lui. Tu es blessé.

Il continua à lui caresser le dos et déposa un baiser sur sa tempe.

— Je vais bien. Ne pleure plus, mon chou. Ça me tue. Tout va bien maintenant.

Elle se laissa aller contre lui, laissant libre cours à ses larmes. Tout allait bien, en effet. Peu importaient les épreuves qui les attendaient, ils pourraient y faire face. Ils y feraient face. Parce qu'ils avaient accompli leur mission et que, s'ils avaient réussi à expédier Ace en prison et à démanteler un trafic d'enfants, ils étaient capables d'affronter n'importe quoi.

Lorsqu'elle se fut un peu ressaisie, Jamison la guida vers une chaise et la fit asseoir, puis appuya ses béquilles contre le mur et prit place à côté d'elle. Cody était installé en face d'eux, une tablette devant lui.

— Je voulais vous parler de l'avenir des fillettes, dit-il sans préambule. Nous commençons par vérifier qu'elles n'ont pas été portées disparues. Quant à celles dont les parents étaient membres du gang… nous pourrions leur trouver de bonnes familles d'accueil sans passer par les voies officielles.

Jamison fronça les sourcils.

— Comment ça ? Il faudra qu'elles aient des papiers d'adoption en bonne et due forme pour pouvoir aller à l'école et…

— En utilisant des méthodes que je ne devrais pas détailler en présence d'un flic respectueux des règles, coupa Cody en souriant.

Jamison cilla, mais n'insista pas. Cody se tourna vers Liza.

— Dans ton cas, Liza, tu obtiendrais probablement la garde de Gigi de toute manière. Tu es sa plus proche parente et elle te connaît. Si tu voulais...

— Bien sûr que je veux, coupa Liza vivement.

— Très bien. Nous allons nous mettre en contact avec les autorités concernées et faire en sorte que tout se passe aussi vite que possible. À propos, tu n'as pas demandé ce qui était arrivé au cheval.

Liza secoua la tête.

— Je ne veux pas le savoir.

— Je l'ai fait sortir, intervint Jamison. Je ne sais pas s'il a échappé à l'explosion, mais je l'ai fait sortir de l'écurie.

Liza le regarda, stupéfaite et pleine d'admiration.

— Mon équipe l'a retrouvé dans les bois, expliqua Cody. Gigi nous a dit qu'il l'avait sauvée. Il a été mis à l'abri aussi.

Liza lâcha un rire émerveillé. Ainsi, ils étaient tous sains et saufs. Même le cheval.

— Et Ace ? demanda-t-elle, avec un vestige d'inquiétude.

— Il est actuellement détenu à la prison de Pennington. Nous collaborons avec les forces de l'ordre locales et fédérales pour que toute une série de charges soient retenues contre lui.

Jamison hocha la tête.

— Dès que les filles seront réveillées, nous vous emmènerons chez grand-mère, reprit Cody. Duke et elle ont accepté de les héberger en attendant qu'on leur trouve des familles d'accueil. Nous essayons de faire aussi vite que possible pour leur donner la stabilité dont elles ont besoin sans pour autant négliger quoi que ce soit. Nous voulons qu'elles soient bien traitées, maintenant et à l'avenir. Nous y veillerons. C'est notre mission.

À la fois soulagée et au comble de l'épuisement, Liza appuya la tête contre l'épaule de Jamison.

— Je n'ai qu'une envie : rentrer à la maison.

Jamison la serra dans ses bras.

20

Le chaos régnait au ranch, mais c'était le genre de chaos qui plaisait à Jamison.

Sa grand-mère avait recueilli quatre fillettes y compris Gigi. Trois autres se trouvaient chez les Knight, tandis que les quatre dernières, qui avaient été kidnappées, avaient été rendues à leurs parents.

Ce soir, tout ce petit monde se retrouvait chez Pauline pour dîner.

Quatre des fillettes devaient partir dans leur nouveau foyer le lendemain, et les parents adoptifs avaient été invités également. La maison débordait de monde, et sa grand-mère dirigeait la cuisine avec l'efficacité d'un général sur le champ de bataille.

À table, Duke raconta nombre d'histoires qui les firent tous rire aux larmes ; on aurait dit un repas de Noël. Une grande fête.

C'en était une. Une célébration de la vie, de la survie, de l'avenir qui s'offrait à eux.

Le dîner terminé, les filles se rendirent à l'écurie pour aller caresser George et lui souhaiter bonne nuit. C'était devenu un rituel quotidien depuis que Cody avait réussi à le faire transporter au ranch.

Il y était traité comme un coq en pâte, ce qu'il avait bien mérité.

Jamison et ses frères étaient chargés du rangement. Ce soir-là, Dev débarrassa la table pendant que Cody et lui s'attaquaient à la vaisselle.

Cody avait passé les trois derniers jours au ranch. Comme s'il avait l'intention de s'y installer.

— Quand vas-tu nous parler de ce groupe dont tu fais partie ? demanda Jamison en essuyant une assiette.

— Jamais, répondit Cody en souriant.

Il reporta son attention sur la vaisselle, et son sourire s'effaça.

— Dès cette opération terminée, je serai renvoyé.

— Pourquoi ?

— C'est une organisation secrète, Jamison. J'ai compromis le secret.

— Tu as aidé des gens. Tu nous as sauvés.

Cody marqua une pause, puis secoua la tête.

— L'appartenance au groupe est toujours temporaire. Nous savons que n'importe quelle mission risque de nous compromettre et que nous devrons partir.

Il haussa les épaules.

— J'ai fait ma part. J'ai aidé quelques personnes. Maintenant, il va falloir que je réfléchisse à la suite. J'ai l'impression que Dev aurait besoin d'un coup de main ici.

— Tu détestes le travail du ranch.

— Peut-être que je vais changer d'avis en vieillissant.

— Je n'y crois pas une seconde, gloussa Jamison.

Cela ne l'inquiétait pas, cependant. Cody resterait peut-être quelque temps, mais il finirait par trouver sa voie.

— Tu sais, tu pourrais encore entrer à l'école de police.

— On verra.

Jamison n'insista pas. Ce n'était pas une mauvaise idée que son frère séjourne au ranch dans l'immédiat. Au cours des mois à venir, ils allaient tous devoir faire preuve de vigilance au cas où le gang tente de se reformer. Même s'il en doutait, mieux valait être prudent.

La vaisselle terminée, ils rejoignirent les autres jusqu'à ce que vienne le moment de se coucher. Grand-mère et Liza emmenèrent les filles qui restaient dans leurs chambres. Cody disparut dans la sienne, tandis que Dev et Sarah se chargeaient des dernières corvées de la journée.

Jamison monta à son tour. Il n'était pas encore rétabli – tant s'en fallait-il. Mais cela viendrait.

Il enfila le couloir et s'arrêta sur le seuil de la chambre de Gigi.

La porte était ouverte et la fillette était pelotonnée contre Liza qui lui lisait une histoire.

Jamison attendit que Liza ait terminé et bordé l'enfant.

— Tu restes là, Sissy ?

— Bien sûr, mon chou.

Quelques secondes plus tard, Gigi dormait. Quand Liza se leva, elle ne parut guère surprise de le voir.

Elle sourit, referma la porte et le retrouva dans le couloir. Elle avait passé les dernières nuits dans la chambre de Gigi, si bien qu'ils n'avaient pas vraiment eu le temps de se parler.

Et ils avaient beaucoup de choses à se dire.

— Où sont tes béquilles ?

— Elles m'agacent plus que l'entorse. Je n'en ai plus besoin, répondit-elle avant de lui lancer un regard de côté. Combien de temps peux-tu rester ici ?

Il fronça les sourcils malgré lui.

— Le devoir m'appelle, soupira-t-il. J'ai des paperasses à remplir.

Cette perspective ne l'enchantait guère. Il n'éprouvait pas le besoin d'élucider des crimes constamment, mais il aimait circuler dans sa ville et être actif dans la communauté.

Liza fit la grimace.

— Tu es blessé.

— Je peux répondre au téléphone. Pour ce qui est du reste, Gage me remplace, ce qui veut dire qu'il faut absolument que je retourne au bureau pour lui casser les pieds.

Il se pencha vers elle et lui pressa le bras.

— Vous serez en sécurité ici toutes les deux. Vous pouvez rester aussi longtemps que vous le voulez.

Liza contempla l'homme qu'elle aimait, cet homme qui lui avait donné l'espace dont elle avait eu besoin ces derniers jours pour se consacrer à Gigi. Et pour réfléchir à leur nouvelle existence.

Cette existence n'aurait aucun intérêt si Jamison n'en faisait pas partie. Il voulait qu'elle reste au ranch. À l'écart, à l'abri. Parce qu'il l'aimait et qu'il avait passé sa vie à sauver autrui. Pour lui, l'amour se confondait avec le sacrifice.

Elle allait devoir lui enseigner que non.

Elle posa une main sur sa poitrine.

— Je connais un autre endroit où nous serions en sécurité.

Jamison fixa sa main, puis la regarda dans les yeux. Il semblait presque blessé, ce qui la laissa perplexe.

— Liza… Si tu veux emmener Gigi ailleurs, je comprendrai. Je pourrais t'aider. Mais tu devrais attendre…

— Je ne parle pas d'aller loin, répondit-elle en lui donnant une petite poussée. Je parle d'une petite ville où il y a une école, et un policier très consciencieux qui veille à ce que les rues soient sûres.

Il ouvrit la bouche, mais aucun son n'en sortit.

— À moins que tu n'aies changé d'avis à propos de nous.

Il se redressa.

— Je n'ai pas changé d'avis.

— Ace est en prison, lui rappela-t-elle en nouant les bras autour de son cou.

— Pour le moment.

Il lui entoura la taille de ses bras. Son inquiétude était palpable, mais il ne se détacha pas d'elle.

— S'il n'y était plus, je serais sur sa liste aussi, souffla-t-elle.

Comme il se raidissait à ses paroles, elle déposa un baiser sur son menton.

— Tu le sais, dit-elle doucement.

— Et Gigi ?

— Elle sera en sécurité avec moi. Avec nous.

— Vous pourriez disparaître toutes les deux. Si tu me donnes un peu de temps, je pourrais…

— Disparaître jusqu'à quand ?

Liza secoua la tête.

Plus jeune, elle se serait sentie blessée qu'il puisse vivre sans elle, mais la femme qu'elle était devenue ne comprenait que trop bien qu'il essayât de la protéger.

— Tu aurais pu envoyer tes frères à l'autre bout du monde. Vous auriez tous pu partir. Vous êtes restés, parce que vous êtes ici chez vous, et parce que ces gens-là ont déjà trop dominé nos vies. Nous allons rester aussi, Jamison. Et si nous sommes en danger, nous nous battrons. Ensemble.

— Je t'aime. Je veux t'avoir à mes côtés, Liza, mais…

— Pas de « mais ». Nous nous aimons. Nous veillerons l'un sur l'autre. Et nous ferons tout ce qui est en notre pouvoir pour que Gigi soit en sécurité et heureuse. Qu'est-ce qu'une femme pourrait désirer de plus ?

— Eh bien, peut-être un endroit plus agréable à vivre qu'un appartement négligé au-dessus du poste de police.

— Dans ce cas, nous trouverons une maison.

Il baissa les yeux sur elle. Si elle ne l'avait pas déjà aimé de toutes ses forces, son regard intense, infiniment sérieux, aurait suffi à la conquérir.

— Avant de trouver une maison, on va trouver une église, dit-il sur un ton résolu, presque comme s'il lui lançait un défi.

Elle se contenta d'arquer un sourcil.

— Tu crois que cela me fait peur ?

— Je doute que tu aies peur de quoi que ce soit, Liza. Mais... soyons réalistes...

— J'ai dû faire face à la mort une dizaine de fois au cours de la semaine écoulée.

Il tendit la main et repoussa une mèche qui retombait sur son front. Quand il reprit la parole, sa voix était douce.

— Justement. Peut-être que nous ne sommes pas bien placés pour nous engager jusqu'à la fin de nos jours.

Liza ne put réprimer un rire.

— Avec combien de femmes as-tu fait l'amour au cours de ces quinze dernières années ?

Il se redressa et rougit, indigné.

Adorable et parfait. Son homme. Son homme à elle.

— Je ne vois pas le rapport.

— Pas beaucoup, donc.

— Je n'ai pas dit... Ça ne signifie pas...

— Ça signifie que tu m'attendais, que tu aies voulu l'admettre ou pas. Parce que tu m'as fait une promesse autrefois, et que toi, Jamison Wyatt, tu tiens tes promesses.

Elle émit un soupir, parce que c'était la vérité, et que cela ne changerait jamais.

— Même quand tu ne veux pas. Tu m'attendais. Quelque part

au fond de toi, tu savais qu'on finirait par se retrouver. Exactement comme je le savais, même si je n'osais pas l'espérer.

— Je ne sais pas comment c'est possible. D'être séparés pendant si longtemps, de changer à tant d'égards et pourtant... je ne crois pas à tous ces trucs-là. À l'idée qu'on sait ce qu'on ne sait pas. Qu'on attend sans s'en rendre compte. Je n'y crois pas. Mais...

— On s'est retrouvés.

— On s'est retrouvés, répéta-t-il en se penchant vers elle.

Devançant son baiser, Liza pressa ses lèvres contre les siennes. Car son avenir était là, avec cet homme qu'elle n'avait jamais cessé d'aimer.

Unis face au risque

Traduction française de
CATHERINE VALLEROY

BLACK ROSE

HARLEQUIN

Titre original :
OPERATION SECOND CHANCE

Ce roman a déjà été publié en 2020.

1

Il fallut à Amanda Bonner beaucoup de force pour parcourir une fois encore cette étendue de pelouse. Elle connaissait si bien le chemin qu'il importait peu qu'il fasse encore noir. En fait, elle était surprise que son passage n'ait pas déjà tracé un sentier, tant elle était venue souvent.

Sans doute eût-il mieux valu qu'elle célèbre la vie de son père le jour de son anniversaire au lieu de pleurer sa mort en ce jour sinistre, mais cela faisait déjà cinq ans, et elle ne s'en sentait toujours pas capable.

Elle atteignit le froid rectangle de métal scellé dans l'herbe. Le petit drapeau était légèrement penché, et elle le redressa avec révérence. La tombe était propre et bien entretenue, la police y veillait. Les flics s'occupaient des leurs, surtout s'ils avaient trépassé dans l'exercice du devoir. Ils savaient tous qu'ils pouvaient être les suivants.

Amanda contempla la croix métallique. Elle ne pouvait lire les mots dans le noir, mais elle n'en avait pas besoin. Le nom de son père et ses dates de naissance et de mort, séparées par un tiret, un signe pitoyable pour représenter les joies et les chagrins de toute une vie.

Elle entendait encore la voix de son père aux obsèques de sa mère, morte depuis si longtemps. « C'est un trait d'union Mandy, avait-il dit. Ce ne sont pas les dates qui comptent, mais le trait d'union. Il représente tout ce qui s'est passé entre elles. La vie qu'on a vécue. »

Il avait bien vécu sa vie. Il avait été son héros et le héros de bien d'autres gens. Il était mort en faisant ce qu'il avait juré de faire : protéger et servir. Il avait sauvé des vies. Sans parler de celles, innombrables, qu'il avait marquées simplement en faisant son travail.

S'agenouillant, elle tendit la main pour toucher la croix. Le métal était froid, mais elle traça tout de même les lettres du bout des doigts, en évitant les chiffres.

Sa gorge se noua, et ses yeux se remplirent de larmes, malgré sa détermination. Elle avait vingt-huit ans, bon sang ! Son père était mort depuis cinq ans, et elle aurait dû pouvoir se contrôler.

Elle ne sentait ni présence, ni chaleur, ni proximité. Elle ignorait même pourquoi elle revenait ici. Mais c'était le seul lieu concret qu'elle avait, alors elle venait se souvenir.

Elle étendit la couverture sur l'herbe et s'assit face aux montagnes. Entourant ses genoux de ses bras, elle attendit le lever du soleil dans la froidure de cette aube de décembre.

Adam Kirk bataillait avec sa cravate. C'était une des choses qu'il ne réussissait pas encore à faire, nouer sa cravate de la main gauche. Mais il y arriverait. Un jour.

Son portable émit un bip, lui rappelant qu'il devait partir. Avec un soupir, il rendit les armes et se résigna à suivre le conseil de Natalie, qui lui avait suggéré de la nouer avant de la mettre. C'était beaucoup plus facile, effectivement. Il la passa au-dessus de sa tête puis sous le col de sa chemise et, plaquant le pan de tissu de la main droite, il la resserra sur son cou de l'autre.

— Tu n'es pas obligé d'y aller, tu sais.

Dans le miroir, il vit sa sœur au seuil de sa chambre, l'air inquiet.

— Bien sûr que si, répondit-il tranquillement.

— Il ne s'attendrait pas que tu le fasses.

— Ce ne sont pas ses attentes qui importent.

Nat soupira.

— Ton sens des responsabilités est hypertrophié, frangin.

Le nœud qu'il avait à l'estomac se resserra.

— C'est moi qui suis responsable.

— Arrête. Ce n'est pas vrai.

Il ne répondit pas. Il n'y avait rien à dire. La vérité, c'était qu'un homme bon, un bon policier, était mort à cause de lui. Les cinq années écoulées n'avaient rien changé à cela.

— Sois prudent, je t'en prie, Adam. C'est une longue route.

— Hum...

— Tu rentreras demain, hein ? Avant la neige ?

Elle avait l'air anxieux. Il savait que c'était parce que la météo prévoyait des fortes chutes de neige sur les Cascades.

— Sans doute, dit-il.

— S'il fait trop mauvais...

— Nat, arrête...

Il se retourna pour la regarder.

— Je t'aime, mais arrête.

Il enfila une veste épaisse eu égard à la température, qui avoisinait les – 15 °. Avec un peu de chance, il arriverait avant 11 heures du matin. Il avait un rendez-vous le lendemain matin, puis il prendrait la route du retour, devançant de peu le blizzard.

— Je t'ai démarré le pick-up.

Il la regarda avec étonnement, et elle haussa les épaules.

— Il fera plus chaud. Et je t'ai préparé un pique-nique. Il y a du café dans la thermos.

Un instant, il fixa la jeune femme qui lui collait autrefois aux basques. Il l'étreignit avec une fougue certaine.

— Hé ! c'est moi ton grand frère. C'est moi qui devrais veiller sur toi.

— Tu l'as toujours fait. Je suis contente de te rendre un peu la pareille.

Elle recula légèrement et le dévisagea.

— Tu ferais quelque chose pour moi ?

— Si je peux.

— Promets-moi que ce sera la dernière fois.

Il y avait pensé lui-même. Cinq ans, cela semblait... significatif. Mais quand une responsabilité ou une culpabilité comme celle-ci prenait-elle fin ?

Tu connais la réponse : jamais.

Il embrassa sa sœur sur le front et sortit dans le froid.

Sans lui faire de promesse.

Les rayons du soleil hivernal passèrent au-dessus des montagnes et illuminèrent les arbres. Tout était d'un calme incroyable, comme on s'y attendait en pareil lieu. Quinn Foxworth parcourut des yeux les rangées nettes de tombes. Il était venu bien trop souvent dans des cimetières et détestait toujours cela. Avant d'être assez grand pour comprendre le sens de la mort, il avait toujours détesté cela.

— Je t'aime aussi pour ça, tu sais. Que tu prennes la peine de te souvenir et de lui rendre hommage.

La voix de Hayley était douce, comme le contact de sa main sur la sienne. Comme toujours, il sentit son cœur accélérer. Il se demanda comment trouver les mots pour lui dire à quel point elle le rendait plus fort avec sa compréhension tranquille. Il essayerait, plus tard. Pour l'instant, il venait de repérer une petite silhouette blottie près d'une sépulture.

— Elle est là.

— Tu préfères lui parler seul à seule ?

Il sourit à sa femme.

— Je suis sûr qu'elle a autant envie de te voir que moi.

— J'en doute, mais merci de le dire. Je vais rester en arrière pour vous donner un moment. Tiens, prends-les.

Elle lui tendit le petit bouquet qu'ils avaient acheté en chemin à sa demande.

Quinn hocha la tête et lui pressa la main avant de se diriger vers la jeune femme assise. Elle était visiblement là depuis un bon moment. D'après ce qu'il savait de son rituel, sans doute avant le lever du soleil. Il faisait plus chaud maintenant, et elle avait enlevé sa grosse veste, qui gisait près d'elle sur la couverture.

Elle ne semblait pas l'avoir remarqué et, en approchant, il ne fut pas surpris de voir ses joues humides. Un chagrin comme celui-là n'avait pas de fin, il ne faisait que changer de forme, il le savait bien.

— Impossible que cinq ans se soient déjà écoulés, n'est-ce pas ? dit-il doucement.

Amanda releva vivement la tête et se leva promptement en le voyant.

— Quinn !

Se précipitant vers lui, elle lui donna une chaleureuse accolade qu'il lui rendit.

— Je ne te demande pas comment tu vas, parce que je l'imagine.

Elle leva les yeux vers lui.

— Je sais que tu sais. Mais je vais bien le reste du temps, vraiment. C'est juste aujourd'hui qui est difficile.

Il hocha la tête.

— Je sais. Ce sera toujours ainsi, dans une certaine mesure. Mais ton travail se passe bien, n'est-ce pas ?

Elle avait commencé à conseiller des victimes peu de temps après la mort de son père. Elle avait parlé à Quinn de cette décision la première année, quand ils s'étaient rencontrés au cimetière.

« Les amis de papa et toi vous m'avez tellement aidée. Je n'imagine pas qu'on puisse survivre à ce genre de choses sans un appui de cette sorte. Alors je veux être cet appui pour ceux qui n'ont personne. »

Cela avait suffi pour qu'il contacte Charlie et suggère un soutien financier de la Fondation Foxworth.

— Oui, ça se passe bien, répondit-elle. Grâce à la fondation et à l'assurance de papa. Vous allez bientôt pouvoir cesser de me financer.

— Nous te soutiendrons aussi longtemps que nécessaire, et sans doute après, dit Quinn. Tu ne regrettes pas d'avoir refusé ce poste grassement payé ?

Amanda sourit.

— Non. Travailler pour le conseil municipal aurait été un vrai cauchemar pour moi, même si c'était gentil de la part de Mme Harris de me l'avoir proposé.

Elle le considéra avec intensité.

— Et toi ? Ça va ? Pas de... séquelles ?

— Je vais très bien.

C'était vrai. Il ne ressentait rien d'autre qu'un tiraillement occasionnel après la balle qu'il avait reçue.

— Hayley est avec toi ?

Puis elle vit sa femme à quelques mètres et agita la main.

— Elle est si gentille. Pas étonnant que tu sois fou d'elle.

— Ça c'est vrai, répondit Quinn avec un large sourire.

Hayley répondit au geste d'Amanda et s'avança lentement vers eux, tandis que Quinn se penchait pour déposer le bouquet sur la sépulture.

— Elle a l'air aussi heureux qu'à votre mariage, dit Amanda. Et toi aussi.

— Je le suis. Et j'espère qu'elle l'est.

— Merci d'être venus tous les deux, dit Amanda. Cela signifie tant pour moi.

— Il me semblait qu'il fallait marquer le passage de ces cinq ans.

— Je...

Elle s'interrompit brusquement, et Quinn la vit regarder derrière lui. Il se retourna instinctivement et aperçut l'homme qui venait vers eux.

— Adam, dit-il doucement. Il a dû éprouver la même chose.

— Je me fiche de ce qu'éprouve Adam Kirk, dit Amanda d'une voix tendue. Je vais m'en aller.

Quinn tourna vivement la tête vers elle, stupéfait par son ton. Cela lui ressemblait si peu qu'il fronça les sourcils.

— Tu lui en veux toujours ? demanda-t-il.

— Bien sûr que oui. C'est sa faute. Il aurait pu l'empêcher et il n'en a rien fait.

— Amanda, il ne pouvait pas...

— Mon père est mort à cause de sa négligence. Parce qu'il a supposé des choses. Il l'a lui-même reconnu.

Elle avait élevé la voix.

— Je le déteste.

— Crois-moi, dit une voix grave derrière eux, je le sais. Et tu n'es pas la seule.

Quinn se retourna à nouveau. Cette fois, Adam était assez proche pour qu'il voie ses yeux. Et il y avait une lueur en eux qu'il ne connaissait que trop bien. La culpabilité du survivant.

2

Adam se maudit d'avoir mal choisi son moment. Quinn Foxworth et Amanda. Il serait revenu plus tard si Amanda ne l'avait pas déjà vu. Fuir maintenant n'aurait fait que lui donner raison. Qu'est-ce que cela pouvait faire puisqu'elle avait raison de toute façon ? se demanda-t-il.

Et maintenant, il était sur le point de les affronter. L'homme qui, croyant s'arrêter pour un café, avait fini par faire ce qu'Adam aurait dû faire, et la femme dont la vie avait été bouleversée pour toujours par son erreur.

Il leva le bras, essayant de forcer son mouvement. Comme toujours, il éprouva un élancement douloureux. Mais il avait besoin de cette douleur pour reprendre le contrôle de ses émotions. Du moins était-ce suffisant pour faire face à Quinn, qui le regardait d'un air songeur.

— Adam, dit-il calmement.

— Quinn...

Il l'avait dit avec respect, même s'il doutait que cela fasse une différence. Il jeta un coup d'œil à Amanda, qui le fixait avec une hostilité flagrante.

— Je vais... attendre, dit-il.

Il se détourna sans rien ajouter et obliqua sur plusieurs mètres, se rendant compte trop tard qu'il y avait quelqu'un d'autre. Une femme qu'il ne connaissait pas.

— Adam...

Il s'arrêta en cillant.

— Je vous connais ?

— Nous ne nous sommes jamais rencontrés, c'est vrai. Je m'appelle Hayley. Je suis la femme de Quinn.

— Oh !

Il ne se rappelait pas que Quinn était marié.

— Cela ne fait qu'un an, dit-elle, comme si elle avait lu ses pensées. Nous nous sommes rencontrés il y a deux ans, quand il nous a kidnappés, mon chien et moi.

Adam cligna des yeux.

— Il vous a quoi ?

— C'est une longue histoire. Mais ce n'est pas le moment de vous la raconter, j'imagine.

— Non, madame Foxworth. Il vaut mieux que j'échappe au regard d'Amanda. Si j'avais su qu'elle serait là, j'aurais attendu qu'elle s'en aille.

— Hayley, s'il vous plaît. Et je comprends. Elle a l'air effectivement… en colère.

Il laissa échapper un éclat de rire amer.

— En colère, c'est un euphémisme.

— Elle vous en veut toujours ?

En voyant son expression, elle hocha la tête.

— Quinn m'a raconté l'histoire. Et, ajouta-t-elle, il m'a dit que ce n'était la faute de personne. Et que vous lui avez sauvé la vie, après qu'il a reçu cette balle.

— Il est plus généreux qu'il ne le devrait, dit platement Adam.

— Je ne vais pas dire le contraire, bien que ce ne soit pas dans le sens où vous l'entendez.

— Le père d'Amanda est mort parce que je n'ai pas tout vérifié en entrant dans le magasin. Le cambrioleur avait un complice, qui a tué Greg. Rien ne peut changer cela.

Il n'avait rien oublié de ce jour-là, peu importait qu'il le veuille. Et même si son esprit avait coopéré, son bras droit, le coude éclaté par cette balle, le lui aurait rappelé jour après jour.

La morale de l'histoire, c'était que tout ce qu'Amanda Bonner lui avait crié ce jour-là à l'hôpital était vrai.

— Je crois que l'enquête officielle vous a tout à fait innocenté, dit Hayley.

Il soutint son regard.

— En grande partie grâce à la déposition de votre mari. Comme je l'ai dit, il est plus généreux qu'il ne devrait l'être.

Il se tourna pour partir, mais elle reprit la parole, et il ne put faire autrement que d'attendre.

— Vous vivez sur la rive Ouest, m'a dit Quinn.

Il fut un peu surpris, mais il se dit que son retour chez lui devait être de notoriété publique.

— Oui. Ma famille a un ranch aux environs de Palouse, sur la Palouse.

Elle sourit de cette formulation.

— Ça fait une bonne trotte, d'ici. Vous le faites souvent ?

— Une fois par an, dit-il de manière appuyée.

— Ce jour-là, dit-elle doucement, et ce n'était pas une question. Dites-moi, ce long trajet soulage-t-il votre culpabilité ?

Il lui jeta un regard aigu. Puis il faillit rire de lui-même. Il aurait dû savoir que Quinn épouserait une femme intelligente.

— Non. Pas d'un iota.

— Personne d'autre que nous n'exige de pénitence aussi longue.

— Aucune pénitence ne peut rendre son père à Amanda.

— Non. Rien ne le pourra.

Quelque chose dans sa voix le poussa à dire :

— Vous le savez, n'est-ce pas ?

Elle hocha la tête.

— Mon père aussi était policier. Tué dans l'exercice du devoir quand j'avais seize ans.

Fermant les yeux, il poussa un soupir de lassitude.

— Je suis désolé.

— Comme vous n'êtes pas un de ceux qui le disent sans savoir de quoi ils parlent, je vous crois.

Cela le fit rouvrir les yeux.

— Je...

Il s'interrompit en voyant quelque chose bouger à la limite de son champ de vision. Il aperçut alors un chien, qui courait vers eux.

— Oh oh ! dit Hayley. Le chien dont je vous parlais ! Il est vraiment intelligent. Au point de savoir ouvrir le coffre.

— Il est à vous ?

— Hum ! Et, ajouta-t-elle tandis que l'animal galopait dans leur direction, il est en mission, apparemment. Quinn ?

Son mari se retourna. Au lieu de s'irriter que le chien se soit échappé, il prit l'air intéressé.

Adam regarda l'animal ralentir maintenant qu'il était plus près. Son pelage était assez caractéristique, noir sur la tête et les épaules, et brun tirant sur le roux sur le dos et la queue. Il salua Hayley d'un bref coup de langue sur les doigts, et elle lui caressa la tête. Puis, comme son mari, elle attendit.

Le chien s'arrêta devant Adam et leva les yeux. Le regard de l'animal était tellement intense qu'il en était déstabilisant. Adam se demanda s'il devait le caresser ou non, mais une truffe fraîche effleura sa main. Sa main droite. Il fit une caresse hésitante à l'animal. Le chien se pressa contre lui d'une manière qui soulagea son agitation et dénoua ses entrailles. Il fixa l'animal, stupéfait de se sentir mieux. Même son coude, que le froid de décembre rendait douloureux, lui faisait soudain moins mal.

— Je vous présente Cutter, dit doucement Hayley. Le membre à quatre pattes de l'équipe Foxworth.

— Et peut-être le plus indispensable.

La voix de Quinn venait de derrière lui ; apparemment, il était venu voir ce qui se passait. Heureusement pour Adam, Amanda était restée là où elle était.

— Il est...

Il ne put trouver ses mots.

— Oui, en effet, dit Hayley. Étonnant, non ?

— Il fait toujours cet effet aux gens ?

— À moins qu'on ne fasse partie des méchants, dit Quinn. En ce cas, tu aurais déjà perdu ta main.

— Et au cas où vous vous poseriez la question, ajouta Hayley, c'est un excellent juge des caractères.

— Entre autres choses, dit Quinn en jetant un regard si amoureux à sa femme qu'Adam baissa les yeux.

Le chien se releva, lécha la main de Quinn comme il l'avait fait pour Hayley puis trotta vers Amanda. Adam ne put s'empêcher de l'observer. Le chien s'assit devant elle. Amanda semblait le connaître et, sans hésiter, elle se pencha pour lui caresser la tête. Il s'appuya contre elle comme il l'avait fait avec Adam, et ce dernier vit à son expression que cela avait le même effet sur elle.

Puis le chien se leva, se retourna et s'assit à nouveau, cette fois le dos tourné à Amanda. Il regarda Quinn et Hayley. Enfin il revint vers Adam, s'assit dans la même position et lui jeta le même regard.

— Eh bien ça alors ! commenta Quinn avec intérêt.

— En effet, dit Hayley, dont les yeux allaient d'Adam à Amanda et vice versa.

Adam n'avait aucune idée de ce qui se passait. Il regarda Amanda, qui avait l'air tout aussi perplexe.

— Alors dites-moi, commença Hayley, avant la mort de son père, comment vous entendiez-vous avec Amanda ?

Adam cilla. Qu'est-ce qui l'avait poussée à poser cette question ? Cela réveillait trop de souvenirs. Du jour où il avait rencontré la fille de son coéquipier. Il avait toujours eu un faible pour les rousses, et sa longue chevelure avait cette teinte de feuillage d'automne qui attirait toujours son œil.

Et quand elle lui avait souri et avait levé vers lui ses yeux d'un vert hypnotisant sous d'épais cils dorés, il avait cru, un instant…

Mais désormais, il savait avec certitude qu'elle le haïssait.

Et qu'elle avait les meilleures raisons du monde pour cela.

3

Amanda n'arrivait pas à croire qu'il soit là.

Adam Kirk. Le coéquipier de son père, l'homme qui aurait dû le protéger. Bien sûr, il était encore un bleu à l'époque, mais même lui avait reconnu qu'il aurait pu le sauver s'il avait été plus rapide. D'accord il avait été blessé au bras, mais Quinn avait été blessé au flanc et s'était quand même débrouillé pour abattre le tireur.

Et par-dessus tout, Adam était un lâcheur. Il avait quitté la police et la ville pour ne plus jamais revenir. Elle n'avait aucun respect pour ça, elle à qui son père avait appris à ne jamais renoncer.

Elle le fixa de loin, les dents serrées. Elle ne l'avait pas revu depuis le jour où elle avait explosé à l'hôpital. Elle refusait de se sentir coupable de ça. Parce qu'il était seulement blessé, tandis que son père était à la morgue. Il l'avait mérité et il le savait. Il n'avait pas dit un mot, il avait juste évité son regard.

Elle aurait voulu se raccrocher à ce calme étrange qui l'avait envahie quand Cutter l'avait saluée. Elle n'aimait pas être en colère. Et elle se demandait parfois si cette colère n'avait pas à voir avec la manière dont elle avait dévoré des yeux le nouveau coéquipier de son père. Des cheveux noirs et des yeux gris qui l'avaient fait se questionner sur sa préférence pour les yeux bleus. Un corps grand et mince, une démarche dont elle avait compris l'origine quand elle avait appris qu'il était né dans un ranch. Cela avait fait de lui le cow-boy de ses rêves, une image qui s'était gravée dans son esprit le jour où il était passé au stand de la police, à la foire de Puyallup, avec un chapeau noir.

Et soudain, elle fut à nouveau ce jour-là, le taquinant sur ce chapeau. Puisqu'il était de la police, il aurait dû en porter un blanc, lui avait-elle dit en riant.

« Les chapeaux blancs sont trop salissants, Mandy. »

Elle lui avait permis de l'appeler par son diminutif, un signe de son attirance immédiate, supposait-elle. Bien sûr, elle avait repris cette permission, ce soir-là à l'hôpital, quand elle lui avait dit ce qu'elle pensait de lui.

Et maintenant, elle voyait dans ces paroles une sorte d'avertissement. Il ne portait pas de chapeau blanc parce qu'il ne méritait pas ce symbole, parce qu'il savait qu'il allait le salir.

Elle sursauta quand Quinn et Hayley – et Cutter – parurent mener Adam vers elle. En fait, le chien semblait le pousser par-derrière, comme aurait fait un chien de berger.

Quinn n'en avait pas voulu à Adam pour ce qui s'était passé, même s'il avait été blessé beaucoup plus gravement. Cela l'avait déconcertée au début, mais elle avait compris qu'elle voyait cela du point de vue de quelqu'un qui avait grandi parmi des policiers. Et la règle n° 1 était qu'on protégeait toujours les arrières de ses coéquipiers.

Adam n'avait pas assuré les arrières de son père.

— Il t'a fallu cinq ans pour te décider à venir ?

Les mots étaient sortis de sa bouche avant qu'elle réfléchisse. Elle ne voulait pas provoquer de dispute sur le lieu de repos de son père.

Adam releva la tête. Et la première pensée qui lui vint à l'esprit fut que ses yeux étaient plus sombres qu'elle ne se le rappelait.

— Je suis venu chaque année, dit-il tranquillement.

Vraiment ?

— Je suis tombé deux fois sur lui, dit Quinn, comme s'il avait senti ses doutes.

Un long silence tomba, magnifié en quelque sorte par ce décor paisible.

— Je ne connaissais pas ton père, dit enfin Hayley d'une voix douce. Mais d'après ce que j'ai entendu dire, je suis sûre qu'il n'aurait pas voulu que sa fille bien-aimée reste en colère jusqu'à la fin de sa vie.

— Je ne suis pas en colère. La plupart du temps.

Son regard se posa sur Adam à temps pour le voir tressaillir. Cela ne lui donna aucun plaisir. Comme ce jour-là à l'hôpital, il ne dit rien.

— Amanda, ce n'était pas sa faute, commença Quinn, mais Adam lui coupa la parole.

— Si, c'était ma faute. Et elle le sait aussi bien que moi. Je mérite toute sa colère. J'étais le coéquipier de son père et je ne l'ai pas protégé.

Il posa le regard sur Amanda.

— Je suis désolé de t'avoir dérangée. Je ne t'avais pas vue, sinon j'aurais attendu.

Il la contourna et s'arrêta près de la sépulture. Fermant les yeux, il baissa la tête, et elle se demanda ce qu'il pensait. Puis il leva le bras droit comme pour saluer, mais n'acheva pas son geste.

Comme tout ce qu'il faisait.

Enfin, en silence, sans la regarder, il s'éloigna.

Adam n'avait qu'une envie, rentrer chez lui. C'est ce qu'il aurait fait s'il n'avait eu ce rendez-vous le lendemain. L'orthopédiste avait été catégorique. Sans doute encore des paperasses à signer pour la municipalité. Autrement, il n'en voyait pas l'utilité. Son bras était aussi guéri qu'il pourrait jamais l'être. La seule chose qu'on lui proposait, c'était une série interminable d'opérations. Il en avait déjà eu six, et avait suffisamment de vis et de plaques pour déclencher n'importe quel détecteur de métal. Aucune envie d'en ajouter une autre. Il finirait peut-être par accepter la pose d'une prothèse comme on le lui avait recommandé. Mais pour l'instant, il en avait assez des hôpitaux, des médecins et, par-dessus tout, des scalpels.

Il se dirigea vers le centre-ville, trouva une place de parking, descendit de voiture et se mit à marcher. La ville avait peu changé en cinq ans. Il dépassa la boulangerie, où Greg s'arrêtait souvent pour acheter les roulés à la cannelle qu'aimait sa fille. Ils vivaient ensemble depuis que la femme de Greg était morte, quand leur fille avait cinq ans.

Adam se souvint de la première fois où il avait compris

qu'Amanda était désormais orpheline. Le fait qu'elle soit déjà adulte n'y enlevait rien, car le père et la fille avaient été très proches. Il avait essayé de s'imaginer sans parents pour l'aider à surmonter les pires moments de sa convalescence et il n'avait pas pu.

Il dépassa le magasin d'animaux, soulagé de ne plus voir de chiots au regard triste dans la vitrine. Elle était désormais remplie de jouets, de colliers et de ces pulls ridicules pour chiens.

Il se rendit compte qu'il serrait les poings et que son cou était tendu. Il s'efforça de se détendre, mais cela ne dura que l'espace de trois enjambées. Parce qu'il était arrivé au carrefour et qu'il voyait l'épicerie de l'autre côté de la rue. Ouverte vingt-quatre heures sur vingt-quatre, elle avait toujours été sur leur tournée de patrouille. Le propriétaire de l'époque était un Sikh, un dur à cuire dont le grand-père avait combattu en Italie avec les Alliés. Adam l'avait appris lors d'un de ces cours d'histoire impromptus que donnait Greg, à la grande joie du propriétaire qui avait approuvé l'exactitude de ce récit. Cet homme et toute sa famille étaient venus à l'enterrement de Greg.

Adam avait entendu dire qu'ils avaient vendu le magasin après la mort de celui qu'ils considéraient comme un ami. Il ignorait qui était le propriétaire maintenant, mais cela n'avait pas d'importance. La seule chose qui comptait était ce qui s'était passé là.

La première chose qu'il remarqua fut qu'on avait refait le parking. Cela non plus n'avait pas d'importance. Il se rappelait parfaitement où Greg était tombé. Lui était à l'intérieur, mais l'instant où il avait franchi le seuil en entendant les coups de feu était gravé dans sa mémoire. Son coéquipier à terre, une mare de sang autour de lui, et un inconnu à quelques mètres, également blessé, qui s'était débrouillé pour rouler sur lui-même, retirer l'arme de la main de Greg et tirer trois coups de feu dans le noir.

Quinn Foxworth, faisant le travail qu'il aurait dû faire. Tout cela parce qu'il avait cru le caissier quand il avait dit au dispatcher que le cambrioleur s'était enfui. Que Greg lui ait dit d'entrer pendant qu'il vérifiait les parages n'avait pas d'importance non plus. Il aurait dû assurer ses arrières.

Aurait dû, aurait pu, aurait voulu.

Un vieux refrain inutile. Il avait fait ce qu'il avait fait, et le résultat ne changerait pas : l'un des meilleurs hommes qu'il ait connus était mort. La vie de sa fille ne serait jamais, jamais plus la même.

Et il n'avait pas le droit de se plaindre uniquement parce que la sienne non plus.

Il tourna les talons et reprit le chemin par lequel il était venu. Qu'avait-il voulu faire en venant ici ? Il ne savait qu'une chose, c'était que son humeur sombre s'était encore assombrie.

4

Le chien des Foxworth était incroyablement bien élevé, songea Amanda en servant du café à Quinn.

La première fois qu'ils étaient venus, elle s'était dit qu'elle aimerait mieux connaître Hayley, et c'était pour cela qu'elle les avait invités à l'accompagner. En préparant le café, elle avait vu que Quinn regardait la photo officielle de son père, l'air perdu dans ses pensées.

Hayley s'était assise sur le sofa, Cutter sagement couché à ses pieds. Amanda n'avait jamais eu de chien, même si elle les avait toujours aimés. Cela n'aurait pas été juste pour l'animal, car elle passait tout son temps à l'école et son père avait des horaires de fou.

Quand ils furent tous trois assis autour de la petite table, Cutter vint vers elle. Il s'assit sur son arrière-train et posa sur elle ce regard qu'il avait eu au cimetière. Instinctivement, elle tendit la main pour lui caresser la tête. Et voilà qu'elle avait de nouveau ce sentiment... d'apaisement. L'épaisse queue du chien remuait légèrement. Elle décida de lui pardonner de s'être agité quand Adam était parti. Peut-être était-ce l'un de ces chiens qui adoraient les gens.

— Étonnant, n'est-ce pas ? dit Hayley.

Amanda leva les yeux et vit la femme de Quinn sourire.

— Oui, c'est vrai.

— Tu devrais le voir quand il fait ses visites de chien thérapeutique.

— Je parie qu'il est vraiment doué pour ça.

— Oh oui ! Il n'a presque pas eu besoin d'entraînement. On m'a dit que c'est instinctif chez certains.

Amanda caressa à nouveau la tête du chien puis, sur une impulsion, se pencha et l'embrassa entre les oreilles.

— Oh ! maintenant que tu as fait ça, dit Quinn avec un petit rire, il va se sentir comme chez lui.

— Il peut, dit-elle avec sincérité, car le chien avait d'excellentes manières.

Mais elle fut un peu surprise de le voir se lever et commencer à fureter, comme s'il cherchait quelque chose.

— Tu es contente de t'être réinstallée ici ? demanda Quinn.

Il parlait de la maison. Elle avait vécu quelques années dans un petit appartement, mais elle avait réemménagé chez son père après sa mort. Et elle savait qu'elle se devait d'être honnête avec Quinn.

— Oui et non. Cela me réconforte parce que je sens sa présence et ça me fait mal parce qu'il n'est plus là.

Elle soupira.

— Les gens n'arrêtent pas de me dire de déménager, mais...

— Chacun suit son chemin à son rythme, dit gentiment Hayley.

Amanda se rappela qu'elle avait perdu sa mère quelques mois avant de rencontrer Quinn.

— Tu arriveras peut-être à un stade où rester te fera plus de mal que de bien, mais il n'y a que toi qui pourras le décider.

— Contente-toi d'être honnête avec toi-même, lui conseilla Quinn. Si ça fait trop mal de partir, reste. Si ça fait trop mal de rester, pars.

— Voilà mon mari, toujours pragmatique, remarqua Hayley avec un sourire affectueux.

— Si seulement je pouvais trancher, dit tristement Amanda.

— Alors pars quelque temps et vois comment tu te sens, suggéra Quinn. Va passer le reste de l'hiver dans le Sud.

— J'y ai pensé, reconnut Amanda.

— Moi aussi, dit Hayley. Chaque fois que je rends visite à mon frère. Ce que nous allons faire dans quelques jours, parce qu'il se marie, acheva-t-elle avec un large sourire.

— Félicitations à lui ! lança Amanda avec chaleur.

Les Foxworth et tous ceux qui leur étaient apparentés ne lui inspiraient que des sentiments affectueux.

— J'étais...

Un bref aboiement lui coupa la parole. Cutter avait disparu, et son aboiement venait de l'arrière de la maison. Instinctivement, elle regarda Quinn.

— Hum ! intéressant, se contenta-t-il de dire, mais il se leva et alla voir.

Amanda le suivit avec une certaine appréhension. Le chien était entré dans ce qui avait été le bureau de son père. Sa table était encore là, ainsi que le portable sur lequel elle s'était tellement penchée après sa mort. Les étagères étaient pleines de ses livres. Son père se servait avec réticence d'une tablette pour certaines choses, mais les livres avaient toujours été son premier choix. « C'est parce que je suis vieux, Mandy. »

Il plaisantait, mais désormais cela lui serrait le cœur. Parce qu'il ne vieillirait jamais. Elle avait entendu quelqu'un dire qu'on ne pouvait comprendre le sens de « toujours » avant d'avoir perdu quelqu'un.

Cutter flairait l'étagère du bas, sur laquelle étaient rangés ses livres d'enfance, dont une série qu'elle relisait de temps à autre.

Elle sursauta quand le chien posa une patte sur le livre du milieu. Elle ne voulait pas qu'il l'abîme. Ces livres étaient un cadeau de son père. Mais il s'immobilisa et regarda Quinn.

— Qu'est-ce que tu as là, mon garçon ? demanda Quinn en s'accroupissant.

Il sortit de la rangée le volume que le chien avait touché. Immédiatement, l'animal s'assit. Quinn se redressa et regarda la jaquette.

— Il est à toi, je suppose.

— Oui.

Amanda lui expliqua rapidement la signification que ces livres avaient pour elle.

— Tu les relis de temps en temps ? demanda Quinn avec un regard aigu.

Elle rougit légèrement. C'étaient des livres d'enfant, après tout. Mais oui, elle avait toujours trouvé plaisir à les relire.

Quinn regarda autour de lui, et désignant du menton le bureau, demanda :

— Ton père utilisait cette pièce comme bureau ?

— Oui. Qu'est-ce qu'il y a ? Il a senti quelque chose ? J'avoue que j'avais tendance à manger en lisant, avoua-t-elle, parce que je n'arrivais pas à les poser pour le dîner.

— Tu n'es pas la seule, dit la voix tranquille de Hayley derrière elle. Je lisais ces livres à ma mère quand elle était malade. C'était la seule chose qui la distrayait quand elle a commencé à vraiment souffrir.

Amanda sourit et lui pressa la main.

— Voyons voir si on peut découvrir ce qui intrigue Cutter, dit Quinn.

Amanda apprécia le soin avec lequel il tenait le livre. Sans doute faisait-il de même avec les affaires de son père. Elle savait que Quinn et sa sœur avaient créé la fondation Foxworth en mémoire de leurs parents, tués dans un attentat sur un avion de ligne quand ils étaient enfants. Et que la fondation était née de leur colère de ce que l'auteur de l'attentat ait été libéré après un marché politique nauséabond.

Oui, Quinn avait dû affronter le chagrin bien plus jeune qu'elle, et le savoir ne faisait qu'accroître son respect à son égard. Et la preuve de son bonheur avec Hayley lui donnait de l'espoir pour son propre avenir.

Elle le regarda feuilleter le livre tout en pensant à l'histoire qu'il contenait. Mais elle le vit s'arrêter à peu près à la moitié du livre. Il regarda alors le chien.

— Je l'ai trouvé, mon garçon, murmura-t-il.

La queue du chien frappa joyeusement le parquet.

— Bien raisonné, dit-il encore. Elle serait passée inaperçue à quiconque l'aurait feuilleté trop vite.

— Quoi ? demanda Amanda sans respirer.

Quinn leva les yeux.

— Ton père savait que tu les lisais régulièrement, non ?

— Oui. Cela le faisait sourire, parce que c'était quelque chose qui… nous appartenait.

Quinn hocha la tête.

— Et donc il savait exactement où cacher…

Il leva le livre pour le lui montrer :

— … ceci, pour que tu finisses par le trouver.

Dans un petit trou soigneusement découpé dans l'épaisseur des pages, près de la reliure, quelque chose était retenu par un petit morceau de scotch. Une clé USB.

Un frisson glacé lui parcourut le dos. Un souvenir lui était revenu, aussi clair que si son père avait été devant elle.

« S'il arrive quelque chose, Amanda, souviens-toi que tu as toujours été réconfortée par ces histoires. »

Elle avait cru qu'il parlait de choses comme perdre la bague de sa mère ou avoir une mauvaise note. Mais maintenant…

— Oh ! mon Dieu, murmura-t-elle. Il me l'a dit. Je n'avais pas compris, mais il m'a dit là où regarder s'il lui arrivait quelque chose.

Quinn lui passa un bras autour des épaules.

— Alors voyons ce qu'il voulait que tu trouves.

5

Adam passa une nuit presque blanche dans un petit hôtel près du centre médical universitaire. La consultation elle-même fut brève, bien qu'il ait dû patienter presque une heure. Les résultats étaient ceux auxquels il s'attendait. Seule une prothèse pourrait améliorer les choses. Une opération importante et beaucoup de rééducation.

En retournant à son véhicule après avoir adressé son habituel « Je vais y penser » au médecin, il organisa mentalement son retour. Il allait prendre le pont flottant puis la 405, bifurquer sur l'Interstate 90 et prendre ensuite la direction de chez lui. La météo avait l'air de vouloir se maintenir jusqu'au col de Snoqualmie, si bien qu'il ne devrait pas avoir de problème.

Il s'arrêta pour payer sa chambre et dit au réceptionniste qu'il serait parti dans moins d'une heure. Il y avait une cafetière dans la chambre – on était à Seattle, après tout —, et il se prépara du café tout en changeant son pantalon de ville pour un jean. Il réchauffa sa thermos avec de l'eau bouillante puis la remplit de café. Cela devrait le tenir éveillé jusque chez lui. Enfin, il versa le reste du café dans le gobelet qu'il avait gardé, prit son sac et la thermos et referma la porte derrière lui.

Il venait de poser son sac sur le siège de son pick-up quand son téléphone sonna. Un léger sourire lui vint aux lèvres. Natalie sans doute, qui s'assurait qu'il était en route. Il prit son téléphone et jeta un coup d'œil à l'écran. Le numéro ne faisait pas partie de ses contacts. Mais l'indicatif était celui de l'autre rive de la Sound. Il prit l'appel, les sourcils froncés.

— Adam ? Quinn Foxworth. Tu es toujours en ville ?

Que lui voulait donc Quinn après leur rencontre de la veille ? Et comment avait-il eu son numéro, d'ailleurs ?

— Oui. Je suis en train de me préparer à partir.

— Alors je suis content de t'avoir joint à temps. Tu pourrais retarder ton départ ?

— Il faut demander à la neige qui se dirige vers les Cascades. Pourquoi ?

— Amanda est ici, à Foxworth. Et nous avons besoin de ton aide.

Il s'immobilisa. Il n'arrivait pas à imaginer pour quelle raison Amanda Bonner aurait besoin de son aide.

— Mon... aide ?

— Pour quelque chose qu'elle a découvert. Ce n'est peut-être rien. Tu peux venir ici ?

— Elle sait que tu m'as appelé ?

— Oui.

— Et elle était d'accord ?

— Oui.

Il y eut une pause, puis Quinn dit d'un ton navré :

— Sans enthousiasme je dois dire, mais elle était d'accord.

— Elle doit être désespérée.

— Nous le sommes tous, à ce stade.

Comment aurait-il pu refuser ? Il ignorait ce qu'il était en mesure de faire, mais si Amanda était d'accord, on pouvait tabler sur un désespoir certain.

Il inspira fortement et dit :

— D'accord.

Il ne savait pas à quoi il s'était attendu, mais le bâtiment caché dans les arbres le surprit. Il n'était même pas sûr d'être au bon endroit. La rive pluvieuse de la Sound ne lui était pas familière. Le trajet en ferry avait été agréable et lui avait donné l'occasion de manger un en-cas – la soupe de clams faisait partie des choses qui lui manquaient. Mais une fois de l'autre côté, il dut se concentrer pour trouver sa route. Surtout qu'il avait commencé à pleuvoir à sa descente du ferry.

Il n'y avait aucun panneau, en dehors d'un numéro sur un poteau, dans la rue. Il avait suivi l'allée jusqu'à un bâtiment vert de deux étages, qui se confondait presque avec les conifères alentour.

En s'approchant, il aperçut un petit parking et un second bâtiment aux allures d'entrepôt. Et entre les deux bâtiments, quoi... Un héliport ?

Il fronça les sourcils et ralentit encore. Qu'était exactement la fondation Foxworth ? L'un des rares collègues avec lequel il était resté en relation lui avait dit que Quinn avait fondé une sorte d'organisation charitable, mais c'était tout ce qu'il savait.

Il s'approcha prudemment et crut entendre quelque chose. C'était une journée plutôt tiède comparé à Palouse, et il baissa sa vitre pour écouter. Et entendit les aboiements étouffés d'un chien. Le chien appartenant à Quinn et Hayley ou un chien de garde inconnu ?

Il freina à fond. Ce ne fut pas une grosse secousse car il roulait lentement, mais cela lui fit le même effet. Parce qu'en passant le dernier virage il avait aperçu dans le parking la précieuse Camaro de Greg. Le petit coupé sport d'un bleu vif lui rappela un flot de souvenirs.

Amanda l'avait gardée. Non seulement elle l'avait gardée, mais la voiture était immaculée, comme du temps de Greg.

Il serra les doigts avec force et heurta son coude droit du poing. La douleur lui permit de reprendre ses esprits.

Il venait de garer son pick-up quand une porte s'ouvrit lentement. Quand elle fut suffisamment ouverte, un chien se glissa par l'entrebâillement et s'élança vers lui. Adam reconnut son allure ainsi que sa couleur.

Il se demanda qui l'avait laissé sortir. La pluie tombait à présent à verse. Il sortit de son pick-up avec prudence. Le chien avait paru assez amical la veille mais, sur son propre territoire, il risquait de se montrer plus dissuasif.

Cutter s'arrêta devant lui et fourra sa truffe dans sa main pour le saluer. La main droite encore, nota Adam. Était-ce parce que la plupart des gens étaient droitiers, ou parce que l'animal savait d'une manière ou d'une autre que son bras était abîmé ?

Cutter poussa un petit ouaf, puis reprit le chemin par lequel il était venu. Au bout de quelques pas, il s'arrêta et regarda Adam. L'invitation n'aurait pas pu être plus claire.

— Je te suis, le chien, marmonna-t-il.

Voyant qu'Adam lui emboîtait le pas, Cutter trotta vers la porte sans se soucier de la pluie.

Quand ils furent plus près, Adam distingua un gros bouton métallique sur le mur extérieur. Le chien se dressa sur ses pattes arrière et pressa dessus. La porte s'ouvrit lentement. Adam se demanda si le système avait été installé pour permettre au chien d'aller et venir. Hayley avait dit qu'il était très intelligent. S'il était capable d'ouvrir un coffre de voiture, ce devait être un jeu d'enfant pour lui.

Il hésita en tenant la porte, car il avait le sentiment que la franchir allait tout changer. Qu'un nouveau face-à-face avec Amanda allait anéantir la paix relativement fragile qu'il avait réussi à trouver.

Cutter sortit la tête, comme pour lui demander ce qu'il faisait.

— Tu ferais mieux d'entrer ! cria Quinn à l'intérieur. Il n'aura de cesse que tu le fasses.

Adam croisa le regard du chien. Il y avait des paillettes d'or dans ses yeux, qui leur donnait une profondeur inhabituelle chez un animal.

Il franchit le seuil et s'arrêta, stupéfait. L'intérieur du bâtiment n'avait rien d'industriel. On aurait dit un salon, avec quatre fauteuils et un sofa disposés sur un épais tapis, devant une cheminée à gaz qui brûlait joyeusement. Au fond à gauche, il y avait une petite cuisine à l'air fonctionnel. Sur la droite une porte ouverte laissait entrevoir une salle de bains. Une autre porte était fermée à côté.

Il avait fait cet inventaire pour éviter de regarder les trois personnes assises devant le feu. Quinn et Hayley étaient dans les fauteuils et, de l'autre côté, le plus proche de la cheminée, se trouvait… Amanda. Il n'eut pas besoin de la regarder pour savoir que c'était elle, il le sentait.

Il nota qu'il se tenait sur du carrelage et qu'il y avait une longue de rangées de crochets au mur. Il devina que c'était une pièce pour se débarrasser des vêtements et chaussures mouillés. Il retira sa veste et l'accrocha au mur. Il y avait aussi un paillasson et une pile de serviettes dans un panier.

Cutter était assis près du panier, le regardant.

Il lui vint brusquement à l'idée que les serviettes étaient là pour lui.

— Vous voulez que je le sèche ? demanda-t-il en direction du salon.

— S'il te plaît, répondit Hayley. Il s'agite tellement aujourd'hui qu'il nous rend tous nerveux.

Elle avait un ton approbateur, et il se demanda brièvement s'il avait passé une sorte de test. Quinn et elle le regardaient. Mais Amanda – il risqua un œil dans sa direction – fixait le feu d'un air déterminé. Il ne fallait pas être un génie pour comprendre qu'elle n'avait pas désiré sa présence.

Toujours sans les regarder, il prit une des serviettes et essuya les pattes de Cutter, qui se laissa faire patiemment.

Il pendit la serviette humide à l'un des crochets. Cutter avait recommencé son manège. Il le suivit donc, tout en souhaitant au fond de lui être n'importe où ailleurs.

Pour cette raison, il se dirigea vers le bout du canapé le plus éloigné d'Amanda. Mais Cutter obliqua de telle sorte qu'il fut obligé de prendre le fauteuil à côté d'elle. Il aurait pu enjamber l'animal, mais quelque chose dans la manière dont il le regardait...

Il céda, en se disant qu'au moins il faisait face à Hayley et Quinn. Qui, remarqua-t-il, observaient leur chien d'un air intéressé et échangèrent un regard entendu. À propos de quoi, il n'en avait aucune idée.

Amanda continuait de regarder le feu. Il faillit lui adresser la parole pour lui dire qu'il comprenait pourquoi elle ne voulait pas de lui, mais s'en abstint. Il n'avait rien à y gagner – car ce qu'elle éprouvait était évident pour tout le monde. Sauf, peut-être, pour Cutter, qui ne semblait pas avoir saisi le message.

Il attendit. Le silence tomba sur la pièce. Il ne serait jamais venu s'ils ne l'avaient pas appelé, et c'était à eux d'entamer la conversation... Quelle qu'elle fût.

Il imita Amanda et fixa le feu en silence. Et se dit que ce serait bien la seule chose sur laquelle ils seraient d'accord.

6

Amanda n'avait pas envie de voir Adam, mais elle avait dû se rendre à la logique de Quinn. Elle avait donc accepté qu'il l'appelle, espérant en secret qu'il ne répondrait pas ou qu'il refuserait de venir. Il devait certainement savoir qu'il ne serait pas le bienvenu. Pour elle, en tout cas. Elle ne savait pas en ce qui concernait Quinn ; cet homme était plus que capable de dissimuler ses sentiments derrière une façade.

Adam aurait pu au moins s'asseoir ailleurs. Même si Cutter se mettait dans ses jambes, ce n'était qu'un chien après tout. Il aurait pu l'enjamber. En même temps, là où il était assis, il était plus facile d'éviter de le regarder. Elle pouvait garder le regard posé sur Quinn, Hayley ou le feu. Le chien lui avait peut-être fait une faveur.

Alors même qu'elle pensait à lui, Cutter, qui avait pris position devant eux malgré l'étroitesse de l'espace poussa un bref aboiement. À peu près ce qu'elle ressentait elle-même, à savoir : « Passons à la suite ».

— C'est noté, dit Quinn d'un air amusé.

Il se pencha en avant pour prendre l'ordinateur portable sur la table. Ils y avaient branché la clé USB trouvée par Cutter. Comment il avait fait, Amanda se le demandait encore. Quinn et Hayley avaient haussé les épaules et déclaré qu'ils avaient renoncé à comprendre comment leur chien savait ce qu'il savait.

— Nous, ou plutôt Cutter, avons découvert cette clé USB dans le bureau de Greg et Amanda. Très bien cachée. Dans un endroit que seule Amanda aurait fini par trouver.

Quinn pressa quelques touches, et l'écran plat placé au-dessus de la cheminée s'illumina. Encore quelques touches et l'image s'afficha. Amanda détourna les yeux, incapable de la regarder.

— Tu reconnais cette écriture ? demanda Quinn.

Adam l'étudia un instant, les sourcils froncés. Amanda en profita pour l'observer. Il avait l'air… plus vieux. Il était toujours agréable à regarder – beau, d'accord – mais le temps avait laissé ses marques. Du moins sur le visage juvénile dont elle se souvenait.

Et dont tu es tombée amoureuse au premier coup d'œil, idiote que tu es.

Il lui lança alors un regard inattendu, et elle rougit de s'être laissé surprendre. Contrariée, elle détourna vivement les yeux. Elle aurait nettement préféré lui faire baisser les siens, lui montrer qu'elle méprisait jusqu'à sa présence.

— C'est… C'est celle de Greg, dit Adam. Mais vous le saviez déjà.

— Oui, dit Hayley d'un ton calme. Amanda nous l'a dit. Et qu'il détestait taper sur un clavier.

Adam hocha la tête.

— Il était de la vieille école. Il trouvait que les processus mentaux étaient différents selon qu'on tapait ou qu'on écrivait.

— Il y a du vrai là-dedans, approuva Hayley. On a fait des études là-dessus.

Il hocha à nouveau la tête.

— Alors il écrivait et il prenait une photo des pages pour avoir un enregistrement numérique.

— Ça devait faire bizarre dans les rapports de police, dit Quinn.

— C'était surtout moi qui les tapais.

— Tu reconnais ça, en particulier ? reprit Quinn.

Amanda se surprit à retenir son souffle tandis qu'Adam examinait la page projetée. Elle n'avait pas pris conscience jusque-là de son espoir qu'il puisse donner un sens à ce fouillis de lettres et de chiffres.

— Je ne crois pas, mais je ne peux pas en être sûr. C'est le code de Greg, toutefois.

— Un code ?

Amanda n'avait pas pu s'empêcher de lancer la question. Adam commença à tourner la tête vers elle puis suspendit son mouvement. Et elle comprit soudain qu'il n'aimait pas plus cela qu'elle.

Cela la secoua un peu de se rendre compte qu'elle n'avait jamais pris en considération ses sentiments à lui, en dehors d'espérer qu'il soit aussi malheureux qu'il le méritait. Ses observations précédentes lui revinrent, et elle en conclut que son espoir s'était réalisé. Cela la déprima plutôt que de la réconforter.

— Il avait un code secret qu'il utilisait quand il voulait garder quelque chose pour lui. En général, c'étaient seulement des intuitions, des spéculations, des choses qu'il ne pouvait pas prouver.

— Notre technicien a pu casser le cryptage du fichier et l'ouvrir, mais il n'a pas pu déchiffrer le document lui-même. Comme c'est manuscrit, un algorithme ne servirait à rien.

Adam approuva.

— C'est une autre des raisons pour lesquelles il procédait ainsi. Il professait un sain scepticisme à l'égard de la numérisation.

— Il n'est pas le seul, dit Quinn d'un air assez sombre.

Cutter se redressa et commença à faire les cent pas.

— Amanda a appelé des amis de son père au commissariat, poursuivit Quinn. Aucun d'eux n'a pu nous aider.

— Ils ne le peuvent pas, à moins de savoir comment Greg a élaboré son code.

— Tu le sais ? demanda Amanda

Cela lui avait encore échappé contre sa volonté.

— Oui...

Il s'arrêta.

— Ne joue pas à ça, Adam Kirk ! aboya-t-elle. Ce fichier a été enregistré pour la dernière fois le jour de sa mort. Ça pourrait être important.

Il la regarda enfin. Et elle vit les ombres qui assombrissaient ses yeux, ses mâchoires serrées. Il s'adressa à Quinn :

— C'est un code à double alphabet.

Quinn fixa l'écran.

— Et les chiffres ? demanda-t-il, sachant visiblement ce dont Adam parlait.

— Ils sont là pour suppléer à l'alphabet de base, parce qu'il y a des lettres qui se répètent.

— Alors il les a numérotées, dit Quinn. A de 1 à 5, N de 1 à 5 et ainsi de suite.

Adam approuva d'un signe de tête.

— Quelqu'un pourrait-il expliquer de quoi il s'agit aux non-experts ? lança Amanda, en essayant de ne pas prendre un ton trop abrupt.

Elle était consciente de se montrer susceptible. Elle aurait dû reconnaître quelque mérite à Adam pour être venu quand on le lui demandait.

Quinn lui répondit :

— Un alphabet est le vrai, et l'autre est codé avec à peu près n'importe quoi. Le plus simple – et le plus ancien – est le véritable alphabet à l'envers, parce qu'on peut s'en servir pour tout du moment qu'on a vingt-six lettres.

— Mais comment ça marche ? demanda Hayley.

Amanda lui jeta un regard reconnaissant, ravie de ne pas être la seule à ne pas comprendre.

— On écrit les deux alphabets, puis on substitue les lettres codées – ou dans ce cas, les lettres numérotées – à l'alphabet véritable, expliqua Quinn.

— Ou, si on est comme Greg, dit Adam avec un sourire triste, on le fait de mémoire. Je jure qu'il lisait ses documents codés comme s'il s'agissait de bon anglais.

Amanda eut un hoquet. La mémoire de son père l'avait toujours stupéfiée. « Le cerveau est comme une éponge, Mandy », lui avait-il toujours dit quand ils regardaient des quiz à la télévision. Mais elle était un peu perturbée qu'Adam le sache. Comme s'il partageait quelque chose de personnel qu'elle avait cru lui appartenir.

— Mais nous en sommes toujours à la case départ sans son code, dit Quinn.

Adam prit une forte inspiration puis laissa lentement échapper :

— Je le connais aussi.

Amanda le fixa. Soudain, un autre souvenir, qu'elle avait depuis longtemps refoulé, lui revint.

« C'est un type bien. Je lui fais totalement confiance. »

Apparemment, c'était assez vrai pour que son père lui ait confié la clé de son code. Greg ne faisait pas beaucoup d'erreurs concernant les gens auxquels il se fiait. Un seul, à sa connaissance. Qui était assis près d'elle.

— Je suppose qu'il t'a fait jurer le secret, dit Quinn, mais vu les circonstances...

Adam releva les yeux. Non pour regarder Quinn, mais elle. Puis lentement, il dit :

— C'est Amanda Catherine Bonner Aspen.

Amanda faillit laisser échapper une exclamation. Quinn la regarda.

— Ton nom et une ville ?

Elle hocha la tête, un peu engourdie, alors même qu'elle se sentait rougir.

— Son nom complet et le lieu où elle a été conçue, lors du premier anniversaire de mariage de ses parents.

Son père lui avait dit. Sans doute en plaisantant à la manière des hommes. Avec un – très gros – temps de retard, elle fut frappée par le fait qu'Adam et son père avaient partagé ce genre de relation, le genre de blagues qui poussent les femmes à lever les yeux au ciel.

Et elle n'avait aucune idée de ce que cela lui faisait.

7

Adam arpentait la pièce, s'arrêtant de temps à autre pour jeter un coup d'œil par les grandes fenêtres. Ils s'étaient déplacés à l'étage, dans ce qui était apparemment les bureaux de Foxworth. C'était une grande pièce avec une table de réunion, quelques box, des placards d'un côté et un ordinateur impressionnant au fond. Le mur opposé était entièrement vitré, donnant sur la clairière, une étendue de prairie, un bouquet de grands érables dénudés et des conifères et des arbousiers.

Ces arbousiers à écorce rouge étaient parmi les rares choses qui lui manquaient de ce côté-ci de la Sound, où il avait aussi laissé les vestiges éparpillés de sa vie.

Il se détourna de la fenêtre et reprit ses va-et-vient, jetant des coups d'œil à l'ordinateur, où un autre employé de Foxworth, un homme que Quinn avait présenté sous le nom de Liam Burnett, examinait le fichier. Cutter, qui errait aussi en refusant de se coucher, l'avait accueilli avec une joie si évidente qu'il était visible qu'ils se connaissaient.

— Hé ! partenaire, avait dit Liam en se baissant pour gratter le chien derrière l'oreille droite.

L'animal s'était trémoussé avec délice.

— Ria te dit bonjour et tu ferais mieux de venir bientôt manger des biscuits.

Cutter avait poussé un petit aboiement approbateur. Adam avait passé beaucoup de temps avec des chiens au ranch, mais il n'en avait jamais vu de si communicatif.

Liam reprit son examen, puis hocha lentement la tête.

— Désolé, patron, dit-il à Quinn. Impossible de traduire ça avec un programme de reconnaissance de caractères.

Adam entendit une trace d'accent dans sa voix et se demanda d'où il était originaire. Du Texas, peut-être. Ils avaient un ouvrier au ranch qui parlait un peu comme lui.

— L'écriture cursive est déjà compliquée, expliqua Liam, parce que les mêmes lettres peuvent ne pas avoir la même forme. À cela, il faut ajouter que la taille des lettres et des chiffres change pour correspondre à la place dont il disposait et que les pages ne sont pas lignées, si bien que les lignes ne sont pas droites. Bref, c'est impossible.

— Donc l'œil et le cerveau humain ont au moins le dessus sur l'électronique sur ce plan, remarqua Hayley.

Liam sourit jusqu'aux oreilles.

— Oui. Aussi dur que ce soit pour moi de l'admettre.

Il mit les photos à imprimer, tout en dessinant une grille de décodage avec les deux alphabets. Il faudrait le faire à l'ancienne manière. Il y avait vingt-cinq pages de notes sur la clé. Ils en prirent cinq chacun et s'installèrent à la table pour les traduire lettre par lettre.

Même Cutter parut se rendre compte du calme nécessaire et se laissa tomber sur un confortable matelas sous la table.

Adam dut se contorsionner un peu pour pouvoir écrire, mais personne ne parut le remarquer. Il se débrouilla néanmoins pour finir le premier. Peut-être parce qu'il savait mieux de quoi il s'agissait et qu'il était plus familier du style de son coéquipier. Il lut les pages qu'il venait de décoder, fronçant un peu les sourcils. Quand Liam lui tendit les siennes, il les prit et se mit à les lire. Quinn, Hayley et Amanda finirent quelques instants plus tard et firent glisser leurs feuilles vers lui. Il les rangeait par ordre chronologique quand il se rendit compte qu'ils avaient décidé tacitement que c'était lui qui allait tenter de comprendre de quoi il s'agissait.

Durant un instant, la tâche de donner du sens à tout cela lui parut écrasante. Mais il devait à Greg de faire au moins une tentative. Il se mit donc à lire, prit des notes, lut encore, prit des notes. La pièce était silencieuse. Il fut tenté de se dépêcher mais se força à progresser méthodiquement. Son ancien coéquipier avait toujours été consciencieux. La réponse était là, quelque part, il fallait juste la trouver.

Quand il eut fini de lire la dernière page, il continua de la fixer. En partie pour essayer de comprendre, mais aussi parce qu'il savait que dès qu'il la poserait, tous voudraient des explications. Et ce qu'il ne pouvait donner, c'était la pièce la plus importante de l'édifice.

Enfin, il renonça et posa la page. Malgré lui, il regarda Amanda, se demandant ce qu'elle ressentait.

Elle croisa son regard, attendant en silence. Il y avait moins de colère ou de haine dans ses yeux. Parce qu'il pouvait lui transmettre une chose qui avait appartenu à son père ?

Il lui fallut un long moment pour prendre la parole.

— Je... me souviens un peu de cela. J'ai assisté à quatre de ces interrogatoires. Mais les notes qu'il a prises ne semblent pas avoir grand-chose à voir avec les raisons pour lesquelles nous avons effectué ces interrogatoires. Les trois autres, je ne sais pas. À en juger par les dates et les heures, ils se sont déroulés après les heures de bureau ou quand j'étais sur une autre mission.

— Une autre mission ? demanda Quinn.

Il fut ravi de ce prétexte pour cesser de regarder Amanda.

— C'était au début de mon affectation, alors j'étais parfois détaché dans d'autres services.

Quinn hocha la tête.

— Et tu te rappelles quand c'était ?

C'était Amanda qui avait parlé, et il aurait été grossier de ne pas la regarder, même s'il y avait une pointe d'accusation dans cette question.

— Je m'en souviens, dit-il. Tous les jours

— Après les heures de bureau ? demanda alors Hayley. Il faisait souvent ça ?

— Quand il avait quelque chose sur le feu, expliqua Adam. C'était le flic le plus consciencieux que j'aie jamais rencontré.

Il reposa les yeux sur les pages empilées devant lui.

— Et il avait quelque chose sur le feu.

— La question, dit Quinn, c'est : qu'est-ce que c'est ?

— Ça ressemble à une longue liste de réunions ou de

rassemblements d'éléments criminels, dit Adam. Sans lien entre eux. Sauf...

— Pix, dit Quinn.

Le regard d'Adam vola vers son visage. Et il vit dans ses yeux que Quinn Foxworth avait été un soldat, un combattant, longtemps avant de se faire le champion de la justice et des causes perdues.

— Oui. On le retrouve dans presque toutes les références. S'il y avait une chose qui les reliait toutes dans l'esprit de Greg, c'est ça.

— Qu'est-ce que c'est que Pix ? demanda Amanda.

— J'aimerais bien le savoir, répondit-il. Greg pensait visiblement avoir découvert quelque chose d'important.

— Y a-t-il une chance qu'il ait utilisé les véritables lettres pour cette chose, au lieu du code ? Doit-on retenir « Btp » au lieu de « Pix » ? demanda Liam.

Adam secoua la tête.

— S'il voulait garder cela secret, il n'aurait jamais pris le risque que quelqu'un puisse le deviner.

Il regarda à nouveau les pages.

— La manière dont il l'utilise dans le contexte, et avec une majuscule, ce doit être un nom.

— Je suis d'accord, dit Quinn. Mais le nom d'une personne ou d'une chose ?

— Je dirais d'une personne, intervint Hayley. Mais j'imagine que ça pourrait être un lieu.

— Une organisation, peut-être ? suggéra Amanda.

— Peut-être, dit Quinn.

Il regarda Adam.

— Tu vois un lien entre les affaires dont tu te souviens ?

— Pas pour le moment. Il faudrait que je revoie les dossiers pour réellement m'en souvenir.

Quinn hocha la tête.

— Je vais voir ce qu'on peut faire.

Adam ouvrit la bouche pour dire qu'il était improbable qu'ils puissent obtenir les dossiers, puis il se rappela à qui il parlait. Quinn Foxworth avait laissé un bon souvenir au commissariat et pouvait sans doute obtenir tout ce qu'il voulait. Lui, en revanche, se heurterait à des portes fermées.

— Ce doit être important, dit calmement Amanda. Il ne l'aurait jamais dissimulé comme ça si ça ne l'était pas.

— En effet, commenta Quinn.

— Où était-ce caché ? demanda Adam. Il ne l'avait pas mis dans un glaçon, si ?

Amanda releva vivement la tête.

— Il t'a parlé de ça ?

Il ne put s'empêcher de sourire.

— Oui. Il était plutôt fier de ce coup-là.

Une fraction de seconde, il crut qu'elle allait sourire aussi.

— Il pouvait. Ça m'a pris presque deux semaines.

Elle regarda Quinn, qui avait haussé un sourcil.

— J'avais eu un PV pour excès de vitesse. Papa m'a pris la clé de ma voiture pour la cacher. Il m'a dit qu'elle était dans la maison et que je pourrai reconduire quand je l'aurais trouvée. Il m'a fallu deux semaines. J'ai regardé dans le congélateur mais je n'ai pas pensé à regarder dans les glaçons. Je me rappelle juste m'être demandé pourquoi il y avait des bacs glaçons dans le congélateur, alors que nous avions une machine à glace.

Depuis l'arrivée d'Adam, c'était la première fois qu'elle parlait d'un ton normal. Il y avait bien sûr une trace de tristesse quand elle parlait de son père, mais elle ne semblait pas malheureuse. Seulement pleine d'amour pour l'homme qui l'avait élevée. Et ce fut cela qui le poussa à ajouter :

— T'a-t-il dit comme il était fier que tu ne lui aies pas demandé d'aide pour la trouver ?

— Il m'a dit que j'avais bien agi, dit-elle. Qu'il n'y avait pas de quoi en être fier, mais que c'était ainsi qu'il fallait se conduire.

— Eh bien, il était fier. Mais il était toujours fier de toi.

— Et moi de lui, dit-elle, et une trace de son agressivité précédente transparut dans sa voix.

Il se promit de ne parler que quand elle lui parlerait à nouveau.

— On va creuser tout ça, dit Quinn. J'aimerais bien savoir comment ça se tient.

Il regarda Adam.

— La clé était dans une petite cache découpée dans l'un des livres préférés d'Amanda.

Adam fit immédiatement ce qu'il s'était promis de ne pas faire : il regarda Amanda.

— Les aventures magiques.

Elle écarquilla légèrement les yeux, et il baissa les siens.

— Il m'a dit que son meilleur souvenir de ton enfance, c'était de les lire avec toi.

Il y eut un long moment de silence, durant lequel il considéra les feuilles devant lui.

— Merci de m'avoir dit ça, dit Amanda avec une note de tristesse. C'est aussi l'un de mes meilleurs souvenirs de lui.

— Tu étais la lumière de sa vie, dit doucement Adam. Il ne cessait de parler de toi. Ou de s'inquiéter pour toi.

— Et je ne cessais de m'inquiéter pour lui, répondit-elle.

Puis, avec une note acerbe, elle ajouta :

— Pour ce que ça a servi.

Et la trêve prit fin. Adam s'efforça de se dire qu'il était content qu'elle ait au moins eu lieu, même si elle n'avait pas duré.

8

Maintenant que Foxworth avait pris la relève, Adam se demandait quoi faire. À cette heure-là, il aurait dû être à mi-chemin de chez lui, à la hauteur du col. Il ouvrit l'application météo sur son smartphone.

La dépression qui déversait cette pluie diluvienne sur eux faisait tomber la neige sur les montagnes. La caméra de Snoqualmie ne montrait qu'une grande étendue blanche. Pour l'instant, ils laissaient passer les gens équipés de pneus neige, mais selon toute apparence des chaînes seraient bientôt nécessaires. Et la pensée d'attacher des chaînes sur son pick-up d'une seule main suffit à le faire grogner intérieurement.

Arrête de t'apitoyer sur ton sort, Kirk.

— Tu penses partir ?

La voix de Hayley, derrière lui, le tira en sursaut de ses pensées.

— Je pense plutôt à ne pas partir, avoua-t-il.

— Sage décision, je pense.

Contournant son fauteuil, Hayley s'assit près de lui et lui tendit une tasse de café. Adam la prit avec gratitude. Ils étaient redescendus au salon, ayant atteint un stade où ils ne faisaient que rabâcher. Tant qu'ils ne sauraient pas qui était Pix, ils ne pourraient avancer.

— Vous allez continuer à creuser cette histoire ? demanda-t-il.

Hayley hocha la tête.

— Ne serait-ce que dans l'intérêt d'Amanda. Parce que Greg travaillait manifestement là-dessus quand il a été tué.

Adam jeta un coup d'œil à la cuisine, où Amanda et Quinn préparaient le déjeuner.

— Il la protège depuis ce moment, n'est-ce pas ?

— Oui.

Elle sourit.

— Mon mari est comme ça.

— Alors ce n'est pas seulement ce qui est arrivé à ses parents ?

— Cela n'a fait que le renforcer, je pense. Ça lui a donné une direction, une détermination.

— Il m'a dit qu'il voulait une organisation qui ne soit pas ligotée par la politique, comme l'est la police.

— Il voulait pouvoir se concentrer sur l'aide, coûte que coûte.

— Admirable, dit Adam. J'aimerais pouvoir être plus utile.

Hayley lui jeta un regard interrogateur.

— Nous serions toujours dans le noir si tu n'étais pas venu nous aider.

— Je n'ai pas fait grand-chose.

— Tu es dur avec toi-même, remarqua Hayley en s'adossant à son siège et en prenant une gorgée de café.

Il ne le pensait pas, mais cela semblait grossier de remettre en question une observation qui se voulait aimable.

— Je présume que tu n'as pas l'intention de repartir avant cette tempête, dit-elle en désignant l'image enneigée.

— Oui, dit-il avec une grimace. Je ferais mieux d'appeler chez moi.

— Tu as besoin d'un hébergement, cette nuit ?

— Je peux retourner au motel à côté de l'hôpital universitaire, dit-il.

— C'est là que tu as dormi hier soir ?

Il acquiesça.

— J'avais un rendez-vous chez le médecin, ce matin, dit-il d'un air absent, occupé à afficher sa liste de contacts.

Nat devait être dehors, préparant le ranch pour les chutes de neige. Elle ne serait pas contente d'apprendre qu'il n'allait pas rentrer tout de suite.

— Encore un, hein ?

Il lui fallut un instant pour se rappeler ce qu'il avait dit.

— Le chirurgien essaye de me persuader de me faire réopérer, dit-il, espérant qu'elle allait abandonner le sujet.

— Est-ce que cela serait utile ?

— C'est ce qu'il dit.

— Tu ne le crois pas ?

Il posa son téléphone. La femme de Quinn était particulièrement tenace, mais elle était si gentille qu'il aurait été impoli de ne pas lui répondre.

— C'est plutôt que je suis las des opérations.

C'était vrai, mais c'était aussi une dérobade parce qu'avec une opération il récupérerait des capacités fonctionnelles et aurait moins mal – ce qu'il n'était pas certain de mériter.

— C'est tout à fait compréhensible, commenta Hayley.

Puis, de manière inattendue, elle ajouta :

— Pourquoi ne dors-tu pas ici, cette nuit ?

Il cligna des yeux.

— Ici ?

— Il y a une chambre confortable au fond, dit-elle en la désignant d'un geste, et une douche. Et il y a de la nourriture dans le réfrigérateur – tu peux te servir.

C'était une offre trop généreuse pour le peu qu'il avait fait.

— Merci. C'est très gentil de ta part, mais je pense que je vais prendre la route. Je serai d'autant plus près demain, quand la tempête me laissera passer.

— C'est à toi de choisir, dit-elle. Sache que c'est une option.

Il hocha la tête.

— Merci encore.

Il hésita puis se dit que ce serait plus facile de lui demander à elle plutôt qu'à Quinn.

— Vous me tiendrez au courant ? Si vous découvrez quelque chose ?

— Bien sûr, répondit-elle aussitôt.

Quand il se leva pour partir, Hayley l'étreignit. Quinn lui serra la main et Amanda lui dit au revoir avec raideur.

Elle avait son sac sur l'épaule et ses clés à la main, si bien qu'il en conclut qu'elle partait aussi. Mais elle hésitait, et il comprit qu'elle voulait parler aux Foxworth hors de portée d'oreilles.

Bizarrement, ce fut Cutter qui protesta le plus contre son départ, bloquant la porte et posant son regard alternativement sur Amanda et lui, comme s'il tentait de leur communiquer quelque chose. Il poussa un gémissement si inquiet qu'Adam eut presque envie de rire. Mais il y avait quelque chose chez ce chien qui rendait le rire inapproprié, sinon stupide.

Ce fut Hayley qui le rappela à l'ordre en lui disant :

— Pas encore !

Quand il fut au volant, il se rappela qu'il avait besoin de carburant. Mieux valait faire le plein tout de suite, pour ne pas être coincé plus tard.

Son GPS lui indiqua que la station essence la plus proche était à quelques kilomètres sur la route du ferry. Il la trouva sans difficulté et s'arrêta. Il regarda sombrement défiler les chiffres à la pompe en remplissant son réservoir.

Il venait de récupérer sa carte quand il se dit qu'Amanda et lui seraient sans doute sur le même bateau. Durant un instant, il songea sérieusement à attendre le prochain, trois quarts d'heure plus tard, ou à aller en prendre un autre à une demi-heure de là. Mais un coup d'œil à sa montre lui apprit que cela le mettrait dans les embouteillages de Seattle à l'heure de pointe. Il ne voulait pas se lancer là-dedans.

Au moins, sa voiture bleue était facile à repérer. Il intercalerait plusieurs voitures entre elle et lui, et, une fois à bord, resterait dans son véhicule. Il ne la reverrait jamais.

Il sortit de la station et prit la direction du bateau. Sur cette rive, il était trop tôt pour le flot des banlieusards. Il avait donc la route pour lui tout seul, en dehors de quelques voitures.

Au moment où il reposait les yeux sur la route, il aperçut comme un éclair bleu dans le rétroviseur. Il retint son souffle et vit la tache bleue se rapprocher. C'était indubitablement la voiture de Greg ; la probabilité qu'il y ait deux Camaros de ce modèle et de cette couleur sur la route était trop mince. Il pleuvait toujours à verse, si bien qu'il ne put voir dans le véhicule. Non qu'il en ait besoin, il imaginait bien Amanda au volant.

Il se força à regarder devant lui. Et vit qu'il avait ralenti, ayant ôté le pied de l'accélérateur sans s'en rendre compte.

Encore heureux qu'il n'y ait pas de circulation, Kirk. Tu conduis comme un crétin.

Il résista à l'envie de bifurquer sur une route perpendiculaire et de la laisser passer. Mais elle était assez près pour le voir, désormais, et si elle reconnaissait son pick-up, elle saurait qu'il l'avait esquivée. Pourquoi cela avait-il de l'importance étant donné ce qu'elle pensait de lui, il l'ignorait, mais cela en avait.

Ils pouvaient toujours s'ignorer l'un l'autre, se dit-il. Peut-être aurait-il de la chance et seraient-ils envoyés chacun d'un côté du navire à l'embarquement. Peut-être...

Un fracas retentissant interrompit le fil de ses pensées. Rien devant... Son pouls se mit à battre dans sa gorge. Avant même de regarder dans le rétroviseur, il sut.

La voiture bleue n'était plus en vue. Une autre voiture exécutait un demi-tour spectaculaire et repartait à tombeau ouvert dans la direction opposée.

Il fit de même et accéléra.

Là. Le flanc d'une voiture bleue renversée. La fierté de Greg Bonner dans le fossé, de la fumée s'élevant du moteur.

Et Amanda, bloquée à l'intérieur.

9

« Il y a toujours un moment de sidération. C'est nécessaire au cerveau pour traiter ce qui s'est passé et accepter la réalité. »

Les paroles de son père résonnèrent dans sa tête et, pour la première fois, elle les comprit. Parce qu'un long moment, elle était restée immobile, attendant de s'éveiller de ce rêve insensé. Elle était tellement bouleversée d'avoir revu Adam que cet accident ne l'étonnait même pas.

Ce fut l'odeur âcre de l'essence qui la tira de son hébétude. Ça, c'était réel. Elle avait la tête en bas et n'était retenue que par la ceinture de sécurité. L'odeur du carburant la fit penser immédiatement au feu. Elle devait sortir de là. Elle s'occuperait des dégâts plus tard. Elle tenta d'ouvrir la portière, mais elle était bloquée.

Ses premières tentatives pour détacher la ceinture de sécurité furent vaines. Dans la position où elle était, elle ne pouvait tout simplement pas l'atteindre. Elle sentait la pluie couler sur son visage et se demanda si une vitre était cassée. Elle retira la clé du contact et sentit tout de suite le canif dont son père lui avait fait cadeau. Elle s'en servit pour couper la ceinture.

Le canif pourrait aussi briser la vitre si elle s'y prenait de la bonne manière. Elle n'avait pas envie de faire ça, mais…

Elle se contorsionna pour s'appuyer contre le siège passager et pousser la portière avec ses pieds. Mais impossible de la bouger. Sa peur montait en même temps que l'odeur d'essence. Une étincelle, une pièce trop chaude…

Au moment même où cette pensée lui traversait l'esprit, elle entendit le souffle de l'essence qui s'enflammait. La panique la saisit. Il fallait qu'elle sorte tout de suite. Elle cogna le canif sur la vitre avant de le lâcher. Il fallait...

Quelqu'un était là. Tirant de toutes ses forces sur la portière, sans succès. Elle tourna sur elle-même et ouvrit la bouche pour crier.

— J'ai un...

La portière céda. D'abord de quelques centimètres, puis plus largement, avec un grincement métallique. Seigneur, il avait de la force. Car c'était un homme, elle le voyait, et...

Adam.

Elle ne le reconnut que quand il tendit la main pour lui prendre le bras. Elle prit appui sur lui pour sortir la moitié supérieure de son corps. La main droite d'Adam se posa sur sa taille, et il la hissa hors de la voiture comme si elle n'était qu'un enfant. Quoi qu'il ait fait de sa vie, il n'était pas devenu une mauviette, pensa-t-elle bêtement.

— Ça y est, l'entendit-elle dire. Te voilà dehors.

— Je...

— Est-ce que ça va ?

— Oui... Je crois.

— Tu saignes, dit-il avec brusquerie.

Elle comprit que ce n'était pas la pluie qui lui coulait sur le visage. Puis Adam lui toucha la joue. Il faisait froid ou alors elle était en état de choc, car ce contact lui parut insupportablement chaud. Brûlant, même. Un frisson la parcourut, qui la ramena à elle-même.

— La voiture, gémit-elle, désespérée.

Elle n'arrivait pas à reprendre son équilibre. La pluie était en train d'éteindre les flammes, mais elle voyait tout de même à quel point le coupé était endommagé.

Adam regardait maintenant sa tête, écartant doucement ses cheveux pour l'examiner.

— Ton père aurait préféré crasher sa voiture lui-même que de te voir blessée. Regarde-moi.

Elle ne voulait pas le regarder. Pas lui.

— Amanda, regarde-moi. Oublie qui je suis, tu t'es cogné la tête, et il faut que je voie tes yeux.

Elle les leva. Les siens étaient de la couleur du ciel, gris et tourmentés. Et inquiets.

Elle faillit sourire. Puis elle se rappela qui il était.

— Je vais très bien, dit-elle en essayant de s'écarter.

C'est alors seulement qu'elle se rendit compte qu'elle tremblait. Il la lâcha et recula. Cela lui déplut. Elle se dit que c'était seulement parce qu'elle avait froid.

Puis une vague de chaleur l'enveloppa, et elle soupira d'aise. Elle essaya de s'y blottir et se rendit compte que c'était une veste. La veste d'Adam.

— Viens t'asseoir, dit-il en l'entraînant doucement vers son véhicule.

Elle résista.

— Viens t'asseoir avant de tomber, précisa-t-il. Parce que si je te rattrape, tu seras encore plus en colère contre moi.

Il avait raison. Mais avant qu'ils puissent faire trois pas, il s'arrêta et leva la tête. Elle eut à peine le temps de s'interroger qu'elle l'entendit aussi : une autre voiture approchait.

— Foxworth, murmura-t-il.

Levant les yeux, elle vit Quinn au volant d'un gros SUV. Il s'arrêta, se gara de manière à détourner la circulation et mit ses warnings. Hayley était déjà descendue et courait vers eux, Cutter sur les talons.

— Amanda ! Ça va ?

— Je vais bien, affirma-t-elle.

— Elle saigne. Je crois qu'elle s'est cogné la tête, dit Adam.

— L'ambulance est en route, dit Hayley.

Quinn hocha la tête en s'approchant d'eux.

— Nous en avons appelé une dès que nous avons vu la voiture.

— Vous avez aussi appelé le shérif ? demanda Adam. Il y a eu délit de fuite.

— Ah bon ? s'exclama Amanda.

— Oui, répondit Adam sans émotion apparente.

Amanda entendit un gémissement inquiet. Elle caressa instinctivement le chien qui lui effleurait la main. Elle entendit vaguement Quinn dire que oui, un adjoint était en route. Du coin de l'œil, elle vit Adam sortir son téléphone et passer un appel.

— Comment ça va ? lui demanda Quinn.

— Bien, je pense. Juste un peu secouée. Vous passiez par là ? demanda-t-elle tandis qu'Adam rempochait son téléphone et revenait vers eux.

— Pas du tout. C'est lui, dit-il en désignant le chien du pouce.

— Quoi ?

Elle se rendit compte qu'Adam et elle avaient parlé en même temps, mais c'était une question logique.

— Il nous a fait venir, dit Hayley. Cinq minutes après que tu es partie, il a commencé à aboyer à perdre la tête, il a filé vers la voiture et ne s'est pas arrêté jusqu'à ce que nous montions dedans.

Ils fixèrent tous deux les maîtres de Cutter.

— Il...

Amanda s'arrêta, incertaine de sa question.

— Nous avons déjà vécu ce genre de choses, dit Quinn, avec une certaine ironie.

— Mais comment vous a-t-il fait venir *ici* ? renchérit Adam, ce qui était justement ce qu'Amanda se demandait.

— Avec ses aboiements, dit Quinn en se frottant l'oreille. Quand il se tait ça veut dire que nous sommes dans la bonne direction, quand il aboie c'est que nous devons tourner quelque part, et quand il se déchaîne c'est que nous nous sommes trompés. J'ai manqué un embranchement en venant, et il a failli me crever le tympan.

Ils regardèrent tous deux Cutter.

— On finit par s'y habituer, au bout d'un moment, dit gaiement Hayley.

Les ambulanciers arrivèrent les premiers, suivis de près par les pompiers. Quinn alla à leur rencontre et dirigea les secouristes vers Amanda. Puis il s'adressa aux pompiers, qui posaient déjà des cônes de signalisation. Adam resta à côté d'elle, une attitude qu'elle aurait sans doute trouvée réconfortante s'il s'était agi de quelqu'un d'autre. Et bizarrement, quand les ambulanciers lui offrirent une couverture, elle n'eut pas envie de renoncer à sa veste. Mais comme il était en T-shirt sous la pluie, elle les laissa lui prendre.

— C'est la sienne, dit-elle en le regardant.

Et pour la première fois, elle se rendit compte qu'il était

vraiment mouillé ; son T-shirt était trempé. En le regardant, elle essaya de faire correspondre l'homme qui avait débloqué la portière à celui qu'elle voyait. Il s'était beaucoup musclé depuis leur dernière rencontre.

Elle s'aperçut qu'elle le fixait – et pis, qu'elle aimait ce qu'elle voyait. Elle détourna brusquement la tête, faisant tomber le tampon avec lequel le secouriste nettoyait sa plaie.

— Désolée, marmonna-t-elle.

— Pas de problème, dit l'homme. Vous vous souvenez de vous être cogné la tête ?

— Non. C'est ce qui m'est arrivé ?

— Vous avez perdu conscience ?

Elle écarquilla les yeux.

— Non.

— Je suis arrivé en quelques secondes, dit Adam, parlant pour la première fois depuis l'arrivée des secours. Elle était consciente et cohérente.

— C'est juste pour vérifier, la rassura l'ambulancier. Vous avez une grosse bosse, mais rien de grave. On peut vous emmener à l'hôpital si vous voulez, mais consulter votre médecin suffira sans doute. J'imagine que vous allez avoir quelques bleus à cause de la ceinture, mais rien de plus. Ne restez pas seule pendant les douze prochaines heures, et si vous commencez à avoir mal à la tête, des vertiges ou des troubles de la vision, il faudra aller aux urgences.

— Tout ira bien. Merci beaucoup.

— Alors il ne nous reste plus qu'à remplir la paperasse, dit joyeusement l'homme.

Quelques minutes plus tard, une adjointe du shérif arriva, qui salua les Foxworth comme si elle les connaissait. Elle se montra néanmoins très professionnelle avec Amanda. La police avait déjà reçu plusieurs témoignages sur l'accident, mais elle voulait entendre son récit.

— J'allais prendre le ferry, dit Amanda, et une voiture a débouché d'une route perpendiculaire et s'est engagée sur la voie. J'ai cru que le conducteur voulait me dépasser, peut-être était-il en retard pour le ferry, mais il s'est soudain rabattu sur ma file, comme s'il ne m'avait pas vue du tout.

Elle entendit quelqu'un reprendre son souffle et se dit que ce devait être Adam. Mais l'adjointe – elle s'appelait Lindholm, d'après son badge – se contenta de hocher la tête.

— Continuez, dit-elle d'un ton gentil.

— C'était bizarre, parce qu'il n'y avait pas beaucoup de circulation. Et je n'ai pas vu d'animal sur la chaussée.

— Qu'avez-vous fait ? demanda l'adjointe Lindholm.

— La seule chose à laquelle j'ai pensé... J'ai braqué à droite de toutes mes forces pour l'éviter. Il m'a quand même heurtée, ce qui m'a projetée dans le fossé.

— Et il a continué ?

— Oui... Je crois.

— Il a fait demi-tour et a filé vers l'ouest à toute allure, dit Adam. Une voiture de taille moyenne, argentée, à quatre portes. J'étais trop loin pour relever le numéro, mais elle était immatriculée dans l'État. Il y avait un truc qui pendait du rétroviseur intérieur, comme un badge de parking. Le conducteur était blanc, T-shirt noir et casquette de base-ball, noire aussi je crois.

Amanda le dévisagea, et l'adjointe le regarda d'un air songeur.

— C'est vous qui avez appelé il y a dix minutes ? Kirk ?

Il hocha la tête.

— Quinn dit que vous étiez flic.

— Autrefois, dit-il d'un ton dépourvu d'émotion.

— Bon, dit Lindholm. Nous allons tout de suite diffuser la description du véhicule.

— La collision était peut-être accidentelle, déclara Adam. Il a pu faire de l'aquaplaning, la route est suffisamment mouillée. Mais il a indubitablement choisi de fuir.

Lindholm acquiesça.

— On ne l'a pas encore repéré, mais il a pu se terrer.

— Se terrer ? répéta Amanda.

Ce fut Adam qui répondit, sans la regarder.

— Le premier réflexe des gens, en cas de fuite, est de cacher leur voiture.

— Il ne s'en est peut-être pas rendu compte, dit Amanda.

— Oh ! il le savait, riposta Adam, et elle le regarda, tant sa voix était froide. Pourquoi penses-tu qu'il a filé aussi vite ? Il ne s'est même pas arrêté pour voir si tu étais blessée.

Il était furieux, comprit-elle avec un léger choc. Avait-il encore le métier de policier dans la peau au point de prendre au sérieux un affront à la loi ? Mais si c'était le cas, pourquoi avait-il démissionné ? Pourquoi s'était-il éloigné de ce qui, selon son père, était le rêve de sa vie ?

Bien sûr, ne pas s'arrêter pour voir si on a blessé quelqu'un est un grave délit. Cela pouvait expliquer sa colère. Elle n'avait jamais pensé qu'il était mauvais, juste qu'il s'était montré paresseux et négligent au pire moment.

Ce qui avait tué son père.

10

— Tu vas venir chez nous, dit Hayley en passant un bras autour d'Amanda. Tu auras le temps de décider quoi faire.

Amanda semblait hésiter, mais Cutter, assis à ses pieds, la poussa un peu du museau. Elle caressa la tête du chien, et son expression s'éclaircit. Adam ignorait comme le chien s'y prenait, mais il fut ravi que cela marche.

— D'accord, quelques jours, dit-elle.

Adam poussa un soupir de soulagement. Elle ne serait pas seule, les Foxworth prendraient soin d'elle. Il n'avait pas oublié ce qu'avait dit le secouriste. Même si ses blessures se résumaient à une bosse sur la tête, des symptômes pouvaient apparaître plus tard.

Quinn vint se placer à côté de lui.

— C'est une amie à vous, l'adjointe du shérif ? demanda Adam sans le regarder.

— Maintenant, oui. Nous avons croisé son chemin le mois dernier, sur un cas de harcèlement, répondit Quinn.

— Tu dis ça comme si c'était votre ordinaire, ce genre de cas.

— Parfois. Nous avons aidé un homme à tenir une promesse.

Quinn sourit subitement.

— Ou plutôt, c'est Cutter qui nous a poussés à le faire.

Adam cilla et glissa un bref regard à Quinn, avant de regarder à nouveau le chien.

— Quand on t'écoute, il en devient… presque effrayant.

— Oh ! mais ce n'est pas « presque », dit Quinn toujours en souriant. Et ne me demande pas d'explications parce que je n'en ai pas. Il sait juste quand les gens ont besoin d'aide.

Adam secoua lentement la tête, regardant le chien s'appuyer sur Amanda. Elle finit par lui sourire. Rien que ça, c'était beaucoup, se dit Adam.

— Il a aussi un autre talent, mais nous garderons ça pour plus tard, reprit Quinn. Et il a décidé que vous deux avez besoin de notre aide, alors nous ferions mieux de nous y mettre. Suis-nous jusqu'à la maison.

« Vous deux » ? Que...

— Je... Je vais bien. Prenez juste soin d'Amanda. L'ambulancier a dit...

— Je connais la routine. Test d'orientation toutes les heures pendant douze heures.

Adam lui jeta un bref coup d'œil. Quinn haussa les épaules.

— J'ai déjà fait ça.

— La voiture..., commença Adam, en détournant le regard.

— Nous nous en occuperons. Évidemment, c'est très important pour Amanda, alors nous trouverons quelqu'un pour la réparer.

Adam n'arrivait toujours pas à le regarder dans les yeux.

— Tu as un problème avec moi, Adam ?

Quinn le regardait d'un air scrutateur.

— Non, dit-il d'un ton plat. Tu es seulement l'homme qui a fait ce que j'aurais dû faire cette nuit-là. Je ne l'ai pas oublié, crois-moi.

— Tu te trompes, mais mis à part ça je ne pense pas que tu oublieras jamais cette nuit, répondit Quinn. Je ne l'oublierai pas non plus.

— C'est ce que je disais, dit Adam, contenant avec peine son amertume.

Il prit conscience du fait que Cutter s'était déplacé. Le chien était venu vers eux et était maintenant assis à leurs pieds. Et s'il avait regardé Amanda comme il le regardait maintenant, il n'était pas étonnant qu'elle l'ait caressé. Il fit la même chose, et un calme étrange se répandit en lui dès qu'il toucha la fourrure de l'animal.

Il inspira, prenant conscience de la tension qui l'habitait. Autrefois, il gardait toujours la tête froide, mais il vivait dans un tel tourment à présent qu'il ne se souvenait plus comment c'était d'être calme. Jusqu'à cet instant.

Cutter émit un gémissement grave et tourna la tête pour regarder Quinn qui lui rendit son regard et dit étrangement :

— C'est bon, mon vieux. J'ai compris.

Adam ne s'étonna même pas de cet échange. Il supposait qu'un chien capable d'apaiser le chaos intérieur des gens était aussi en mesure de communiquer avec subtilité.

— Tu peux suivre Hayley jusque chez nous, dit Quinn.

— Quoi ? s'exclama Adam.

— Ce n'est pas loin.

Quinn lui adressa un sourire ironique.

— Ou Cutter peut monter avec toi. Il fera en sorte que tu trouves le chemin, mais je ne peux te garantir l'état de tes oreilles après ça.

— Vous ne voulez pas de moi chez vous, dit Adam avec une certitude dépourvue d'émotion.

Quinn recula légèrement et l'étudia avec suffisamment d'intensité pour qu'Adam sente la tension revenir. Comme s'il l'avait perçu, Cutter s'appuya contre lui en poussant un grognement inquiet.

— Pourquoi ne voudrais-je pas d'un homme qui m'a probablement sauvé la vie ?

— Je...

— Nous allons devoir parler de certaines choses, l'interrompit Quinn. Mais d'ici là, il faut éloigner Amanda du spectacle de sa voiture.

— Je... Oui, mais...

— Je vais m'occuper de la voiture puis je demanderai au camion de dépannage de me déposer à la maison.

Adam fit un gros effort pour éclaircir ses pensées. Il n'aimait pas la perspective de parler avec Quinn. Mais il aimait encore moins l'idée d'aller chez lui alors qu'Amanda y serait. Il dit vivement :

— Pourquoi je ne resterais pas jusqu'à l'arrivée du dépanneur ? Je te ramènerai ensuite.

Il pourrait déposer Quinn, puis partir à temps pour attraper le prochain ferry. Il serait trop tard pour prendre la route. Il ne voulait pas s'attaquer au col de nuit, car la température allait tomber au-dessous de 0, mais il pourrait se mettre en route le lendemain tôt, à supposer que la neige ait cessé de tomber sur les montagnes.

Quinn le considéra d'un air pensif. Il semblait soupeser les options, même si Adam ne voyait pas le problème.

— Ou bien tu pourrais me laisser ton pick-up et monter avec Hayley, suggéra-t-il.

Dans la même voiture qu'Amanda ? Pas question. Même aussi perturbée qu'elle l'était, il ne supporterait pas d'être enfermé avec elle dans une voiture.

— Non, merci, marmonna-t-il.

— Tu ne me fais pas confiance avec ta voiture ?

Stupéfait, parce que cela ne lui avait même pas traversé l'esprit, il secoua la tête.

— Non, ça n'a rien à voir avec ça.

Quinn l'observa quelques instants. Et bizarrement, cela rappela à Adam le regard intense du chien. Enfin Quinn fit un signe de tête.

— D'accord. Mais ne commence pas à regarder les horaires du ferry.

Bon sang ! Cet homme lisait-il dans les pensées ?

Il regarda Amanda et Hayley monter dans le SUV. Cutter tourna le regard vers Quinn. Son maître ne fit que hocher la tête, mais le chien trotta vers l'arrière du véhicule où le hayon se relevait.

— Il comprend un signe de tête ? demanda Adam.

— Et beaucoup plus que ça, répondit Quinn. Si tu essayais de t'échapper, il réagirait immédiatement, alors je ne te le conseille pas.

Adam le dévisagea.

— Tu lâcherais ton chien sur moi ?

— Ce n'est pas un chien d'attaque, bien qu'il puisse en faire une imitation crédible en cas de besoin. Non, il te pousserait juste dans la direction souhaitée. Je n'aurais pas besoin d'intervenir. Il a déjà pris sa décision.

— Sa décision ?

— Par rapport au fait que tu as besoin de l'aide de Foxworth.

Adam ne sut que répondre à cela, parce que ce n'était pas le genre d'aide qui pourrait lui être utile. Il se tut donc.

Il se dirigea vers la voiture accidentée. C'était difficile de la regarder à cause de tous ses souvenirs, mais il lui vint à l'esprit qu'ébranlée comme elle l'était Amanda n'avait sans doute pas pris ses affaires. Un coup d'œil à l'intérieur lui confirma qu'il avait raison. Il retourna à son propre véhicule et y prit un des sacs-poubelle qu'il y gardait. Puis il s'introduisit dans la voiture et commença à ramasser les affaires éparpillées. Apparemment, le sac d'Amanda s'était ouvert au moment de la collision, car il y avait du maquillage et une brosse à cheveux.

Il s'immobilisa en voyant un long cheveu auburn sur la brosse à cheveux. Soudain, un souvenir lui revint, du jour où elle était venue chercher son père au commissariat. Elle sortait tout juste de l'université, son enthousiasme et son idéal étaient perceptibles dans ses yeux verts, si semblables à ceux de son père. Mais lui aussi était alors plein de rêves. Un peu plus vieux qu'elle, mais toujours neuf dans le métier qu'il désirait exercer depuis son enfance.

Ils étaient devant le commissariat quand Greg avait mentionné le fait que sa fille venait le chercher.

« – J'aurais pu te ramener.

— Sans vouloir te vexer, Kirk, je préfère rentrer avec ma fille. »

Adam avait compris que Greg adorait sa fille, sans se rendre compte alors jusqu'à quel point. Et quand il l'avait vue approcher, il avait approuvé un peu bêtement : « Moi aussi, ça me plairait. »

Il l'avait marmonné dans sa barbe, mais Greg lui avait jeté un regard aigu.

N'y pense même pas.

Oui, monsieur.

Il avait essayé de ne plus penser à elle. Et il y parvenait presque quand il se concentrait sur son travail. Greg Bonner était un formateur sévère, et il avait lessivé plus d'un policier en herbe. Mais se voir reconnu par lui n'était rien moins qu'un honneur.

Et moins de trois mois plus tard, il était mort.

Adam s'obligea à revenir au présent. Il espérait que repousser les souvenirs deviendrait plus facile avec le temps, mais cela ne semblait pas marcher de cette façon. Et il éprouva un pincement douloureux en ramassant de vieilles cassettes. Greg avait écumé les ventes aux enchères pour ce genre de choses, parce que, disait-il, la musique devait être assortie à la voiture.

Il entendit arriver la dépanneuse et reculait pour sortir de la voiture quand il vit la photo. Elle était sur le sol du côté passager, presque contre la portière. Greg et Amanda, photographiés devant la voiture. Adam se demanda quel âge avait Amanda à l'époque. Peut-être douze ans. Il prit le cliché, sachant que c'était sans doute son bien le plus précieux. Au lieu de le mettre dans le sac, il le glissa dans la poche de sa veste, où il serait en sécurité.

Quinn parlait au chauffeur de la dépanneuse avec convivialité, comme s'ils se connaissaient. Peut-être sa voiture avait-elle déjà été remorquée. À moins que leurs chemins ne se soient croisés, comme avec l'adjointe Lindholm dans l'une de leurs… affaires.

— C'est un ami à toi ? demanda-t-il quand le dépanneur se fut éloigné, la voiture en remorque.

— Nous l'avons aidé pour un truc il y a quelques années.

— Un truc ?

Quinn haussa une épaule.

— Son fils s'est trouvé coincé dans une affaire financière qui a mal tourné. Ce n'était pas sa faute, mais il ne pouvait pas le prouver.

Quinn sourit.

— Nous l'avons fait.

— C'est ça que vous faites ?

— Nous aidons les gens dans leur bon droit, qui ont épuisé toutes les options et n'ont pas d'autre recours. Ou, comme le dit ma femme, nous nous occupons des causes perdues justifiées.

Et les causes injustifiées ?

Adam serra les dents et mit le contact.

Il n'y avait pas d'aide pour elles, qui le savait mieux que lui ?

11

— Je n'arrive pas à croire que j'ai bousillé sa voiture, dit Amanda, frissonnante, en s'asseyant sur le canapé des Foxworth.

La maison avait appartenu aux parents de Hayley, elle le savait, même si Quinn et elle l'avaient réaménagée.

— À en juger par ce qui s'est passé, dit Hayley, ce n'est pas toi. Il t'est rentré dedans, ce n'est pas la même chose.

— Si je l'avais vu plus tôt...

— Et comment aurais-tu pu ?

Cutter s'assit à ses pieds et posa le menton sur sa jambe, la regardant avec une inquiétude visible. Amanda le caressa, sentant le calme lui revenir. Elle regarda la femme assise de l'autre côté de la table basse, la femme de l'homme qu'elle admirait le plus au monde. Quinn n'avait pas encore rencontré Hayley, cinq ans auparavant. Mais maintenant, Amanda n'arrivait pas à se représenter l'ex-soldat sans son épouse à ses côtés.

— C'est juste... que c'était la dernière chose de lui que j'avais, et maintenant, elle est bonne pour la casse et...

— On va la faire réparer, Quinn y veillera.

Hayley fit une pause, puis dit d'un ton compatissant :

— Je sais que conduire sa voiture te donnait le sentiment d'être près de lui.

— Il fallait que je la conduise. La voir immobilisée, ça ne faisait que me rappeler qu'il est parti.

Amanda poussa un profond soupir en caressant à nouveau Cutter. Puis elle secoua lentement la tête.

— Cinq ans. Je ne cesse de me dire que ça va aller mieux. Que je vais arriver à le surmonter.

Se levant, Hayley vint s'asseoir près d'elle et lui passa un bras autour des épaules.

— Oh ! chérie, je suis désolée de te dire ça, mais tu ne le surmonteras jamais. Ce genre de chagrin ne finit jamais, il change seulement de forme. C'est quelque chose avec lequel il faudra que tu apprennes à vivre.

— Mais… Ça fait cinq ans.

— Et dans cinq ans, il y aura encore des moments où ce sera aussi douloureux. Pas aussi souvent, et tu te remettras plus vite, mais… je ne te mentirai pas, Amanda. Ça ne s'en va jamais. Du moins, pas pour moi, pour aucun de mes parents. Et cela a été encore pire pour Quinn. Il y a encore des moments où il a besoin d'être seul avec ses souvenirs, même s'il était très jeune quand ses parents sont morts.

Amanda tressaillit intérieurement à l'idée d'un chagrin interminable. Hayley la comprenait, elle avait perdu son père de la même manière qu'elle. Et, plus récemment, sa mère. Elle avait presque oublié, au milieu de son auto-apitoiement, qu'elle était loin d'être la seule dans ce cas.

Puis, tranquillement, Hayley ajouta :

— Et puis c'est normal, non ? N'est-ce pas un signe de l'amour que nous leur portions, le fait de ne pas oublier ? Le chagrin n'en est que la preuve.

Amanda n'avait jamais pensé à cela. Et sa peine se trouva un peu soulagée. Juste assez pour qu'elle puisse respirer à nouveau.

— Merci, murmura-t-elle. Ça m'a fait du bien.

— Ta mère est morte quand tu étais jeune, n'est-ce pas ?

Amanda acquiesça.

— J'avais cinq ans. Je me rappelle à peine d'elle.

— Alors ton père et toi, vous étiez encore plus proches à cause de cela, j'imagine. Ma mère et moi l'étions, après la mort de mon père.

— Oui. Je…

Cutter releva brusquement la tête et laissa échapper un grognement bas, plutôt… affectueux.

— Quinn est là, dit Hayley.

— C'est son grognement de bienvenue ? demanda Amanda, en souriant pour la première fois depuis qu'elles étaient arrivées.

— C'est le grognement de Quinn, répondit Hayley. Cutter en a un pour chacun de nous, à Foxworth. Moi, j'ai un jappement joyeux, Liam a un aboiement sur deux notes, Teague a eu le sien quand sa fiancée et lui se sont mis ensemble et... Eh bien, si je te disais quel est celui de Rafe, tu n'y croirais pas.

Amanda la dévisagea. Hayley rit et se leva quand la porte d'entrée s'ouvrit et livra le passage à Quinn.

Adam entra à sa suite.

Elle ne s'y attendait pas. Il avait dû raccompagner Quinn. Celui-ci retira son manteau et dit quelque chose à Adam, qui l'imita un peu à contrecœur. Un peu maladroitement aussi, car il tenait un sac-poubelle.

En pénétrant dans le salon, il salua Hayley d'un signe de tête. Après une hésitation, il se dirigea vers Amanda. Cutter sauta sur ses pattes et se mit dans ses jambes, de telle sorte que déséquilibré, Adam tomba sur le canapé. Juste à côté d'Amanda.

— Désolé, marmonna-t-il, en lui tendant le sac. Ça vient de la voiture.

Avec un petit sursaut de surprise, elle le prit et regarda à l'intérieur. Elle y vit plusieurs choses qui devaient s'être échappées de son sac lors de l'accident.

— Je... Merci.

— Et il y avait ça, dit-il en lui tendant une photo. Je me suis dit que tu ne voudrais pas la laisser là-bas.

Interdite, elle la fixa. Prise le jour où ils avaient ramené la voiture chez eux. Elle était aussi excitée que son père à la perspective de passer de longues heures à travailler dessus.

Adam agissait avec tant de précaution qu'elle comprit qu'il savait ce qu'il signifiait pour elle. Elle gardait cette photo parce qu'elle représentait le bonheur de l'enfance, les espoirs de l'avenir et, par-dessus tout, le sourire d'un homme qui l'avait aimée plus que tout au monde. Si n'importe qui la lui avait rendue, elle aurait éprouvé une immense gratitude, mais parce que c'était lui, sa colère s'en trouva ébranlée sans qu'elle sache ce qu'elle ressentait exactement.

Quand elle l'eut dans les mains, il lui sembla soudain que peu importait qui l'avait récupérée.

— Merci, dit-elle.

Adam bougea à cet instant, et elle crut qu'il essayait de se lever. Mais Cutter se mit à nouveau en travers de son chemin. Elle lança un coup d'œil à Hayley et Quinn, qui se regardaient, apparemment inconscients du problème que posait leur chien. Bizarre, parce qu'ils ne semblaient pas...

Le fil de ses pensées s'interrompit quand Quinn tourna la tête pour la regarder, regarder Cutter, puis elle, puis Adam, comme s'il... évaluait quelque chose. Comme si le chien et lui étaient...

Elle écarta cette pensée idiote. Quinn était un homme formidable et Cutter un chien formidable, mais l'idée qu'ils communiquent mentalement était au-delà du ridicule. Cependant, elle vit de la compréhension dans le regard de Hayley, qui les fixait aussi.

— Il faut que je trouve le moyen de rentrer, dit-elle à la hâte.

— Adam pourrait t'emmener, dit Hayley d'un ton neutre. Comme il a l'intention de rentrer chez lui ...

Elle faillit faire un bond.

— Quoi ? Non, je...

Ses yeux volèrent vers l'homme assis à côté d'elle. Évitait-il son regard ? Bien sûr, sa protestation avait été un peu dure.

— Alors tu vas rester ici, dit Hayley, comme si elle l'avait fait exprès. Il le faut, pour que nous soyons sûrs que tu vas bien. Nous irons chez toi demain matin.

Elle se leva.

— Et nous allons commander une pizza, dit-elle vivement à Adam, alors tu ferais mieux de rester dîner.

— Quoi ? Non, je...

Il s'interrompit brusquement après avoir eu exactement la même réaction qu'elle.

— Cutter, mon garçon, dit Hayley, cette fois, le travail est taillé pour toi.

Le chien émit un son bas, comme pour approuver.

Quelques heures auparavant, Amanda aurait pu jurer qu'il lui aurait été impossible de dîner à la même table qu'Adam Kirk et pourtant elle était là. Elle n'arrivait pas à déterminer si c'était cela ou l'accident, avec ses effets à retardement, qui la raidissait. Elle se serait sentie plus à l'aise s'il n'y avait eu que Quinn et Hayley, mais avec Adam qui évitait son regard elle trouvait peu de choses à dire.

Ce qui ne changeait rien, parce que Quinn alimentait la conversation en questionnant Adam sur sa vie de l'autre côté de la Sound.

— Je ne suis pas beaucoup allé par là, dit Quinn. À Spokane, et une fois à l'université.

— Wazoo ? demanda Adam, en se servant du surnom de l'État de Washington. J'y ai fait mes études.

Quinn hocha la tête.

— Alors parle-nous de la vie là-bas.

— Sur la Palouse ? C'est... très différent d'ici.

— Qu'est-ce que tu aimes ? demanda Hayley.

Adam considéra le couple, comme s'il essayait de jauger leur intérêt. Amanda aurait pu le lui dire : comprendre les gens faisait intrinsèquement partie de leur travail.

— Chevaucher par un matin glacé un bon cheval. La vue des collines, la façon dont elles s'étendent jusqu'à l'horizon. Regarder la lune se lever, quand elle paraît si énorme qu'on croit qu'on pourrait la toucher. Le silence paisible. Et le rugissement des chutes de la Palouse.

Amanda le dévisagea. C'était presque... poétique. Et on ne pouvait douter de sa sincérité, de l'amour qui transparaissait dans sa voix.

Je ne suis qu'un cow-boy de Palouse, rien de bien extraordinaire.

Des paroles qu'il avait prononcées longtemps auparavant.

— Je suis allée aux chutes de la Palouse, dit Hayley. C'est étonnant comme elles surgissent au milieu de nulle part.

Adam hocha la tête.

— Des chutes de l'ère glaciaire, dit-il. Creusées dans le basalte.

— Quelle est leur hauteur ?

— Une soixantaine de mètres.

— Je ne les ai jamais vues. C'est manifestement une lacune à corriger, dit Quinn. Je...

Il s'interrompit en entendant son portable sonner et s'excusa avant de se lever.

— Il menace toujours de l'éteindre pendant le dîner, dit Hayley, mais étant donné l'activité de Foxworth, on ne sait jamais qui pourrait avoir besoin de nous.

— Je ne m'étais pas bien rendu compte de ce que vous faisiez. C'est assez impressionnant, remarqua Adam.

Comme elle était d'accord avec lui – ce qui était un choc en soi —, Amanda ne dit rien.

— Quinn et Charlie diraient que c'est nécessaire, tant qu'il y a des gens qui ne respectent pas les règles, dit Hayley. Ou qui usent de leur position sociale pour leur profit.

— Charlie ? demanda Adam.

— La cofondatrice de la fondation Foxworth et le génie financier qui la fait fonctionner, expliqua Hayley. Et la sœur de Quinn, accessoirement. L'être humain le plus intimidant que j'aie jamais rencontré.

Adam cilla, et Amanda vit son regard filer vers Quinn, debout en train de téléphoner.

— Oui, lui compris, dit Hayley en riant. Charlie est intimidante d'une tout autre manière.

— Si je m'en souviens bien, elle ressemble assez à un ouragan, dit Amanda, ce qui lui valut un sourire de Hayley et un regard en biais de la part d'Adam.

Quinn revint à table avec une expression étonnamment sombre. Peut-être l'avait-on appelé à l'aide. Mais en se rasseyant, il regarda Amanda droit dans les yeux. Elle recula légèrement, soudain inquiète.

— C'était Lindholm, dit-il d'un ton sérieux. Apparemment, ils ont retrouvé la voiture qui t'a emboutie.

— Oh ! s'exclama-t-elle. Où ça ?

— Sur une petite route de campagne. Elle était abandonnée, mais les éraflures et les traces de peinture correspondent, et elle a...

Il jeta un coup d'œil à Adam.

— ... une carte de parking accrochée au rétroviseur.

— Le conducteur ? demanda Adam.

— C'est le problème.

L'expression de Quinn se fit tendue.

— On a signalé le vol de cette voiture environ deux heures

avant l'accident. La propriétaire est une femme âgée qui vit dans une résidence du troisième âge. D'où la carte de parking.

— Ce n'est certainement pas elle, commenta Adam.

— Je suis d'accord, renchérit Quinn. Aucune raison de douter de son histoire.

— Donc, c'est pour ça qu'il a pris la fuite, dit Amanda, s'interrogeant sur les probabilités qu'elle soit heurtée par une voiture volée.

— C'est l'une des raisons, en tout cas.

Elle fronça les sourcils.

— Pourquoi ?

— Je considère seulement toutes les possibilités, dit Quinn.

— Mais ça explique tout, non ? répliqua Amanda.

— Je trouve juste le moment bizarre.

— Ce qu'il veut dire, intervint Adam, le regard fixé sur Quinn, c'est que ce n'était peut-être pas un accident.

12

Amanda n'y croyait pas, Adam le vit sur son visage. Il se rappela les efforts de Greg pour la protéger des réalités qu'il affrontait au jour le jour. Parfois Adam s'était dit qu'il en faisait trop et qu'elle serait tout à fait non préparée s'il lui arrivait quelque chose un jour. Mais il n'avait jamais énoncé cette pensée à haute voix. Il n'était pas père, qu'en savait-il ? Et il n'était certainement pas le père d'Amanda. Ce qu'il ressentait en la regardant n'avait rien de paternel.

Ce n'était pas un problème non plus. Du moins, pas un gros problème. Il pouvait bien être attiré par elle, cela ne portait pas à conséquence puisqu'elle le détestait.

— Ce n'est qu'une possibilité, dit Quinn.

Juste une possibilité. Bien sûr. Mais cela lui nouait les entrailles. Il plia le bras et se rendit compte qu'il lui faisait mal comme chaque fois que le temps changeait. La pluie devait être en chemin.

— C'est dingue, dit Amanda.

— Peut-être pas, intervint gentiment Hayley. Ton père était visiblement sur quelque chose, quelque chose de trop sensible, si bien qu'il le gardait secret. Sauf pour Adam, à qui il faisait manifestement confiance.

Amanda lui lança un coup d'œil, et il détourna le regard, ne voulant pas revoir le ressentiment dans ses yeux.

Quinn posa un regard pensif sur elle.

— Je vais m'avancer et supposer que tu n'as mis personne en colère à ce point.

— Je... ne crois pas.

— Alors, il faut revenir à ce que faisait ton père.

— Mais… Pourquoi s'en prendre à moi après tant de temps ?

Elle semblait perplexe.

— Tu as appelé pour demander de l'aide pour le fichier crypté, dit doucement Adam.

Elle le dévisagea.

— Mais je n'ai appelé que les amis de papa.

Il poussa un soupir. Il n'avait pas de réponse à cela.

— Il y a toujours Malachi, lâcha Quinn.

Adam lui jeta un regard stupéfait.

— C'était ma première idée, dit-il. Mais pourquoi ? Il est déjà condamné à perpétuité et ne risque pas de demander une conditionnelle où Amanda aurait son mot à dire.

— C'est vrai, dit Quinn. Bien que cela puisse aussi vouloir dire qu'il n'a rien à perdre. Mais je pense qu'il est plus susceptible de s'en prendre à toi. Par vengeance.

— À moi ? s'exclama Adam en cillant. Je crois que c'est à toi qu'il en veut. C'est toi qui lui as tiré dessus.

— Mais c'est ton témoignage qui l'a envoyé en prison.

— Qui n'aurait rien donné sans la vidéo. Nous avons eu de la chance d'avoir de bonnes images de lui.

Quinn l'observa un instant.

— Alors tu ne t'accordes aucun crédit, c'est ça ?

— Demande-lui, dit Adam d'un ton glacial, en désignant Amanda du menton. Elle te dira quel crédit il faut m'accorder. La mort de son père.

Il repoussa sa chaise, sentant la pizza peser comme une enclume sur son estomac. Il fit trois pas vers la porte, le regard déjà fixé sur sa veste. Mais quelque chose buta contre ses tibias et, en baissant les yeux, il vit Cutter qui le regardait d'un air de reproche.

— Tu sais, le chien, j'en ai marre de cet air accusateur, marmonna-t-il.

— Et combien de fois le vois-tu dans le miroir ?

C'était la voix d'Amanda, grave et tranquille. Stupéfait, il pivota sur ses talons.

— Pas assez souvent pour toi, j'en suis sûr.

— Ça suffit, fit Quinn avec une nuance de commandement.

Vous deux, vous pourrez régler ça plus tard, mais pour l'instant nous devons nous concentrer sur le message qu'on a voulu faire passer à Amanda. Ou pire.

Pire. Le regard d'Adam vola vers Quinn, puis Amanda. Cet accident n'était pas tant un accident qu'un avertissement. Mais il pouvait y avoir eu une intention bien pire. La tuer.

C'était bizarre, songea Amanda. Tout ce temps, elle n'avait eu que du ressentiment à l'idée qu'Adam Kirk était vivant et en bonne santé. C'était pratiquement devenu un mantra pour elle, de se dire qu'il était injuste qu'il s'en soit sorti et que c'était à lui qu'incombait la faute.

Alors pourquoi était-elle aussi ébranlée de constater qu'il éprouvait la même chose vis-à-vis de lui-même ?

Peut-être parce qu'elle avait toujours imaginé qu'il poursuivait allègrement sa vie tandis que son père était dans la tombe. Savoir au contraire qu'il était torturé comme elle par le souvenir de cette nuit était... déstabilisant.

La suggestion de Quinn, à savoir que le conducteur de cette voiture avait voulu la tuer, était... eh bien, insensée. Si Trevor Malachi voulait la voir morte, pourquoi avait-il attendu tout ce temps ? Et comme l'avait dit Adam, ne s'en serait-il pas plus pris à celui qui lui avait tiré dessus ?

— Ça n'a aucun sens pour moi, dit-elle.

Pour la première fois, Adam se retourna pour la regarder de face. Et elle vit à nouveau à quel point ses yeux pouvaient prendre une teinte d'orage. Quand il parla, ce fut d'un ton à la fois assuré et amer.

— Les preuves matérielles ont fait de lui un tueur. Mais ton témoignage a fait de lui un monstre, dit-il.

Elle le fixa.

Le procureur lui avait dit que son témoignage n'était pas nécessaire parce que l'affaire était suffisamment claire, mais qu'elle pouvait le faire si elle le souhaitait. Elle avait passé des heures atroces à coucher son chagrin en sur le papier. Et, à la fin, elle avait tout déchiré et avait simplement raconté aux jurés qui était son père. Pas seulement un flic prêt à perdre la vie pour protéger les innocents, mais un homme extraordinaire, un père aimant qui s'était sacrifié pour qu'elle ait tout ce qu'elle voulait.

Elle avait vu qu'elle les avait touchés, et on lui avait dit plus tard que plusieurs membres du jury avaient eu les larmes aux yeux. Quand le tueur avait été reconnu coupable et condamné à la peine la plus lourde possible, elle avait considéré que ses efforts avaient porté leurs fruits.

Et le lendemain, tout cela n'avait plus eu aucun sens. L'homme qui avait détruit sa vie avait été emprisonné, les avocats étaient retournés à leurs cabinets, les policiers au commissariat et elle-même à son champ de ruines.

Elle se rappelait s'être plantée dans le salon, complètement engourdie. Elle ne pouvait pas retourner à l'appartement qu'elle louait, pas plus qu'elle ne pouvait feindre que tout était normal dans la maison où elle avait grandi.

Son père lui avait dit une fois qu'il ne gardait la maison que pour elle. Que dès qu'elle déménagerait, il ferait pareil.

« – Dans un petit appartement, où quelqu'un d'autre s'occupera de la plomberie, du toit et du jardin.

— Et où travailleras-tu sur ta voiture ?

— D'accord, un appartement avec garage. »

Elle sentit ses yeux s'embuer à ce doux souvenir. Elle entendit alors Adam jurer à mi-voix.

— Je ne fais rien d'autre que te faire du mal, n'est-ce pas ? dit-il d'un ton calme.

Pour une fois, ce n'était pas le cas. C'était ces souvenirs poignants, pas lui.

— Je... Non, ce n'était pas toi.

Elle ne dit pas « cette fois », mais il eut l'air de l'avoir entendu.

Et elle ne comprenait pas pourquoi, mais elle devait admettre que son expression lui faisait éprouver une certaine culpabilité.

« Elle te dira quel crédit il faut m'accorder. La mort de son père. »

Elle avait passé cinq ans à la lui reprocher presque autant

qu'au tueur. Et il ne lui était jamais venu à l'esprit qu'il puisse se blâmer autant qu'elle le blâmait elle-même.

Pas plus tard que ce matin, elle aurait dit que c'était une bonne chose.

Maintenant, elle n'en était plus si sûre.

13

Oublieux de la pluie fine qui continuait de tomber, Adam se tenait sur la terrasse des Foxworth, regardant les arbres sur la rive de la Sound. Vers les Cascades. Vers chez lui.

Quinn le rejoignit.

— Toujours pressé de rentrer ?

— Je l'étais, dit-il en essayant d'évaluer à la douleur de son bras combien de temps la pluie durerait.

— Mais ?

Il regarda Quinn.

— Tu crois vraiment qu'elle est en danger ?

— Je pense que c'est une possibilité, répondit Quinn.

— Tu penses qu'il essayera encore ?

— Ça dépend si cet accident a réussi ou échoué.

— À l'avertir...

Ou à la tuer.

Il ne pouvait le dire tout haut, cela le rendait trop réel. Un frisson le parcourut. Il le maîtrisa, essayant de réfléchir.

— Comment aurait-il pu savoir qu'elle serait là ? Elle habite sur l'autre rive.

— Il ne fallait pas beaucoup d'imagination savoir qu'elle serait au cimetière hier, quand on la connaît. Peut-être aurait-il tenté quelque chose à ce moment-là, si Hayley et moi – et toi – n'étions pas arrivés. Ensuite, nous l'avons raccompagnée chez elle.

— Tu penses qu'elle a été suivie de chez elle jusqu'ici ?

— C'est possible. Je n'ai pas remarqué qu'on nous filait, mais

Amanda est partie quelques minutes après nous, alors il a pu l'attendre et la suivre.

— Donc, il l'aurait suivie, aurait volé une voiture, l'aurait emboutie, aurait abandonné la voiture et serait reparti avec la sienne ?

— Si c'est le cas, cela signifie un plan réfléchi. Bien que cela se soit retourné contre lui.

— Parce qu'on l'a découverte très vite ?

Quinn hocha la tête.

— Le même jour. Ils aurait pu espérer que ce soit une semaine ou plus.

— C'est un raisonnement de citadins, dit Adam. Il s'est imaginé que laisser une voiture dans une zone rurale lui donnerait du temps, sans se rendre compte qu'une chose pareille ne passe pas inaperçue des habitants du coin.

— Exactement.

— « Ils » au pluriel, dit lentement Adam. Ils auraient été donc au moins deux. L'un pour conduire leur véhicule et l'autre pour voler une voiture et foncer sur Amanda.

— Oui.

La pluie ralentissait, et il sentait moins la douleur dans son bras. Il le plia pour en être sûr.

— On ne t'a pas encore parlé d'une prothèse pour ton coude ?

Adam recula d'un pas. Quinn haussa les épaules.

— Cela serait logique à ce stade.

Puis avec un sourire, il ajouta :

— Foxworth a des amis partout.

— Tu m'as... quoi, surveillé ? demanda Adam, interloqué.

— Nous t'avons dans le collimateur depuis cette nuit-là. Beaucoup de gens se sont inquiétés pour toi.

— Et il y en a sans doute beaucoup plus qui sont ravis de me voir parti.

— Ils n'étaient pas là, ce jour-là. Moi si. Ce n'était pas ta faute.

— Mais...

— Tout ce que tu avais, c'était ce qu'on t'avait dit.

— Ouais...

Il avait pensé à cela si souvent que c'était peine perdue. Il leva les yeux. La pluie avait cessé, son bras n'avait pas failli cette fois encore à le prévenir.

— Tu sais, l'un des membres de Foxworth a le même sentiment de culpabilité exagéré. Quand il était dans l'armée, il a sauvé des milliers de vies, mais la seule chose à laquelle il pense, c'est à ceux qui sont morts avant qu'il puisse mettre l'adversaire hors d'état de nuire.

— Un sniper ? devina Adam, sans remettre en question les paroles de Quinn sur sa culpabilité.

Quinn acquiesça.

— Il a fini avec un genou à peu près dans le même état que ton coude.

— Laisse-moi deviner. Il est plus coriace que moi alors on lui a posé cette fameuse prothèse.

— En fait, non. Je crois qu'il veut conserver ce rappel.

C'était si proche de ce qu'il se disait qu'Adam en resta bouche bée.

— C'est bien ce que je pensais, dit tranquillement Quinn. La culpabilité, surtout la culpabilité du survivant, est une chose terrible. Ce que tu te fais à toi est bien pire que ce que n'importe qui pourrait te faire. Pendant un moment, j'ai eu peur qu'il fasse partie des vingt-deux.

— Des vingt-deux ?

— Les vingt-deux vétérans qui se suicident chaque jour que Dieu fait.

La voix de Quinn était subitement devenue froide et lointaine. Adam comprit qu'il était en colère. Et si cette statistique était exacte – il n'en doutait pas – c'était une colère justifiée.

— Et que fait Foxworth à ce propos ? demanda-t-il.

Quinn parut revenir soudain à lui.

— Qu'est-ce qui te fait penser que nous y faisons quelque chose ?

— Ce que tu m'as dit. Et vous ne me semblez pas du genre à laisser passer quelque chose qui a de l'importance pour vous.

Quinn plissa les yeux puis, lentement, sourit.

— Non. En effet. Tu as du potentiel, Kirk. Ne le laisse pas passer.

Adam ne trouva rien à dire, sauf que Quinn se trompait sur son potentiel. Il aurait voulu détourner la conversation pour éviter qu'il le regarde ainsi. Il ne connaissait pas grand-chose au passé de cet homme, en dehors de ce qu'il en devinait à son allure et à son comportement, mais il en savait assez pour ne pas avoir envie de le contrarier.

— J'ai l'impression que tu as toi aussi ce genre de tentation, dit tranquillement Quinn.

Un mensonge lui monta aux lèvres, mais quelque chose chez Quinn le rendait impossible. Il lui dit donc la vérité.

— Ça m'est arrivé d'y penser, avoua-t-il. Peut-être chevaucher autour de Palouse et ne jamais revenir. Au milieu de l'hiver, par exemple. Mais ça mettrait mon cheval en danger.

Quinn se contenta de le regarder et attendit.

Adam poussa un soupir et poursuivit :

— Ma grand-mère s'est suicidée quand j'étais enfant. Ça a failli tuer ma mère, et mon père était déchiré. Je... ne pourrais pas leur faire revivre ça.

— Et c'est pour ça que tu as du potentiel, Adam, reprit Quinn. Un homme plus faible n'en aurait pas tenu compte.

— Plus faible ? releva-t-il avec ironie. J'ai toujours pensé que je n'étais pas assez fort.

— C'est ça le piège, leur esprit pousse certaines personnes à passer à l'acte, quelle que soit la dévastation qu'elles laissent derrière elle. Si l'on est arrivé à une fin inévitable, c'est une chose, mais rejeter tant d'années prometteuses, c'est le plus grand gâchis que je puisse imaginer.

Adam fixa l'homme qui avait fait une vocation de la tragédie de son enfance. Il n'aurait pas pu exprimer avec des mots l'admiration qu'il lui inspirait.

— Maintenant, dit vivement Quinn, quant à la question de rentrer chez toi...

Adam secoua la tête.

— Non, je ne crois pas.

— Pourquoi ?

— Parce qu'elle pourrait vraiment être en danger. Je reste. Je sais que je ne suis pas d'une grande utilité, mais...

— Ce n'est pas ce que je veux dire. Et je pense que tu le sais.

Adam prit une longue inspiration. C'était un homme qui exigeait la vérité. Aussi la lui donna-t-il.

— J'ai failli à mon devoir envers son père, alors je ne vais pas y ajouter le fait de ne pas la protéger quand je peux.

— Je ne suis pas d'accord avec la première partie de ta phrase, mais nous n'avons pas le temps, maintenant. Il faut faire des plans.

— Je ne pense pas qu'elle y croie.

— Sans doute, et c'est naturel. Ceux qui ne sont pas habitués au danger gardent leurs illusions aussi longtemps qu'ils le peuvent.

Il entendit un faible bruit et, en se retournant, vit Cutter sortir par sa propre ouverture. Le chien les rejoignit, fit halte pour lécher la main de Quinn, puis se dirigea vers lui et s'assit à ses pieds. Adam plongea le regard dans les yeux d'ambre de l'animal.

— Tu as une réponse pour moi, le chien ? demanda-t-il doucement, sans même savoir ce qu'était la question.

— Il en a plus que tu ne penses, dit Quinn. Et des manières intéressantes de t'obliger à les voir.

— Nous avons des chiens au ranch, dit Adam. Certains sont intelligents, ils peuvent mener un troupeau tout seuls. Mais je n'ai jamais vu un animal comme lui.

— Je suis à moitié convaincu, comme Liam, que c'est un extraterrestre déguisé en chien, dit Quinn en riant. Et il est d'accord avec toi. Sur le fait de rester, je veux dire.

— Comment le sais-tu ? demanda Adam, étonné.

Il regarda à nouveau le chien.

— Comment sait-il que je vais rester ?

Quinn sourit d'un air ironique.

— Si tu ne faisais pas ce qu'il veut, il s'occuperait de toi.

— Et qu'est-ce qu'il s'attend que je fasse ?

— Ce que nous allons tous faire. Garder Amanda en sécurité.

14

Ce devait forcément être Malachi.

Allongée dans le noir, Amanda avait les yeux grands ouverts. Impossible de dormir. Cela faisait plusieurs heures qu'elle se débattait avec ses pensées dans la chambre d'amis des Foxworth. Elle avait du mal à croire que quelqu'un veuille sa mort, mais s'il fallait accepter cette possibilité, sa première pensée allait à cet homme.

« Les preuves matérielles ont fait de lui un tueur. Mais ton témoignage a fait de lui un monstre. »

Elle n'avait pas remarqué la présence d'Adam au tribunal ce jour-là. Elle s'était tellement concentrée sur ce qu'elle avait à dire qu'il aurait pu n'y avoir que deux personnes dans la salle, elle-même et le meurtrier.

Elle éprouva un élan de... quelque chose à l'idée qu'Adam avait trouvé qu'elle s'en était bien sortie. Ce qui n'avait aucun sens, parce que la dernière personne dont l'opinion comptait pour elle était bien Adam Kirk.

Un léger tapotement se fit entendre à la porte, et elle s'assit dans son lit. Apparemment, les Foxworth disaient vrai quand ils lui avaient promis de venir voir comment elle allait.

— Tout va bien ! cria-t-elle.

La porte s'ouvrit lentement, et elle vit de qui il s'agissait.

Adam.

Elle se sentit rougir et vérifia instinctivement que le T-shirt prêté par Hayley la recouvrait bien. Puis elle regretta ce geste.

Elle ne voulait pas qu'il pense... ce qu'un homme peut penser de cette réaction.

— Qu'est-ce que tu veux ?

C'était sorti avec plus de dureté qu'elle n'en avait l'intention. Ce fut alors qu'elle vit Cutter avec lui. Le chien pénétra dans la chambre et s'approcha du lit.

— Je viens juste vérifier, dit Adam d'une voix dépourvue de chaleur. Ne t'inquiète pas, c'est Hayley qui viendra après moi. Et Quinn ensuite. Ainsi, personne n'aura à se lever toutes les deux heures.

Elle le fixa.

— Sauf moi apparemment, lança-t-elle d'un ton sec.

Il prit un air légèrement penaud.

— Eh bien, c'est de toi que nous nous inquiétons.

Cutter gémit doucement, et elle caressa machinalement la tête du chien. Et se sentit tout de suite plus calme.

— Je vais bien. Tu peux retourner...

Elle s'interrompit soudain, les sourcils froncés.

— Comment ça se fait que tu sois encore là, d'ailleurs ? Je croyais que tu allais retraverser la Sound pour pouvoir partir tôt demain matin.

— Cutter avait une autre idée en tête.

— Pardon ? dit-elle en écarquillant les yeux.

— C'est une longue histoire, qui exigerait que tu m'écoutes plus longtemps que tu n'en as envie.

— Le bateau est déjà parti, souligna-t-elle.

Son expression ne se modifia pas.

— Je sais.

Puis, plus vivement, il demanda :

— Tu as réussi à dormir ?

— Un peu, prétendit-elle.

— Tu sais où tu es ?

— Bien sûr que oui. Et si je ne le savais pas, tu te serais trahi en parlant de Quinn et Hayley.

Il soupira.

— Oui, je ne suis pas doué pour ça.

— Qu'est-ce que c'est ton don, alors ? Parler aux chiens ?

— Je pourrais faire pire...

Elle entendit à nouveau cette petite note métallique dans sa voix. Puis il lui demanda :

— Tu te rappelles pourquoi nous sommes ici ?

— Bien sûr.

— Dis-le-moi.

— Je me suis cogné la tête.

— Tu te souviens du jour de la semaine ? Ne regarde pas ton téléphone.

— On est mardi maintenant.

— D'accord.

Il commença à reculer.

— Tu n'es pas censé me demander si je me souviens de qui je suis ?

Il lui semblait qu'il avait rempli sa tâche à contrecœur.

— Je n'en ai pas besoin. C'est évident.

Elle fronça les sourcils.

— Pourquoi ?

— Parce que tu te rappelle comme tu me détestes.

Et sur ce il partit, refermant doucement la porte derrière lui. Elle fixa le panneau, bizarrement refroidie par ses paroles. Elle se demanda pourquoi. Après tout, c'était la vérité.

Il avait laissé Cutter avec elle. Elle vit le chien la regarder avec un reflet dans ses yeux sombres. Il posa doucement une patte sur le lit.

— Tu as le droit de faire ça ? demanda-t-elle.

Il produisit un son indigné qui faillit la faire rire.

— D'accord.

Et quand l'animal bondit pour s'installer à côté d'elle, elle put penser plus clairement. Même si elle ne comprenait toujours pas pourquoi l'expression et les paroles d'Adam l'avaient autant perturbée. Durant les cinq années écoulées, elle n'avait jamais remis en question ses sentiments à propos de lui. Elle avait toujours placé le plus gros de la faute sur ses épaules, après le tueur lui-même bien sûr. Alors pourquoi diable le fait de savoir qu'il faisait de même changeait-il quelque chose ? N'aurait-elle pas dû être contente ou du moins satisfaite qu'il soit conscient de sa culpabilité ?

Elle se rappelait vaguement que quelques-uns des collègues de son père avaient tenté de le défendre, en disant qu'ils auraient fait de même dans cette situation. Elle n'avait pas voulu les écouter.

Elle se morigéna. Cutter la poussa légèrement, et elle se mit à le caresser. Si elle devait passer une nuit blanche, mieux valait penser à ce qui s'était passé la veille et non à Adam Kirk.

Mais c'est lui qui t'a tirée de la voiture. De ta voiture en feu.

Elle repoussa cette idée et se concentra sur l'énigme. Même s'il était possible que Trevor Malachi ait orchestré cela depuis sa prison - elle avait entendu parler de telles choses —, elle ne voyait pas ce qu'il y gagnerait. Adam avait raison à ce propos. Malachi n'était pas éligible à une peine conditionnelle, si bien qu'il n'y aurait pas d'audition à laquelle assister pour l'empêcher d'être libéré. On lui avait épargné cela, au moins.

Mais elle n'avait rencontré personne de toute sa vie qui semble capable de ce genre de raisonnement ou de complot. Malachi voulait peut-être seulement se venger. Enfermé comme il l'était, c'était tout ce qu'il pouvait faire.

Ce devait être cela. Parce que l'autre théorie n'avait aucun sens. Cela ne pouvait avoir de rapport avec le fait qu'elle avait contacté des gens à propos du fichier de son père ; elle n'avait appelé que ses amis, des gens qui ne lui feraient jamais de mal.

Elle ne se rendit pas compte qu'elle s'était endormie jusqu'à ce que ce Hayley la réveille doucement. Elle s'arrangea pour répondre à ses questions. Quand Hayley lui demanda si Cutter la dérangeait, elle répondit que non, pas du tout, et, en plaisantant à moitié, que c'était sans doute grâce à lui qu'elle avait pu dormir. Hayley le laissa donc avec elle.

Elle put se rendormir jusqu'à 6 heures, quand Quinn vint vérifier son degré de conscience. Elle s'assit tout ensommeillée, mais il lui dit de se rendormir jusqu'à ce qu'elle ait faim pour le petit déjeuner et, cette fois, il prit le chien.

Finalement, elle se réveilla deux heures plus tard, à temps pour la vérification suivante. Comme elle avait faim, l'odeur de café frais ressemblait à une torture. Elle se leva et prit une douche rapide, ravie que sa chambre comporte une salle de bains attenante. Elle se regarda dans le miroir en grimaçant et fit ce qu'elle pouvait avec ce qu'elle avait sous la main.

Elle trouva les vêtements qu'elle portait la veille soigneusement pliés au pied du lit, et comprit que Hayley avait dû les prendre pour les laver. Ou peut-être Quinn ; il ne semblait pas se considérer au-dessus de ces tâches. Elle s'habilla rapidement et sortit de la chambre. La première chose qu'elle remarqua dans le salon fut une couverture pliée et un oreiller. Adam avait dormi sur le canapé ?

Elle jeta un coup d'œil à la cuisine, d'où venaient des murmures. Elle s'en rapprocha et vit Adam et Quinn qui parlaient. Elle entendit Quinn demander le sucre. Adam fit passer sa tasse de sa main gauche à sa main droite, prit le sucrier avec la première, le tendit à Quinn, puis reprit sa tasse de la main gauche et but une gorgée de café. Cela parut bizarre à Amanda, mais il l'avait fait avec l'aisance d'une longue pratique.

— Quelle amplitude de mouvement as-tu ? demanda Quinn.

« Amplitude » ? Que voulait-il dire ?

— Environ 100 °, dit Adam en haussant les épaules.

— Ça doit rendre les choses intéressantes chez toi.

— C'est sûr que conduire un tracteur est une aventure, dit Adam d'un air ironique.

— Mais tu le fais, reprit Quinn d'un ton calme.

— Il le faut bien. Mais j'ai pris une automatique pour le pick-up. Ça m'économise de l'énergie.

— Entre, Amanda, dit Quinn à cet instant. Le café est encore chaud.

Il n'avait pas regardé dans sa direction et pourtant il savait qu'elle était là. Adam lui jeta un coup d'œil, tourna les talons et quitta la cuisine sans un mot.

Quinn prit deux tasses dans le placard et lui en tendit une.

— Hayley va venir chercher le sien dans une minute, précisa-t-il avec un sourire.

— Merci, dit-elle quand il lui remplit sa tasse.

Elle attendit qu'il ait mis deux cuillerées de sucre dans le café de Hayley pour se servir à son tour. Ce qui lui rappela ce qu'elle avait vu.

— Qu'est-ce que tu voulais dire par « amplitude » ? demanda-t-elle.

Quinn mit la cuillère dans le lave-vaisselle avant de lever le bras et de le replier presque à angle droit.

— C'est un blocage très handicapant.

Un blocage ? Était-il en train de dire qu'Adam ne pouvait pas plier le bras ? Elle le dévisagea.

— Un... Je ne...

Quinn lui jeta un regard perplexe.

— L'articulation du coude est compliquée à réparer. Moi j'aurais choisi la prothèse, mais après toutes ces opérations je ne lui reproche pas de vouloir éviter le scalpel.

— Le coude ? dit-elle d'une voix faible. Des opérations ?

Quinn recula légèrement, et une lueur de compréhension se fit jour dans ses yeux.

— Amanda, cette balle lui a brisé le coude. Il a de la chance de pouvoir encore bouger le bras.

— Je ne... savais pas.

Soudain, le souvenir de ce demi-salut qu'il avait adressé à la tombe de son père lui revint en mémoire. De même que ce qu'elle avait pensé à ce moment-là. Il ne lui était jamais venu à l'esprit que sa main ne s'était élevée qu'à mi-hauteur parce que c'était tout ce qu'il pouvait faire.

— Mais que croyais-tu exactement ? demanda Quinn.

— Je pensais... J'ai seulement entendu dire qu'il avait reçu une balle dans le bras.

Quinn poussa un soupir audible.

— Et que donc il aurait été physiquement capable de riposter.

Elle hocha la tête, sentant la nausée monter.

— Tu n'as jamais regardé la vidéo du magasin, n'est-ce pas ? demanda-t-il doucement.

— J'ai essayé, une fois. Mais je savais ce qui allait se passer et je n'ai pas pu.

— Si tu l'avais fait, tu aurais vu Adam s'écrouler à droite de la vitrine. Il s'est bien coupé, d'ailleurs. Mais il s'est quand même relevé et a essayé de prendre son arme de la main gauche.

— Je ne savais pas.

— À ton avis, qui a tenu Malachi en respect après que je me

suis évanoui ? Et qui m'a probablement sauvé la vie en stoppant mon hémorragie ?

— Je commence à croire que je ne pensais pas du tout...

— Et ma douleur n'est rien comparée à la dislocation d'une articulation comme celle-là. Il a tenu bon jusqu'à ce qu'il s'évanouisse. Un des ambulanciers a dû le rattraper. Étonnant qu'il ait tenu debout jusque-là.

Il prit une gorgée de café avant de poursuivre :

— C'est dommage qu'il n'ait pas pu reprendre le travail. Ils ont perdu deux bons policiers cette nuit-là.

— Vous devez parler d'Adam.

La voix de Hayley venait de s'élever derrière elle. Elle tapota le bras d'Amanda en passant, Cutter sur les talons. Le chien effleura la main d'Amanda, comme pour s'assurer qu'elle allait bien. Puis, bizarrement, il s'assit à ses pieds, comme s'il avait senti son tourment intérieur.

Hayley prit le café que Quinn avait préparé en lui adressant un regard aimant.

— Quelle tristesse que son rêve de toujours ait été brisé !

Amanda était consciente de la fixer, mais sa nausée empirait.

— Brisé ?

Hayley lui adressa le même regard perplexe que Quinn. Ce fut Quinn qui lui répondit.

— Je suis sûr qu'ils en étaient désolés, mais ils n'avaient pas le choix, vu l'état de son bras.

Amanda posa sa tasse brusquement. Elle ouvrit la bouche pour parler, mais aucun son n'en sortit. Elle avait l'impression que le sol s'ouvrait sous ses pieds. Cutter geignit, et ce son plaintif fut le déclic qui la fit bouger.

Elle fit demi-tour et courut à la chambre d'amis, où elle s'assit en tremblant au bord du lit. Le chien l'avait suivie et se collait contre elle. Elle sentit ce réconfort, mais cette fois ce n'était pas assez.

Pendant cinq ans, elle avait haï Adam Kirk. Pour n'avoir pas fait ce qu'il aurait dû faire. Et pour avoir démissionné.

Il n'avait pas juste reçu une balle dans le bras, comme elle le pensait. L'articulation même de son bras avait été détruite. Il n'avait pas été capable de faire ce qu'elle pensait qu'il aurait dû faire.

Et il n'avait pas démissionné, il avait été déclaré inapte par une autorité médicale. Impossible de reprendre son poste, même s'il l'avait voulu.

Tout ce qu'elle avait cru pendant cinq ans était faux.

« C'est un type bien. Je lui fais totalement confiance. »

Amanda se prit le visage entre les mains, se détestant d'avoir détesté Adam Kirk.

15

— Nous sommes un peu en sous-effectif, déclara Quinn. Liam est le seul à être ici. Teague ne sera pas là avant Noël.

— Et qui sait quand Rafe reviendra, maintenant qu'il progresse vers cette taupe, dit Hayley.

Ils étaient retournés à la fondation dès que tout le monde avait été prêt. Après une nuit quasi sans sommeil, Adam avait du mal à se calmer. Il regardait par la grande fenêtre, se demandant comment ça se passait chez lui. Il avait appelé dans la matinée, et Nat lui avait assuré que tout allait bien.

— Tu es utile, mais pas indispensable, l'avait taquiné sa sœur. Fais ce que tu as à faire.

À cet instant, il se retourna.

— Une taupe ? demanda-t-il.

— C'est une longue histoire, déclara Quinn d'un air sombre. Nous traquons quelqu'un qui nous a trahis pendant plus de deux ans. Et qui s'est débrouillé pour que Cutter reçoive une balle.

— Toi aussi, dit Hayley d'un ton appuyé, tandis que Cutter poussait un doux aboiement.

— Moi aussi, approuva Quinn. Nous avons cru le coincer plusieurs fois, mais ce n'était jamais le chef.

— On en a quand même retiré quelques-uns de la circulation, ce faisant, intervint Hayley d'un ton beaucoup plus léger. Et nous l'aurons, lui ou elle, tôt ou tard.

— Vous en parlez d'une façon incroyablement légère, dit Amanda.

C'était la première fois qu'elle prenait la parole depuis qu'ils étaient arrivés.

— Parce que si cette mission avait tourné autrement, Quinn et moi ne serions pas ensemble.

— Oui, ça aussi, dit Quinn en la regardant.

Adam se dit qu'il n'avait jamais entendu une note pareille dans la voix d'un homme.

Il s'assit un peu lourdement en face d'Amanda. Il n'avait jamais beaucoup réfléchi à la question de savoir s'il se marierait, s'il aurait une femme et des enfants. Il n'arrivait pas à s'imaginer qu'une femme veuille de lui. Pas comme Hayley voulait Quinn.

Et tout ce qu'il put faire, quand cette pensée lui traversa l'esprit, fut de ne pas regarder Amanda.

Elle se comportait de manière bizarre depuis le début de la journée. Elle ne parlait pas et semblait retirée en elle-même. Plus d'une fois, il l'avait surprise en train de le regarder de ses yeux verts rougis par le manque de sommeil.

À moins qu'elle n'ait pleuré. Et pourquoi pas ? S'il y avait un moment où elle en avait le droit, c'était bien celui-là.

Mais le plus déconcertant dans tout cela, c'est que quand il surprenait son regard, cette colère à peine dissimulée semblait... avoir disparu. Ce qui n'avait aucun sens. À moins qu'elle n'ait décidé de faire une trêve jusqu'à la fin de cette affaire. Il avait le sentiment qu'elle ne croyait toujours pas que quelqu'un lui en veuille, mais quand Quinn lui avait demandé la liste des personnes qu'elle avait appelées, elle l'avait rédigé sans poser de question. Il avait alors demandé à Adam une liste des amis de Greg et de tous ceux avec lesquels il était en contact régulier.

— Revenons à nos moutons, dit Hayley avec un sourire béat. C'est une bonne chose qu'Adam soit là. Entre lui, Quinn, Liam et Cutter moi, nous devrions être capables d'assurer.

— Liam va faire les recherches en ligne dont nous avons besoin, et le reste nous le donnerons à Ty, dit Quinn. Il faut que nous sachions si le vieux Trevor a eu des visiteurs dernièrement. Et je pense que je serai mieux à même d'interroger les gens que tu as appelés, Amanda. Adam et toi obtiendriez sans doute plus d'aide, mais vous finiriez par renseigner ceux qui peuvent s'inquiéter de ces recherches.

Adam doutait de pouvoir obtenir d'aide de ce côté-là, mais Amanda oui, certainement. Mais il y avait un autre aspect auquel il n'avait pas pensé jusque-là.

— Pense tout haut, dit Quinn, et il fallut un moment à Adam pour se rendre compte qu'il s'adressait à lui.

— Je... Je pensais juste qu'il n'est pas nécessaire que ce soit quelqu'un qu'elle a appelé.

Il désigna d'un geste la liste d'Amanda.

— Je connais – ou je connaissais – la plupart de ces gens, et elle a raison, je ne peux pas imaginer que l'un d'eux ait voulu lui faire du mal. Elle, entre toutes.

— Pourquoi en es-tu si sûr ?

Adam le fixa un instant.

— Ce n'est pas seulement des flics, dit-il. Ils étaient aussi les amis de Greg. Et...

Il hésita et lança un coup d'œil à Amanda, qui semblait étudier sa liste. Il poursuivit d'un ton calme :

— Ils savent tous qu'elle vit leur pire cauchemar. Que n'importe quand, leur propre famille pourrait passer par là.

Amanda releva la tête et le regarda dans les yeux. Il en oublia de respirer. Ce n'était pas ce qu'il y avait dans ses yeux, mais ce qu'il n'y avait pas.

La haine avait vraiment disparu. Était-elle vraiment capable de mettre son ressentiment de côté ?

— Mais ? lança Quinn.

— Ils ont pu parler. En fait, ce serait naturel qu'ils disent à tous ceux qui connaissaient Greg qu'ils ont parlé à sa fille, non ?

Quinn hocha la tête avec un léger sourire, comme pour approuver.

— Excellent point.

— Même si c'est ce qui s'est passé, je ne peux toujours pas croire que c'est quelqu'un du commissariat, dit Amanda. De toute façon, il y a beaucoup de gens qui connaissaient mon père là-bas. Comment pourriez-vous trouver qui c'est ?

— Bonne question, remarqua Hayley.

— Il va falloir user de ruse pour faire parler les gens, j'imagine, dit Quinn.

— Moi je pense que tu n'auras qu'à te montrer pour emporter l'adhésion, dit Adam avec sincérité. Tu as une aura de saint là-bas.

Quinn ne fit que hausser les épaules.

— Ça laisse Adam, Cutter et moi pour protéger Amanda, dit Hayley avec vivacité. Je pense que nous nous débrouillerons, grâce au système d'alerte rapide de Cutter.

— Je n'ai pas besoin de gardes du corps, protesta Amanda.

Cutter se leva et vint vers elle. Adam ne pouvait pas le voir, mais à la manière dont Amanda sourit, il devina que le chien avait posé la tête sur sa jambe.

— Peut-être pas, dit Quinn. Mais tant qu'il y a une possibilité...

— Mais..., commença Amanda.

— Il ne faut pas prendre de risques, déclara Adam d'un ton tranchant.

Il attendit qu'elle riposte en disant que ce n'était pas ses affaires, mais elle n'ouvrit pas la bouche.

— Je suis d'accord, renchérit Hayley.

Prenant deux téléphones à l'aspect étrange sur la table, elle les fit glisser l'un vers Amanda et l'autre vers lui.

— Ce sont des téléphones Foxworth. Ils fonctionnent comme n'importe quel smartphone, mais ils ont quelques fonctions supplémentaires. Comme ce bouton rouge, là. Vous le pressez, et il vous met directement en contact avec nous sur une ligne protégée.

Adam prit l'appareil et l'examina d'un air intéressé.

— Maintenant, poursuivit Hayley, il faut mettre au point la couverture.

— J'ai du travail prévu, dit Amanda. Des rendez-vous.

— Donne-nous ton planning, nous nous y adapterons, intervint Quinn.

— Mes clients sont déjà des victimes, souligna Amanda, et certains n'apprécieront peut-être pas que des inconnus soient témoins de leur détresse.

— Cutter pourra être utile, je pense, répondit Quinn. Et Hayley peut se charger de ces moments. Elle est très douée pour mettre les gens à l'aise.

Amanda observa un instant la femme de Quinn. Adam la vit sourire.

— Oui, c'est vrai.

Elle glissa un regard de biais à Adam.

— Et elle est moins intimidante qu'Adam.

Il en resta bouche bée. Intimidant, lui ? Il était si stupéfait qu'il lui fallut un instant pour se rendre compte que c'était la première fois qu'elle prononçait son prénom.

— Adam, tu dis que tu as travaillé avec Greg sur sa voiture ? demanda Quinn.

Il sentit soudain sa gorge se nouer. Il se contenta de hocher la tête, et entendit Amanda émettre un petit son. Un autre souvenir traversa son esprit, le jour où Amanda était revenue chercher quelque chose après son déménagement.

Adam s'occupait avec Greg de poser des bougies sur la voiture. C'était une chaude journée d'été, et il avait ôté son T-shirt. Quand elle était arrivée, son premier mouvement avait été de remettre ce T-shirt. Mais cela aurait été trop ostentatoire. Et quand elle lui avait jeté un regard admiratif, il n'avait pas su s'il devait se réjouir, car ce regard avait déclenché en lui des émotions complexes qu'il n'avait jamais été capable de gérer.

« - Si j'avais su que tu étais là, je serais venue plus tôt.

— Si j'avais su que tu passais, je serais venu plus souvent. »

Ce badinage inattendu en présence de son père l'avait mis affreusement mal à l'aise. Mais son coéquipier avait plaisanté sur le fait d'être la cinquième roue du carrosse. La tension s'était évanouie.

— Quand nous la ramènerons chez elle, ça pourra être ta couverture, dit Quinn, le tirant de sa rêverie.

Et l'informant en même temps qu'il allait retourner chez elle. À cette pensée, il sentit son estomac se serrer.

— Je crois vraiment que tout cela n'est pas nécessaire, protesta à nouveau Amanda.

— Nous ne resterons pas dans tes jambes, lui promit Hayley. Nous serons juste à proximité, au cas où.

— Mieux vaut prévenir que guérir, ajouta Quinn.

— D'accord, dit-elle d'un ton las.

Hayley se mit à rire.

— Nous n'allons pas nous installer chez toi de manière permanente. Il s'agit juste d'être là jusqu'à ce que nous ayons la certitude de ce qui se passe.

Adam aurait voulu être aussi confiant que Hayley. Mais il ne pouvait nier que Quinn avait raison quand il disait que les règles empêchaient parfois la police de faire son travail. Ou du moins ce que les policiers comme Greg considéraient comme leur travail, à savoir protéger les innocents.

Il fit en silence le vœu que cette fois il ferait ce travail.

16

C'était ridicule.

Tout en rinçant sa tasse dans l'évier, Amanda se le répéta. C'était ridicule, irritant, déconcertant ! Non seulement parce qu'elle n'arrivait toujours pas à croire au danger, mais parce que cela bouleversait sa vie.

Pas Hayley. Cela ne la dérangeait pas de l'avoir avec elle. Elle était gentille, charmante et intelligente. Quinn avait dit vrai ; ses clients ne semblaient pas le moins du monde dérangés par sa présence. En fait, elle s'était montrée utile plus d'une fois.

Et Cutter ne la dérangeait pas non plus. Cet animal était tellement intelligent qu'elle s'était dit qu'elle aimerait avoir un chien elle-même. Hayley approuvait.

Un chien de thérapie pourrait être très utile dans son travail. Et ce ne serait pas inutile d'avoir un chien de garde non plus, avait-elle dit deux jours auparavant, quand Amanda avait commenté une fois de plus la miraculeuse capacité de Cutter à réconforter.

Mais Hayley avait tout gâché en ajoutant malicieusement :

— À moins que tu ne préfères le chien de garde qui est dans le garage.

Adam.

Tout cela la mettait très mal à l'aise. Et pas pour les raisons qu'elle aurait donné quelques jours auparavant.

Elle était tellement en colère contre elle-même qu'elle n'arrivait pas à penser de manière sensée. Toutes les suppositions que la fureur et le dégoût lui avaient inspirées durant cinq ans étaient anéanties, et elle se rendait compte à présent qu'elle les avait laissées la consumer. Elle croyait les avoir reléguées dans un coin de son esprit, mais pendant ce temps, elles avaient creusé un abîme en elle.

Maintenant, elle voyait arriver le week-end sans grand-chose pour se distraire. Non qu'elle travaille uniquement en semaine – la tragédie pouvait frapper à tout moment, et elle était toujours disponible pour ses clients. Elle travaillait surtout sur signalement de ses anciens clients et des amis de son père. Par malheur, cela se produisait assez souvent pour qu'elle ait toujours du travail.

Elle aurait dû être reconnaissante que personne n'ait besoin d'elle en ce moment, se dit-elle. Parce qu'en général ces gens-là avaient souffert d'une perte affreuse. Pour cette raison, elle était généralement heureuse quand les affaires ralentissaient, mais à présent, de manière perverse, elle était anxieuse et se demandait ce qu'elle allait faire de ce week-end avec... tout ce qui se passait.

Sois honnête. Tu parles d'Adam. À qui tu dois de plates excuses que tu ne lui as pas encore présentées.

C'était vrai. Mais elle avait été si abasourdie de se rendre compte qu'elle s'était trompée du tout au tout qu'elle n'avait pas encore été capable de mettre des mots dessus. « Je suis désolée d'avoir pensé que tu étais un lâche et un déserteur », ne lui paraissait pas suffisant.

Mais elle devait dire quelque chose, et vite. S'il y avait un lâche dans l'histoire, c'était elle, qui n'avait pas voulu admettre devant les Foxworth à quel point elle avait été odieuse. Pas étonnant que Quinn ait été si surpris qu'elle en veuille encore à Adam.

Adam, qui se tenait silencieusement, comme l'avait dit Hayley, dans le garage. Mais ce qui l'avait frappée, c'était la pâleur sinistre de son visage quand il avait vu le portrait de son père accroché au mur. La tension irradiait de lui, et son expression lui avait donné un nœud à l'estomac.

Elle se rappela l'instant où Quinn lui avait demandé si elle avait encore les armes de son père. Elle avait hoché la tête et était allée les prendre dans le coffre-fort où il les rangeait.

— Son arme de service a été reprise, mais il reste ce colt .45, et celui-là...

Elle avait désigné un petit .38 à cinq coups.

— ... était à lui.

Quinn avait soulevé le colt modèle 1911 et regardé Adam.

— Tu as déjà tiré avec une de ces armes ?

— Oui, répondit-il.

— Et tu le peux toujours ? avait insisté Quinn d'un ton neutre.

Adam lui avait répondu sur le même ton.

— Je suis plus doué avec un fusil, mais j'y arrive correctement avec ma main gauche et à peu près avec la droite.

— Bon.

Quinn lui avait tendu l'arme, crosse la première. Adam l'avait prise avec un signe de tête. Et elle supposait qu'il l'avait toujours avec lui ou sur lui depuis ce moment.

Elle ne savait même pas où il passait ses nuits, pendant que Hayley et Cutter dormaient dans la maison. Mais il devait avoir dormi, parce qu'il passait ses journées à travailler sur la voiture que la magie Foxworth avait déjà ramenée à la maison. Maintenant Adam s'occupait du reste des réparations. Si cela avait été n'importe qui d'autre, elle serait sortie pour l'aider, car la voiture la reliait à son père comme nulle autre chose. Et elle en savait assez pour au moins lui passer les outils nécessaires...

Cela la frappa soudain. Comment faisait-il avec son bras handicapé ? C'était un signe, supposait-elle, du degré de son chamboulement qu'elle n'y ait pas pensé jusque-là. Elle devait aller le voir. Il ne s'agissait pas qu'elle soit capable de l'aider, mais du fait qu'il avait vraiment besoin d'aide.

Elle se sécha les mains et s'encouragea. Après la manière dont elle l'avait traité, il avait des raisons d'être méfiant, n'importe qui en aurait eu. Elle...

— Amanda ?

La voix de Hayley s'élevait dans l'autre pièce.

— Quinn est de retour. Il va nous mettre au courant.

Distraite et soulagée au point d'en être gênée, elle cria :

— Je vais faire du café !

Elle ignorait comment Quinn avait fait pour obtenir des informations au commissariat sans dire ce qu'il voulait, mais elle savait que Foxworth travaillait souvent, disons, de manière détournée. Et Quinn était l'un des hommes les plus compétents qu'elle avait jamais rencontrés, aussi décida-t-elle de ne pas s'inquiéter du comment et de se réjouir plutôt qu'il y soit arrivé.

Elle remarqua que le bol d'eau qu'elle avait posé par terre pour Cutter était presque vide et le remplit en attendant que le café passe. Une fois cela fait, elle remplit quatre tasses et les posa avec du sucre et du lait sur la table. Quinn et Hayley la remercièrent, mais Adam lui jeta un regard méfiant. Comme s'il pensait qu'elle avait empoisonné son café.

Il faudra que ces excuses soient vraiment extraordinaires.

— D'abord, dit Quinn avec un sourire en direction d'Amanda, au cas où tu ne le saurais pas, les amis de ton père sont immensément fiers de toi.

Elle cilla.

— Fiers ?

— De ce que tu as fait, de la manière dont tu as transformé ton épreuve en vocation.

Elle sentit ses joues devenir chaudes, mais ne pouvait nier le plaisir que lui procuraient ces mots.

— Je... Merci de me dire ça.

— Et je pense que certains se précipiteraient pour nous aider si nous avions besoin d'un coup de main officiel.

— Officiel ? répéta Amanda.

— Si cela se révèle lié à ce sur quoi ton père travaillait, il faudra peut-être leur transmettre l'affaire.

— Oh !

— Cela dit, aucun d'eux ne semble avoir su qu'il travaillait sur quelque chose de spécial à l'époque. Mais ils sont tous d'accord pour dire qu'il vérifiait soigneusement ses preuves avant de passer à l'action. Tu es d'accord ? demanda Quinn en regardant Adam.

— Absolument. Il était très consciencieux, dit Adam.

— « S'assurer d'où on va atterrir avant de sauter », cita Amanda.

Adam lui adressa un regard stupéfait, et un petit sourire fleurit sur ses lèvres. Durant une fraction de seconde, elle se rappela à nouveau comme le nouveau coéquipier de son père lui avait plu lors de leur première rencontre. Il lui avait souri d'un air hésitant, et elle avait trouvé charmante sa timidité. Sans parler de ses yeux gris aux cils épais.

À présent il baissait ces yeux, fixant son café comme s'il regrettait sa réaction. Et elle contemplait à nouveau ses cils.

— À propos, ils ont tous parlé de toi, Adam. Ils voulaient savoir comment tu allais.

Adam produisit un son qu'elle ne comprit pas, à supposer qu'il s'agisse d'un mot.

— Ils étaient désolés que tu ne sois pas revenu. Et ils savent à quel point tu as fait des efforts, même après que les médecins t'ont dit que ce ne serait pas possible.

Amanda jeta un coup d'œil à Quinn, se demandant si ces paroles lui étaient adressées. Mais son regard fut de nouveau attiré par Adam, et elle songea que si Quinn et Hayley n'avaient pas été là, elle se serait excusée immédiatement parce qu'elle ne pouvait plus supporter ce sentiment de culpabilité.

— J'ai... eu du mal à croire que c'était permanent, dit Adam à voix basse, les yeux toujours fixés sur son café.

— C'est pour ça que tu as refusé l'emploi de bureau qu'on te proposait ?

Adam leva la tête, et Amanda regarda Quinn, surprise. Encore une chose qu'elle ignorait.

— Je n'avais pas envie de faire figure de handicapé le reste de ma vie, dit-il sans les regarder. Et être ligoté à un bureau aurait été...

Il agita la main, sans réussir à trouver de mot pour décrire cette perspective.

Amanda tentait encore d'assimiler cette information, son dégoût d'elle-même ne faisant que croître, quand Quinn poursuivit d'un ton vif :

— Liam essaye de trouver des corrélations entre les dates du dossier de Greg et le reste, mais ce sont de vastes recherches, et rien n'en est encore sorti. Il a envoyé ce que nous avions à Ty Hewitt, le technicien de Saint-Louis, pour voir s'il peut trouver quelque chose de son côté.

— J'ai pensé à ces dates, dit Adam. Ou plus exactement, à cette période. Entre les appels à la radio, Greg s'arrêtait souvent pour parler aux gens. La plupart du temps, c'était pour faire le suivi d'une affaire que nous avions traitée. Il avait sa manière à lui d'établir la confiance.

Il jeta un coup d'œil à Amanda, comme s'il ne savait pas s'il devait dire la suite devant elle.

— Continue, dit-elle tranquillement.

Il revint à Quinn, qui attendait en silence. Manifestement, il pensait que cela en valait la peine.

— Mais environ six mois… avant, il a commencé à parler aux gens de choses dont je savais que nous ne les avions pas traitées. À l'époque, j'ai supposé qu'il en avait l'habitude avant que nous commencions à travailler ensemble. Mais maintenant…

— Tu penses que c'était ça, ce qu'il y a sur la clé USB, dit Quinn.

— C'est plutôt que je me le demande, répondit Adam. Je me demande si c'est pour ça que je n'ai pas reconnu les affaires. Peut-être que Greg les relevait au fur et à mesure, à cause de ce qu'il cherchait.

— Liam s'est occupé aussi d'essayer de faire correspondre les dates et les noms à des affaires documentées.

En voyant l'air d'Adam, il ajouta d'un ton neutre.

— C'est une bonne chose d'avoir des amis. Et une aide numérique efficace.

— Il a trouvé quelque chose ?

— Rien qui aille au-delà de policiers qui ont traité deux ou trois affaires parce qu'elles étaient dans leur juridiction.

Adam hocha la tête.

— Je savais bien que ce ne serait pas aussi facile.

— Tu crois que tu pourrais te souvenir de ces fois où Greg parlait de choses que tu ignorais ?

— Ça fait un bout de temps, mais je peux essayer.

— On ne t'en demande pas plus, dit Hayley.

17

Adam considéra la liste qu'il venait d'écrire. En haut, il y avait une demi-douzaine d'occurrences où Greg avait parlé de situations et de gens dont lui-même n'avait jamais entendu parler. Il avait un souvenir relativement net des époques où cela s'était passé, et il les avait notées. Au-dessous, il y avait une demi-douzaine de rencontres sur lesquelles il ne pouvait mettre de date approximative, bien qu'il se rappelle les gens présents.

— C'est le mieux que je puisse faire, dit-il en apportant la liste à Quinn.

Profitant de ce que la pluie avait cessé, celui-ci jetait une balle malpropre à un infatigable Cutter.

— C'est super, dit Quinn quand il eut survolé la liste. C'est assez pour que nous commencions à faire des vérifications. Et je parie que tu vas te souvenir d'autres choses, maintenant que tu as commencé à y penser.

— J'espère. Mais j'ai passé cinq ans à essayer de ne pas y penser, justement.

— Je ne peux pas te le reprocher.

Quinn l'observa un long moment, au point de le rendre un peu nerveux.

— En parlant de reproche..., dit-il au bout d'un instant, en lançant un regard au bâtiment où se trouvait Amanda.

Adam comprit instantanément où il voulait en venir. Il ouvrit la bouche pour l'interrompre, mais ne put trouver quoi que ce soit à dire. Finalement, il se contenta de marmonner :

— Elle en a tous les droits.

— Non, dit Quinn. Mais elle ne savait pas jusqu'à maintenant.

— Quoi ? s'étonna Adam.

— Tu n'es pas le seul à avoir évité de repenser à cette nuit-là.

— Bien sûr qu'elle ne veut pas y repenser. Son père est mort parce que je...

Quinn leva la main, et il s'interrompit.

— Nous aurons cette conversation, mais d'abord il faut que tu saches que jusqu'à ce que je lui dise l'autre jour, elle ignorait la gravité de ta blessure. Ou que tu avais été déclaré inapte à ton poste.

Adam le dévisagea.

— Quoi, elle croyait que j'avais démissionné ? Que j'aurais pu reprendre mon poste et que je ne l'ai pas fait ?

— Exactement, dit Quinn avec un regard appuyé. Elle a seulement entendu dire que tu avais été blessé au bras. Elle ne savait pas que c'était beaucoup plus grave.

— Oh !

Il ne savait qu'en penser. Non qu'il se soit attendu qu'elle sache ou qu'elle s'y intéresse. Pourquoi l'aurait-elle fait ? Mais cela semblait... important, d'une certaine manière. Cela l'était visiblement pour Quinn.

— Mais maintenant, il faut prévoir nos prochains mouvements, reprit Quinn. Alors si tu as l'intention de rentrer chez toi...

— Pas jusqu'à ce qu'elle soit en sécurité.

Quinn hocha la tête comme s'il n'attendait pas d'autre réponse.

— D'accord. Rentrons alors. Cutter !

Le chien flairait quelque chose au fond du jardin. Adam sourit en voyant un petit chat noir sauter sur la clôture mitoyenne. Cutter eut l'air déçu mais répondit à l'appel de son maître.

— C'est rassurant parfois de le voir faire quelque chose de normal, dit ironiquement Adam.

Quinn sourit.

— Oui, n'est-ce pas ? C'est plus facile de croire qu'il n'est qu'un chien.

Hayley et Amanda étaient déjà assises quand ils rentrèrent. Adam en profita pour observer un instant Amanda. Il se demandait pourquoi sa détestation semblait s'être évanouie. Désormais elle savait pour sa blessure... Peut-être était-ce cela. Cela semblait un peu trop optimiste, mais... Il se dit sévèrement que cela n'avait pas d'importance, mais il n'arrivait pas à détourner les yeux.

Il reconnaissait l'homme qu'il avait tant admiré dans le dessin de son nez et la nuance auburn de sa chevelure. Et il savait que si elle levait les yeux, il verrait les yeux de Greg, ces yeux verts qui ne rataient jamais rien. Et pourtant, ils étaient différents, à cause des personnes à qui ils appartenaient.

Elle bougea la tête, et Adam détourna vivement le regard.

— Je disais à Hayley que je ne crois vraiment pas ça nécessaire, déclara Amanda. Il n'est rien arrivé d'autre, et ce n'était peut-être qu'un accident. Peut-être était-ce juste de l'imprudence, parce qu'il essayait de ne pas se faire prendre avec cette voiture volée.

— C'est possible, dit Quinn en s'asseyant.

— Alors vous pouvez retourner à ce que vous faites si bien, dit-elle, d'un air soulagé.

— C'est cela que nous faisons bien, dit tranquillement Hayley.

— Mais...

— Elle a raison, Amanda, intervint Quinn. Pourquoi prendre des risques quand on n'y est pas obligé ?

À la surprise d'Adam, Amanda se tourna vers lui. Comme si elle attendait qu'il dise quelque chose. Maintenant, après toutes ces années, son opinion comptait ?

— Adam ? dit-elle.

Voyant qu'il ne répondait pas parce qu'il ne savait que dire, elle insista.

— Tu ne voulais pas rentrer chez toi ?

Une heure auparavant, sa réponse aurait été un « oui » sonore. Du moins était-ce ce qu'il se disait. Mais maintenant, en la regardant, il pensait à l'homme pour qui il avait eu tant d'affection et d'admiration, l'homme qui était mort alors qu'il aurait dû empêcher que cela arrive. Et il comprit que s'il ne restait pas pour s'assurer qu'elle était saine et sauve, il pouvait aussi bien se laisser à nouveau sombrer et en finir avec lui-même.

— Quinn a raison, dit-il. Nous resterons tant qu'il y a un risque, même minime.

— Mais... Il n'y a pas de raison de t'y obliger.

Il était clair pour lui qu'elle ne voulait pas de sa présence. Il ne pouvait le lui reprocher. Ce que Quinn lui avait dit avait fait son chemin dans son esprit, et le mot « pitié » commençait à faire surface. Il en avait eu bien assez dans sa vie. Il aurait préféré sa colère à… cela.

— Je ne resterai pas dans tes jambes, dit-il d'une voix tendue.

— Adam…

— Je crois qu'il faut développer un peu les paramètres, dit Quinn, tranchant dans la tension ambiante. Amanda, nous allons avoir besoin d'une liste de gens que tu connais et qui n'étaient pas liés à ton père.

Elle le considéra en cillant.

— Tu penses qu'un de mes amis pourrait être à l'origine de cela ? demanda-t-elle d'un ton incrédule.

— Non. Mais ils pourraient savoir, avoir vu ou se rappeler quelque chose.

— Oh !

— Il nous faudrait aussi tes ex-amis. Surtout tes ex-petits amis.

— Mais… Il n'y en a pas eu. Pas depuis la mort de papa.

Adam la dévisagea. Comment était-ce possible ?

— Et le professeur ? demanda-t-il.

Greg lui avait parlé d'un homme, d'une relation qui durait depuis plusieurs mois. Il ne paraissait pas très content de cette situation. Et Adam se rappela s'être demandé, après qu'elle avait explosé à l'hôpital, pourquoi ce type n'était pas avec elle.

Amanda releva la tête.

— Il ne m'a pas du tout… soutenue, quand c'est arrivé. En fait, il m'a jetée le lendemain. Il m'a dit qu'il ne supportait pas ça et qu'il n'avait jamais aimé que je sois la fille d'un flic de toute façon.

Adam la regarda un instant. Pas étonnant qu'elle ait été si dévastée. Elle avait été rejetée alors qu'on aurait dû la soutenir. Il se tourna vers Quinn.

— Si on découvre le cadavre de ce type, vous saurez qui est le coupable.

— Si c'est le cas, nous saurons t'aider, dit doucement Quinn. À moins, bien sûr, que je ne sois tombé le premier sur lui.

Adam sursauta un peu, puis acquiesça.

— Quand vous aurez fini de jouer les mâles agressifs, on pourrait revenir à la planification de la couverture ? suggéra Hayley.

Elle les taquinait, mais il n'y avait que de l'amour et de l'admiration dans ses yeux. C'était si manifeste que même un type aussi lent que lui ne pouvait le manquer, se dit Adam. Jamais une femme ne l'avait regardé ainsi. Sans réfléchir et pour des raisons qu'il se refusait à s'avouer, il lança un coup d'œil à Amanda. Qui le regardait.

Il dut détourner les yeux. Il devait cesser de la regarder. Non parce que cela lui rappelait à quel point elle était adorable, mais parce que chaque fois qu'il le faisait, son imagination s'emballait. Au point d'avoir cru distinguer dans ses yeux un peu de cette admiration.

Et s'il y avait quelque chose de plus absurde que cela, il ne voyait pas quoi.

18

C'était tellement stérile, pensa Amanda le lundi matin. Elle regardait sans la voir la pièce que son père avait transformée en bureau.

Plus les heures passaient, plus elle trouvait difficile de prendre au sérieux l'idée d'une menace réelle à son endroit. Plus cet événement s'éloignait, plus elle y voyait un simple accident, causé par la conduite téméraire d'un voleur de voiture. Elle occupait inutilement le temps des Foxworth, alors qu'ils auraient pu aider quelqu'un qui en avait vraiment besoin. Sans parler du fait qu'elle se sentait coupable parce qu'ils étaient séparés à cause d'elle.

En outre, d'autres choses se pressaient dans son esprit. Elle ne se souvenait pas d'une époque où elle s'était sentie aussi malheureuse. Un sentiment renforcé chaque fois qu'Adam était présent. Non qu'elle l'ait beaucoup vu durant le week-end. Elle savait qu'il était là parce que Quinn et Hayley en parlaient, mais où il était, elle l'ignorait.

Il avait terminé de travailler sur la voiture, du moins pour tout ce qui pouvait être fait à domicile. Elle devait maintenant être repeinte, et cela nécessitait l'intervention d'un professionnel. Amanda avait décidé que cela pouvait attendre jusqu'à la fin de l'affaire. Mais cela voulait dire qu'Adam n'était plus dans le garage, et qu'elle ne savait où le trouver, maintenant qu'elle avait rassemblé le courage de lui parler.

« Si on découvre le cadavre de ce type, vous saurez qui est le coupable. »

Les paroles d'Adam résonnaient dans sa tête. De même que

son ton. Il était en colère, c'était plus qu'évident. Ce qu'elle ne comprenait pas bien, c'était pour quelle raison. Parce que Geoffrey avait choisi le pire moment pour la laisser tomber ? Ou parce que cela l'énervait qu'on puisse éprouver cela à propos de la fille d'un policier ?

Ou parce que c'était elle ?

Cette dernière pensée la rendit encore plus nerveuse. Son esprit tourbillonnait follement. Elle ne ressentait plus de colère envers Geoffrey, et d'ailleurs elle pensait rarement à lui. Elle aurait dû écouter son père quand il lui avait dit que cet homme n'était pas fiable. Parce qu'il avait eu raison sur toute la ligne.

« C'est un type bien. Je lui fais totalement confiance. »

Quand elle se rappela ces paroles, elle sentit sa gorge se serrer. Parce que son père avait eu raison aussi à propos d'Adam.

Soudain, elle sut qu'elle ne pouvait plus repousser les choses une minute de plus. Elle éteignit son ordinateur, sur lequel elle feignait de réorganiser son planning.

Elle s'aperçut à cet instant que Cutter était couché sous son bureau, comme s'il attendait depuis un moment. Il leva la tête en la voyant se mettre debout, l'observant avec ce qui ressemblait à de l'inquiétude dans ses yeux ambre.

Elle se baissa pour le caresser, et son agitation intérieure décrut aussitôt. C'était vraiment stupéfiant l'effet qu'avait ce chien.

— Merci, mon petit thérapeute à quatre pattes, murmura-t-elle.

Cutter émit un son inquiet, comme s'il aurait voulu en faire plus. Décidant qu'elle poussait un peu trop l'anthropomorphisation, elle se dirigea vers la porte. Son tourment intérieur s'était un peu calmé, mais cela ne changeait rien à sa décision. Elle ne pourrait pas tourner la page tant qu'elle n'aurait pas au moins essayé de réparer ses erreurs. Et elle ne pourrait pas le faire si elle ne trouvait pas Adam.

Hayley était penchée sur son ordinateur, posé sur le comptoir de la cuisine.

— Tu sais où est Adam ? demanda Amanda sans préambule.

Hayley croisa son regard, sans paraître le moins du monde étonnée par sa question.

— En train de dormir, j'espère.

Amanda cilla. Elle ne s'attendait pas à cela.

— De dormir ?

— C'est lui qui a pris le tour de garde dehors, cette nuit.

— Dehors ? On est en décembre ! s'exclama-t-elle.

— Il a insisté. Et Quinn l'a laissé faire, parce qu'il a eu le sentiment qu'il voulait prouver quelque chose.

— Il n'a pas besoin de me prouver quoi que ce soit, dit Amanda. Je connais la vérité, maintenant.

— C'est ce que m'a dit Quinn. Que tu ne savais pas, je veux dire.

Hayley l'observa un instant. Puis, doucement, elle ajouta :

— Je ne pense pas que c'est à toi qu'il veut prouver quelque chose.

— Alors à qui...

Elle s'interrompit en comprenant ce que voulait dire Hayley.

— À lui-même...

— Exactement.

Cela démontrait amplement qu'Adam se faisait autant de reproches à lui-même qu'elle lui en avait fait. Elle se demanda s'il se serait senti ainsi si elle ne lui avait pas crié dessus à l'hôpital. Oh ! elle était sûre qu'il aurait éprouvé tout de même de la culpabilité – tout policier qui perdait son coéquipier en éprouvait —, mais se serait-il tenu pour responsable à ce point ? N'était-ce pas sa faute à elle, alors qu'il était déjà accablé ?

— Il faut que je lui parle, dit-elle. Je lui dois... de grandes excuses.

Hayley ne montra pas plus de surprise. S'y attendait-elle ou était-elle seulement imperturbable ? Elle était mariée à Quinn, après tout.

— Tu veux le réveiller ?

Elle pensa aux dernières nuits, durant lesquelles il avait fait près de 0. Les avait-il vraiment passées dehors ?

— Non, pas s'il est au chaud, dit-elle avec une nuance de dégoût envers elle-même.

Elle devrait attendre le soir, se dit-elle. Mais pas plus longtemps. Cela la minait, car elle avait eu tort et il fallait qu'elle le reconnaisse.

Et si ce qu'il avait ressenti ressemblait à cela, elle se sentait encore plus coupable de l'avoir mal jugé.

En attendant que la nuit tombe, Amanda crut qu'elle allait devenir folle. Normalement, cela ne lui faisait rien de passer la journée chez elle, mais le fait que cela lui soit imposé par les circonstances changeait tout. Il y avait un monde de différence entre rester chez soi parce qu'on en avait envie et y rester parce qu'il le fallait.

Hayley était dans la salle de bains quand Cutter trotta soudain vers la porte et gémit. Il se retourna pour la regarder, manifestant clairement qu'il voulait sortir. Hayley avait assuré à Amanda qu'il ne s'éloignerait pas.

Elle décida pourtant de sortir et de garder un œil sur lui.

Bizarrement, le chien trotta non vers le jardin comme il en avait l'habitude, mais vers les voitures garées au bout de la rue. En atteignant la première, il fit halte et baissa la truffe au ras du sol. Puis il la releva, pivota et se dirigea vers un petit bosquet situé derrière la maison et la maison voisine.

Il était presque hors de vue, si bien qu'Amanda descendit les marches du porche pour gagner le trottoir. Avec un temps de retard, elle se rendit compte que la voiture devant laquelle Cutter s'était arrêté était un pick-up. Le pick-up d'Adam.

Et il n'était pas couvert de gel comme les autres. Les vitres étaient propres, et elle entendit les petits cliquetis du métal qui refroidissait. Adam venait-il d'arriver ? Était-ce pour cela que Cutter avait voulu sortir ?

Elle s'avança dans cette direction, souriant à l'idée que le chien était assez intelligent pour la guider vers l'homme qu'elle voulait voir. Son père lui avait toujours dit que le délai de péremption des excuses était court. Et maintenant, elle avait l'impression que toute sa vie en dépendait.

Plusieurs choses se passèrent dans une succession rapide. Elle entendit d'abord des aboiements féroces en provenance des arbres. C'était Cutter, dont la fureur s'entendait même de loin.

Elle s'arrêta net.

Puis des pas précipités résonnèrent derrière elle, et un bras puissant s'enroula autour de son cou.

19

Adam avait entendu des craquements dans le sous-bois. Il s'était figé, tournant la tête pour s'assurer de la direction du bruit. Après quelques secondes, Cutter avait émergé de la pénombre, sa queue de couleur claire plus visible que sa tête. Le peu de lumière qu'il y avait dans cette nuit obscure se reflétait dans les yeux du chien.

Il avait salué l'animal en le grattant derrière l'oreille droite. Il était en train de se demander comment le renvoyer à son devoir, quand c'était arrivé.

En une seconde, Cutter était passé d'aimable animal de compagnie à féroce gardien. Il avait poussé un grognement à donner des frissons et avait tourné sur lui-même. Puis il avait filé si vite qu'il avait fallu à Adam une fraction de seconde pour réagir et le suivre.

Quand ils émergèrent des arbres, les vocalises de Cutter se changèrent en aboiements féroces entrecoupés de grondements. Il courait à toute allure, tête baissée et crocs découverts.

Quand il vit vers quoi le chien se dirigeait, Adam sentit son cœur tambouriner dans sa poitrine. Il y avait deux silhouettes sur le trottoir, l'une grande et trapue, l'autre petite et mince qui se débattait et donnait des coups de pied. Amanda ! Il se mit à courir plus vite que jamais dans sa vie.

Il vit que l'homme les avait entendus arriver – Cutter, sans aucun doute, car ses grondements semblaient résonner dans l'air de la nuit. Soudain, les deux silhouettes se détachèrent l'une de l'autre. Le temps ralentit d'une manière incroyable. Amanda donna un coup de pied à l'homme et lui envoya un coup de coude à la tête, laquelle, Adam le voyait maintenant, était emmaillotée dans une sorte de tissu.

Et il aperçut quelque chose dans sa main, un faible reflet métallique. Un couteau.

Il vit l'homme tourner la tête vers Cutter et lui. Il était encore à une bonne centaine de mètres, bien que Cutter gagne rapidement du terrain. Les lumières s'étaient allumées dans la maison. Comme s'il se rendait compte qu'il était en mauvaise posture, l'homme poussa Amanda à terre et s'enfuit. Elle trébucha et tomba, juste au moment où la porte d'entrée s'ouvrait. Hayley !

— Occupe-toi d'elle ! hurla-t-il sans cesser de courir.

Cutter se rapprochait de l'homme, mais Adam comprit que c'était inutile en le voyant ouvrir la portière passager d'une voiture garée près d'une rangée de cèdres au nord de la maison. La portière claqua, et il entendit la voiture démarrer.

— Cutter ! cria-t-il, de crainte que le chien ne soit blessé.

Il ne s'attendait pas que l'animal l'écoute, mais il le vit ralentir.

Les pneus hurlèrent quand le véhicule effectua un demi-tour sur les chapeaux de roueset fila à toute allure dans la nuit. Apparemment, le chien était assez intelligent pour ne pas poursuivre en vain une voiture en marche. Il s'arrêta.

Adam fit demi-tour, l'image d'Amanda chutant au sol gravée dans son esprit. Il était terrifié à l'idée qu'elle soit blessée. Ou pire.

Hayley lui jeta un coup d'œil quand il s'agenouilla près d'elles. Il reprit son souffle en s'apercevant qu'Amanda était vivante. Tout en l'aidant à s'asseoir, Hayley désigna à Adam le flanc d'Amanda. Il baissa les yeux et vit une longue ligne sanglante en travers de ses côtes.

— Tu as mal ailleurs qu'au flanc ? demanda-t-il d'un ton pressant.

— Je... Quoi ?

Amanda avait l'air si secouée qu'il n'avait qu'une envie, l'emporter pour la mettre à l'abri.

— Tu saignes un peu, dit Hayley.

Elle avait pris son téléphone et, ayant allumé la torche, la promenait sur le corps d'Amanda.

— Ah bon ?

C'était le choc qui mettait ce frémissement dans sa voix, Adam le savait. Il posa une main sur ses côtes, et elle tressaillit légèrement.

— Oh ! Il… avait un couteau.

En serrant les dents, Adam tâta l'entaille. Elle était longue mais heureusement peu profonde, car les côtes avaient fait ce à quoi elles étaient destinées : protéger le thorax.

— J'ai vu. Tu as mal autre part ?

— Je ne crois pas… Mais je n'ai rien senti.

— Étonnant, l'effet de l'adrénaline, marmonna-t-il.

— On va te faire rentrer, proposa Hayley, on pourra juger de la gravité de ta blessure et peut-être appeler une ambulance pour t'emmener aux urgences.

— Oh ! non non ! Ce n'est pas grave, vraiment. Je…

Adam céda à sa première impulsion et la souleva dans ses bras. Elle se raidit et laissa échapper un petit cri de surprise.

— Qu'est-ce que…

— Je t'emmène à l'intérieur, grommela-t-il, sans lui laisser le temps de protester.

Il entendit Hayley parler derrière eux et comprit qu'elle appelait Quinn. À sa surprise, Amanda s'était détendue et avait même posé la tête contre sa poitrine. Il s'interdit de savourer la sensation de la tenir dans ses bras. Il monta doucement les marches du porche et franchit de profil la porte que Hayley leur tenait ouverte.

De nouveau au téléphone, elle appelait le bureau du shérif. Adam comprit qu'ils avaient une longue soirée devant eux.

Amanda sentait encore un léger tiraillement quand elle bougeait d'une certaine manière, mais en dehors de cela sa blessure ne la dérangeait pas trop. Ou peut-être était-ce la pensée de tout le reste qui la distrayait de la douleur.

La pensée qu'Adam et les Foxworth avaient eu raison tout du long. Quelqu'un essayait bien de la tuer.

Elle frissonna à cette idée. Elle sentait l'épuisement la guetter, « l'effondrement post-adrénaline » comme l'appelait Quinn, mais le tourbillon de ses pensées ne se calmait pas.

Cela avait été une très longue soirée. Elle avait trouvé étrange de se retrouver dans le rôle de la victime quand la police était arrivée. Elle leur avait dit ce qu'elle pouvait, bien qu'elle ait à peine entrevu l'homme. Elle n'avait pu estimer sa taille, en dehors du fait qu'il était plus grand qu'elle. Et plus fort. Et qu'il sentait la bière.

Mais elle avait remarqué qu'Adam avait donné beaucoup plus de détails ; il avait décrit les vêtements de l'homme, sa taille et sa stature. Il avait donné la description du véhicule – « Pas de plaque d'immatriculation à l'avant », avait-il dit, et à l'arrière elle était recouverte de ruban adhésif.

À présent, Adam et Quinn étaient en grande conversation avec un homme grand et mince, qu'ils avaient présenté comme l'inspecteur Dunbar. Il s'était montré étonnamment gentil en lui faisant raconter la scène. Et il ne l'avait pas culpabilisée d'être sortie, ce qui était réconfortant car elle se le reprochait bien assez toute seule.

— Je n'arrivais pas à croire que quelqu'un m'en veuille vraiment, avait-elle avoué.

— C'est une réaction normale, lui avait assuré l'inspecteur. Mais maintenant, vous le savez.

Elle avait réprimé un frisson.

— Quelle chance !

Il lui avait dit alors avec une tranquille confiance :

— Vous avez les meilleurs avec vous, Amanda. Laissez-les faire leur travail, et tout ira bien.

Ce fut bien plus tard que les choses finirent par se calmer. Hayley et Quinn étaient dans la cuisine, conférant à voix basse, et Adam se tenait près du canapé où elle était allongée, regardant par la fenêtre. Elle revoyait la manière dont il n'avait pas hésité à poursuivre l'homme.

— Qu'est-ce que tu faisais dehors ? demanda-t-elle étourdiment, parce qu'elle était encore désorientée.

Adam se retourna pour la regarder, les sourcils froncés.

— Quoi ?

— Tu étais là-bas, entre les arbres.

— Oui. C'est un bon poste, d'où je peux voir à la fois la façade et l'arrière de la maison. Mais manifestement, c'est trop loin, ajouta-t-il avec une expression préoccupée. Mais je ne m'attendais pas que tu sortes.

Ce fut à son tour de froncer les sourcils.

— J'ai laissé sortir Cutter. Je l'ai vu s'arrêter devant ton pick-up.

— Normalement, il me rend visite tout seul.

Le cerveau las d'Amanda finit par enregistrer les faits.

— Tu veux dire que tu es là... chaque nuit ?

— Comme je te l'ai dit, c'est un bon poste d'observation.

— Mais il gèle, la nuit !

Il se contenta de hausser les épaules.

— Adam...

— Tu devrais essayer de te reposer.

— Je vais le faire, quand tu m'auras dit pourquoi tu étais là-bas dans le froid.

Il avait l'air vraiment perplexe.

— Je te l'ai dit, pour surveiller la maison. Mais j'ai besoin d'une autre planque. C'est relativement proche de l'arrière de la maison, mais pas assez de la façade.

Cutter vint les voir et fourra son museau dans la main d'Adam. Ce dernier caressa doucement le chien.

— Tu as failli l'avoir, hein, mon vieux ? dit-il.

Amanda inspira et fit une nouvelle tentative.

— Tu surveilles la maison à cause de moi, n'est-ce pas ?

— Bien sûr, dit-il, les sourcils à nouveau froncés.

— Alors pourquoi, demanda-t-elle, ne le fais-tu pas ici, où il fait chaud ?

— Parce que, dit Adam en clignant des yeux, tu ne veux pas de moi chez toi. Dans la maison de ton père.

Il l'avait dit comme il aurait pu dire que le ciel était bleu. Un fait. Une donnée. Elle se rappela ce qu'elle se disait avant son agression.

Adam est venu à ton secours en courant. Alors même que tu l'as traité si injustement.

Maintenant. C'était maintenant qu'elle devait parler. C'était la dernière chose dont elle avait envie à cet instant, mais elle ne pouvait pas laisser passer ce moment, peu importe sa fatigue.

Elle se redressa et désigna la place à côté d'elle, sur le canapé.

— Tu veux bien t'asseoir ?

Il eut l'air stupéfait. Et las.

Et Amanda se détesta d'autant plus d'être la source de ces sentiments. Il était plus que temps de réparer cela.

20

Adam n'avait pas la moindre idée de ce qui se passait, mais s'asseoir près d'Amanda était la dernière chose dont il avait envie.

— S'il te plaît... dit-elle.

C'était dit avec tant de sincérité qu'il ne put refuser. Il alla donc prendre place sur le canapé à contrecœur.

— Quoi ? dit-il sans la regarder.

— Je suis vraiment désolée.

Il eut immédiatement envie de sortir de la pièce.

— J'ai été en colère contre toi pendant si longtemps, et j'avais tort. Terriblement tort. J'ai fait une affreuse erreur et je suis vraiment navrée. Je...

— Amanda...

— Je *dois* te le dire. Même si je ne trouve pas les mots pour exprimer à quel point je me sens coupable de t'avoir mal jugé.

Elle fit une grimace.

— Comme si j'avais le droit de te juger.

— Si quelqu'un l'a, c'est toi, marmonna-t-il.

— Tout ce que je peux dire pour ma défense, c'est que je ne savais pas. Quand on m'a dit que tu avais reçu une balle dans le bras, mon cerveau a mis un « seulement » à la suite. J'aurais dû avoir plus de jugeote, mais... j'étais incapable de raisonner à l'époque.

Les souvenirs de cette nuit-là émergèrent avec une soudaineté et une clarté brutales. Il réprima le frisson qui montait en lui, par peur de se retrouver à genoux. C'était lui qui devrait s'excuser, pas elle.

— Tu as fini ? demanda-t-il d'une voix si tendue qu'il lui semblait qu'elle allait se fêler.

— Adam, s'il te plaît. Je t'ai traité de façon horrible...

— Tu m'as traité exactement comme je le méritais.

— Non !

Elle tendit la main et, avant qu'il puisse reculer, prit la sienne. Son contact le brûla comme une flamme, et il s'immobilisa assez longtemps pour qu'elle reprenne :

— Non, tu ne méritais pas ces choses épouvantables que je t'ai dites. Toutes ces années, je t'ai fait des reproches pour quelque chose que tu ne pouvais pas faire...

Il se rejeta en arrière et se leva précipitamment.

— Je ne veux pas de ta pitié.

— Ma pitié ? Tu crois qu'il s'agit de ça ?

— Ça n'en est pas ?

— C'est plutôt de l'admiration, Adam Kirk. Tu as survécu, tu t'es adapté, tu as reconstruit ta vie...

— J'ai survécu ? C'est comme ça que tu appelles ça ? Je suis allé me cacher chez moi comme un gamin effrayé.

Il se tourna vers la fenêtre une fois de plus. Le ciel était plus clair, et il se rendit compte que c'était presque l'aube. Il tenta de se calmer, en s'imaginant le lever du soleil sur les collines autour de chez lui.

— Tu es rentré dans ta famille, dit-elle doucement. C'est exactement ce que j'aurais fait.

Sauf qu'elle n'avait plus de famille. À cause de lui.

Le silence s'étira entre eux. Sa mère, songea-t-il, lui aurait dit qu'il était grossier de ne pas accepter des excuses aussi sincères. Le problème était qu'il ne les méritait pas. Amanda ne s'excusait que parce qu'elle était navrée pour lui. Il fut soulagé de voir Hayley et Quinn rentrer dans la pièce.

— Ah ! tant mieux, dit Quinn quand il les vit. J'ai besoin de vous parler à tous les deux.

Adam se retourna vivement à ces mots.

— Je vais faire un bref déplacement à Walla Walla.

— À la prison ? s'exclama Adam, interloqué.

Quinn hocha la tête.

— Alors… Tu penses qu'il a quelque chose à voir avec ça ? demanda Amanda d'une voix blanche.

— J'ai tendance à croire comme toi qu'aucune des personnes à qui tu as parlé du fichier n'aurait pu te vouloir du mal. Donc je pense que Malachi est une possibilité que nous devons soit éliminer soit confirmer par des éléments.

— D'accord, dit-elle d'un ton un peu incertain.

— La question est : lequel de vous veut venir avec moi ?

Amanda recula légèrement avec un regard stupéfait. Quinn haussa les épaules.

— Je n'y croyais pas vraiment, mais je me suis dit que je devais vous poser la question, au cas où l'un de vous aurait envie de se confronter à lui à ce stade.

— Non, merci, dit Adam en frissonnant.

— Idem, renchérit Amanda avec une sorte de fièvre.

— Je préfère me concentrer sur la possibilité de ruiner ses plans, si c'est lui, ajouta Adam.

— Bonne idée, dit Quinn. Je voulais juste m'en assurer. Nous devons maintenir les mesures de sécurité maintenant que nous sommes certains qu'elles sont nécessaires. Liam prendra le relais le week-end prochain parce que nous avons une obligation qui ne peut être remise.

— Le mariage ? demanda Amanda, sachant visiblement de quoi il s'agissait.

Hayley remarqua l'expression d'Adam et expliqua :

— Le mariage de mon frère. Il épouse ma meilleure amie.

Adam réussit à sourire.

— Je parie qu'il y a une toute histoire là derrière. Félicitations à tous les deux !

— En effet, c'est toute une histoire, répondit Hayley, une histoire que je vous raconterai. Mais pour l'instant, je pense que Quinn doit partir s'il veut être revenu cet après-midi.

— Cet après-midi ? releva Adam. Je crois qu'il n'y a que quelques vols avec retour le lendemain.

— Il va prendre Air Foxworth, précisa Hayley avec un sourire. Il n'a pas eu l'occasion de sortir son joujou depuis un moment.

Ils avaient leur propre avion. Adam fixa Quinn un long moment.

Il avait visiblement fait de la fondation Foxworth quelque chose de bien plus imposant qu'il n'avait imaginé.

— Tu n'y vas pas tout seul, si ? demanda Amanda, légèrement anxieuse. Je veux dire... C'est toi qui as fait feu sur lui.

— Et vice versa, répondit Quinn. Ça égalise un peu le score. Mais je vais emmener Liam. Il essaye de déterminer si Malachi aurait pu monter ça depuis sa cellule.

Adam acquiesça avec lenteur.

— Tu veux dire qui lui a rendu visite, quels codétenus il a eus, ce genre de choses ?

— Exactement. Rien, jusque-là. Il n'a pas eu beaucoup de visites, mais Liam vient juste de commencer à creuser ses anciennes relations.

— Je ne vois pas ce qu'il aurait à y gagner, dit Amanda.

— Peut-être, intervint Adam, devrions-nous plutôt penser à ce qu'il pourrait y perdre.

— Exactement, approuva Quinn. Et la réponse est : « Pas grand-chose. » Donc nous allons continuer à chercher.

Quand Quinn fut parti, Amanda approcha à nouveau Adam.

— Tu pourras partir, après le retour de Quinn. Je suis désolée que nous t'ayons retenu aussi longtemps. Je sais que tu n'avais pas prévu de...

— Je ne vais nulle part.

— Mais...

— Je reste, Amanda.

Il lui tourna le dos, mais elle ne le laissa pas tranquille pour autant. « Tenace », avait toujours dit Greg. Manifestement, il connaissait bien sa fille.

— Écoute, si tu restes parce que tu te sens coupable, ne le fais pas. Ce n'est pas ta faute, tu peux rentrer chez toi.

Il se retourna pour la dévisager.

— Je reste pour pouvoir me regarder en face, dit-il d'un ton plat. C'est déjà assez difficile sans, en plus, t'abandonner lorsque tu as des ennuis.

Amanda le fixa un long moment. Il y avait quelque chose de différent dans son regard, au-delà de l'absence de colère. Quelque chose de... chaleureux ? Le simple fait que cette idée lui soit venue l'agaça, et il allait lui tourner le dos derechef sans se préoccuper de politesse, quand elle parla si doucement qu'il dut se pencher pour être sûr d'avoir entendu.

— Toutes ces choses horribles que j'ai pensées et dites, ce n'est rien à côté de ce que tu te dis à toi-même, hein ? Tu te fais plus de reproches que je ne pourrais jamais t'en faire.

— Alors tu ne m'en fais pas assez, dit-il d'un ton dur.

Il se dirigea vers la cuisine, où Hayley refaisait du café. Il prit la tasse qu'elle lui versa silencieusement et souffla un peu dessus pour pouvoir l'avaler d'un coup. Il avait besoin de caféine plus que de toute autre chose.

— Je vais faire ma ronde à l'extérieur, dit-il.

Hayley hocha la tête.

— Prends Cutter.

— Oui. C'est un bon... coéquipier.

Il avait hésité sur le mot, compte tenu de ce qui était arrivé au dernier.

— Oui, dit Hayley, et contrairement aux êtres humains il ne se sent pas coupable quand il a fait tout ce qu'il pouvait faire et que ça n'a pas marché comme il aurait fallu.

Interloqué, il croisa son regard. Elle prit une gorgée de café, avant d'ajouter :

— Tu sais, nous exigeons souvent plus de nous que n'importe qui d'autre.

« Tu te fais plus de reproches que je ne pourrais jamais t'en faire. »

Il fallait qu'il sorte de là, avant de commencer à croire ces deux femmes généreuses.

21

Amanda se sentait bizarrement désorientée. Elle avait pris une douche pour se débarrasser de la sensation des mains de l'agresseur, mais même cela lui avait paru étrange. Quand elle avait fini, elle était restée à dégouliner d'eau pendant une minute entière avant de se rappeler que l'étape suivante était de sortir de la douche et de prendre une serviette.

Elle savait qu'elle était fatiguée. Elle était restée debout toute la nuit après l'agression, mais l'idée d'essayer de dormir la faisait reculer. Elle ne voulait pas revivre la soirée en rêve. Elle se disait vaguement que s'endormir involontairement la sauverait de l'insomnie.

La preuve incontestable qu'on lui voulait du mal faisait évidemment partie de tout cela, mais ce n'était pas tout. Elle ne se rendait compte que maintenant du temps et de l'énergie qu'avait consumés sa condamnation d'Adam. Elle se sentait comme une boussole qui a perdu le nord.

Et maintenant qu'elle savait que c'était à la fois injuste et non-fondé, elle comprenait aussi que cela lui avait nui autant qu'à lui. Se cramponner à sa colère n'était pas bon, lui avait dit la psychologue qu'elle avait vue juste après la mort de son père.

Et tu as cessé de la voir parce qu'elle te disait que ce n'était pas sain de haïr autant.

Elle détestait se l'avouer, mais c'était ainsi. Cela lui avait donné un but. C'était même parfois la seule chose qui lui avait donné la force d'envisager le jour suivant, l'heure suivante, la minute suivante.

Les choses abominables qu'elle lui avait hurlées, alors qu'il gisait sur son lit d'hôpital, lui revinrent à l'esprit. Se ferait-il encore des reproches si elle n'avait pas déversé sa colère, sa peur et son chagrin sur lui ce jour-là ?

En l'espace d'une semaine, sa vision des événements les plus importants de sa vie s'était transformée du tout au tout. Et cette nouvelle conception lui donnait envie de rester dans sa chambre et de se traiter de tous les noms. Mais ce ne serait toujours pas assez.

Elle ne s'était pas donné la peine de rechercher la vérité. Parce qu'elle croyait la connaître. Elle avait déjà entendu l'expression « aveuglée par le chagrin », mais elle ne se l'était jamais appliquée à elle-même. Parce qu'elle se croyait lucide et avait rejeté la responsabilité sur un autre.

Sauf qu'elle s'était complètement trompée.

Adam Kirk était tout ce que son père pensait de lui. Le vrai problème, désormais, était qu'il n'y croyait pas. Et elle en était en grande partie responsable.

Vivement, elle tressa ses cheveux encore humides et les attacha avec un élastique. Un coup d'œil au miroir lui montra ses cernes. Mais la dernière chose dont elle avait envie était de dissimuler les ravages de ce qui s'était passé. Elle se sentait mieux sinon bien, et se disait que c'était tout ce qu'il y avait à espérer pour le moment.

Elle trouva Hayley assise dans la cuisine, téléphone en main.

— Quinn s'apprête à décoller, lui dit celle-ci. Heureusement qu'il a pu dormir un peu cette nuit.

— Déjà ?

— L'aéroport n'est qu'à une demi-heure, et il les a appelés pour qu'ils préparent l'avion.

Amanda sourit.

— Il avait l'air d'un gosse le jour de Noël.

— C'est ce qu'il ressent, je crois. C'est un petit avion génial. Et il est joli. Même Quinn le reconnaît.

Le sourire d'Amanda s'élargit. Hayley avait une telle manière de la mettre à l'aise. Comme son chien. En parlant de chien...

— Où est Cutter ?

— Dehors, avec Adam.

— Encore ?

Elle l'avait entendu dire qu'il allait faire une ronde, mais c'était il y a plus d'une heure.

— Il nous a dit que tout allait bien par texto. Il cherche un meilleur poste d'observation.

Hayley fit la grimace.

— Il était vraiment stressé de ne pas avoir pu te rejoindre à temps.

— Mais il l'a fait, dit Amanda. Si ce type ne les avait pas vus, Cutter et lui, en train de charger, je… je…

Hayley posa une main sur les siennes.

— Désolée, marmonna Amanda.

— Ne t'inquiète pas. Quand Quinn m'a kidnappée, avant que je sache qui il était, j'étais une vraie loque. Mon cerveau était en ébullition.

— Exactement, dit Amanda avec une grimace. Mais Adam devrait dormir un peu. Il est resté debout toute la nuit.

Hayley lui jeta un regard, pensive.

— Il est resté debout toutes les nuits.

Le remords envahit à nouveau Amanda.

— Il a vraiment monté la garde ?

— Oui. Et il dormait dans son pick-up, pour être plus près.

Dans son pick-up. Dans le froid. « Parce que tu ne veux pas de moi chez toi. »

Un nœud soudain à l'estomac parut aspirer ce qui lui restait de force, et elle vacilla sur ses jambes. Hayley la pressa de s'asseoir près d'elle.

— Avant de partir, Quinn m'a dit que tu ne savais pas qu'Adam avait été gravement blessé. J'ai été très heureuse d'entendre cela.

— Heureuse ? répéta Amanda en la dévisageant.

— Parce que je ne comprenais pas pourquoi tu lui en voulais avec tant de… dureté. Tu ne me semblais pas du genre à être injuste. Maintenant, je comprends.

— Je me sens affreusement mal, avoua-t-elle. Il ne méritait pas tout ce que je lui ai reproché.

— Tu le lui as dit ?

— Oui, aujourd'hui, quand j'ai pu enfin lui parler seule à seul.

J'aurais dû le faire plus tôt, mais je n'arrivais pas à raisonner normalement, et il m'a fallu du temps.

Hayley hocha la tête d'un air compréhensif.

— Ce n'est pas facile de changer du tout au tout sa manière de penser. Et c'est encore plus difficile pour toi, quand tu dois affronter cette situation en même temps. Mais je suis ravie que tu le lui aies dit.

— Je ne suis pas certaine que ça lui ait fait beaucoup de bien, dit Amanda d'un air morose. Maintenant, il pense que j'ai pitié de lui.

— C'est le cas ?

— Dans un sens oui, à cause de ses séquelles. Mais je l'admire encore plus, parce qu'il s'est adapté.

— Il s'est bien débrouillé. Encore que ce soit curieux qu'il refuse de se faire poser une prothèse.

Amanda fronça les sourcils.

— Une prothèse ? Je ne savais qu'on faisait ça pour le coude. Mais j'imagine que si c'est possible pour les genoux, les coudes ne sont pas si différents.

— Pour ma part, je pense que ce soit être encore plus durable, étant donné qu'il n'y a pas le problème du poids du corps.

Amanda acquiesça.

— Mais... Tu dis qu'il refuse ?

— C'est ce que Quinn m'a dit.

— Mais pourquoi, si cela l'aiderait ?

— Selon lui, il est fatigué des opérations. Mais Quinn pense que c'est davantage que cela.

— Ça serait quoi ?

Hayley secoua la tête devant cette question.

— Quinn est un homme, il ne spécule pas sur ce genre de choses et ne pousse pas quelqu'un qui ne veut pas parler. Enfin, sauf moi, ajouta-t-elle avec un sourire.

Amanda soupira.

— Si je ne vous aimais pas autant, je vous envierais. Vous êtes incroyables, tous les deux.

— Oui, nous le sommes, approuva simplement Hayley.

Puis, avec un regard pensif, elle ajouta :

— Cette histoire que je t'ai promise... Je sais ce que c'est que de mal juger les gens.

— Toi ? Je ne peux pas l'imaginer.

— Alors tu devrais demander à mon frère. J'ai pensé vraiment le pire de lui pendant très longtemps. Parce que je ne connaissais pas la vérité.

Amanda écouta alors avec un étonnement croissant l'histoire que lui racontait Hayley, une histoire de terreur et de courage, l'histoire d'un homme qui avait tenu parole même quand cela faisait mal.

— Alors, l'héroïsme est une tradition familiale ? dit-elle à la fin.

Hayley sourit.

— De tous les côtés. Amy n'est pas non plus une mauviette. Et Walker dirige le bureau Sud-Ouest de Foxworth maintenant.

— Waouh !

Hayley reprit son sérieux.

— Je t'ai raconté cela pour te montrer que les ponts rompus peuvent être réparés. Et ils sont parfois plus solides après.

— Je... Mais comment peut-on réparer les dégâts quand la personne croit les horribles choses que tu pensais ? Et quand c'est ta faute si elle les croit ?

— Je n'ai pas de réponse à cela, sauf de faire d'autres tentatives.

— Peut-être que si je me mets à plat ventre pendant cinq ans, grommela Amanda.

Hayley fixa un regard intense sur elle.

— Ou peut-être quand tout cela sera fini, qu'il rentrera chez lui et que vous poursuivrez simplement vos vies.

— Non !

Le cri lui avait échappé.

— Je ne peux pas le laisser continuer à éprouver cela alors que ce n'est pas vrai. Et je sais que c'est ce que je lui ai dit qui a tout déclenché, parce que personne d'autre ne croyait ça, sauf la pauvre idiote que je suis.

— La pauvre malheureuse que tu étais, corrigea doucement Hayley, c'est beaucoup plus compréhensible.

— Mais pas plus acceptable, dit Amanda.

— Heureusement, il est ici maintenant, et tu as du temps pour réparer ça.

Elle adressa un sourire ironique à Amanda.

— Au moins, maintenant nous savons pourquoi Cutter a réagi ainsi au cimetière.

— Quoi ?

— Ce regard qu'il a adressé à Quinn ? C'est son regard « Fais quelque chose ». Il savait que quelque chose n'allait pas entre vous deux, et il nous signalait ainsi que nous, Foxworth, devions faire quelque chose.

« Vous deux. »

Le simple fait d'être liée à Adam dans une phrase donna une drôle de sensation à Amanda. Et la pensée qu'elle avait eue à propos du frère de Hayley lui revint.

Un homme qui avait tenu parole, même quand cela faisait mal.

Adam avait fait cela. Il était resté pour la protéger, alors même qu'elle lui avait fait comprendre ce qu'elle pensait de lui. Alors même qu'elle avait fait mille fois la preuve de son ignorance et de sa propension à juger. Qu'elles lui aient été inspirées par la souffrance n'était pas une excuse, pas après tout ce temps.

Elle ignorait si ce pont pourrait être réparé.

Alors, il faudrait en construire un neuf, se dit-elle.

22

— Je ne pense pas que ce soit lui, dit Quinn en s'asseyant à table, Cutter à ses pieds.

Le chien était visiblement ravi du retour de son maître.

— Rien ne colle. Il n'a pas eu de visiteurs étranges et est resté avec le même compagnon de cellule tout du long. Et il semblait sincèrement surpris que je vienne l'interroger.

Adam imaginait que Quinn Foxworth ne se laissait pas souvent embobiner, et il accepta ces paroles sans en douter. Mais il remarqua tout de même :

— Tu ne penses pas qu'il aurait envie de se venger d'Amanda juste parce qu'elle a contribué à sa condamnation ?

— Je n'ai pas senti ça, mais je peux me tromper.

Quinn parut pensif un instant.

— En fait, je n'ai pas du tout détecté de colère chez lui. Il paraissait... bizarrement content.

— Certains condamnés sont comme ça, dit Adam. Une fois, nous avons arrêté un type qui nous a avoué s'être laissé prendre parce qu'il voulait retourner en prison.

Quinn hocha la tête.

— Il y a des mentalités faites pour ce genre d'existence. Je ne les comprends pas, mais ça ne veut rien dire.

— Moi non plus, dit Amanda avec ferveur.

— Pourtant, je pense qu'il cache quelque chose. C'est juste que j'ignore ce que c'est. De toute façon, Liam fait des recherches sur sa famille.

— Je me souviens de sa mère et de sa grand-mère au procès, dit Amanda.

— La grand-mère est morte il y a quelques années. Pour autant que nous sachions, la mère et le frère sont les seuls membres de la famille restants. Il n'a pas voulu parler d'elle, mais Liam a découvert qu'elle vit maintenant à Walla Walla.

— Quelle raison affreuse pour déménager, remarqua Adam. C'est… triste, j'imagine. Pour elle, je veux dire.

Amanda lui jeta un regard surpris, qui devint pensif quand Quinn ajouta :

— Nous allons continuer à creuser cette piste, mais je ne crois pas qu'il détienne la réponse à notre problème.

Il regarda Adam.

— J'ai vérifié tous ceux qui étaient sur tes listes, plus quelques autres, mais rien. Nous sommes aussi à l'arrêt de ce côté-là. Donc je vais prendre le relais cette nuit, et tu vas pouvoir rattraper quelques heures de sommeil.

— Bien, dit Amanda. Il en a besoin.

Adam lui glissa un regard surpris, avant de dire à Quinn :

— Tu ne dois pas préparer tes affaires ?

— Quinze minutes suffiront demain. Au grand dam de ma femme, qui s'y est déjà mise.

Adam sourit à cela, mais Amanda renifla et marmonna :

— Les hommes. Un costume et vous êtes prêts.

— Ça me donne plus de temps pour apprécier l'allure qu'elle va avoir dans sa robe, dit Quinn, ce qui transforma la plainte d'Amanda en un large sourire.

Adam se demanda comment ce serait d'être aussi à l'aise avec elle. Quinn était tout aussi lié que lui à la tragédie qui assombrissait son passé, mais sans la culpabilité et le remords. Quinn Foxworth était le héros de la pièce, et rien ne pourrait changer cela.

Sauf que… Amanda lui avait présenté des excuses. Et il ne savait pas quoi en faire. La seule chose qui lui paraissait changée, c'était que désormais, elle connaissait les détails de sa blessure. Elle avait pitié de lui.

— Donc, disait Quinn, tu peux t'écrouler ici ce soir, pendant que je monte la garde.

Le regard d'Adam fila vers Amanda, car il se demandait ce que cela lui faisait que Quinn lui passe la chambre d'amis.

— Bien sûr, dit-elle vivement.

Si vivement qu'il se demanda s'ils en avaient parlé.

— Je laisserai Cutter avec toi dans la maison, au cas où quelqu'un réussirait à passer entre les mailles du filet. Il t'avertira.

— Je ne vois pas comment ça pourrait arriver, dit Adam.

— Il y a toujours un risque, déclara Quinn. Et toi, dit-il à Amanda, ne sors pas toute seule.

Elle rougit.

— Tu n'as pas besoin de me le rappeler. J'ai été stupide de le faire la première fois, mais...

— Tu n'y croyais pas du tout, hein ? dit calmement Adam.

— Non, avoua-t-elle. Non, je n'y croyais pas. Mais maintenant, je sais.

— Je suis désolé, dit-il, cette fois dans un sens tout différent.

Il était désolé que quelqu'un lui veuille du mal. Ou pire. Il n'arrivait pas à se représenter ce « pire », moins encore à le prononcer. L'injustice de tout cela... D'abord son père, puis elle... Cela lui donnait envie de taper de toutes ses forces dans quelque chose. Un sentiment qu'il n'avait eu qu'une fois dans sa vie, quand il avait compris que Greg était mort.

Elle continuait de le regarder, comme si elle savait exactement ce qu'il avait voulu dire. Puis, doucement, elle dit :

— Sans toi, je ne serais peut-être pas ici pour y penser.

Il secoua la tête, mais elle reprit vivement :

— Tu m'as tirée de la voiture, tu as chassé ce type l'autre soir. Tu m'as sauvée deux fois.

Il ne l'avait pas vu ainsi. Mais même si elle avait raison, cela ne compensait pas le reste.

Quand il fut enfin allongé dans le noir, il savoura le confort et la chaleur du lit, mais prit aussi conscience qu'il était chez Amanda. Dans la maison où elle vivait autrefois avec son père.

Et le vœu qu'il renouvela à Greg de la protéger fut la seule chose qui lui permit de glisser dans un sommeil réparateur.

Amanda regardait les aliments dans le réfrigérateur, tandis que le café passait. Hayley avait veillé à ce qu'ils aient toutes les denrées nécessaires. Foxworth s'occupait de ce genre de choses quand ils s'installaient chez quelqu'un, lui avait-elle dit.

La manière dont elle les fixait sans rien voir lui indiquait qu'elle était encore perturbée par sa nuit sans repos. Elle s'était attendue à faire des cauchemars et avait eu du mal à trouver le sommeil. Mais une fois endormie, ce n'était pas de son agresseur qu'elle avait rêvé, mais de son sauveteur.

Combien de fois s'était-elle réveillée pour se rendre dans un sursaut que cet homme-là dormait un peu plus loin dans le couloir ? Était-ce cela qui avait suscité ses rêves ?

Elle referma le réfrigérateur un peu fort, ce qui fit s'entrechoquer les bouteilles à l'intérieur. Ce mouvement et la douleur dissipèrent l'agitation de ses pensées. Elle avait cru avoir récupéré, mais chaque fois qu'elle bougeait d'une certaine manière, la douleur se réveillait.

À cet instant, Cutter apparut à côté d'elle, agitant légèrement la queue. Elle l'avait déjà fait sortir après s'être levée, et il n'avait pas l'air de vouloir sortir à nouveau. Il était assis à ses pieds et regardait le réfrigérateur avec intensité.

— Salut, mon beau. Tu veux quelque chose à manger ?

Ce disant, elle se rappela quelque chose que Hayley avait dit. Rouvrant le réfrigérateur, elle attrapa un sachet de petites carottes. Cutter restait tranquille, mais ses yeux étaient braqués sur ses mains. Et quand elle lui lança une petite carotte, il la croqua avec délice. Cela la fit sourire, et elle songea une fois encore qu'elle aimerait avoir un chien.

Soudain, l'animal releva la tête, les oreilles en alerte. Il écouta un moment, puis trotta vers la porte et la regarda. Quinn avait dit que s'il sentait le danger, elle n'aurait aucun doute. Elle supposa donc que les battements de sa queue et l'absence de grognement signifiaient qu'il n'y avait rien à craindre. Elle lui ouvrit la porte et il se rua dehors avec impatience. Peut-être avait-il entendu Quinn, se dit-elle. Elle devait maintenant préparer un petit déjeuner à ses gardes du corps. C'était le moins qu'elle puisse faire.

Un café à portée de main, elle commençait à faire frire des

œufs et du bacon quand elle entendit un bruit dans le couloir. Elle retint son souffle, se demandant si c'était Adam.

Puis elle entendit la porte de la salle de bains se refermer et se remit à respirer normalement. Elle lui avait dit où se trouvaient les serviettes, et il avait apporté un petit sac la veille au soir, en la remerciant poliment de lui permettre de dormir dans un vrai lit.

Le reste de cette brève conversation rejoua dans sa tête.

« – Si j'avais su que tu dormais dans ton pick-up, je te l'aurais proposé plus tôt. Le canapé, au moins.

— Tu ne l'aurais pas fait si Quinn ne t'avait pas parlé de mon bras. »

Avait-il raison ? Elle n'avait pas voulu de sa présence, c'était vrai, mais l'aurait-elle vraiment aussi mal accueilli alors qu'il était là pour l'aider ?

Bien sûr, elle savait maintenant qu'il n'était sans doute là que parce qu'il se sentait coupable. Ce qui était en partie sa faute, si bien qu'elle-même se sentait coupable.

« La culpabilité est une émotion inutile, Mandy, à moins qu'elle ne pousse à réparer ses torts. Et s'il n'y a rien à faire, il faut s'en détacher avant d'être entraîné au fond. »

Seigneur, comme son père lui manquait ! Contrairement à ses camarades qui rejetaient les conseils de leurs parents avec une assurance typiquement juvénile, elle avait toujours considéré son père comme une personne sage et l'avait écouté.

Elle entendit Adam franchir le seuil de la cuisine juste au moment où elle déposait le bacon sur du papier absorbant.

— Tu tombes à pic, le petit déjeuner est...

Elle leva les yeux et sentit son estomac se nouer.

— ... prêt, finit-elle avec effort.

Elle l'avait regardé une fraction de seconde trop tôt. Il était en train d'enfiler un T-shirt, et elle avait aperçu sa poitrine et ses abdominaux. Si c'était le résultat de ses activités physiques, alors il fallait démanteler les salles de gym et les remplacer par un abonnement à un ranch.

La seule chose qui lui épargnait une humiliation complète, c'était qu'il n'avait pas encore rabattu son T-shirt et qu'il ignorait donc qu'elle l'avait dévoré des yeux.

Comme la première fois que je l'ai vu.

Elle s'était sentie terriblement attirée par lui. Cela avait rendu la suite encore plus difficile. Son chagrin avait été aggravé par le fait qu'il ne soit pas ce qu'elle avait cru.

Mais elle savait désormais qu'au contraire il était resté lui-même. C'était elle qui avait fait erreur.

Et elle ignorait comment réparer une bourde aussi monumentale.

23

— Tu n'as pas besoin de cuisiner pour moi, dit Adam d'une voix rendue encore rauque par le sommeil.

Il lui avait fallu un peu de temps pour s'habituer à se déplacer librement dans la maison, à passer devant la chambre d'Amanda. Mais après une série de nuits sans sommeil sur le siège étroit de son pick-up, la tentation d'un lit avec draps et couvertures avait fini par gagner.

Amanda le regardait bizarrement. Puis elle reposa les yeux sur la poêle devant elle.

— Je cuisine aussi pour Quinn et pour moi, répondit-elle.

— Oh !

Il regarda autour de lui avant de demander :

— Où est le reste de l'équipe Foxworth ?

— Dehors. Du moins, je suppose que c'est pour cela que Cutter voulait ressortir.

Il acquiesça et l'observa un instant avant de demander d'un ton hésitant :

— Comment te sens-tu ce matin ?

— Je... Ça va.

Pourquoi était-elle si timide ?

— Je parie que tu as des courbatures. Tu t'es débattue comme une lionne.

Elle lui adressa un petit sourire étonnamment chaleureux.

— J'ai essayé de me rappeler ce que papa m'a appris quand on se bat avec quelqu'un de plus grand.

— En effet, il était grand.

— Si tu n'étais pas arrivé...

— C'était Cutter. Il avait l'air de vouloir lui sauter à la gorge. Aucun homme doué de bon sens n'affronte un chien dans cet état.

— Sans parler d'un grand gaillard qui courait vers lui au lieu de fuir, comme tant d'autres l'auraient fait en voyant un couteau. Mais tu n'as pas hésité.

Il la dévisagea. Qu'aurait-il dû faire ? Se cacher, appeler le 911 ? Quel bien cela aurait-il fait ? La police serait arrivée, bien sûr, mais après qu'Amanda aurait été enlevée. Et elle aurait probablement été morte quand ils l'auraient retrouvée.

Un frisson le parcourut à cette idée. Comme si elle avait lu dans ses pensées, Amanda, qui avait recommencé à touiller les œufs, dit :

— Je me demande pourquoi il ne m'a pas tuée sur-le-champ. Il avait un couteau, il aurait pu facilement me trancher la gorge.

Adam la dévisagea. Elle l'avait dit avec tant de calme. Il dut faire effort pour lui répondre sur le même ton.

— Il avait probablement un plan : exécuter la chose, dissimuler les preuves, gérer... les suites.

— Tu veux dire disposer de mon cadavre ? J'imagine que ça aurait été le plus problématique.

Il ne put s'empêcher de réagir.

— C'est de toi que nous parlons. Comment peux-tu être aussi... imperturbable ?

Elle leva les yeux.

— Oh ! mais je suis perturbée ! Maintenant que j'ai eu le temps d'y penser, je suis plutôt énervée.

— Tu es en colère ?

— Furieuse. M'enlever mon père, ça ne suffisait pas ?

— Donc maintenant, tu es convaincue que c'est en lien avec Malachi ?

Elle se remit à mélanger les œufs et à retourner les morceaux de bacon.

— C'est logique. Et si Quinn a raison et que Trevor Malachi n'a rien à y voir, alors ce doit être le fichier, non ?

— Pix, marmonna Adam. Qui que ce soit.

— Oui.

— Je vais le relire en entier, dit-il d'un ton las. Avec un peu de chance, quelque chose me sautera aux yeux.

Amanda releva la tête vivement. Il se rendit compte avec retard que c'était une expression qu'il avait prise à Greg. Il ouvrait la bouche pour s'excuser quand elle reprit la parole.

— Son vieux tableau blanc, dit-elle. On pourrait s'en servir comme il le faisait.

« J'aime avoir tous les éléments devant les yeux, parce que le simple fait de les regarder fait parfois émerger quelque chose. »

Greg lui avait expliqué cela peu de temps après le début de leur collaboration, lorsqu'on leur avait signalé une série de cambriolages dans un quartier. Les inspecteurs y avaient travaillé, mais c'était Greg qui, après avoir disposé tous les éléments sur son tableau blanc, avait résolu l'affaire.

Avant qu'il puisse répondre, Quinn et Cutter entrèrent par la porte de derrière. Sans doute aurait-il dû être soulagé, mais curieusement il fut déçu.

— Ça ne peut pas faire de mal, déclara Quinn tandis qu'ils prenaient le petit déjeuner.

Amanda sourit, but une gorgée, puis reposa sa tasse d'un air déterminé.

— J'ai réfléchi, annonça-t-elle.

Elle s'interrompit en voyant Adam s'étouffer avec son café. Il lui jeta un regard qui la poussa à demander, un peu vexée :

— Il y a quelque chose de drôle ?

— Non, je...

Il toussa encore.

— C'est juste que... Ton père disait toujours que quand tu commençais par ça, il fallait s'attendre à des ennuis...

« – J'ai réfléchi, papa.

— Oh oh ! »

Combien de fois avaient-ils rejoué cet échange taquin ? Elle ne put refouler les larmes qui lui montaient aux yeux.

Adam jura à voix basse.

— Je suis désolé, je ne voulais pas...

Il s'interrompit en la voyant lever la main.

— S'il te plaît, ne t'excuse pas. Trop de gens ont peur de parler de lui, comme s'ils voulaient oublier jusqu'à son existence, et ça ne fait que rendre encore plus évident le fait qu'il est parti.

— Je ne l'oublierai jamais, dit tranquillement Adam en croisant son regard. Après mon propre père, c'est le meilleur homme que j'aie jamais connu.

— Merci, dit-elle du fond du cœur.

Quinn s'était tu avec tact, mais il demanda alors :

— Et à quoi as-tu réfléchi, si je puis me permettre ?

Elle reporta son attention sur lui.

— Que vous devriez peut-être partir.

Quinn cilla et regarda Adam, qui avait l'air aussi choqué que lui. Elle comprit soudain que Quinn se demandait si Adam et elle étaient à nouveau brouillés. Elle poursuivit rapidement :

— Je veux dire juste disparaître pendant quelque temps, les laisser croire que je suis seule.

— Tu veux jouer les appâts ? demanda Adam d'un ton incrédule.

— Je n'en suis pas un déjà ? riposta Amanda. Ils me veulent du mal de toute façon.

— Donc tu veux leur faciliter le travail ? Le prochain aura peut-être une arme à feu. Je suis surpris qu'ils n'aient pas déjà fait une tentative, si c'est aussi important que ça.

— Je pense qu'il a raison, dit Quinn.

— Donc je suis censée faire quoi ? lança Amanda. Me cacher dans ma propre maison jusqu'à... quand ? Qu'on ait compris le sens de ce fichier ?

— Excellente idée, renchérit Adam.

— Je ne vivrai pas comme une prisonnière, déclara-t-elle, consciente que cela lui donnait l'air boudeur.

En voyant la bouche d'Adam tressaillir, elle songea qu'il devait penser la même chose.

— Tu voulais dire quelque chose ? demanda-t-elle d'un ton tranchant.

— Juste que ton père disait aussi que tu pouvais être un peu... obstinée quand tu avais décidé quelque chose.

— Tu veux dire « têtue » ?

— Ce n'est pas toujours une mauvaise chose. C'est même parfois le seul moyen de s'en sortir.

À ces mots, son agacement s'évanouit. Parce que c'était vrai, son entêtement avait été la seule chose qui lui avait permis de mettre un pied devant l'autre pendant cette affreuse période. Et il en avait fallu tout autant à Adam pour s'adapter comme il l'avait fait. C'était la source de l'admiration qu'elle éprouvait désormais à son égard.

Elle lui sourit donc. Il parut surpris. Plus que surpris, stupéfait. Il reposa vivement les yeux sur son assiette vide.

— Nous n'avons pas besoin de recourir tout de suite à ce stratagème, dit Quinn. Nous y réfléchirons quand Hayley et moi serons de retour. Dans l'intervalle, Liam montera la garde, Adam, pour que tu puisses rester ici et te concentrer sur le fichier. Il a aussi un téléphone Foxworth, donc vous pouvez le joindre immédiatement.

Adam acquiesça, sans lever les yeux. Quinn poursuivit :

— Connaissant Brett Dunbar, il va sans doute organiser des rondes régulières dans le quartier. Donc les renforts seront à proximité. Même si Adam et Cutter sont tout à fait capables de gérer ces types.

Oui, ils l'étaient. Amanda n'oublierait jamais son soulagement quand elle avait entendu les grognements de Cutter et vu Adam accourir.

— S'il s'agissait d'autre chose..., commença Quinn.

— Je comprends. Vous devez absolument être à ce mariage. Tout ira bien, lui assura Amanda.

Elle regarda Adam.

« C'est un type bien. Je lui fais totalement confiance. »

— J'en suis absolument persuadée.

Adam leva les yeux d'un air déconcerté. Et Amanda prit une résolution : s'excuser n'était pas suffisant, il fallait convaincre Adam Kirk de ne pas croire ce qu'elle-même avait cru pendant des années.

24

Pourquoi était-elle si gentille ?

Adam regarda Amanda se verser du café et se demanda pour la... Il avait perdu le compte du nombre de fois où il s'était interrogé. Et cela n'avait pas d'importance, parce que la réponse était toujours la même. Maintenant qu'elle savait ce qui s'était passé, elle avait pitié de lui. Et cela l'irritait plus qu'il ne l'aurait cru possible.

Il avait souvent saisi cette lueur dans le regard des autres. Heureusement, ils paraissaient avoir oublié ce sentiment maintenant qu'il s'appliquait à compenser son handicap et à tenir sa place dans la communauté.

C'était une des raisons pour lesquelles il aimait tant sa sœur. Elle n'avait jamais eu cette expression de pitié que son cerveau s'empressait de traduire par « Pauvre garçon ! ». Loin de se montrer indulgente, Nat l'avait harcelé dès sa sortie de l'hôpital en lui répétant que sa tâche n'était pas de faire le compte de ce qu'il ne pouvait plus faire, mais de trouver le moyen de faire tout ce qu'il faisait avant.

— C'est un beau sourire.

La voix douce d'Amanda le tira en sursaut de ses pensées. Il se sentait mieux après deux bonnes nuits de sommeil – heureusement ininterrompues – mais il ne s'était pas rendu compte à quel point ce serait pesant d'être chez Amanda. Il songea à nouveau qu'il préférait sa colère. Cela, au moins, il pouvait le comprendre. Alors qu'aujourd'hui il ignorait ce qu'elle pensait en dehors de cette fichue pitié.

— Je pensais... à ma sœur.

Elle lui sourit.

— Natalie ? Comment va-t-elle ?

— Elle a grandi, dit-il avec mélancolie.

— Ça n'a pas l'air de te rendre heureux.

— La petite fille me manque. Mais je ne l'échangerais pour rien au monde contre la femme étonnante qu'elle est devenue.

Elle fit le tour de l'îlot de cuisine et vint poser la main sur la sienne. Il sursauta à ce geste inattendu.

— C'est merveilleux. Je suis contente pour toi.

Il risqua un regard dans sa direction. Pour une raison quelconque, l'image qui lui vint à l'esprit fut celle de la première fois où il l'avait vue. Il tenait compagnie à Greg, qui attendait sa fille. C'était un jour d'été radieux et, quand elle était sortie de la Camaro, ses cheveux qui semblaient bruns dans la voiture étaient soudain devenus d'une superbe teinte d'or rouge.

Puis elle s'était tournée dans leur direction. Vêtue d'un jean moulant, d'un corsage blanc sans manches et de sandales à fines lanières, elle se déplaçait avec une grâce éminemment féminine. Les mots s'étaient étranglés dans sa gorge.

« Tu as l'autorisation de remarquer sa beauté », avait dit Greg.

Et Adam n'avait pas pu décider si cette lueur soudaine dans l'œil de son coéquipier relevait de l'amusement ou de l'avertissement.

« – Je... Oui, elle est belle.

— Oui.

— Elle est quoi ? avait joyeusement demandé Amanda en les rejoignant.

— Toi, avait dit Greg d'un ton taquin en la serrant dans ses bras.

— Moi, je suis moi ? avait-elle lancé avec une note affectueuse qui avait réchauffé Adam. »

Il savait qu'ils étaient proches l'un de l'autre, car sa mère était morte quand elle était très jeune, mais c'était autre chose d'en être témoin. Greg les avait présentés l'un à l'autre, Adam avait bredouillé des salutations maladroites et...

Amanda le sortit brusquement de sa rêverie.

— Où étais-tu ?

— Je... Je me souvenais. De la première fois que je t'ai rencontrée.

Elle sourit avec une note de tristesse.

— Je m'en souviens aussi. J'étais agacée que mon père m'ait dit quel policier vif et intelligent tu faisais, mais qu'il ait oublié de mentionner à quel point tu étais beau.

Adam ouvrit la bouche puis la referma, se disant que mieux valait ne rien dire que de proférer une ineptie. Il fut ravi – au début – qu'elle reprenne la parole.

— J'ai peur d'avoir été un peu snob. Préjugé de citadine, je pense. Je savais que tu étais né dans un ranch, et je crois que j'avais des a priori sur les garçons de la campagne. Mais dès que je t'ai vu, ils ont volé en éclats.

Elle se mit à rire d'elle-même, ce qu'il trouva... adorable.

— J'aurais dû me douter que ce n'est pas pour rien que les femmes aiment tant les cow-boys.

Il se leva brusquement, manquant renverser le reste de son café.

— Pourquoi fais-tu ça ?

— Quoi ? Me souvenir ? C'est toi qui as commencé...

— Me parler comme à... un ami.

— Nous ne sommes pas amis, c'est vrai, dit-elle d'un ton attristé. Je sais qu'il faudra beaucoup plus que des excuses pour réparer une erreur longue de cinq ans.

— Tu n'as rien à réparer.

— Oh ! mais si ! Je t'ai mal jugé, je t'ai fait des reproches et...

— Amanda...

— J'avais quelqu'un sous la main, qui admirait et respectait mon père, et je lui ai tourné le dos parce que j'étais trop absorbée dans mon chagrin pour voir la vérité.

Elle poussa un petit soupir.

— Si tu me détestes à cause de ça, je comprendrai, parce que c'est ce que je mérite.

Adam la dévisagea, bouche bée. Il avait l'impression que le monde était sens dessus dessous. Elle pensait que c'était *lui* qui la détestait ?

— Et, poursuivit-elle pendant qu'il la fixait, muet, je vois que j'ai du pain sur la planche.

Avec un sourire éblouissant, elle ajouta :

— Mais mon père avait raison, je suis très têtue.

Il ne la croyait toujours pas.

Amanda avait les yeux braqués sur le tableau blanc qu'ils avaient installé dans le bureau. Il lui avait fallu un moment pour trouver les feutres adéquats, et seulement deux d'entre eux écrivaient encore après tout ce temps. Mais en se limitant à deux catégories – ce qu'ils savaient et ce qu'ils supposaient – c'était assez. Ils cherchaient des liens. Et pour l'instant elle n'en voyait aucun qui relie Malachi au mystérieux Pix.

« Ne vous préoccupez pas de savoir si on peut le prouver ou non pour l'instant, leur avait dit Quinn avant d'aller rattraper quelques heures de sommeil. »

En laissant avec eux le toujours vigilant Cutter.

Du coin de l'œil, elle vit Adam gratter le chien derrière l'oreille droite.

— Quand est-ce que tu vas dormir aussi une bonne nuit, le chien ?

L'animal frotta la tête sur le bras d'Adam. Son bras droit, remarqua Amanda. Au bout d'un instant, le mouvement cessa, et le regard d'Adam passa du chien à son coude blessé. Il le plia et une expression perplexe passa sur son visage.

— Qu'est-ce qu'il y a ? demanda-t-elle.

— Rien. Je veux dire… J'avais un peu mal, et c'est passé. Quand il a fait ça.

Elle s'avança entre eux et caressa la tête de Cutter.

— Tu fais des merveilles mon chien, hein ?

L'animal la fixa avec intensité, reporta son regard sur Adam puis à nouveau sur elle.

— Ça te fait toujours mal ? demanda-t-elle.

Cela seul suffit à refermer Adam. Son expression se durcit et sa voix fraîchit.

— Ce n'est pas ton problème.

— Je sais. C'est juste que je n'aime pas que tu souffres en permanence.

Une lueur traversa les yeux d'Adam, comme un éclair derrière des nuages.

— Dois-je te dire ce que tu peux faire de ta pitié ?

— Ce n'est pas de la pitié, répliqua-t-elle avec une politesse exagérée. Mais pourquoi ne la ranges-tu pas où tu mets habituellement tes bonnes manières ?

Durant un instant, il parut stupéfait. Si elle avait eu vraiment pitié de lui, se dit Amanda, elle n'aurait pas réagi ainsi. Était-ce trop compliqué à saisir pour lui ?

— Je ne suis pas sûr de les avoir prises avec moi, marmonna-t-il enfin.

Elle sourit.

— Oh si ! je les ai vues, dit-elle. Tu tiens les portes, tu nettoies derrière toi et tu ne te plains jamais. Et je parie que tu soulèves ton chapeau pour les dames.

Il éclata de rire. Ravie de lui avoir tiré cet instant de plaisir, elle le regarda avec un grand sourire.

— Tu le fais, n'est-ce pas ?

— Ça fait partie des usages du chapeau de cow-boy, dit-il. Règle n° 2, je crois.

Plaisantait-il ? Réjouie, elle prit la balle au vol.

— Et la règle n° 1 ?

— Ne jamais toucher le chapeau d'un autre homme.

Elle rit à cela.

— Il y en a d'autres ?

— Bien sûr. Et des superstitions. Comme ne jamais poser un chapeau sur le côté, parce que toute la chance s'en déverse.

— Et quoi d'autre ? demanda-t-elle, plus amusée par ces enfantillages qu'elle ne l'aurait imaginé.

C'était l'Adam dont elle se souvenait, celui qui l'avait tant attirée.

— Ça porte malheur de porter son chapeau à l'envers.

Elle haussa un sourcil.

— Beaucoup de jeunes l'ignorent, alors.

— Je ne crois pas que ça s'applique aux casquettes.

— Tant mieux pour eux, dit-elle. Tu en as d'autres ? Il s'agit toujours de bonheur et de malheur ?

— Pour la plupart, dit-il.

Il parut sur le point de dire autre chose, puis se ravisa.

— Nous devrions revenir à nos moutons.

Sa voix était à nouveau morne et plate, sans trace de cet Adam plus jeune et plus heureux.

25

Adam fixait le tableau, incrédule à l'idée qu'il avait failli dire que cela portait malheur de poser son chapeau sur un lit.

Parler de lits avec Amanda Bonner était en tête de liste des choses à ne jamais faire avec elle. Mais la manière dont elle lui avait souri... Comment était-il censé le prendre ?

« J'aurais dû me douter que ce n'est pas pour rien que les femmes aiment tant les cow-boys. »

Il ne se voyait pas vraiment comme un cow-boy ces derniers temps, même s'il chevauchait, rassemblait le bétail et portait un chapeau. Son père se disait rancher, mais le ranch lui appartenait. Alors qu'était-il donc ?

Un flic raté. C'est ça que tu es.

Il fixa sans les voir les deux colonnes. La première contenait ce qu'ils savaient – Pix – et l'autre ce qu'ils ne savaient pas, à savoir qui ou qu'était Pix. Il n'avait pas besoin de les lire, il avait tout mémorisé. Mais cela lui permettait de ne pas regarder Amanda. Parce que son tout premier regard ne cessait de le hanter.

À l'époque, le fait qu'elle soit la fille de son coéquipier était un obstacle majeur. Une complication dont sa jeune carrière de flic n'avait nul besoin.

Et maintenant, tu as une complication dont tu n'as nul besoin et qui est là pour de bon.

Il serra la main droite aussi fort qu'il le put. Le chirurgien avait fait du bon boulot en gardant ses nerfs intacts. En dehors de son petit doigt, sa main fonctionnait très bien, sauf que la moitié du temps elle ne lui obéissait pas.

Il repoussa ces pensées. Il ne supportait pas plus de s'apitoyer sur lui-même que de subir la pitié d'autrui. La seule chose qui dominait c'était sa culpabilité, pour laquelle il n'y avait pas d'issue. Il était impossible de s'y adapter ou de la faire diminuer. C'était seulement une des données de sa vie.

— Tu sais ce que je n'ai jamais compris ?

La voix d'Amanda interrompit le fil de ses pensées. Durant un instant, il crut qu'elle allait faire à nouveau assaut de cette pitié tant haïe. Il ne pouvait plus le supporter. Mais il vit qu'elle étudiait la carte épinglée au tableau, sur laquelle il avait noté les lieux mentionnés par Greg.

— Quoi ? demanda-t-il prudemment.

Elle désigna la carte.

— Pourquoi était-il là où il était ?

Adam sentit son estomac se nouer quand il comprit de quoi elle parlait. Là où Greg Bonner était mort.

C'était une question qu'il s'était posée plus d'une fois.

— Je veux dire, pourquoi de ce côté-ci du magasin ? dit-elle avec calme, comme s'il s'agissait d'une énigme. Il faisait noir, si j'ai bien compris, on ne pouvait pas le voir, mais...

— On ne peut pas voir la devanture depuis cet endroit.

— Exactement, dit-elle.

Il se demanda si, comme lui, elle était retournée là-bas pour essayer de comprendre. Lui-même l'avait fait tant de fois qu'il en avait perdu le compte.

— L'enquête avait probablement raison, dit-il d'un ton mesuré.

— Tu veux dire qu'il vérifiait l'arrière du bâtiment ?

— Nous nous garions quelquefois là, pour avoir vue sur la rue et sur ce panneau STOP que tout le monde brûlait.

— J'imagine que c'est logique, mais le temps que vous arriviez, l'employé pensait qu'ils étaient partis, alors tu as pensé qu'il avait sans doute vérifié.

— Il l'a peut-être fait après coup, comme l'enquête l'a dit.

Il avait ressassé cela un bon moment mais n'avait jamais pu renoncer tout à fait à se poser ces questions. Ce n'était pas qu'il ne croyait pas aux conclusions de l'enquête, mais cela le dérangeait un peu. Non que cela change quoi que ce soit, Greg était mort, et rien ne pourrait modifier cela.

Il l'entendit pousser un soupir.

— Je suis désolée. Je ne voulais pas remuer ça encore une fois. Je sais que le sujet est rebattu, mais…

— Ne t'excuse pas. Je comprends.

Elle se retourna pour le dévisager.

— Tu ne peux pas laisser tomber non plus, hein ?

C'est davantage une affirmation qu'une question, mais il répondit néanmoins.

— Jamais.

Calmement, elle dit alors :

— La différence entre toi et moi, c'est que je ne peux pas parce que c'était mon père. Toi, tu ne peux pas parce que tu te sens responsable, peu importe combien de fois on t'a dit que ce n'était pas ta faute.

— Les gens qui disent ça n'étaient pas là.

— Quinn était là. Et c'est l'homme le plus sensé que je connaisse.

— C'est vrai. Mais il n'est pas policier.

Elle continua de le regarder d'un air songeur.

— Si c'était mon père qui était entré et que c'était toi qui avais pris la balle de Malachi… Tu le lui aurais reproché ?

Il faillit grogner en l'entendant poser la question qu'il s'était posée si souvent. Il était certain que Greg aurait réagi différemment, qu'il aurait su que le complice était à proximité. Greg avait cet instinct que lui-même n'avait pas eu le temps de se forger, l'instinct d'un homme qui avait passé sa carrière à étudier le raisonnement des criminels pour pouvoir protéger les innocents.

— Il ne te l'aurait pas reproché, dit Amanda avec une certitude tranquille. Je le sais.

— Mais toi, tu l'as fait, souligna-t-il.

— Je sais. Injustement. Je te l'ai dit, j'avais tellement mal, qu'il fallait que j'explose. Et tu étais la cible la plus évidente. C'est quelque chose que je regretterai jusqu'à ce que tu me pardonnes. Et si tu n'y arrives pas, il faudra que je vive avec cette culpabilité.

Il était déchiré entre l'envie de lui dire qu'elle n'avait rien à se reprocher et celle de lui souhaiter bon courage, car il était bien placé pour savoir qu'on apprenait à vivre *malgré* la culpabilité, non avec. Puis cela la frappa : elle avait dit : « Jusqu'à ce que tu me pardonnes. » Elle voulait qu'il lui pardonne ?

Elle l'avait dit avant. « Si tu me détestes à cause de ça, je comprendrai, parce que c'est ce que je mérite. »

Le monde était vraiment sens dessus dessous.

Liam Burnett avait une présence tout à fait différente, s'aperçut très vite Amanda quand il prit son tour de garde. Alors que Quinn était imposant, Liam, avec son accent du Texas et son apparence juvénile, était vif et souriant.

Et quand il regardait Cutter les pousser l'un vers l'autre aux moments les plus bizarres – et les plus embarrassants – son sourire apparaissait fréquemment.

— Tu ne t'en lasses pas, hein le chien ? avait-il dit en traînant exprès sur la dernière syllabe.

— De quoi ? avait-elle demandé.

— De son autre talent. Auquel je serai éternellement reconnaissant, comme tout le monde à Foxworth.

Il n'avait pas donné d'autre explication et lui avait dit en souriant qu'elle le découvrirait un jour.

En dehors de cela, ils le voyaient peu. Il patrouillait autour de la maison du crépuscule à l'aube. Il empruntait Cutter pour faire une ronde la nuit, mais le renvoyait après cela. Il demandait que le dernier à aller au lit le prévienne, de même que le premier à se lever. Il répondait immédiatement quand ils le contactaient avec le téléphone Foxworth. Elle ignorait où il dormait, s'il dormait. Cela l'ennuyait, mais elle ne pouvait nier qu'elle se sentait plus en sécurité.

Avoir Adam dans la maison lui donnait le même sentiment, mais d'une autre manière.

Pour finir, elle avait accepté de ne pas prendre d'autres rendez-vous et de rester chez elle, même si elle justifiait cette décision par l'intention de revoir les informations qu'ils possédaient. Et si elle avait du mal à s'y atteler, c'était à cause de la présence d'Adam.

Son père lui avait dit plus d'une fois que lorsqu'on avait deux problèmes, il suffisait de se concentrer sur l'un pour trouver la réponse à l'autre, grâce à la part de cerveau libérée. Elle avait découvert que c'était vrai, mais le premier de ses problèmes – qui lui voulait du mal ? – et le deuxième – Adam – étaient tellement intriqués qu'il était difficile de les séparer.

Elle se trouvait à la fenêtre de la cuisine, regardant dans le jardin. Adam y lançait une balle de tennis à Cutter. Durant quelques instants, elle se contenta de suivre ses mouvements en essayant de ne pas fantasmer sur son grand corps musclé. Puis, rejetant toute prudence, elle décida de jouir du spectacle – du moins tant qu'il ne la voyait pas le regarder.

Pas de doute, Adam Kirk n'avait rien perdu de sa beauté.

À cet instant, elle se rendit compte qu'il lançait la balle de la main gauche. Plutôt bien, pensa-t-elle, en se demandant s'il s'y était exercé.

Tout à coup il fit passer la balle dans sa main droite, la regarda un instant, puis la lança d'un geste maladroit. Elle ne fila pas aussi loin et rebondit sur le côté, freinée par ce coude qui ne permettait pas un mouvement naturel. Amanda repensa à ce que Hayley avait dit, à savoir que ce n'était pas seulement le dégoût de la chirurgie qui avait poussé Adam à refuser l'opération.

Et soudain, en voyant Cutter rapporter la balle et Adam la reprendre, en pensant à ce que cela devait être de vivre avec ce rappel physique constant, elle comprit soudain ce que c'était.

Il se punissait.

26

— Je suis contente que tu sois là.

Adam leva les yeux du dossier qu'il feignait de relire. Amanda l'avait dit avec douceur, et il s'attendait à voir Cutter s'appuyer contre elle, comme il le faisait souvent.

Elle le regardait. Cutter était à cinq mètres, blotti devant la cheminée, où Adam avait fait un feu pour lutter contre le froid et l'humidité. Le chien avait posé la tête sur ses pattes, et ses yeux ambre passèrent du canapé où Amanda était assise à la chaise sur laquelle il s'était carré.

Adam ne sut que dire. Mieux valait sans doute croire ces mots.

— Personne n'a envie d'être seul dans ces circonstances.

— Alors laisse-moi le reformuler. Je suis contente que ce soit toi qui sois ici.

Il s'immobilisa.

— Si c'était Quinn, tu gagnerais au change.

— Pourquoi ?

— Parce que… c'est sa vocation. Il protège les gens.

— C'était aussi ta vocation, avant.

— Et toi entre toutes, tu sais comment ça a tourné.

— Arrête !

Elle l'avait dit d'un ton tellement tranchant qu'il recula un peu.

— Tu ne te fatigues jamais de te faire des reproches ?

— Si, dit-il avec sincérité.

— Alors arrête.

— Ce n'est pas parce que ça me fatigue que ça change les faits.

— Oui, les faits sont les faits, c'est ton interprétation qui n'est pas la bonne.

Elle l'avait dit d'un ton si neutre qu'il se trouva à court de mots.

— Et je sais, c'est moi qui t'ai accusé de ce que tu t'accuses. C'est pour ça que je vois clairement que tu te trompes, parce que maintenant je sais que je me trompais.

Il ouvrit la bouche, la referma et secoua la tête avec lassitude.

Amanda se leva soudain, posant le bloc sur lequel elle écrivait.

— Écoute, dit-elle en se plantant devant lui, c'est en grande partie ma faute, parce que c'est moi qui t'ai crié dessus alors que tu étais faible et souffrant. Je ne me le pardonnerai jamais, alors je sais aussi ce que c'est que de ne pas se pardonner.

— Tu n'as dit que ce que je pensais déjà.

— Mais je l'ai solidement ancré dans ta tête, non ?

Ce n'était pas une question, et Adam ne répondit pas.

— Je ne peux pas revenir en arrière et ne pas dire ce que j'ai dit, mais si je le pouvais, je le ferai tout de suite. Alors dis-moi, Adam, que puis-je faire ? Comment puis-je réparer ça ?

Une dizaine de réponses à cela, comprenant pour la plupart des choses qu'il n'avait jamais osé penser à son propos, se pressèrent dans son esprit. Il coupa court à ces idées. Ce n'était pas parce qu'elle ne le détestait plus qu'elle était prête à emprunter la voie qu'il imaginait soudain.

— Amanda..., commença-t-il.

Il s'arrêta parce qu'à ses propres oreilles sa voix sonnait rauque, tendue et douloureuse.

Soudain, Amanda poussa un cri de surprise. Avant qu'il puisse réagir, elle tomba. Sur lui. Il comprit que ce n'était pas intentionnel à la manière dont elle jetait les mains en avant pour se rattraper. Il essaya de la faire pivoter pour qu'elle ne heurte pas le bras du fauteuil ou, pire, tombe à terre.

Elle atterrit sur ses genoux. Et la première chose qu'il vit en reprenant son souffle fut Cutter, assis devant eux, l'air immensément content de lui.

— Il m'a heurtée, dit Amanda d'une voix un peu essoufflée. Je ne voulais pas... te tomber dessus, mais il est arrivé par-derrière et...

— Il t'a poussée ? suggéra Adam.

Elle le regarda d'un air perplexe.

— Oui. Comment...

— On m'a dit qu'il... pousse les gens quand il veut qu'ils se rapprochent.

Elle se mit à rire. Il se tut de crainte qu'elle ne se relève. Il voulait la garder sur ses genoux encore un moment, car c'était meilleur que tout ce qu'il avait éprouvé en cinq ans.

— Je le crois, dit-elle comme si elle ne se rendait pas compte de sa position. Je l'ai déjà vu faire ça. Mais pourquoi...

La voix d'Amanda mourut.

— Je..., commença-t-elle, puis elle s'interrompit et le dévisagea.

Il s'entendait respirer laborieusement et sentait ses lèvres s'assécher. Mais il ne pouvait s'arrêter de la regarder. Et ce fut grâce à cela qu'il vit l'instant où les yeux d'Amanda s'écarquillèrent de surprise, puis se réchauffèrent sensiblement.

Elle l'embrassa.

Dans ses rêves les plus fous – et il ne pouvait nier qu'il en avait eus – il n'aurait jamais pensé à cela. Oh ! pas qu'elle l'embrasse, mais à la sensation que cela lui donnait. Il n'avait jamais rien ressenti de pareil.

Une explosion de chaleur l'envahit, comme s'il avait été touché par un lance-flammes. Ses lèvres, le goût de sa bouche et sa timidité le galvanisèrent. Sa timidité, par-dessus tout. Le désir était trop fort pour être nié, et il lui rendit son baiser, alors même qu'il était conscient de jeter de l'huile sur un brasier qui n'aurait jamais dû être allumé.

Mais ce n'est pas moi qui l'ai fait. C'est elle.

Et il ne savait que penser. Il sentit alors le léger contact de sa langue sur ses lèvres et cessa tout à fait de penser.

Amanda avait l'impression de frémir de tout son être. Jusqu'au moment où elle était passée à l'acte, elle n'avait pas eu conscience d'en avoir autant envie et depuis si longtemps. Une part de son esprit se demanda encore si c'était cela qui avait alimenté sa colère envers lui. Mais elle rejeta cette pensée fugace dans un coin de sa tête car, pour l'instant, elle voulait davantage. Davantage de ce désir stupéfiant.

Il avait été manifestement surpris au début, et elle ne pouvait le lui reprocher. Mais quand il avait commencé à lui rendre son baiser, quelque chose de nouveau, d'électrique et de terriblement excitant avait galvanisé ses nerfs. C'était la sensation qu'elle avait eue la première fois qu'elle l'avait vu, mais multipliée par cent.

Il lui prit le visage entre les mains pour approfondir le baiser qu'elle avait entamé. Elle sentit ses doigts plonger dans ses cheveux, puis l'une de ses mains glissa derrière sa tête et la tint tandis qu'il la goûtait. Elle lui caressa la langue et l'entendit émettre un son bas, rauque, qui suscita une nouvelle bouffée de désir en elle.

Elle se rapprocha de lui.

— Adam ? fit-elle d'une voix essoufflée.

— Désolé, je suis perplexe, dit-il avec une note qu'elle ne put identifier. Il y a une semaine, tu avais envie de me tuer.

Elle se sentit rougir, même si elle avait tellement chaud qu'elle n'en était pas sûre.

— Il y a une semaine, je me cramponnais à un mensonge.

Il poussa un long soupir las.

— Ce n'était pas un mensonge. Ça n'en est toujours pas un. J'aurais dû…

Elle leva un doigt et le posa sur ses lèvres pour le faire taire. Seigneur, quelles lèvres ! Elle sentit la tristesse monter en elle, chassant l'excitation.

— Non. Je suis désolée pour ce que j'ai dit ce jour-là. Maintenant, considère que c'est une autre manière de te faire les excuses que je te dois.

— Tu n'as…, commença-t-il avant qu'elle retire la main.

— Si.

Elle lui adressa un sourire laissant paraître sa tristesse.

— Et un jour, j'espère que tu les accepteras.

Elle ne put s'en empêcher et toucha à nouveau ses lèvres. Puis elle recula, consciente qu'elle en attendait trop et trop vite d'un homme qui savait qu'elle l'avait haï pendant cinq ans. Que cela ait été une erreur ne comptait pas, pas encore. Elle espérait seulement qu'un jour, cela changerait.

— Si tu y arrives un jour dis-le-moi, dit-elle doucement.

— Tu veux une lettre recommandée ?

Elle ne lui reprocha pas son sarcasme. Tout le monde aurait ce sentiment, supposait-elle, après ce brutal revirement. De la haine à... quoi que ce fût.

— Non, dit-elle doucement. Il suffira d'un baiser.

Elle se leva, à contrecœur. Son désir grandissant lui garantissait qu'elle aurait mal. Parce qu'il la regardait non comme une femme qu'il aimerait embrasser, mais comme une femme qu'il n'était pas certain de vouloir jamais côtoyer.

27

Adam était assis sur la terrasse, savourant la fraîcheur de l'air. Il y avait certaines choses qui ne changeraient jamais dans sa vie. Son amour des grands espaces. Son amour de sa famille, qui était son roc, son fondement, la source de sa gravité. Son amour des chiens et des chevaux.

Une fois entré dans la police, il avait compris que Greg Bonner était aussi solide qu'il était possible de l'être. Il en était rapidement venu à l'admirer et à le respecter. Et d'une certaine façon, il avait fini par connaître sa fille, tant Greg en parlait souvent. L'amour qu'il percevait dans sa voix le réchauffait parce que cela lui rappelait ses propres parents. Mais Greg avait élevé sa fille seul. Un père célibataire, c'était déjà assez dur, mais un père célibataire flic ?

C'est pourquoi, la première fois qu'il avait posé les yeux sur Amanda, Adam avait étouffé ses réactions.

« Tu as l'autorisation de remarquer sa beauté. »

Remarquer, mais rien de plus. Même en manière de taquinerie, c'était un avertissement, et Adam l'avait pris ainsi.

« Ne le prends pas personnellement, ce sont tous les flics que je mets en garde. Ce n'est pas la vie que je veux pour elle. »

Il avait immédiatement compris ce que Greg voulait dire. Amanda avait perdu sa mère si jeune que la dernière chose que voulait son père c'était introduire dans sa vie la possibilité d'une nouvelle tragédie. Et Adam avait donc impitoyablement refoulé cet élan, à la fois physique et émotionnel, qu'il éprouvait chaque fois qu'il la rencontrait. Après cette affreuse nuit, bien sûr, tout cela était devenu sans objet, parce qu'Amanda ne le regardait plus qu'avec mépris. Et avec raison.

Mais elle m'a embrassé.

Elle a pitié de toi.

Ce débat interne se poursuivit tandis qu'il essayait de relire le dossier. Il doutait de trouver quoi que ce soit de neuf, mais il le faisait tout de même pour s'occuper. Quinn avait souligné que la sécurité d'Amanda était la priorité absolue.

« Si ça prend deux fois plus longtemps de les épingler, parce qu'ils savent que tu es surveillée ainsi soit-il, avait-il dit quand Amanda avait suggéré à nouveau de leur tendre un piège. Nous ne prendrons aucun risque. »

Quinn avait paru un peu préoccupé quand elle avait tourné les talons. Adam avait dit vivement :

« – Tu parles exactement comme Greg quand il était en mode protecteur. C'est-à-dire tout le temps.

— Ah bon ? avait dit Quinn d'un air compréhensif. »

Et maintenant Quinn, l'homme le plus apte à la protéger, était parti, la laissant avec l'homme le moins apte à cela.

Mais peut-être pas, pensa-t-il sombrement. Parce qu'il savait au fond de lui que si l'on en arrivait à cela, il n'hésiterait pas une seconde à offrir sa vie pour sauver la sienne. En fait, c'était la seule chose qui lui semblait à même de réparer son échec.

Mais Liam était là aussi pour la protéger, et Adam soupçonnait qu'il fallait compter avec ce Texan souriant et décontracté. Et puis il y avait le chien, qui ne ressemblait à aucun autre, même parmi les dizaines de chiens du ranch.

— Que voilà un sourire nostalgique !

Il réprima un sursaut pour ne pas montrer à Amanda à quel point elle l'avait surpris.

— Je me souvenais...

Et avant que les choses prennent un tour dangereux, il ajouta :

— De Joker. Un chien que nous avions quand j'étais petit.

S'asseyant dans le fauteuil près de lui, elle jeta un coup d'œil à Cutter étendu sur la terrasse, dont les oreilles tressaillaient de temps à autre.

— Il était comme Cutter ? demanda-t-elle.

— Pas aussi intelligent, répondit-il.

Il regretta aussitôt ces mots en se rappelant qui avait provoqué le baiser le plus émouvant de sa vie. Il poursuivit en hâte :

— Joker menait une vendetta personnelle contre les coyotes. S'il en repérait un, il se mettait en chasse avec l'envie évidente de lui sauter à la gorge.

— Et ?

— Un jour où je travaillais dans la grange, il est entré en transportant quelque chose. Il l'a déposé dans la paille et s'est mis à gémir. Ce chien ne gémissait jamais.

Elle fronça les sourcils.

— Il en avait attrapé un ?

— Non, pas attrapé. Il avait trouvé un petit, blessé, qui avait l'air d'avoir été attaqué par un faucon ou un autre prédateur. Et Joker me regardait comme Cutter regarde les Foxworth. Ce regard qu'ils appellent : « Fais quelque chose. »

Elle souriait désormais.

— Donc le chien qui menait une vendetta contre les coyotes t'a apporté un bébé coyote pour que tu le soignes ?

— Exactement.

Le sourire d'Amanda s'épanouit en une chose merveilleusement chaude.

— Qu'est-ce que tu as fait ?

Il grimaça légèrement.

— Eh bien, je savais ce que mon père aurait fait – les coyotes étaient un fléau pour lui, comme pour la plupart des ranchers —, mais je ne pouvais pas m'y résoudre. Donc je l'ai nettoyé du mieux que j'ai pu, je l'ai pansé et je l'ai caché sous une planche dans la cabane du puits. Joker le gardait comme si c'était son propre petit.

— Et toi ?

— Je venais voir comment il allait. Je volais un peu de nourriture pour lui. Il aurait eu besoin d'un vétérinaire, mais je savais que mon père s'y opposerait. En fait, il parlait d'aller chasser parce qu'il y avait des coyotes qui rôdaient autour du ranch. Il a commencé à engueuler Joker parce qu'il ne faisait pas son travail.

— Les parents ? devina-t-elle.

— Oui. Du moins, c'est ce que je me suis dit. C'était la seule raison crédible pour laquelle Joker ne les chassait pas.

Elle avait l'air tout à fait fascinée, les coudes sur les genoux, comme si on lui lisait une histoire passionnante.

— Que s'est-il passé ensuite ?

— Quand il a guéri et repris des forces, je l'ai transporté là où les adultes rôdaient. Je l'ai déposé par terre, et Joker et moi sommes retournés au puits et avons attendu. Au bout de quelques minutes, les parents sont venus le chercher.

— Tu crois qu'il s'en est sorti ?

— Je sais qu'il s'en est sorti. Quelques années plus tard, en chevauchant le long de la clôture, je l'ai vu. Je l'ai reconnu à la cicatrice sur son épaule. Et à la manière dont Joker et lui se sont arrêtés net en s'apercevant.

— C'est formidable, Adam. C'est une super histoire. Ton père l'a découvert ?

Il lui adressa un sourire ironique.

— Il savait. Tout du long.

— Quoi ? s'étonna-t-elle.

— Il était allé regarder dans la cabane. Mais il n'en a jamais rien dit.

— Alors comment sais-tu qu'il savait ?

— Quelques mois après ça, nous parlions d'autre chose. D'exceptions à la règle. Et il m'a dit qu'on ne devait pas toucher aux petits. Puis il m'a regardé de cet air qu'on appelait : « l'air de papa » et a ajouté : « même des coyotes. »

Elle le dévisagea un demi-sourire aux lèvres. La petite note rauque de sa voix lui fit l'effet d'une plume quand elle dit :

— Je crois que j'aimerais bien ton père.

— Et il t'aimerait aussi. C'est un homme bien.

Il s'efforça de ne pas penser trop fort à quel point il aimerait que cela soit possible.

Amanda s'adossa à son siège, comme si elle avait l'intention de rester dehors malgré le froid. Elle portait un gros pull et des bottines en mouton, mais il n'était pas sûr que ce soit assez. Lui-même sentait le froid, mais il était sorti sans sa veste précisément pour cette raison, pour se refroidir un peu...

Il se surprit à lui jeter un regard à la dérobée, en se demandant si elle regrettait de l'avoir embrassé. Elle n'en avait pas l'air, mais il ignorait ce que cela voulait dire. *Si* cela voulait dire quelque chose.

— Parle-moi de ta sœur.

Cela le surprit.

— Nat ? Qu'est-ce que tu veux savoir ?

— Elle te ressemble ?

Il esquissa un sourire ironique.

— Non, elle est jolie.

Amanda lui adressa un sourire qui faillit lui provoquer un arrêt cardiaque.

— Toi aussi.

Elle ne lui laissa pas le temps de réagir et poursuivit :

— À qui ressemble-t-elle ?

— Davantage à ma mère, réussit-il à dire. Les cheveux plus clairs et les yeux bleus.

— Comment est-elle ?

— Intelligente. Gentille.

Il hésita, puis ajouta :

— Heureuse.

Le sourire qu'elle lui adressa recelait une touche de mélancolie.

— C'est quelque chose auquel il faut aspirer.

— Oui, approuva-t-il de tout son cœur. Elle est vraiment heureuse depuis qu'elle a terminé l'école.

— Est-elle aussi allée à WSU ? demanda-t-elle.

— Oui, encore une étudiante de Wazoo, comme papa et maman. Elle a eu son diplôme avec mention.

— Tu as l'air fier d'elle.

— Je le suis. C'est une gosse géniale.

Il fit la grimace.

— Enfin, elle a vingt-quatre ans maintenant, ce n'est plus une gosse, mais ce sera toujours ma petite sœur.

— Je suis heureuse qu'elle ait un grand frère comme toi pour veiller sur elle.

— C'est plutôt le contraire, maintenant.

— Je suis contente qu'elle soit là pour toi.

— Nat est... spéciale.

— Papa parlait beaucoup de toi, dit-elle, passant du coq à l'âne. Il disait que c'était rare de rencontrer un gamin – il disait aussi « gamin » en parlant de toi – avec des bases aussi solides. Il disait qu'il aimerait rencontrer tes parents un jour, parce que cela venait sûrement d'eux.

— Oui, si j'en ai, c'est grâce à eux, dit-il, la gorge serrée.

— Mais elles ne sont pas assez solides.

Il recula légèrement.

— Quoi ?

— Si elles avaient été vraiment solides, elles n'auraient pas été emportées par ta culpabilité. Tu aurais compris que tu ne pouvais rien faire, même quand une folle furieuse te hurlait dessus.

— Mais...

— Je sais, je sais, tu n'aurais pas cru l'employé sur parole, tu serais resté dehors même si ton supérieur te disait d'entrer, tu aurais senti comme par magie que le complice du cambrioleur s'était attardé pour une raison inexplicable... Tu ne demandes pas un peu trop ?

Adam fut réduit au silence en l'entendant présenter ce qui s'était passé sous ce jour. Elle n'avait pas seulement rendu ce qu'il avait fait raisonnable, mais ce qu'il se disait le contraire de raisonnable.

Elle tira sur son pull pour s'envelopper plus étroitement. Il saisit cette chance d'achever cette conversation inconfortable.

— Tu devrais rentrer. Il fait froid maintenant.

— Ce qui explique pourquoi tu restes dehors, rétorqua-t-elle.

Puis, plus doucement, elle demanda :

— Ça te manque, chez toi ? Les grands espaces ?

Il regarda autour de lui.

— Ce n'est pas si mal, ici.

— C'était beaucoup mieux quand nous avons emménagé. Maintenant, la ville s'est étendue au point de nous englober.

— Tu as l'air de t'en ficher un peu.

— Non, je ne m'en fiche pas. Je songe à déménager.

— À quitter cette maison ?

Cette pensée le stupéfia.

— La maison de ton père ?

— Ce n'est pas comme s'il ne venait pas avec moi, dit-elle du ton de quelqu'un qui a souvent débattu de cela en elle-même. Mais parfois, j'aimerais ne pas l'avoir aussi près de moi. Tu comprends ?

— Oui, parfaitement.

Revoir les grands espaces de son enfance était la seule chose, après sa famille, qui l'avait empêché de se tirer une balle dans la tête.

« Ça ne m'a jamais plu que tu sois policier. »

C'étaient les paroles de son père, prononcées le jour où il était rentré chez lui, faible et vacillant, le bras toujours en écharpe.

Il n'avait jamais rien dit d'autre et, à partir de là, avait traité Adam comme s'il était tout naturel qu'il soit là. Cela lui avait rendu les choses à la fois plus faciles et plus difficiles.

« Ce sont tous les flics que je mets en garde. Ce n'est pas la vie que je veux pour elle. »

Les paroles de Greg suivirent celles de son père dans son esprit. Ce souvenir était vif, douloureux. Mais ce qui pouvait le réduire en miettes s'il y pensait un peu, c'était l'idée qui suivit, et qui était bien la sienne.

Il n'était plus flic, maintenant.

28

Le baiser mis à part, c'était la conversation la plus normale qu'ils avaient eue jusque-là. Oui, il y avait des sous-entendus, mais il y en avait toujours eu entre Adam et elle.

Amanda fixa la ligne des conifères au fond de son jardin. Elle s'était souvent demandé, à l'époque, si ce qu'elle éprouvait était à sens unique. Si elle était la seule à ressentir ces crépitements électriques quand elle était en présence d'Adam.

Elle ne se posait plus la question. Parce qu'un baiser comme ça ne pouvait provenir que d'un désir à double sens. Elle l'avait senti instinctivement quand leurs lèvres s'étaient jointes.

Elle se demandait maintenant s'il avait été aussi choqué qu'il en avait eu l'air. Et si oui, pourquoi ? À cause de cette attirance immédiate et électrique ?

Ou parce qu'elle avait pris l'initiative ?

Elle supposait qu'il avait autant de mal à accepter son changement de comportement qu'elle à accepter la situation. Avait-il été surpris que l'attirance soit toujours là ?

« Ce n'est pas ce que tu veux, Amanda. Ce n'est qu'une réaction. Trop d'adrénaline. »

Quand il l'avait quittée pour s'asseoir dehors dans le froid, ses paroles avaient résonné dans son esprit. Elle ne les avait pas immédiatement rejetées et les avait au contraire soigneusement soupesées. Parce qu'il avait raison sur un point, cette situation était extraordinaire, et l'adrénaline avait coulé à flots.

Mais ce n'était pas la source de sa réaction, pour la simple raison qu'elle éprouvait cette sensation depuis le moment où elle avait posé les yeux sur lui. La situation actuelle l'avait peut-être amplifiée, mais pas causée. Elle était donc certaine de ses propres sentiments. C'étaient les siens qu'elle ignorait. Avait-elle détruit toute l'attirance qu'il avait pu ressentir à l'époque ? Elle pouvait difficilement le lui reprocher si c'était le cas, mais...

Ce baiser n'avait certainement pas eu ce goût-là, mais peut-être était-il juste sous le choc. Ou peut-être était-ce une réaction masculine ; pourquoi refuser un bon baiser ? Adam ne lui semblait pas de ce genre-là, mais elle n'avait pas beaucoup d'expérience dans ce domaine. Sortir avec des hommes était loin d'être sa priorité depuis cinq ans.

Pour finir, elle décida qu'elle ne pouvait en être sûre. Cela faisait si longtemps, et les circonstances étaient si inhabituelles qu'elle ne pouvait être sûre de rien.

Enfin si, peut-être d'une chose. Parce que, de toute façon, on ne recherchait pas la froidure à moins d'avoir... beaucoup trop chaud.

Elle faillit éclater de rire à cette pensée.

Elle le trouvait encore plus attirant maintenant, avec cette barbe de quelques jours, ce pull anthracite qui assombrissait ses yeux et ce jean déchiré.

Bizarrement, elle remarqua les chaussures qu'il portait. Ces mocassins façon mules étaient populaires en ville, mais sur lui ils étaient surprenants. Puis l'idée la frappa que oui, il portait des mules au lieu de chaussures parce que comment les aurait-il attachées ? Elle essaya d'imaginer comment elle s'y prendrait si son coude ne pouvait pas s'ouvrir complètement. Elle ne put arriver à un scénario qui n'exige pas une posture digne d'un yogi.

— Il y a quelque chose qui ne va pas avec mes pieds ?

Elle le regarda. Sa voix avait une touche de nervosité.

— Non, dit-elle, je réfléchissais seulement.

— Encore ?

Elle se souvint de ce qu'il avait dit plus tôt, et cela la fit sourire. Mais cela ne dura pas, devant l'idée qu'elle était en train de formuler dans sa tête.

— Tu as perdu beaucoup de choses, cette nuit-là. Pas seulement physiquement, mais la vie et la carrière que tu avais prévues.

Il la fixa, avec quelque chose qui ressemblait à de la glace dans les yeux.

— Comment peux-tu dire ça ? Je n'ai vraiment pas de quoi me plaindre. Toi, tu as perdu ton père. Et Greg a perdu... tout.

Elle le regarda et vit la souffrance dans ses yeux.

— Quand est-ce que tu en auras assez, Adam ? demanda-t-elle doucement. Quand auras-tu assez payé ?

Elle entendit Cutter émettre un son, à mi-chemin entre le grognement et le gémissement, comme s'il n'aimait pas non plus ses mots ou son ton. Mais elle garda les yeux fixés sur le profil d'Adam. Il était tout aussi beau sous cet angle.

— C'est pour ça que tu étais là ? demanda-t-elle finalement, même si elle n'était pas sûre de vouloir connaître la réponse. Tu essayes de réparer en veillant sur moi ? Parce que si c'est la seule raison pour laquelle tu restes, je préférerais que tu t'en ailles.

Il ne la regarda pas et ne réagit pas. Elle aurait cru qu'il ne l'avait pas entendue s'il n'avait été à moins d'un mètre d'elle.

— Nous en sommes donc là, dit-elle avec lassitude au bout d'un instant. Tu penses que j'ai pitié de toi, et je pense que tu m'aides uniquement par culpabilité.

Cutter poussa un aboiement sonore. Elle ne s'était pas rendu compte que le chien s'était levé. Mais il était devant eux et les regardait tour à tour. Son aboiement ressemblait étonnamment à un « Arrêtez ! ».

— J'ai l'impression d'être au CM1, quand Mme Gage me grondait pour mes bavardages, dit-elle avec ironie.

Elle entendit Adam émettre un son et vit du coin de l'œil qu'il réprimait un sourire.

— Hayley m'a dit qu'il dirige pratiquement Foxworth, en les laissant croire que ce sont eux les responsables, reprit-elle.

— Quinn, lui, dit qu'il est très patient avec eux, même quand il leur faut du temps pour comprendre.

Ils se sourirent soudain, et la tension se dissipa Amanda aurait voulu que ce soit toujours ainsi. Mais elle commençait à avoir froid et se leva donc.

— Tu devrais rentrer. Il fait trop froid pour rester dehors sans y être obligé.

Adam lui glissa un regard de biais, et elle se sentit rougir.

— Je promets de ne pas te sauter encore dessus.

— Alors je peux aussi bien rester ici.

À peine eut-il prononcé ces mots qu'il parut les regretter. Mais Amanda le remarqua à peine, occupée qu'elle était à essayer de réprimer l'excitation qui l'avait envahie. Cela avait été aussi incroyable pour lui que pour elle, elle le savait désormais. Et cela changeait tout.

Tout à coup, elle ne savait plus si elle voulait que la tension disparaisse. Du moins, ce genre de tension.

— Je suis désolé, dit-il d'une voix tendue. Je n'aurais pas dû dire ça.

— Je suis désolée que tu sois désolé, répondit Amanda, laissant transparaître ce qu'elle ressentait.

Il la dévisagea.

— Amanda...

— Mais je suis encore plus désolée que tu tournes le dos à ce qu'il y a de bon entre nous parce que mon chagrin a obscurci mon jugement.

— Greg méritait ce chagrin.

La voix d'Adam était rauque, et il détourna les yeux, comme s'il ne pouvait supporter de la regarder.

— C'était le genre d'homme qui maintient l'unité du monde. Le genre d'homme qui laisse un vide que rien ne peut combler.

— Et tu sais, si...

Elle s'interrompit brusquement. Durant ces jours de cauchemar, elle avait tenté d'imaginer comment ce serait si c'était l'inverse qui s'était passé. Si c'était Adam qui était resté dehors. Elle avait même souhaité que ce soit une autre famille qui soit dévastée par le chagrin. Après tout, n'avait-elle pas assez payé en perdant sa mère ? Seule la certitude que son père l'aurait regardée avec désapprobation l'avait retenue de s'abandonner à cette rêverie.

Adam la regarda à nouveau.

— Si quoi ?

— Si c'était le contraire et si c'était toi qui étais mort ce soir-là, il aurait ressenti exactement la même chose que toi. Il se serait dit que c'était sa faute.

— Mais…

— Alors, fais-nous une faveur et sois aussi indulgent avec toi que tu le serais avec lui.

Elle lui adressa le sourire le plus gentil possible.

— Et viens te réchauffer à l'intérieur.

Tournant les talons, elle rentra dans la maison.

29

« Viens te réchauffer à l'intérieur. »

Après cinq ans de pratique, il se débrouillait pour tenir son imagination en laisse. Le thérapeute que le service lui avait assigné à l'époque l'avait averti que sa tâche la plus dure serait de ne pas laisser libre cours aux suppositions.

Mais cette phrase tournait dans son esprit, et le sens qu'Amanda lui avait donné se fragmentait en toutes sortes d'autres sens. Parce qu'elle pouvait le réchauffer, comme jamais personne ne l'avait fait. Un baiser avait suffi à le prouver.

Mais elle méritait mieux.

Et il ne devait pas y penser, voir comme une possibilité quelque chose qui devait rester – et qui resterait – impossible. Même s'il avait été en quête d'une relation, il n'aurait pas dû s'intéresser à elle. Il n'avait pas le droit. Pas avec elle. Il devait...

Un coup sec le tira de ses pensées. C'était Cutter, qui le heurtait avec force, d'une truffe si froide qu'il la sentit avec sa main gelée.

— Rentre, va te mettre au chaud, dit-il au chien.

Mais l'animal resta sur place, le regard fixé sur lui. C'en était presque énervant. Adam se demanda, avec une certaine inanité, s'il y avait une différence entre les chiens qui surveillaient les moutons et ceux qui rassemblaient le bétail. Il avait toujours entendu dire que les moutons étaient stupides, mais il avait vu aussi des vaches assez stupides de son temps. De toute façon, il aurait fallu avoir une volonté de fer pour résister à ce regard.

Il n'était pas certain de l'avoir.

— Vas-y, le chien.

Cutter ne bougea pas. Adam s'efforça de regarder ailleurs. Il repéra la cime d'un arbre mort au loin et se concentra dessus. Au bout de quelques instants, il eut l'impression que le regard du chien faisait des trous dans sa peau.

Cutter le frôla à nouveau et, presque contre son gré, il le regarda. Il avait toujours le même regard fixe. Adam résista à l'envie de faire ce qu'il voulait qu'il fasse, à savoir suivre l'ordre ou la requête d'Amanda.

— Bon sang ! marmonna-t-il en secouant la tête.

Puis Cutter s'avança, s'assit devant lui et posa la tête sur son genou. En soi, ce geste était aussi captivant que son regard. Peut-être plus parce que cela le réchauffait, lui rappelait à quel point il avait froid après être resté plusieurs heures dehors.

Lentement, incapable de résister, il posa une main sur la tête du chien. Sa main droite, puisque l'animal était toujours à portée de son bras abîmé.

Cutter poussa un gémissement inquiet. Adam reprit son souffle et céda soudain.

— D'accord, le chien. Tu as gagné.

— Je vais bien, sœurette. C'est seulement… plus compliqué que je ne pensais.

— Mais Amanda va bien, n'est-ce pas ?

— Jusqu'ici oui.

— Elle t'en veut toujours ?

Adam faillit sourire de l'indignation de sa sœur. Nat était son supporter le plus féroce. Leur mère était trop heureuse qu'il ait survécu pour en parler, et leur père lui avait seulement dit que se faire des reproches ne menait à rien.

— Je pense qu'elle a pitié de moi, maintenant, dit-il, maîtrisant son amertume.

— Tu crois que tout le monde a pitié de toi, mais la plupart des gens t'admirent de t'en être si bien sorti, dit sa sœur.

— C'est drôle, elle m'a dit à peu près la même chose.

— Intelligente, hein ? dit Nat d'un ton espiègle.

Il sourit.

— Oui, approuva-t-il. Elle est très intelligente. Peut-être même plus que toi.

— Ha ha ! Comme si c'était possible !

Le sourire laissa place à un éclat de rire. Nat avait le don de le faire rire, même quand il était tellement abattu qu'il n'était pas sûr de remonter la pente un jour.

— Tu seras là pour Noël, n'est-ce pas ?

— J'espère.

Il attendit qu'elle proteste, mais au lieu de cela sa sœur lui dit d'un ton tranquille :

— Je t'aime, frangin.

— Je t'aime, frangine. Plus que tu ne l'imagine.

Durant un court instant, après avoir raccroché, il fixa son téléphone, la vue brouillée par des larmes. Il inspira fortement, fourra le téléphone dans sa poche et se retourna.

Amanda était là. En train de le regarder. Il passa automatiquement en revue la conversation avec sa sœur, se demandant ce qu'elle avait entendu.

— Tu penses que je suis intelligente ?

Il secoua la tête et vit une lueur dans ses yeux.

— Je sais que tu l'es.

Cela la fit sourire.

— Ta sœur ? demanda-t-elle.

Il était sûr qu'elle avait entendu cela au moins, parce que c'était la dernière chose qu'il avait dite. Il se contenta donc de hocher la tête.

— C'est sympa. Que vous soyez si proches.

— Elle a parfois été la seule à m'empêcher de sombrer, dit-il, sentant qu'il devait à Nat d'être honnête.

— Elle te fait rire.

— Elle est la seule à le faire, dit-il.

— J'aimerais bien, dit tranquillement Amanda, j'aimerais bien faire la même chose qu'elle pour toi.

Adam retint son souffle et la dévisagea. Et avant qu'il puisse s'en empêcher, les mots sortirent de sa bouche, graves et âpres :

— Crois-moi, Amanda, je ne ressens rien de fraternel envers toi.

Le sourire qui éclaira son visage lui coupa le souffle.

— Dieu merci, dit-elle.

Elle franchit les deux pas qui les séparaient. Il se sentait figé, incapable de bouger. D'une certaine façon, il voulait rester là, se repaître de ce sourire, le graver dans son esprit et le garder jusqu'à son dernier souffle.

Elle leva une main et effleura des doigts sa mâchoire. Il regretta de ne pas s'être rasé, mais elle ne semblait pas s'en soucier.

— Mandy...

Ce fut tout ce qu'il put dire, et il regretta cela aussi, car c'était le surnom que lui donnait son père.

Mais elle dit lentement :

— Je crois que je vais t'autoriser à m'appeler comme ça.

Il la dévisagea, essayant de déglutir et n'y parvenant pas. Il jura mentalement sans trouver quoi que ce soit à dire.

— Ce n'est pas l'adrénaline, Adam, murmura-t-elle. Ça ne m'est jamais arrivé. Pas depuis la première fois que je t'ai vu.

Puis elle s'appuya contre lui et l'embrassa. Et ce fut encore plus incroyable que la première fois, parce que son corps, son sang et chacun de ses nerfs étaient préparés. Il réprima tout de même une exclamation, mais ne réussit pas à retenir un grognement quand elle approfondit le baiser, le goûta et le sonda jusqu'à ce qu'il ne puisse plus résister.

Non seulement, il ne pouvait résister, mais il ne pouvait non plus s'empêcher de lui rendre son baiser avec toute la passion refoulée la première fois. Ses lèvres étaient brûlantes sous les siennes, douces et tentantes. Et quand elle lui mordilla très doucement la lèvre inférieure, il crut perdre tout à fait sa maîtrise. Il enfonça la langue plus profondément, suivant la courbe régulière de ses dents. Et il grogna encore quand sa langue à elle vint taquiner la sienne et faire courir des torrents de lave dans ses veines.

Il voulait goûter davantage. Pas seulement sa bouche, mais chaque centimètre de sa peau. Et quand il se rendit compte que sa main était descendue et pressait la courbe de son sein, il n'eut plus qu'une envie, la goûter là aussi, taquiner ce mamelon pour la faire crier, lui faire sentir au moins une part de ce qu'il éprouvait.

Il voulait la presser contre lui des pieds à la tête, peau contre peau, davantage qu'il ne voulait respirer. Il voulait sa bouche sur elle autant qu'il voulait la sienne. Il voulait...

Elle était partie.

Elle avait interrompu le baiser et avait reculé. Il se sentit vaciller un peu, comme un homme légèrement ivre.

Durant un instant, elle le regarda, et il aurait juré voir dans ses yeux le désir féroce qui avait failli l'emporter. Mais elle avait tout de même reculé. Il essaya de prononcer son nom, mais ne parvint qu'à émettre un étrange petit hoquet.

Elle poussa un profond soupir. Il essaya de ne pas béer devant la courbe de ses seins, soulevée par sa respiration.

— Ça fait deux fois, dit-elle d'une voix si rauque que cela le mit presque à genoux.

— Je... Quoi ?

Il ne savait pas de quoi elle voulait parler. Elle comptait ?

— Je n'ai jamais fait ça avant, Adam. Prendre l'initiative. Et je ne le referai pas.

L'embrasser ? C'était ça qu'elle voulait dire ? Son cerveau enfiévré avait du mal à raisonner. Et cette note grave, écorchée, dans sa voix, ne l'aidait pas non plus. Puis elle ajouta, d'un ton plus calme :

— Pour le reste, c'est à toi de décider.

Et elle s'éloigna.

30

« C'est à toi de décider. »

Ce n'était pas ce qu'elle voulait dire. Parce que si c'était à lui de décider, ils seraient nus dans l'instant sur la surface la plus proche.

Si c'était à lui de décider, ce cauchemar qui les avait rapprochés ne laisserait que le rapprochement…

La fille de Greg. C'est la fille de Greg.

« C'est à toi de décider. »

Il croyait déjà tout savoir sur le conflit corps-esprit. Ces longues journées à essayer de forcer son corps le lui avaient appris. Mais maintenant, une part de son corps tout à fait fonctionnelle exigeait de se faire entendre. En comparaison, cela faisait pâlir toutes ses envies sexuelles précédentes. Parce qu'il savait, au fond de lui, que cette fois ce n'était pas aussi simple. Mandy – elle l'avait autorisé à user de ce diminutif après lui avoir froidement dit de ne plus jamais s'en servir – avait peut-être pris l'initiative, mais cela ne voulait pas dire qu'il n'espérait pas… tout.

Et il n'avait rien à lui offrir. Même en mettant de côté cette nuit horrible, il n'était pas sûr de valoir quelque chose. Elle ne lui faisait plus de reproches, mais cela ne signifiait pas qu'il ne s'en faisait pas à lui-même.

Ce qui l'obligea à se rendre compte qu'il avait tort. Elle était peut-être le genre de femme à tout attendre d'un homme – à tout mériter —, mais il était impossible qu'elle l'attende de lui. De lui entre tous.

Donc, de quoi s'agissait-il ? De sexe par pitié ? Il n'était pas possible qu'elle en soit arrivée là. Elle ne se serait jamais abaissée à cela.

Et il aurait voulu pouvoir refuser si elle le faisait. Cette simple pensée lui faisait mal.

Il se retourna pour regarder dans la direction où elle s'était éloignée. Il se rendit compte avec retard que c'était vers sa chambre. Il se mit en marche sans l'avoir décidé consciemment. En en atteignant le seuil, il agrippa l'encadrement de la porte si fort que ses jointures blanchirent. Elle était là. Assise au bord du lit. En train de l'attendre ?

— Qu'est-ce que tu voulais dire par… « le reste » ?

Elle se leva lentement, et il fut à nouveau frappé par la grâce de ses mouvements.

— Tu sais ce que ça veut dire.

— Amanda…

Elle secoua la tête en souriant.

— Pour toi, je pense que ce sera définitivement Mandy.

— Tu ne peux pas vouloir… ça ?

— Ça peut te surprendre, mais il y a quelque temps déjà que j'ai cessé de laisser les autres me dire ce que je veux ou je ne veux pas.

— Je veux dire… avec moi.

— J'ai dit ce que j'ai dit. C'est à toi de décider. Je crois avoir été aussi claire que possible.

— Nous… Je ne suis pas prêt, dit-il, d'un ton qui parut désespéré même à ses propres oreilles.

Et il se souvint brusquement du jour où, d'humeur sombre, il avait jeté le préservatif qu'il avait dans son portefeuille.

Désignant la table de chevet, elle dit :

— Moi, je le suis. Dans le tiroir.

Elle lui adressa un petit sourire.

— J'ai des amies optimistes.

Il ne put parler. Et pendant un long moment, quelque chose de provocant et de tentant tourbillonna entre eux. Puis elle émit un petit son triste et détourna le regard, comme si son courage l'abandonnait soudain. Il vit une faible rougeur lui monter aux joues, et quand elle parla, ce fut avec une note de regret.

— Et, apparemment, j'avais tort. Encore une fois. J'imagine que mon jugement est vraiment altéré quand il s'agit de toi, dit-elle en relevant la tête. Je pensais que tu… en avais aussi envie.

Il grogna tout fort.

— Si j'en avais envie encore plus, j'arracherai l'encadrement de cette porte.

La rougeur disparut, et elle écarquilla des yeux agrandis par le désir. Il eut l'impression qu'une bombe avait explosé dans ses entrailles.

— Alors pourquoi es-tu toujours là-bas ? murmura-t-elle.

Parce que je n'arrive pas à croire que c'est ce que tu veux. Que tu me veux moi.

Comme si elle avait encore lu ses pensées, elle commença lentement à déboutonner son corsage. Le temps qu'elle atteigne le deuxième bouton, dévoilant la courbe de ses seins, il était perdu. Il ne pouvait plus s'arrêter maintenant.

Il fut à peine conscient de traverser la pièce, tant il était concentré sur elle. Il la souleva dans ses bras.

« Il suffira d'un baiser. »

Ses paroles résonnèrent dans sa tête une fraction de seconde avant que sa bouche s'abatte sur la sienne avec voracité. Il se retint tout de même, pour lui donner une dernière chance de changer d'avis. Mais elle vint à sa rencontre avidement, en poussant un petit gémissement qui enflamma ses nerfs. Elle tira sur sa chemise pour la dégager de son jean.

Le contact de ses doigts sur sa peau le plongea dans une folie qu'il ne connaissait pas. Il voulait davantage, il fallait qu'il ait davantage. Il interrompit le baiser juste assez longtemps pour se débarrasser de sa chemise. Puis il reprit sa bouche, et quand elle glissa les mains sur lui, il faillit perdre l'esprit. Il voulait goûter chaque centimètre d'elle, il voulait se fondre en elle, abattre toutes les barrières. Il voulait lui retirer ce soutien-gorge et sentir la rondeur de ses seins dans ses mains...

Soudain, cela le frappa de plein fouet. Il était impossible qu'il lui enlève son soutien-gorge. Sa main gauche n'était pas assez habile, et il ne pouvait pas atteindre les agrafes avec la droite.

— Adam ?

— Je... ne peux pas...

Elle fit un pas en arrière et, un bref instant, se contenta de le regarder. Il la vit fixer les cicatrices sur son bras, et il se sentit glacé. Mais alors, elle toucha la fine cicatrice qui traversait ses côtes, là où un éclat de verre l'avait lacéré.

— C'est beau, hein ? dit-il d'une voix tranchante.

— Je pense que c'est admirable, dit-elle doucement. Des médailles d'honneur, toutes ces cicatrices.

Ses paroles lui coupèrent le souffle. Elle se pencha en avant et pressa les lèvres sur l'extrémité gonflée de la cicatrice, juste au-dessus de son nombril. Un frisson le parcourut, et ses abdominaux se contractèrent avec force.

Elle se redressa et, passant les bras dans son dos, fit ce qu'il n'avait pu : enlever son soutien-gorge. Faisant glisser les bretelles sur ses épaules, elle le laissa tomber à terre. La vue de sa poitrine ramena le désir qu'il avait perdu. Il tendit la main sans réfléchir et la referma sur ces courbes douces. Elle émit un petit bruit et arqua le dos pour se presser contre ses paumes. Il vit avec un sursaut de désir que sa main droite était dans une position parfaite pour passer le pouce sur le mamelon qui se tendait vers lui.

Quand il le fit et qu'elle poussa un petit cri de plaisir, ce fut comme si du feu courait le long de ses nerfs. Il ne sut pas exactement qui déshabillait qui, mais cela importait peu. Soudain ils furent peau contre peau dans le lit, et elle le pressa de poursuivre. Il prit le préservatif qu'elle lui tendait, puis l'embrassa partout où il le pouvait et caressa le reste. Elle bougea sur le lit et écarta les jambes afin qu'il la pénètre. Son membre glissa sur elle, et il sentit son humidité.

— Mandy, souffla-t-il.

— Dépêche-toi. S'il te plaît.

Quelque chose dans son gémissement fit disparaître le reste de sa maîtrise. Il la pénétra, glissant profondément d'un seul coup de reins. Elle hoqueta tandis qu'il grognait tout fort de sentir sa chaleur et son étroitesse. Puis il se mit à bouger, parce qu'il ne pouvait pas faire autrement, et que rien d'autre au monde, passé, présent ou futur, ne comptait plus. Il passa une main entre eux, la caressa, trouva son nœud gonflé et dessina des cercles dessus. Elle poussa un cri et resserra les cuisses autour de lui. Sa dernière pensée avant que d'incroyables sensations le fassent exploser en mille morceaux fut que diable ! il pouvait voler.

Mandy ne pensait pas avoir dormi aussi profondément depuis la mort de son père. Que ce soit avec l'homme au sujet duquel elle s'était tellement trompée en faisait quelque chose d'inattendu mais de non moins merveilleux. Pour la première fois depuis longtemps, son cœur était en paix. Et cette nuit avait été... Elle ne trouvait pas les mots pour décrire ce qu'elle signifiait pour elle. Ensommeillée, elle se demanda si les Foxworth seraient surpris de ce changement entre Adam et elle, en à peine deux semaines.

Elle avait le sentiment que si Quinn était surpris, il ne le montrerait pas. Et elle doutait que Hayley soit étonnée.

Sans ouvrir les yeux, elle resta allongée dans l'obscurité, savourant la chaleur d'Adam près d'elle. Leur orgasme simultané avait été rien moins qu'explosif, et la touche de désir désespéré qu'elle avait sentie en lui, faisant écho au sien, les avait envoyés tous deux au septième ciel.

Elle se demanda si elle allait le réveiller, car elle avait envie de sentir encore ce désir glorieux, cette pression croissante, cette sensation délicieuse quand il se glissait en elle, et par-dessus tout la manière dont il grognait son nom quand elle se pressait autour de lui. Puis elle sourit dans le noir, se demandant d'où venait cette femme avide – qui s'appelait Mandy maintenant, car c'était ainsi qu'il l'appelait. Cette femme à qui trois fois ne suffisaient pas. Elle...

Des aboiements assourdissants retentirent. Elle avait à peine ouvert les yeux que Cutter se rua dans la chambre. Adam était déjà en train de se redresser. Il jeta un coup d'œil au chien qui ne tenait pas en place et se leva.

— Reste ici, lui murmura-t-il.

Il lui fallut encore quelques secondes pour comprendre.

Cutter. Qui montait la garde. Qui aboyait. Qui les avertissait.

Adam prit le colt de son père sur la table de chevet et s'en alla.

31

Durant un instant, Mandy resta pétrifiée. Passer de cette torpeur délicieuse à ce réveil brutal, c'était plus qu'elle n'en pouvait supporter. Elle se rappela comme son père vantait toujours sa vivacité et son intelligence.

Pas aujourd'hui, papa.

Elle bougea finalement, s'empêtrant dans ses propres vêtements. Elle entendait du bruit, surtout les grognements féroces de Cutter. Mais Adam était dehors, et il avait lui-même avoué qu'il était limité avec une arme de poing. Elle supposait qu'il pouvait manœuvrer un fusil, mais il lui serait difficile de pointer un pistolet avec précision.

Son cerveau se remit enfin en marche, et elle fila dans le salon prendre le petit revolver qui appartenait autrefois à son père. Elle n'en avait pas l'habitude, mais il lui avait appris à tirer avec cette arme. Elle ne devait pas hésiter si elle avait besoin de se défendre, et ils géreraient les conséquences une fois qu'elle serait saine et sauve, lui avait-il dit. Elle allait faire la même chose pour Adam. Comme il venait de le faire, pour elle, sans hésitation.

Elle courut à la porte de derrière et l'ouvrit. Les projecteurs à détecteur de mouvement s'étaient mis en marche, mais ils étaient trop loin. Elle vit alors Cutter bondir hors du demi-cercle lumineux puis replonger dans l'obscurité, tandis qu'un grognement terrifiant se répercutait sur les murs de la maison.

Elle entendit le bruit d'un coup, un grognement humain. Adam ? Ou l'ombre avec laquelle il se battait ? Comment pouvait-il se battre à mains nues avec son bras dans cet état ? Elle savait désormais – et oh ! avec quelle douceur – comme il était fort, comme il s'adaptait, mais le sexe, même avec l'énergie qu'ils y avaient mise, était une chose très différente. Il avait affaire à quelqu'un qui n'hésiterait pas à le tuer s'il le devait.

Pour arriver jusqu'à moi.

Elle sortit. Et entendit un corps tomber avec un bruit sourd. Sur les pavés à l'autre bout de l'allée, estima-t-elle vues la direction et la distance. Il n'était pas arrivé jusqu'au jardin et moins encore jusqu'à la maison, grâce à l'avertissement de Cutter.

Elle entendit le bruit mat d'un coup de poing, et Adam jura. Elle ajusta sa prise sur le revolver et avança prudemment dans cette direction. Un claquement déchira la nuit. Elle se figea. C'était un coup de feu, à n'en pas douter.

Pas Adam, pas Adam, pas Adam...

Un autre coup de feu retentit, et elle sentit comme une lame chauffée à blanc lui déchirer le bras gauche. Sa chair grésilla, et elle eut l'impression bizarre qu'elle allait sentir une odeur de steak brûlé. Puis elle vacilla en arrière quand la douleur irradia. Elle heurta les marches de la terrasse et s'effondra. Elle réussit avec peine à ne pas se rouler en boule. Elle ne semblait pas pouvoir reprendre son souffle. Même les grognements de Cutter parurent s'évanouir quand des tintements se mirent à résonner dans ses oreilles.

Elle ne sut pas exactement quand elle prit conscience d'un changement. Cela ne s'était pas arrêté, mais au moins ce n'était pas devenu pire. Elle inspira une grande bouffée d'air, puis une autre. Enfin, les tintements diminuèrent un peu. Juste à temps pour qu'elle entende une voix dire : « Cutter, garde-le ! » Puis la même voix cria son nom, sur un ton tout différent, et Adam accourut.

Il se laissa tomber à genoux à côté d'elle.

— Tu es touchée ? Il tirait dans tous les sens, et je t'ai entendue...

Il s'arrêta, jura très fort et lui toucha le bras. Elle ravala un cri, mais il releva sa manche avec une douceur incroyable.

Il ne la gronda pas pour ne pas être restée à l'intérieur, ce qui l'inquiéta. Était-elle mourante, était-ce pour cela qu'il était si gentil ? Était-ce parce que...

— Dieu merci, marmonna-t-il. Ce n'est pas trop grave. Tout ira bien.

Pas grave ? Elle avait l'impression que son bras était en feu. Soudain, elle comprit avec une clarté nouvelle que la blessure d'Adam avait été bien pire. Cent fois pire. Et l'idée de supporter cent fois cette douleur et d'être encore capable de fonctionner… Seigneur, aucune excuse ne pourrait suffire. Elle avait été tellement, tellement stupide…

Un aboiement de Cutter attira son attention. Le chien se tenait à quelques centimètres d'un homme à terre, qui se recroquevillait pour échapper aux crocs du chien.

— Bon, dit Adam en déposant l'arme dont il ne s'était apparemment pas servi.

Il sortit le téléphone Foxworth de sa poche. Avant qu'il puisse presser le bouton rouge, Liam se matérialisa dans la lumière. Avec retard, Amanda comprit que c'était la cause de l'aboiement.

La cavalerie était arrivée.

Adam fut plus qu'heureux de laisser le malfrat aux bons soins de l'homme de Foxworth. Il n'avait qu'une envie, s'occuper de Mandy. Dès l'arrivée de la police, il avait compris qu'il allait devoir faire une déposition et remplir de la paperasse pour Dieu sait combien de temps. Même avec le nom de Foxworth, il était le principal témoin, et ils allaient avoir besoin d'un compte rendu coup par coup.

En parlant de coups, il sentait ses côtes le tirailler là où l'homme l'avait frappé. Mais Cutter avait refermé les mâchoires sur son poignet, et l'inconnu avait eu peur. En fait, le chien avait réagi exactement comme un animal entraîné. Adam lui en serait éternellement reconnaissant, car s'il ne l'avait pas fait, l'agresseur aurait pu viser Mandy au lieu de tirer au hasard.

Mandy, qui n'aurait pas dû être là du tout.

Elle était plus calme, maintenant que les ambulanciers appelés par Liam s'étaient occupés de son bras. C'était davantage qu'une éraflure, mais il n'avait pas voulu la faire paniquer. Elle avait supporté le nettoyage et le bandage avec stoïcisme et avait poliment refusé d'aller aux urgences. Mais elle l'avait regardé tout ce temps avec une expression assez étrange sur la figure.

Il attendit que les ambulanciers se soient éloignés pour aller s'asseoir à côté d'elle. Liam était encore à l'extérieur, parlant aux policiers. Il n'avait pas prévu de le dire, mais cela sortit de sa bouche quand même.

— Bon sang Mandy, pourquoi es-tu sortie ?

Il la sentit autant qu'il la vit se raidir. Et quand elle parla, ce fut avec roideur.

— Mon père ne m'a pas appris à être une simple spectatrice.

— Je sais bien, mais c'est après toi qu'il en avait. Tu es quand même sortie. Et tu t'es dirigée droit vers lui.

— Qu'est-ce que j'étais censée faire ? Attendre à l'intérieur comme une petite femme impuissante ?

Il faillit éclater de rire.

— Impuissante ? Toi ?

Il secoua lentement la tête en souriant.

— Tu es bien la fille de ton père.

Elle croisa son regard, et toute sa rigidité s'évanouit.

— Merci. C'est le plus beau compliment que tu pouvais me faire.

— Je sais, dit-il doucement.

— Et maintenant, je sais.

— Tu sais quoi ?

— Que c'est incroyable que tu aies pu rester debout ce soir-là pour aider Quinn.

L'arrivée de Liam le dispensa d'avoir à répondre à cela.

— Ça va ? demanda ce dernier à Mandy.

Elle hocha la tête.

— Oui, ça va aller.

Les sourcils toujours froncés, Liam demanda :

— Vous êtes sûre ?

— Oui.

Elle se débrouilla pour sourire.

— Pas besoin de prendre une tête d'enterrement.

— Il vaudrait mieux, dit Liam d'un air morose. Ce sera le mien, quand Quinn va apprendre ça.

— Apprendre quoi ? demanda Mandy.

— Que vous êtes blessée par ma faute.

— Ce n'était pas votre faute, dit-elle instantanément.

— Et j'aurais dû t'appeler d'abord, intervint Adam.

— En outre, c'est moi qui suis sortie alors qu'Adam m'avait dit de rester à l'intérieur, ajouta-t-elle.

— Armée, je vois, dit Liam en désignant le .38 sur la table à côté d'elle.

— Je n'ai pas eu le temps de m'en servir, dit-elle piteusement.

— Mais il fallait quand même du courage.

— C'est de famille, dit Adam.

Liam le regarda.

— C'est ce que j'ai compris. Ils vont vouloir te parler encore, dit-il en désignant l'extérieur du menton.

— Je m'en doutais.

Ce fut beaucoup plus tard, quand le ciel commença à s'éclaircir à l'est, qu'ils furent à nouveau seuls. Enfin, presque. Liam était dans son véhicule, garé dans l'allée. Mandy avait essayé de le convaincre de rentrer, mais il avait refusé et leur avait conseillé de prendre quelques heures de repos. Adam supposait qu'il allait rester là jusqu'à l'arrivée de son patron. Il espérait que l'intimidant Quinn Foxworth ne serait pas trop dur avec lui.

— Liam a raison, tu devrais essayer de te reposer, dit-il à Mandy.

Elle secoua la tête.

— Je suis trop tendue, encore.

Il poussa un soupir, mais hocha la tête.

— Je vois bien.

Elle lui jeta un regard de biais.

— Mais je connais un moyen de me détendre.

Malgré tout ce qui s'était passé, une vague de désir déferla dans ses veines.

— Vraiment ?

Elle se pencha en avant pour lui murmurer à l'oreille ce qu'elle avait en tête. Il retint son souffle.

— Liam est dans l'allée.

— Et alors ?

Il lui jeta un coup d'œil, excité.

— Si tu fais ça, je ne pourrai jamais rester tranquille.

— Oh ! mais ce sera tellement amusant de te voir essayer, répliqua-t-elle.

— Mais ce que tu es cruelle, la taquina-t-il.

L'expression d'Amanda s'assombrit un instant, et il comprit qu'elle pensait à… avant.

— Ce n'est pas ce que je voulais dire, reprit-il.

— Mais j'étais cruelle.

— Non. Tu n'était pas cruelle. Tu étais juste en colère.

— Et tu croyais le mériter.

— Je ne suis toujours pas sûr de ne pas le mériter, avoua-t-il.

— Moi, j'en suis sûre, dit-elle en désignant son bras bandé. Même quand j'ai compris que c'était bien pire que ce que j'avais cru, je ne pouvais toujours pas me représenter ce que cela a été. Alors s'il te plaît, Adam, peut-on cesser de penser à cela ? Pour de bon ?

Il ne savait pas s'il pouvait laisser sa culpabilité derrière lui, mais il était plus que ravi d'oublier la colère de Mandy. Le fait qu'elle ne le déteste plus était plus important qu'il ne pouvait le dire. Et même qu'elle…

« Doucement, n'en fais pas une montagne. »

L'avertissement de Greg, qu'il donnait à tous ceux qui s'emballaient, résonna dans sa tête.

Et il s'ordonna de ne pas donner plus d'importance à ces heures précieuses qu'elles n'en avaient.

Mais Mandy n'était pas femme à coucher avec le premier venu. Pas plus qu'elle ne l'aurait fait par vengeance, pour l'attirer et le rejeter. En fait, il semblait bien – s'il fallait prendre sa requête au sérieux – qu'elle l'aimait bien. Peut-être plus que ça.

Et il refusa de laisser ce « peut-être » le perturber quand il la souleva dans ses bras pour la ramener tendrement au lit.

32

Le matin suivant, Quinn Foxworth ne cligna même pas des yeux en les voyant, Adam et elle, sortir de la même chambre. Il regarda seulement Cutter, qui avait l'air... content de lui.

— Tu en seras bientôt à plus d'une dizaine, lui dit Quinn.

Le chien agita joyeusement la queue.

Mandy n'avait pas la moindre idée de ce que cela signifiait, mais elle était sûre que Quinn n'était pas surpris.

Ça en fait au moins un.

Elle sourit à cette idée, malgré les élancements dans son bras. C'était drôle de se rendre compte qu'elle avait toujours mal. Adam lui avait fait l'amour avec des précautions tellement exquises qu'elle en avait oublié son bras blessé.

Mais deux semaines auparavant, elle n'aurait jamais imaginé être de cette humeur. Encore moins au sujet d'Adam. Et elle avait compris à son air, quand ils s'étaient réveillés dans les bras l'un de l'autre, qu'il avait toujours du mal à y croire.

Elle comprenait. Elle était elle-même un peu abasourdie par la nouveauté de la situation et par ses propres inquiétudes, et elle imaginait que ce devait être encore plus intense pour lui.

Elle devait juste veiller à éliminer ses doutes. Et elle s'absorbait dans les différentes manières qu'elle avait de le faire quand la voix de Quinn pénétra ce plaisant brouillard.

— ... voulait rester dans le Sud un peu plus longtemps, disait-il. Quelque chose à propos d'une surprise quand ils reviendront de leur lune de miel. La connaissant, j'imagine ce que ce sera.

Comprenant qu'il expliquait où était Hayley, elle fit un effort pour revenir au moment présent.

— Ce doit être formidable pour elle, que son frère épouse sa meilleure amie.

Quinn acquiesça.

— Walker est un type bien. Un des meilleurs. Et je pense qu'ils travailleront bien ensemble, dit-il d'un ton pragmatique qui fit sourire Mandy.

— En parlant de travailler, dit Adam, tu n'as pas été trop dur avec Liam, si ?

Quinn haussa un sourcil.

— Tout ce que Foxworth demande, c'est qu'on apprenne et qu'on se corrige.

— C'est arrivé si vite qu'il aurait fallu qu'il soit déjà sur place pour attraper le type avant que Cutter le fasse, dit Adam.

— Et avant toi, renchérit Mandy, contente de voir qu'Adam défendait le jeune agent de Foxworth.

— C'est ce que j'ai entendu, dit Quinn en regardant Adam d'un air approbateur.

— C'est Cutter qui nous a avertis, reprit Adam, comme s'il était incapable d'accepter un peu de crédit.

Encore une chose à travailler, songea Mandy.

— C'est pour ça qu'il est là, dit Quinn en grattant l'oreille du chien, maintenant assis à ses pieds. Entre autres choses.

Malgré son air intimidant, il parut sur le point de sourire.

— Entre autres choses ? demanda Mandy.

— C'est un vrai... entremetteur.

Elle cilla et regarda Adam, qui observait le chien comme s'il ne l'avait jamais vu de sa vie.

— Tu es sérieux ?

— J'en ai peur, déclara Quinn d'un air un peu triste.

Mandy se mit à rire.

— Hayley m'a dit que c'est lui qui vous a réunis.

— Et grâce à cela, il aura des carottes toute sa vie. Mais ce n'était que le début.

— C'est aussi lui qui a réuni le frère et la meilleure amie de Hayley ? demanda Adam, en plaisantant.

— Oui.

Il n’y avait pas trace d’humour dans sa voix.

— Et tout un tas d’autres couples, y compris Liam et sa fiancée.

Comme s’il avait entendu cela, Liam pénétra dans la maison. Il n’avait pas l’air particulièrement abattu, si bien que Mandy devina que Quinn avait dit la vérité. Elle avait le sentiment que c’était toujours le cas.

— Qu’est-ce que tu as sur notre dernier visiteur ? demanda Quinn.

— C’est un tueur à gages, déclara Liam. Dunbar dit qu’il a été arrêté trois fois pour interrogatoire, mais ils n’ont jamais pu trouver de preuve qui tienne le coup.

— Et il ne parle pas, j’imagine, dit gravement Adam.

— Pas un mot. Il s’est immédiatement assuré les services d’un avocat véreux de la ville. Donc il connaît la chanson.

— Son arme de choix ? demanda Quinn.

— Celle dont il s’est servi. Il n’avait pas de couteau sur lui, répondit Liam.

Mandy comprit que Quinn s’était demandé si c’était le même homme que l’autre nuit.

Elle prit conscience avec retard que quelqu’un essayait vraiment de la tuer. Un frisson la parcourut tout entière. Adam passa immédiatement un bras autour d’elle.

— J’aimerais que Rafe soit là, marmonna Liam.

— Mais il n’est pas là, dit Quinn d’un ton égal. Alors on va se débrouiller.

Mandy se demanda qui était ce Rafe dont elle avait tant entendu parler, et pourquoi sa présence ferait une telle différence. Mais avant qu’elle ait pu poser la question, Quinn poursuivit vivement :

— Comme je vois les choses, nous n’avons que deux options. La première et la meilleure, une maison sûre. Assez éloignée pour qu’ils ne puissent pas la découvrir. Et hors de leur zone d’influence, pour qu’ils ne puissent pas trouver de tueur à gages.

— Tu veux dire fuir, précisa Mandy avec un calme relatif, considérant que tout en elle se rebellait contre cette idée.

— Je préfère y penser comme à la possibilité de vivre pour nous battre un autre jour, corrigea doucement Quinn.

— Et vivre pour découvrir qui est vraiment derrière tout ça, ajouta Adam.

— Ça aussi, approuva Quinn.

Mandy réfléchit à cela en soutenant le regard de Quinn.

— C'est parce que je suis une femme qu'il faut me protéger ou tu dirais ça aussi à un homme ?

— Dans ta position, oui je le dirais aussi à un homme, dit Quinn, d'un ton si égal qu'elle ne put en douter. Et je l'ai déjà fait. La priorité absolue est toujours de protéger le client.

— Pourquoi ai-je l'impression qu'il y a un « mais » ? demanda Adam, d'un air assez malheureux.

— Le « mais » est la deuxième option. Que j'envisage seulement à cause de ce que vous êtes, ajouta Quinn d'un ton appuyé en regardant Mandy. Un bon policier...

Il repoussa de la main les protestations d'Adam.

— ... et une femme loin d'être impuissante.

Adam soupira, mais acquiesça à ces derniers mots, ajoutant :

— Et la fille d'un policier courageux, qui lui a beaucoup appris.

— Ça aussi, acquiesça Quinn.

Mandy reporta son regard sur Adam. Il semblait morose mais résigné. Son regard croisa le sien, et elle se rendit compte dans un éclair de certitude qu'il détestait l'idée qu'elle prenne des risques et qu'il luttait contre son instinct pour la laisser faire ses propres choix. Quant à savoir pourquoi il détestait cette idée, elle espérait le deviner, mais ce n'était pas le moment de faire des suppositions. Pour l'instant, il suffisait qu'il n'exige pas qu'elle se soumette.

Radoucie, elle regarda Quinn.

— Continue. Quelle est la seconde option ?

Celui-ci grimaça légèrement.

— Celle que tu as suggérée il y a quelque temps.

Elle écarquilla les yeux.

— Leur faire croire que je suis seule ? Sans protection ?

— Tu as changé d'avis, j'espère ? lança Adam.

Son ton suffisait à révéler ce qu'il en pensait.

— Je... Non, je pense juste... Ils y croiraient ? Qui qu'ils soient ?

— Ils pourraient, dit Adam. Après que nous avons arrêté ton

dernier agresseur. Le commanditaire pourrait croire que nous nous illusionnons en pensant que tu es en sécurité maintenant.

Elle hocha lentement la tête.

— Et que j'aurais baissé ma garde, pour ainsi dire ?

— Exactement, dit Quinn.

— Je ne la quitte pas, déclara fermement Adam.

Quinn haussa un sourcil.

— J'imagine. Donc nous allons feindre de tout remballer et de partir.

— Mais comment faire ça sans la laisser vraiment sans protection ?

— J'y travaille, dit Quinn. Liam, nous allons avoir besoin de l'équipement nocturne et des fusils longue portée.

Le jeune Texan hocha la tête comme s'il recevait ce genre d'ordre tous les jours et sortit.

— Apparemment, vous avez tout un arsenal, dit Mandy.

— Nous avons un choix assez large, répondit Quinn.

— Surprenant, de ce côté-ci des montagnes, remarqua Adam.

Quinn esquissa un sourire ironique.

— Moins qu'on ne penserait. Mais cela nous aide que le gouvernement nous laisse tranquilles.

Mandy se mit à rire.

— J'imagine, après l'arrestation du gouverneur.

Adam eut l'air stupéfait.

— C'étaient vos agents ?

— Surtout Brett Dunbar, répondit Quinn. Nous avons donné un coup de main et géré les conséquences.

Il leur sourit.

— Et cela nous a valu une sorte de statut à part, dans une région où, normalement, les autorités ne peuvent s'empêcher de venir fouiner.

Mandy sourit, car son père disait la même chose. En jetant un coup d'œil à Adam, elle vit qu'il souriait lui aussi d'un air ironique.

— Quand il s'agit de faire profil bas... dit-il.

— On travaille mieux quand le monde ignore qui on est.

— Et vous ne recherchez pas la gloire, remarqua Mandy avec tout le respect qu'elle ressentait.

— Pas une once, lança joyeusement Quinn.

Il regarda Adam.

— Je ferais semblant d'emmener Cutter, mais je te le renverrai par la porte de service.

Mandy regarda le chien, puis Quinn.

— Il saura le faire ?

— Personne ne le verra. Cutter comprend le sens du mot « furtif ».

Il s'adressa à nouveau à Adam.

— Je pense qu'ils vont avoir besoin d'un peu de temps pour se regrouper, alors vous êtes probablement tranquilles jusqu'à ce soir. Mais nous serons en place avant cela.

Adam se contenta de hocher la tête, mais Mandy fronça les sourcils.

— Mais ils ne vont pas penser que je suis gardée si Adam est là ?

Elle le sentit se raidir légèrement à côté d'elle, mais avant qu'elle ait pu en dire plus, Quinn lança à Adam avec un grand sourire :

— Continue à la regarder avec cet air, et ils feront leurs propres suppositions.

Adam baissa subitement les yeux, mais ne protesta pas. Et cela donna à Mandy le sentiment que… Elle ne savait pas s'il y avait un mot pour ça, parce qu'elle ne l'avait jamais éprouvé.

Après avoir ostensiblement rangé ses bagages dans le coffre du SUV et chargé Cutter qui n'avait pas du tout l'air content de la situation, Quinn partit aider Liam.

— Ils sont très bien équipés, commenta Amanda.

Adam acquiesça.

— On n'aura pas leur sniper, mais je suis sûr que ces deux-là sont plutôt doués.

— Un sniper ? Ils ont un sniper ? dit Mandy en cillant.

— Je suppose que c'est le fameux Rafe.

— Celui dont Hayley disait qu'il pourchassait une taupe ?

Il hocha la tête. Mandy regarda dans la direction que Quinn avait prise.

— Waouh !

— Exactement.

Elle se retourna pour le fixer. Il la regardait avec intensité, comme pour la mémoriser.

— J'ai réfléchi, dit-elle.

Elle vit un éclair d'humour dans ses yeux, comme elle l'avait espéré.

— Oh oh !

Elle sourit pour lui confirmer qu'il avait la permission de réagir comme son père.

— Nous devrions peut-être travailler l'image que nous présentons, poursuivit-elle avec un sourire taquin.

— Ah ?

— Oui, dit-elle, et elle se pencha pour l'embrasser.

Sa réaction fut exactement celle qu'elle attendait. Ses bras l'enveloppèrent, chauds, forts et solides. Sa blessure ne comptait pas, il était capable de la serrer contre lui, ce qui était exactement ce qu'elle voulait. Elle ne pensait qu'à lui, à la chaleur de son corps, qui répondait avec tant de force et de passion.

Et quand le bruit d'une voiture qui passait les sépara, elle s'appuya sur lui, car elle avait un peu le tournis. La curieuse Mme Inskip en parlerait à tout le voisinage d'ici cinq minutes, songea-t-elle.

Elle s'en fichait. Elle s'en réjouissait en réalité. Adam était à elle, et elle voulait que le monde entier le sache.

Ils s'attardèrent dehors si longtemps qu'en rentrant ils entendirent tout de suite un léger grattement à la porte de derrière. Adam alla ouvrir, et Cutter entra, visiblement heureux de reprendre du service.

Mandy n'avait même pas retiré ses écuelles de nourriture et d'eau, aussi les vérifia-t-elle simplement. Et elle sourit de plaisir à l'idée que la maisonnée était à nouveau complète.

Comme si Adam, Cutter et elle formaient une famille.

33

Adam était déchiré. D'un côté, il aimait la sensation d'être seul avec Mandy – mis à part Cutter. Cutter qui, s'il fallait en croire Quinn, avait manœuvré pour en arriver là.

Mais le motif qui les réunissait continuait de jeter une ombre sur tout cela. Tout en essayant de se détendre, il regardait Mandy réfléchir à ce qu'elle leur ferait à manger plus tard. Elle avait dit qu'elle avait envie de cuisiner pour eux, ce qui l'avait surpris. Mais le ton insouciant sur lequel elle avait dit « nous » lui avait serré la gorge.

Après avoir émis quelques idées qui lui valurent un « oui » indifférent, elle referma le placard et se tourna vers lui.

— Tu n'es pas obligée de cuisiner, lui dit-il.

— Mais j'ai besoin de manger, souligna-t-elle. Et toi aussi.

— Je te dirais bien de commander une pizza, mais j'aurais peur qu'on fasse du mal au livreur, marmonna Adam.

Mandy écarquilla les yeux, et il regretta immédiatement d'avoir formulé cette idée à haute voix.

— Je suis désolée, dit-elle avant qu'il puisse faire de même.

— De quoi es-tu désolée ?

— D'avoir bêtement pensé que nous pourrions feindre que tout est normal. Sortir quelque temps de ce cauchemar pour... juste être ensemble.

Cela signifiait—il que c'était fini ?

— Amanda...

— Mandy. Pour toi, c'est Mandy. Ne reviens pas en arrière.

Quand elle reprit la parole, ce fut d'une voix douce.

— J'ai eu tort...

Il commença à secouer la tête, mais elle l'arrêta d'un ton net :

— Non. Arrête, Adam. Tu dois cesser de te faire des reproches.

— Mais...

— Pas de mais. C'est ma faute si je n'ai pas pu éviter la voiture qui m'a foncé dessus ?

— Bien sûr que non, mais...

— C'est ma faute si je n'ai pas pu t'aider après avoir été blessée ?

— C'est... différent.

— Pourquoi ? Si tu oses dire que c'est parce que je suis une femme, je ne jure pas que je ne te ferai pas de mal.

Il sourit tristement.

— Toi, dit-il tranquillement, tu peux me faire plus de mal que n'importe qui.

— Pourquoi ? Parce que tu ne te défendrais pas ?

— Non. À cause de ce week-end. Je n'aurais jamais pensé... imaginé...

Il s'arrêta, craignant d'aggraver les choses, de ne pas réussir à exprimer ce qu'il voulait dire.

— Moi oui, dit-elle tout de go. J'ai imaginé beaucoup de choses. Tu es tout ce que j'espérais la première fois que je t'ai vu. Je me demandais seulement comment répondre aux objections de mon père.

— Tu... Quoi ?

— Tu crois vraiment que tout ça serait arrivé si vite s'il n'y avait pas déjà eu l'essentiel ?

Elle baissa la voix et ajouta d'un ton plus grave et douloureux.

— Tu crois que j'aurais été aussi en colère si je n'avais rien ressenti pour toi ?

— Tu avais tous les droits...

Elle releva brusquement la tête.

— Je suis sérieuse, Adam. Arrête. Non seulement parce que ce n'est pas vrai, mais parce que c'est néfaste.

— Néfaste ?

— Pour nous.

Ce « nous » encore. Ce mot magnifique, merveilleux, inaccessible. Il déglutit avec effort et déclara :

— La première fois que je t'ai vue, ça m'a coupé le souffle. Puis je me suis rappelé qui tu étais. Je crois que je n'ai jamais autant juré de ma vie. Parce que je savais que ton père ne voudrait pas te voir avec un flic. Il me l'avait dit.

— Maintenant tu n'es plus flic, alors il n'y a plus de problème.

Il sursauta un peu. Elle l'avait dit avec légèreté, comme quelqu'un qui voit un obstacle majeur s'évanouir. Cela ne lui était jamais passé par l'esprit que perdre son travail pouvait constituer un point positif. Il ajouta cela à la liste des choses auxquelles il devait réfléchir quand il en aurait le temps.

Il prit soudain conscience que Cutter, qui faisait des rondes dans la maison, s'était arrêté et les regardait tête penchée, l'air indubitablement satisfait de lui-même.

— Il a l'air vraiment content de lui, dit Mandy.

— Oui.

— Tu crois que c'est le côté entremetteur dont parlait Quinn ?

— Oui.

Elle le regarda. Il ne put prononcer un autre mot. Elle revint à Cutter.

— Un chien de garde entremetteur.

Le chien s'assit et la regarda en souriant. Il n'y avait pas d'autre mot pour ça. Elle se retourna pour regarder Adam. Quelque chose dans ses yeux le poussa à lui tendre les bras. Elle s'approcha de lui quasiment en même temps et lui glissa les bras autour de la taille pour le serrer très fort.

— Il a réussi ?

Il savait de quoi elle parlait. Il savait que pour que cela marche il devait, sinon oublier, au moins lâcher prise. Mais ce serait comme s'arracher une part de lui-même, et il n'était pas sûr de pouvoir le faire. Il avait cru que les choses se résoudraient toutes seules à présent qu'elle ne lui en voulait plus, mais il commençait à comprendre que le véritable obstacle était les reproches qu'il se faisait à lui-même.

Cutter se releva et reprit ses déambulations. Cela ramena Adam à la réalité immédiate, qui devait l'emporter sur l'avenir. Un avenir dans lequel il craignait d'avoir foi.

— Finissons-en d'abord avec cette histoire, dit-il en regardant le chien écouter à la porte de derrière.

— D'accord.

Il fronça les sourcils en l'entendant approuver avec tant de bonne volonté. Et quand elle reprit la parole, il comprit qu'il avait eu raison.

— Du moment qu'on profite du petit moment de tranquillité qu'on a jusqu'à ce soir.

Cela lui coupa le souffle. Il lui fallut du courage pour se retourner et la regarder. Et en voyant son expression, il se demanda s'il respirerait à nouveau normalement un jour. Parce qu'il y avait un tel désir dans son regard, une telle douceur dans ses lèvres entrouvertes, qu'il se souvenait à peine de comment on faisait.

Puis elle se mordit la lèvre inférieure, exactement là où il l'avait mordillée la première nuit. Comme si elle s'en souvenait. Comme si elle en avait encore envie. Il sentit son corps s'embraser, réagir avec tant de force que cela le mit presque à genoux.

— On peut oublier ça quelques minutes ? demanda-t-elle dans un murmure si rauque, si érotique qu'il sentit toutes ses hésitations tomber.

— Quelques minutes ne suffiront jamais, répondit-il d'une voix tout aussi enrouée.

Mandy était presque sûre d'avoir crié cette fois. Elle était certaine de s'être agrippée à lui, de l'avoir serré contre elle de toutes ses forces. Elle savait au fond d'elle qu'elle ne se rassasierait jamais de lui, de cette incroyable explosion de plaisir. Ce n'était qu'avec lui qu'elle avait pris pleinement conscience de la beauté de tout cela, et elle frissonna intérieurement à la pensée qu'elle avait failli ne jamais la connaître.

Elle dit lentement :

— Parfois je me demande si ma colère ne serait pas tombée plus tôt si je n'avais pas choisi de faire ce que je fais.

Adam s'appuya sur un coude pour la regarder.

— Je croyais que tu aimais ton travail.

— Je l'aime, dit-elle. Et malheureusement, il est nécessaire.

C'est déjà assez dur de trouver son chemin dans le système, alors quand ton monde a été anéanti... Les gens ont besoin de quelqu'un qui sait comment ça marche.

— Manifestement, Foxworth est d'accord avec ça.

— Je n'aurais rien pu faire sans leur aide et leurs subventions, dit-elle. Mais c'est tout de même dur de me rappeler tout le temps...

Elle poussa un long soupir.

— J'aurais peut-être dû accepter ce boulot que m'offrait Mme Harris.

Adam fronça les sourcils.

— Quoi ?

— Elle m'a offert un poste dans son équipe à l'époque.

— Katrina Harris ? Du conseil municipal ?

— Pourquoi, il y en a une autre ? lança-t-elle d'un ton taquin.

— Mais pourquoi ?

La voyant hausser un sourcil, il secoua la tête.

— Je veux dire tu es intelligente, tu constitues une formidable ressource, tu es douée avec les gens, mais...

Elle l'interrompit d'un rire.

— Tu n'as pas besoin de me flatter.

— Je ne le faisais pas.

Elle se pencha pour l'embrasser. Cela réveilla son envie de passer les mains sur lui, de sentir ses muscles durs et ses bras puissants. Elle fut soudain submergée du besoin de lui donner du plaisir. Elle se fraya un chemin avec sa bouche, embrassant, léchant et savourant. Et quand elle fit une pause près de cette partie qui avait réagi le plus visiblement à ses caresses, elle le sentit s'immobiliser. Il ne l'aurait jamais poussée, et elle savait que c'était à elle de décider. Elle attendit un petit peu, si bien que quand elle le prit enfin dans sa bouche, il prononça son nom avec un grognement.

Que lui donner du plaisir lui donne tant de joie à elle lui prouvait qu'elle avait de profonds sentiments pour lui.

Quand ce serait fini, ils... Elle ne savait pas ce qu'ils feraient, mais elle était sûre d'une chose, c'était qu'elle ne voulait pas le faire sans lui. Elle avait déjà perdu assez de temps avec son aveuglement. Et qui savait mieux qu'elle que les lendemains n'étaient pas garantis ? Elle voulait des lendemains, toute une série de lendemains. Avec Adam.

34

Ce fut bien plus tard, dans la lumière déclinante, qu'ils revinrent à ce dont ils avaient parlé. Mandy était blottie contre lui, plus déterminée que jamais à savourer ce qu'ils avaient trouvé.

Bien sûr, elle ne savait pas – pas encore – s'il éprouvait la même chose.

— La conseillère municipale, dit lentement Adam, t'a-t-elle dit pourquoi elle t'offrait ce poste ?

— J'ai supposé qu'elle voulait m'aider après la mort de papa, aussi bizarre que cela soit de sa part.

— Très bizarre. Je me souviens d'elle, et elle n'a jamais été particulièrement bienveillante envers les forces de l'ordre. C'était plutôt le contraire, en fait.

— Je sais. C'est pourquoi je n'ai pas su quoi dire, au début. Papa ne parlait pas d'elle en termes très aimables.

— Mais elle t'a tout de même offert ce poste.

— Que j'ai refusé, évidemment. Je n'ai pas été tentée, même si le salaire était incroyable. J'ignorais qu'un poste de ce type payait autant.

— Il te fallait bien plus que de l'argent.

Ces mots lui firent plaisir.

— Et cela aurait été trahir mon père de travailler pour l'opposition.

— Oui.

Elle attendit, mais il ne dit rien de plus. Elle contempla ses yeux d'un gris orageux, mais il était visiblement absorbé dans ses pensées. Il retournait quelque chose dans son esprit.

— Adam ? dit-elle finalement.

— Je… C'est juste étrange. Je veux dire, c'est elle qui voulait nous punir, nous les flics, chaque fois que nous faisions usage de la force, même quand c'était justifié. C'est bizarre qu'elle ait fait ça, à moins que…

Avec un temps de retard, cela la frappa. Elle bondit hors des draps, sans se soucier de sa nudité et le fixa.

— À moins qu'elle ait eu une raison pour me garder à proximité ?

Il poussa un soupir audible et hocha la tête.

— Et peut-être que ce n'était pas le salaire normal…

Elle descendit du lit et commença à enfiler ses vêtements.

— Allez, cow-boy ! On a du pain sur la planche.

— C'est une bonne chose que son emploi du temps soit accessible au public.

Mandy était penchée sur son ordinateur, où elle notait le planning de la conseillère municipale.

— S'il ne l'était pas, j'ai le sentiment que Foxworth pourrait tout de même le trouver, dit Adam.

Il éprouvait un bourdonnement familier, comme quand il approchait d'un suspect. La piste était trop ténue pour qu'il ait déjà une certitude, mais la sensation était là.

— C'est probable, approuva-t-elle. Mais je veux qu'ils aient une bonne raison de l'examiner.

— D'accord.

C'était un sentiment étrange de retourner sur les sites de police qu'il fréquentait jadis. Il y avait beaucoup de nouveaux pseudos, mais il en reconnaissait certains. Ses recherches n'avaient révélé jusque-là que les plaintes habituelles.

— Rien de neuf dans tout ça, marmonna-t-il. Nous savions tous qu'elle nous haïssait.

— À ce point ? demanda Mandy en levant les yeux de l'écran pour la première fois depuis un bon moment.

— Pire. Mais il n'y a rien de nouveau.

— C'est un forum public, non ? demanda-t-elle en se penchant pour regarder.

— Oui. J'imagine que les plaintes les plus graves continuent en privé ou sur un groupe fermé.

Il désigna l'écran.

— Apparemment, Mme Harris ou quelqu'un de son entourage a découvert le forum et a commencé à le surveiller. Parce que tout à coup, les plus bruyants ont reçu des blâmes pour des détails mesquins.

Mandy fronça les sourcils.

— Mais… Ça veut dire que quelqu'un de chez vous l'aidait ?

— Ou ne s'opposait pas à elle, en tout cas.

— Mais quel genre de policier aurait pu faire ça ?

— Un policier appréciant la politique, peut-être.

Elle fit une grimace qui lui rappela tant son père qu'il sursauta un peu. La question qui tournait à l'arrière-plan de son esprit le gifla soudain en plein visage. Qu'aurait éprouvé Greg s'il avait été au courant pour eux ? Adam se souvint d'un jour où il avait réussi à désamorcer une querelle domestique qui menaçait de mal tourner. Assis dans leur voiture de patrouille, Greg avait approuvé à sa manière inimitable.

« Tu feras l'affaire, Kirk. Tu feras l'affaire. »

De la part de Greg Bonner, c'était l'équivalent d'une médaille, et Adam n'avait jamais été plus fier qu'à cet instant. Même quand Greg l'avait taquiné en lui disant que s'il devenait capitaine, il serait le capitaine Kirk.

Mais ça, c'était durant les heures de travail. Mandy était sa fille, la fille qu'il chérissait, sa fierté et sa joie de vivre. C'était une tout autre paire de manches, comme Greg lui-même aimait le dire.

Adam revint au forum et se concentra sur les détails. Des réunions et des décisions bizarres qui avaient stupéfié les hommes. Il fallait s'en prendre à un groupe ou laisser quelqu'un tranquille. Cette personne devait être surveillée, tandis que celle-ci devait avoir les mains libres. Au-delà de certaines allusions, personne ne faisait de rapprochement ou n'élaborait de théorie.

— On va comparer tout ça, dit Mandy. Tu as le fichier de papa ?

Il hocha la tête et l'afficha comme demandé. Il fixa à nouveau cet irritant « Pix » et essaya de trouver un lien avec Katrina Harris sans y parvenir.

— Commençons par la première entrée. Lis-la-moi, et je vais vérifier ce que j'ai.

Ils se mirent au travail. Bien qu'il y eût quelques chevauchements, cela n'avait rien de concluant. Il leur fallut du temps pour arriver au bout de la liste.

— Rien d'inattendu, dit Adam en se renversant sur sa chaise. Des réunions, des rencontres avec des électeurs potentiels...

Mandy soupira.

— C'est son planning public néanmoins. Qui sait ce qu'elle faisait après les heures de bureau ou en privé ?

— D'autres réunions. 24 heures sur 24 et 7 jours sur 7, si l'on en croit son ex.

— Son ex ?

— Ton père et moi l'avons rencontré une fois au tribunal. C'est un avocat.

— Elle le trompait ?

Adam lui adressa un sourire en coin.

— Ce n'est pas quelque chose qu'il nous aurait dit. Il était seulement un peu plus agréable qu'elle. Nous l'avons entendu le dire à quelqu'un.

— Je me demande où elle allait tout le temps.

— Qui sait ? Peut-être aux réunions des Yeux Vairons Anonymes.

— De quoi ?

— Désolé. C'était une mauvaise blague.

— Vairons ? Ce n'est pas quand les gens ont les yeux d'une couleur différente ?

Il hocha la tête.

— Elle a un œil marron et l'autre noisette. Ce n'est évident que de près. Malheureusement on avait tout le temps de s'en apercevoir quand elle venait chez nous.

Mandy le fixait avec de grands yeux.

— Mandy ?

— Papa avait une chienne, quand il était petit.

Adam la regarda, interloqué.

— Un husky, poursuivit-elle. Elle avait un œil marron et un œil bleu.

Il fronça les sourcils.

— Ce n'est pas rare chez eux, si ?

— Non, dit-elle.

Mais elle écarquillait toujours les yeux, et il remarqua qu'elle respirait plus vite.

— Mais, Adam...

— Quoi ? demanda-t-il, maintenant un peu inquiet.

Enfin, elle focalisa son regard sur lui et déglutit visiblement.

— Elle s'appelait Pixie.

Elle parut ne pas pouvoir continuer. Mais ce n'était pas nécessaire. Il finit pour elle :

— Pix, souffla-t-il.

Ils l'avaient trouvé.

35

Quinn les regarda silencieusement disposer le fruit de leur travail sur la table de réunion. Ils avaient passé des heures à mettre en relation les archives des propositions et des votes avec les informations rassemblées par Greg durant une année. Puis ils avaient tout imprimé et l'avaient apporté à Foxworth.

— Greg savait qu'il devait bétonner tout cela, dit Adam, tandis que Quinn examinait les données. Il y a des gens prês à la défendre jusqu'à la mort dans cette ville.

— Parce qu'elle a sacrifié tous les autres à ses besoins, remarqua Quinn avec une grimace.

— Bétonner, c'est bien au-delà de mes compétences, dit Mandy avec circonspection.

— Mais pas de la nôtre, dit doucement Quinn.

Adam et elle échangèrent un regard tandis qu'il prenait son téléphone et passait deux brefs appels.

— Il faut envoyer tout cela à Ty, dit-il. Il trouvera des bandes vidéo qui peuvent confirmer sa présence à ces réunions. Nous n'en avons besoin que d'une pour commencer.

— Euh..., fit Adam avec hésitation.

Quinn lui sourit.

— Je sais, l'obtenir comme ça ne fera pas l'affaire au tribunal, mais une occurrence plus la présence d'un de nos amis devraient suffire pour que les autorités examinent le reste. Nous les laisserons s'inquiéter de l'aspect légal des preuves. Tout ce que nous voulons, c'est que cette histoire finisse et qu'Amanda soit en sécurité.

— Amen, dit Adam avec ferveur.

Et Mandy songea qu'il voulait que ça se termine le plus vite possible. Pour pouvoir rentrer chez lui ? Alors même qu'elle se le disait, elle comprit à quel point c'était idiot ; des gens essayaient de la tuer, et elle s'inquiétait de savoir s'il voulait que cela s'arrête ? S'il voulait rentrer dans ses bien-aimées montagnes en la laissant derrière lui ?

C'est de l'égocentrisme. Tu sais que cela est plus important.

Quelques instants plus tard, Cutter annonça une arrivée d'un bref aboiement. Puis il descendit et se dirigea vers la porte. Comme ils savaient que Ty était à Saint-Louis, ce devait être l'autre personne que Quinn avait appelée.

— Voilà Gavin, dit Quinn, mais il ne suivit pas le chien.

Il sourit en les voyant se regarder.

— Cutter va lui montrer où nous sommes.

— À ce stade, si tu me disais qu'il va lui ouvrir la porte, je ne serais pas surprise, dit Mandy en réussissant à sourire.

— Il le pourrait, au besoin. S'il le jugeait approprié pour le visiteur.

Adam se mit à rire, mais ajouta rapidement :

— Je le crois volontiers. Ça fait plusieurs semaines que je l'observe. Je suis prêt à croire qu'il peut voler.

Le sourire de Mandy s'élargit, et Adam lui jeta un regard qui dissipa ses inquiétudes. Parce qu'aucun homme ne pouvait regarder une femme ainsi et projeter de la quitter. Mais il n'était pas chez lui. Son chez-lui était ce ranch qu'elle n'avait jamais vu.

Qu'on ne m'a pas invitée à voir.

Son auto-apitoiement cessa quand le nouveau venu pénétra dans la pièce, Cutter sur ses talons. C'était un homme d'une beauté frappante, et quand elle eut repris son souffle, Mandy se demanda où elle l'avait déjà croisé. Ces yeux noirs derrière lesquels brillait une formidable intelligence, cette grâce nonchalante, ces mèches de cheveux bruns, cette présence incroyable, tout cela elle l'avait déjà vu.

— Adam, Amanda, voici l'ami dont je vous ai parlé. Je vous présente l'avocat consultant de Foxworth, Gavin de Marco.

Mandy resta bouche bée, tandis qu'Adam laissait échapper un long sifflement.

— Pas étonnant que vous nous sembliez familier, dit Mandy quand il les eut salués tous les deux.

— J'étais à l'académie de police quand le procès Keppler s'est déroulé, intervint Adam après avoir serré la main de l'avocat. Nous étions scotchés. Après-coup, on nous a fait étudier vos plaidoiries, pour nous montrer pourquoi la rigueur est nécessaire en matière de preuves. Parce qu'elles doivent tenir face à des gens comme vous.

— Je soupçonne qu'ils ont dû me décrire en d'autres termes, dit l'homme avec un sourire décontracté.

Adam lui sourit.

— Oui. Impossible à répéter en galante compagnie.

Plus sérieusement, il ajouta :

— Je me suis toujours demandé pourquoi vous aviez abandonné.

— Disons que j'ai eu mon chemin de Damas, dit Gavin.

Il regarda alors Mandy et, avec une gentillesse étonnante, lui dit :

— Et j'ai vu trop d'affaires comme celle de votre père, des hommes braves et honnêtes fauchés avant l'heure. Je suis désolé que vous l'ayez perdu, que *nous* l'ayons perdu.

Il n'avait rien perdu de l'éloquence grâce à laquelle les jurés lui mangeaient dans la main. Les yeux un peu humides, elle le remercia, car contrairement à beaucoup de gens elle sentait que cet homme était sincère.

— Maintenant, il est du côté des anges, dit Quinn avec un sourire en coin à l'adresse de Gavin.

— Une sacrée bande, approuva Gavin en souriant et en se penchant pour gratter l'oreille de Cutter.

En se redressant, il demanda vivement :

— Alors qu'est-ce qu'on a ?

Quinn lui résuma l'affaire avec concision, et Gavin se retourna pour examiner ce qui se trouvait sur la table.

— Il y a quelques noms intéressants, en effet.

Adam acquiesça.

— Certains ne sont pas surprenants. Tous ces groupes prêts à acheter de l'influence...

— Le fameux principe du « payer pour jouer », approuva Quinn.

— Ce sont les autres..., dit Mandy.

Adam lui avait dit qu'il connaissait certains des noms d'après des enquêtes et des avis de recherche.

— Ces deux-là, déclara Adam, en désignant deux dates à deux mois de distance. D'après le fichier de Greg, il a assisté lui-même à ces réunions.

— Juste avant..., commença Mandy, sans pouvoir finir sa phrase.

— Exactement, appuya Adam d'un air sombre. Ces deux types ont des casiers judiciaires, sans compter tout ce que l'on n'a pas pu prouver. Y compris les meurtres.

— Donc, dit Gavin en jetant un coup d'œil à Mandy, Harris savait que votre père la soupçonnait, et cette offre d'emploi était destinée à garder l'œil sur vous, à s'assurer que vous ignoriez ce qu'il avait découvert ?

Il était arrivé à la conclusion si rapidement que Mandy éprouva une bouffée de soulagement. Si quelqu'un comme Gavin de Marco voyait cela si vite, ils devaient avoir raison. Elle le sentait au fond d'elle, mais une validation de cette sorte rendait les choses plus solides.

— Et quand Amanda a appelé les amis de son père pour qu'ils l'aident à décrypter son fichier, cela s'est retourné contre elle, intervint Quinn.

— Harris aurait donc quelqu'un à sa solde dans la police, médita tout haut Gavin.

Adam laissa échapper un soupir de dégoût. L'avocat se tourna vers lui.

— Ça sent la trahison, n'est-ce pas ?

Ce n'était pas une question, mais Adam hocha la tête.

— Donc elle a décidé qu'il fallait s'occuper de moi, dit lentement Mandy.

Même si elle savait que c'était bien le cas, cela lui paraissait impossible.

— Absolument, ajouta sombrement Quinn.

— Mais... Pourquoi aurait-elle pris ce risque ? Je veux dire, être au conseil municipal, c'est un poste important, je comprends qu'elle ne voulait pas le perdre, mais tout ça...

Mandy agita la main au-dessus des documents éparpillés.

— ... semble un peu extrême.

— Ça ne l'est pas si le conseil municipal était la première marche d'un plan plus vaste, dit Gavin. Elle a peut-être des objectifs bien plus importants.

— Et elle ferait tout ce qu'il faut pour y arriver ? demanda Adam.

Quinn hocha la tête avec une expression sévère.

— Mais... Commettre un meurtre, ça va loin, dit Mandy.

— Parce que vous n'avez pas ce besoin de pouvoir qui pousse certaines personnes à faire des choses comme ça, expliqua Gavin avec un léger sourire. Pour elles, rien n'est trop extrême.

Mandy entendit un léger bruit du côté où se tenait Adam. Il s'était penché sur les pages, sa main gauche appuyée sur la table. Mais sa main droite formait un poing si serré que ses jointures en étaient blanchies. Et quand elle regarda son visage, elle vit qu'il était presque aussi blanc.

— Adam ? demanda-t-elle, subitement inquiète.

— Et c'est plus facile, dit-il d'une voix à peine plus haute qu'un murmure, quand on l'a déjà fait.

Mandy fronça les sourcils et remarqua que Gavin regardait Adam avec une sombre approbation.

— Qu'est-ce que tu...

Elle s'interrompit, frappée par l'évidence. Un frisson lui parcourut l'échine, et elle s'étonna de ne pas vaciller. Parce que le nœud de son estomac et la crispation de tout son corps lui disaient qu'elle ne se trompait pas.

Son père n'était pas mort d'un coup de feu dû à la panique d'un cambrioleur.

C'était un meurtre commandité.

36

Adam ignorait depuis combien de temps cela durait. Quinn et Gavin – le célèbre Gavin de Marco ! – avaient tenu une vidéoconférence avec Ty Hewitt à Saint-Louis. Puis ils s'étaient tous deux mis à passer des appels et sans vraiment y prêter attention, Adam croyait bien avoir entendu Gavin prononcer le nom du gouverneur.

Le gouverneur élu après la destitution du précédent grâce à Foxworth. Existait-il encore des politiciens honnêtes, ou les mots « politicien » et « honnête » étaient-ils un oxymore ? Il commençait à divaguer, se dit-il.

La seule chose qui l'ancrait dans la réalité était la présence de Mandy à côté de lui sur le canapé, les jambes repliées sous elle et la tête posée sur son épaule. La chaleur de son corps l'aidait à lutter contre un sentiment d'irréalité glacial. Et sachant qu'elle devait se sentir encore plus mal que lui, il maîtrisait sa fureur.

Ça n'a jamais été un secret que le magasin était sur le trajet de Greg Bonner, ni qu'il s'arrêtait pour parler aux gens. C'est pour ça que Malachi était là, à cet endroit incongru. Parce que le cambriolage n'était pas son but, mais le meurtre si. Un meurtre commandité. Un assassinat.

Cela lui revenait sans cesse à l'esprit, entremêlé de souvenirs trop vivaces. Mais il essayait de se concentrer sur Mandy ; c'était elle qui comptait, elle qu'il devait protéger.

Le choc de la révélation l'avait laissée en larmes. Adam l'avait prise dans ses bras, en tentant de contrôler son propre écœurement. Puis les larmes avaient laissé place à une terrible colère, faisant écho à la sienne.

Le père de Mandy avait été assassiné. De sang-froid, par

quelqu'un pour qui seul comptait le pouvoir. Peu importait à quoi la conseillère municipale voulait utiliser ce pouvoir, même si Adam avait une idée assez précise de ses objectifs. Elle avait fait tuer un homme honorable parce qu'il avait découvert la vérité sur elle. Peu importait qu'elle n'ait pas pressé la détente elle-même ; elle en avait donné l'ordre à l'homme qui croupissait en prison.

Un loyal serviteur, qui n'a jamais parlé. Je me demande combien elle l'a payé ? Ou sa famille ?

Cutter, qui était couché à leurs pieds, se leva brusquement. Adam le vit agiter la queue et comprit que le nouveau venu était le bienvenu. Un aboiement bref, sur deux tons, lui indiqua qui était là.

— Liam, dit-il.

Mandy produisit un faible sourire.

— J'ai apporté de quoi nous sustenter, lança le jeune Texan en entrant.

Même dans son état, Adam ne pouvait manquer l'odeur de la pizza chaude.

— Excellente idée, approuva Quinn. Prends-en une part, et mets-toi à ce mastodonte d'ordinateur que Ty et toi avaient monté. Il faut que nous en sachions davantage sur Malachi et les raisons pour lesquelles il est d'accord pour rester en prison jusqu'à la fin de ses jours sans donner celui qui l'a payé. Et comment il a été payé, pendant que tu y es.

— Compris, patron.

— Vous deux, ordonna Quinn en les regardant, mangez. Je sais que vous n'avez pas faim mais il faut que vous soyez fonctionnels, et pour ça il vous faut de l'énergie.

— Il a raison, dit Adam à Mandy.

— Je sais.

— Et, ajouta Quin d'un air entendu, laissez libre cours à votre colère. Ça vous alimentera autant que la nourriture.

— Ça, c'est sûr, dit Adam, sentant la fureur tournoyer en lui.

Ils avaient réussi à manger chacun deux parts quand Gavin redescendit.

— Le gouverneur est au courant. Il restera en dehors de tout ça bien sûr. C'est à la ville de régler ce bazar.

Adam cligna des yeux. Même sachant qui était cet homme, il

était toujours un peu stupéfait qu'il puisse avoir immédiatement le gouverneur en ligne.

Gavin s'assit en face d'eux et prit une part de pizza dans laquelle il mordit, tandis que Quinn faisait les cent pas.

— Et le maire ? demanda Adam.

Quinn secoua la tête.

— Il est trop proche d'elle. On ne peut pas être sûr qu'il ne savait pas.

Adam entendit Mandy émettre un petit bruit. Il vit qu'elle secouait la tête.

— Il est venu à l'enterrement de papa. J'allais dire qu'il semblait sincère, mais…

— Ça fait partie de son boulot, dit gravement Adam.

— Exactement.

— Dès que Liam ou Ty auront trouvé ce que nous cherchons, j'aurai besoin de vous pour une conférence téléphonique.

— De moi ? s'étonna Adam.

— Avec le chef.

Adam écarquilla les yeux. Quinn n'avait pas besoin d'expliquer de quel chef il s'agissait.

— Pourquoi ? Moi, je veux dire ?

Quinn soutint son regard.

— Je pense que tu sous-estimes ton crédit dans la police de cette ville.

— Bien dit, appuya Mandy.

Il la regarda et vit l'affection et le soutien dans ses yeux. Et il osa enfin croire qu'elle éprouvait la même chose que lui. Ce qu'il avait éprouvé – et réprimé – pendant des années.

— J'imagine que le chef ne sera pas content d'apprendre que la mort d'un de ses meilleurs officiers est due à un homicide volontaire, dit Quinn.

— Commandité par quelqu'un du conseil municipal ? Non, je ne pense pas qu'il va bien le prendre.

— Je vous ai dit que je commence à haïr ce conseil ? dit Mandy d'une voix mêlant la colère et le mépris.

Une voix propre à pétrifier, se dit Adam. Qui l'aurait pétrifié si c'était à lui qu'elle s'en était prise.

Mais ce n'était plus le cas. Elle avait cessé de le détester. Cela seul valait d'avoir traversé tout ce qu'ils avaient enduré depuis ce difficile anniversaire. Pour lui, en tout cas. Il n'était pas certain qu'elle dirait la même chose.

Ils restèrent quelques instants silencieux, tandis que les recherches se poursuivaient au-dessus de leurs têtes. Quinn finit par s'asseoir.

— Nous trouverons, dit-il. Le meilleur moyen, c'est de mettre Liam et Ty en compétition. Ils se démèneraient de toute façon, mais ensemble sur la même recherche ? C'est...

Il secoua la tête comme s'il n'arrivait pas à trouver le mot exact.

— Productif ? proposa Gavin.

— C'est ça, dit Quinn avec un demi-sourire.

— Ça va faire beaucoup de bruit, déclara Gavin d'un ton pragmatique.

Vu les affaires de dimensions nationales et internationales qu'il avait traitées, il devait savoir de quoi il parlait.

— Oui, acquiesça Quinn.

Le regard de Gavin se posa sur eux, et il dit tranquillement :

— Vous trois allez être au centre quand tout sera révélé.

Adam comprit qu'il les jaugeait. Il savait que Quinn pouvait affronter n'importe quelles circonstances, mais Mandy et lui représentaient des inconnues, en dehors des éléments concrets de la situation.

— J'essayerai de vous épargner le plus dur, poursuivit Gavin, mais cela risque d'être rude.

Mandy leva la tête et soutint le regard de l'avocat.

— Vous n'avez pas besoin de me protéger. J'ai déjà vécu le pire et maintenant je sais que ce n'était pas la conséquence d'un cambriolage qui a mal tourné. C'était intentionnel. Mon père a été assassiné, et je ferai ce qu'il faudra pour que cette... vermine ait ce qu'elle mérite.

Adam la regarda pendant qu'elle parlait et vit comme elle se tenait droite et affichait un air résolu. Une chaude sensation l'envahit. Il était fier d'elle, car elle était vraiment la fille de son père.

— Il serait fier de toi, dit-il doucement.

Mandy tourna vivement la tête et croisa son regard. Un instant, un petit sourire éclaira son visage.

— Oui, approuva-t-elle d'un ton appuyé, il serait fier.

Il comprit ce qu'elle voulait dire. Que Greg serait fier de lui également. Il savoura cette pensée, encore plus parce qu'elle venait d'elle.

Sans qu'il sache combien de temps s'était écoulé – parce qu'il avait perdu le fil, tant il s'était passé de choses au cours des dernières heures – un cri de triomphe s'éleva soudain à l'étage, suivi des pas sonores de Liam dans l'escalier.

— On l'a !

Il sauta les quatre dernières marches et tendit son ordinateur à Quinn, qui adressa un regard victorieux à Adam et Mandy.

— Avec ça, c'est sûr, leur assura-t-il.

— En résumé ? demanda Gavin.

— Il y a des tas de sociétés écrans et de subterfuges, mais le fond de l'histoire, c'est que la famille de Malachi vit dans une belle maison de Walla Walla et que le loyer est payé par une prétendue organisation de charité, fondée et financée par une des sociétés écrans qui remontent jusqu'à Katrina Harris. Sa mère a aussi un boulot très bien payé au sein de cette organisation, du moins sur le papier. Aucune indication de ce qu'elle y fait. Et la cerise que le gâteau, c'est qu'ils ont emménagé durant le procès.

— La preuve pour Malachi que Harris a fait sa part du marché, dit doucement Gavin.

— Exactement. Et, ajouta Liam, l'organisation charitable a été fondée le lendemain de la fusillade au magasin.

— Une fois que le meurtre était exécuté, dit Adam d'une voix rauque.

— Exactement, approuva Quinn.

Il regarda Gavin.

— Ce sera suffisant ?

— Avec vous trois ? La fille d'un héros et deux autres héros ? C'est suffisant pour déclencher une enquête, dit Gavin avec une sombre satisfaction. Parce qu'ils se douteront de ce qui se passerait s'il n'en faisaient rien.

Ce qui voulait dire que Gavin de Marco se servirait de toute la puissance de sa réputation pour en faire une publicité énorme.

Quinn demanda à Liam de continuer les recherches en suggérant de chercher qui avait payé l'avocat de Malachi. Mais Gavin s'y opposa, disant qu'il valait mieux laisser des choses à découvrir pour l'enquête officielle.

Mandy s'était tue, mais elle déclara soudain, d'une voix qu'Adam trouva affreusement douloureuse :

— Il n'avait pas la moindre chance de s'en sortir.

— Non, répondit sombrement Adam. En effet.

Elle se tourna alors vers lui et, dans un geste qui le surprit, posa une main sur sa joue.

— Et toi, tu n'avais pas la moindre chance de l'empêcher.

Cela le frappa comme un coup de poing au ventre. Il n'était pas encore allé jusque-là, il n'avait pas envisagé les ultimes conséquences jusqu'à ce qu'elle le dise.

Il n'avait jamais eu la moindre chance de sauver Greg. Il était la cible, et si Adam avait été à côté de lui, cela n'aurait rien changé. Même s'il n'avait pas reçu une balle, cela n'aurait rien changé. Même s'ils avaient échangé leurs places, comme Adam l'avait si souvent imaginé, Greg aurait quand même été la cible et aurait été abattu avant d'entrer.

Pendant un instant, il eut le tournis. La tête lui tournait, ou alors c'était la pièce. Un vertige, alors… C'était ridicule d'y réfléchir à cet instant où le dernier domino tombait et où la vérité était là, devant lui.

Greg n'avait jamais eu la moindre chance, et il n'avait jamais eu la moindre chance d'empêcher sa mort.

Il regarda Mandy et vit des larmes briller dans ses yeux. Ou peut-être étaient-ce ses propres larmes, car il la voyait un peu floue. Peu importait. Rien n'importait en dehors du fait que son fardeau avait disparu. Il comprit enfin que ce qu'il ressentait, c'était de la légèreté, l'absence du poids accablant qu'il avait porté pendant cinq longues années.

37

Ils passèrent les deux jours suivants à faire des recherches approfondies, à planifier et vérifier, jusqu'à ce que Gavin se déclare satisfait. Mais il avait insisté pour attendre encore une journée. Mandy sentait qu'Adam n'aimait pas ça, mais il ne dit rien.

Gavin l'avait senti aussi, apparemment. Cet homme ne ratait pas grand-chose, ce qui n'était pas surprenant. On ne bâtit pas ce genre de réputation sans être capable de déchiffrer les gens. Mais quand il expliqua pourquoi il voulait attendre jusqu'au jeudi, il fut clair qu'Adam non seulement approuvait mais comprenait.

C'était extraordinaire comme la vie semblait plus légère pour Mandy. Ils retournèrent chez elle profiter d'une journée suspendue dans le temps. Comme par magie, ce fut une journée claire et ensoleillée, le genre de temps qui vaut la peine d'endurer les nuages et la pluie le reste de l'année. On voyait depuis les monts Rainier et Baker jusqu'aux Brothers, et tous portaient un manteau de neige si brillant qu'il en paraissait irréel.

Mais une part de cette légèreté venait du changement chez Adam. Elle avait vu le moment où il avait enfin compris qu'il n'aurait rien pu faire pour empêcher ce qui s'était passé. Et quand il l'avait regardée pour la première fois avec de l'espoir dans les yeux, elle avait senti son cœur prendre son essor.

Il ira bien, papa.

À cet instant, elle avait éprouvé une bouffée de chaleur si semblable à une approbation qu'elle s'était interrogée sur les messages de l'au-delà.

Ils avaient passé la majeure partie de la journée à se raconter des choses et, comme Quinn leur avait déconseillé cette longue promenade dont rêvait Mandy, ils étaient restés à la maison. Il leur avait laissé Cutter, ce qui, plus que tout autre chose, indiquait qu'il craignait que tout ne soit pas terminé. Mais loin de se comporter en gardien, Cutter semblait avoir retrouvé la joie et l'énergie d'un chiot. Il les faisait parfois tellement rire qu'il était difficile de se rappeler le protecteur féroce qu'il pouvait être.

Et il semblait heureux de somnoler à sa place préférée sur le canapé. Adam et elle en avaient profité pour rester au lit tout l'après-midi, se racontant et s'explorant mutuellement. Tout avait un goût de neuf, tant ils se sentaient libérés.

Et quand une autre sorte de faim les poussa dans la cuisine tard dans la soirée, ce fut avec la certitude de leur amour partagé que Mandy lui demanda :

— Tu réussiras à me pardonner ?

— Je ne t'en ai jamais voulu.

— Tu aurais dû.

Il secoua la tête.

— Non, je ne pouvais pas.

— Pourquoi ? Parce que tu te disais que c'était ta faute ? demanda-t-elle calmement.

Il lui fallut un instant et une gorgée du vin qu'elle lui avait servi pour répondre.

— Pas seulement, mais parce que dès que je t'ai vue, j'ai commencé à espérer qu'un jour nous serions ainsi, dit-il.

La joie éclata en elle.

— Oui. C'est vrai. Je crois vraiment que la moitié des raisons pour lesquelles j'étais en colère, c'était parce que j'avais cet espoir aussi.

Il tendit la main à travers la table pour la poser sur la sienne, qu'elle retourna pour entremêler leurs doigts.

— On pourra bâtir là-dessus, Mandy ?

— On ne fera pas que bâtir, dit-elle en lui laissant voir son émotion, on bâtira quelque chose de magnifique.

Il sourit, bien que manifestement un peu gêné par les mots qu'elle employait.

— Je me contenterai de quelque chose de solide.

— Non. Pas de « se contenter » et pas de reproches. Plus jamais.

Le sourire d'Adam était authentique, cette fois.

— Et quand tu seras prêt, ajouta-t-elle, en posant une main sur son coude, on s'occupera de ça.

Il eut l'air stupéfait au début, mais après un moment de silence il inspira à fond et acquiesça.

— Il ne sera peut-être plus jamais normal, dit-il prudemment.

— Mais nous saurons que nous aurons fait tout ce qui était possible. C'est ça qui compte, non ?

Un autre soupir lui fit comprendre qu'il n'était pas encore tout à fait guéri de ses tourments intérieurs.

— C'est incroyable le poids de la culpabilité, non ?

Quand il se mit à rire, elle éprouva un nouvel élan de joie et se jura qu'elle veillerait à ce qu'Adam Kirk rie souvent dorénavant.

Adam entendait clairement Gavin par la porte entrouverte.

— C'est un grand plaisir de rencontrer quelqu'un de votre stature, monsieur de Marco, fit la voix onctueuse de la conseillère municipale.

— J'en suis sûr, répondit Gavin d'un ton sec.

— Je dois admettre que je suis curieuse de connaître les raisons qui vous ont poussé à venir me voir, dit-elle, ayant apparemment décidé d'ignorer son ton.

— J'ai entendu dire que c'est vous qui concrétisiez les choses dans cette ville.

Adam imagina facilement Harris se rengorger.

— Eh bien, oui. Je suis fière de ce que j'ai accompli ici.

— Vous l'êtes ?

— Bien sûr.

— Rien dont vous ne soyez pas fière ?

Il y eut une pause, comme si elle hésitait à répondre.

— Je ne suis pas certaine de comprendre, dit-elle enfin, avec une note qu'Adam perçut comme de la méfiance. Pourquoi êtes-vous ici, monsieur de Marco ?

— Je suis ici pour parler d'une chose que vous avez accomplie, madame Harris, dit-il d'une voix qui claqua comme un fouet.

C'était aussi le signal.

Quinn entra le premier. Adam était juste derrière lui, si bien qu'il vit Harris froncer les sourcils. Son regard se posa sur lui, et ses yeux s'agrandirent légèrement. Comme prévu, Quinn et lui avancèrent épaule contre épaule, masquant Mandy jusqu'à ce qu'ils soient postés devant la conseillère, qui avait fait le tour de son bureau pour saluer son illustre visiteur.

Puis ils firent tous deux un pas de côté, révélant Mandy qui fixa un regard glacial sur elle. Katrina Harris pâlit.

— De quoi s'agit-il ? demanda-t-elle d'une voix tremblante.

— Vous savez de quoi il s'agit, dit froidement Gavin. C'est fini, madame la conseillère municipale. Dites adieu à votre bureau et à votre réputation, parce que pour vous les carottes sont cuites, comme on dit.

— Je ne sais pas ce que vous croyez...

— Ce que je crois, lança Mandy d'une voix encore plus glaciale que son expression, c'est que vous allez finalement payer pour ce que vous avez fait. Mon père était un homme brave et honorable, et vous n'êtes même pas digne de prononcer son nom.

— Vous aviez raison sur une chose, dit Adam, laissant la colère percer dans sa voix. Il vous a eue. Il vous a prise la main dans le sac.

— Et nous sommes ici, lança Quinn avec plus d'autorité qu'Adam ne lui en avait jamais vu, pour finir ce qu'il a commencé.

— Sortez ! hurla-t-elle.

Mais il y avait de la peur dans ses yeux.

— C'est ce que nous allons faire, si c'est ce que vous voulez, déclara Gavin avec un calme inquiétant. Mais nous serons de retour ce soir avec le chef de la police, qui est impatient de vous passer les menottes. En fait, il préférerait nettement vous traîner devant les caméras et la presse. Il a fallu le convaincre de nous laisser faire.

Elle devint encore plus pâle.

— Il n'oserait pas...

— Oh que si ! dit Quinn. Il est en chemin en ce moment même. Vous êtes responsable de la mort d'un des meilleurs hommes de cette ville, de l'inaptitude d'un homme qui serait devenu aussi remarquable que lui et de tentatives d'assassinat sur sa fille.

Une vague de chaleur vint tempérer la colère froide d'Adam. C'était une nouveauté pour lui de s'autoriser à croire un éloge.

— Et à propos, ajouta Gavin, il s'occupera aussi du capitaine Manning.

Les yeux de la femme s'agrandirent, et ils furent certains que c'était bien lui qui avait parlé de l'enquête de Mandy à la conseillère. *On te tient.*

— Vous n'avez aucune preuve, déclara Harris avec entêtement.

— Le dernier argument des coupables, asséna froidement Adam.

— En effet, dit Gavin, sans quitter sa proie des yeux. Dites-moi, madame Harris, avez-vous déjà entendu parler d'une seule fois où je suis allé en justice sans preuve de ce que j'avançais ? Je peux répondre à votre place. Ça n'est jamais arrivé.

La porte derrière eux s'ouvrit. Un homme en uniforme, avec quatre étoiles sur le col, apparut.

— Normalement, je frappe, annonça le chef de la police, mais certaines personnes ne méritent pas de courtoisie.

Adam ne détachait pas les yeux de la conseillère et vit avec satisfaction l'instant où elle renonçait. Il regarda Mandy, qui fixait la femme qui avait détruit sa vie. Il vit la même satisfaction peinte sur son visage.

C'était fini.

38

— C'est ça, Foxworth ! lança joyeusement Liam. La lutte contre la corruption, un politicien après l'autre.

— Ce n'était pas l'intention de départ, dit Quinn d'un ton sec.

— Quand on combat le mal, il faut le combattre là où il est, remarqua Adam.

Quinn se retourna pour les regarder. Mandy s'appuyait sur le bras d'Adam, se sentant mieux qu'elle n'aurait jamais cru. Cutter était assis à leurs pieds, les regardant avec une expression qu'on ne pouvait qualifier que de fanfaronne.

— Oui, dit Hayley, qui venait d'arriver. Oui, tu l'as fait.

— Encore, marmonna Quinn, mais il souriait.

Hayley se redressa après avoir gratté l'oreille du chien et les regarda tous deux.

— La météo dit qu'il va se remettre à neiger sur le col samedi soir. Il vous faudra devancer la neige pour arriver à temps pour Noël.

Adam déglutit, un peu mal à l'aise.

— Je n'ai pas trouvé encore le temps de le lui demander.

— Demande-le-moi, dit Mandy.

Il la regarda et prit son inspiration.

— Tu veux bien ?

— Bien sûr. Tu ne penses pas qu'il est temps que je rencontre tes parents ?

Il parut si soulagé qu'elle ne put s'empêcher de sourire.

— Si, bien sûr.

— Nous aurons besoin de vous quand le procès commencera, leur rappela Quinn.

— Nous n’avons pas oublié, dit Adam.

Il regarda Mandy et ajouta :

— Nous y veillerons.

— Ensemble, dit-elle. Et nous mettrons tout ça derrière nous une bonne fois pour toutes.

— Tu es sûre ? demanda Adam en regardant Mandy fermer sa valise. Hayley t’a mise un peu au pied du mur.

— Naturellement que je suis sûre.

— Je n’ai pas grand-chose à t’offrir. C’est une vie calme, dans laquelle la nature est le seul adversaire.

— Ça me paraît être le paradis.

Ayant fini avec sa valise, elle se retourna pour le regarder.

— Je vais exactement là où je veux. Je veux faire la connaissance de ce lieu où vit ton cœur.

— Plus tant que ça, dit-il en l’embrassant. Je t’aime, Mandy.

— Et j’y vais parce que je t’aime, déclara-t-elle. Et j’y resterai parce que c’est chez toi.

Un avenir qu’il n’aurait jamais osé imaginer se déroula dans son esprit. Il n’arrivait toujours pas à y croire.

— Mais c’est cette maison qui est chez toi. La maison de ton père.

— Ce n’est plus ma maison.

Elle croisa son regard.

— Crois-moi, il comprendrait.

Il inspira fortement.

— Je l’espère.

— En outre, je dois aller où tu vas. Autrement, je resterai seule pour toujours, parce que personne ne pourra jamais te remplacer.

S’il ne lui avait pas déjà donné, son cœur aurait explosé à ces mots. Il l’embrassa encore, parce qu’il le devait. Et s’ils n’avaient pas dû prendre de l’avance sur la météo, cela aurait été beaucoup plus loin, tant son désir était prompt à s’éveiller.

Pourtant, quand ils furent sur la route, il fit un détour. Quand Mandy comprit où ils allaient, elle lui prit la main.

— Ça t’ennuie ? demanda-t-il tranquillement.

— C'est exactement ce que je voulais faire, dit-elle tout aussi tranquillement. Je n'étais juste pas certaine que tu le voudrais.

— Je veux... lui dire. Je sais que ça paraît...

— Parfait. Tout simplement parfait.

Le cimetière était calme, presque désert. Ils le parcoururent dans un silence respectueux. Et quand ils s'arrêtèrent devant la sépulture, la gorge d'Adam se serra si fort qu'il ne put parler.

Mais la fille de Greg Bonner le pouvait.

— Nous l'avons fait, papa, murmura-t-elle. Nous avons fini. Et nous nous sommes trouvés. Sois en paix.

— J'aimerais... lui demander. Pour toi, je veux dire, réussit à dire Adam.

Il sourit légèrement.

— Bien que j'imagine ce qu'il dirait.

Mandy s'immobilisa, une expression étrange sur le visage, puis elle détacha les yeux de la croix et les posa sur lui.

— Tu n'as pas besoin d'imaginer, dit-elle. Il me l'a dit.

— Quoi ?

— Quand je lui ai demandé comment s'était passée sa première semaine avec son nouveau coéquipier, il m'a dit : « C'est un jeune homme honnête et solide, le genre dont un père serait fier. Le genre qu'un père serait heureux d'avoir pour gendre. »

Un instant Adam ne put respirer.

— Il a dit ça ?

— Oui. Alors tu vois, en un sens, il nous avait déjà donné sa bénédiction.

Il n'arrivait pas à trouver les mots pour exprimer ce qu'il ressentait. Il ne put que serrer Mandy dans ses bras et promettre silencieusement à son père qu'il ne trahirait jamais sa confiance. *Je veillerai sur elle, monsieur. Je vous le jure.*

Quand ils furent de retour dans le pick-up et que les Cascades se profilèrent devant eux, elle demanda :

— Tu crois qu'on pourrait trouver un chien comme Cutter ?

Il se mit à rire.

— Tu crois que tu as assez d'énergie ?

— Bonne question, dit-elle.

— Il faudra revenir et lui rendre visite. Mais nous te trouverons un cheval, si tu veux.

— Oh oui ! j'aimerais bien. J'ai toujours voulu apprendre à monter. Et je veux voir tous ces endroits que tu aimes.

— Alors c'est comme si c'était fait.

— Tant mieux, dit-elle, et elle lui prit à nouveau la main, en prenant soin de ne pas trop la tirer.

— Allons-y.

Vers une nouvelle vie.

Il lui pressa la main, et ils prirent la direction de chez eux.

Prisonnière d'un

Traduction française de
ISABEL ROVAREY

BLACK ROSE

HARLEQUIN

Titre original :
THE DARK WOODS

Ce roman a déjà été publié en 2020.

1

Dimanche 24 mars

Sasha Lenoir fit de son mieux pour garder le sourire tandis que son amie de toujours, Audrey Anderson, raccompagnait les derniers invités jusqu'à la porte. La réunion, après les obsèques de sa grand-mère, était une tradition à laquelle il aurait été impensable de couper et Sasha avait réussi à tenir bon jusqu'au bout sans éclater en sanglots mais les obligations sociales de la journée avaient durement éprouvé ses nerfs.

Elle avait besoin de se retrouver seule pendant quelques heures, le temps de se ressaisir, de reprendre la main sur ses émotions et de les enfouir de nouveau toutes au plus profond de son cœur. Elle avait passé des années à se perfectionner dans l'art de maîtriser ses réactions et ses sentiments. Quelle que soit la pression, quels que soient les impondérables, une responsable de gestion de crise digne de ce nom se devait de ne jamais montrer la moindre craquelure dans le vernis qu'elle s'était soigneusement façonné.

Mais aujourd'hui, c'était différent. C'était personnel. Le dernier membre de sa famille qu'il lui restait au monde, outre sa fille, s'en était allé. Sa grand-mère… Morte et enterrée. Il n'y avait plus personne désormais vers qui se tourner pour en apprendre plus sur son histoire. Plus personne pour lui remémorer tout ce qu'elle avait surmonté, ce qu'elle était devenue et tout ce qu'elle accomplirait encore en dépit de ce lourd passé.

Plus rien ne serait jamais pareil, désormais.

Viola Simmons avait été plus qu'une grand-mère. Elle avait été sa mère, son père, sa plus proche parente, sa meilleure amie, sa confidente, sa plus enthousiaste supportrice et, par-dessus tout, la gardienne de la foi. Pas une seule fois elle n'avait perdu confiance en Sasha, pas une seule fois elle ne lui avait fait faux bond. Elle avait cru en elle quand elle-même était en proie au doute. Elle avait recollé les morceaux de leurs vies en miettes et, courageusement, relevé la tête et poursuivi le chemin alors qu'elle aurait eu toutes les raisons de baisser les bras.

Elle laissait aujourd'hui un gouffre béant dans la vie de Sasha – et dans son cœur.

— Je vais rester dormir ici, suggéra Audrey en revenant dans le salon. Ce n'est pas bon que tu sois seule ce soir.

Sasha réussit à décocher un sourire las à sa vieille amie.

— Je te suis très reconnaissante de tout ce que tu as fait, Rey. Je ne sais pas si j'aurais pu me montrer à la hauteur des attentes de ma grand-mère sans toi. Mais, je t'assure, tout ce dont j'ai besoin maintenant, c'est d'un peu de solitude.

Tous les proches d'Audrey l'avaient toujours appelée Rey. L'attribution de diminutifs faisait partie intégrante de la culture du Sud. Quand Sasha était petite, ses parents – ainsi que sa grand-mère – l'avaient surnommée Sassy[1]. Mais lorsqu'elle avait atteint l'âge de douze ans, plus personne n'avait osé continuer à la dénommer ainsi – sauf à s'attirer les foudres de l'intéressée. Une fois, une seule, depuis qu'elle était une directrice de communication de crise reconnue de New York City, son diminutif d'enfance avait refait surface. Elle y avait mis bon ordre séance tenante.

— Tu es sûre ? demanda Rey, le visage marqué par l'inquiétude. Ça m'ennuie de m'en aller en te laissant toute seule dans cette grande maison.

Sasha passa un bras autour des épaules de son amie et la serra contre elle en la reconduisant vers la porte.

— Mais oui, je suis sûre. Tu en as fait plus qu'assez.

1. Sassy signifie « coquine » en anglais. (NdT)

Elles se firent face dans le hall d'entrée.

— Tu as prévenu ses amis. Tu as respecté toutes les volontés de ma grand-mère, géré toutes les démarches auprès des pompes funèbres DuPont pour la cérémonie – je n'ai eu qu'à donner mon aval. Et tu as organisé cette adorable réception à la maison après le service. Bref, tu as tout pris en charge pour me soulager. Alors, rentre chez toi retrouver Colt, ôte tes chaussures et sers-toi un verre de vin – ou deux, voire trois. Tu l'as bien mérité.

Elles partirent toutes deux d'un petit rire, mais il n'avait rien de joyeux. Il était plutôt triste. C'était la fin d'une époque et Sasha devina que Rey pensait à sa propre mère, qui n'allait pas en rajeunissant et qui était aujourd'hui atteinte de démence. Le temps filait pour tout le monde, et beaucoup trop vite.

Rey soupira.

— Le service était magnifique. Je sais que ta grand-mère aurait été fière, dit-elle avant de secouer la tête. C'est tellement affreux, pour M. DuPont. Je n'arrive pas à croire qu'un collègue de sa fille l'ait tué. Elle doit être complètement dévastée.

La nouvelle du meurtre de M. DuPont avait ébranlé la petite ville de Winchester, dans le Tennessee. Les pompes funèbres DuPont officiaient depuis plus de cent cinquante ans pour la communauté. Edward avait été de la quatrième génération. Sa fille, le Dr Rowan DuPont, représentait désormais la cinquième. C'était étrange de penser que l'histoire familiale des DuPont était marquée par autant de tragédies que la sienne, médita Sasha. La sœur jumelle de Rowan s'était noyée quand elle avait douze ans et, quelques mois plus tard, leur mère s'était suicidée. Pis encore, elle s'était pendue dans le funérarium familial et c'était Rowan qui l'avait trouvée.

— J'ai été surprise d'apprendre qu'elle avait décidé de rentrer à Winchester et de reprendre l'entreprise.

Comme Sasha, Rowan DuPont s'était établie ailleurs pour y faire une brillante carrière. Mais avec le meurtre de son père, elle avait apparemment décidé de renoncer à tout pour revenir à Winchester s'occuper de l'affaire familiale. Des raisons autres que celles dévoilées par la presse avaient certainement présidé à cette décision et, quelles qu'elles puissent être, Sasha ne pouvait qu'admirer son courage. Il en fallait, du cran, pour revenir dans sa ville natale après une tragédie pareille et repartir de zéro.

Surtout avec la culpabilité du meurtre de son père planant au-dessus d'elle comme une ombre sinistre.

— La vie a le don de nous faire dévier de notre voie, parfois, nota Rey comme si elle se parlait à elle-même.

Sasha se crispa intérieurement. Son amie avait raison ; et Dieu sait que Rey en savait quelque chose ! Un accident de carrière l'avait conduite à rentrer à Winchester où, un mois plus tôt, une page terriblement noire du passé familial avait été révélée au grand jour.

— On ne sait jamais ce que le futur nous réserve, répondit Sasha en se frictionnant les bras pour chasser le froid soudain qui semblait lui venir de l'intérieur. Tu ne trouves pas bizarre que nous ayons toutes les trois des passés aussi tragiquement similaires ?

Elle secoua la tête avant de poursuivre :

— Que de squelettes dans les placards à Winchester.

Rey haussa les épaules.

— Toute petite ville a ses secrets, je suppose.

— Ma grand-mère ne devait pas en ignorer un seul, souligna Sasha avec un petit rire qui ne réussit pas tout à fait à alléger l'atmosphère ainsi qu'elle l'avait souhaité. Personne ne connaissait mieux que Viola Simmons toutes les rumeurs et tous les ragots qui couraient.

Un sourire mélancolique se peignit sur les traits de Rey.

— C'est sûrement parce qu'il y avait quelque chose chez elle – une sorte d'aura – qui incitait les gens à s'épancher.

Elle attrapa son sac à main sous la petite console, près de la porte.

— N'oublie pas que j'ai l'intention de rédiger un sujet sur elle. Tout le monde adorait Vi. Ce sera une jolie façon de lui rendre hommage. C'était une figure locale ; elle était tellement admirée.

— Elle en serait très honorée, Rey, répondit Sasha, songeant combien sa grand-mère aurait adoré être ainsi célébrée. On en parlera la semaine prochaine, si tu veux.

Rey marqua une pause, la main sur la poignée.

— Oh ? Donc, ça signifie que tu comptes rester plus longtemps que tu ne l'avais prévu initialement ?

Sans hésiter, Sasha se jeta à l'eau.

— J'ai dit à mes partenaires que je serais absente au moins deux semaines. En cas d'urgence, ils peuvent me joindre.

— Je suis contente de l'apprendre, répondit Rey en hochant la tête. C'est bien que tu prennes ton temps, que tu puisses réfléchir avant de replonger tête baissée dans le travail.

Un léger froncement de sourcils plissa son front.

— Et pour Brianne ? Ce n'est pas un problème que tu prolonges ton séjour ?

— Penses-tu ! Elle est ravie : sa gardienne la gâte comme ce n'est pas permis et elles s'entendent comme larrons en foire toutes les deux.

— Alors, c'est bien. Ça te permettra de t'accorder un peu de temps *à toi*, souligna Rey. J'ai l'impression que ça n'arrive pas très souvent.

— Ça, c'est un doux euphémisme. C'est vrai que ça ne me fera pas de mal.

Quoique, pour être tout à fait franche, ce fût le travail qui monopolisait la majeure partie de son temps, pas sa précieuse fille.

Les deux amies s'embrassèrent avec effusion puis Rey sortit et se dirigea vers sa voiture. Elle était arrivée tôt ce matin pour aider Sasha à se préparer pour la cérémonie. C'était une amie très chère et Sasha appréciait réellement son soutien. Trois fois par an, Sasha venait rendre visite à sa grand-mère – à l'occasion de son anniversaire en septembre, le jour de la fête des Mères et pour Noël. Quant à elles deux, elles se retrouvaient au moins une fois tous les deux mois pour déjeuner ensemble depuis que Rey vivait à Washington DC – du moins l'avaient-elles fait jusqu'à ce que celle-ci rentre précipitamment à Winchester en fin d'année précédente pour reprendre les rênes de la publication familiale. Jamais Sasha n'aurait imaginé Rey revenant un jour à Winchester, surtout après la façon dont le shérif Colt Tanner, son premier amour, lui avait brisé le cœur à la fin du lycée. Et pourtant, aujourd'hui, non seulement Rey était là, mais la flamme de leurs amours adolescentes s'était rallumée et Colt et elle se donnaient désormais une seconde chance. Sasha n'avait rien vu venir mais elle était très heureuse pour son amie.

Peut-être que les histoires qui finissaient bien n'étaient pas qu'un mythe, finalement. En tout cas, il semblait y avoir quelque chose dans cette thématique du retour à la maison.

Pour Sasha, l'heureux dénouement avait été son installation loin de Winchester et sans l'homme qui avait volé son cœur alors qu'elle était trop jeune pour comprendre ce que c'était qu'un chagrin d'amour. À elles deux, Brianne et elle formaient une vraie famille, une famille soudée. Grandma allait leur manquer mais elles n'étaient pas seules – elles étaient là l'une pour l'autre.

Sasha referma la porte et, par habitude, tourna la clé. Elle vivait à Manhattan depuis treize ans et, en ville, on ne laissait pas sa porte ouverte. En revanche, même si presque deux décennies s'étaient écoulées depuis son départ de Winchester, les choses, dans sa ville natale, n'avaient pas beaucoup changé. Ici, on ne fermait pas sa porte à clé la plupart du temps et les gens s'inquiétaient de leurs voisins et allaient régulièrement jeter un coup d'œil les uns chez les autres, ce qui expliquait que sa grand-mère ait été retrouvée si rapidement après sa mort inattendue. Elle n'était pas sortie ramasser son journal. Viola Louise Simmons n'aurait jamais laissé son journal par terre sur le perron jusqu'à midi. Un voisin l'avait remarqué et était venu frapper à sa porte.

Une crise cardiaque l'avait terrassée alors qu'elle buvait son thé du matin. À quatre-vingt-trois ans, Viola avait eu une vie longue et productive, personne ne pouvait dire le contraire. Mais sa perte n'en était pas moins douloureuse pour Sasha, qui n'arrivait pas à se faire à l'idée que sa grand-mère n'était plus là. S'adossant à la porte fermée, elle balaya d'un regard circulaire l'environnement familier. Elle avait vécu dans cette grande et vieille maison jusqu'à son départ pour l'université et, ensuite, elle était revenue y passer ses vacances et ses étés.

Durant son enfance, c'était ici qu'elle s'était sentie chez elle, plus que n'importe où ailleurs. Même du temps où ses parents étaient encore en vie, Sasha était plus souvent ici qu'avec eux. Elle se détacha de la porte et s'avança dans le hall, étudiant les portraits de famille et les photos qui avaient capturé une tranche de vie dans un lieu et à un moment donnés, la figeant pour l'éternité dans le temps. Elle s'attarda sur un portrait en particulier, le dernier pris de ses parents avant leur mort. Des souvenirs du photographe demandant à la mère de Sasha, Alexandra, de sourire émergèrent du fond de sa mémoire. Ses parents avaient tous deux semblé mal à l'aise ce jour-là, mais elle n'avait été qu'une enfant à l'époque et elle n'y avait pas réellement prêté attention. Deux semaines plus tard, ils étaient morts.

Le claquement des coups de feu résonna dans son esprit, la faisant sursauter.

Chassant ces pensées, Sasha se dirigea vers la cuisine. Une tasse de thé l'aiderait peut-être à calmer ses nerfs.

Elle posa la bouilloire sur le feu puis, machinalement, tâta sa poche avant de pousser un soupir. *En haut.* Son portable était resté à l'étage. L'appareil était pour elle comme une extension de ses deux mains. Il n'était jamais hors de sa portée... Sauf aujourd'hui. Par respect pour sa grand-mère, elle l'avait laissé dans sa chambre. Viola avait eu les téléphones mobiles en horreur. Elle était convaincue que, bien plus que l'argent, ils étaient l'origine de tous les maux.

Sasha sourit en s'engageant dans l'escalier de derrière. La maison était une solide construction carrée de style Foursquare du début du xxe siècle. Sasha l'adorait, mais elle ne savait pas encore ce qu'elle allait en faire. Sa vie était à New York et elle ne pouvait pas revenir emménager ici. Absolument impossible.

Elle trouva son téléphone sur la table de chevet de son ancienne chambre. Elle avait reçu un texto. Un sourire étira ses lèvres tandis qu'elle pianotait sur le clavier : « Toi aussi, tu me manques », suivi d'une émoticône envoyant trois baisers. Son cœur se dilata de bonheur. Elle était vraiment contente que Brianne ne lui en veuille plus. Sa fille s'était fâchée quand elle lui avait annoncé qu'elle ne pouvait pas l'accompagner à l'enterrement de Grandma. Mais elle avait école et Sasha ne savait pas combien de temps elle devrait rester pour régler les affaires de sa grand-mère. Au moins Brianne lui reparlait-elle désormais... Cinq minutes après le départ de Sasha, sa fille avait dû penser à tout ce qu'elle allait pouvoir faire avec sa nounou chérie. Douze ans, c'était un âge difficile. Sasha s'en souvenait très bien.

Je t'aime.

Sasha appuya sur Envoi et rangea l'appareil dans sa poche. En bas, la bouilloire sifflait à tout-va, se rappelant à son bon souvenir. Elle sentit d'avance le goût un peu âcre du thé sur sa langue. Sa grand-mère était une inconditionnelle du earl grey. Sasha compensait l'amertume du breuvage par une généreuse quantité de sucre et de lait.

Tournant vivement le bouton de la gazinière, elle éteignit la flamme sous la bouilloire, attrapa une tasse et la boîte en céramique dans laquelle Grandma rangeait son thé. Elle mit un sachet dans la tasse et, empoignant une manique, versa l'eau chaude par-dessus. Elle s'apprêtait à sortir le lait du réfrigérateur pendant que le thé infusait lorsque la sonnette tinta, les quatre notes du carillon de Westminster résonnant dans toute la maison.

Espérant que ce n'était pas une nouvelle livraison de plante, le petit salon en étant rempli, Sasha se dirigea vers la porte. Rey lui avait suggéré de faire don des plantes aux résidences pour personnes âgées des environs. Et, dès demain matin, un fleuriste du coin devait venir les chercher pour les répartir entre les trois établissements du secteur de Winchester. C'était une bonne solution – une solution que sa grand-mère aurait approuvée. Sasha jeta un coup d'œil entre les rideaux mais ne vit personne. Fronçant les sourcils, elle ouvrit la porte. Personne, en effet, ni dans l'allée ni sur le perron.

Au moment où elle se détournait pour refermer le battant, elle remarqua une enveloppe rose dépassant de la boîte aux lettres, sur le mur, à côté de la porte. Encore une carte de condoléances, certainement. Peut-être un voisin qui n'avait pu se libérer pour le service ou la réunion, à la maison.

Sasha la prit, rentra et repoussa le battant. Son nom était écrit en grandes lettres sur l'enveloppe. Elle la retourna, vit le *H* imprimé en caractères gras sur le rabat. Son cœur sauta un battement. Un seul feuillet à l'intérieur, replié deux fois. Sasha le déplia et lut le bref message qui y était inscrit, puis la signature au bas de la page.

Il y a des choses que ta grand-mère aurait dû te dire... concernant tes parents. Il faudrait qu'on parle.

Arlene Holloway.

Vingt-sept années durant, le monde avait cru que le père de Sasha avait tué sa mère avant de se donner la mort.

Bien sûr, Sasha s'était interrogée, avait douté. Mais chaque fois qu'elle avait tenté d'aborder le sujet, sa grand-mère l'avait serrée contre elle, disant que des choses terribles arrivaient parfois à des gens très bien. Elle avait eu la même attitude que ces policiers qui étaient venus chez ses parents ce soir-là. Ils avaient refusé d'écouter ce qu'une enfant de neuf ans traumatisée pouvait bien avoir à dire. Deux personnes étaient mortes et rien ne pourrait plus les faire revenir, point final.

Mais Sasha gardait un souvenir très net de ce que personne n'avait voulu croire.

Elle avait entendu au moins *une* voix étrangère ce soir-là... peut-être deux. Des voix qu'elle n'aurait en aucun cas pu confondre avec celles de sa mère ou de son père – ou de qui que ce soit de sa connaissance.

Quelqu'un d'autre s'était trouvé dans la maison la nuit où ses parents étaient morts.

2

Arlene Holloway était née et avait grandi à Winchester. Sasha attendait, debout, devant sa porte, tandis que le soleil disparaissait derrière les arbres et les montagnes qui entouraient sa ville natale. Mme Holloway était – avait été – la meilleure amie de Vi. Peu importait que Vi soit noire et Arlene, blanche, et qu'à l'époque de leur enfance, les relations multiculturelles n'aient pas été vues d'un très bon œil. Leur amitié avait traversé la tempête et s'en était même trouvée renforcée. Le mariage, la maternité, puis le veuvage que Vi et Arlene avaient vécu les avaient encore rapprochées au fil des années. Toutes deux avaient mis en garde la mère de Sasha quelque quarante ans plus tôt, soulignant les difficultés auxquelles elle s'exposerait si elle décidait d'épouser un Blanc. Alexandra avait fait fi de leur avertissement et s'était mariée avec le père de Sasha. Sasha avait hérité des cheveux noirs et frisés de sa mère et de la peau pâle et des yeux verts de son père.

Et, plus important, de la détermination et de la ténacité de sa grand-mère, traits de caractère qui lui avaient été bien utiles pour naviguer dans le monde des célébrités et des politiciens où tactiques impitoyables et ego surdimensionnés étaient monnaie courante. Gérer les affaires retentissantes des gens riches et célèbres et des personnalités de pouvoir requérait certaines compétences, parmi lesquelles la témérité. Et la témérité aussi, elle la tenait de sa grand-mère.

Mais, pour ses parents, ainsi qu'il le leur avait été prédit, la vie avait été difficile – et beaucoup trop courte.

Sasha frappa une deuxième fois à la porte et, lorsqu'elle vit le loquet tourner, son cœur se mit à palpiter de façon erratique. Se pouvait-il qu'après toutes ces années, elle soit sur le point d'apprendre enfin un élément nouveau à propos de ce qui s'était passé ce soir-là ? Si sa grand-mère avait su quelque chose sur cette funeste soirée, pourquoi ne le lui aurait-elle pas dit ? La réponse était simple – parce que Viola Simmons aurait fait n'importe quoi pour protéger son unique petite-fille. Elle croyait fermement que le passé était le passé et elle avait désespérément souhaité que Sasha aille de l'avant sans s'appesantir sur une terrible histoire à laquelle personne ne pouvait rien changer.

Mais si jamais ce n'était pas tout à fait le cas ? Si certains aspects de la situation pouvaient être modifiés ?

Pourquoi Viola aurait-elle ignoré cette éventualité ?

La porte s'ouvrit et Sasha se prépara à débiter son petit speech et dire combien elle regrettait de ne pas avoir eu plus de temps à consacrer à Mme Holloway pendant la cérémonie ou lors de la réunion qui avait suivi. Elle avait décidé de ne pas faire allusion au courrier la première.

À ceci près qu'elle se retrouva non pas nez à nez avec une Mme Holloway de quatre-vingt-cinq ans mais avec Branch. Son petit-fils.

Le marshal Branch Holloway.

Le garçon que Sasha avait aimé de loin depuis ses treize ans. Celui avec lequel – après s'être secrètement consumée d'amour pour lui pendant plus de dix ans – elle avait fini par faire l'amour dans sa camionnette après une soirée un peu trop arrosée au champagne, lors de la cinquième réunion d'anciens élèves du lycée.

L'homme qui était le père de sa fille, blondinette aux yeux bleus de douze ans et demi.

Chose que l'homme en question ne savait pas.

Son sourire si caractéristique s'épanouit sur son beau visage – le visage qu'elle voyait tous les matins en regardant sa fille.

— Sasha Lenoir... Quel plaisir de te voir. Tu es toujours aussi belle.

Il n'en fallut pas davantage pour que le cœur de Sasha fonde instantanément et qu'elle ait envie de se blottir contre lui, comme elle l'avait fait cette unique nuit, treize ans plus tôt. Ç'aurait été si facile de pleurer sur ses larges épaules après avoir perdu sa seule parente. De s'abandonner dans la chaleur et la promesse de ses bras réconfortants et d'oublier que, comme sa grand-mère avant elle, elle élevait seule son enfant.

À ceci près que Sasha avait beaucoup trop à perdre pour se comporter ainsi. Elle avait traversé une période de stress intense et c'étaient la peur et les doutes qui l'avaient conduite à prendre la décision de taire sa grossesse à Branch. Elle venait juste de passer son master, avait des dizaines d'entretiens d'embauche qui l'attendaient. Elle avait découvert qu'elle était enceinte deux mois après avoir été engagée. Sa vie était bien assez compliquée comme ça ; elle ne s'était pas senti le courage d'ajouter Branch à l'équation. Lui traquait les méchants à Chicago, à l'époque, et il n'existait tout bonnement aucune possibilité pour eux d'élever un enfant ensemble. Elle avait donc choisi le silence et sa grand-mère et Rey avaient accepté de garder le secret.

Mais, en cet instant, cette décision lui apparaissait comme l'erreur qu'elle avait sans aucun doute été. Brianne ne connaissait pas l'homme merveilleux qui était son père et le toujours célibataire Branch ignorait tout de l'incroyable fille qu'il avait participé à concevoir.

Le poids du remords s'abattit sur les épaules de Sasha. Seigneur, qu'avait-elle fait ?

Par sa faute, sa grand-mère avait également été forcée de dissimuler ce fait à sa meilleure amie de toujours. Sa pauvre grand-mère avait emporté son secret dans sa tombe.

Sa culpabilité s'accrut encore, au point que Sasha faillit flancher. Mais elle tint bon.

D'un seul coup, l'expression de Branch s'assombrit.

— Je suis plus navré que je ne peux le dire pour ta grand-mère. J'aurais été présent à l'enterrement aujourd'hui mais il y a eu une urgence pendant un transfert de prisonnier.

Arlene lui avait expliqué l'absence de son petit-fils. Non que Sasha se soit réellement attendue à ce qu'il vienne assister à la cérémonie. Ils n'avaient pas exactement été bons amis à l'école. Il avait deux ans de plus qu'elle et était trop populaire pour avoir du temps à consacrer à de simples humains comme Sasha et ses camarades. Mais il avait été toujours été quelqu'un de profondément gentil. En plus d'être d'une beauté et d'un charme à tomber à la renverse, il était incroyablement *gentil*. Subitement, la peur lui serra le cœur. Le serait-il encore s'il venait à apprendre son secret ? Elle lui avait volé douze ans de la vie de sa fille.

Elle repoussa ces pensées négatives. Personne ne savait mieux qu'elle garder de déplaisants secrets ou neutraliser les rumeurs entourant lesdits secrets.

Se ressaisissant, Sasha plaqua un sourire sur ses lèvres.

— Merci. Je suis désolée de cette visite impromptue. J'espérais voir Mme Holloway quelques minutes, dit Sasha en s'inclinant légèrement sur le côté pour explorer du regard les profondeurs du vestibule. Est-ce qu'elle est ici ?

— Bien sûr. Entre.

Les longs doigts d'une main virile s'enroulèrent autour de son bras et l'attirèrent à l'intérieur.

— Mamie et moi dînons ensemble tous les dimanches. Nous allions justement passer à table. On sera ravis que tu te joignes à nous. Il y a toujours trop à manger.

Sasha planta ses talons dans le sol, les stoppant, elle et lui, dans leur élan.

— Non… Je ne voudrais pas m'imposer.

Bon sang, elle avait oublié à quel point on mangeait tôt ici. Il était à peine 18 h 30.

— Mais, voyons, tu ne t'imposes pas du tout.

Avant qu'elle ait pu réagir, il l'entraîna à sa suite dans la maison. Mme Holloway souriait largement lorsqu'ils entrèrent dans la salle à manger.

— Sassy, quelle bonne idée d'être venue dîner avec nous.

Branch tira une chaise et la fit asseoir. Elle réussit à proférer un « merci », puis à sourire à la vieille dame, en face d'elle, tandis que Branch ajoutait un couvert.

— Je ne voulais pas vous déranger. J'étais juste passée…

— Dis le bénédicité, Branch, ordonna sa grand-mère. Cette jeune personne a besoin de se remplumer. Elle est maigre comme un clou.

— Oui, mamie, acquiesça Branch en adressant un clin d'œil à Sasha avant de s'asseoir et d'incliner la tête.

Après la prière de bénédiction la plus courte qu'elle ait jamais entendue, il dit « Amen » et empoigna le plat de pommes de terre pour le lui passer.

— Si tu as besoin de quoi que ce soit pendant ton séjour ici, fais-le moi savoir. Je suis sûr que tu dois avoir des tas de choses à faire.

— Le plus pénible est derrière toi, insista Arlene avant que Sasha n'ait eu le loisir de répondre à l'offre de Branch. Le reste sera ce que tu en feras – facile ou difficile.

— Merci, Branch, dit Sasha d'une voix plus affirmée qu'elle ne l'aurait cru possible. Ma grand-mère était très organisée. Elle a laissé des instructions précises.

Sasha grignota la nourriture qui était dans son assiette, histoire d'apaiser les craintes de son hôtesse et de son hôte tout en écoutant avec attention leur conversation roulant sur qui avait fait quoi et l'excitante affaire de crime organisé qui avait défrayé la chronique locale le mois précédent. Branch répondait toujours à des offres d'emploi sur tout le territoire mais Arlene espérait bien le voir se fixer à Winchester.

Sasha dut attendre que le café et le dessert soient servis pour trouver l'occasion de parler à cœur ouvert avec Mme Holloway. Branch s'était excusé pour répondre à un appel professionnel. Ne sachant trop de combien de temps elle disposait, elle opta pour aller droit au but.

— Madame Holloway, ma grand-mère vous a-t-elle jamais dit qu'elle avait des doutes à propos de ce qui est arrivé à mes parents ?

Arlene la dévisagea pendant un long moment… assez longtemps pour que Sasha se demande si elle n'avait pas choqué la pauvre vieille dame par une approche un peu trop directe.

— Tu as trouvé le mot que j'ai laissé chez toi.

Sasha hocha la tête.

— Oui. Ça a été… une surprise. Vous ne m'aviez jamais rien dit auparavant.

— Ta grand-mère ne voulait pas remuer le passé. Je trouvais qu'elle avait tort mais j'ai tenu ma langue jusqu'à aujourd'hui.

Mais il est temps que la vérité soit révélée – à condition que tu comprennes bien que ce ne sera pas sans conséquences.

Sasha étudia la physionomie de la vieille dame, cherchant à deviner ce qu'elle entendait par là.

— Bien sûr, je comprends. Mais je veux la vérité. J'ai toujours eu le sentiment qu'elle avait été… balayée sous le tapis, à l'époque.

Voilà, c'était dit. Il était temps de cesser de faire semblant. Ça ne ramènerait pas ses parents mais cela permettrait peut-être, à tout le moins, de réparer une terrible injustice.

Arlene continua à la contempler, ses yeux bleus virant au gris pâle derrière les verres épais de ses lunettes.

— Ta grand-mère a toujours voulu te tenir éloignée de toutes ces choses horribles. Tu es sûre que tu as envie d'aller contre sa volonté ? Elle vient à peine d'être enterrée.

Perturbée et frustrée tout à la fois, Sasha tint bon.

— Madame Holloway, avec tout le respect que je vous dois, je vous rappelle que c'est vous qui êtes entrée en contact avec moi.

— J'ai seulement fait une offre. Mais c'est à toi de voir si tu t'en saisis.

Faisant appel à toute sa patience, Sasha s'enquit :

— La question est : savez-vous, oui ou non, ce qui s'est passé ?

Arlene prit son verre et avala une longue gorgée de thé glacé.

— Je ne suis pas certaine que quelqu'un ait une absolue certitude mais, avec des conseils avisés, je suis sûre que tu pourrais découvrir le fin mot de toute l'histoire.

— J'envisage d'engager un détective privé, avoua Sasha.

— Un détective privé ?

La voix profonde de Branch la fit sursauter. Elle ne s'était pas rendu compte qu'il était revenu dans la pièce.

— Oui, dit-elle lorsqu'elle eut recouvré l'usage de sa voix.

Il tira une chaise et s'y assit, tendant machinalement la main vers son café.

— Pourquoi as-tu besoin des services d'un privé ?

— Elle veut savoir ce qui s'est vraiment passé, pour ses parents, expliqua Arlene. Elle ne croit pas plus que moi à ce qu'ont dit les rapports de police.

Sasha grinça des dents, tant devant l'expression surprise de Branch que devant la déclaration sans ambiguïté de Mme Holloway.

— Ce n'est pas que je ne crois pas aux conclusions de ces rapports, jugea-t-elle bon de préciser. Mais disons que je ne suis pas sûre que l'enquête ait été aussi exhaustive qu'elle aurait pu l'être.

Branch hocha lentement la tête.

— Les enquêteurs ont sûrement fait de leur mieux. Mais il y a des échecs, parfois. Un policier peut passer à côté de quelque chose, il peut y avoir un manque de communication. Tu étais très jeune quand c'est arrivé. Je peux comprendre que tu cherches des réponses aujourd'hui… C'est normal.

Sasha, qui avait retenu son souffle, se souvint qu'elle devait respirer.

— Oui, tu as bien cerné mon sentiment sur le sujet.

Elle hésita à souligner qu'elle n'était pas venue d'elle-même, que c'était sa grand-mère qui lui avait adressé un mot, mais elle opta pour la négative.

— Avec le décès de ma grand-mère, je ressens le besoin de mettre de l'ordre dans mes affaires autant que dans les siennes. Ça m'aiderait à laisser le passé derrière moi, je suppose.

— Branch, tu pourrais l'aider, non ? suggéra Arlene. Puisque tu es en vacances…

Il adressa un sourire patient à sa grand-mère – un sourire qui ne se reflétait pas tout à fait dans ses yeux.

— Non, s'empressa d'objecter Sasha en secouant la tête. Je ne veux déranger personne. Et puis c'est quelque chose que je dois faire seule. C'est personnel.

Le regard de Branch s'arrêta sur elle.

— Mamie a raison. J'avais beaucoup de jours de congé à récupérer et je n'ai rien de particulier de prévu. Donc, je peux au moins t'aider à savoir comment t'y prendre – si ça te met mal à l'aise que je mette mon nez dans tes affaires de famille.

Elle le dévisagea, les yeux écarquillés, comme s'il venait de lui annoncer que ses cheveux étaient en feu. Bien sûr ! Branch était marshal. Il savait comment conduire des recherches. Il saurait repérer les manquements dans une enquête vieille de près de trois décennies. Elle pouvait lui faire confiance. Son assistance lui serait plus que précieuse.

Non ! Avait-elle perdu la tête ?

Elle ne pouvait pas entamer une collaboration avec Branch. Ce serait une tâche de longue haleine. Le risque était trop grand qu'il découvre son secret. Ou que les vieux sentiments qui frémissaient encore en elle lorsqu'elle pensait à lui se réveillent.

— Parfait, décréta Arlene. J'ai toujours voulu savoir ce qui s'était passé même si, par respect pour Vi, je gardais ça pour moi. Elle refusait catégoriquement d'en parler. Elle avait peur des conséquences, j'en suis sûre.

C'était un aspect de la question que Sasha n'avait pas pris en compte. Au fond de son cœur, elle *savait* qu'une tierce personne était impliquée dans la mort de ses parents. Le fait que personne n'ait paru être de cet avis et que sa grand-mère se soit montrée si réticente avait empêché Sasha de développer cette hypothèse au fil des années. Mais Arlene avait raison. Si quelqu'un d'autre était concerné, il y aurait des conséquences. Forcément. Cette personne devait tenir à cacher la vérité tout aussi désespérément qu'elle voulait la faire éclater. Une raison supplémentaire de se féliciter de n'avoir pas amené sa fille à Winchester.

Chercher la vérité pourrait être plus dangereux qu'elle ne l'avait pensé.

— Quand aimerais-tu commencer ?

La voix profonde de Branch la tira brusquement de ses pensées perturbantes. *Respire.*

— En fait, je comptais m'y mettre tout de suite, répondit-elle du tac au tac avant de se rendre compte que c'était dimanche soir et qu'elle venait à peine d'enterrer sa grand-mère. Enfin, disons, demain.

Il inclina la tête.

— J'ai un déjeuner à Nashville demain midi mais je peux récupérer le dossier et te retrouver avant, dans la matinée.

— Ce serait vraiment gentil à toi.

Le sentiment d'anticipation fit battre son cœur. C'était vraiment en train d'arriver... Enfin !

— Je m'accommoderai de tes horaires, bien entendu.

— Bien. J'appellerai Billy pour lui dire que je passerai prendre le dossier. On partira de là.

Billy Brannigan était le chef de la police de Winchester.

— Super, acquiesça Sasha avec un hochement de tête.

Elle remercia Mme Holloway pour le dîner, puis prit congé sans avoir fini son dessert. Elle souhaitait avoir le temps de jeter un coup d'œil aux papiers et aux souvenirs de sa grand-mère. Et, avant tout, elle voulait mettre de la distance entre elle et son idole de jeunesse. À ceci près que, juste au moment où elle s'apprêtait à franchir la porte, Branch insista pour la raccompagner jusqu'à sa voiture.

Lorsqu'ils y arrivèrent, il lui ouvrit la portière et lui sourit, l'air un peu triste.

— Je suis désolé que ce soit dans de telles circonstances, mais je suis vraiment content de te revoir, Sasha. Ça fait longtemps.

Elle se demanda s'il avait remarqué qu'elle l'évitait soigneusement chaque fois qu'elle revenait en visite. Probablement pas. C'était un homme occupé. Il devait rarement penser à elle, à supposer qu'il y pense tout court. Pendant toutes ces années, elle était venue avec sa fille trois fois par an voir sa grand-mère et elle s'était toujours arrangée pour ne pas même le croiser. Ce qui relevait presque du miracle dans une bourgade aussi petite que Winchester.

De nouveau, les doutes l'assaillirent concernant la pertinence de ce projet d'enquête sur le passé. Il lui était parfois arrivé de regretter la décision qu'elle avait prise, pour Brianne. Mais les jeux étaient faits et il était trop tard pour revenir en arrière. Alors, cette proximité avec Branch...

— Ça fait un bail, oui, acquiesça-t-elle en passant derrière la portière, se servant d'elle comme d'un bouclier. Quand je viens en visite, je ne reste que quelques jours. À part Grandma et Rey, je n'ai le temps de voir personne.

Il hocha la tête.

— Il paraît que tu as une fille.

L'incertitude flamba en elle, telles des flammes dévorant un tas de brindilles sèches. Elle réussit à émettre un petit rire.

— Oh la la, une grosse mise à jour s'impose, en effet, dit-elle sur le ton de la plaisanterie. Elle est là depuis des lustres.

— Je ne savais pas que tu t'étais mariée.

Les nerfs soumis à rude épreuve, elle répondit :

— Je ne le suis pas. La relation s'est terminée avant même d'avoir commencé.

Avant qu'il ait pu poser une autre question, elle enchaîna :

— Et toi ? Une femme ? Des enfants ?

La réponse était non aux deux, bien sûr. L'idée même qu'elle le sache était en soi immensément triste.

— Non et non.

— C'est dommage. Tu ne sais pas ce que tu manques. Ma fille m'émerveille tous les jours. Elle est... incroyable, brillante. Être parent est la meilleure chose qui me soit arrivée.

Venait-elle réellement de dire ça ? Elle n'en revenait pas. Sa gorge se comprima. Il fallait vraiment qu'elle rentre chez elle. La journée avait été épuisante, chargée en émotions, et, manifestement, elle n'avait pas les idées claires.

— Oui, mais, avant d'être parent, il faut commencer par trouver le bon partenaire, souligna-t-il en lui adressant un clin d'œil. Et je me demande si je n'ai pas laissé filer celle qui était faite pour moi voilà bien longtemps.

La chaleur qui envahit Sasha la terrifia et l'électrisa tout en même temps.

— À demain, éluda-t-elle en se glissant derrière le volant et en claquant la portière avant que Branch ait pu dire autre chose.

Il la regarda quitter l'allée en marche arrière et s'éloigner.

Branch Holloway avait toujours eu un charme fou. Il ne pensait pas vraiment ce qu'il avait dit – du moins pas dans le sens où elle l'avait entendu, elle. De cela, Sasha était certaine. Se montrer plaisant et agréable était une seconde nature chez lui.

Il n'avait pas réellement voulu signifier qu'elle avait conquis son cœur à tout jamais treize ans plus tôt. Ils avaient couché *une* fois ensemble après qu'elle avait passé des années à n'avoir secrètement d'yeux que pour lui.

Fin de l'histoire.

Du moins, pour Branch.

Pour elle, cette nuit-là n'avait été qu'un début.

3

Lundi 25 mars

Le chef de la police Billy Brannigan attendait l'arrivée de Branch, dans son bureau. Billy était allé en personne aux archives retirer le dossier Lenoir. Il se leva et tendit la main quand Branch entra dans le bureau.

— Salut, Branch. Je croyais que tu étais en congé ?

Branch lui donna une brève et ferme poignée de main.

— Je le suis. Je donne juste un coup de main à une amie.

Billy se rassit et tapota du plat de la main le dossier posé devant lui.

— Tout est là. Tu cherches quelque chose en particulier dans cette vieille affaire ?

Bien que Billy ait été en dernière année quand Branch avait intégré l'équipe de football du lycée, ils avaient joué ensemble pendant un an. Ils n'avaient jamais cessé d'être amis et collègues depuis. Billy était un homme bien. Il avait passé sa vie au service de la communauté. Branch le respectait et lui faisait confiance. Il ne voyait pas de raison de tourner autour du pot.

— Comme tu le sais, Mme Simmons est décédée, commença-t-il.

— Bien sûr, j'étais à l'enterrement, indiqua Billy. Viola a été de ceux qui ont œuvré pour que je sois promu à ce poste. Elle est venue chez moi, flanquée d'une demi-douzaine de descendants des fondateurs de la ville, pour me sommer d'accepter la proposition que m'avait faite le maire en ce sens. Et elle n'a jamais manqué un seul conseil municipal.

— Oui, c'est une grande perte, acquiesça Branch. Tu te souviens de sa petite-fille, Sasha.

Ce n'était pas une question. Même ceux qui étaient trop jeunes ou trop vieux pour se rappeler Sasha Lenoir à l'époque de la mort de ses parents savaient qu'elle travaillait avec certaines des personnalités les plus en vue du pays. Elle était *la* référence en matière de communication de crise.

— J'ai pu lui dire quelques mots lors de ma visite au salon funéraire, samedi après-midi.

— Elle veut revoir le dossier, surtout, je pense, pour pouvoir tourner la page sur le passé une bonne fois pour toutes. Beaucoup de questions sont restées en suspens à l'époque. J'espère pouvoir l'aider à les éclaircir. Elle voulait engager un détective privé mais, comme j'avais du temps libre devant moi, je me suis dit que je lui éviterais cette peine en lui proposant mon aide.

Billy hocha la tête.

— Bien sûr… Ce n'était qu'une gamine quand le drame est arrivé. Il y a forcément des interrogations qu'elle n'était pas en âge de pouvoir formuler à ce moment-là.

— D'après ce que j'ai compris, sa grand-mère tenait absolument à ce qu'elle ne regarde pas en arrière, si bien qu'elles n'ont jamais parlé de ce qui est arrivé. Maintenant qu'elle est partie, Sasha se sent le droit de rouvrir cette porte.

— Je te confie le dossier, lui dit Billy. Tout ce que je te demande, c'est de m'informer de tout ce que tu pourrais découvrir qui n'irait pas dans le sens des conclusions de l'enquête et de me restituer les documents, intacts, quand tu auras terminé.

En tant que chef de la police, il était normal qu'il veuille être tenu au courant d'éventuels nouveaux développements. Tout élément venant infirmer la thèse retenue à l'époque retentissait sur ses services.

— Bien sûr, concéda Branch en se levant et en tendant la main pour prendre le dossier.

— Je suis impatient d'avoir ton opinion.

Branch quitta la mairie et posa la boîte d'archives sur le siège arrière de sa camionnette. Il était encore tôt, seulement 20 h 30. Il supposa que Sasha fonctionnait toujours selon les horaires de la côte Est. Comme il n'avait pas son numéro de portable, il ne pouvait pas s'annoncer par un SMS. Il allait donc tenter sa chance à l'improviste.

Lorsqu'il arriva à la maison Simmons, il aperçut Sasha assise sur le perron. Comme bon nombre d'autres demeures du centre historique de Winchester, la maison Simmons était à proximité de tout – contrairement à la maison d'enfance de Sasha, celle où ses parents étaient morts, qui se trouvait à l'extérieur de la ville, nichée dans les bois. Sa grand-mère avait souvent fait observer qu'elle ne comprenait pas pourquoi Viola et sa petite-fille ne l'avaient pas vendue plutôt que de la laisser se délabrer petit à petit en restant inhabitée. Peut-être la décision avait-elle été trop douloureuse.

Il se saisit de la boîte et se dirigea vers la véranda.

— Bonjour, lança-t-elle en montrant une cafetière en porcelaine sur un petit plateau. Tu veux un café ? Il y a des petits pains aux myrtilles – je les ai faits ce matin.

— Eh bien ! nota-t-il avec un sourire en déposant la boîte sur une chaise, à côté de lui. Tu n'as pas chômé.

— Toi non plus, apparemment, répondit-elle en lui servant son café avant de lui tendre une tasse délicate, accompagnée d'un petit pain dressé sur une assiette à dessert.

La tasse de porcelaine était couverte d'un semis de petites roses et paraissait beaucoup trop fragile pour un homme comme lui.

— Merci, m'dame, dit-il, se sentant un peu emprunté avec une tasse aussi fine entre les mains mais notant que le petit pain était bien plus savoureux qu'il ne l'aurait cru. Hé, c'est super bon, Sassy.

Elle arqua les sourcils, le regard planté dans le sien, et il fit la grimace.

— Désolé. Je me suis cru un instant transporté dans le passé.

— Tu es pardonné, répliqua-t-elle en riant. Mais pour cette fois-ci seulement.

— Ouf ! J'ai eu peur, la taquina-t-il. Je me souviens de la droite que tu avais décochée dans le nez de Randy Gaines. Il avait saigné comme un cochon.

Elle porta une main à sa bouche pour dissimuler un sourire.

— J'ai toujours eu des remords d'avoir eu ce geste – pas sur le moment, évidemment, mais, ensuite, une fois que j'ai été calmée. D'ailleurs, j'ai fini par lui présenter mes excuses. Je crois que c'était une dizaine d'années plus tard, lors de notre première réunion d'anciens de la classe.

Elle détourna les yeux et le silence se prolongea entre eux pendant une bonne minute. Point n'était besoin d'avoir une boule de cristal pour deviner qu'elle pensait à la même chose que lui. À cette nuit où ils avaient fait l'amour dans sa camionnette, le soir de la cinquième réunion des anciens. Il eut chaud tout à coup et passa un doigt entre son col de chemise et son cou. Il n'avait pas fait preuve d'une grande subtilité. Et, après ce soir-là, combien de fois n'avait-il pas souhaité réitérer l'expérience ! Son estomac se serra à cette idée. Des souvenirs de ces moments où il l'avait tenue dans ses bras, de ses doux gémissements, du parfum de sa peau dansèrent dans son esprit et il sentit son corps se contracter de désir.

— Alors, tu as eu le temps d'y jeter un coup d'œil avant de venir ici ? questionna-t-elle en désignant du menton la boîte d'archives, évitant soigneusement de le regarder.

Il engloutit sa dernière bouchée de petit pain.

— Non. J'ai attendu d'être ici pour que nous consultions les documents ensemble.

Leurs regards se croisèrent et une nouvelle bouffée de désir l'assaillit, plus forte encore que quelques instants auparavant. Elle détourna les yeux. Il tendit le bras pour prendre la boîte. Attention, il devait se surveiller. Elle venait juste de perdre sa grand-mère, elle était vulnérable. Il ne fallait surtout pas qu'elle devine la folle pulsion qui l'aiguillonnait.

— Voyons un peu ce qu'il y a là-dedans...

Tandis qu'il sortait les chemises cartonnées de la boîte, elle empila leurs assiettes sur le plateau et disparut à l'intérieur de la maison. Lorsqu'elle revint avec deux verres d'eau glacée, il avait classé les dossiers en plusieurs piles, par ordre chronologique.

— Donc, ici, dit-il en ouvrant le premier dossier. Nous avons les rapports de l'enquêteur, celui du coroner, les photos de la scène de crime et le rapport du médecin légiste.

Il étudia Sasha pendant quelques instants, se demandant si elle se rendait compte à quel point ce serait difficile pour elle. Elle avait les plus beaux yeux verts qu'il ait jamais vus et il adorait les courbes douces qui avaient arrondi son visage et ses épaules. C'était une belle femme. Il cligna des yeux, se rappelant qu'il devait rester concentré.

— Tu es sûre de vouloir connaître tous les détails macabres ?

Elle fixa son regard droit sur le sien, déterminée.

— J'étais là, Branch. J'ai entendu les cris de ma mère, les suppliques de mon père.

Il opina brièvement.

— D'accord.

Il ouvrit le dossier et étala les photos sur la table.

— Ta mère était étendue par terre dans le séjour. Elle avait été tuée de deux balles dans la poitrine.

Il parcourut des yeux la description des blessures de son père.

— Ton père avait reçu...

— Une balle en pleine tête. Il était mort avant même de basculer sur le sofa. Il y avait du sang partout.

Elle parlait d'une voix distante, impersonnelle.

— J'ai dû monter sur la cheminée pour ne pas marcher dedans.

Le cœur de Branch se serra comme il se la représentait petite fille, avec les couettes et ces grands yeux verts dont il se souvenait si bien, debout, toute seule, devant le corps de sa mère au milieu d'une mare de sang.

— Il n'est pas fait mention de signes d'effraction. Les policiers qui sont intervenus ont dû forcer la porte.

Sasha contempla les photos.

— J'ai essayé de les réveiller et, comme je n'y arrivais pas, j'ai composé le 911. Mais j'ai eu peur d'ouvrir quand ils ont cogné sur la porte en criant mon nom. Je devais être en état de choc, évidemment.

Sa voix n'était plus qu'un filet ténu, comme celui de l'enfant qu'elle avait été quand l'inconcevable s'était produit. L'envie démangea Branch de saisir sa main et de lui rappeler qu'elle était en sécurité désormais, mais il s'abstint.

— On va parcourir les rapports et tu me signaleras si quelque chose ne cadre pas avec ce dont tu te souviens, OK ?

Elle acquiesça en silence et attrapa les pages qu'il lui présentait. Pendant qu'elle lisait, il étudia, lui, le rapport du médecin légiste pour voir si des traces de lutte avaient été relevées sur l'une des victimes. Le médecin légiste avait indiqué que de petites mèches de cheveux d'Alexandra avaient été arrachées. Donc il – le meurtrier présumé, à savoir son mari – l'avait tenue par les cheveux plutôt que par le poignet ou le bras. Ni égratignures ni ecchymoses sur les victimes. Pas de drogues ni d'alcool décelés dans l'organisme de sa mère. Son père, en revanche, avait pas mal bu. L'inventaire des preuves mentionnait un certain nombre de traces papillaires non identifiées. Ce qui n'avait rien d'anormal. Les gens recevaient des visites. Et les visiteurs laissaient des empreintes. À lui tout seul, cet élément ne suffisait pas à démontrer qu'un ou des étrangers se soient trouvés dans la maison *ce soir-là*.

Sasha reposa le rapport d'enquête final et prit une inspiration.

— Des idées ? interrogea Branch.

Il lui laissa le temps de se remettre. Ce devait être terriblement éprouvant pour elle de revivre le film de ce drame, ce qui était vraisemblablement la raison pour laquelle sa grand-mère avait toujours refusé de revenir sur le sujet.

— Cette nuit-là, et puis de nouveau environ une semaine après... Après *cette nuit-là*, j'ai dit à ma grand-mère que j'avais entendu d'autres voix que celles de mes parents dans la maison – une, peut-être deux. Elle m'a emmenée voir le chef Holcomb mais il n'y a rien à ce propos dans le rapport.

— Il est... possible qu'il n'ait pas jugé ta déclaration assez fiable pour la compter au nombre des éléments de preuve, dit Branch, espérant ne pas formuler sa pensée de façon trop brutale. Surtout si c'était des jours après.

Elle fit une grimace qui traduisait sa frustration et une bonne dose de colère.

— C'est bien ce que je pensais. J'entends encore le chef Holcomb insinuer que j'avais dû rêver, que mon imagination avait ajouté les voix après coup pour détourner les soupçons de culpabilité de mon père. Il avait conseillé à ma grand-mère de m'emmener consulter un psychiatre et c'est ce qu'elle a fait. Mais ça n'a rien changé à mes souvenirs.

Branch voyait bien comment Holcomb était parvenu à cette conclusion. Pour un policier, la logique devait prédominer lorsqu'on se penchait sur une situation comme celle-ci, mettant en jeu beaucoup d'émotions. N'importe qui pouvait sans peine imaginer toute l'horreur et la souffrance causées par un meurtre, mais ce n'était pas sous l'angle de l'empathie qu'un enquêteur abordait une affaire.

— Le déni est une émotion puissante. Il n'est pas impossible qu'il se soit passé exactement ce que le chef Holcomb a suggéré.

Elle le contempla un long moment avant de secouer la tête.

— Si. C'est impossible. Je sais ce que j'ai entendu. J'étais seulement trop traumatisée sur le moment pour pouvoir m'expliquer clairement. J'ai vécu longtemps avec ça, Branch. Je *sais* ce que j'ai entendu. Ces voix résonnent dans mes pensées et dans mes rêves depuis vingt-sept ans.

— Très bien. Dans ce cas, parlons de ces voix.

Objectivement, était-il possible que quelqu'un d'autre ait été impliqué ? Absolument. Et s'il découvrait le moindre indice étayant cette théorie, il suivrait la piste sans hésiter.

Rapidement, il rassembla les photos de la scène de crime et les rangea à l'arrière d'un dossier, qu'il referma. Inutile de lui imposer ce spectacle plus longtemps.

— J'ai entendu une voix d'homme qui n'était pas celle de mon père. Une voix très grave, et hargneuse. Je me rappelle qu'elle m'a fait peur alors que je ne saisissais pas ce qu'elle disait. Et puis j'ai entendu ma mère pleurer et mon père implorer quelqu'un de la laisser partir. Il répétait : « Je vous en prie, ne faites pas ça. Laissez-la partir. »

Sa voix trembla sur la fin.

— Et l'autre voix inconnue ? Quand l'as-tu entendue ?

— Quand ma mère s'est mise à crier. Une voix moins profonde. Elle a dit quelque chose comme : « On peut s'y prendre autrement. »

Je n'exclus pas totalement qu'il ait pu s'agir du même homme mais il me semble qu'elle était différente de la première.

Branch posa les avant-bras sur la table, réfléchissant à ce qu'elle venait de lui décrire.

— Où, exactement, te trouvais-tu ?

À ce stade de la conversation, elle se tassa sur sa chaise. Ses épaules s'affaissèrent, l'horreur de ce qu'elle avait vu se reflétant dans ses yeux égarés.

— Dans le placard, sous l'escalier. Quand maman et papa se disputaient, c'était là que je me mettais.

Ce qui expliquait qu'elle n'ait pas pu véritablement assister à toute la scène.

— Après les coups de feu, combien de temps es-tu restée cachée ?

Elle secoua la tête, perdue dans ses souvenirs.

— Je ne sais pas. Un quart d'heure ? Une heure ? J'ai attendu qu'il n'y ait plus de bruit du tout. J'étais trop terrorisée pour sortir.

Branch hésita puis questionna :

— Donc, il y a eu d'autres bruits, après les détonations ?

Elle cligna des paupières.

— Oui, admit-elle comme si elle venait juste de s'en rendre compte, son front se plissant sous l'effet de la concentration. Des bruits de pas. Une porte qui s'ouvrait, puis se refermait.

Branch se pencha en avant. Tous ses instincts lui soufflaient qu'elle disait vrai ou, du moins, qu'elle croyait sincèrement que telle était la vérité.

— Ces pas, saurais-tu dire s'ils étaient lourds ? Légers ? Traînants ou bien nets et déterminés, comme dans une marche militaire ? Était-ce une longue foulée ou...

— Lourds, coupa-t-elle. Comme si la personne était grande.

— Et la porte ? Était-ce la porte d'entrée principale ? Ou la porte de derrière ?

Si ses souvenirs étaient exacts, l'escalier n'était pas loin de l'entrée principale.

— Pas la porte d'entrée. Ça venait de plus loin.

Elle pencha la tête sur le côté, concentrée sur le passé.

— Ce devait être la porte arrière.

Tout à coup, elle hocha la tête, catégorique.

— Oui, c'était bien celle-là parce que j'ai entendu couiner la grille qui la protège. Il n'y a pas de grille devant la porte principale.

— Et ensuite ?

Il était important de veiller à ne pas orienter ses réminiscences. Juste l'encourager d'un mot de temps en temps.

— J'ai risqué un coup d'œil par l'entrebâillement de la porte du placard...

Tout en l'observant attentivement, il songea qu'il aurait mieux valu pour elle qu'elle ne le fasse pas.

Elle s'humecta les lèvres.

— Comme je ne voyais personne et qu'il n'y avait plus aucun bruit, je me suis faufilée au-dehors. J'ai appelé papa et maman.

Elle secoua la tête.

— Ils ne répondaient pas. Alors, je me suis mise à les chercher. C'est alors que j'ai vu tout ce sang.

Les yeux verts se mirent à briller d'un scintillement suspect.

— J'ai essayé de la réveiller. J'avais du sang partout, sur ma robe, sur mes chaussures.

Elle frissonna.

— J'ai couru au sofa – vers mon père – mais j'ai vu qu'il manquait une partie de son crâne. Je ne sais pas comment j'ai fait pour attraper le téléphone et appeler les secours... Mais je l'ai fait. Et, après, j'ai attendu sur le rebord de la cheminée.

— Tu veux bien me parler de ce qui s'est passé au cours de la journée qui a précédé cette nuit.

Il fallait maintenant détourner son attention de cette scène d'horreur. Il parlerait à Holcomb de sa déclaration. Son récit lui semblait, à lui, très crédible. Mais elle était adulte aujourd'hui. Elle avait eu des années pour reconstruire ses souvenirs.

— Tes parents se disputaient, disais-tu. Leur différend avait-il été plus sérieux que d'habitude ce jour-là ?

— Mon père avait perdu son emploi. Maman l'accusait de trop boire. Je crois que c'était la raison de son licenciement. Elle était fatiguée et en colère et elle était sous pression au travail.

— Ta mère travaillait pour la municipalité, c'est bien ça ?

— Elle était responsable au service de l'urbanisme de l'inspection des bâtiments. C'était un travail très stressant.

Elle ne lui apprenait là rien de très nouveau étant donné qu'il avait grandi ici, lui aussi. Plus elle parlait, plus les souvenirs remontaient à la surface. Regarder ces photos de Sasha enfant, totalement terrifiée, traumatisée, lui déchirait le cœur.

— Je vais parler à Luther Holcomb. Voir s'ils avaient des pistes évoquant d'autres scénarios. Si quelqu'un avait une dent contre ton père ou ta mère.

Elle redressa l'échine, sur sa chaise.

— Ça signifie que tu me crois ? Que tu ne penses pas que j'ai imaginé ces voix et...

Elle agita la main en l'air.

— Et le reste ?

— Je crois que certaines choses semblent ne pas figurer dans ces rapports, déclara-t-il, choisissant soigneusement ses mots.

— Alors, que fait-on maintenant ?

— On commence par le début. On cherche les problèmes qui se sont posés *avant* et on déroule le fil qui mène à cette soirée. On assemble les pièces qu'on trouve au fur et à mesure jusqu'à ce qu'on tombe sur celles que personne n'a jamais découvertes avant. On retourne chaque pierre, on secoue chaque arbre et, ensuite, on recommence, sans répit, jusqu'à ce qu'un élément nouveau en sorte.

— Mais c'était il y a si longtemps, objecta-t-elle, un doigt sur la bouche. Tu crois qu'on a encore une chance d'aboutir à la vérité ? Que quelqu'un se souvienne de quelque chose ?

Si le père de Sasha n'avait pas tué sa femme avant de se donner la mort, cela voulait dire que quelqu'un d'autre l'avait fait. Cette personne-là, au moins, savait ce qui s'était passé. Et, si les souvenirs de Sasha étaient justes concernant les voix, une autre personne aussi était au courant.

— Je ne peux rien garantir mais ça vaut la peine d'essayer.

Elle hocha la tête et se leva brusquement.

— Merci d'avoir accepté de m'aider. Tu as dit que tu avais un rendez-vous à Nashville... Je ne veux pas te retenir.

Branch se leva lui aussi et prit son chapeau.

— Je t'appellerai dès que je serai de retour.

— Je vais continuer à examiner ces rapports et voir si je trouve autre chose.

Il acquiesça d'un hochement de tête et la salua de la main tandis qu'il traversait la cour pour rejoindre sa camionnette. Quelle que soit la vérité, il ferait son possible pour l'aider à y accéder.

Restait à souhaiter que celle-ci soit conforme à ce qu'elle espérait trouver.

4

Sasha se tenait dans l'allée, entourée d'herbes hautes et de massifs envahis par le chiendent. Tout semblait si petit, aujourd'hui, à moins que ce ne soit l'impression donnée par les bois environnants qui gagnaient inexorablement du terrain, dévorant les alentours de la maison, la cour, engloutissant tout sur leur chemin. Elle se rappelait le revêtement de bois, d'un blanc immaculé ; la peinture, désormais écaillée, s'enroulait en copeaux grisâtres sur elle-même, tel un serpent en pleine mue se débarrassant de son ancienne peau. De la mousse verte avait élu résidence sur le toit gris. La maison semblait vieille et fatiguée – à l'abandon.

C'était la première fois qu'elle y remettait les pieds depuis ses neuf ans. Ses doigts se resserrèrent autour de la clé qu'elle avait prise dans un tiroir du vestiaire. Après le départ de Branch, elle était montée dans sa chambre et avait chaussé une paire de bottes dans lesquelles elle avait rentré le bas des jambes de son jean. Elle s'était mise en quête d'une lampe de poche avant de se raviser, se souvenant que, pour des questions d'assurance, l'eau et l'électricité de la maison n'avaient pas été coupées. Grandma avait fait en sorte que les dépenses afférentes à la propriété soient directement prélevées sur son compte. Pour le reste, elle s'en était lavé les mains une fois pour toutes.

Des mauvaises herbes poussaient dans les fissures de l'allée. Des images d'elle dessinant à la craie sur le sol et jouant à la marelle lui vinrent à l'esprit. Elle gravit les marches et avança sur le perron, les planches grisées par l'âge et le manque d'entretien craquant sous son poids. Elle dut s'y reprendre à plusieurs fois pour déverrouiller la porte. La serrure avait probablement besoin d'être graissée. Après avoir bataillé pendant quelques minutes, les goupilles de la serrure finirent par répondre à ses tentatives et la clé tourna.

L'obscurité et la poussière l'accueillirent dès le seuil franchi. Machinalement, sa main se porta vers le mur pour actionner l'interrupteur qu'elle savait se trouver là, près de la porte… Un plafonnier s'alluma.

Pendant un long moment, Sasha demeura debout au milieu de l'étroit vestibule. La poussière blanchissait le parquet et le tapis de laine qui pouvait être bleu ou gris. Un vague motif tentait péniblement d'apparaître sous la couche de saleté, sans grand succès. Des toiles d'araignée festonnaient le plafond, balisant le chemin jusqu'au lampadaire sur lequel deux ampoules rescapées sur six faisaient de leur mieux pour éclairer l'espace. Une table contre un mur, un trousseau de clés posé dessus, dans la poussière. Au-dessus, un miroir était accroché au mur, tout aussi opacifié que les fenêtres par des années d'accumulation de crasse.

Dans sa cage thoracique, son cœur battait aussi fort que si elle venait de courir des kilomètres.

Le pire était l'odeur. Des décennies d'absence d'aération avaient rendu l'air presque irrespirable tant il sentait le renfermé, avec un arrière-fond d'effluves métalliques. Sasha retourna prendre une grande goulée d'air pur sur le pas de la porte, laquelle se dissipa, lui sembla-t-il, avant même d'avoir atteint ses poumons. Elle pivota sur elle-même et s'avança. Sur sa droite, une porte ouvrait le petit salon que sa mère utilisait comme bureau et, droit devant, se trouvaient le séjour, un hall, la salle à manger, la cuisine et une salle de bains. Les chambres et une deuxième salle de bains étaient à l'étage.

Encore quelques pas et elle entrerait dans le séjour. Quelqu'un avait nettoyé le sang, elle se rappelait avoir entendu sa grand-mère en parler quelques semaines après… les faits. Des amis ou des voisins avaient débarrassé les lieux de toutes les traces du drame affreux qui s'y était tenu.

Un drame affreux.

Oui. Ce qui s'était passé ici était épouvantable. Sasha se força à avancer... un pied, puis l'autre. Comme elle pénétrait dans la pièce, des voix résonnèrent dans sa tête. Sa mère criant... Son père suppliant... Les autres voix grondant, menaçantes. Sasha s'immobilisa ; elle contempla l'escalier et la porte, au-dessous, dissimulée aux regards tant qu'on n'avait pas dépassé le poteau d'où la rambarde s'envolait vers l'étage. Elle s'était embusquée là si souvent.

Le cœur cognant plus fort encore, elle poursuivit son chemin dans le hall, jusqu'à la cuisine, allumant les lumières au fur et à mesure de sa progression. Tout était exactement tel que dans son souvenir, hormis les toiles d'araignée et l'épaisse couche de poussière. La bouilloire était à sa place, sur le poêle, la manique à carreaux rouges et blancs, toujours accrochée à la poignée d'un tiroir.

« Tu vas être en retard à l'école. »

Sa mère s'inquiétait toujours qu'elle soit en retard. Ou qu'elle n'ait pas fini ses devoirs ou terminé son petit déjeuner.

Le journal du dernier jour de la famille dans la maison était toujours sur la table, là où son père l'avait posé.

Elle parcourut des yeux les titres du jour. « Un homme électrocuté alors qu'il travaillait sur le toit d'une grange ». « La construction du nouvel hôpital progresse ».

Sasha revint vers le séjour en passant par la salle à manger. Cette fois, elle se força à regarder plus attentivement autour d'elle. La tache au centre du parquet, là où sa mère était tombée. Le tapis qui se trouvait là avait été retiré. Le sofa, aussi. Les coussins avaient été éclaboussés par le sang et la matière cervicale de son père. Il ne restait que deux chaises de part et d'autre de la table. Sasha avisa le téléphone dont elle avait étiré au maximum le long cordon pour se jucher sur la cheminée afin de ne pas marcher dans le sang de sa mère.

« Je vous en prie, ne faites pas ça. Laissez-la partir. »

Se dirigeant vers l'escalier, elle posa le pied sur la première marche, qui grinça sous son poids. Le tapis d'escalier était recouvert de poussière. Elle continua à monter, sa main courant sur la rampe de bois comme lorsqu'elle était enfant. Son père avait grandi dans cette maison qui avait été construite par son grand-père.

Son père avait été quelqu'un de bien. Il n'élevait jamais la voix. Se conduisait toujours en gentleman avec sa mère et elle. Personne n'avait compris ce qui avait pu lui arriver. Ce n'était pas le fait d'avoir perdu son travail qui avait pu le transformer en tueur.

Non. Sasha rejeta fermement cette notion. Quelqu'un d'autre avait été présent. Son père n'avait pas commis cet acte effroyable et il était temps qu'elle en apporte la preuve et qu'elle lave son nom. Lui et sa mère méritaient que justice soit faite.

Ils avaient été assassinés tous les deux, Sasha en était certaine.

Deux portes sur la droite donnaient sur la chambre d'amis et une salle de bains ; sur la gauche, se trouvaient sa chambre et celle de ses parents. Elle entra d'abord dans cette dernière. Le lit était fait. Sasha s'accroupit et se pencha pour jeter un coup d'œil au-dessous du cache-sommier, du côté de son père. Sa vieille batte de base-ball était toujours là. Il l'appelait son « système de sécurité ». En cas d'intrusion dans la maison, disait-il, le système de sécurité se serait aussitôt déclenché.

Sasha se releva et se déplaça jusqu'à l'autre côté du lit. Les escarpins à talons de sa mère étaient posés à côté de la porte du placard, là où elle s'était déchaussée en rentrant du travail pour la dernière fois. De retour à la maison, elle troquait toujours son tailleur contre un jean et un T-shirt ou un pull. Son père, quant à lui, passait ses journées en jean et chaussures de sécurité, casque vissé sur la tête. Son travail de chef d'équipe nécessitait rarement un costume cravate. Ils avaient été si différents l'un de l'autre et, pourtant, si bien assortis.

Du moins jusqu'aux dernières semaines de leur vie. Les choses s'étaient tendues, alors. Beaucoup tendues.

Même Sasha s'en était rendu compte malgré ses neuf ans.

Le rang de perles de sa mère était posé dans une petite coupelle en miroir sur la commode. Sasha effleura le collier. Alexandra Lenoir le portait systématiquement les lundis et vendredis, le lundi pour commencer la semaine sur une note positive et le vendredi pour se préparer à fêter le week-end. Il lui avait été offert par son père, le grand-père de Sasha, pour ses seize ans, l'année qui avait précédé sa mort. C'était le seul bijou que sa grand-mère n'avait pas eu le cœur d'enlever de la maison. Elle avait voulu que les perles restent exactement là où sa fille les avait posées.

Sasha contempla son reflet dans le miroir dressé contre le mur, sur la commode. Exception faite de la couleur beaucoup plus claire de sa peau et de ses yeux verts, elle ressemblait à sa mère. Mêmes traits, même profil. Sa mère avait été une très belle femme.

Elle se détourna et quitta la pièce pour se rendre dans sa chambre d'enfant. Son lit à baldaquin blanc avec son liseré de dentelle rose, ses animaux en peluche… Tout, là aussi, était gris de poussière. Des affiches de personnages de dessins animés étaient accrochées aux murs qui s'ornaient encore çà et là de petits papillons scintillants. Sa poupée préférée se trouvait chez sa grand-mère. C'était la seule chose que Sasha avait voulu emporter.

Sa grand-mère lui avait entièrement renouvelé sa garde-robe pour que rien ne vienne lui rappeler son ancienne vie puisqu'elle semblait souhaiter qu'il en aille ainsi. Avec le recul, elle se rendait compte aujourd'hui que sa grand-mère comme elle avaient été dans le déni. Elles avaient résolument tourné le dos au passé en faisant comme si la tragédie n'avait pas eu lieu. Ç'avait été leur façon de survivre. Elles étaient devenues une entité familiale à elles deux.

Ne pas regarder en arrière. Ne *surtout pas* regarder en arrière.

Sasha s'assit sur son lit et promena son regard alentour. Les murs lavande, les serre-têtes sur la commode. Sa mère adorait brosser et tresser ses cheveux. Des gloussements d'enfant et le son feutré de la brosse dans ses boucles serrées bruissèrent dans son esprit.

La vie avait toujours été douce ici… jusqu'à ce que, d'un seul coup, brutalement, elle cesse de l'être. Elle aurait dû se retourner sur son passé, elle aurait dû chérir ses souvenirs plutôt que de s'acharner à tout oublier.

Mais sa grand-mère avait voulu la protéger. Et comment protégeait-on un enfant sinon en l'isolant du danger, du mal ?

Le déni, les réminiscences qui refusaient de rester tapies dans les replis de son cerveau l'avaient hantée pendant toutes ces années. Il était temps de les exhumer et de faire surgir la vérité.

Sasha redescendit au rez-de-chaussée et contourna le poteau. Elle posa la main sur la poignée de la porte du placard, au-dessous, et la tourna. Le petit espace avait l'air plus exigu encore aujourd'hui. Peut-être soixante centimètres de profondeur sur un mètre quatre-vingts de long. Il était poussiéreux, comme tout le reste, et vide. Autrefois, il y avait eu des imperméables accrochés à l'intérieur. Ils avaient dû être déplacés lors de la recherche de preuves matérielles par la police scientifique et technique. Après tout, c'était là qu'elle avait été cachée.

Sasha entra dans le placard et tira la porte, plongeant le réduit dans le noir. Le dos contre le mur, elle se laissa glisser jusqu'au sol et s'assit, les genoux remontés devant elle.

« Vous avez eu une chance de sauver votre peau... »

Les yeux de Sasha s'ouvrirent d'un coup comme la voix retentissait subitement dans sa tête. Une voix d'homme – celle qui était la plus grave, la plus menaçante.

« Je vous en prie, ne faites pas ça. Laissez-la partir. »

Des détonations.

Sasha se redressa d'un bond et jaillit hors du placard.

Elle ne pouvait plus respirer.

Elle courut à l'extérieur et dévala les marches du perron. *Respirer. Lentement. À fond.*

La sueur perlait sur sa peau.

Elle se concentra sur le rythme de sa respiration, s'exhortant au calme, les yeux fermés.

Il y avait des lustres qu'elle n'avait pas eu d'attaque de panique. Depuis son adolescence.

Elle planta les poings sur ses hanches et continua à inspirer et expirer. Les battements précipités de son cœur commencèrent à ralentir. Mais elle avait toujours l'impression que les bois denses qui encerclaient la propriété se refermaient sur elle.

La vieille comptine enfantine lui vint à l'esprit. *Promenons-nous dans les bois pendant que le loup n'y est pas...*

Elle avait adoré explorer les bois autour de chez elle quand elle était petite mais, après cette nuit-là, l'idée même d'une forêt l'avait terrifiée. C'était en allant camper dans les bois avec une amie et sa famille qu'elle avait connu sa première crise de panique, une fois la nuit tombée.

S'étant ressaisie, Sasha redressa les épaules et retourna dans la maison pour éteindre toutes les lumières et verrouiller la porte. Elle remonta dans sa voiture et s'éloigna, regardant avec un reste d'angoisse la gangue végétale se refermer sur sa maison d'enfance dans le rétroviseur tandis qu'elle roulait vers la ville.

Quelque chose lui soufflait que, si elle ne trouvait pas la vérité prochainement, celle-ci lui échapperait à tout jamais.

Tarek Martin vivait toujours dans la maison qu'il avait achetée lorsqu'ils s'étaient mariés, sa femme et lui, le même été que la mère et le père de Sasha. Les deux couples avaient eu des filles à seulement deux ans d'intervalle et les deux pères avaient travaillé pour Kimble & Douglas, K & D, la plus grosse entreprise de construction de toute la région. Le père de Sasha, Brandon, plaisantait souvent à propos de ces similitudes, disant que l'imitation était la forme la plus pure de la flatterie et que Tarek le flattait outrageusement depuis des années.

M. Martin était de ceux qui avaient soutenu son père pendant l'enquête. Il avait dit et répété que Brandon Lenoir n'aurait jamais fait de mal à sa femme. Mais son insistance n'avait rien changé au rapport du coroner.

Burt Johnston, le coroner du comté qui était toujours en exercice aujourd'hui, avait conclu à un meurtre suivi d'un suicide et l'autopsie pratiquée par le médecin légiste, bien que non concluante, ne l'avait pas contredit.

Sasha avait failli appeler M. Martin avant de se rendre chez lui mais elle s'était ravisée, préférant tabler sur l'effet de surprise compte tenu des circonstances. Ne *jamais* donner l'avantage à l'adversaire. Or, l'annonce que la fille de votre ex-meilleur ami allait venir vous voir après plus de deux décennies aurait été consentir un très net avantage.

Elle tira la grille qui pivota en grinçant sur ses gonds et frappa à la porte. On entendait les rires et les vivats d'un jeu télévisé s'échapper d'un appareil dont le volume semblait réglé à fond. Lorsqu'elle frappa de nouveau, un chien se mit à aboyer. Un chien de petite taille à en juger par ses jappements. Sasha laissa la grille se refermer pour le cas où l'animal sauterait sur l'intrus qui se présentait à la porte.

Enfin, celle-ci s'ouvrit. Le son du téléviseur lui parvint de plein fouet en même temps qu'un homme corpulent s'encadrait dans l'embrasure. Tarek Martin avait considérablement grossi depuis la dernière fois qu'elle l'avait vu et ses cheveux étaient désormais uniformément gris. Son visage était aussi plus buriné mais elle le reconnut sans peine.

Il retint son souffle puis siffla entre ses dents.

— Sassy Lenoir... Si je m'attendais !

Elle opta pour ne pas le reprendre sur l'emploi de son surnom.

— Monsieur Martin, comment allez-vous ?

— Bien, bien, dit-il en ouvrant la porte en grand. Entre donc, ma petite.

Il lança par-dessus son épaule :

— Edie, viens voir qui est là !

Le petit chien blanc bondissait autour de ses pieds en jappant furieusement.

Sasha se risqua à avancer comme elle y était invitée en espérant qu'elle n'allait pas se faire mordre les mollets.

Une femme, de toute évidence son épouse, arriva du séjour, se séchant les mains sur son tablier.

— Ça alors... Tu es le portrait craché de ta maman, ma belle.

Sasha ne se souvenait pas bien d'Edie Martin. Sa voix lui était vaguement familière mais son visage ne lui évoquait rien.

— Merci.

Les lèvres de son hôtesse s'arrondirent tandis qu'elle portait une main à sa joue.

— Je suis désolée pour ta grand-mère. Nous sommes venus à l'enterrement mais nous n'avons pas pu te parler... Il y avait tant de monde.

Sasha hocha la tête.

— Grand-mère avait beaucoup d'amis.

— Ça, c'est sûr, acquiesça M. Martin. Entre donc t'asseoir. Que pouvons-nous t'offrir ? Un café ? Un thé ?

Sasha secoua la tête.

— Non, merci. Je voulais juste vous poser quelques questions, si vous avez un moment.

— Bien sûr.

Elle prit place sur le sofa tandis qu'ils s'installaient respectivement dans leur fauteuil préféré.

— Tu dois t'occuper des affaires de ta grand-mère ? commenta Mme Martin.

— Oui, il y a beaucoup à faire.

Un large sourire fendit le visage de M. Martin.

— Dis donc, tu as enlevé une belle épine du pied de cette pop star le mois dernier, hein ?

Sasha sourit – son premier vrai sourire de la journée.

— Oui, j'avoue que je l'ai bien tiré d'embarras.

La pop star en question avait récemment commis un faux pas qui avait gravement terni son image sur les réseaux sociaux. Sasha avait habilement corrigé le tir en retournant la situation. À lui maintenant de garder le cap.

— Ta grand-mère était si fière de toi. Partout où elle allait, elle chantait tes louanges.

— Merci de me le dire.

Le visage buriné de M. Martin se rembrunit légèrement.

— Tu disais que tu avais des questions à nous poser. Si nous pouvons t'aider, ce sera bien volontiers.

Sasha carra les épaules.

— Monsieur Martin, je sais que, quand mes parents sont morts, vous avez été l'un des seuls à défendre mon père, à dire qu'il n'avait pas pu faire une chose pareille.

M. Martin hocha fermement la tête.

— Et je le maintiens aujourd'hui encore. Jamais Brandon n'aurait fait de mal à Alexandra. Jamais.

— Absolument, renchérit sa femme. Ils avaient des problèmes à cause du licenciement de Brandon, mais ils s'aimaient. Il n'aurait pas fait de mal à une mouche, ni levé la main sur sa femme…

Sasha cligna des yeux pour chasser les larmes qui menaçaient.

— C'est ce que j'ai essayé de répéter à tout le monde, moi aussi, mais personne ne m'a écoutée.

Elle avala sa salive pour dissiper la boule qui lui obstruait la gorge.

— Voyez-vous une raison pour laquelle quelqu'un aurait pu en vouloir à mes parents ?

— Eh bien, vois-tu, déclara M. Martin, c'est tout le problème. Tout le monde les appréciait. Oh ! bien sûr, il pouvait toujours y avoir un imbécile pour souligner le fait que ta maman était noire et ton papa, blanc mais, franchement, c'était rare. D'ailleurs, à ma connaissance, ce n'est arrivé qu'une seule fois et c'était des années avant... cette nuit-là.

— Pourquoi mon père a-t-il perdu son emploi ? D'après les rapports, il buvait pendant ses heures de service.

Il poussa un ricanement acerbe.

— Ça aussi, c'est encore un fait qui a été démesurément grossi. Oui, il lui est arrivé de boire un verre ou deux, mais jamais il n'a été ivre. Ton père n'était pas un gros buveur, pour commencer. Non, le vrai problème, c'est qu'il avait contrarié la mauvaise personne et que cette personne cherchait un moyen de se débarrasser de lui.

— Qui avait-il contrarié ?

— Dennis Polk, le chef de chantier de notre site. Dennis n'aimait pas ton père. Pour te dire la vérité, je pense qu'il en pinçait pour ta mère et qu'il avait une dent contre l'homme qu'elle avait choisi. Il me semble avoir entendu dire qu'elle était sortie avec Dennis à l'époque du lycée.

— Que ç'ait ou non été le cas, enchaîna Mme Martin, ta maman se moquait bien de lui. Il était remonté contre ton père et, sitôt qu'il a décroché cette promotion, il n'a pas manqué une occasion de chercher des noises à ton père.

Elle secoua la tête.

— Mais tes parents remontaient la pente... Ta maman avait un bon travail, avec une excellente couverture santé. Ils avaient la maison dont ils avaient hérité. Il n'y avait pas vraiment de problème d'argent. Je crois que ton papa se sentait simplement coupable de ne plus pouvoir prendre sa part des charges du ménage et que c'est ce qui a créé des tensions.

Ces mots faisaient écho aux souvenirs qui hantaient l'esprit de

Sasha. Ses parents se disputant à propos du fait qu'il devait trouver du travail et cesser de broyer du noir. Elle les refoula résolument.

— Croyez-vous que M. Polk aurait pu décider de s'en prendre physiquement à mes parents ?

M. Martin agita les mains devant lui comme pour dissiper cette idée.

— Oh ! non, jamais de la vie. Polk était sournois, ça, oui, mais il n'aurait jamais eu le cran de faire ça. Pour parler, il était le champion, mais c'est tout.

M. Martin se mit à rire.

— D'ailleurs, il n'a pas changé.

— Il y a eu cette histoire de production de drogue, reprit Mme Martin. Brandon était tombé dessus… C'était derrière votre maison, au fond des bois, dans cette vieille cabane. Tu te souviens ? ajouta-t-elle à l'adresse de son mari.

Celui-ci opina du chef.

— Bien sûr. On en a parlé au chef de la police et il s'en est occupé, mais ces abrutis avaient déjà levé le camp. Des vagabonds, je pense.

— Je n'ai rien lu à ce sujet dans les rapports d'enquête.

— Je sais qu'ils ont cherché de ce côté-là, contra M. Martin. J'ai moi-même conduit le chef Holcomb à travers bois. Je lui ai montré l'endroit et lui ai raconté l'histoire telle que Brandon me l'avait relatée.

— Et ma mère ? demanda Sasha, son regard allant de l'un à l'autre. Aurait-elle pu avoir des ennemis ?

Tous deux secouèrent négativement la tête.

— Tout le monde l'aimait bien. Elle était toujours tellement accommodante pour les permis, les questions de zonage… Chaque fois que quelqu'un avait besoin d'un permis de construire ou souhaitait modifier un bâti existant, ils passaient par Alexandra alors que ce n'était pas son travail – elle s'occupait d'aménagement et d'urbanisme. Mais elle accédait sans se faire prier à ces sollicitations, et toujours en faisant preuve d'équité.

— Cette année-là, ta maman a été soumise à une très forte pression, enchaîna M. Martin. Son supérieur avait eu une crise cardiaque et elle s'était retrouvée seule à devoir gérer les projets pour l'ensemble du comté et à superviser tous les inspecteurs.

Ça a été difficile. Surtout avec la construction de l'hôpital et l'implantation de cette grande surface.

Sasha pinça les lèvres, la frustration s'insinuant en elle. Si ces gens, qui avaient été des proches de ses parents, ne savaient pas qui avait pu vouloir leur nuire, qui le saurait ?

— Mais n'y aurait-il pas pu avoir des jalousies dans le cadre de son travail ? Quelqu'un qui ait pu vouloir se venger de quelque chose qu'elle aurait fait... Ou pas fait ?

Nouvelles dénégations muettes. Sasha sentit l'espoir l'abandonner.

— Pouvez-vous m'indiquer où vit M. Polk ?

Tant qu'elle y était, autant aller le voir, lui aussi. Qu'avait-elle à perdre, sinon du temps ?

— À la résidence médicalisée Shady Pines, répondit M. Martin. Il a eu un AVC il y a quelques années. Il est resté diminué, mais il arrive malgré tout à parler, même s'il est un peu difficile de le comprendre parfois.

— Merci de votre aide, dit Sasha en ouvrant son sac à main pour en sortir sa carte, qu'elle tendit à Mme Martin.

— Puis-je vous demander de me joindre à ce numéro si jamais un détail vous revenait ? J'aimerais vraiment connaître la vérité.

Tous deux acquiescèrent sans hésiter puis Mme Martin la raccompagna à la porte.

Si elle devait rencontrer une par une chacune des personnes qui avaient connu l'un ou l'autre de ses parents, elle le ferait. Quelqu'un avait forcément dû voir ou entendre quelque chose.

Il était impossible qu'un double meurtre ait été commis sans laisser l'ombre d'une trace.

5

Du plus loin que Sasha se souvienne, la résidence Shady Pines avait toujours été là. Quand elle était petite, sa grand-mère l'avait emmenée voir l'une de ses professeurs, Mlle Clements, qui avait eu un grave accident. N'ayant ni mari ni famille, elle avait dû passer toute sa convalescence dans l'établissement médicalisé. Trois mois plus tard, elle avait pu rentrer chez elle mais n'avait jamais été en état de reprendre l'enseignement. Mlle Clements avait été sa prof préférée. C'était celle qui était venue la réconforter lorsque Sasha éprouvait le besoin de s'enfermer dans les toilettes pour pleurer, l'année qui avait suivi le décès de ses parents.

Sasha songea qu'il lui faudrait aller la voir pendant qu'elle était à Winchester. Elle sourit en pensant à toutes les choses qu'elle aurait à montrer à sa fille concernant son enfance… Y compris ce père qu'elle ne connaissait pas.

Cette dernière partie de sa pensée lui causa un choc, mais il ne servait à rien de nier ce qui était la vérité.

Elle coupa le contact et sortit de sa voiture. Depuis des années, elle se disait qu'elle devait lui parler de son père. Celle-ci avait traversé une phase où elle posait souvent des questions à son sujet. Sasha lui avait dit que c'était quelqu'un de bien mais qu'il n'était pas au courant du fait qu'il avait une fille. Jusque-là, Brianne n'avait pas cherché à en savoir plus mais Sasha sentait que ce moment ne tarderait pas à arriver. Sa fille se muait rapidement d'enfant en adolescente.

Et, pour être tout à fait franche, comment Sasha pouvait-elle désirer aussi fort connaître la vérité sur son enfance et taire à sa fille celle qui la concernait ? Elle avait eu peur de parler à Branch. Enfin, pas au tout début. Elle avait d'abord été certaine qu'il ne voudrait rien savoir, raison pour laquelle elle avait gardé le silence. Ils avaient passé une nuit ensemble mais il n'avait été question ni d'amour ni de promesse d'avenir. Il ne s'était agi que de désir et de concours de circonstances. Ni l'un ni l'autre ne constituait une base solide pour une relation. Branch ne voudrait pas s'encombrer du fardeau de la paternité, s'était-elle dit, ce qui, à l'époque, était très certainement le cas.

Des années plus tard, lors d'un séjour chez sa grand-mère, elle l'avait croisé. Lui aussi était en visite et il s'était montré intarissable sur les plaisirs de travailler à Chicago. Il avait paru heureux, tout entier centré sur sa carrière. Cela avait conforté Sasha dans l'idée qu'elle avait pris la bonne décision. Et puis, deux ans plus tôt, sa grand-mère lui avait rapporté les propos d'Arlene qui se faisait du souci pour Branch, qu'elle trouvait bien seul. Il lui avait confié qu'il avait peut-être trop attendu pour entamer une relation sérieuse, que fonder une famille ne serait peut-être jamais pour lui.

En réalité, Sasha avait toujours eu l'intention de trouver un moyen de lui dire, mais le temps était passé. Sa grand-mère n'avait jamais tenté de l'influencer dans un sens ou dans l'autre, assurant qu'elle saurait quoi faire le moment venu.

— Mais, ce moment, je l'attends toujours, Grandma, avait-elle un jour observé.

Elle mit pied à terre, accrocha son sac à son épaule et se dirigea vers l'entrée du centre.

Suivant les indications de la réceptionniste, elle longea des couloirs jusqu'à la chambre qu'occupait M. Polk. Sans être un cinq étoiles, l'établissement était très bien tenu.

Sasha frappa et une voix masculine étonnamment forte l'invita à entrer.

Elle poussa la porte. La chambre était propre et spacieuse. M. Polk était assis dans un fauteuil, près d'une grande fenêtre par laquelle le soleil entrait à flots. Le lit était fait, un plaid en patchwork soigneusement disposé à sa base, un petit bouquet de fleurs ornait la table de chevet. La télévision était réglée sur une chaîne d'information.

M. Polk la contempla par-dessus ses lunettes de lecture pendant un moment. Ses cheveux bruns et bouclés étaient presque totalement gris maintenant. Elle se souvenait vaguement l'avoir vu une fois lors d'un pique-nique réunissant les employés de la société. Il n'était plus l'homme grand et charpenté d'autrefois et la peau ébène de son cou était flasque désormais. Son regard, cependant, était toujours vif.

— Monsieur Polk, je suis...

— Je sais qui vous êtes, dit-il d'une voix râpeuse au phrasé un peu mécanique mais relativement compréhensible en refermant le livre qu'il avait sur les genoux. Vous êtes la fille de Brandon et d'Alexandra.

Elle sourit et s'approcha plus près.

— Oui, monsieur, c'est ça. J'aurais voulu vous poser quelques questions, si vous avez quelques minutes à me consacrer.

— J'ai toutes les minutes du monde, jeune dame.

Il l'invita à s'asseoir sur le petit sofa. Sasha y prit place.

— Je ne sais pas si vous l'avez su, commença-t-elle. Mais ma grand-mère est décédée.

— Bien sûr que je l'ai su, acquiesça-t-il, montrant du menton le petit poste radio sur la table, à côté de lui. J'écoute le journal local tous les matins. Ils annoncent les mariages et les décès, ce genre de choses. C'était une femme bien, et qui avait eu de la chance. Son grand-père avait fait fortune en vendant des terres quand le barrage a été édifié et il avait acheté à sa femme une de ces grandes et belles demeures historiques. C'étaient les premières personnes de couleur à pouvoir en acquérir une. Vous le saviez ?

Sasha inclina la tête.

— Oui.

Sa grand-mère lui avait raconté l'histoire quand elle était petite mais n'y avait plus jamais fait allusion par la suite. Viola Simmons n'était pas du genre à ressasser le passé. Aller de l'avant avait toujours été sa devise. Raison de plus pour que Sasha tirât au clair une bonne fois pour toutes ce qui s'était passé afin de pouvoir, elle aussi, tracer sereinement sa route.

— J'étais amoureux de votre maman, vous le saviez ? reprit-il, l'air un peu penaud maintenant.

Sasha croisa son regard et formula la question qui lui brûlait les lèvres.

— Est-ce pourquoi vous avez fait licencier mon père ?

Ses sourcils s'arquèrent.

— Des gens ont cru que c'était le cas et je dois reconnaître que je cherchais le premier prétexte pour qu'il ait ce qu'il mérite. Mais non, je ne l'ai pas renvoyé à cause des sentiments que j'avais pour votre mère. Je l'ai renvoyé parce qu'il est arrivé un jour sur le site du chantier, ivre. Rond comme une queue de pelle, pour être exact.

Une vive douleur la transperça. Elle avait voulu croire que c'était faux.

— Pourtant, mon père ne buvait pas généralement.

Elle s'en souvenait très bien, raison pour laquelle elle s'était accrochée à l'espoir que la rumeur était infondée.

— C'est vrai. C'est pour ça que j'ai été si surpris quand je l'ai vu arriver un jour à 6 heures du matin, titubant et sentant l'alcool à plein nez. Je l'ai pris à part et lui ai demandé ce qui se passait. Il est tout de suite monté sur ses ergots et m'a dit de me mêler de mes affaires.

Polk secoua la tête.

— J'aurais dû être content mais non, j'ai plutôt été ennuyé pour lui. Je me doutais bien que quelque chose n'allait pas... Brandon Lenoir n'était pas alcoolique.

La douleur reflua un peu, en elle.

— Votre mère et lui s'étaient disputés, mais je ne sais pas à quel propos. Il ne voulait rien dire. Il se contentait de répéter qu'il ne pouvait rien faire. Qu'il ne pouvait rien arranger. Et cela semblait le bouleverser complètement.

— Et vous n'avez pas idée de ce dont il pouvait s'agir ?

Polk secoua la tête de nouveau.

— Pas la moindre. J'ai essayé de lui parler, de le raisonner mais il n'était pas en état d'écouter. J'ai demandé à un de mes gars de le ramener chez lui et j'ai conseillé à votre père de se reposer et de revenir frais et dispos le lendemain. Résultat : il m'a balancé son poing dans la figure ! Il m'a bien sonné, je vous le garantis. J'ai bien cru qu'il m'avait brisé la mâchoire mais, heureusement, c'est surtout mon amour-propre qui en a pris un coup.

Il haussa les épaules.

— Avec ce geste, il ne me laissait pas le choix. Je l'ai congédié mais je lui ai dit de revenir quand il aurait repris ses esprits pour qu'on trouve un arrangement. Et puis... J'ai appris qu'ils étaient morts, tous les deux.

Au ton de sa voix et à ses yeux baissés, elle vit qu'il se sentait en partie responsable.

— Avez-vous jamais entendu courir des bruits à propos de ce qui s'était passé ? Un avis différent, peut-être, de la conclusion officielle ?

Il releva les yeux pour planter son regard brun délavé dans le sien.

— J'ai entendu *toutes sortes* d'opinions mais aucune d'entre elles n'avait plus de sens que ce à quoi a conclu la police.

Le pouls de Sasha s'accéléra.

— Donc, vous ne pensez pas que mon père ait tué ma mère pour se suicider ensuite ?

Polk secoua fermement la tête.

— Jamais, pour rien au monde, Brandon Lenoir n'aurait fait de mal à sa femme. Il l'aimait trop. Il aurait fait n'importe quoi pour elle.

Le soulagement l'envahit et Sasha prit une profonde inspiration.

— Alors, qui les a tués ?

— C'est toute la question, dit-il en regardant par la fenêtre. Je suis à peu près sûr qu'ils n'avaient pas d'ennemis. Dans une petite ville, ce genre de chose ne passe pas inaperçu. Ça se serait su.

Sasha hésita. Devait-elle lui parler de ce qu'elle se rappelait avoir entendu ? Après tout, peut-être cela ferait-il écho en lui ?

— J'ai entendu au moins une autre personne dans la maison ce soir-là. Un homme, c'est sûr. Peut-être deux. Mon père l'a imploré de laisser ma mère partir.

Le regard de Polk l'épingla.

— En avez-vous parlé à Holcomb ?

Elle hocha la tête.

— Apparemment, ça ne l'a pas convaincu parce que je ne l'avais pas dit immédiatement. Quand j'ai pu en parler, la thèse du meurtre-suicide était déjà entérinée, faute de preuve établissant l'existence d'un autre scénario. Je ne peux pas vraiment en vouloir à la police. Vous dites vous-même que mes parents n'avaient pas d'ennemis. Il n'y avait aucun élément probant à l'appui de ce que j'avançais.

— C'était il y a vingt-sept ans. Remuer tout ça maintenant ne changera rien. Parfois, il vaut mieux ne pas réveiller le chat qui dort.

Là-dessus, il rouvrit son livre. Sasha comprit le message. Elle sortit une carte de son sac et la lui tendit.

— Je vous laisse ma carte. Si vous pensez à autre chose, s'il vous plaît, appelez-moi.

Il acquiesça d'un bref hochement de tête et Sasha prit congé, passablement perturbée.

Chacun se déclarait persuadé que son père n'avait pas pu commettre un tel acte mais personne n'était prêt à lever le petit doigt pour l'assister dans sa recherche de la vérité.

Déverrouillant la portière, elle se glissa derrière le volant. La question qui l'obsédait tournait maintenant en boucle dans sa tête.

Quelle différence cela fera-t-il ? Ils sont morts et rien ne les ramènera.

C'étaient les mots qu'avait utilisés sa grand-mère quand Sasha, à quinze ans, s'était mise à poser des questions.

Elle mit le moteur en route, les mains posées sur le volant. Que faire maintenant ? Qui aller questionner ? Des années en arrière, elle aurait sollicité l'aide de sa grand-mère. Maintenant, la seule personne qui avait connu ses parents mieux que quiconque était morte. Comment était-elle censée élucider ce mystère sans son aide ?

Les larmes roulèrent sur ses joues malgré ses efforts pour les retenir. Elle se pencha, posant le front sur le volant, les laissant couler. Elle ne s'était jamais autorisée à pleurer - pleurer *vraiment* - depuis qu'elle avait reçu l'appel lui annonçant le décès de Viola. Elle avait été trop occupée par toutes les démarches à accomplir, par la cérémonie, les visites, trop abasourdie par la nouvelle, trop incrédule pour craquer.

Il n'y avait apparemment plus de raison de se retenir désormais. Elle tâtonna sur le tableau de bord de sa voiture de location, à la recherche d'un mouchoir, d'une serviette en papier, n'importe quoi pour sécher ses larmes. Plus elle cherchait, plus ses pleurs redoublaient. Lorsque enfin le flot se tarit, elle était épuisée mais se sentait étrangement soulagée.

Finalement, elle trouva un sachet de mouchoirs dans son sac à main. Elle se redonna figure humaine, puis prit une longue et profonde inspiration. Elle allait y arriver. Bien sûr, la présence de sa grand-mère à son côté l'aurait réconfortée, mais elle devait se faire une raison : ce n'était pas possible, point. Mais ce qu'elle garderait pour toujours, c'étaient les souvenirs. Des souvenirs qu'elle transmettrait à sa fille.

Sasha démarra et quitta le parking. Pour la mémoire de sa famille, l'acte le plus important qu'elle puisse poser était de prouver l'innocence de son père et de veiller à ce que celui qui avait tué ses parents soit arrêté et jugé.

À supposer qu'il soit toujours en vie. Vingt-sept ans, c'était long. Il pouvait être mort, se trouver en prison ou en maison de retraite.

Mais, s'il était vivant, il avait échappé à la justice pendant plus d'un quart de siècle après avoir commis un double meurtre. Il était plus que temps d'y remédier.

Bien que la nuit soit encore loin, le soleil s'était caché derrière les arbres, plongeant dans l'ombre la vieille demeure Lenoir. Sasha se gara devant la maison et descendit de voiture. Elle avait son téléphone portable, au cas où, songea-t-elle avant de se dire que le réseau était au mieux intermittent dans le secteur.

Elle déverrouilla la porte et rangea la clé dans la poche de son jean. D'abord, elle passa d'une pièce à l'autre et alluma toutes les lumières du rez-de-chaussée pour chasser l'impression de malaise qu'elle éprouvait dans ce que certains avaient nommé « la maison de l'horreur ». Elle ne parvenait pas à s'ôter de l'esprit que les bois noirs qui entouraient la maison l'enserraient d'année en année dans un étau toujours plus étroit. Il lui faudrait recourir aux services d'une entreprise d'élagage pour restituer au jardin ses dimensions initiales.

En haut, elle nota ici et là des taches sombres sur les plafonds. Le toit se détériorait. Elle devrait prendre une décision rapidement sinon la maison finirait par s'effondrer. Sa grand-mère ne s'en était jamais souciée. Elle n'avait jamais voulu y revenir. Mais Sasha fondait en larmes sitôt qu'elle parlait de la mettre en vente.

Quelque part, tout au fond, elle avait espéré se réveiller un jour dans son lit, dans sa chambre d'enfant. Retrouver ses parents assis à la table du petit déjeuner, souriant et l'accueillant d'un bonjour et d'un baiser.

Mais elle n'était plus une enfant. Tous les souhaits et tous les espoirs du monde ne lui ramèneraient pas ses parents. Il était temps de faire ce qui devait être fait.

À savoir évacuer d'ici leurs affaires et les siennes. Elle trouverait certainement à donner ce qui était encore utilisable.

Mais, d'abord, elle devait déterminer ce qu'elle souhaitait conserver. Sa grand-mère avait laissé pratiquement toutes les possessions de ses parents sur place. Il y avait des albums photo, des souvenirs. La Bible familiale et un million d'autres choses.

Entrant dans la chambre de ses parents, elle commença par les tables de nuit. Elle inspecta les tiroirs, chaque objet réveillant dans son esprit un souvenir, de la lotion favorite de sa mère au portefeuille de son père. Elle explora le contenu de ce dernier. Dans un compartiment plastifié, à l'intérieur, était rangée une photo de Sasha et de sa mère. Elle était un peu cornée du fait d'être restée si longtemps dans son portefeuille mais l'expression de leurs deux visages souriants était parlante.

Le bonheur.

Qu'avait-il pu se passer pour que tout bascule ?

Une autre pensée traversa l'esprit de Sasha. Elle regarda autour d'elle. Où était le sac à main de sa mère ? Elle convoqua l'image mentalement. Un sac de cuir camel gansé de cuir blanc, une application en paille – c'était l'été. La fin juin.

Sasha ouvrit le placard, regarda sous le lit, puis elle se dirigea vers la salle de bains de l'étage. Le sac à main n'était nulle part. En bas, elle commença par le petit vestiaire situé à l'arrière de la cuisine. Le gilet de sa mère était encore accroché à l'une des patères, près de la porte. Un coupe-vent qui avait appartenu à son père était là, lui aussi. Elle fouilla les deux vêtements méthodiquement, l'un après l'autre, et dénicha un bonbon à la menthe dans la poche de sa mère. Sous le gilet, se trouvait le sac. Son portefeuille était à l'intérieur. Elle s'attarda sur la photo de son permis de conduire et son cœur se serra. Son poudrier, une petite brosse et un tube de rouge à lèvres étaient tout au fond. Elle sortit un reçu de l'épicerie du coin daté de deux jours avant sa mort.

Sasha passa ensuite à la cuisine. Elle inspecta tous les éléments, même si elle avait du mal à imaginer sa mère y dissimulant quelque chose. Ce fut ensuite le tour de la salle à manger, puis du séjour. Elle déplaça tables et guéridons, jeta un coup d'œil sous les meubles, dans toutes les étagères. Aucune surprise.

Même chose dans le hall d'entrée. Un parapluie était encore calé dans un coin.

Le bureau de sa mère était encombré et aussi poussiéreux que le reste de l'habitation. Sur un mur, s'alignaient des photos encadrées d'embrassades et de félicitations lors de remises de diplômes. Sa mère était sortie première de sa promotion de l'école d'architecture. Elle avait ensuite travaillé pendant deux ans à Nashville puis elle était tombée amoureuse du père de Sasha et était revenue dans sa ville natale pour l'épouser et fonder une famille. Ce n'était que lorsque Sasha était entrée en dernière année d'école maternelle qu'elle avait accepté ce poste de responsable d'urbanisme à la mairie.

Sasha contempla les grands plans enroulés sur le bureau de sa mère. Il y avait des dizaines de notes empilées à côté du téléphone et d'autres encore, accrochées sur un tableau – toutes semblaient avoir trait à son travail.

Se postant devant le tableau, elle les étudia une par une. Elles concernaient des délais, des échéances à venir. Une pile de dossiers attendait sur un coin du bureau. Sa mère avait griffonné des notes sur des listes et des formulaires qu'elle avait agrafés à chaque pochette. Des copies pour la plupart. Sasha supposa que les originaux devaient se trouver au bureau et qu'elle avait tiré des copies de travail pour la maison. Ses doigts passèrent sur les photos glissées sous la vitre de protection du bureau. Les yeux verts rieurs de Sasha et son large sourire attiraient le regard, en plein milieu. Il y en avait une autre de ses parents se tenant enlacés, prise juste au moment où leurs lèvres se touchaient. Son cœur se contracta. Comment deux personnes paraissant tant s'aimer et ayant tout pour être heureuses avaient-elles pu connaître une fin aussi violente ?

Sasha chassa cette question et reporta son attention sur les tiroirs. Elle y trouva la boîte de pastilles à la menthe de sa mère. Elle en prit une et la posa sur sa langue. Elle avait toujours du goût. Elle feuilleta encore d'autres dossiers, inspecta d'autres classeurs sans rien trouver de significatif.

Un souvenir de sa mère travaillant tard dans ce bureau lui vint subitement à l'esprit. Son poste était stressant et très accaparant. Mais se pouvait-il qu'il ait eu un quelconque lien avec sa mort ? Sasha ne voyait pas comment. Elle ne l'avait occupé que quatre ans. Peut-être quelqu'un avait-il pu nourrir du ressentiment à l'encontre de « l'étrangère » revenue de Nashville voler le travail des gens du cru, mais était-ce un motif suffisant pour tuer ?

Il y avait cette femme avec qui sa mère déjeunait de temps en temps... Comment s'appelait-elle, déjà ? Penny quelque chose. Sasha se la rappelait parce qu'elle était toujours intense dans sa façon de s'exprimer et qu'elle avait toujours besoin de quelque chose. Il faudrait qu'elle l'interroge sur le travail de sa mère mais, pour cela, il fallait d'abord retrouver son nom. Son regard balaya la surface du bureau et tomba sur le vieux fichier rotatif Rolodex. Bingo.

Elle passa de *A* à *B* et continua... Toujours pas de Penny. Se trompait-elle ? S'agissait-il d'un autre prénom commençant par *P*. Patty ? Pricilla ? Penelope ?

Un chiffre digital sur le téléphone attira son attention. C'était l'un de ces appareils équipés d'un répondeur intégré. *Vieux comme le monde.* Elle l'étudia. Oui, il était ancien mais pas hors d'âge puisque le combiné était sans fil.

Le chiffre deux la contemplait sur le petit écran affichant le nombre de messages stockés sur le répondeur. Sasha ne savait pas s'il fonctionnait encore mais le voyant rouge était allumé.

Elle appuya sur la touche de lecture. Le premier message venait du cabinet de son dentiste et rappelait à Mme Lenoir que sa fille avait rendez-vous le lendemain.

Une autre voix résonna dans la pièce. Le son grésillait un peu mais les paroles étaient parfaitement intelligibles.

« Il faut qu'on parle, Alex. Appelle-moi dès que possible. C'est important. »

L'incrustation de la date et de l'heure indiquait que le message avait été laissé l'après-midi précédant la nuit de leur mort.

Était-ce l'amie de sa mère dont elle ne retrouvait pas le nom ? Penny ou Patty ?

« C'est important. »

Peut-être cette femme détenait-elle les informations dont Sasha avait besoin ? Il ne lui restait qu'à découvrir comment elle s'appelait et à mettre la main sur elle – à supposer qu'elle soit toujours vivante. Ce qui n'était pas gagné... En près de trente ans, beaucoup de choses pouvaient se produire.

6

Il faisait presque nuit lorsque Branch arriva aux abords de Winchester. Il avait essayé de joindre Sasha à partir du moment où il avait pris la sortie de Tullahoma mais elle ne répondait pas. Il tombait chaque fois sur sa boîte vocale. Comme il avait promis de la joindre dès son retour, il se rendit directement à la maison de sa grand-mère.

Il avait eu le temps de réfléchir pendant le trajet de retour de Nashville et ce n'était pas à propos de la proposition qu'on lui avait faite lors de son déjeuner de travail. La promotion et les perspectives d'avenir qu'offrait Nashville étaient bien supérieures à ce qu'il pouvait espérer en restant à Winchester et, pourtant, il hésitait.

Aussi fou que cela paraisse, il s'était habitué au rythme de vie moins effréné de Winchester et au plaisir d'être entouré de sa famille et des vieux amis. Mais l'offre d'emploi à Nashville était celle qu'il attendait depuis longtemps. Les ennuis qu'il avait eus à Chicago au début de l'année précédente avaient fait régresser sa carrière d'au moins dix ans mais l'arrestation ultra-médiatisée du mois dernier lui avait fait remonter d'un coup son handicap, le repositionnant à la place qui était légitimement la sienne.

Pour autant, si gratifiante que soit l'offre qui venait de lui être soumise, il ne parvenait pas à se sortir l'affaire Lenoir de la tête. Pas seulement à cause du contenu des rapports d'enquête. Cela tenait sûrement aussi au fait qu'il avait vu pendant vingt-sept ans sa grand-mère secouer la tête d'un air entendu et grommeler que cette enquête avait été une mascarade.

Elle avait toujours cru dur comme fer que Brandon Lenoir n'était pas homme à tuer sa femme. La question était : pourquoi, dans ce cas, Viola Simmons n'avait-elle pas demandé la réouverture de l'affaire ? Elle avait laissé l'enquête suivre son cours, quel qu'en soit l'aboutissement, sans piper mot. Pas une seule fois Branch n'avait entendu sa grand-mère commenter l'attitude de son amie. Peut-être Mme Simmons avait-elle eu le sentiment que sa grand-mère en parlait suffisamment pour deux ? Mais il avait vu Viola Simmons à l'œuvre quand elle défendait une cause en laquelle elle avait foi. Il l'avait vue dénoncer le manque d'opportunités dans la région pour les jeunes femmes de couleur. Quand cette femme croyait vraiment à quelque chose, rien ne l'arrêtait.

Alors, pourquoi être restée tellement en retrait quand il s'agissait du meurtre de sa propre fille ?

Ça ne cadrait pas.

Il se gara devant la maison Simmons et se dirigea vers la porte. Il toqua deux fois. Pas de réponse. Pas un bruit à l'intérieur. La voiture de location de Sasha n'était pas dans l'allée, ni stationnée dans la rue. Elle lui avait dit qu'elle allait compulser les rapports. Peut-être avait-elle trouvé quelque chose et s'était-elle absentée pour chercher de plus amples informations ? Elle aurait pu le prévenir. Il faudrait qu'il mette les points sur les *i* et lui explique qu'ils devaient rester en contact. Se lancer seule sur une piste n'était pas une bonne idée. Elle pouvait rencontrer un problème sans qu'il sache qu'il lui était arrivé quelque chose.

Il appela de nouveau son portable qui, cette fois, bascula directement sur la boîte vocale.

Pendant la minute qui suivit, il essaya d'imaginer ce qu'il aurait fait s'il avait entrepris de disséquer et réparer *son* passé.

D'abord, il se serait comporté différemment vis-à-vis d'elle autrefois. Il avait éprouvé de l'attirance pour elle dès le lycée mais elle l'avait complètement ignoré. Elle était toujours occupée avec sa bande de copains. Il y avait toujours un petit ami pour lui tourner autour. Rien d'étonnant à cela : Sasha avait été la plus jolie fille de l'école. Et un autre gros obstacle avait été sa grand-mère. Elle avait mis Branch en garde, lui recommandant de veiller à ne pas agir à la légère avec Sasha, ne pas profiter d'elle, lui briser le cœur. Elle avait suffisamment souffert comme ça, l'avait-elle sermonné.

Et il l'avait écoutée. Il avait suivi à la lettre son conseil... Jusqu'à cet automne où Sasha était revenue pour une réunion d'anciens élèves. Si, jeune, elle avait été jolie, elle était devenue une femme d'une beauté éblouissante. Rien que de poser les yeux sur elle, il en avait eu le souffle coupé. Cette nuit unique, treize ans plus tôt, l'avait complètement chamboulé. Il n'avait pas pu s'engager dans une relation sérieuse depuis. Oh ! il avait eu des tas d'aventures, mais elles en étaient toutes restées au stade purement charnel. Il n'avait rencontré personne qui lui ait donné envie d'aller plus loin.

Il avait été entièrement absorbé par son travail, travail qu'il aimait et pour lequel il était doué. Et puis, il avait commis l'erreur de sa vie en sortant avec un témoin ; celle-ci avait perdu la vie par sa faute. OK, ce n'était pas tout à fait vrai. Il avait été blanchi de toute responsabilité concernant sa mort mais, tout au fond de lui, il ne pourrait jamais s'empêcher de penser que, s'il avait agi différemment, il aurait peut-être vu venir ce qui allait se passer.

Sa vie durant, ce doute subsisterait.

Évacuant de son esprit ces souvenirs perturbants, il décida d'aller voir à l'ancienne maison Lenoir. Sasha avait peut-être décidé d'aller y faire un tour sans lui. Il ne pouvait pas lui en faire grief. Retourner sur les lieux du crime était le meilleur moyen de faire resurgir des souvenirs.

La maison Lenoir n'était pas loin de Winchester mais elle se cachait au milieu des arbres, dans une zone densément boisée, non loin de Shephard and Gem. La vieille bâtisse était restée à l'abandon depuis la mort des parents de Sasha. Mme Simmons ne l'avait pas vendue, mais elle n'avait voulu ni la louer, ni même l'entretenir.

Les adventices empiétaient sur la longue allée, la rétrécissant presque de moitié, l'asphalte lézardé et crevassé de toutes parts ayant facilité leur inéluctable progression. Il respira plus librement lorsqu'il avisa la voiture de location de Sasha garée devant l'entrée. Il n'avait pas d'autres entretiens prévus pour les jours à venir, ce qui allait lui laisser le temps de se consacrer à cette enquête. Et à elle.

Il secoua la tête, se disant qu'il devait considérer tout ceci comme une affaire à traiter et non comme une quête personnelle. Il s'agissait non pas de passer du temps avec Sasha – enfin, si, en partie, peut-être – mais de découvrir la vérité. Et, d'ailleurs, il était un aspect de l'affaire qu'il devrait à un moment ou à un autre présenter à Sasha. Si déterminée qu'elle soit à innocenter son père, un fait demeurait : l'une des deux victimes avait forcément une part de responsabilité. Il était rare que des personnes soient assassinées ainsi – de façon planifiée, professionnelle et exécutée sans état d'âme – sans un certain degré d'implication.

Premièrement, il allait établir quelques règles de base. Bien que rien n'indique que cette incursion dans le passé puisse les mettre l'un ou l'autre en danger, mieux valait ne pas prendre de risques. Si une tierce personne avait tué ses parents, elle ne voudrait pas voir son secret éventé.

Si elle était toujours en vie.

Branch s'efforçait de rester objectif dans cette affaire mais c'était difficile. Peut-être à cause des certitudes de sa grand-mère, mais peut-être aussi simplement parce qu'il avait envie, pour Sasha, d'un dénouement différent.

Il songea à sa fille. Était-elle toujours en contact avec son père ? Sasha n'avait rien dit à ce sujet mais c'était probablement le cas. Après ce qu'elle avait vécu enfant, elle avait certainement fait en sorte que la relation entre père et fille soit maintenue, si cela était possible.

Il gravit les marches du perron et frappa à la porte. Il regarda la végétation envahissante autour de lui. Il appellerait l'entreprise qui entretenait les jardins de sa famille pour leur demander de venir s'occuper de la propriété. Sasha allait peut-être la mettre en vente maintenant. Évidemment, il faudrait d'abord rénover le toit et le revêtement extérieur mais, une fois remise en état, ce serait de nouveau une maison agréable à vivre. Un peu de soin et d'attention changerait la donne.

Il levait la main pour frapper de nouveau lorsque le battant s'ouvrit. Sasha le contempla, surprise.

— Tu ne répondais pas au téléphone, expliqua-t-il en ôtant son chapeau et en le tenant à deux mains, principalement pour éviter de tendre le bras et de la toucher, ainsi qu'il mourait d'envie de le faire.

Elle fronça les sourcils.

— On ne capte pas toujours bien ici. Désolée. J'aurais dû te faire savoir par SMS où j'étais.

— Alors ? Tu as trouvé quelque chose ?

— Rien de particulier, répondit-elle en haussant les épaules. Entre. Je ne peux pas t'offrir à boire. Il n'y a rien ici.

Il la suivit jusqu'à une petite pièce, sur la droite. Sasha contourna le bureau et s'assit. Elle appuya sur un bouton du téléphone.

— Je viens de découvrir ça.

Il écouta les deux messages puis questionna, à propos du second :

— Tu sais qui est sa correspondante ?

Elle secoua la tête.

— J'ai essayé de retrouver le numéro de l'appelant sur le répondeur mais il n'existe plus. Si les messages sont restés, c'est parce que c'est un ancien répondeur à cassettes.

— Et la voix ne t'est pas familière ?

— Le son est bas et pas très net. Je sais que maman avait une amie, Penny ou Patty, quelque chose dans ce goût-là. J'ai cherché dans le répertoire de son Rolodex et dans ses notes mais je n'ai trouvé aucune référence à une femme dont le prénom commencerait par un *P*.

— Un Rolodex ? Sans blague ?

L'ombre d'un sourire se dessina sur le visage las de Sasha.

— Crois-le ou non, il existe des gens encore aujourd'hui qui ne se sépareraient de leur Rolodex pour rien au monde.

Elle fit tourner le fichier rotatif d'une poussée de la main ; les cartes rangées par ordre alphabétique basculèrent autour de l'axe central.

— Je demanderai à ma grand-mère si ça lui évoque quelqu'un.

Le regard de Sasha se mit à briller.

— Ce serait super. J'ai pensé à l'appeler mais je me suis dit que j'allais d'abord explorer les autres possibilités.

— Franchement, reprit Branch, le front barré d'un pli, je suis surpris que le téléphone-répondeur n'ait pas été saisi.

— C'est aussi ce que je me suis dit. Comme si les investigateurs s'étaient déjà forgé leur opinion et n'avaient pas jugé nécessaire de collecter des preuves.

Il n'était pas encore prêt à aller jusque-là, mais il devait reconnaître que les apparences ne plaidaient guère en faveur du travail accompli par les enquêteurs. Seulement, bien sûr, rétrospectivement, tout semblait toujours clair.

— Tu me ferais faire le tour du propriétaire ?

Branch était venu une ou deux fois, étant jeune, mais il n'avait guère prêté attention à l'agencement de la maison, obnubilé qu'il était par la princesse aux yeux verts qui vivait là.

— Bien sûr.

Elle se leva de derrière le bureau.

— Tu auras compris que nous sommes ici dans le bureau de ma mère. Comme son poste était très prenant, elle apportait des dossiers à la maison pour pouvoir avancer dans son travail tout en étant près de nous.

Elle le conduisit ensuite dans le séjour mais les photos des rapports avaient déjà permis à Branch de se faire une idée claire de la disposition des lieux. Le placard dans lequel était dissimulée Sasha était à moins de dix mètres de la scène de crime. Dieu du ciel ! Aucun enfant, jamais, n'aurait dû avoir à subir pareil traumatisme.

La cuisine et la salle à manager suivirent. Branch regarda par les fenêtres de derrière l'obscurité qui tombait.

— Te rappelles-tu avoir exploré ces bois étant petite ?

— Oui. Il y avait cette vieille cahute. Rey et moi en avions fait notre cabane de jeu. On y a passé des heures à jouer à la dînette.

Il se demanda s'il s'agissait de celle qui avait abrité les activités illicites des producteurs de drogue à l'époque de la mort des Lenoir. Il vérifierait son emplacement précis.

— Et tu n'as jamais vu personne par là-bas ?

— Jamais, répondit-elle en secouant la tête.

Ils retournèrent dans le séjour et Branch examina de nouveau la scène de crime. Le séjour était approximativement à mi-chemin entre la porte d'entrée et la porte de derrière. Si quelqu'un s'était trouvé ici et avait fui par l'arrière, ainsi que se le rappelait Sasha, il avait dû couper à travers bois pour rejoindre l'endroit où il s'était garé. Sinon, il lui aurait fallu faire le tour de la maison pour revenir sur la route principale, où il aurait risqué d'être aperçu par des riverains.

— Faut-il aller loin avant de trouver une autre route, derrière ces bois ?

— Non, pas très. La forêt est dense et il doit y avoir pas mal de broussailles du fait du manque d'entretien mais je dirais environ quinze minutes en courant.

Branch irait voir par lui-même où les tueurs pouvaient avoir laissé leur véhicule. Avec un peu de chance, un habitant vivant encore ici se souviendrait peut-être avoir remarqué quelqu'un ? Quelqu'un à qui il n'aurait pas prêté attention vingt-sept ans plus tôt puisque la culpabilité du père de Sasha avait été acquise pour tout le monde.

— Tu es allée dans les chambres ?

— Oui, j'ai jeté un coup d'œil à droite et à gauche. Mais pas de façon exhaustive.

Elle referma les bras autour d'elle comme si elle avait froid. Elle était fatiguée et ne se sentait pas à l'aise ici, même si elle s'appliquait à paraître forte et capable.

— Et le fait de venir ici a-t-il déclenché de nouveaux souvenirs ?

C'était le cœur de la question. Elle n'était pas revenue ici depuis la nuit fatale.

— Rien d'important que je ne sache déjà. Il y avait deux hommes dans la maison, cette nuit-là, en plus de mon père.

Elle secoua la tête.

— Ce n'est pas lui, Branch. Quoi que disent les rapports, mon père n'a tué personne.

7

Sasha se frictionna frileusement les bras. Branch l'observait si attentivement qu'elle avait l'impression que ses yeux bleus la transperçaient. Elle aurait souhaité qu'il voie en elle le sang-froid et la résolution mais, pour le moment, ce qu'il devait surtout voir, c'était sa peur de ne pas parvenir à prouver ce dont elle était intimement persuadée.

Et si elle se trompait sur toute la ligne ?

Non. Elle refusait de croire que son père ait pu faire ça. Elle avait toujours su qu'il était innocent. Et maintenant, l'occasion lui était donnée de le prouver et elle avait la chance inespérée que Branch se soit proposé de l'aider. Les forces de police locales accorderaient bien plus de crédit à un marshal menant l'enquête sur une affaire classée qu'à un membre de la famille – tout particulièrement une fille désireuse de réhabiliter l'image de son père.

— Et si on en restait là pour aujourd'hui ? suggéra Branch en promenant son regard autour de lui. Tu en as déjà vu beaucoup. Ce serait peut-être bien de laisser tout ça se décanter et de porter un regard neuf sur les choses demain ?

C'est alors que Sasha s'aperçut à quel point elle était épuisée. Il avait raison, il était temps de lâcher pied et de se détendre un peu.

— Bonne idée. Je n'en peux plus.

— Je t'emmène dîner, annonça-t-il. On pourra échanger sur nos idées, pour la conduite à tenir demain.

La sagesse aurait voulu qu'elle passe son tour. Qu'elle rentre directement chez elle se coucher.

La sagesse aurait voulu qu'elle n'aille pas danser sur le volcan plus qu'il n'était nécessairc.

Oui, mais voilà. Dès lors qu'il s'agissait de Branch Holloway, elle oubliait toute sagesse.

— Je ne suis pas vraiment habillée pour sortir, souligna-t-elle en baissant les yeux, bras écartés.

Louable tentative, Sash, mais totalement hypocrite, songea-t-elle tout en se sentant s'incliner irrésistiblement vers lui, attendant qu'il rétorque que sa tenue n'avait aucune importance.

— Le Back Porch est un pub très sympa, juste derrière la grand-place, répliqua-t-il, promenant son regard sur elle de haut en bas, ce qui suffit à échauffer toutes les parties de son corps qu'il venait de survoler, si innocemment soit-il. C'est sans prétention mais on y mange très bien.

Et voilà. Il venait de lui fournir l'excuse qu'elle avait espérée.

— Oh… Alors, d'accord. Je vais fermer la porte arrière.

Il la suivit dans la cuisine.

— On peut laisser ta voiture de location chez ta grand-mère, si ça te va. Inutile de prendre deux véhicules. Ce n'est pas toujours facile de se garer.

— OK.

Ils revinrent vers la porte d'entrée, Sasha éteignant les lumières en chemin. Il attendit sur le perron le temps qu'elle verrouille la porte d'entrée. Même si la nuit n'était pas encore totalement tombée, il y faisait noir. Les bois empêchaient les dernières lueurs du couchant de parvenir jusque-là. Elle songea à toutes les fois où, enfant, elle avait couru après les ombres dans la cour. Jamais elle n'avait eu peur ici… Jusqu'à cette nuit-là.

Lorsqu'elle se fut installée sur son siège, il poussa sa portière et enfonça son chapeau sur sa tête.

— À tout de suite, chez ta grand-mère.

Sasha inclina la tête, se disant qu'elle aurait dû le gratifier d'un sourire. Mais le fait de se retrouver seule avec Branch dans la pénombre l'en empêcha. Elle démarra et s'éloigna de la maison lugubre et des bois dont elle était prisonnière. Ce fut avec soulagement qu'elle déboucha sur la grand-route. Elle avait l'impression de ne pas avoir pu respirer à fond depuis qu'elle en avait franchi le seuil. C'était toute cette poussière, se dit-elle.

Des couches et des couches de poussière sous lesquelles étaient ensevelis ses souvenirs… Les morceaux de sa vie.

Durant le trajet jusque chez sa grand-mère, elle sentit la tension croître en elle. Elle eut beau lutter de son mieux, elle avait atteint un état d'extrême fébrilité émotionnelle lorsqu'elle gara la voiture devant la maison. Bon sang, elle aurait dû être capable de mieux se maîtriser.

Il sauta à bas de sa camionnette, fit le tour du capot et ouvrit la portière passager.

Se maîtriser ? Ha ! C'était Branch Holloway. Elle n'avait jamais su se dominer avec lui.

Elle monta dans la camionnette et il referma la portière. Pendant toute sa jeunesse, elle avait été folle de lui et c'était tout juste s'il avait remarqué son existence, au-delà des déjeuners du dimanche que partageaient leurs grand-mères. Il se glissa derrière le volant, son grand chapeau noir de cow-boy posé sur le siège, entre eux. Leurs grand-mères avaient été très amies. Mais Branch avait eu deux ans de plus qu'elle et il avait été bien trop occupé par ses matchs de football et son statut de garçon le plus populaire du lycée.

Adolescente, Sasha avait elle-même joui d'une raisonnable popularité. Elle avait connu des années difficiles après la mort de ses parents mais cela avait sans doute plus tenu à son incapacité à communiquer qu'à ses camarades. Elle s'était recroquevillée dans sa coquille pendant un certain temps. Quel enfant ne l'aurait pas fait dans ces circonstances ?

Elle coula un coup d'œil furtif dans sa direction mais son regard s'attarda. Il avait toujours eu cette mâchoire parfaite, carrée. Ce genre de visage – surtout ses lèvres – dont on parait les héros dans les romans d'amour. Sa fille avait hérité de cette bouche sensuelle ainsi que de ses cheveux blonds et de ses yeux bleus. Brianne était la version féminine de Branch Holloway. Tant de fois, elle avait eu envie de tout lui révéler… De sortir ses photos de classe et de lui montrer comme son père était beau.

Mais la peur, chaque fois, l'avait retenue. Sasha, la femme qui ne craignait rien ni personne dans les autres domaines de sa vie, était terrifiée par ce qu'elle avait fait et qu'il était désormais trop tard pour réparer.

Étrange qu'elle se retrouve ici, à tenter, avec Branch, de corriger une part de son passé de petite fille alors qu'elle lui dissimulait ce qui aurait changé sa vie à lui pour toujours.

Il la haïrait quand il saurait.

Son estomac se contracta douloureusement. Si elle avait eu faim, l'appétit l'abandonna subitement. Qu'était-elle en train de faire ? Avoir permis qu'il lui prête main-forte lui donnerait l'impression qu'elle s'était servie de lui. Ce « partenariat » avait été une très mauvaise idée.

Branch se gara le long du trottoir en face du Back Porch. Sasha se rappela la boutique d'antiquités qui avait occupé cet emplacement. Aujourd'hui, c'était un pub très prisé, apparemment. Des guirlandes lumineuses ornaient la devanture et on voyait, à travers les vitres, que toutes les tables étaient occupées. Des serveuses se pressaient, plateaux chargés à la main.

La portière s'ouvrit sans qu'elle se soit aperçue que Branch était descendu de voiture. Il lui tendit la main et l'aida à sortir. Elle tira sur l'ourlet de son T-shirt, gênée de ne pas s'être changée. L'endroit avait l'air simple, ainsi que Branch l'avait dit, mais elle se sentait poussiéreuse.

— Je ne sais pas ce qu'il y aura au menu ce soir mais je peux te garantir que, quoi que tu choisisses, ce sera bon.

Elle lui adressa un sourire.

— Ça sent bon.

Les arômes qui s'échappaient des portes vitrées avaient ressuscité son appétit.

Il lui sourit en retour et le cœur de Sasha fit un bond. Elle détourna les yeux. C'était bien la peine de passer son temps à gérer les crises personnelles et professionnelles des autres pour se découvrir incapable de gérer les siennes ! Quelle tristesse.

Ressaisis-toi, Sash.

Branch ouvrit la porte et les échos de la musique, étouffés jusque-là, les submergèrent. Un tube *country* récent dont les vibrations la traversèrent de part en part. Le plancher était rustique, en bois recyclé comme les murs. Un bar courait le long du mur du fond. Tous les tabourets y étaient pris. Branch dit quelques mots à une serveuse qui le contemplait avec les yeux émerveillés d'une fan pour sa pop star préférée. Puis elle les conduisit jusqu'à une table dans un recoin à l'écart du reste de la salle, ce dont Sasha se réjouit secrètement.

Branch lui ayant suggéré la spécialité de la maison – une excellente bière à la pression –, la serveuse partit chercher leurs commandes. Une bière l'aiderait peut-être à se détendre un peu, songea Sasha. La veille, elle avait passé la nuit à se battre avec les couvertures et s'était réveillée plus fatiguée que lorsqu'elle s'était couchée.

Quand la serveuse revint avec leurs pintes, ils commandèrent des burgers et des frites. Brianne aurait été horrifiée. Elle ne mangeait que de la nourriture saine et diététique. Sasha sirota sa bière et se relaxa. Elle adorait l'indépendance d'esprit de sa fille et son caractère affirmé.

— Comment s'est passé ton déjeuner ? demanda-t-elle.

Ils n'avaient jusqu'alors parlé que d'elle et de ses parents ; elle se sentait coupable subitement de lui avoir posé si peu de questions sur sa vie à lui.

Il contempla la bière dans son verre.

— Bien. Très bien. On m'a proposé un poste super intéressant à Nashville – une promotion, ajouta-t-il en haussant les épaules.

Sasha haussa les sourcils et se mit à rire.

— Ça a l'air de te réjouir.

Il la regarda longuement, l'expression incertaine.

— Je ne suis pas décidé. Pour te dire la vérité, j'apprécie le fait d'être près de ma famille. C'est, disons, un développement inattendu mais c'est comme ça.

Il but une gorgée de bière et Sasha ravala la réplique qu'elle avait sur le bout de la langue. Branch était un type bien. Il savait que ses parents et sa grand-mère prenaient de l'âge et il se sentait tenu de ne pas s'éloigner d'eux. Encore une des choses qui le rendaient si adorable. Elle, en revanche, se faisait l'effet d'une égoïste. Jamais elle n'avait envisagé de revenir vivre près de sa grand-mère. Elle s'était totalement focalisée sur sa carrière et sur sa propre vie et celle de sa fille.

— Il faut que tu fasses ce qui te rend heureux, Branch, déclara-t-elle, tournant la bière glacée dans son verre, le regard fixé sur la mousse qui s'accrochait aux parois de verre. Tant de gens courent après la réussite en passant à côté du bonheur.

— Tu parles d'expérience ?

Oh ! bon sang. Elle en avait trop dit. Autant avouer le fond de sa pensée, au point où elle en était.

— Je dois reconnaître que je me suis parfois dit que j'aurais dû être près de ma grand-mère. J'étais sa seule famille et je n'ai pas été présente.

Si elle avait espéré se sentir mieux après cet aveu, ce ne fut pas le cas.

Même après avoir appris qu'elle était enceinte, Sasha avait persisté à vouloir faire son chemin. S'en aller loin d'ici et devenir quelqu'un d'autre. Ne plus être la fille d'un homme qui avait tué sa femme avant de se donner la mort.

— Ma grand-mère m'a toujours dit que Viola était très fière de toi. Elle était heureuse de ton succès professionnel. Alors, inutile de t'accabler de reproches. S'ils n'avaient pas lieu d'être quand elle était de ce monde, ils ont encore moins de raison d'être maintenant.

Elle laissa échapper un petit rire. Seigneur, s'il avait su...

— Alors, comme ça, tu es psychanalyste en plus d'être marshal ?

Il secoua la tête.

— Non. Juste quelqu'un qui en connaît un rayon en matière de culpabilité.

Tout en se disant qu'il valait mieux ne pas continuer sur ce terrain, elle s'entendit demander :

— Que t'est-il arrivé ?

— Je suis sorti des rails, je n'ai pas respecté le protocole. J'ai eu une histoire avec un témoin et elle est morte. Mes supérieurs m'ont exonéré de toute responsabilité dans sa mort mais ça n'a rien changé à ce qui se passe ici, dit-il en tapotant sa tempe. Je me sens toujours responsable. Les deux semaines de mise à pied que cela m'a valu ne semblent pas une sanction suffisante.

— Donc, tu te punis toi-même en te demandant si tu mérites cette promotion.

La serveuse arriva avec leurs plats avant qu'il n'ait pu répondre. Sasha déposa une noix de ketchup sur le bord de son assiette et y trempa une frite, qu'elle grignota avec délice, savourant sa texture croustillante et le goût légèrement épicé de la sauce. Pour être tout à fait honnête, elle devait admettre qu'elle s'était consacrée tout entière à son travail et à sa fille parce qu'elle ne s'estimait pas digne d'avoir une vie personnelle en dehors de sa relation avec Brianne. Elle avait perdu ce droit en tirant un trait sur ceux qui avaient été là pendant la première partie de sa vie, avant l'université.

Son regard dériva vers l'homme qui était assis en face d'elle. En tirant un trait sur Branch, surtout, et en l'excluant pendant toutes ces années.

Ils mangèrent en se remémorant des anecdotes de l'époque du lycée. Ils parlèrent de la façon dont ils s'étaient battus pour faire carrière. Lorsqu'elle eut dévoré jusqu'à la dernière miette le meilleur hamburger auquel il lui ait jamais été donné de goûter et avalé la moitié de ses frites, le tout arrosé d'une deuxième bière, elle posa la question qu'elle avait derrière la tête depuis des années.

— Pourquoi n'as-tu ni femme ni enfants ? Et ne me ressers pas la même réponse ridicule que l'autre fois, à savoir que tu as laissé partir la seule et l'unique, celle qui était faite pour toi.

Il haussa les épaules.

— C'est pourtant la vérité, dit-il avant de boire une gorgée de l'eau fraîche qu'il avait commandée à la place d'une deuxième bière étant donné qu'il conduisait. Comment aurais-je pu tomber amoureux de quelqu'un d'autre alors que mon cœur ne bat que pour toi depuis que j'ai quinze ans ?

Elle leva les yeux au ciel d'un air blasé.

— Faux et archifaux. Tu esquives ma question, voilà tout.

Il repoussa son assiette.

— Je n'ai pas rencontré la personne avec qui j'avais envie de ce genre de relation, j'imagine. Et toi ? Qu'est-ce qui est allé de travers avec le père de ta fille ? Vous n'êtes plus ensemble. Peut-être que tu as laissé partir l'homme de ta vie, toi aussi ?

La peur commença à courir dans ses veines.

— Nous n'avons jamais été ensemble.

Elle considéra son assiette, essaya de trouver ce qu'elle pouvait dire d'autre.

— Je... J'ai tout gâché. C'était un type bien mais il... Il n'est plus dans ma vie, dit-elle avant de relever les yeux. J'ai tout fichu en l'air et ma fille en paie le prix.

Une expression soucieuse assombrit son beau visage viril.

— Il n'y a rien que tu puisses faire pour arranger les choses ? Ce ne doit pas être un saint non plus s'il n'a pas cherché à rester en relation avec sa fille.

Sasha eut l'impression que l'air se raréfiait subitement dans la salle de restaurant. Il fallait changer de sujet, et vite.

— Je suis allée voir l'homme qui a licencié mon père. Polk, Dennis Polk.

Branch pencha la tête sur le côté et l'étudia pendant un long moment. Puis il opta pour rebondir sur ce qu'elle venait de dire.

— Oh. Il t'a appris quelque chose ?

— En fait, il n'avait pas renvoyé définitivement mon père.

Elle lui rapporta ce que Polk lui avait expliqué. Sa tension l'abandonna peu à peu comme ils revenaient en terrain moins miné.

— Bref, le plus important, c'est que même lui ne croit pas à la culpabilité de mon père.

Elle lui raconta aussi sa conversation avec les Martin, interrompue quelques instants par la serveuse venant leur proposer un dessert, qu'ils déclinèrent tous les deux. Branch insista pour payer l'addition. Autre point de désaccord. Elle ne pouvait pas le laisser régler la note comme si c'était un rendez-vous galant. *Ce n'en était pas un.*

— Tu as eu une journée bien chargée, conclut-il en se penchant en avant, les bras calés sur la table. Il y a une chose dont je voulais te parler. À partir de maintenant, j'aimerais que tu me tiennes informé des endroits où tu vas et de ce que tu fais... Juste par mesure de précaution.

Elle le contempla pendant quelques secondes, espérant déterminer si c'était bien le motif réel de sa requête.

— Est-ce que, par hasard, toi ou le chef Brannigan vous inquiéteriez de mes activités ?

Branch éleva les deux mains.

— Pas du tout. Je veux juste m'assurer qu'il ne t'arrive rien, réfuta-t-il en reposant les bras sur la table. Il ne faut pas perdre de vue que, si ce n'est pas ton père, c'est quelqu'un d'autre. Et, qui que soit cette personne, elle ne doit pas avoir envie de nous voir mettre au jour son secret.

Remarque pertinente. Certes, cette idée lui avait traversé l'esprit mais elle avait choisi de ne pas se laisser détourner de son objectif.

— Cette personne est peut-être morte aujourd'hui, observa-t-elle.

— Auquel cas nous n'aurions rien à craindre, mais n'oublie pas qu'on parle d'homicide. D'un double meurtre avec préméditation commis de sang-froid après avoir été minutieusement préparé. Il ne s'agit pas d'un crime occasionnel ou d'une tentative de cambriolage qui a mal tourné. Tout a été soigneusement prévu en amont. Ce qui nous indique un certain nombre de choses. D'abord, que quelqu'un d'influent pourrait être derrière tout ça – quelqu'un qui aurait payé des tueurs à gages pour effectuer la sale besogne. Ou un proche de ta famille… Quelqu'un qui connaissait leurs habitudes quotidiennes et qui pouvait entrer et sortir aisément sans se faire prendre.

— D'accord, dit-elle. Donne-moi ton numéro de téléphone.

Elle l'enregistra dans ses contacts, puis demanda :

— Alors, maintenant, que fait-on ?

— On dresse une liste des suspects potentiels. Tous les contacts professionnels ou privés de tes parents. Ceux qui auraient pu avoir quelque chose à perdre au cas où un certain événement surviendrait.

Il haussa ses larges épaules.

— Je pense qu'on peut éliminer Polk. S'il était épris de ta mère, il n'aurait probablement pas voulu la tuer. Le moyen le plus logique aurait été de se débarrasser d'une façon ou d'une autre de ton père.

— Ça revient quasiment à établir la liste de tous les habitants de Winchester à cette période-là, souligna-t-elle en se passant une main sur le front. C'est une petite ville, Branch. Tout le monde connaît tout le monde.

Il acquiesça d'un signe de tête.

— Oui, mais tout le monde n'a pas intérêt à voir quelqu'un disparaître. C'est ça qu'il nous faut trouver. Que pouvaient savoir ou avoir tes parents qui valait la peine de les tuer ?

Elle marqua un temps d'arrêt, secouant la tête.

— J'aurais dû faire parler ma grand-mère. Elle s'y refusait systématiquement quand j'étais jeune de peur que ce soit trop douloureux. Mais j'aurais dû revenir sur le sujet ces dernières années, la harceler. C'est trop tard, maintenant.

Sasha cacha son visage dans ses mains. C'était trop. Tout simplement trop. Elle se sentait complètement désemparée face à l'ampleur et à la complication de la tâche.

— Hé...

De longs doigts enveloppèrent l'une de ses mains, l'écartèrent de son visage. Les yeux bleus cherchèrent les siens.

— On y arrivera, OK ? Petit à petit. En avançant étape par étape. C'est normal de te sentir dépassée si tu considères d'emblée l'affaire dans son ensemble.

Elle laissa retomber sa main libre et songea confusément qu'elle aurait dû retirer son autre main mais son corps n'obéissait pas. La sensation de ses doigts encerclant les siens lui donnait l'impression réconfortante d'être en sécurité, de n'être plus seule, égarée au milieu de cet océan de malheur.

— On va prendre les choses une par une. On commencera par éplucher leur vie privée. On la disséquera morceau par morceau. Avaient-ils des problèmes financiers ? Ta grand-mère leur avait-elle prêté de l'argent ? J'interrogerai aussi ma grand-mère.

— Pourquoi commencer par leur vie personnelle ?

En tant que spécialiste de la gestion de crise, Sasha était bien placée pour connaître la valeur d'un bien commercialisable. Pour la plupart des gens, ce bien était leur travail. Évidemment, s'agissant de célébrités, vie privée et vie professionnelle étaient bien souvent intriquées mais le concept était le même. Même si sa grand-mère s'était toujours plu à marquer son désaccord sur ce point en le tournant en dérision, l'argent – ou le manque d'argent – était en général à la racine des vrais problèmes.

— On a affaire à des exécutions de proximité. On ne leur a

pas tiré dessus depuis une voiture en marche, ils n'ont pas été pris pour cibles par un tueur positionné à distance. Il y avait des émotions intenses, de la passion, derrière ces meurtres.

Sasha l'observa longuement. Elle avait la main froide malgré la chaleur de celle de Branch.

— C'est pour ça que la police était tellement convaincue que c'était mon père ?

Branch hocha la tête.

— Dans des situations de ce genre, c'est presque toujours le mari.

— Mais pas cette fois-ci.

— Non, pas cette fois-ci, convint-il.

Elle sentit qu'un « mais » allait suivre. Elle le voyait dans ses yeux.

— *Mais* il y a fort à parier qu'ils sont morts tous les deux en raison de quelque chose que ton père possédait ou savait. Et il ne voulait pas que ta mère meure à cause de ça.

Elle dégagea sa main, la tiédeur de sa peau la brûlant tout à coup.

— Je vois ce que tu veux dire, mais je réserve mon jugement – tant que nous ne disposons pas de plus amples informations.

Elle avait cru sa vie entière à l'innocence de son père. Ce n'était pas pour retourner sa veste maintenant en raison d'un point de vue différent, qui n'était pour l'instant étayé par aucun fait.

— J'entends ton avis, acquiesça-t-il en inclinant la tête. Nous devons tous deux garder l'esprit ouvert à toutes les éventualités tant que nous n'aurons pas tous les faits en main.

— Bien, dit-elle en posant les mains à plat sur ses cuisses. Est-ce que... tu es sûr d'avoir le temps de te consacrer à cette affaire ? Je sais que tu es en congé et que tu as une décision importante à prendre...

Elle s'interrompit. Pensait-elle vraiment pouvoir passer les prochains jours à travailler main dans la main, pour ainsi dire, avec Branch, sans ressusciter les sentiments qu'elle avait autrefois éprouvés pour lui ? La réponse était « non », bien entendu. C'était mission impossible, et elle le savait. Elle avait déjà eu du mal à soutenir son regard et à répondre de façon cohérente à ses questions. Non, elle aurait mieux fait de réfléchir à la façon dont elle allait lui annoncer la nouvelle, pour Brianne. Mais elle voulait savoir la vérité... Elle ne pouvait pas tout saboter maintenant.

Quel gâchis.

Il ouvrit la bouche pour lui répondre mais elle éleva une main.

— Je n'aurais pas dû accepter. Tu en as déjà fait beaucoup, tu as été beaucoup trop gentil. Tu n'es pas concerné par cette affaire. C'est *mon* histoire. Tu as une vie et je n'aurais jamais dû t'entraîner dans cette enquête.

Il laissa échapper un petit rire, mais il ne s'en dégageait aucune trace d'humour. Plutôt de la lassitude teintée de tristesse.

— D'abord, c'est moi qui ai proposé de t'aider parce que j'aimerais vraiment contribuer à résoudre cette énigme. Ensuite, je n'ai rien de particulier à faire sinon prendre une décision concernant mon avenir professionnel. Franchement, je suis tout à fait disponible.

— Oui, mais c'est trop compliqué, trop personnel, argua-t-elle.

— Je *veux* continuer, Sasha. C'est de ta famille qu'il s'agit, c'est important pour moi.

Seigneur, pourquoi avait-il prononcé ces mots ? Les larmes lui piquèrent les yeux.

— Je n'ai plus de famille, Branch.

Il la contempla avec un large sourire.

— Si. Tu as ta fille ? Et tu as moi et *ma* famille.

— Merci... Tu as raison. Au lieu de m'apitoyer sur mon sort, je ferais mieux de prendre le taureau par les cornes et de venir à bout de cette histoire.

Il cligna de l'œil.

— Voilà ce que je veux entendre.

Il se leva.

— Allez, je te ramène chez toi. On aura du pain sur la planche demain.

Le trajet de retour se déroula dans le silence, mais un silence confortable. Sasha était contente de la décision à laquelle ils étaient parvenus.

Une fois qu'ils furent garés, voyant qu'il s'apprêtait à descendre pour venir lui ouvrir la portière, elle l'arrêta d'un geste.

— Moi aussi, j'ai quelques règles de base à te communiquer. Je n'ai pas besoin que tu me raccompagnes jusqu'à la porte d'entrée et je peux ouvrir ma portière toute seule.

Comme il ouvrait la bouche pour protester, elle éleva une main et continua :

— Ce n'est pas que je n'apprécie pas ta prévenance, mais elle n'a pas lieu d'être. Ah, et… quand nous mangeons ensemble, je préférerais aussi régler ma note.

Il fit la grimace.

— C'est ridicule. Je…

— C'est sans appel. Tu as payé ce soir. Demain, c'est moi.

Il éleva les deux mains en signe de résignation.

— OK. Si c'est ce que tu veux.

Elle poursuivit :

— Je ne vois pas d'inconvénient à te tenir au courant des endroits où je me rends. Compte tenu des circonstances… c'est logique. Mais je ne suis pas en sucre, Branch. Je suis capable de prendre soin de moi.

Il hocha la tête.

— D'accord. Message reçu.

— Merci, dit-elle, la main sur la poignée. Bonne nuit. À demain.

Elle mit pied à terre, claqua la portière et se dirigea vers la porte sans un regard en arrière. Il ne s'en alla que lorsqu'elle eut déverrouillé la porte et fut entrée. Ce dont elle ne pouvait décemment pas lui tenir rigueur.

Une fois à l'intérieur, elle s'adossa à la porte d'entrée et ferma les yeux. Elle s'était mise dans un beau pétrin. Elle voulait Branch Holloway mais c'était… tellement égoïste !

Sasha avait la réputation de ne jamais rien lâcher et de ne jamais baisser les bras. Elle était d'une ténacité à toute épreuve. En dehors de sa fille, elle n'avait pas de vie privée, à New York. En toute honnêteté, elle ne se rappelait même pas la dernière fois qu'elle avait passé une soirée aussi intime. N'étant pas stupide, elle comprenait ce qui se jouait là. Les années de privation qu'elle s'était imposées l'avaient affaiblie, rendue vulnérable.

Or, le moment était mal choisi pour être vulnérable.

Mais Branch lui donnait envie de choses qu'elle n'aurait jamais dû vouloir. Il n'était même pas besoin qu'il ouvre la bouche. Qu'il entre dans une pièce, et elle était conquise. Le simple fait de respirer, chez lui, était sexy, c'est dire !

— Idiote.

Sasha verrouilla la porte et monta à l'étage. Elle avait besoin d'entendre la voix de Brianne. Ensuite, elle se plongerait longuement dans un bain chaud, puis dormirait.

Quoi que leur réserve la journée du lendemain, elle devait se préparer à passer du temps avec lui sans commettre d'impair qui risquait de rejaillir sur sa fille.

Elle avait déjà frôlé la catastrophe à plusieurs reprises.

8

Mardi 26 mars

Sasha ouvrit les yeux.

Il faisait nuit. Elle attrapa son portable sur la table de chevet. 2 : 06.

Avec un soupir, elle ferma les paupières, s'exhortant à se rendormir.

Un son feutré, le glissement d'une semelle de caoutchouc sur un parquet, le frottement d'une étoffe contre un mur. Un bruissement à peine audible.

Ses yeux se rouvrirent d'un coup.

Elle se redressa d'un bond sur son lit, le cœur battant, enveloppée par l'oppressante obscurité. Les doigts prêts à composer le 911, elle marqua un temps d'arrêt.

Attends. Il fallait qu'elle respire un bon coup et tende l'oreille pour être sûre qu'elle n'avait pas rêvé. Elle lutta pour calmer les battements erratiques de son cœur et faire taire le martèlement du sang dans ses oreilles.

Le léger couinement d'une latte de plancher.

Cette fois, il n'y avait plus de doute. Il y avait quelqu'un dans la maison.

Fébrilement, elle tapa le nom de Branch dans sa liste de contacts tout en se dirigeant à pas de loup vers la penderie. Retenant son souffle, elle ouvrit la porte, priant le ciel qu'elle ne grince pas.

— Qu'est-ce qui se passe ? s'enquit la voix ensommeillée de Branch dans son oreille.

Elle tourna le dos à la porte et murmura, la main autour de la bouche :

— Il y a quelqu'un dans la maison.

— Raccroche et appelle le 911. J'arrive.

Elle obtempéra et s'efforça de s'aplatir contre le fond de la penderie, derrière ses vêtements de lycéenne qui étaient restés là.

L'opérateur prit son appel. Chuchotant toujours, Sasha lui indiqua son adresse et la raison de son appel.

— J'envoie une patrouille immédiatement, mademoiselle Lenoir. Restez cachée où vous êtes. Avez-vous une arme ?

Nouveau bruissement à peine perceptible. Dans l'escalier, cette fois.

— Non, souffla-t-elle.

Que n'aurait-elle donné pour en avoir une !

Tout à coup, une idée lui vint. Elle chercha à tâtons dans l'angle de la penderie. Son bâton de majorette. Soixante centimètres de long, avec une grosse étoile à chaque extrémité... Cela pouvait faire des dégâts. Sa main se referma fermement autour. Un bon coup asséné sur la tête, le torse ou dans les parties génitales pouvait neutraliser un homme.

Quelques instants s'écoulèrent puis elle entendit cogner à la porte, en bas.

— Sasha ! C'est Branch ! J'entre.

La porte était fermée à clé. Comment allait-il faire ?

— La police arrive dans votre allée, mademoiselle Lenoir, annonça l'opérateur.

Sasha s'efforçait de garder les idées claires.

— Le marshal Branch Holloway est devant ma porte. Je l'ai appelé le premier. Est-ce que je dois aller lui ouvrir ?

— Non. Restez où vous êtes, madame.

— Sasha !

Elle ne pouvait pas rester terrée là éternellement. Elle poussa précautionneusement le battant et sortit de sa cachette. Le clair de lune entrant par la fenêtre la fit cligner des yeux après l'obscurité totale de la penderie.

Immobile, elle se tint à l'affût, guettant un son. Rien, à part les cognements répétés de Branch sur la porte.

Elle se rua hors de la pièce et dévala les marches.

— J'arrive !

Un fracas venant de la cuisine la stoppa net dans son élan.

L'espace d'une demi-seconde, elle hésita à se diriger vers l'origine du bruit mais le bon sens l'emporta. Elle se précipita vers la porte d'entrée.

— Ça va ? questionna-t-il quand elle eut tiré le battant.

— Oui. Je viens à l'instant d'entendre un grand bruit dans la cuisine.

— Reste derrière moi.

Sasha lui emboîta le pas, le cœur battant. Il alluma les lumières au fur et à mesure qu'il avançait. Une fois parvenu sur le seuil de la cuisine, il s'arrêta subitement. Elle lui rentra dedans.

— La porte arrière est grande ouverte, annonça-t-il.

Sasha se pencha sur le côté pour voir et vit un policier en uniforme pénétrer par la porte, effectivement béante.

Elle l'avait verrouillée, elle en était certaine.

— Mon collègue jette un coup d'œil dans la cour, annonça l'officier. Est-ce que tout va bien ici ?

— Je vais faire le tour de la maison, répondit Branch. Vous, occupez-vous de l'extérieur.

L'officier disparut dans l'obscurité. Ce fut alors que Sasha vit l'arme de Branch.

Elle retint son souffle.

— Je veux que tu restes derrière moi, d'accord ? Je suis à peu près certain que l'intrus est parti mais...

Ce ne fut qu'après qu'ils eurent visité la salle à manger et le séjour qu'elle se rendit compte qu'elle avait perdu son téléphone. Elle le trouva au bas de l'escalier.

Elle le ramassa.

— Je ne pense pas qu'il soit allé à l'étage. Il avait commencé à gravir les marches mais il a dû prendre peur quand tu as cogné à la porte.

— Une raison particulière pour laquelle tu penses que c'est un homme ? interrogea Branch.

— Euh... Non. Simple supposition.

— Il n'a pas parlé ni fait un bruit quelconque ?

— J'ai entendu le frottement de ses semelles sur le sol et de ses vêtements contre le mur, c'est tout.

— Qu'est-ce qui t'a réveillée ?

— Un bruit en bas, je pense. Mais j'ai cru que j'avais rêvé et j'essayais de me rendormir quand ça s'est reproduit. Mais c'était vraiment très léger.

Ils fouillèrent toutes les pièces mais ne trouvèrent strictement rien.

— Retournons voir s'il ne manque rien en bas, suggéra Branch.

— OK.

Un coin de la bouche de Branch se souleva.

— Jolie arme que tu as là.

Ses doigts se desserrèrent autour du bâton.

— Une des filles de mon équipe avait assommé un garçon avec son bâton.

Il rit.

— Il me semble me rappeler cet incident. Il avait eu une commotion cérébrale, non ?

— Ça, ça relève de la légende, je crois bien.

— Marshal Holloway, j'entre !

Ils se retournèrent vers la porte d'entrée comme elle s'ouvrait pour livrer passage à l'un des policiers.

— On a une deuxième scène au-dehors, déclara-t-il.

Sans trop savoir ce qu'il entendait exactement par là, Sasha s'apprêtait à suivre les deux hommes lorsque Branch répondit :

— J'y vais. Restez ici avec Mlle Lenoir.

— Pardon, protesta-t-elle. Mais j'aimerais aller voir moi aussi.

Branch jeta un regard interrogateur au policier.

— Le jardin est sécurisé, marshal.

— OK. J'emmène Mlle Lenoir avec moi. Jetez un nouveau coup d'œil à l'intérieur pendant ce temps.

— Entendu, monsieur.

Elle suivit Branch sur le perron, descendit les marches et contourna l'angle de la maison. La deuxième scène était manifestement située à l'arrière de la maison puisque l'autre policier les attendait près du porche.

— L'intrus est entré par la porte de derrière, annonça le jeune officier qui ne devait pas voir plus de vingt-six ans. Il a laissé des traces en forçant la serrure.

— Bon travail, officier Gabrielle. Qu'avez-vous relevé d'autre ?

Gabrielle orienta sa lampe-torche vers l'extrémité du porche. On avait peint à la bombe sur le mur en grosses capitales :

TU AURAIS DÛ MOURIR AUSSI
CETTE NUIT-LÀ.

L'espace de quelques secondes, Sasha demeura interdite, contemplant le message en lettres capitales sans pouvoir l'assimiler. Puis, soudain, il prit tout son sens. Son cœur se mit à tambouriner contre sa cage thoracique.

— Eh bien, je crois qu'on peut dire sans gros risque d'erreur que tu as donné un coup de pied dans la fourmilière, déclara Branch.

« Où est la gamine ? » gronda l'homme à la voix grave.

« Chez une amie. Elle n'est pas ici. »

Le timbre de voix de sa mère, déformé par la terreur.

« C'est une enfant. Elle ne sait rien ! »

Sasha se tourna vers Branch.

— Celui qui a écrit ça était dans la maison cette nuit-là ! Il sait que j'étais censée mourir, moi aussi. Mais ma mère leur a dit que je dormais chez une amie.

L'angoisse l'assaillit ; elle sentit ses genoux se dérober, mais elle se ressaisit. Au moins, maintenant, n'y avait-il plus de place pour le doute. Ils avaient sous les yeux la preuve que ses parents avaient été tués.

L'équipe de la police scientifique et technique repartit à l'heure où le jour se levait. Sasha leur avait préparé deux pichets de café et servi les restes des pâtisseries de la collation du dimanche soir.

Debout dans la cour, elle contemplait les mots peints en lettres rouges.

Quelle importance, pour l'assassin de ses parents, qu'elle soit vivante ou morte ?

Qu'aurait-elle pu savoir ? Elle n'avait que neuf ans.

L'avait-elle déjà vu ? S'agissait-il de quelqu'un qu'elle avait côtoyé, étant enfant ?

Elle avait bien besoin d'un autre café. Dans la salle à manger, les pâtisseries avaient presque toutes été mangées mais il restait du café. Elle avait dû tout installer dans cette pièce puisque la cuisine était une scène de crime.

Une scène de crime.

Elle frissonna. Personne n'aurait dû avoir à connaître ça deux fois dans sa vie. À New York, elle avait un système d'alarme sophistiqué. Peut-être devait-elle en faire installer un ici aussi ?

Fallait-il vendre la maison de sa grand-mère comme la maison Lenoir ?

Elle n'avait pas vraiment eu le temps de réfléchir à ça. Elle devrait en parler à Brianne. Après tout, c'était son héritage à elle aussi.

Sasha se servit un café et ressortit par la porte d'entrée principale. Elle était en train de faire le tour de la maison lorsqu'elle tomba nez à nez avec Branch, flanqué d'un homme coiffé d'un chapeau de cow-boy. Son visage lui était familier mais elle n'arrivait pas à le resituer.

— Sasha, voici le chef de la police Billy Brannigan.

Elle tendit la main.

— Je me souviens de vous. Vous jouiez au football dans l'équipe du Tennessee.

— Exact, dit-il en lui donnant une brève poignée de main.

Tout Winchester avait fait la fête quand il avait été sélectionné.

— Alors ? L'équipe technique a-t-elle trouvé quelque chose de significatif ?

— Eh bien..., commença-t-il en repoussant son chapeau en arrière et en plantant ses poings sur les hanches. Il est encore trop tôt pour le savoir mais je voulais vous parler de l'affaire sur laquelle Branch et vous enquêtez.

Elle jeta un regard interrogateur à Branch.

— Allons plutôt à l'intérieur, suggéra celui-ci.

Elle les précéda dans la maison, entra dans le séjour et ferma la double porte vitrée qui donnait sur la salle à manger puis celle de la cuisine avant de se retourner vers les deux hommes.

— On pourrait peut-être s'asseoir, nota Brannigan.

— Bien sûr, s'empressa de répondre Sasha.

Elle n'avait pas assez dormi et n'avait pas les idées claires. Elle s'installa sur le sofa, Branch à son côté, tandis que Brannigan prenait place en face d'elle.

— Mademoiselle Lenoir..., commença-t-il.

— Sasha, protesta-t-elle.

— Sasha. Il est clair que vous avez jeté un pavé dans la mare.

C'était une façon de voir les choses.

— Et il est surtout clair que mon père n'a pas tué ma mère et qu'il ne s'est pas suicidé, assena-t-elle avec force.

— Au vu de ce qui s'est passé cette nuit, j'estime qu'il y a là un motif valable de rouvrir officiellement l'affaire.

Sasha retint à grand-peine un cri de victoire.

— Plus qu'un motif valable, chef, intervint Branch. Nous avons là une preuve matérielle qui permet de mettre raisonnablement en doute les découvertes initiales. S'il subsistait des questions, ce message devrait les avoir levées.

Brannigan hocha la tête.

— Je suis d'accord avec toi, mais, ce que je sais aussi, continua-t-il, s'adressant cette fois à Sasha, c'est qu'il n'est pas impossible qu'une des personnes à qui vous avez parlé ait décidé d'apporter de l'eau à votre moulin et de conforter votre thèse. Cette histoire a divisé les gens il y a vingt-sept ans. Il y avait ceux qui croyaient votre père coupable et ceux qui étaient sûrs de son innocence. Le fait que vous exhumiez cette affaire a pu inciter quelqu'un à orienter les conclusions dans le sens de ce qu'il a toujours estimé être la vérité.

Si tentée que soit Sasha de contrer son assertion, elle était bien obligée d'admettre que son raisonnement était juste. Dans une petite localité, les gens prenaient parti dans ce genre de situation, a fortiori lorsque des membres bien connus de la communauté étaient concernés et qu'il y avait eu meurtre.

— Alors, selon toi, que faut-il faire maintenant ? demanda Branch, visiblement déçu par la tournure que prenait la conversation.

Sasha n'attendit pas la réponse du chef de la police.

— Chef Brannigan, je respecte votre avis sur la question, mais j'ai bien l'intention de poursuivre ma quête de la vérité. Dès lors que je n'enfreins aucune loi et ne cause de tort à personne, j'ai le droit d'agir comme je l'entends.

Branch ouvrit les mains, paumes vers le ciel.

— Et, comme je suis en vacances et libre comme l'air, je compte l'aider – à titre officieux, bien entendu.

Le regard de Brannigan alla de l'un à l'autre.

— Eh bien, je ne vais pas perdre mon temps à tenter de vous dissuader. Mais je vais avoir besoin que vous me rendiez le dossier pour pouvoir rouvrir l'enquête.

— On va en faire une copie et te le rendre au plus vite.

Les lèvres de Brannigan se serrèrent au point de ne plus former qu'une ligne mince.

— Ce qu'il y a, Branch, c'est que tant que c'était une affaire classée... pas de problème. Mais il s'agit d'une enquête de police maintenant. Je ne peux pas laisser des copies du dossier se promener dans la nature. Mieux vaut arrêter les frais et faire les choses dans les règles. Tu connais la musique aussi bien que moi. Quoi que nous découvrions, il ne faudrait pas qu'un bête vice de forme vienne poser problème au tribunal.

— Je comprends, concéda Branch. Le dossier est chez moi. Je le déposerai à ton bureau avant midi.

Sasha eut envie de protester de nouveau mais elle jugea préférable d'attendre d'être en tête à tête avec Branch pour donner libre cours à sa frustration. Pour l'instant, il importait de faire front commun. Elle avait beau être née ici, elle faisait figure d'étrangère aujourd'hui. Branch était des leurs, lui, et il appartenait à une agence de police fédérale. Qui plus est, le dossier n'était pas chez lui, mais ici. Ce n'était certainement pas pour rien qu'il avait caché ce point au chef Brannigan.

Au bout du compte, dossier ou pas dossier, ils parviendraient à leurs fins.

— Merci, Branch. Je préviendrai Cindy de ta venue. Je vais réunir mes enquêteurs pour les mettre au parfum et relancer la machine et je te tiendrai informé aussi vite que possible.

— OK, Billy. Merci.

Brannigan se leva et vissa son chapeau sur sa tête.

— Merci de votre coopération, mademoiselle Lenoir.

Branch le suivit jusqu'à la porte. Sasha tendit l'oreille pour tenter d'entendre ce qu'ils se disaient.

— Garde un œil sur elle, Branch, dit Brannigan. De toute évidence, la situation devient dangereuse. Je ne suis pas sûr qu'elle comprenne à quel point ça pourrait devenir tendu.

— Je veillerai sur elle, assura Branch. Ce qui est arrivé cette nuit ne se reproduira pas.

Lorsqu'il revint dans le séjour, Sasha ouvrit la bouche pour lui dire le fond de sa pensée concernant le dossier mais il l'arrêta d'un geste et débita très vite, à voix basse :

— On n'a pas longtemps avant que Billy ne commence à avoir des soupçons. Où est le dossier ?

— Dans ma chambre. Je l'ai mis dans le placard, au cas où.

Tandis qu'ils gravissaient l'escalier quatre à quatre, il murmura :

— On ne peut pas faire de photocopie, mais il n'a pas interdit de prendre des photos.

Pour la première fois de la matinée, Sasha sourit.

— Waouh. Bien vu !

Il marqua une pause et se tourna vers elle comme ils arrivaient sur le palier.

— M'aurais-tu sous-estimé ? C'est ma partie, n'oublie pas.

Oh ! non. Jamais, plus jamais elle ne le sous-estimerait.

— Merci.

Pendant les quelques minutes qui suivirent, ils prirent des photos avec leurs téléphones à un rythme effréné. Chaque page de chaque document, chaque photographie. Quand ils eurent terminé, Branch rangea le tout dans la boîte d'archives.

— Je vais le remettre dans ton placard pour le moment et je passerai le prendre en allant au bureau de Billy.

Avant qu'elle ait fini de hocher la tête, il ajouta :

— Et fais tes bagages. Tu ne restes plus ici toute seule.

— Et où veux-tu que j'aille ?

— Chez moi.

Il replaça la boîte d'archives là où elle l'avait mise, au fond du placard, avec une couverture pliée au-dessus.

L'espace d'un moment, elle ne put que le contempler, muette

de stupeur. Croyait-il vraiment qu'elle allait venir dormir chez lui – *seule* ?

— Je sais ce que tu penses, Sasha, argua-t-il en lui tapotant la tempe du bout de l'index. Mais ne complique pas les choses. Outre ma grand-mère, je suis le seul qui soit totalement de ton côté.

— Mais je peux aller à l'auberge, ou dans un motel. Ou…

Zut. Elle ne savait même pas quels établissements existaient encore aujourd'hui. Bonté divine… Elle ne *pouvait pas* s'installer sous son toit comme si de rien n'était !

— Écoute, ce n'est pas une manœuvre pour profiter de toi, tu t'en doutes. Si tu préfères, installe-toi chez ma grand-mère. Je veux simplement que tu ne sois pas seule la nuit – où que ce soit. Qui plus est, ça nous permettra de faire le point, le soir, et de confronter nos idées.

Exact. Ça, c'était un aspect positif de la chose.

— Tu as une chambre d'amis ?

— Oui. Tu prendras ma chambre, qui est à l'étage, si tu veux. Moi, je dormirai dans la chambre d'amis en bas. Nous aurons chacun notre étage.

— Bon… D'accord. Je vais préparer mes affaires.

— Bien. Je te laisse à tes préparatifs.

Quelque part en bas, un téléphone sonna.

— Mince, c'est mon téléphone. Je l'ai oublié en bas, dit-elle en esquissant un pas en direction de la porte.

— Non, fais ta valise. J'y vais.

Elle poussa un grognement en s'apercevant qu'elle avait passé la matinée en chemise de nuit. Heureusement qu'elle avait eu l'idée d'enfiler un gilet appartenant à sa grand-mère quand Branch était arrivé.

— Quelle nuit, grommela-t-elle.

— Maman ?

Le son de la voix de sa fille se répercuta, très clair, dans la cage d'escalier depuis le rez-de-chaussée. Son cœur faillit cesser de battre.

— Non, ce n'est pas ta maman, mais je lui apporte son téléphone… Attends une minute.

— Qui êtes-vous ?

Sasha grimaça et se mordit la lèvre. C'était le ton de sa fille lorsque sa curiosité était éveillée. Elle pensait probablement... Sasha secoua la tête. Elle ne voulait même pas imaginer ce qu'elle pensait.

— Je suis le marshal Branch Holloway, un vieil ami de ta maman.

Il entra dans la pièce avec un sourire jusqu'aux oreilles. Sasha tendit une main un peu tremblante.

Il y déposa le téléphone, avec la photo de sa fille en gros plan affichée sur l'écran. Sa fille, avec ses cheveux blonds et ses yeux bleus identiques aux siens.

— Je vais attendre en bas.

Sasha hocha la tête en silence, sûre que sa voix trahirait son trouble. Quand il eut quitté la pièce, elle coupa le haut-parleur.

— Salut, chérie.

— Qui était-ce ?

Sasha se laissa tomber sur le lit.

— Un vieil ami, ma chérie. Il m'aide dans toutes les démarches.

Elle n'avait pas parlé à sa fille de ses recherches concernant ses parents, préférant garder le silence tant qu'aucune preuve n'aurait été découverte. Cela étant, maintenant, elle la tenait, sa preuve.

— Il a l'air chou, commenta Brianne. Maman, franchement, tu devrais t'autoriser à vivre un peu. Je lance une recherche sur Google.

Sa gorge s'asséchа.

— Tu sais bien que les photos sur Internet ne sont jamais ressemblantes.

— Bon, alors, quand rentres-tu ?

Sasha réussit à prendre sa première vraie inspiration depuis qu'elle avait entendu la voix de sa fille.

— La semaine prochaine, j'espère.

— Je ne comprends pas pourquoi tu n'as pas voulu que je vienne. Il y a eu un décès dans la famille. J'aurais pu rattraper les cours.

— On en parlera quand je serai rentrée.

— Waouh ! Il est canon.

— Tu ne devrais pas déjà être en route pour l'école ?

De nouveau, son cœur battait la chamade.

— OK, OK. Détends-toi. Je ne serai pas en retard.

Sasha entendit Avery dire à Brianne de se dépêcher. *Merci, Avery.*

Je t'appellerai ce soir, ma chérie.

— OK, je t'aime !

— Moi aussi.

Sasha coupa la communication mais son cœur refusait de retrouver son rythme normal. Bon sang. Sa fille venait de voir la photo de son père.

Et Branch avait vu une photo de Brianne.

Les choses allaient trop vite, lui échappaient. Et quelqu'un la menaçait de mort.

Elle se leva. Elle naviguait à vue, s'agissant de son exploration du passé, mais elle avait encore la main sur l'autre problème qui se présentait à elle. Elle ne laisserait pas sa fille dans le noir comme sa grand-mère l'avait fait avec elle.

Il fallait juste trouver le bon moment pour lui dire la vérité. Et, auparavant, mettre Branch au courant.

9

Arlene Holloway était venue chez son petit-fils sitôt qu'elle avait eu vent de la nouvelle. Elle avait insisté pour leur préparer un petit déjeuner tardif. Sasha avait bien essayé de se rendre utile mais la vieille dame de quatre-vingt-cinq ans l'avait chassée de la cuisine. Donc, pendant qu'Arlene faisait cuire des œufs au bacon, Sasha et Branch s'étaient mis à discuter de la situation.

— C'est prêt !

Quand ils entrèrent dans la cuisine, Arlene trônait déjà au bout de la table.

Sasha s'assit, persuadée de ne rien pouvoir avaler après ce qui s'était passé. Apparemment, elle avait réagi à retardement car ce n'était qu'une fois arrivée chez Branch qu'elle s'était sentie faible et tremblante. Elle détestait se trouver en position de vulnérabilité et elle détestait plus encore que quelqu'un en soit témoin.

— Ça a toujours été comme ça pour moi, disait Arlene. J'arrivais toujours à tenir bon en situation de crise, mais je m'effondrais une fois que c'était terminé.

Surmonter les crises, c'était pourtant son domaine, songea Sasha. Personne ne s'y entendait mieux qu'elle, mais elle avait manifestement du mal à faire face, cette fois-ci. La différence, c'est que cette crise-là la touchait personnellement. Et qu'elle trouvait ses racines loin, très loin dans le passé et dans son enfance.

— J'ai réfléchi à ce que tu m'as demandé, reprit Arlene, son attention se portant de son assiette désormais vide à son petit-fils.

— Tu as pensé à quelqu'un ? demanda-t-il.

Le regard de Sasha alla de Branch à sa grand-mère.

— Ta mère avait beaucoup d'amis, commença Arlene, s'adressant à elle. C'était une femme très occupée, très prise par son travail, donc elle ne sortait pas beaucoup. Mais il y avait une amie avec qui elle déjeunait régulièrement. Vi et moi les rencontrions parfois au restaurant.

— Est-ce qu'elle s'appelait Penny ou Patty ? questionna Sasha, remerciant le ciel que Branch ait pensé à poser la question à sa grand-mère.

Non. C'est pour ça que j'ai dû me creuser un peu la cervelle. Tu te trompais de prénom. C'était Leandra Brennan. Mais, pour ses amies, c'était Lenny.

Lenny. Un déclic se fit dans sa tête. Sasha hocha la tête.

— Oui, c'est ça. Elle est toujours vivante ?

— Oui. Elle vit dans la même maison et travaille au même endroit. Elle habite au 606 North High Street. Et elle est l'assistante de direction de Jarvis Packard.

Le nom lui était familier mais elle était partie d'ici depuis longtemps.

— Le plus gros promoteur du Sud-Est, expliqua Branch, repoussant lui aussi son assiette. Le nom de sa société apparaît pratiquement dans tous les grands projets immobiliers de la région.

— Où se trouve-t-elle ?

— Sur South College, répondit Arlene. On ne peut pas la manquer. Il y a un immense panneau.

Arlene se leva et tapa dans ses mains.

— Et maintenant, allez ouste ! Faites ce que vous avez à faire, tous les deux. Je vais débarrasser tout ça.

— Mamie, tu as déjà tout préparé, protesta Branch.

— Ta mère m'a dit de prendre soin de toi pendant que ton père et elle étaient en vacances. C'est ce que je fais.

— Oui, mais je ne pense pas qu'elle songeait à te transformer en cuisinière à domicile, contra-t-il en allant déposer son assiette dans l'évier.

Sasha en fit autant.

Elle adorait les entendre se chamailler tous les deux. C'était si drôle de voir le grand et robuste marshal filer doux devant sa petite grand-mère. Sasha rinça les assiettes et les rangea dans le lave-vaisselle pendant qu'Arlene nettoyait la table.

— Tu comptes aller voir Lenny ? s'enquit Arlene.

— Oui, je vais y aller tout de suite, affirma-t-elle. Si c'était la meilleure amie de ma mère, peut-être qu'elle saura si quelque chose d'inhabituel se tramait à l'époque des crimes.

Cela lui parut étrange, tout à coup, de parler des meurtres de façon aussi objective. Vingt-sept années s'étaient écoulées depuis cette nuit, vingt-sept années au cours desquelles elle avait appris à composer avec la douleur et la perte. La tragédie avait laissé des stigmates qui ne s'effaceraient jamais. Cependant, malgré l'ampleur du traumatisme, elle avait choisi d'aller de l'avant.

Mais, maintenant, ces émotions remontaient à la surface, aussi vives qu'elles l'avaient été quand elle était petite.

— Je peux venir avec toi, si tu veux, proposa Branch.

Arlene fronça les sourcils.

— Mais non, voyons ! le gronda-t-elle. J'aurais cru que tu avais plus de jugeote. Si Lenny sait quelque chose, tu penses bien qu'elle se confiera plus librement à la fille de son amie qu'à un agent fédéral.

— Elle n'a pas tort, souligna Sasha.

— Je te suivrai en voiture en allant voir Luther Holcomb.

— Luther ? releva Arlene en repoussant une chaise devant la table. Il a toujours cru ton père coupable, Sasha. Il refusait d'envisager que les choses aient pu se passer autrement. Je me rappelle m'être disputée avec lui mais il n'a jamais voulu rien entendre.

C'était là que le bât blessait. Pendant toute sa vie d'adulte, Sasha s'était efforcée d'ignorer cet aspect des choses mais, aujourd'hui, ce n'était tout bonnement plus possible. Elle posa la question qui la taraudait.

— Et ma grand-mère ? Pourquoi ne s'est-elle pas disputée avec lui, elle ? Pourquoi ne s'est-elle pas battue pour faire éclater la vérité ?

Arlene parut se tasser sur elle-même – comme si sa question l'avait ébranlée. Sasha regretta aussitôt d'avoir été aussi brutale.

— Je pense qu'elle voulait te protéger ? Plus l'enquête se serait éternisée, plus cela aurait rendu les choses difficiles pour toi.

Comme elle disait, « ce n'est pas ça qui les fera revenir ». Elle aurait eu beau tempêter et faire un scandale, ce n'est pas ce qui lui aurait rendu sa fille.

Pour la première fois, Sasha songea combien cela avait dû être dur pour sa grand-mère. Alexandra avait été son unique enfant. Sasha n'osait même pas imaginer perdre sa fille.

Elle se tourna vers Branch.

— On y va ?

— Oui, acquiesça-t-il. Je veux parler à Luther avant que l'enquête ne soit officiellement rouverte.

— On se retrouve après nos visites, déclara Sasha.

Il agita l'index dans sa direction.

— Pense à me tenir au courant de tes déplacements. Et, si tu quittes un endroit pour te rendre autre part, je veux que tu m'avertisses.

— D'accord. Et ça vaut également pour toi, rétorqua-t-elle.

Il enfonça son chapeau sur sa tête.

— OK.

— Merci pour le petit déjeuner, Madame Holloway, dit Sasha en embrassant la vieille dame.

Celle-ci tapota affectueusement l'épaule de Sasha.

— Ta maman serait très fière de toi.

Les paroles d'Arlene la poursuivirent pendant tout le trajet. Sa grand-mère lui avait toujours dit la même chose mais elle se demandait ce que sa mère aurait pensé du fait qu'elle avait rouvert l'enquête.

— C'est la vérité qui compte, murmura Sasha en entrant dans le parking de la société Packard.

Elle regarda Branch continuer son chemin sur South College, se demandant où Luther Holcomb habitait aujourd'hui, puis elle reporta son attention sur le bâtiment de six étages qui se dressait devant elle, avec un immense *P* à son sommet. Un *P* qui n'était pas là quand elle était petite.

Sasha descendit de voiture et, sac en bandoulière, s'avança d'un pas décidé vers l'entrée. Cette Lenny était-elle présente ? En vacances ? Ou bien débordée et en train de courir d'une réunion à l'autre ? Elle n'en savait rien mais elle devait tenter sa chance.

L'accueil était impressionnant, haut de plafond, avec un mur de plantes vertes derrière l'élégante réception. Les trois autres murs étaient en verre teinté. Le sol au carrelage luisant associé à tout ce verre donnait à l'ensemble une tonalité froide. Un alignement de sièges en cuir aux formes géométriques renforçait cette impression.

Froid et austère.

Sasha se félicita d'avoir enfilé un pull gris et un jean noir. Ce n'était pas exactement une tenue professionnelle, mais elle était sobre et chic tout en demeurant décontractée. Elle avait attaché ses longs cheveux bouclés en queue-de-cheval.

Lorsque la réceptionniste eut raccroché son téléphone, Sasha lui sourit.

— Bonjour. Je voudrais voir Leandra Brennan.

L'hôtesse d'accueil lui retourna un sourire poli.

— Avez-vous rendez-vous ?

— Non, avoua Sasha. Mais je ne suis en ville que pour quelques jours. Je suis la fille d'Alexandra Lenoir. Si vous voulez bien lui dire que je suis ici...

— J'appelle son bureau. Je vais voir si elle est disponible.

— Je vous remercie.

Plutôt que d'attendre plantée devant le comptoir, Sasha s'avança jusqu'à un grand mur de verre présentant les projets en cours. Un nouveau centre commercial à Tullahoma. Un hôtel près de l'autoroute. Un complexe médical près de l'hôpital de Winchester. Packard avait apparemment le vent en poupe, et ce sur une zone couvrant trois comtés.

— Mademoiselle Lenoir, la héla la réceptionniste d'une voix modulée. Mme Brennan va vous recevoir tout de suite.

Surprise mais ravie, Sasha dut se plier au protocole permettant aux visiteurs de pénétrer dans l'entreprise. Elle dut fournir son permis de conduire et se prêter à une séance de photo. Ces démarches accomplies, on lui indiqua le sésame qui lui donnerait accès aux bureaux. Dans l'ascenseur, elle entra le code fourni. Les portes se fermèrent automatiquement et la cabine s'envola vers le dernier étage.

Si le hall d'accueil était froid et austère, le dernier étage était tout le contraire. Une moquette épaisse, des couleurs chaudes sur les murs, un mobilier somptueux. Une autre réceptionniste l'accueillit d'un sourire.

— Veuillez vous asseoir. Mme Brennan sera à vous d'une minute à l'autre.

— Merci.

Sasha s'enfonça dans un fauteuil moelleux et s'appliqua à se détendre. Elle voulait paraître calme et posée, pas émue et désespérée. Cette visite était peut-être ce qui allait changer la donne et lui donner enfin accès à cette vérité qu'elle tenait tant à connaître. Si elle avait encore nourri des doutes concernant la quête dans laquelle elle s'était lancée, elle n'en avait plus depuis l'intrusion de cette nuit. Quelqu'un savait ce qu'elle avait entrepris et ce quelqu'un était inquiet. Ce n'était pas anodin.

Tu aurais dû mourir aussi cette nuit-là.

Sa grand-mère avait-elle eu peur pour la vie de sa petite-fille ? Pour leurs vies à toutes les deux ? Était-ce pour cela qu'elle ne s'était pas inscrite en faux contre la thèse officielle et n'avait pas discuté les conclusions de l'enquête ? Ç'avait été une femme très intelligente. Elle s'était forcément rendu compte que rien ne cadrait. L'idée que Viola Simmons ait pu avoir peur ébranla Sasha. Sa grand-mère lui avait toujours paru si courageuse, si forte.

Mais chacun avait ses limites. Sasha ne s'imaginait pas survivant à la perte d'une enfant. Arlene avait raison : Viola n'avait dû chercher qu'à protéger sa petite-fille.

Quoi qu'il lui en coûte, elle irait jusqu'au bout – pour ses parents et pour sa grand-mère. Le grand-père maternel de Sasha était mort avant sa naissance, donc elle ne l'avait pas connu. Elle avait entendu dire que c'était un homme d'affaires avisé, ce qui expliquait que sa grand-mère n'ait jamais eu de problèmes financiers. Quant aux parents et à la sœur de son père, ils avaient déménagé après le drame. Sasha n'avait plus jamais entendu parler d'eux. Elle en avait conclu qu'ils avaient dû être trop dévastés par la douleur. Il n'en restait pas moins qu'elle n'avait été qu'une enfant et qu'ils n'auraient pas dû l'abandonner.

Elle avait songé à reprendre contact avec eux mais elle ne s'y était jamais décidée. S'ils ne s'étaient pas souciés d'elle dans des moments pareils, autant laisser tomber. À moins qu'ils n'aient su quelque chose sur ce qui était arrivé ?

Mais alors, pourquoi n'étaient-ils pas restés et ne s'étaient-ils pas battus pour que justice soit faite s'ils croyaient son père innocent ? Ou s'ils détenaient une preuve quelconque ?

Pourquoi personne n'avait-il bougé le petit doigt ?

— Sasha.

Elle leva les yeux. Les cheveux roux et les yeux bleus déclenchèrent instantanément des souvenirs de sa mère en compagnie de cette femme – dans une version plus jeune, bien sûr – penchées, toutes deux, sur des magazines et parlant décoration.

Elle se leva et tendit la main.

— Merci de me recevoir, madame Brennan.

— C'est bien naturel, répondit la femme. Allons dans mon bureau.

Sasha entra à sa suite dans un bureau doté d'une large baie vitrée. La vue sur South College et le parking n'avait rien de spectaculaire mais elle laissait entrer beaucoup de lumière. L'ameublement était à l'image de ce qu'elle avait vu jusque-là : beau et raffiné.

Brennan ouvrit un bouton de sa veste de tailleur et prit place derrière son bureau. Ses cheveux étaient lâchés sur ses épaules, comme vingt-sept ans plus tôt, mais ils étaient aujourd'hui striés de fils gris.

— Asseyez-vous, je vous en prie, dit-elle en lui indiquant les sièges de l'autre côté du bureau.

Sasha se percha sur le bord d'un des fauteuils à oreilles, soudain très nerveuse. Peut-être se faisait-elle des idées mais elle pressentait, tout à coup, que ce que Lenny avait à dire constituerait un tournant dans sa recherche de la vérité.

— Vous avez l'air d'aller bien. J'ai été désolée d'apprendre, pour votre grand-mère. C'était une femme pleine de qualités.

— Merci. Ça a été un gros choc pour moi.

Il n'y avait pas d'autre façon de formuler la chose. La perte de sa grand-mère avait ébranlé l'univers de Sasha. C'était d'ailleurs peut-être aussi en partie pour ça qu'elle était là.

— Je sais que vous vous êtes fait un nom à New York, reprit Brennan en souriant. Votre mère serait fière de vous.

Sasha inclina la tête, l'émotion lui brûlant subitement les yeux. Elle devait vraiment se reprendre.

— Oui, je suis plutôt reconnue dans ma profession.

— Et vous avez une fille. Il paraît qu'elle est douée en danse. Je suis sûre que vous devez viser l'école Juilliard.

Sasha eut envie de lui demander si elle était restée en contact avec sa grand-mère mais elle ravala sa question. Pourquoi, dans ce cas, Viola ne lui en aurait-elle pas parlé ?

— Oui, acquiesça Sasha. Personnellement, mes espoirs iraient plutôt vers Columbia ou Princeton.

Brennan hocha la tête.

— Les choses ne se déroulent pas toujours comme on le souhaiterait, dit-elle, un soupçon de tristesse dans le regard et dans la voix.

— Je suis malheureusement bien placée pour le savoir, répondit Sasha. Un jour, je menais la vie normale d'une petite fille de neuf ans et, le lendemain, mes deux parents étaient morts. Assassinés.

Brennan battit des paupières.

— Une vraie tragédie.

— Ma mère était préoccupée par quelque chose dans les derniers jours de sa vie, mentit Sasha. Vous l'aidiez. Je me souviens que vous l'avez appelée et lui avez laissé un message.

La peur ou quelque chose qui y ressemblait beaucoup passa dans les yeux de son interlocutrice mais, très vite, elle se reprit.

— Peut-être n'étiez-vous pas au courant de la passe difficile que traversaient vos parents... Votre père avait perdu son travail et ils se querellaient souvent. J'ai essayé de la soutenir mais je crains de n'avoir pas été assez présente. Si j'avais pu imaginer que Brandon en arriverait là, j'aurais fait quelque chose. Mais j'étais en déplacement pour le travail les jours qui ont précédé et suivi... ce soir-là.

— Est-ce pour cette raison que la police ne vous a pas entendue ?

Il semblait étrange à Sasha que la police n'ait pas interrogé la meilleure amie de sa mère.

— Sans doute. Je ne sais pas. Pourquoi cette question ?

Il était un aspect du travail de Sasha dans lequel elle excellait tout spécialement : c'était le décryptage du comportement de ses clients. Savoir déterminer quand l'un d'eux mentait était à ses yeux essentiel. Non qu'elle accepte uniquement des clients d'une honnêteté irréprochable et totalement transparents – ce n'était pas du tout le cas. Mais elle refusait les clients qui lui mentaient, à *elle*.

Et Leandra Brennan lui mentait.

— Oh ! dit Sasha. Je vois que vous n'êtes pas au courant...

Brennan plissa le front, l'air de ne pas comprendre.

— Le chef Brannigan rouvre l'affaire. Des éléments nouveaux ont été découverts, qui donnent à penser que mon père était innocent. En réalité, la personne qui a tué ma mère l'a également tué, lui.

Clignements de paupières en rafale.

— Oh. Quels nouveaux éléments ?

Sasha soupira.

— Je crains de ne pas être autorisée à vous le révéler. Mais ce que je peux vous dire, c'est que quelqu'un s'est introduit dans la maison de ma grand-mère la nuit dernière pour me laisser en cadeau des menaces barbouillées sur le mur. Ça n'avait rien de plaisant. Le chef estime que c'est un signe que la nouvelle enquête s'oriente dans la bonne direction.

Sasha espéra que Brennan n'était pas aussi douée qu'elle pour déceler les contre-vérités parce que l'histoire qu'elle venait de lui servir n'était pas exactement fidèle à la réalité.

Lenny Brennan porta une main à son cœur.

— C'est terrible – pour l'effraction dont vous avez été victime, je veux dire. Je suis heureuse que vous alliez bien. Quel genre de message vous a-t-on laissé ?

Sasha soutint son regard un long moment.

— Que j'aurais dû mourir aussi cette nuit-là. Les meurtriers ne savaient pas que j'étais cachée dans un placard et que j'avais tout entendu, j'imagine, proféra-t-elle finalement avant de secouer la tête. Ils étaient deux. C'est dommage que le chef Holcomb ne m'ait pas écoutée à l'époque parce que, sinon, les assassins de mes parents seraient aujourd'hui derrière les barreaux.

— Je ne savais pas, dit Brennan d'un ton froid et guindé.

— Personne n'a su. Mais ça va changer désormais. Parce

que je vais faire éclater la vérité. En fait, j'espère que vous allez pouvoir m'y aider.

Brennan parut prise de court.

— Je ne vois pas comment, rétorqua-t-elle.

Puis, se rendant probablement compte de l'impression que donnait sa réponse, elle rectifia :

— Bien sûr, je ferai mon possible mais, malheureusement, je ne vois pas en quoi je pourrais vous être utile. J'ai toujours cru que c'était Brandon qui... Et puis, comme je vous l'ai dit, je n'étais pas présente.

Sasha se leva et puisa une carte professionnelle dans son sac, qu'elle lui tendit.

— En réfléchissant bien, quelque chose pourrait vous revenir, j'en suis sûre. J'ai toujours le message que vous avez laissé à ma mère quelques heures avant sa mort. Vous étiez très soucieuse et vouliez la mettre en garde à propos de quelque chose de précis... Quelque chose d'important. Quand vous vous souviendrez de quoi il s'agissait, je compte sur vous pour m'appeler. S'il vous plaît.

Sur ce, elle déposa la carte sur le bureau et tourna les talons sous le regard interloqué de Lenny Brennan.

Sasha quitta l'entreprise avec le sentiment qu'elle venait de secouer la cage aux fauves. Il allait y avoir une réaction, aucun doute là-dessus. C'était le but de la manœuvre.

Elle prit l'ascenseur jusqu'au rez-de-chaussée, franchit les monumentales portes vitrées et se dirigea, la tête haute, vers sa voiture de location dans le parking, sentant presque le regard de Brennan sur son dos.

Il ne restait plus qu'à attendre l'effet domino, désormais.

10

Luther Holcomb ne vivait plus à Winchester même. Après avoir pris sa retraite, quatre ans plus tôt, il avait divorcé et déménagé au fond des bois, au milieu de nulle part. Il passait le plus clair de son temps à pêcher ou à chasser.

De l'avis de Branch, un homme qui avait fait toute sa carrière dans la police et avait atteint l'âge de soixante-cinq ans sans se faire tuer avait bien le droit d'occuper son temps comme il l'entendait. Maintenant qu'il approchait des soixante-dix ans, Luther venait même de plus en plus rarement en ville, semblait-il.

Branch sortit de sa camionnette et considéra le chalet qui se trouvait devant lui. Était-ce là ce qui arrivait à un homme qui avait passé sa vie à courir après des criminels ? Luther et sa femme n'avaient pas eu d'enfant et s'étaient séparés après des décennies de mariage. Avaient-ils toujours vécu leurs vies séparément ? Branch connaissait beaucoup de policiers qui fonctionnaient sur ce modèle-là. Leur vie professionnelle consumait quasiment toute leur existence, leur femme et leurs enfants menaient leur vie de leur côté. Occasionnellement, ces vies s'entrecroisaient le temps d'un anniversaire, d'une période de vacances ou d'une remise de diplôme.

Cette vie-là, Branch n'en voulait pas. Peut-être était-ce l'approche de la quarantaine, mais il ne se voyait pas sacrifier la vie de famille qu'il espérait un jour avoir sur l'autel de sa carrière. Il aspirait à connaître ce que ses parents avaient. Ce que ses grands-parents avaient partagé.

Il songea à Sasha et à sa fille. Quelle vie menaient-elles ensemble, en l'absence du père de sa fille ? Brianne n'était pas telle qu'il se la serait imaginée – brune avec de grands yeux verts. Elle était blonde aux yeux bleus. Avant qu'il ait pu s'en empêcher, il imagina Sasha dans les bras de quelque distingué New-Yorkais.

Un grattement le fit sursauter. Son attention se porta dans la direction d'où venait le bruit. Luther Holcomb le regardait.

— Tu vas rester là toute la journée ?

— Salut, Luther. Comment va ?

— Eh bien, je suis toujours debout, donc ça va.

Il marqua une pause et le considéra d'un œil perplexe.

— C'est une visite officielle ?

— En quelque sorte.

Branch referma sa portière et s'y adossa.

— J'espère que je ne te dérange pas ?

Luther haussa les épaules.

— Non. Je viens de faire de l'eau-de-vie si ça te tente.

Branch sourit.

— J'ai déjà goûté à ta production, Luther, dit-il en portant une main à son estomac. Je crois que je vais passer mon tour aujourd'hui.

— Depuis quand les grands gaillards comme toi sont-ils si délicats ? rétorqua Luther en riant et en précédant Branch dans la maison.

— Ils aiment bien qu'on ait les idées claires aujourd'hui, répliqua Branch en ôtant son chapeau comme il franchissait la porte.

Luther poussa un grognement désapprobateur.

— Pour faire de vous de meilleurs policiers ?

— Je suppose.

Branch promena son regard sur l'endroit meublé de façon spartiate, le tableau d'affichage et son grand calendrier avec de nombreuses cases barrées.

— C'est ton calendrier de pêche ?

Luther marmonna un « oui » tout en se servant une rasade d'alcool fait maison et désigna le coin salon.

— Assieds-toi. Alors, dis-moi un peu ce qui t'amène, monsieur le marshal.

Branch prit place dans le fauteuil le plus proche.

— Normalement, je suis en vacances mais j'aide une amie. Tu te souviens de l'affaire Lenoir ?

Luther se laissa tomber dans un vieux fauteuil inclinable. Il ingurgita une goulée d'alcool puis hocha la tête.

— Je ne risque pas d'oublier. Une horrible affaire. Cette pauvre gamine était complètement chamboulée.

— Cette pauvre gamine est adulte aujourd'hui, commenta Branch. Et elle veut savoir ce qui s'est vraiment passé cette nuit-là.

Les yeux de Luther se rétrécirent.

— Tu penses qu'il y a à redire sur la façon dont j'ai mené l'enquête ?

— Non, non, rien de tel. J'ai relu les rapports et je pense que tu as fait tout ce que tu pouvais sur la base des éléments dont tu disposais à l'époque.

Les traits de Luther se détendirent légèrement et il s'accorda une nouvelle lampée, faisant la grimace comme l'eau-de-vie lui brûlait le gosier.

— En fait, j'ai juste une question.

— Ah. Laquelle ? La scène de crime était sans équivoque. Facile à interpréter. Un aveugle aurait compris ce qui s'était passé.

— Presque trop facile, souligna Branch. Ma question est la suivante : pourquoi le compte rendu d'audition de la petite fille ne figure-t-il pas dans le dossier ?

Luther haussa les sourcils.

— La déclaration qu'elle a faite une semaine plus tard ?

Le scepticisme de Luther était flagrant.

— Elle assure qu'elle l'a dit le soir de la mort de ses parents mais que personne ne l'a écoutée.

— OK, prenons juste une minute pour revenir sur les faits… Si tu as le temps, suggéra Luther.

— Bien sûr.

De toute évidence, Branch avait touché une corde sensible. Pas étonnant. Aucun policier n'aimait voir les conclusions auxquelles il était parvenu remises en question.

— Brandon Lenoir s'était fait licencier pour s'être présenté sur son lieu de travail en état d'ébriété. Soit dit en passant, la nuit en question, son taux d'alcoolémie dépassait la limite légale.

Luther écarta les mains.

— Je te laisse faire le calcul. Compte tenu de sa taille et de sa corpulence, ça signifie qu'il avait bu au moins six bières ou son équivalent d'autres boissons dans les deux heures précédant sa mort. Il n'était pas réputé être alcoolique donc je pense que ce degré d'alcool était inhabituel chez lui. Les gens commettent des actes inconsidérés sous l'effet de l'alcool – surtout lorsqu'ils ne sont pas habitués à boire.

Ce point était incontestable.

— Donc, tu es convaincu que Brandon Lenoir était coupable ? Même s'il n'était pas violent et que, d'après tous les témoignages, il aimait sa femme ?

Luther haussa les épaules.

— Tous les tueurs ont commencé un jour. La plupart du temps, sans avoir jamais commis de violence avant leur crime. Parfois, ils passent à l'acte dans un moment où les nerfs ont lâché. Quand Brandon a pris conscience de ce qu'il avait fait, il s'est donné la mort.

— Pourquoi n'a-t-il pas tué sa fille ? contra Branch. Quand un forcené décide d'éliminer sa famille, personne n'en réchappe. Pourquoi avoir laissé Sasha en vie ?

Luther reprit son verre et avala une gorgée.

— On a cherché à savoir si sa femme avait une liaison extra-conjugale, mais on n'a trouvé aucune preuve d'infidélité – ni d'un côté ni de l'autre.

— Donc, pour résumer, voilà une famille qui était heureuse, sans problèmes majeurs. Car, en fait, la perte de son emploi ne mettait pas en péril leur stabilité financière.

— Va savoir. Peut-être était-ce une question de fierté, suggéra Luther.

Mais Branch n'y croyait pas, surtout après ce qui était arrivé la veille.

— Tu n'as pas répondu à ma première question.

— Le défenseur des droits de l'enfant a conseillé à Viola Simmons d'emmener la petite chez un psychiatre. Et moi aussi. Elle a immédiatement pris rendez-vous et le compte rendu du psy mentionnait noir sur blanc que le récit de l'enfant lui avait été dicté par son imagination pour rendre la situation moins insupportable – une sorte de mécanisme de défense. Qu'est-ce que j'étais censé faire ? Suivre une piste sur la base de voix qui n'existaient pas ?

Branch imaginait sans peine le dilemme auquel l'ancien chef de la police s'était trouvé confronté.

— Tu sais que ma grand-mère est toujours convaincue de l'innocence de M. Lenoir.

— Ça oui, elle l'a suffisamment fait savoir, acquiesça-t-il en partant d'un petit rire. On l'a plus entendue que Mme Simmons elle-même.

— Et tu ne t'es pas demandé pourquoi Mme Simmons restait si silencieuse ? N'est-il pas possible qu'elle ait craint pour la sécurité de sa petite-fille ?

Cette suggestion retint l'attention de Luther.

— C'est ce qu'elle a dit à la petite ?

Branch secoua la tête.

— Non. Mais quelqu'un s'est introduit dans la maison de Mme Simmons hier soir et a laissé un message clair à Sasha. Un message qui disait : *Tu aurais dû mourir aussi cette nuit-là.*

— Le bruit a dû courir qu'elle s'intéresse de nouveau à l'affaire, je suppose. Certains n'aiment pas qu'on aille remuer le passé.

— Surtout ceux qui ont quelque chose à cacher.

— Là, tu n'as pas tort, marshal, reconnut-il en lampant la dernière goutte de son eau-de-vie. Maintenant, je vais te parler d'homme à homme, mais ça reste entre nous.

— Rien de ce que nous nous disons ici n'est officiel, rappela Branch. Je suis en vacances et c'est à titre strictement personnel que je suis venu.

— Personne ne croyait réellement que c'était Brandon Lenoir qui avait fait le coup, mais on a vu des choses impensables se produire. Les indices étaient parlants. Il avait encore de la poudre sur les mains. Pas la moindre trace d'effraction. Aucune preuve d'une intervention extérieure, ni à l'intérieur de la maison, ni au-dehors.

— Mais j'imagine que c'est surtout le diagnostic du psychiatre concernant les voix qui a emporté ta décision de clore l'enquête ? insista Branch.

— Si je devais identifier une raison en particulier, oui. Ce serait son compte rendu.

— Mais pourquoi ne l'as-tu pas versé au dossier ?

Il lui semblait étrange d'exclure le principal élément qui avait motivé sa conclusion.

— Mme Simmons ne voulait pas qu'il subsiste des traces des problèmes émotionnels que connaissait sa petite-fille à ce moment-là. Je pense qu'elle craignait que cela ne la poursuive à l'âge adulte. Compte tenu des circonstances, respecter sa volonté était le moins que je puisse faire.

— Est-ce que je peux donner à Sasha le nom du psychiatre qui l'a suivie ? S'il exerce toujours, elle aimerait peut-être le rencontrer.

— Bien sûr. C'était le Dr Bruce Farr. Son cabinet est en face de l'hôpital. Il ne reçoit plus beaucoup de patients. C'est un membre important du conseil d'administration de l'établissement, maintenant.

Branch se leva.

— Merci pour ton aide, Luther.

Luther l'imita et lui tendit la main.

— Je ne suis pas sûr de t'avoir été d'un grand secours.

— Si tu repenses à quelque chose qui pourrait m'être utile, appelle-moi, dit-il en sortant une carte de sa poche.

— Bien sûr, répondit Luther. Bill m'a téléphoné. Il veut me rencontrer lui aussi.

Branch ne fut pas surpris.

— Puisque je l'ai précédé, il vaudrait peut-être mieux que tu ne lui parles pas de ma visite.

Luther le gratifia d'un large sourire.

— Je n'ai jamais aimé les cafteurs.

Branch le remercia d'une tape sur l'épaule et prit congé. Il dut attendre d'avoir rejoint la grand-route pour capter de nouveau du réseau. Il consulta son téléphone. Deux messages de Sasha. Elle avait vu Leandra Brennan et n'avait pas appris grand-chose. Le chef Brannigan voulait la rencontrer, donc elle se dirigeait vers la mairie, où se trouvait le poste de police. Luther lui renvoya un SMS résumant son entrevue avec le chef Holcomb et indiquant qu'il se rendait chez le psychiatre qui l'avait examinée, puis chez le coroner.

Elle promit de l'appeler dès que son entretien avec Brannigan serait terminé.

Revenant vers la ville, Branch bifurqua en direction de l'hôpital. Le cabinet du Dr Farr était un bâtiment de brique situé juste en face, de l'autre côté de la rue.

La porte était fermée à clé. Un panonceau indiquait que le cabinet était ouvert du mercredi au vendredi, de 13 à 16 heures. Suivait un numéro à appeler en cas d'urgence mais Branch préférait prendre l'homme par surprise.

Il poursuivit sa route jusqu'au cabinet vétérinaire, sur Decherd Boulevard. Le trajet n'était que de quelques minutes. Burt Johnston était coroner du comté depuis près de quarante ans. Il dirigeait aussi deux grandes cliniques vétérinaires. De formation, l'homme était vétérinaire. Même si, aujourd'hui, il ne faisait que superviser de loin le fonctionnement des deux établissements, il était toujours considéré comme le meilleur vétérinaire de la région.

Personne ne semblait voir d'inconvénient à ce que ce soit aussi lui qui se prononce sur le décès de leurs proches.

Un employé conduisit Branch jusqu'au bureau de Burt.

— Tiens donc, notre célèbre marshal ! Que me vaut l'honneur ? s'exclama Burt en le voyant s'encadrer dans l'embrasure de la porte. Aux trousses d'une autre figure de la mafia, ici, à Winchester ?

Branch rit.

— Non, je pense que, de ce côté-là, c'est réglé.

Burt désigna un siège en face de lui.

— Que puis-je faire pour toi, Branch ?

— Me dire ce que vous vous rappelez de l'affaire Lenoir. Si quelque chose, à l'époque, vous a… disons, paru curieux.

Burt secoua la tête.

— Non. Tout semblait malheureusement clair. Le pire, c'était cette pauvre petite. Elle pleurait toutes les larmes de son corps. Ça a été un vrai cauchemar, jusqu'à ce que nous fassions venir sa grand-mère.

— Avez-vous vu quelqu'un qui n'était pas censé être là ? Quelqu'un, peut-être, venu assister au spectacle ?

Les scènes de crime avaient ceci de commun avec les accidents de la route qu'elles exerçaient un attrait malsain sur certains badauds.

— Non, pas que je me souvienne. Deux gars de Luther étaient sur les lieux les premiers. Les officiers Kenyon et Lacon. Quand je suis arrivé, Kenyon vomissait tripes et boyaux dans la cour et Lacon s'efforçait de calmer la petite.

— Pas de voisins ni de radioamateurs ?

Il arrivait que ces derniers parviennent à écouter les fréquences de la police et se ruent sur les lieux d'un drame.

— Il y avait les deux policiers. Ensuite, moi. J'étais déjà dans le coin quand ils m'ont appelé. L'ambulance m'a suivi de peu et c'est Luther qui est arrivé le dernier.

— Comme vous savez, hasarda Branch, Viola Simmons est décédée et sa petite-fille est restée en ville après la cérémonie pour régler ses affaires. Elle s'interroge sur ce qui s'est passé à l'époque et aimerait trouver des réponses tant qu'elle est ici. Elle attend depuis si longtemps de pouvoir refermer ce douloureux épisode de son passé… Je lui ai proposé mon aide.

— Beaucoup de gens n'ont pas été satisfaits par les conclusions de l'enquête et, pour être franc, j'étais de ceux-là.

De l'avis de Branch, que le coroner lui-même ait eu des doutes était édifiant.

— Avec le recul, y a-t-il quelque chose que vous feriez différemment ?

Burt parut considérer la question pendant un moment.

— J'enverrais une équipe fouiller une deuxième fois les bois alentour. Une battue a été effectuée cette nuit-là mais j'aurais voulu que les recherches reprennent le lendemain, de jour. Luther ne l'a pas jugé nécessaire. Pour lui, l'affaire était close. De mon point de vue, ne pas avoir diligenté de deuxième fouille a peut-être été une erreur. Et je reste persuadé que ne pas avoir écouté la petite en était une. Peut-être ces mesures n'auraient-elles rien changé mais deux précautions valent mieux qu'une. D'autant que la petite affirmait avoir entendu d'autres voix que celles de ses parents.

Branch fronça les sourcils.

— Vous en êtes sûr ? Elle a dit ça cette nuit-là ?

— Il faudrait demander confirmation à Luther, mais oui… C'est le souvenir que j'ai en tête. Évidemment, j'étais surtout concentré sur les corps mais je ne crois pas me tromper quant à ce que j'ai entendu. C'est ce que j'ai dit au chef Brannigan ce matin, du reste.

Ainsi donc, le chef de la police semblait lui aussi être sur la même piste. Pas vraiment surprenant.

— Merci, Burt. Je vais suivre votre conseil et parler à Luther.

L'ennui étant que c'était déjà chose faite.

11

La mairie, qui abritait également le poste de police, n'avait guère changé depuis l'époque où Sasha était enfant à ceci près que l'accès au bâtiment était désormais équipé de détecteurs de métaux et que les sacs étaient fouillés à l'entrée. Elle était venue ici avec sa grand-mère après la mort de ses parents mais sa grand-mère s'était toujours entretenue seule avec le chef de la police pendant qu'on l'installait, elle, à la réception, sous la garde d'une secrétaire ou d'un officier.

Elle se retrouva assise au même endroit. Les sièges avaient changé, mais pas l'environnement – mêmes murs beiges, même sol carrelé. Quelques photos supplémentaires de policiers ayant perdu la vie dans l'exercice de leurs fonctions étaient accrochées au seul mur bleu.

Sasha ne s'attendait pas à grand-chose de neuf, le chef Brannigan n'ayant rouvert l'enquête que quelques heures plus tôt. Bien sûr, il existait toujours une chance qu'ils aient découvert quelque chose dans la propriété de sa grand-mère suite à l'effraction... Franchement, elle ne pouvait qu'être reconnaissante, tous les soutiens étant les bienvenus.

— Mademoiselle Lenoir ? l'apostropha la réceptionniste depuis le bureau d'accueil. Le chef est prêt à vous recevoir.

Sasha se leva et une porte s'ouvrit à l'autre bout de la salle, livrant passage au chef Brannigan qui s'avança pour l'accueillir.

— Merci d'être venue, mademoiselle Lenoir.

— Avez-vous des nouvelles à m'annoncer, chef Brannigan ?

— À vrai dire, j'aurais plutôt quelques questions à vous poser, dit-il en lui indiquant les sièges en face de son bureau. Si vous voulez vous asseoir...

Sasha prit place sur l'un d'eux et attendit.

Une fois dans son fauteuil, il se pencha en avant, parcourant les notes qui étaient posées devant lui.

— J'ai rencontré Luther Holcomb, mon prédécesseur, et le coroner du comté, Burt Johnston. Tous deux se rappellent très bien l'affaire Lenoir. Le problème, c'est que leurs déclarations vous concernant sont contradictoires.

Le regard de Billy s'arrêta sur elle.

— Je sais que c'est bien loin et que les souvenirs deviennent imprécis avec le temps mais il s'agit d'une chose qui ne devrait pas être difficile à mémoriser.

— J'espère pouvoir éclairer votre lanterne, dit Sasha tout en songeant qu'il était curieux que Branch ait eu les deux mêmes hommes sur sa liste ce matin.

Peut-être Brannigan et lui s'étaient-ils croisés ?

— Il semble qu'il y ait divergence de point de vue quant au moment où vous avez signalé avoir entendu des voix étrangères dans la maison cette nuit-là.

Elle fronça les sourcils.

— Le chef Holcomb n'a pas mentionné ma déclaration dans son rapport parce qu'il ne l'estimait pas crédible. Vous pensez qu'il a eu tort ?

— Avant d'en venir à ce que je pense, dites-moi... Le chef Holcomb a-t-il expliqué ce qui avait motivé sa décision ?

— Il a été question de la raison pour laquelle je n'avais pas parlé plus tôt et le psychiatre qui m'a évaluée semblait être d'avis que j'avais inventé toute l'histoire.

La douleur et la colère se le disputaient encore en elle rien qu'à cette idée. Elle avait dit la vérité, bon sang ! Si tout le monde l'avait écoutée alors, peut-être l'enquête aurait-elle pris un autre tour. Sa grand-mère avait été si préoccupée par les réactions de Sasha à ces séances qu'elle avait cessé de l'y emmener. Sur le moment, Sasha en avait été soulagée. Car elle ressortait des rendez-vous chez ce médecin avec la sensation bizarre d'être une menteuse alors qu'elle n'avait fait que relater ce qu'elle avait entendu.

— J'ai essayé de joindre le Dr Farr, le psychiatre qui vous a examinée, mais il est indisponible, apparemment. Le dilemme face auquel je me trouve est le suivant : d'après Burt Johnston, le coroner, vous avez parlé des autres voix le soir même, ce qui contredit la version du chef Holcomb. De toute évidence, quelqu'un se trompe. J'aimerais juste savoir qui.

Sasha fouilla dans sa mémoire, essayant de déterminer si elle avait parlé des voix à quelqu'un au milieu des macabres activités des uns et des autres. Elle se souvint des corps inertes de ses parents... Du sang... Des cris de sa grand-mère... Des uniformes des policiers et de ceux des ambulanciers. Sasha avait eu l'impression d'évoluer dans une sorte de bulle, d'être en décalage avec toute cette folie.

— Écoutez, certaines parties de cette nuit sont complètement floues. J'étais en état de choc. Traumatisée. Si j'ai ouvert la bouche, j'ai certainement dit ce que j'avais entendu. Le problème, c'est que je ne me revois pas parler.

Brannigan hocha la tête, l'expression ennuyée.

— Je connais Luther et Burt depuis toujours. Ce sont des gens bien. Et je mettrais ma main à couper que ni l'un ni l'autre ne fournirait sciemment une information erronée. Cela étant dit, l'un des deux se trompe. Y a-t-il quelqu'un d'autre qui aurait été suffisamment proche de vous et de votre famille pour être au courant de la façon dont se sont déroulées les choses sur la scène de crime cette nuit-là ?

— Arlene Holloway ? C'était la meilleure amie de ma grand-mère. Peut-être qu'elle pourrait vous aider.

— J'irai la voir. Merci d'être venue, mademoiselle Lenoir. Quoi que vous en pensiez, je tiens tout autant que vous à élucider cette affaire.

— Merci, chef Brannigan. Je vous en suis très reconnaissante.

Comme Sasha quittait le bâtiment, elle remarqua Leandra Brennan devant le poste de sécurité, dans l'entrée. Celle-ci aperçut Sasha à peu près au même moment et leurs regards se rencontrèrent. Sasha la contempla fixement jusqu'à ce que Lenny baisse les yeux la première. Quel genre de « meilleure amie » dissimulait des informations potentiellement décisives pour la résolution de deux crimes odieux ?

Sasha la suivit des yeux tandis que la réceptionniste lui montrait le bureau du chef de la police. Curieux, que son nom n'apparaisse dans aucun des rapports. Sasha avait beau n'être ni flic ni détective privé, elle ne voyait pas comment cela pouvait s'expliquer étant donné les circonstances. Ça n'avait pas de sens. Brennan avait insisté sur le fait qu'elle n'était pas là et qu'elle ne savait donc rien et, apparemment, le chef Holcomb l'avait crue sur parole sans chercher plus loin.

Grossière erreur de l'avis de Sasha. Cette femme cachait manifestement quelque chose.

Dehors, elle demeura quelques secondes immobile sur le trottoir à contempler le soleil déclinant de la fin d'après-midi. Elle était rentrée à Winchester le mardi – peu après avoir reçu l'appel lui annonçant la mort de sa grand-mère. Vendredi, Rey s'était chargée de prendre toutes les dispositions pour les funérailles tandis que Sasha feuilletait des albums photo et fourrageait dans les boîtes qui contenaient les trésors de sa grand-mère. Ce n'était que le samedi matin que la réalité l'avait véritablement frappée de plein fouet. Sa grand-mère était morte.

Sasha monta dans sa voiture de location et parcourut la courte distance qui la séparait du cimetière. Elle n'y était pas retournée depuis l'enterrement. Et, tout à coup, elle éprouvait le besoin de se retrouver près de sa grand-mère.

Elle se gara au plus près de la partie du cimetière où se trouvait la concession familiale. Comme elle sortait de la voiture, elle nota que le vent forcissait et frissonna. Elle n'avait jamais aimé les cimetières. La vision des cercueils de ses parents descendant lentement sous terre s'était imprimée pour toujours dans son esprit.

Une part d'elle-même s'était éteinte ce jour-là. La petite fille d'avant s'était... comme évaporée.

Elle s'avança vers la concession. Les Simmons étaient enterrés là depuis des générations. Sasha s'assit sur le petit banc que sa grand-mère avait fait installer, près des tombes de ses parents. La double pierre tombale jouxtait celle de ses grands-parents.

Il restait suffisamment de place pour une autre double pierre tombale. En aurait-elle l'usage ? Elle ne s'était jamais mariée, n'avait même pas de relation stable.

Il ne restait qu'elle et Brianne.

Sasha étudia la date inscrite sur la pierre tombale de ses parents. Sa grand-mère avait dû les faire inhumer ensemble uniquement pour Sasha. Mais, aujourd'hui, avec le recul, cela lui paraissait invraisemblable... Quelle mère convaincue que son unique fille avait été assassinée par son mari aurait fait enterrer celle-ci dans la concession familiale avec son meurtrier à son côté – fût-ce pour apaiser sa petite-fille de neuf ans ?

Viola avait-elle réellement cru aux conclusions officielles ?

Il y avait tant de contradictions. Tant de choses qui clochaient.

Mais ne cherchait-elle pas désespérément des raisons de croire son père innocent ? Et l'intrus qui lui avait laissé ce message... S'il avait, lui aussi, été animé par la même volonté qu'elle ?

Non, c'était n'importe quoi. Branch Holloway et Billy Brannigan ne seraient pas en train de remuer ciel et terre s'ils n'avaient pas suspecté, eux aussi, que quelque chose ne cadrait pas.

Quelques tombes plus loin, elle avisa une femme blonde vêtue d'un sweat-shirt sombre. Les bras refermés autour de son corps mince, elle se recueillait devant une large plaque de granit blanc. Sasha l'observa un moment, avec le sentiment qu'elle aurait dû la reconnaître. Une bourrasque souffla ses cheveux en arrière, dégageant son visage. C'était Rowan DuPont, la fille de l'entrepreneur de pompes funèbres. Elle avait enterré son père à peine une semaine plus tôt. Comme Sasha, elle était seule désormais – à ceci près que Sasha avait sa fille. Mais celle qui l'avait élevée depuis ses neuf ans s'en était allée, songea-t-elle, une boule dans la gorge.

Elle jeta un coup d'œil à son téléphone. Rien encore de Branch. Elle devrait retourner dans son ancienne maison et continuer à fureter. Les souvenirs avaient commencé à affluer tandis qu'elle était là-bas et, si difficile que lui soit le fait de pénétrer dans cet endroit, il s'agissait de revisiter son passé. Bien souvent, la vérité était inconfortable.

Donc, quoi de surprenant à ce qu'elle s'y sente mal à l'aise ?

Tout en revenant vers sa voiture, Sasha appela sa fille. Celle-ci la bombarda de questions sur Branch et la taquina encore. Sans qu'elle veuille se l'avouer, en son for intérieur, Sasha était contente que Brianne le trouve séduisant. Elle avait passé une super journée à l'école et n'avait plus qu'un devoir cette semaine. Elle pourrait venir à Winchester le lendemain après-midi. Sasha réussit à l'en dissuader et promit de lui envoyer un SMS pour lui souhaiter bonne nuit.

Sasha avait déjà traversé la moitié de la ville lorsqu'elle se souvint qu'elle n'avait pas prévenu Branch de son changement de programme. Zut. Elle avait promis de lui dire où elle allait. Non qu'elle y voie un quelconque inconvénient... Surtout après la venue de son visiteur nocturne. Il avait raison. Lorsqu'elle tourna dans la longue et étroite allée, elle stoppa le temps de rédiger son message. Puis elle parcourut les quatre cents mètres qui la séparaient de la maison de son enfance.

Si tard dans l'après-midi, il faisait presque sombre sur le perron. Sasha ouvrit la porte d'entrée et alluma la lumière. Elle avait passé beaucoup de temps dans le bureau de sa mère la fois précédente. Inutile de s'y attarder aujourd'hui.

Elle monta à l'étage, allumant les lampes, regardant les grains de poussière danser dans la lumière. Passant devant sa chambre, elle entra dans celle de ses parents. Cette fois, plutôt que d'ouvrir les tiroirs, elle se dirigea vers le placard et se mit à explorer les poches des vêtements et des sacs. Sa mère avait au moins une quinzaine de sacs à main. Mais elle eut beau examiner le moindre de leurs recoins, elle ne trouva rien. Sa main courut des poches de pantalon à celles des robes, des gilets et autres vestes... Rien. Pas un morceau de papier, pas l'ombre d'une carte de visite.

Exception faite des perles, Viola avait emporté les bijoux de sa fille et les avait mis de côté pour Sasha, donc, le coffret à bijoux était vide. Il ne lui restait qu'un espace à visiter : la salle de bains. Évidemment, lors de l'enquête initiale, on avait cherché de la drogue ou toute autre marchandise susceptible d'évoquer de la contrebande.

Sasha inspecta chaque objet présent dans la salle de bains. Tout y passa : les flacons et les pots de cosmétiques, le stick de déodorant, la bouteille de savon liquide. Mais non. Rien d'anormal, là non plus. Comme elle se tournait vers la porte, son regard tomba sur la boîte de mouchoirs en papier, posée sur la chasse d'eau, derrière les toilettes. Au point où elle en était...

Elle prit la boîte et tira sans conviction un mouchoir, puis deux, puis trois, les laissant tomber en pluie sur le couvercle refermé de la lunette. Elle laissa échapper un ricanement d'amertume… Elle était en train de perdre les pédales.

Levant les yeux au ciel, elle s'apprêtait à reposer la boîte où elle l'avait prise lorsque son regard tomba sur des lignes bleues se détachant sur le blanc des mouchoirs, à l'intérieur. Fiévreusement, elle saisit celui qui était sur le dessus de la pile.

Des défauts structurels majeurs.

Elle en tira un autre. Lui aussi portait une inscription à l'encre bleue.

Les matériaux subiront de trop fortes tensions.

Et un autre.

Un effondrement d'envergure est à prévoir.

Puis le suivant.

Je ne sais pas quoi faire.

Le cœur de Sasha cognait à toute force lorsqu'elle puisa le dernier mouchoir au fond de la boîte.

Ne peux pas en parler à Brandon.

Elle ne savait pas exactement à quoi tout cela faisait référence mais c'était important, sans quoi sa mère n'aurait pas pris la peine de dissimuler ses notes tout au fond de la boîte de mouchoirs de la salle de bains.

Sasha l'imagina assise seule ici, inquiète et effrayée, couchant ses appréhensions sur le papier… Pour elle-même ou pour que quelqu'un d'autre les trouve.

Le froid s'insinua en elle, la glaçant jusqu'aux os. L'idée de sa mère tenaillée par la peur lui serrait le cœur.

Elle tira son portable de sa poche et consulta l'écran. Pourquoi Branch ne lui avait-il pas répondu ?

Une notification rouge répondit à sa question.

Échec de l'envoi de votre message.

Elle trouva l'explication tout en haut de l'écran.

Réseau indisponible.

Elle appuya sur Réessayer. En vain.

— Nom d'un chien.

Elle capterait peut-être mieux de l'extérieur. Elle rangea les mouchoirs dans la boîte, disposant des mouchoirs blancs sur le dessus, et la coinça sous son bras.

La maison était plongée dans un silence total. Pas de bourdonnement de réfrigérateur. Pas de ronronnement de pompe à chaleur ou de climatiseur. Pas de tic-tac d'horloge. Si bien que, lorsqu'un craquement déchira l'air, Sasha se figea sur place.

Il n'y avait pas d'arme dans la maison – du moins, à sa connaissance. Des couteaux dans la cuisine, évidemment…

Mais elle n'était pas dans la cuisine.

Puis elle se rappela le « système de sécurité ». Sur la pointe des pieds, elle se dirigea vers le lit du côté de son père. Le cœur près d'exploser, elle posa la boîte sur la table de chevet et empoigna la batte à deux mains. Se déplaçant avec précaution pour éviter qu'une latte ne grince, elle réussit à atteindre le palier sans avoir fait le moindre bruit. En bas, l'intrus ne faisait pas montre de la même prudence. Au son, elle repéra qu'il venait d'entrer dans la cuisine.

Était-ce le même homme qu'hier soir ?

Elle était au milieu de l'escalier lorsque la marche sous son pied droit craqua.

Sasha s'immobilisa.

Un silence de mort envahit d'un coup la maison. Rien ne bougeait plus. C'était le calme absolu… Exception faite du battement du sang qui pulsait furieusement dans ses oreilles.

Puis un bruit de course lui parvint et la porte de derrière alla taper violemment contre le mur. Sasha dévala les marches et se rua vers la porte ouverte juste à temps pour voir disparaître dans les bois un homme vêtu de noir et coiffé d'une casquette sombre.

Elle n'hésita qu'une fraction de seconde. Juste le temps d'appuyer sur Réessayer et d'envoyer à Branch un nouveau SMS.

Un intrus !

Elle fourra le téléphone dans sa poche et s'élança vers la forêt, la batte à la main.

— Stop ! cria-t-elle.

Lorsqu'elle atteignit les arbres, elle s'arrêta pour balayer du regard l'espace entre les troncs serrés et entrevit la casquette sombre qui disparaissait dans l'ombre.

Elle repartit en courant.

— Hé ! Qu'est-ce que vous voulez ?

Sa voix se reverbéra autour d'elle, ricochant contre les arbres.

Elle courut jusqu'à ce qu'elle cesse de distinguer la silhouette de l'homme en fuite. Elle s'arrêta de nouveau.

Le souffle court, respirant fort, elle promena son regard sur le sous-bois plongé dans la pénombre. Rien. Et tout était tellement silencieux. Frustrée et se sentant complètement stupide, elle esquissa un pas pour rebrousser chemin. Branch serait furieux lorsqu'il apprendrait ça. Elle avait foncé bille en tête vers le danger au lieu de se prémunir contre lui.

Pas très malin, Sasha. Même si elle avait le système de sécurité de son père en main.

Le coin d'une construction rustique qui se fondait presque dans la végétation captura son attention.

Du bois et du métal.

La cabane. Sasha coupa à travers les buissons, suivant de mémoire le tracé désormais invisible du chemin qu'elle connaissait par cœur.

Elle contempla, bouche bée, la structure délabrée. La cabane mesurait environ deux mètres cinquante sur trois par deux mètres de haut. Son père lui avait dit qu'elle datait d'au moins une centaine d'années.

Ç'avait été sa cabane de jeu à partir du moment où elle avait eu sept ans et avait su trouver son chemin seule dans les bois. Ni sa mère ni sa grand-mère n'avaient jamais rien su de ses escapades. C'était son refuge secret. Elle y était venue presque tous les jours.

Elle s'avança jusqu'à la porte. Ce n'était pas une véritable porte, simplement un assemblage de planches sommairement clouées ensemble et accrochées à des charnières. Le bois pourrissait sur les bords du battant et les charnières couinèrent lorsqu'elle la tira vers elle. Les planches de la porte tombèrent lourdement contre la paroi extérieure de la cabane.

Elle cligna plusieurs fois des paupières pour forcer ses yeux à s'accoutumer plus vite à l'obscurité. À l'intérieur, des festons de toiles d'araignée et de la poussière. Des tonnes de poussière, comme dans la maison.

Contre le mur du fond, elle avisa une couverture. Une canette de soda et des restes de nourriture. Quelqu'un était-il installé ici ?

Non. La couche de poussière qui recouvrait tout indiquait que personne n'était venu ici depuis très longtemps.

Sasha s'avança dans la petite pièce et ramassa un sachet de chips. Elle retourna le paquet, cherchant la date de péremption : un an après la mort de ses parents.

La personne qui avait vécu ici avait peut-être bien été là au moment du meurtre de ses parents.

Pourquoi n'avait-on pas fouillé cette cabane ?

Plus elle progressait, plus il apparaissait clair que le chef de la police de l'époque n'avait pas poussé ses investigations. Prenant tout à coup conscience qu'elle empiétait sur une scène de crime potentielle, elle ressortit. Agrippant sa batte, elle regarda autour d'elle. Rien. Pas le moindre signe de vie. Pivotant sur elle-même, elle prit ses jambes à son cou et rebroussa chemin en direction de la maison. Elle venait d'émerger de la lisière des bois lorsqu'une main s'abattit sur elle.

Elle essaya de se servir de la batte pour se libérer, mais il la maintenait fermement.

Le cri qu'elle poussa résonna dans la forêt.

12

Branch.

Oh ! Seigneur, ce n'était que Branch.

Sasha reprit son souffle, essayant d'apaiser les battements furieux de son cœur.

— Qu'est-ce qui s'est passé ? demanda-t-il en regardant autour de lui. Tu as vu un intrus ? *Ici* ?

Elle était aux confins du jardin de la maison. Branch avait dû arriver juste au moment où elle surgissait en courant de la forêt comme si elle avait le diable à ses trousses. L'autre homme – l'autre *personne* – avait disparu.

— Je me suis rendu compte qu'il y avait quelqu'un dans la maison. Quand il m'a entendue, il a pris la fuite. Je...

Elle humecta de la langue ses lèvres desséchées, s'attendant à s'entendre vertement réprimander.

— Je l'ai vu s'enfoncer dans les bois. Alors, je l'ai suivi, mais j'ai perdu sa trace au niveau de la cabane.

Branch faisait visiblement un effort pour contenir sa frustration. Elle regarda se jouer sur son expression son combat intérieur.

— Est-ce que tu as pu voir son visage ?

Elle secoua la tête.

— Non. Il était habillé de noir des pieds à la tête.

— Il était grand ?

— De taille moyenne et de corpulence moyenne, dit-elle en haussant les épaules. Plutôt mince, peut-être.

Ses genoux flageolaient un peu maintenant que l'adrénaline

refluait. Elle se prépara aux reproches qui n'allaient pas manquer de pleuvoir.

Il détourna le regard pendant quelques instants, les mains sur les hanches. Nul doute qu'il avait choisi de les mettre là pour ne pas être tenté de la secouer comme un prunier. Maintenant qu'elle y repensait... C'était peut-être bien ce qu'elle méritait. Elle s'était élancée dans les bois – dans un endroit complètement isolé – seule, sans personne pour venir à sa rescousse. Après ce qui était arrivé la nuit dernière, elle aurait dû montrer un peu plus de discernement.

Elle n'avait pas réfléchi. Sasha avait l'habitude de faire face, de prendre les choses à bras-le-corps. Ce genre d'incertitude n'était tout simplement... sa norme.

— C'est quoi, cette cabane ?

Ah. Tout compte fait, elle allait peut-être s'en tirer sans se faire passer un savon.

— Celle où je jouais quand j'étais petite. Mon père m'avait dit qu'elle datait d'au moins un siècle. Il semblerait que quelqu'un y ait habité.

Ses explications étaient confuses. Elle reprit :

— Je veux dire, pas récemment, mais à l'époque des meurtres. Viens, je vais te montrer.

Il eut un temps d'hésitation puis, finalement, lui emboîta le pas.

— Tu m'indiques le chemin, mais tu restes derrière moi, ordonna-t-il.

— Oui, m'sieur, répondit-elle en portant deux doigts à sa tempe.

Le regard qu'il lui jeta signifiait clairement qu'il ne plaisantait pas.

Sasha le guida jusqu'à la cabane en ne se trompant qu'une seule fois de direction. La première fois, elle l'avait retrouvée par hasard en pourchassant l'intrus. Après tout, il y avait vingt-sept ans qu'elle n'y était pas retournée.

Apercevant un éclat de métal à travers le sous-bois, elle lui donna une tape sur l'épaule.

— La voilà.

Ils se frayèrent un chemin parmi les arbustes et les taillis et débouchèrent devant la construction primitive qui parut à Sasha plus petite encore maintenant que Branch se trouvait à côté.

Il tira la porte et éclaira l'intérieur à l'aide de la fonction torche de son portable. Il faisait plus sombre à présent, le soleil couchant parvenant de moins en moins à percer les épaisses frondaisons.

Elle désigna la couverture et les vestiges de nourriture.

— Le sachet de chips date de l'époque de la mort de mes parents, expliqua-t-elle en le lui montrant du doigt, regrettant d'être entrée un moment plus tôt. Il y a peut-être des empreintes dessus.

Branch, toujours depuis le seuil, se pencha en avant et balaya l'espace exigu de sa torche.

— La poussière qui recouvre le sol ne semble pas avoir été piétinée avant aujourd'hui.

Oui, elle avait commis une erreur.

— Ce qu'il y a là pourrait être utile, non ?

Le désespoir s'entendait dans sa voix. Elle détestait ce genre de faiblesse plus que quiconque.

— Oui, absolument.

Il se redressa et composa un numéro sur son portable.

— Salut, Billy, on a du nouveau à la propriété Lenoir.

Tandis qu'il expliquait les derniers développements à Billy, Sasha examina les alentours, espérant repérer l'homme qui s'était introduit dans la maison. Il avait dû voir sa voiture garée devant la maison. Mais, s'il savait qu'elle était là, pourquoi entrer quand même ? Il n'avait pas paru armé – ni agressif envers elle, d'ailleurs. Il s'était simplement enfui. Se contentait-il de la surveiller ? Ou était-il, comme elle, à la recherche d'informations qui conduiraient à la vérité ?

— Je n'ai pas pu m'entretenir avec ce psy, dit Branch dans son dos.

Elle se retourna.

L'épaule calée contre la cabane, il attendait.

— Apparemment, il n'exerce pas aux horaires qui sont affichés à son cabinet.

— Brannigan non plus n'a pas réussi à le joindre, répondit-elle.

Ce qui lui rappela qu'autre chose lui était sorti de l'esprit : lui parler de son entretien avec Brannigan.

Elle lui expliqua donc que les avis divergents de Holcomb et de Johnston posaient problème au chef de la police et qu'il avait l'air décidé à démêler le vrai du faux.

— Malheureusement, je ne peux guère me fier à ma mémoire, après ma sortie du placard, conclut-elle avant de se mordre la lèvre, se demandant si elle devait lui en dire plus. Et puis... j'ai croisé Leandra Brennan qui venait voir Brannigan au moment où je m'en allais.

— Burt m'a dit la même chose à propos de ce soir-là, attesta Branch. Il a le sentiment que Luther a refermé le dossier de façon précipitée. Il estime que les recherches dans les bois auraient dû être reconduites le lendemain et que Luther aurait dû faire cas de tes déclarations. Mais Burt est coroner, pas policier. Cela dit, j'ai tendance à être d'accord avec lui. On a sous les yeux...

Il désigna la cabane du menton.

— La raison pour laquelle les recherches auraient dû être plus approfondies. Il n'en sortira peut-être rien mais n'empêche, ç'aurait dû être fait.

Sasha ne se souvenait pas suffisamment bien de Luther Holcomb pour tirer une quelconque conclusion du constat de Branch, aussi demanda-t-elle :

— Y a-t-il une possibilité que Holcomb ait contribué à la dissimulation de la vérité ?

Les lèvres de Branch s'amincirent pour ne plus former qu'une ligne dure.

— Je ne pense pas. Il n'y a jamais eu la moindre rumeur ni le moindre reproche contre lui. Il a toujours joui d'une excellente réputation quand il était en poste. Évidemment, j'ai été absent pendant de longues années... Je demanderai confirmation à Billy – il a travaillé à son côté jusqu'à ce que Luther prenne sa retraite, il y a quatre ans. Si nous avons des raisons de nous interroger à son sujet, Billy le saura.

Sasha se sentit tout à coup complètement épuisée.

Pendant vingt-sept ans, elle avait repoussé le moment de se mettre en quête de cette vérité parce que c'était trop douloureux pour sa grand-mère. Celle-ci le lui avait avoué une fois lorsque, à seize ans, Sasha lui avait demandé d'engager un détective privé. Quand Viola, en larmes, l'avait adjurée de laisser le passé derrière elle une bonne fois pour toutes, elle n'avait pas eu le choix. Pour rien au monde, elle n'aurait voulu faire souffrir sa grand-mère.

Maintenant, elle commençait à entrevoir ce que Viola s'était refusée à affronter. Tout, dans cette affaire, dépassait l'entendement, chaque pierre soulevée était source de douleur, chaque avancée, de nouveaux questionnements. Et quels questionnements ! Le soutien de membres des forces de l'ordre était crucial pour l'aboutissement de ses investigations. Et voilà que les déclarations de l'ancien chef de la police et du coroner eux-mêmes différaient...

La manifestation de la vérité, qu'elle avait tellement appelée de ses vœux, était enfin en marche et Sasha se sentait totalement écrasée par toutes ces puissantes émotions.

— Retournons à la maison avant que les hommes de Billy investissent les lieux, suggéra Branch.

Dans l'heure qui suivit, Brannigan arriva et fut escorté jusqu'à la cabane par Branch avant de convoquer une équipe technique sur les lieux. Un point réjouissait tout spécialement Billy : le fait que l'intrus n'ait apparemment pas porté de gants. Sasha n'y avait pas songé jusque-là et ce ne fut que lorsque Billy l'interrogea spécifiquement à ce sujet qu'elle s'aperçut, en repassant le film dans sa tête, qu'il avait eu les mains nues.

C'était peut-être la brèche qu'ils avaient attendue.

Le crépuscule avait cédé le pas à la nuit lorsque Branch proposa à Sasha de rentrer.

— Il n'y a plus rien que nous puissions faire ici, souligna-t-il.

Elle n'avait guère envie de repartir tant que la police s'affairait encore sur les lieux mais il avait raison.

— Attends. Je dois récupérer quelque chose avant de m'en aller.

Branch la suivit jusqu'à la porte de derrière et la regarda revenir avec la boîte de mouchoirs. Il s'abstint de tout commentaire. Pendant tout le trajet du retour, Sasha s'abîma dans ses pensées, les questions tourbillonnant dans sa tête. Que signifiaient ces mots que sa mère avait jetés sur le papier ? S'agissait-il de réflexions portant sur l'un des projets qu'elle avait eus en cours ? Avait-elle cherché une façon de surmonter une difficulté technique imprévue ? Avait-elle espéré que quelqu'un tomberait sur ses notes ?

Mais qui serait allé chercher au fond d'une boîte de mouchoirs ?

Quand ils arrivèrent chez Branch, Sasha était au comble de l'agitation. Sa mère avait-elle eu des ennuis ? Qui était au courant ? Pourquoi personne ne l'avait-il aidée ? Était-ce la raison pour laquelle celle qui avait été sa meilleure amie feignait de ne rien savoir ? Avait-elle laissé tomber sa mère au moment où celle-ci avait le plus besoin d'elle ? Qu'avait su son père ? Cette situation avait-elle un rapport avec son travail dans une grosse entreprise de construction ?

Sasha ferma les yeux quelques instants. Comment diable pouvait-elle trouver les réponses à toutes ces questions près de trente années plus tard ?

— Ça va ?

Elle ouvrit les yeux et tourna la tête vers Branch. Ils étaient garés dans son allée et il la contemplait, les mains sur le volant.

— Je ne sais pas trop.

Elle reporta son regard droit devant elle, les yeux perdus dans le vide.

— Franchement, je ne sais pas.

— Allez, rentrons. On va manger un morceau et reprendre tranquillement les choses une à une. Je pense que tu te sens dépassée par la multitude d'interrogations et de possibilités qui se présentent à nous.

Elle hocha la tête. C'était vrai.

— D'accord.

Sur le perron, elle attendit, la boîte serrée sous le bras, qu'il ait ouvert la porte. Il alluma la lumière et huma l'air.

— Tu sens ça ?

Sasha entra à son tour et inspira profondément.

— Oui… Le pain qui vient de cuire.

— Ma grand-mère est passée par là, conclut Branch. Elle devait avoir peur que je ne te nourrisse pas correctement.

Sasha sourit.

— Quoi qu'il en soit, ça sent divinement bon.

Ils suivirent le délicieux arôme jusqu'à la cuisine. Arlene avait laissé un mot sur l'îlot central.

Le dîner est dans le four. Assure-toi qu'elle mange.

Sasha ne put s'empêcher d'éclater de rire.

— Je crois que nous pouvons arranger ça.

— Je vais chercher des bières, annonça Branch.

— Et moi, je vais voir ce qu'il y a dans le four.

Sasha posa son sac à main et la boîte de mouchoirs sur une chaise.

Branch avait une jolie maison. Elle n'était pas neuve mais avait été récemment rénovée. Sa cuisine, tout particulièrement, était stylée et équipée d'électroménager dernier cri. Le plat qui mijotait au four était recouvert d'une feuille d'aluminium. Les maniques sur les mains, Sasha le posa sur la plaque de cuisson et retira l'aluminium. Un rôti accompagné de pommes de terre et de carottes. Aussi appétissant à la vue qu'à l'odeur. Sur le comptoir, dans une corbeille, des petits pains frais n'attendaient qu'eux.

Deux bouteilles de bière atterrirent sur le comptoir et Branch sortit deux assiettes et des couverts. Ils s'installèrent de part et d'autre de l'îlot pour savourer le rôti qui était aussi succulent qu'il en avait l'air. Quant aux petits pains, ils croustillaient sous la dent avant de fondre sur la langue… Un vrai délice.

Lorsque Sasha fut incapable d'avaler une bouchée de plus, elle repoussa son assiette.

— Ta grand-mère est une cuisinière hors pair.

— Ça, c'est sûr, reconnut Branch en l'imitant. Elle me gâte.

— J'imagine que, ça aussi, ça te manquera si tu pars à Nashville.

Il hocha la tête.

— Aucun doute là-dessus. Mais il y a toujours les dimanches. Les Holloway se réunissent tous pour le déjeuner du dimanche chez ma grand-mère.

Sasha devait mettre en place des traditions de ce genre-là. Les traditions, même les petites, étaient importantes pour tisser des liens durables. Un jour, sa fille serait grande et fonderait sa propre famille. Cette pensée terrifia Sasha. Elle jeta un coup d'œil à Branch qui rangeait les assiettes dans le lave-vaisselle.

Encore un tort qu'elle devrait réparer. Bientôt. Très bientôt.

— J'ai demandé à Billy s'il pouvait me communiquer le résultat de son entretien avec Leandra Brennan mais il m'a répondu par la négative.

Sasha, en train de couvrir le rôti, s'interrompit dans sa tâche.

— Pourtant, il l'a bien convoquée pour une audition.

Branch hocha la tête.

— Oui et il l'a désignée comme étant un témoin hostile, donc elle n'est pas venue de son plein gré.

Sasha secoua la tête.

— C'est intrigant. Arlene n'aurait pas une idée sur la question ?

— Je le lui ai demandé mais elle m'a dit que non. Que ta mère et Brennan n'étaient pas si intimes que cela.

Surprise, Sasha s'apprêtait à poser une nouvelle question lorsque la boîte de mouchoirs lui revint en mémoire.

— J'ai quelque chose à te montrer, annonça-t-elle.

Elle alla prendre la boîte et revint vers l'îlot. Tirant un tabouret haut, elle se jucha dessus et la posa entre eux.

— Je crois qu'il va nous falloir une autre bière, déclara-t-il en jetant un regard empli de curiosité à la boîte.

Il sortit deux bouteilles du réfrigérateur et la rejoignit.

— J'ai fouillé de fond en comble la chambre de mes parents et la salle de bains... À la fin, je me suis rendu compte qu'il ne restait plus que ça, dit-elle en tapotant la boîte.

Elle sortit les mouchoirs annotés du fond de la boîte.

Des défauts structurels majeurs.

Les matériaux subiront de trop fortes tensions.

Un effondrement d'envergure est à prévoir.

Je ne sais pas quoi faire.

Le douloureux pincement au cœur se fit sentir lorsqu'elle lut le dernier commentaire.

Ne peux pas en parler à Brandon.

— Et tu es sûre que c'est bien l'écriture de ta mère ?

— Certaine.

— Alors, il semblerait que nous tenions enfin quelque chose de concret.

Sasha le dévisagea.

— Tu crois que les meurtres étaient liés à son travail ?

— C'est ce que je tendais déjà à croire, mais, avec ça, il n'y a plus guère de doute.

Il sonda son regard.

— Ta mère était responsable de l'inspection de tous les bâtiments qui se construisaient dans le comté. C'était elle qui validait les projets et les plans architecturaux. Un problème sur la structure d'une construction aurait obligatoirement été signalé par son service. Et ce qu'on a là, conclut-il en tapant du plat de la main sur le comptoir à côté des mouchoirs, c'est typiquement le genre de chose qu'un promoteur redoute comme la peste.

— Donc, tu penses que quelqu'un aurait voulu l'empêcher de faire son travail ?

— Ça en a tout l'air.

Sasha porta une main à sa bouche pour qu'il ne voie pas le tremblement de ses lèvres.

— Je suis désolé.

— Non, protesta-t-elle, posant sa main sur la sienne pour stopper ses excuses et ressentant au plus profond d'elle le petit choc électrique qui se produisait entre eux. Ne le sois pas. Ton aide m'est si précieuse... Je n'y serais jamais arrivée sans toi, Branch.

De sa main libre, il caressa sa joue du bout des doigts. Une bouffée de chaleur submergea Sasha.

— Je suis heureux de pouvoir me rattraper un peu, proféra-t-il sombrement en laissant retomber sa main. Je n'aurais jamais dû m'en aller comme je l'ai fait.

Sasha fronça les sourcils, ne saisissant pas ce qu'il voulait dire. Puis elle comprit. Il parlait du matin qui avait suivi la nuit qu'ils avaient passée ensemble. Elle éleva les deux mains.

— Nous étions jeunes. C'était...

— Inconsidéré et irréfléchi, coupa-t-il. Je devais rentrer à Chicago mais j'aurais dû reporter mon vol et prendre le temps de rester un peu avec toi.

Si l'un d'eux avait des raisons de s'en vouloir, c'était elle, pas lui. Mais elle ne pouvait pas se confesser maintenant. Elle avait trop besoin de lui. Une bouffée de culpabilité l'assaillit. Quelle égoïste elle faisait !

— Branch, tu n'as rien fait de mal, je t'assure.

Il inclina la tête.

— Si tu le dis. Mais, pour l'instant, occupons-nous de dresser une liste de suspects.

Elle cligna des paupières, désarçonnée par le brusque changement de sujet. D'accord, donc ils en revenaient à l'affaire. Bien.

— OK. À toi d'abord.

— Leandra Brennan.

Sasha arqua les sourcils mais il hocha fermement la tête.

— Elle travaille toujours pour le même promoteur qui se trouve être l'un des leaders sur le marché de tout le Sud-Est.

Il attrapa un bloc-notes et un crayon et ils commencèrent à rédiger leur liste.

Sasha aimait travailler ainsi, côte à côte avec lui. Elle aimait son sourire et le son de sa voix.

En fait, elle aimait tout, chez lui.

Sa fille avait raison. Il était canon.

Du calme, Sash.

OK, pour l'instant, elle pouvait sans risque d'erreur considérer que Branch était un très bon ami. Ce qui se produirait ensuite… Il y aurait un long chemin à parcourir – vers la franchise pour elle et, elle osait l'espérer, le pardon, pour lui.

13

Mercredi 27 mars

Branch venait juste de préparer le café lorsque Sasha fit irruption dans la cuisine. Il avait eu du mal à trouver le sommeil cette nuit, autant parce qu'il la savait couchée dans son lit qu'en raison de l'affaire.

— Salut. Tu as bien dormi ? questionna-t-il en posant une tasse de café fumant devant elle.

Les toasts sautèrent dans le grille-pain.

— Oui, répondit-elle, prenant la tasse à deux mains. En fait, c'est la première nuit où je dors bien depuis que je suis ici.

— Tant mieux.

Il tourna son mug devant lui pour s'interdire d'en dire davantage. Il espérait qu'elle s'était sentie en sécurité ici… Dans *son lit*. C'était son désir le plus cher. Qu'elle se sente en sécurité – *avec lui*.

Il fit glisser vers lui la liste commencée la veille.

— Je me disais qu'on pourrait la poursuivre en petit-déjeunant.

La fatigue faisant son œuvre, la veille, ils n'avaient inscrit que le nom de Brennan. Mais Branch en avait plusieurs autres en tête et il avait déjà appelé Billy pour qu'il ressorte les dossiers des archives afin de déterminer sur quels projets la mère de Sasha avait travaillé la dernière année de sa vie. Avec un peu de chance, des annotations y figureraient peut-être si un promoteur ou un entrepreneur lui avait donné du fil à retordre ou si des problèmes étaient apparus lors d'un chantier ou suite à l'inspection d'immeubles achevés.

— Travail et petit déjeuner... Parfait.

Il beurra les tartines, les disposa sur un plat et lui en tendit une.

— De la confiture ?

— Non, merci, répondit-elle avant de croquer dans son toast.

Il avala le sien en quelques bouchées, puis but son café.

— J'ai réfléchi à Leandra Brennan, reprit Sasha en se tamponnant les lèvres avec sa serviette. J'ai envoyé un SMS à Rey – tu sais, Audrey Anderson, du journal ?

Il hocha la tête.

— Je la connais, oui.

Audrey Anderson avait accidentellement contribué à relancer sa carrière après l'épisode qui l'avait entachée. Les restes découverts dans le sous-sol de son journal avaient provoqué une onde de choc d'ici jusqu'à Chicago. Sans parler du témoin fédéral recherché par toutes les polices qu'Audrey l'avait aidé à débusquer alors qu'il se cachait dans la communauté mennonite de Franklin County.

— Brennan a approximativement l'âge qu'aurait ma mère si elle avait vécu, continua Sasha. J'ai donc demandé à Rey de vérifier auprès de ses nombreuses sources si elles avaient été à l'école ensemble. Tu connais Rey – perfectionniste est son deuxième prénom. Elle m'a envoyé un long texto ce matin. Ma mère et Leandra ont fait tout leur parcours scolaire ensemble, de la maternelle jusqu'au lycée. Elles ont suivi leurs études supérieures et décroché leurs diplômes dans la même université et se sont mariées le même été – elles ont même été demoiselle et dame d'honneur l'une pour l'autre.

Branch avait beau n'avoir jamais été marié ni même fiancé, il savait l'importance que revêtait ce genre de titre.

— Donc, elles étaient vraiment très proches.

— Oui, vraiment. La différence entre elles deux est que je suis née quelques années après leur mariage alors que Brennan n'a eu son premier enfant que l'année où mes parents sont morts. Cet automne-là, elle a eu un fils, puis un second deux ans plus tard. Le truc, c'est que je ne comprenais pas pourquoi je n'arrivais pas à me souvenir d'elle. Des amies aussi intimes devaient partager plus qu'un déjeuner de loin en loin ? Elles devaient aller faire du shopping, aller en pique-nique le week-end, organiser des barbecues... Peut-être partir en vacances ensemble ? Seulement, je ne me rappelle rien de tout ça.

— Tu devrais en parler à Arlene, suggéra Branch. Il y a peut-être une explication à cela, quelque chose qu'elle n'aurait pas mentionné.

— Forcément. C'est trop étrange.

Elle but une gorgée de café.

— J'ai aussi indiqué à Rey que les meurtres étaient peut-être en rapport avec le travail de l'un de mes parents, donc elle a creusé aussi de ce côté-là, dit-elle en glissant le doigt sur l'écran de son téléphone.

— Du côté de ma mère, poursuivit-elle, il y a eu divers problèmes mineurs concernant le zonage et les projets de développement de logements, ainsi que des litiges portant sur des inspections de bâti, mais seuls quelques-uns étaient assez notables pour être dignes d'intérêt. L'un d'eux concernait la grande surface qui a ouvert sur le boulevard. Ça s'est terminé au tribunal mais un accord a finalement été trouvé. L'extension prévue par la filiale du constructeur automobile a également créé des remous – le classement en zone urbaine de la propriété adjacente a posé question. Mais c'est le stade William Richards qui a fait couler le plus d'encre. Apparemment, ma mère s'est trouvée mêlée à une bataille acharnée à propos de questions de design qui ne répondaient pas aux normes du code du bâtiment. D'après Rey, les choses ont vraiment tourné au vinaigre aussi bien dans les médias qu'en réunion de conseil municipal.

— Mais c'était l'année précédente, non ?

Branch se rappelait son père parlant du stade qui ne se ferait peut-être pas à cause de défauts de conception.

— Oui.

Branch ajouta le stade à la liste.

— On peut trouver les noms des constructeurs du stade et de la grande surface. Et du côté de ton père ?

— Il y a eu un problème avec l'hôpital. L'entreprise pour laquelle il travaillait était chargée d'une partie du projet et, en cours de chantier, ils se sont brusquement retirés. Rey m'a dit que son père avait rédigé un éditorial sur le sujet mais qu'elle n'avait trouvé aucun autre article en faisant mention. Quel qu'ait été l'objet du litige, il s'était réglé dans la plus grande discrétion.

— C'est Packard qui avait décroché le marché de l'hôpital. C'est la société pour laquelle travaille Brennan, nota Branch.

Ça, c'était un lien intéressant.

— C'est à peine si j'ose le dire à haute voix mais je n'ai pas besoin de beaucoup me forcer pour imaginer Packard trempant dans une affaire de meurtre.

Sa déclaration le surprit lui-même. Peut-être était-ce le fait que son père ait toujours tellement méprisé Jarvis Packard ? Toujours est-il que Branch voyait bien l'arrogant entrepreneur dans le rôle du fumier de service – un fumier riche, mais un fumier quand même.

— Au-delà de la connexion avec Brennan, pourquoi Packard t'est-il si antipathique ? Y a-t-il quelque chose que j'ignore ?

— C'est sans doute à cause du peu d'estime que lui porte mon père. Quand j'étais enfant, je l'ai souvent entendu répéter que c'était à la valeur de sa parole qu'on jugeait un homme et que celle de Packard en avait autant qu'un grain de sable dans le désert.

— Ce qui ne fait pas beaucoup, souligna posément Sasha.

— Non, dit Branch en riant.

Leurs regards se croisèrent et, pendant de longues secondes, ils se contemplèrent. C'était l'un de ces moments suspendus où vous ne saviez pas s'il fallait parler ou agir. L'un comme l'autre présentaient un risque pour la suite mais Branch penchait dangereusement pour la deuxième solution. Pourtant, il opta pour la première.

— Ce n'est pas le moment, j'en ai conscience, mais j'ai terriblement envie de t'embrasser.

Pendant quelques interminables instants, elle se borna à le regarder. Puis elle sourit.

— Moi aussi, j'avoue avoir un problème avec ça. Je suis sûre que ce serait une très mauvaise...

Avant qu'elle ait pu finir sa phrase, il se pencha au-dessus du comptoir et l'embrassa. Elle sentit la saveur du café sur ses lèvres, leur texture de soie. Il hésita, leurs lèvres se touchant toujours, puis, voyant qu'elle ne s'écartait pas, son baiser s'enhardit. Il mourait d'envie de la porter jusqu'à son lit et de lui faire l'amour. De corriger l'erreur qu'il avait commise autrefois. De faire les choses bien cette fois-ci.

Un portable se déplaça en vibrant sur le comptoir tout en émettant une sonnerie entraînante. Sasha se dégagea.

— C'est ma fille. Il faut que je décroche.

Elle s'éloigna rapidement, le téléphone à l'oreille, mais Branch avait eu le temps de la voir effleurer ses lèvres du bout des doigts. Il se demanda si elles étaient en feu, elles aussi, et si son cœur battait aussi fort que le sien. Il n'aurait pas dû la laisser partir, des années plus tôt. Jamais il n'avait désiré une femme comme il désirait Sasha et il avait toujours gardé cela pour lui. Pour la simple raison que cela lui avait permis de se concentrer sur sa carrière et... peut-être aussi parce qu'il avait eu un peu peur.

Son père et sa grand-mère l'avaient pourtant mis en garde, lui rappelant qu'il existait d'autres choses que le travail dans la vie. Mais il avait fallu qu'il s'en rende compte par lui-même, à ses dépens.

Se secouant pour s'arracher à la transe dans laquelle leur baiser l'avait plongé, il appela Billy pour l'informer de la piste sur laquelle ils étaient lancés.

— Je vais effectuer quelques vérifications, annonça Billy. Voir si Packard a eu des problèmes depuis. Des poursuites, des infractions au code du bâtiment, ce genre de chose. Mais attention. Tu sais, c'est facile de pointer du doigt le despote du coin, celui que tout désigne comme étant le méchant. Mais ce n'est pas toujours celui-là le coupable.

Branch éteignit la cafetière et rinça la verseuse tout en répondant :

— Toi qui es ici depuis tout ce temps... Si nous écartons notre promoteur aux dents longues pour l'instant, qui serait ton suspect numéro un ?

— Il y a Keegan et Roark qui ont construit le stade. D'après mon père, ils tenaient absolument à être associés à l'hôpital et avaient prévu de faire une donation très importante afin qu'un pavillon porte leur nom. Mais Packard a refusé. Il n'a pas voulu de leur argent. Ça a été la cause de rancœurs tenaces, d'après ce que j'ai compris.

Branch avait l'étrange impression que Billy lui fournissait ces informations dans un but précis.

— Ce n'est pas que je n'apprécie pas le tuyau, déclara-t-il. Mais j'avoue que je suis surpris que tu me racontes tout ça, chef. Y aurait-il un message que je serais censé lire entre les lignes ?

Quelques secondes s'écoulèrent.

— Tout ceci n'est que pure spéculation, Branch. Je n'ai pas l'ombre d'une preuve. Je peux difficilement enquêter sur un problème qui n'existe pas, tu me suis ? Comme tu le sais, ça ne marche pas comme ça. Il faut qu'il y ait eu transgression de la loi pour que je puisse intervenir. En revanche, un type travaillant officieusement – quelqu'un qui serait en vacances, par exemple – aurait les coudées franches, lui. Rien ne l'empêcherait de mener sa petite enquête comme bon lui semble du moment qu'il ne contrevient pas à la loi.

OK. Quelqu'un avait conseillé à Billy de laisser tomber.

— Certains ne voient pas d'un bon œil que la police municipale gaspille ses ressources sur une affaire classée, j'imagine.

— Surtout quand les empreintes relevées dans une certaine cabane mènent à un homme qui a disparu de la circulation vingt-sept ans plus tôt et dont on a fini par retrouver la trace dans un asile psychiatrique où il est résident de longue durée.

Tous les instincts de Branch se mirent en éveil. Mais oui... Il se rappelait cette histoire.

— On est en train de parler du fils Packard, Devlin ?

— Tout juste.

C'était une affaire qui était certainement restée gravée dans toutes les mémoires, ici. L'année de la mort des parents de Sasha, Devlin Packard était rentré un jour pour les vacances de printemps. Moins d'une semaine après, il s'était subitement volatilisé. On l'avait retrouvé des mois plus tard, toxicomane au dernier degré. Le bruit avait couru qu'il ne s'était jamais remis de sa plongée dans l'enfer de la drogue.

— Quel âge peut-il avoir maintenant ? Quarante-sept,

quarante-huit ans ? Il paraît qu'il est toujours dans un centre de soins spécialisé.

— Il *l'était*, rectifia Billy. Il s'est échappé voilà trois jours et personne ne l'a revu depuis.

Un nœud enserra l'estomac de Branch.

— C'est lui qui vivait retranché dans la cabane quand les Lenoir sont morts ?

— Il y a été à un moment ou à un autre à cette époque, on en a la preuve. Et je pense que c'est lui qui s'est introduit dans la maison Lenoir quand Sasha y était. Peut-être aussi dans la maison Simmons, la veille.

— Est-il dangereux ? questionna Branch, soucieux.

— Il ne montre aucune tendance à la violence. C'est le patient idéal... Et puis, tout à coup, hop ! Il s'en va. Son père a lancé toute la clique de ses larbins de la sécurité à ses trousses.

Sasha reparut dans la cuisine. Branch la contempla, se disant qu'il allait devoir trouver le moyen de la convaincre de rester en toutes circonstances près de lui, désormais.

Bonne chance, mon vieux.

— OK. Y a-t-il autre chose ? questionna Branch tout en considérant Sasha, son sac à main accroché en bandoulière.

Elle s'apprêtait à partir.

— Non, pas pour l'instant. Fais attention, Branch. Je n'arrive pas à mettre le doigt dessus, mais il y a quelque chose de pas net dans cette affaire. Je ne me serais jamais douté que tant de choses avaient été balayées sous le tapis. Au fait, merci pour le tuyau concernant Leandra Brennan. Elle ne m'a pas dit grand-chose mais elle en sait beaucoup. Je vais l'avoir à l'œil. J'ai bon espoir qu'elle finisse par se mettre à table lorsqu'elle comprendra que je ne range pas l'affaire au fond d'un tiroir.

— Je t'appellerai plus tard dans la journée, conclut Branch avant de couper la communication et de reporter toute son attention sur Sasha. On a peut-être identifié l'intrus.

— Oh ? Fantastique.

Il lui rapporta les nouvelles que Brannigan venait de lui communiquer. Mais tout ceci semblait soulever de nouvelles questions plutôt que fournir des réponses.

Un pas en avant, deux en arrière.

— Pourquoi le fils Packard serait-il allé se terrer dans cette cabane ?

Branch passa en revue les scénarios envisageables.

— Peut-être qu'un dealer était à ses trousses, qu'il est tombé par hasard sur la cabane et qu'il s'y est réfugié, comme elle était inoccupée ? Je me rappelle mes parents parlant de cette disparition. Le bruit courait qu'il souffrait d'une grave dépression.

— Mais, s'il n'avait pas de pulsions violentes, il est peu probable que ce soit lui qui ait commis les meurtres.

— Comment savoir ? Il y a toujours une première fois, contra Branch. Mais s'il a basculé dans la folie ou cédé à une bouffée délirante ou je ne sais quoi, il a pu passer à l'acte et ne pas se souvenir de ce qu'il avait fait ? Ça expliquerait que Packard l'ait fait enfermer pendant toutes ces années.

Tout en prononçant ces mots, Branch repensa à Billy le mettant en garde contre la tentation de désigner le méchant comme le coupable tout trouvé. Mais qui sait si, cette fois-ci, ce n'était pas bel et bien le cas ? Parfois, ce genre d'individus imbus de leur propre personne prenaient plaisir à s'exhiber en pleine lumière pour mieux cacher leurs agissements. L'audace du geste leur procurait un sentiment de puissance.

Sasha carra les épaules.

— De mon côté, j'ai bien l'intention de coincer le Dr Farr aujourd'hui. Je veux savoir pourquoi il a jugé que j'avais inventé les voix et lui demander ce qu'il a mis d'autre dans le compte rendu de son diagnostic. En fait, je suis en droit d'exiger qu'il m'en fournisse une copie.

Branch songea à la fille de Sasha. La jeune fille n'avait pour toute famille que sa mère.

— Je ne suis pas sûr qu'y aller seule soit une bonne idée, Sasha. Pense à ta fille ; elle a besoin de toi. Prendre des risques, c'est les faire courir à elle aussi.

Sasha écarta les deux mains en l'air.

— Je suis une bonne mère, Branch. J'ai toujours fait passer ma fille avant tout le reste.

Comme il ouvrait la bouche pour s'expliquer, elle reprit :

— Je ne vois pas pourquoi je ne pourrais pas me rendre au cabinet du Dr Farr toute seule. Je ne me suis pas trop mal débrouillée jusqu'à présent, il me semble.

Elle vivait dans une grande métropole, elle avait l'habitude de mener sa barque seule et, de par la nature même de son travail, de naviguer dans des environnements qui n'étaient pas non plus exempts de danger. Il ne la sous-estimait pas. Mais l'affaire qu'elle avait exhumée suscitait de toute évidence de vives inquiétudes et une pop star en quête de réhabilitation médiatique, quels que soient la gravité et le nombre de ses frasques, n'avait rien de comparable avec un assassin.

— Écoute, je me suis laissé convaincre hier de mener nos investigations chacun de notre côté pour avancer plus vite mais, par deux fois, tu t'es retrouvée dans des situations épineuses : une fois chez ta grand-mère et une fois à la maison Lenoir, lui rappela-t-il. Et, pour ta gouverne, je précise que je ne doute pas une seconde que tu sois une mère fantastique.

— OK, accorda Sasha avec un grand soupir. Faisons un compromis. Je vais rendre visite au psy pendant que tu fais ce que tu as à faire et on se retrouve juste après. Ça te va ?

Avant qu'il n'ait pu formuler son désaccord, elle ajouta :

— Je promets de n'aller qu'à son cabinet et à l'hôpital. Nulle part ailleurs.

— Hors de question que tu retournes à ton ancienne maison ou chez ta grand-mère sans moi, assena-t-il. Tu ne vas nulle part où tu risquerais de te retrouver seule et prise au piège, on est bien d'accord ?

— Tu as ma parole.

Il hocha la tête.

— Bien, mais je veux que tu me donnes des nouvelles toutes les demi-heures.

Elle leva les yeux au ciel.

— OK, OK. Et toi ? Que comptes-tu faire ?

— Je vais rendre une petite visite au service où travaillait ta mère et voir si je rencontre beaucoup de résistance en tentant d'accéder à leurs archives. La plupart des dossiers sont censés être librement consultables, donc nous verrons bien.

— Tu crois que c'est Packard, n'est-ce pas ?

Madame la communicante de crise était un peu trop perceptive.

— Je crois que c'est lui qui est le plus susceptible d'avoir un mobile à cause du nombre de projets dans lesquels il était, et est, impliqué.

— Celui qui est derrière tout ça avait quelque chose à cacher. Quelque chose que ma mère avait découvert. Mais, depuis vingt-sept ans, il n'y a pas eu d'effondrement majeur de bâtiments ou de routes ni rien de ce genre, ce qui semble infirmer cette thèse.

— Peut-être que la chance a été de son côté jusqu'à maintenant ? Les problèmes se produiront peut-être dans les semaines, les mois ou, même, la décennie à venir. Mais on *sait* qu'il y a quelque chose. Quelque chose d'assez grave pour pousser au meurtre. Et celui qui a tué une fois pour protéger son secret n'hésitera pas à recommencer.

Mais elle était déjà à la porte avant qu'il ait pu revenir à la charge et la convaincre de rester avec lui.

— Je t'appelle dès que j'aurai parlé au Dr Farr.

Branch attrapa ses clés et son chapeau.

— Et, moi, je vais battre le fer tant qu'il est chaud et aller cuisiner un peu Brennan tant que j'y suis, annonça-t-il.

Elle le contempla, visiblement surprise.

— Maintenant que le chef de la police lui a mis la pression, j'espère qu'elle se montrera plus coopérative, expliqua-t-il.

Billy avait les mains liées à partir d'un certain point, mais ce n'était pas son cas.

— Je suis sûre et certaine qu'elle en sait plus qu'elle n'en dit, insista Sasha.

C'était bien ce que Branch entendait déterminer.

14

Sasha retrouva Rey au restaurant pour déjeuner. Il était encore tôt mais les tartines matinales de Branch étaient déjà loin. Une salade Cobb lui parut tout indiquée. Elle décida de se passer de sauce et se borna à savourer les ingrédients au naturel, avec un verre de thé glacé parfumé au citron, en hommage à sa grand-mère. Viola Simmons, en bonne sudiste, avait toujours adoré le thé glacé sucré au citron.

— J'ai fait quelques recherches complémentaires sur Devlin, annonça Rey en piquant de sa fourchette les haricots verts. Il est à Mountain View, un centre de soins haut de gamme aux allures de club de vacances situé à Sewanee. Il n'y a pas de patients en difficultés financières là-bas, je te le garantis. J'ai écrit un article sur les services qu'ils proposent. C'est le top du top. Je suis surprise qu'il ait eu envie de quitter un environnement aussi luxueux. Mountain View est réputé pour prodiguer des soins de pointe à ses patients.

— Tu sais ce dont il souffre ? questionna Sasha tout en se disant qu'elle n'obtiendrait peut-être cette information qu'en empruntant des moyens détournés... et illégaux.

Car même la meilleure et la plus opiniâtre des journalistes d'investigation se heurtait probablement à un mur lorsqu'il s'agissait de la loi HIPAA qui faisait obligation aux établissements de santé de protéger la confidentialité des données de leurs patients.

— Un lointain cousin qui lui rend visite de temps en temps m'a dit qu'il s'agissait de schizophrénie et d'addiction aux drogues. Il ne prend pas celles qui lui sont prescrites et est incapable de se passer des autres, d'où l'internement de longue durée. Il a fait le choix il y a longtemps de vivre dans cet environnement protégé plutôt que d'affronter la vie à l'extérieur.

— Il faut croire qu'il a changé d'avis puisqu'il a quitté l'établissement il y a quelques jours, observa Sasha.

Rey ajouta un sachet d'édulcorant à son thé et remua le breuvage.

— La famille ne parle pas de ce départ soudain mais je me suis laissé dire que l'équipe de sécurité de son père est sur les dents et le recherche activement. Tu crois que c'est lui, ton intrus ?

Sasha hocha la tête.

— Oui. Je pense que c'est lui qui a laissé ce message et lui aussi qui vivait dans cette cabane à l'époque où mes parents sont morts.

Les yeux de Rey s'arrondirent.

— Waouh. Ça veut dire qu'il pourrait avoir été témoin de ce qui s'est passé cette nuit-là. C'est peut-être ça qui l'a fait basculer dans la folie... Les dates concordent.

— Quelqu'un sait ce qui s'est passé. Leandra Brennan, Devlin Packard... Quelqu'un sait, dit Sasha en soupirant. Il faut juste que je parvienne à persuader l'un d'eux de parler.

Rey l'étudia pendant un moment.

— Comment ça se passe avec Branch ? Je voulais te le demander mais...

Avec la grand-mère de Sasha, Rey avait été la seule personne à être au courant de l'identité du père de Brianne. Elles avaient toutes deux juré de garder le silence même si Viola, en de nombreuses occasions, lui avait répété qu'elle commettait une erreur.

Elle n'avait pas eu tort.

— Bien. Il est super et...

Elle marqua une pause et haussa les épaules.

— Plus je passe de temps avec lui, plus je me rends compte que je l'ai mal jugé. J'aurais dû écouter Grandma.

— Et moi, lui rappela Rey. J'ai toujours pensé que Branch aurait été heureux d'être présent pour son enfant.

Sasha secoua la tête.

— J'étais jeune, j'avais des tas de projets. Je ne voulais pas renoncer à mes rêves pour me marier. J'étais tout feu tout flamme à l'idée de me faire ma place au soleil.

— Personne n'a dit que tu aurais dû te marier, argua Rey en souriant. Pour le reste, je crois que c'est largement réussi.

Sasha laissa échapper un petit rire un peu las.

— C'est vrai. Mais tu sais comment c'était à l'époque, Branch aurait tenu à ce qu'on l'élève ensemble. Sa famille se serait attendue à la même chose, sans parler du mariage. Et ma grand-mère aussi. Je sais aujourd'hui combien j'ai été aveugle mais, à l'époque, je ne voyais qu'une chose : mon avenir, et il n'était pas ici, Rey. Tu le sais. On voulait toutes les deux quitter Winchester, rappelle-toi.

Rey se renfonça contre le dossier de son siège.

— Tu as raison. Après ce qui est arrivé entre moi et Colt, jamais je n'aurais pensé revenir un jour, encore moins me réconcilier avec lui quelles que soient les circonstances.

Sasha sentit ses lèvres s'incurver en un sourire.

— C'est proprement incroyable. Vous allez si bien ensemble tous les deux. Je suis heureuse que tu sois rentrée et que vous vous soyez finalement retrouvés.

— Il pourrait en aller de même pour toi, suggéra Rey.

— Je crains que la situation ne soit un tantinet plus compliquée, avec ma fille qui croit déjà que le monde lui appartient. Je n'arrive pas à trouver le courage de lui ôter ses illusions, dit Sasha en secouant la tête. Je ne supporte pas l'idée qu'elle pourrait me haïr d'avoir pris cette décision.

Rey posa la main sur celle de son amie.

— Quand le moment sera venu de lui parler, tu le sauras.

Posant les avant-bras à plat sur la table, Rey se pencha en avant.

— Pour ce qui est de ton enquête, quand on saura ce que ta mère et ton père avaient sur Packard, on le fera tomber. Personnellement, je brûle déjà d'impatience. Ça a toujours été un fichu salopard, et arrogant avec ça.

— Et si ce n'est pas lui ?

— Si ce n'est lui, ce sera un de ses frères, rétorqua Rey avec assurance. Il y a des gens en ce bas monde pour qui la vie humaine ne signifie rien. Pour ces gens-là, tuer quelqu'un qui se met en travers de leur route, c'est comme chasser une mouche. Qui que ce soit, on le fera payer.

— Branch avait l'intention d'aller faire un tour au service de l'urbanisme où travaillait ma mère pour fouiner un peu. Découvrir qui faisait quoi cette année-là.

— Il a raison, approuva Rey. Je creuse un peu de ce côté-là, moi aussi. À nous deux, s'il y a un loup, on le débusquera.

— Ce n'étaient pas les projets d'envergure qui manquaient dans cette période-là. Le stade, l'hôpital…

— Cette décennie a certainement changé la face de cette ville. Apparemment, au moins l'un de ces grands projets a fait couler le sang. Il ne nous reste plus qu'à trouver lequel.

Ça paraissait si simple, dit comme ça.

Sasha consulta l'heure.

— Il faut que j'y aille. Je vais monter la garde devant le cabinet de Farr. J'ai bien l'intention de le coincer aujourd'hui. S'il ne se montre pas, j'irai chez lui.

Rey lui décocha un grand sourire.

— Si tu te rends à son domicile, fais-moi signe. J'ai toujours voulu voir sa grande propriété au bord du lac.

— Compte sur moi.

Elles payèrent l'addition et se séparèrent sur le trottoir. Rey retourna au journal et Sasha remonta dans sa voiture de location et prit la direction du cabinet de Farr, situé pas très loin de là où elle se trouvait. Elle traversa le centre-ville puis passa devant les impressionnants locaux de la société Packard. L'hôpital n'était qu'à deux kilomètres de l'iconique édifice. Bien que l'hôpital ne soit probablement pas la plus importante réalisation de Packard en termes financiers, c'était sans conteste la plus prestigieuse. Juste en face, se trouvait un ensemble de cabinets médicaux, dont celui du Dr Farr. Sasha se gara dans le parking qui jouxtait les bâtiments aux façades habilement ornementées dans l'esprit victorien. À sa surprise, elle trouva la porte du cabinet qui l'intéressait ouverte. Une sonnette tinta quelque part au fond du couloir dans lequel elle s'avançait. L'intérieur était élégamment décoré et bien aménagé. Quatre chaises et deux tables Duncan Phyfe ainsi qu'un présentoir de magazines composaient l'ameublement de la petite salle d'attente. Des œuvres d'art de goût ornaient les murs. Il y avait deux portes, l'une où il était indiqué Toilettes et l'autre,

Dr Bruce Farr. Manifestement, il n'avait pas de réceptionniste. Sasha se dirigea vers la deuxième porte ; elle levait le poing pour frapper lorsque celle-ci s'ouvrit.

Le Dr Farr cligna des yeux derrière ses lunettes à verres épais.

— Puis-je vous aider ?

— Docteur Farr ? s'enquit Sasha même si elle savait à qui elle avait affaire puisqu'elle avait effectué une recherche sur Internet et avait vu sa photographie.

Il était grand et d'allure distinguée, mais ses cheveux avaient blanchi et étaient si clairsemés qu'il ne lui en restait presque plus. Sa peau était tachetée, le faisant paraître plus âgé encore.

— Oui, c'est moi, mais je ne prends plus de nouveaux patients depuis bien longtemps – près de trente ans. Toutefois, je peux vous adresser à un confrère.

— Vous êtes à la retraite, je sais, déclara Sasha. Vous êtes membre du conseil d'administration de l'hôpital et continuez à suivre une poignée d'anciens patients.

Ses sourcils s'arquèrent.

— Que désirez-vous ?

— Je m'appelle Sasha Lenoir, annonça-t-elle, immensément fière de décliner son identité. Je suis venue discuter de l'évaluation que vous avez menée me concernant lorsque j'avais neuf ans, après que mes parents ont été tués.

De longues secondes s'étirèrent pendant lesquelles il se contenta de la regarder. Sasha songea qu'il allait refuser de lui répondre mais, finalement, il déclara :

— Je me souviens très bien de cette affaire.

— Tant mieux. J'ai quelques questions à vous poser, docteur.

De nouveau, il laissa passer un si long moment qu'elle crut qu'elle allait essuyer un refus mais il s'effaça et l'invita à entrer.

— Très bien. Je peux vous consacrer quelques minutes avant que mon prochain rendez-vous n'arrive.

Elle le suivit à l'intérieur et prit place sur la chaise unique qui se trouvait face à son bureau.

— Alors..., dit-il en s'installant sur son fauteuil et en plantant son regard gris, froid et impénétrable dans le sien.

Des pans de souvenirs lui revinrent, très parcellaires. Des

bribes de conversation… Lui, les cheveux alors bruns, lui posant des questions. L'observant fixement.

— Que désirez-vous savoir, mademoiselle Lenoir ?

— Après m'avoir examinée, votre verdict a été que j'avais inventé les voix que j'ai entendues la nuit des meurtres de mes parents. Mais ces voix, je les ai vraiment entendues, docteur Farr. D'après le coroner du comté, j'en ai parlé la nuit du drame et j'y ai de nouveau fait référence quelques jours plus tard, quand le chef de la police m'a auditionnée. Pourquoi avez-vous affirmé que mon imagination les avait créées de toutes pièces ?

— Vous étiez une petite fille terrorisée et traumatisée. Vous ne pouvez pas vous fier aux souvenirs que vous avez de cette nuit.

Il n'était pas besoin d'être psychiatre pour conclure qu'une enfant ayant quasiment assisté au meurtre de ses parents serait traumatisée.

— Évidemment que je l'étais, mais mes souvenirs sont parfaitement clairs. Vous vous êtes trompé, docteur Farr.

— Mademoiselle Lenoir, vous avez parfaitement le droit d'avoir votre opinion, mais mon avis professionnel ne changera pas. Si vous êtes venue ici en espérant me voir revenir sur mon compte rendu de l'époque, je crains que vous n'ayez perdu votre temps.

— À vrai dire, la question n'est pas du tout là, docteur. Si je suis venue, c'est pour vous demander qui vous a payé pour déclarer que j'avais menti ? C'est quelqu'un pour qui il était essentiel de décrédibiliser mon récit, je le sais. Peut-être Jarvis Packard ou Seth Keegan. Peut-être Hadden Roark.

L'espace d'un moment, il parut interloqué, comme s'il ne pouvait pas croire qu'elle ait formulé nommément des accusations ou peut-être… comme si elle avait visé juste ?

— Vous vous montez la tête, Sasha… Je peux vous appeler Sasha ?

Du paternalisme, maintenant !

— Non, vous ne pouvez pas.

Elle rit.

— Quant à me « monter la tête », comme vous dites, c'était peut-être le cas au début mais, désormais, j'ai des preuves.

Son regard se teinta fugitivement d'incertitude avant qu'il ne se ressaisisse.

Oh ! oui, il en savait long sur cette soirée, lui aussi. Comme Brennan.

— Si vous déteniez des preuves comme vous dites, vous seriez assise dans le bureau du chef de la police et non ici.

— Oh ! mais n'ayez crainte. Le chef Brannigan prend l'affaire très au sérieux, contra-t-elle. Il a rouvert l'enquête. De plus, le marshal Branch Holloway s'y intéresse lui aussi. Tout le monde sait que mes parents ont été assassinés. Ne croyez-vous pas qu'il serait temps de parler tant que vous en avez encore la possibilité ? Je suis sûre qu'un arrangement pourrait être trouvé, pour un homme de votre importance.

Elle dépassait les limites, mais elle n'avait pas pu se retenir.

— Peut-être avez-vous simplement du mal à accepter le passé pour ce qu'il est, mademoiselle Lenoir.

Le Dr Farr hocha la tête comme s'il était détenteur d'un savoir qu'elle ne possédait pas.

— Votre mère avait le même problème, ce qui semble être la raison pour laquelle elle n'a pas pu s'éloigner de l'amie intime qui a conduit son mari à l'infidélité. Un comportement tellement autodestructeur.

Farr se leva.

— Je crains de ne pas avoir plus de temps à vous consacrer, mademoiselle Lenoir. Je vous souhaite bonne chance dans votre démarche.

Dominant à grand-peine la fureur qui bouillonnait en elle, Sasha tira une carte de visite de son sac à main et la posa sur le bureau.

— Appelez-moi – ou le chef Brannigan, si vous préférez – lorsque vous vous serez décidé à dire la vérité, docteur Farr.

Elle quitta le cabinet et remonta dans sa voiture. Elle ne se rappelait pas une seule occasion où elle se soit sentie aussi en colère et aussi frustrée.

Elle hésita à rendre une nouvelle visite à Leandra Brennan mais Branch avait dit qu'il irait la voir, donc elle continua son chemin. En outre, elle ne se sentait pas en état de parler à cette femme après ce que Farr venait de lui jeter au visage.

Se pouvait-il que cet homme plein de suffisance ait dit vrai ? Son père avait-il trompé sa mère avec sa meilleure amie ? Ça n'avait pas de sens et, pourtant, cela expliquerait pourquoi sa mère avait dissocié son amitié avec Brennan de sa vie de famille.

— Qu'est-ce que tu pouvais bien avoir en tête, maman ? murmura-t-elle à voix haute.

L'idée lui vint tout à coup qu'elle avait oublié de réclamer une copie du compte rendu de Farr à son sujet. La colère gronda de nouveau en elle. Il aurait probablement prétendu que des dossiers aussi anciens avaient été archivés ou détruits. Et puis quelle importance, de toute façon, puisque ce qui y figurait n'était qu'un tissu de mensonges ?

Elle fit le tour du cimetière puis se dirigea vers la maison de sa grand-mère. Elle avait eu l'intention de passer devant sans s'arrêter mais une voiture garée dans l'allée l'incita à bifurquer. Elle rangea sa voiture à côté de l'autre véhicule, considérant l'homme qui se tenait devant la porte d'entrée.

Il se retourna, visiblement surpris.

Elle avait promis à Branch de ne pas venir ici et de ne se rendre nulle part seule… Mais elle n'était pas seule puisqu'il y avait cet homme sur le perron. Sasha ouvrit la portière et sortit.

— Puis-je vous aider ? s'enquit-elle.

Elle ne reconnaissait pas le visiteur, donc il ne devait pas la connaître non plus.

— Sasha ?

Ah. Donc lui savait qui elle était.

Elle poussa la portière et remonta l'allée sans se presser.

— Vous ne devez pas vous souvenir de moi, commença-t-il en ajustant ses lunettes sur son nez. Je suis Alfred Nelson. Mes amis et collègues m'appelaient…

— Al.

Sasha se rappelait sa mère faisant référence à Al. Ils travaillaient ensemble à l'inspection des bâtiments.

— C'est ça. Il faut que nous ayons une conversation, Sasha.

— Très bien.

Il avait l'air inoffensif. Il était vieux, d'apparence frêle, les épaules voûtées. Elle ne voyait pas de bosse suspecte au niveau des poches de son pantalon kaki, seul endroit où il aurait pu dissimuler une arme.

— Suivez-moi, dit-elle en passant devant lui pour déverrouiller la porte.

La maison n'était plus une scène de crime, donc elle pouvait y pénétrer. Il faisait frais et sombre à l'intérieur. Elle alluma les lumières puis se retourna pour lui proposer un café. Mais il était toujours debout dans l'entrée, contemplant la photo de Sasha et ses parents.

— Il faut que vous arrêtiez de remuer le passé.

Son regard quitta la photo pour venir se poser sur elle. Il n'était pas menaçant. Plutôt las et résigné.

— Et pourquoi donc, Al ? répondit-elle en revenant lentement vers l'endroit où il se tenait toujours immobile. Je veux savoir la vérité. Savez-vous ce qui s'est passé cette nuit ?

— Ce que vous faites là...

Il tourna de nouveau la tête vers la photographie.

— C'est dangereux. Et elle ne voudrait pas que vous soyez en danger. Elle aurait fait n'importe quoi pour vous protéger.

— Qui a tué mes parents, Al ?

Elle était juste devant lui maintenant, le regard planté dans le sien.

— J'ai essayé de la convaincre de laisser tomber, mais elle n'a rien voulu savoir.

De nouveau, son regard dériva vers la photo.

Sasha fronça les sourcils. Cet homme avait-il été plus qu'un collègue pour sa mère ?

— Al... Étiez-vous amoureux de ma mère ?

Il la dévisagea, les yeux écarquillés derrière ses lunettes.

— Oh ! je l'aimais, oui, mais pas de cette façon-là. Elle était comme une fille pour moi.

Un sourire effleura ses lèvres.

— Elle était si jeune quand elle est arrivée parmi nous, mais elle avait de grandes ambitions. Elle travaillait plus dur que quiconque, donc personne n'a été surpris quand elle a s'est vu attribuer promotion sur promotion.

— Étiez-vous au courant de son amitié avec Leandra Brennan ?

— Elles étaient comme des sœurs depuis l'enfance, acquiesça-t-il avant de secouer la tête. Mais Lenny a profité de leur amitié.

Elle enviait votre mère. Son mariage à elle était un fiasco. Cette relation n'était pas saine pour Alexandra. Dieu sait que je l'ai mise en garde...

— Mais elle ne vous a pas écouté parce qu'elle aimait mon père, devina Sasha. Elle aimait aussi Lenny, donc elle a essayé de maintenir leur amitié à flot coûte que coûte.

— Vous connaissez la chanson sur la jeune fille et le serpent, dit Al. Le pauvre serpent avait si froid, si faim, il implorait qu'on l'aide... N'écoutant que son cœur, la jeune femme au cœur tendre le prit en pitié et s'occupa de lui sans se soucier du fait que c'était un serpent. Quand celui-ci la mordit, elle lui demanda pourquoi il l'avait empoisonnée, elle qui l'avait sauvé, et le reptile répondit qu'elle avait su qui il était quand elle l'avait ramassé.

— Le serpent, c'était Lenny, traduisit Sasha.

Al hocha la tête.

— Pourquoi mes parents ont-ils été assassinés ? s'enquit-elle, incapable de respirer de peur qu'il cesse de parler.

— Parce que le serpent était trop rusé. Mais j'en ai déjà trop dit.

Il se tourna vers la porte. Sasha ne pouvait pas le laisser partir sans qu'il ait expliqué ce qu'il voulait dire par là.

— Attendez, plaida-t-elle, posant une main sur son bras. Vous dites que vous aimiez ma mère comme votre propre fille. Si c'est vrai, pourquoi refuser de m'aider ? Tout ce que je veux, c'est la vérité.

Il la contempla longuement, les yeux remplis de regret.

— La vérité ne changera rien.

Il se détourna de nouveau.

— Mes parents n'ont-ils pas le droit que justice soit faite ? La vérité pourra au moins m'apporter ça.

— C'est trop tard. Cela ne vous apporterait pas la paix, mais plus de souffrance. Le mal est parfois si grand que rien ni personne ne peut le stopper.

Sasha le suivit à l'extérieur. Lorsqu'il se fut éloigné, elle referma la maison et s'en alla. Elle roula jusqu'à l'hôpital, puis s'arrêta et contempla le vaste complexe.

C'était le plus gros projet dont sa mère s'était occupée. Une réalisation de Packard. Devlin – celui qui lui avait probablement laissé le message et s'était introduit par deux fois dans les lieux où elle se trouvait – était un Packard. Et Leandra Brennan, alias le serpent, travaillait pour Packard.

Ce devait être lui. Forcément.

Il avait fait abattre sa mère et son père pour les empêcher de révéler quelque chose le concernant.

Il ne lui restait plus qu'à trouver ce que c'était.

15

Sasha tourna dans l'allée de Branch juste derrière lui. Elle avait roulé pendant une heure. Incapable de rester dans cette incertitude, elle était allée chez la grand-mère de Branch et l'avait questionnée à propos des rumeurs qui avaient couru. Ensuite, elle avait roulé au hasard, tournant toutes ces informations dans sa tête, jusqu'à ce qu'elle s'arrête et envoie à Branch le SMS promis. Il l'avait rappelée puis lui avait laissé deux textos mais elle ne s'était pas sentie en état de lui répondre tout de suite.

Elle n'était pas sûre de le pouvoir maintenant non plus.

Rien ne se passait comme elle l'avait souhaité. Elle avait été si certaine que la vérité l'aiderait à faire une bonne fois pour toutes table rase du passé mais ce n'était pas du tout ce qui était en train de se produire. Plus elle creusait, plus de nouvelles questions émergeaient. Les vies de ses parents lui apparaissaient maintenant faussées, dénaturées. Où était l'enfance heureuse à laquelle elle avait cru pendant toutes ces années ?

Était-ce pourquoi sa grand-mère avait toujours refusé de s'engager sur cette voie ?

Avait-elle su que la douleur et la désillusion attendraient Sasha au bout du chemin ?

Elle aurait dû venir enterrer sa grand-mère, fermer les deux maisons, boucler ses valises et repartir.

Branch sortit de sa camionnette et vint à sa rencontre, un large sourire aux lèvres.

Un immense sentiment de faiblesse mêlé de lassitude l'envahit et elle retint de justesse les larmes qui lui montaient aux yeux.

Comment pouvait-elle espérer réparer toutes les erreurs du passé ? Son métier consistait à corriger les égarements des autres et elle était complètement démunie lorsqu'il s'agissait de reprendre sa propre vie en main… D'énoncer sa propre vérité.

Comment pouvait-elle être déçue par la vérité biaisée des vies de ses parents alors que sa propre vérité était plus qu'imparfaite ? Qu'elle était… frelatée.

Est-ce que quelqu'un, sur cette terre, faisait toujours ce qu'il fallait ? Bien sûr que non. Aucune vie n'était sans défaut. Chacune comportait son lot de hauts, de bas, de changements de cap, de revirements.

C'était la façon dont on négociait les sinuosités et les cahots du parcours qui comptait.

Sasha mit pied à terre et marcha droit vers lui.

— Je ne suis plus sûre de pouvoir accepter la vérité.

Il l'attira dans ses bras et la tint enlacée. Sasha ferma les yeux, humant son parfum, savourant sa chaleur. Il l'entraîna dans la maison et referma la porte sur le monde extérieur.

— Tu as besoin de boire quelque chose.

Il la guida jusqu'au sofa et l'y fit asseoir avant de disparaître.

Sitôt privée de son contact, elle se sentit abandonnée, délaissée. Il avait tort. Ce n'était pas d'une boisson qu'elle avait besoin. C'était de lui. De son corps l'enveloppant si complètement qu'il était impossible de démêler où commençait l'un et où finissait l'autre. Elle voulait se perdre en lui. Ne plus penser. Éprouver, seulement. Rien qu'*éprouver*.

Il déposa un petit verre rempli d'un liquide ambré devant elle.

— Bois. Ça te fera du bien.

Elle n'y croyait pas mais elle obéit quand même. Du scotch. Elle frissonna lorsque l'alcool lui brûla la gorge.

— Merci.

Branch s'assit dans le fauteuil de l'autre côté de la table basse et avala d'un trait son whisky. Il replaça son verre sur la table, posa son chapeau à côté et se passa une main dans les cheveux.

— Dis-moi ce qui s'est passé.

— La raison pour laquelle je ne me souvenais pas bien de la meilleure amie de ma mère, c'est qu'elles ne se voyaient pas, en dehors d'un déjeuner de loin en loin. Leandra Brennan et ma mère ont grandi ensemble. Sont allées à l'université ensemble, se sont mariées le même été. Elles étaient comme deux sœurs. Jusqu'à ce qu'il se passe quelque chose entre mon père et Brennan. D'après Arlene...

— Tu es allée la voir aujourd'hui ?

Sasha hocha la tête.

— Elle m'a avoué que ma grand-mère avait voulu que je n'apprenne jamais rien de tout ça. Il y avait eu un grand barbecue quand ma mère était enceinte de moi. Lenny et son mari s'étaient disputés et tout le monde avait un peu bu excepté ma mère. Quoi qu'il en soit, à un moment donné, pendant la soirée, ma mère a surpris Lenny et mon père en train de s'embrasser. D'après Arlene, ma mère n'a jamais cherché à savoir s'il y avait une liaison entre eux ou si c'était juste l'acte ponctuel et stupide de deux personnes sous l'emprise de l'alcool. Mais, suite à l'incident, elle et Lenny ont cessé de se voir pendant longtemps. Apparemment, elles venaient juste de recommencer à se fréquenter de nouveau quand mes parents sont morts.

Branch secoua la tête.

— On oublie parfois que nos parents ne sont que des humains, eux aussi, et qu'ils commettent des erreurs.

Sasha contempla le verre vide dans sa main.

— Mais j'étais petite quand ils sont morts. Tous les souvenirs que j'ai d'eux sont ceux de ce couple parfait, au-dessus des triviales erreurs humaines. Je ne me rappelle même pas m'être fait gronder, ne serait-ce qu'une fois. En dehors de la nuit des meurtres, je n'ai que des souvenirs doux, agréables, précieux... parfaits.

— Ce n'est pas parce que tu as découvert *une* vérité douloureuse que ça invalide toutes les vérités heureuses.

Elle posa son verre sur la table et serra ses mains l'une contre l'autre.

— J'ai vu le Dr Farr. Bien sûr, il refuse de revenir sur le diagnostic qu'il a posé me concernant. Apparemment, il était au courant de l'infidélité de mon père. Si bien que je me demande, si c'était à ce point de notoriété publique, comment il se fait que je n'en aie jamais entendu parler.

— Ça ne veut pas nécessairement dire que c'était de notoriété publique. Peut-être est-ce l'enquête qui l'a révélé.

— Oui, peut-être.

— Ou alors, reprit Branch, il se pourrait que ta grand-mère ait demandé à Luther d'enquêter sur l'ex-meilleure amie d'Alexandra à cause de ce qui était arrivé.

Sasha acquiesça d'un signe de tête.

— Tu as sans doute raison. Grandma a certainement envisagé cette possibilité. C'est ce que j'aurais fait à sa place.

Elle arrêta son regard sur Branch.

— Et toi ? Tu as parlé à Brennan ?

— Oui.

Il marqua un temps d'arrêt, contemplant le sol.

— Elle m'a servi une histoire plus farfelue encore. En fait, elle m'a joué la grande scène de l'acte IV. Elle a fondu en larmes avant de m'expliquer d'une voix entrecoupée de sanglots qu'elle et ton père avaient eu une liaison, que ta mère avait tout découvert et qu'elle avait l'intention de divorcer et de le déposséder de tout. Ton père aurait donc, selon elle, décidé de la tuer et les choses auraient d'une façon ou d'une autre mal tourné.

— Non ? Sérieusement ? C'est ce qu'elle a dit ?

Il soutint son regard.

— Eh oui. Elle prétend qu'elle s'efforçait de remettre son mariage sur les rails mais que ton père refusait de la laisser tranquille. Elle et ta mère auraient eu ces déjeuners secrets pour discuter de la façon de sortir de l'impasse.

Sasha secoua la tête.

— Je n'en crois pas un mot. Je m'en souviendrais s'il y avait eu ce genre de tensions entre eux.

— Tu as fait remarquer qu'ils se disputaient plus souvent ces dernières semaines.

— Oui, mais c'était à propos du travail, ça, je m'en souviens très bien. Il lui reprochait de trop travailler et elle répétait qu'il devait trouver un nouvel emploi.

Tout devenait de plus en plus confus.

— Attends...

Elle avait presque failli oublier de lui parler d'Alfred Nelson.

— J'ai parlé à M. Nelson, qui était un collègue proche de ma mère. Je l'ai vu en train de frapper à la porte comme je passais devant la maison de ma grand-mère. Donc, je me suis arrêtée. Il a commencé par me dissuader de poursuivre mes recherches, disant que ça ne ferait que me nuire, comme cela avait nui à ma mère. Il a fait clairement allusion à la façon dont Brennan avait trahi ma mère.

— Au moins, désormais, tout le monde semble-t-il accorder ses violons.

C'était vrai. Tout à coup, Farr, Brennan et Nelson racontaient tous grosso modo la même histoire.

— C'est bien pratique.

Branch opina du chef.

— Oui. M'est avis que nous ferions bien de prendre les informations glanées aujourd'hui avec des pincettes.

— Nelson a aussi dit quelque chose du genre : « Le mal est parfois trop grand pour être stoppé. » Tu crois qu'il faisait allusion à Jarvis Packard ?

— Je n'en sais rien, mais ça irait à Packard comme un gant.

Sasha se leva d'un coup, incapable de rester assise plus longtemps.

— C'est trop. Je ne comprends pas pourquoi ma grand-mère ne m'a pas simplement expliqué la situation quand j'ai été adulte. Je ne devrais pas avoir à faire ce que je suis en train de faire.

Branch s'avança derrière elle. Le corps de Sasha réagit instantanément à sa présence. Comme elle aurait aimé pivoter sur elle-même et se blottir dans ses bras.

— Rien ne t'y oblige, Sasha. Ça ne changera rien aux faits, à ceci près que ça permettra peut-être d'envoyer un meurtrier derrière les barreaux.

— Et de laver le nom de mon père.

— Oui. Si tu veux que justice soit faite pour tes parents, alors tu dois continuer. Mais tu as le droit d'estimer que c'est trop dur et de préférer en rester là, personne ne te le reprochera.

— Ce n'est pas aussi simple.

— Les choses ne sont jamais simples, convint-il.

Elle se retourna, son corps si proche du sien qu'elle sentait la chaleur de sa peau à travers ses vêtements.

— Pourquoi m'aides-tu ?

Ce n'était pas ce qu'elle avait eu l'intention de dire mais les mots lui étaient venus tout seuls.

Il fronça les sourcils, perplexe.

— Pourquoi ne t'aurais-je pas aidée ?

— Ce n'est pas une réponse.

Il sonda son regard comme s'il avait une chance d'y trouver la raison pour laquelle elle lui posait cette question. Mais elle ne pouvait pas lui laisser voir qu'elle cherchait à le repousser. À tout stopper avant que les choses ne lui échappent. Tant qu'ils pouvaient encore regarder en arrière et considérer leur partenariat de ces derniers jours comme une preuve d'amitié – un homme prêtant main-forte à une amie d'enfance.

— Je t'ai dit que j'ai toujours souhaité avoir une seconde chance. J'ai espéré tant de fois qu'une occasion se présenterait de passer de nouveau du temps avec toi.

Sasha songea à tous les mensonges qu'elle avait découverts... À toutes les incohérences qui subsistaient. Était-ce là le legs qu'elle voulait transmettre à sa fille ? Une boîte de Pandore pleine de mensonges et de doutes ?

Attrapant Branch par le cou, elle abaissa son visage vers le sien et l'embrassa à pleine bouche avec toute l'avidité et le désir qui pulsaient en elle. Dans une minute, plus jamais il ne la regarderait de la même façon. Dans une minute, il saurait LA vérité, l'unique, celle qui importait plus que toutes les autres.

Il referma ses bras autour d'elle et la pressa contre lui, retournant son baiser avec voracité, prenant le contrôle. Un sanglot s'étrangla dans la gorge de Sasha à l'idée que ce serait la seule et dernière fois.

Lorsque tant de passion et de tendresse lui devint insupportable, elle se détacha de lui. Il la relâcha à contrecœur, le regard luisant de désir, et la vit se diriger vers son sac à main et en sortir son téléphone.

— Qu'est-ce qu'il y a, Sasha ? questionna-t-il, sentant que quelque chose n'allait vraiment, vraiment pas.

Quelque chose d'autre que ses parents et leurs secrets. Que sa grand-mère décédée et les vérités qu'elle avait emportées dans la tombe. Que le désir brûlant qui continuait à le dévorer.

— Je n'ai jamais voulu une deuxième chance après cette nuit, Branch.

Il la contempla, le désarroi se peignant sur ses traits.

— Je ne comprends pas.

— Cette nuit était fabuleuse, dit-elle en souriant, chassant d'un geste furtif la larme solitaire qui avait réussi à échapper à sa garde. C'était tout ce dont j'avais rêvé depuis que j'étais tombée folle amoureuse de toi, à l'âge de treize ans.

Il sourit, les yeux un peu trop brillants, lui aussi.

— Je me rappelle m'être dit que, si tu voulais de moi, je serais le garçon le plus heureux de la terre mais j'ai toujours cru que tu avais... d'autres projets.

Sa confession lui fit plus mal qu'elle ne voulait l'admettre. Comment avaient-ils pu ne pas savoir ? Ne se rendre compte de rien ? Avaient-ils été trop obnubilés par l'idée de quitter Winchester pour que chacun voit clair en l'autre ?

— C'était le cas. Là a été mon erreur. J'étais si pressée de voir ce que le futur me réservait que cela m'a empêchée de prendre le temps de considérer ce que j'avais, dans le présent. J'avais la tête remplie de grandes ambitions. J'allais devenir quelqu'un, me faire un nom. Plus jamais je ne serais la petite orpheline qui avait tout perdu. J'allais être une personne qui compte.

— D'abord, tu as toujours été quelqu'un qui comptait, assena-t-il en revenant vers elle. Pour ta grand-mère. Pour ma famille. Pour *moi*.

Et des larmes, encore. Plus nombreuses, cette fois. De maudites larmes qui, maintenant, débordaient de ses paupières et roulaient sur ses joues.

— Mais je ne le voyais pas. J'ai laissé le besoin de prouver ma valeur dicter ma vie et j'ai commis une terrible erreur. Une erreur que tu ne me pardonneras pas, j'en suis certaine.

Il tendit le bras et repoussa une mèche de sa joue humide.

— Je suis sûr que tu n'as pas de souci à te faire à ce sujet. Quoi que tu aies fait en partant d'ici, tu ne me dois aucune explication.

Je suis là pour toi maintenant et je serai là demain. Je veux avoir une place dans ta vie – et une place dans la vie de ta fille.

Sasha le contempla, déchirée. Ses doigts resserrèrent leur emprise sur son téléphone, rempli de photos de sa précieuse Brianne.

— C'est aussi *ta* fille.

Elle retint son souffle, regardant le kaléidoscope d'émotions défiler sur les traits de Branch, passer du choc à la stupéfaction puis à la colère.

Comment ça ? Qu'est-ce que tu veux dire ?

— Ce que je veux dire, c'est que Brianne a été conçue l'unique fois où nous avons été ensemble. Je ne l'ai appris que bien plus tard et...

Et quoi ?

Elle avait décidé de ne rien lui dire. Elle avait choisi de poursuivre sa vie sans un regard en arrière.

— Pourquoi ne m'as-tu pas appelé ?

Il avait parlé d'une voix sans timbre, totalement neutre. Cela aussi allait changer très bientôt.

— Ma grand-mère m'a dit que tu avais accepté un poste très intéressant à Chicago. Moi, j'avais cette offre d'emploi à New York. Ce n'était tout bonnement pas le moment.

— Pas le moment ?

Cette fois, le ton était plus véhément. Il était furieux. Elle le comprenait. Elle méritait qu'il l'envoie au diable, ce qu'il n'allait pas manquer de faire sous peu.

— J'aurais dû te parler, répondit-elle.

Elle prit son souffle.

— Je me suis promis mille fois de le faire, mais... Ça ne semblait jamais être le bon moment. Donc, je ne l'ai jamais fait.

La scène avait revêtu une tournure irréelle. Sasha se sentait incertaine et, en même temps, en paix avec elle-même et le pas qu'elle venait de franchir.

Il savait. Enfin. Quelles qu'en soient les conséquences, elle avait enfin fait ce qu'il fallait.

Il détourna les yeux, secoua la tête.

— Je vais prendre l'air. J'ai besoin de réfléchir.

Elle acquiesça d'un hochement de tête.

— Bien sûr. Je comprends.

Il quitta la pièce. Quelques instants plus tard, elle entendit la porte de derrière s'ouvrir et se fermer.

Elle chercha le nom de Rey dans ses contacts et l'appela.

— Il faut que je te parle.

Cinq minutes plus tard, après avoir griffonné un mot à l'adresse de Branch l'informant qu'elle allait passer la nuit avec Rey, Sasha s'en alla pour lui laisser l'espace dont il avait besoin pour assimiler la nouvelle. Elle roula, l'âme en peine, le cœur lacéré, avec l'impression de le laisser derrière elle pour la deuxième fois, comme après cette nuit qu'ils avaient partagée. Et chaque tour de roue l'en éloignait davantage.

Branch et elle avaient fait l'amour, puis ils étaient allés chacun de leur côté sans jamais regarder en arrière.

Ils avaient commis une erreur tous les deux, mais la sienne était de loin la plus monstrueuse.

Rey la retrouva à la maison Lenoir.

Si tentée que Sasha soit de boire du vin, l'ivresse ne l'aiderait pas. Elle avait besoin de garder les idées claires – de se concentrer sur quelque chose jusqu'à ce qu'elle soit en état de considérer posément la situation.

Branch savait désormais qu'il avait une fille.

Maintenant, restait à mettre Brianne au courant. Peut-être le mieux serait-il de la faire venir ici et de procéder aux présentations en personne...

— Alors, c'est quoi, ton plan ? demanda Rey en promenant son regard sur la vieille maison poussiéreuse. J'ai commandé de la pizza et du vin. On a environ une demi-heure avant la livraison.

— De la pizza et du vin ? Depuis quand les deux pizzerias de Winchester livrent-elles du vin ?

— C'est Brian qui nous apporte le dîner. Ne t'inquiète pas, il ne restera pas. Lui et sa chérie ont d'autres projets. Il nous dépose simplement de quoi manger et quelques autres petits trucs dont on pourrait avoir besoin et il file.

Brian Peterson travaillait avec Rey au journal. Lui et Rey étaient amis depuis leur plus tendre enfance. Le groupe de deux s'était élargi à trois un peu plus tard, avec l'adjonction de Sasha. Si proches que soient Sasha et Rey, un lien particulier avait toujours uni Rey et Brian.

— Quels trucs ? J'ai presque peur de demander.

Rey haussa les épaules.

— Des chemises de nuit, des sacs de couchage, des brosses à dents. Les articles de première nécessité, quoi.

Sasha se félicita d'avoir d'aussi bons amis que Rey et Brian.

Aussitôt, elle se reprocha d'avoir exclu Branch. Lui aussi était un ami. Elle espérait qu'ils pourraient l'être encore à l'avenir.

— Alors ? Quel est le programme ? répéta Rey en se tournant vers elle.

Sasha s'apprêtait à dire qu'il n'y en avait pas quand elle s'avisa qu'elle en avait un, très important.

— Je veux démantibuler cette maison de fond en comble.

Rey fit la grimace.

— Qu'entends-tu exactement par « démantibuler » ?

— Tout passer au peigne fin, pièce par pièce. Si c'est là, je le trouverai.

Une autre de ces expressions étranges tordit le visage de Rey.

— Si *quoi* est là ?

— Si seulement je le savais… Mais on va chercher jusqu'à ce qu'on trouve – à moins que tu n'y voies une objection.

Rey secoua la tête.

— Aucune. Si ce n'est que je vais envoyer un SMS à Brian pour lui dire d'ajouter des gants à la liste.

— Bonne idée.

Sasha sourit. D'un sourire triste. Elle n'avait pas besoin de le voir pour savoir qu'il l'était. Elle le ressentait de l'intérieur. Elle *était* triste. Mais c'était la première étape pour surmonter la crise qu'elle venait de provoquer. Elle n'avait pas voulu laisser cette ombre douloureuse planer sur la vie de Brianne et elle avait eu raison.

Sa fille avait le droit d'être heureuse.

Sa fille avait le droit de connaître son père.

Et Sasha avait bien l'intention d'aller jusqu'au bout pour obtenir la vérité – quelle qu'elle soit – et la justice pour ses parents.

16

Branch frappa à la porte de sa grand-mère et attendit. En général, il lui téléphonait d'abord avant de passer mais, cette fois, il n'en avait pas eu le courage. Il avait besoin de lui parler en personne.

Arlene Holloway ouvrit la porte. Se souvenant qu'elle avait quatre-vingt-cinq ans et qu'elle était la doyenne de la famille, Branch s'exhorta au calme. Il ne voulait pas la bouleverser et, dans l'état de nervosité qui était le sien, il n'était pas sûr de ses réactions.

— Branch ? Quelque chose ne va pas ?

Et voilà. Il n'avait pas appelé alors qu'il le faisait toujours.

— Non. Enfin... Si. Je suis un peu énervé. Je peux entrer un moment ?

— Bien sûr.

Elle s'effaça pour lui livrer passage.

— Et Sasha ? Où est-elle ?

La brave vieille dame tendit le cou pour scruter l'obscurité, derrière lui.

— Elle est avec Rey Anderson.

Arlene hocha la tête.

— Rey fait du bon travail au journal. Bien mieux que son oncle Phillip n'a jamais fait. Il était bien trop occupé à poursuivre les veuves de la ville de ses assiduités !

En dépit des circonstances, Branch sourit. Arlene trouvait toujours le moyen de le faire sourire, même lorsqu'elle ne le faisait pas exprès.

— Il paraît qu'il est allé en Floride pour les vacances de Pâques.

— Les vacances de Pâques, grommela Arlene en refermant la porte. Comme un lycéen ! Il faut vraiment qu'il se trouve un passe-temps autre que courir tous les jupons qui passent.

Branch estima inutile de l'encourager sur cette voie.

— Mamie, j'ai des questions à te poser.

Elle le considéra derrière les verres épais de ses lunettes et cligna des paupières.

— Est-ce qu'il faut que je sorte un remontant pour faciliter les choses ?

— Ce n'est pas impossible.

— Assieds-toi, lui dit-elle en tendant le bras vers le salon. Je vais chercher le bourbon de Walker.

Son grand-père était mort depuis dix ans, mais sa grand-mère persistait à qualifier systématiquement le whisky de « bourbon de Walker » alors que Branch savait pertinemment qu'elle en avait acheté plusieurs bouteilles depuis qu'il était parti. La technique d'Arlene consistait à charger le père de Branch d'en faire l'acquisition à sa place car, de son point de vue, il aurait été inconvenant qu'elle soit vue dans un magasin vendant de l'alcool. Elle revint vers le sofa, tenant dans ses mains noueuses deux verres à liqueur et la bouteille de bourbon.

Lorsqu'ils eurent chacun bu une gorgée, elle arrêta un regard perçant sur lui.

— Alors, qu'est-ce qui s'est passé ?

— Est-ce que tu savais que la fille de Sasha était de moi ?

Au fil des années, sa grand-mère lui avait envoyé une douzaine de photos de Brianne par MMS, depuis l'époque où elle était bébé, en couches-culottes, jusqu'à récemment.

En regardant les photos les plus anciennes à la lumière de ce qu'il savait aujourd'hui, il éprouvait un vrai coup au cœur. C'était comme contempler des clichés de lui, enfant. Comment une telle chose avait-elle pu se produire ? Pourquoi Sasha avait-elle gardé un secret pareil pendant douze ans ?

— Disons que j'avais des doutes, confessa Arlene. Mais Vi ne m'a jamais rien dit – à la demande de Sasha, j'imagine. C'est comme pour les parents de Sasha... On n'en a jamais discuté. J'ai essayé une fois, je m'y suis cassé les dents... Je n'y suis plus jamais revenue. C'était la façon dont fonctionnait notre relation, mon garçon : nous respections mutuellement nos jardins secrets. En prenant de l'âge, on comprend l'importance de ce genre de chose. Quand les proches s'en vont les uns après les autres et que la santé bat un peu de l'aile, il reste l'estime de soi et celle de ses bons amis.

Branch secoua la tête.

— N'empêche... Je me retiens d'exploser de rage. Elle m'a dissimulé que j'avais une fille pendant douze longues années.

— Crois-tu que ça arrangerait les choses ? Que tu te sentirais mieux ?

Il sirota une petite gorgée de bourbon.

— Ni l'un ni l'autre.

— Alors, tu as ta réponse. Si tu veux mon avis, sa fille non plus ne doit rien savoir. Sasha va avoir bien assez de mal à lui annoncer la nouvelle, à elle aussi, sans que tu lui compliques un peu plus la tâche. Je pense qu'il faut te montrer un peu patient. Et peut-être aussi... compréhensif. Elle était jeune, désemparée, bouleversée. Elle a assumé le plus difficile toute seule. Toi, tu vas avoir le meilleur. C'est une magnifique petite et, d'après tout ce que m'en a dit Vi, un esprit vif comme l'éclair.

Branch hocha lentement la tête.

— On trouvera une solution.

Arlene sourit à son petit-fils.

— Là, tu commences à être sur la bonne voie.

Il avait une fille. Une fantastique, une merveilleuse fille qui méritait d'avoir le meilleur père possible.

— Je vais devoir prévenir mes parents, je suppose.

— Tu devrais accepter un deuxième bourbon avant de le faire. Ta mère ne va plus se tenir de joie... Elle qui désespérait d'être grand-mère un jour !

Le téléphone de Branch vibra au fond de sa poche et il le sortit pour le cas où ce serait Sasha. Mais il fronça les sourcils en consultant l'écran. Ce n'était que Billy.

— Salut, Billy. Que se passe-t-il ?

Il était un peu tard pour un appel amical du chef de la police. Branch se cuirassa, s'attendant à des ennuis. Il avait reçu des nouvelles de Sasha moins d'une heure plus tôt, donc, avec un peu de chance, tout allait bien de ce côté-là.

— Salut, Branch. Il est arrivé quelque chose. J'aimerais que tu viennes jeter un coup d'œil.

Oh ! bon sang.

— Où ça ?

— Chez Alfred Nelson. Ça a tout l'air d'un suicide mais on a retrouvé une note bizarre.

J'arrive.

Le voyant se lever, Arlene fronça les sourcils.

— Tu dois partir ?

— Oui, mamie. Merci pour tes conseils et pour le whisky.

Il jeta un regard à son verre, à moitié vide.

Elle cligna de l'œil.

— Ne t'en fais pas pour ça, mon garçon. Je le finirai.

Branch la serra contre lui.

— Merci, mamie. Je t'adore.

— Moi aussi, je t'adore. Et sois gentil avec Sasha, hein. Elle a connu assez de drames dans sa vie. Elle mérite un peu de bonheur et elle vient de te faire un cadeau miraculeux. Apprécie-le à sa juste valeur au lieu de te braquer sur le fait qu'il lui a fallu si longtemps pour y parvenir.

— Je vais essayer.

Une fois dehors, il replaça son chapeau sur sa tête et monta dans sa camionnette. Sa grand-mère était une femme très avisée.

Alfred Nelson vivait seul. Sa femme était morte quatre ans plus tôt. Selon Burt Johnston, qui connaissait tout le monde dans le comté, Al avait contribué à l'embauche d'Alexandra Lenoir au service de l'urbanisme. Il avait également vigoureusement défendu son importante promotion deux ans plus tôt. Bien que travaillant lui-même dans ce service depuis près de dix ans, il l'avait jugée plus à même que lui d'occuper ce poste de responsabilité de par son haut niveau de formation, soulignant qu'Alexandra était la candidate idéale.

Apparemment, peu après le déjeuner, Al avait décidé de mettre fin à ses jours. Il avait attaché une corde à linge au ventilateur de plafond et fait un nœud coulant, ensuite de quoi il avait grimpé sur un escabeau, passé le nœud autour de son cou et repoussé l'escabeau d'un coup de pied.

Mais, auparavant, il avait rédigé un mot à l'attention de Sasha, expliquant que ses parents étaient morts par sa faute, qu'il n'avait jamais voulu que les choses se terminent ainsi mais qu'il avait commis une très, très grave erreur. Il s'était rendu chez eux avec l'intention de tuer Brandon Lenoir parce qu'il aimait Alexandra et rêvait depuis toujours de l'avoir à lui seul. Mais les choses avaient mal tourné et, dans la lutte acharnée pour mettre la main sur le pistolet, Alexandra avait été tuée accidentellement. Al avait ensuite tué Brandon tout en faisant croire à un meurtre suivi d'un suicide. C'était sa voix que Sasha avait entendue cette nuit-là. Tout était sa faute.

— Alors, qu'est-ce que tu en penses ? interrogea Billy lorsque Branch eut fini de lire, d'un ton chargé de scepticisme.

— À peu près la même chose que toi, je suppose.

Branch secoua la tête.

— Si ces aveux étaient authentiques, cela voudrait dire que c'était Alfred l'intrus. Or, on sait tous les deux que sa condition physique ne lui aurait pas permis de courir à travers bois ni d'entrer par effraction dans une maison. Quand Sasha l'a vu aujourd'hui, il l'a mise en garde, disant qu'elle devait cesser ses recherches, que « le mal était parfois trop puissant pour être arrêté ».

Le plus étrange sur la scène du prétendu suicide, c'était que les tiroirs de son bureau étaient vides. Tous ses papiers, personnels ou professionnels, avaient disparu.

— Apparemment, quelqu'un s'applique à faire le ménage, nota Billy en regardant les deux assistants du coroner recouvrir le corps.

C'était bien ce qui chagrinait Branch.

— Je crois qu'il vaudrait mieux que je prévienne Sasha avant qu'elle ne l'apprenne autrement.

— Devlin Packard court toujours, souligna Billy. Je ne sais pas si ceci est son œuvre – franchement, je ne le pense pas – mais il a un rôle dans tout ça. Quelque chose me dit que ce n'est pas pure coïncidence si toutes ces choses se produisent justement alors qu'il a disparu.

Oui, Devlin était l'un de ces éléments qui refusaient obstinément de trouver leur place dans l'histoire, telles des pièces de puzzle égarées de longue date trop abîmées ou déformées pour s'intégrer aux autres. Et, pourtant, chacun savait d'instinct qu'elles appartenaient bien à ce tableau-là. Il y avait apparemment pléthore de secrets entre les protagonistes d'il y a vingt-sept ans, et chacun d'entre eux s'imbriquait d'une façon ou d'une autre dans le puzzle.

— Au fait, as-tu reparlé à Leandra Brennan ? s'enquit incidemment Branch, se demandant si elle avait raconté la même histoire à Billy.

— Oui. Et elle s'est montrée étonnamment loquace sur ses relations avec les parents de Sasha cette fois-ci. D'après elle, pendant la période où elle entretenait une liaison avec Brandon, Alexandra sortait de son côté avec Al.

Billy indiqua le sac de plastique noir dans lequel se trouvait le corps d'Alfred.

— Moment parfait pour dévoiler cette information qu'elle avait, jusque-là, soigneusement passée sous silence. C'est curieux comme le phénomène est récurrent chez elle.

Branch secoua la tête.

— Appelle-moi si tu as du nouveau.

Billy acquiesça d'un signe de tête et le salua de la main.

Du domicile de Nelson, Branch se rendit directement à la maison Lenoir, Sasha l'ayant averti qu'elle et Rey passeraient la nuit là-bas. L'idée ne lui plaisait pas mais au moins n'était-elle pas seule.

La lumière du perron était allumée lorsqu'il descendit de sa camionnette. Il passa devant la voiture de Rey, celle de Sasha étant restée chez son amie. La cour arrière, en revanche, était plongée dans l'ombre, ce qui le contraria car cela signifiait que n'importe qui pouvait se faufiler incognito des bois jusqu'à la porte de service. Viola Simmons avait conservé les abonnements à l'eau et l'électricité mais elle ne s'était jamais souciée de faire entretenir les lieux. Sasha allait vraiment devoir remédier à ce problème.

Il frappa à la porte. Quelques instants plus tard, Rey lui ouvrait et lui décochait un sourire radieux.

— Branch ! Salut. Entre.

Il s'avança et vit Sasha apparaître au pied de l'escalier.

— Salut.

Il lui adressa un signe de tête.

— Bien... Je vais me remettre au travail, annonça Rey en décochant un sourire à Sasha avant de disparaître dans l'escalier.

— Est-ce que... tout va bien ? s'enquit Sasha, incertaine.

— J'ai reçu un appel de Billy. Alfred Nelson est mort.

— Quoi ? Que s'est-il passé ?

— Suicide, apparemment. Il a laissé un mot pour toi.

Il répéta le contenu du message et elle se mit avant même qu'il ait terminé à secouer résolument la tête.

— Non, objecta-t-elle. Il m'a confié qu'il considérait ma mère comme sa fille. Il l'a aidée à obtenir sa promotion, l'a soutenue tout du long – ce qui s'apparente effectivement plus au comportement d'un père qu'à celui d'un amoureux transi. Et je n'ai pas eu l'impression qu'il mentait ou que ses sentiments aient été autres que platoniques. Non, tout ça n'a pas de sens.

— C'est aussi l'avis de Billy et le mien. À propos, Leandra Brennan vient juste de se rappeler que ta mère et Nelson avaient eu une relation.

— On touche de trop près à la vérité, assena Sasha en le regardant en face. Ils ont peur, donc ils essaient de couvrir leurs arrières par tous les moyens. Ils n'avaient pas envisagé que je pourrais avoir gardé des souvenirs de cette nuit-là. Ils croyaient m'avoir réduite définitivement au silence.

— Ils pourraient encore s'y employer.

Elle détourna les yeux.

— Je suis prudente. Rey est là, avec moi.

— Promets-moi de ne pas prendre de risques, Sasha. Je préférerais de loin que tu dormes chez moi.

— Je suis contente que tu prennes les choses comme ça, Branch. Je ne savais vraiment pas à quoi m'attendre après t'avoir avoué ce secret que j'ai gardé pendant si longtemps.

— Si tu as pris cette décision, c'est autant ma faute que la tienne, déclara-t-il.

Malgré la colère qu'il avait éprouvée à l'annonce de la nouvelle, c'était la vérité.

— Si je m'étais comporté différemment moi aussi, tu aurais peut-être eu moins de mal à me parler. Quoi qu'il en soit, ce qui est fait est fait. Je pense qu'il vaut mieux envisager l'avenir plutôt que de ressasser le passé.

Elle le serra contre elle et, l'espace d'un moment, il demeura incapable de faire un mouvement. Peut-être était-ce le choc causé par cette soudaine démonstration d'affection. Finalement, il lui donna l'accolade en retour. Après tout, quels que soient par ailleurs leurs sentiments, ils étaient amis. Et ils avaient une fille en commun. Bien des choses nécessiteraient d'être éclaircies, mais leur amitié n'avait pas à être remise en question.

Lorsqu'elle s'écarta de lui, elle croisa les bras comme pour mettre une barrière entre elle et lui.

— Nous sommes en train de retourner la maison du sol au plafond. S'il y a quelque chose à trouver, nous comptons bien le trouver ce soir.

— Ferme les portes à double tour et sois très vigilante. Billy est d'avis que quelqu'un est en train de faire le ménage.

Ce qui semblait malheureusement à ses yeux tout à fait logique. Si logique que cela le mettait très mal à l'aise.

— Ne t'inquiète pas. Nous ferons très attention.

— S'il y a le moindre problème, appelle-moi. Je ne suis qu'à huit ou neuf minutes d'ici, tu le sais.

— C'est promis, acquiesça-t-elle en hochant la tête.

Il avait espéré qu'elle allait lui proposer de dormir sur place, mais non. Peut-être avait-elle besoin d'un peu de temps, elle aussi. Il le comprenait. Mais elle n'aurait pas pu choisir plus mal son moment.

Heureusement, Rey était là.

Ce fut ce qui le convainquit de remonter dans sa camionnette. Mais il s'en alla, l'esprit pas tout à fait tranquille, malgré tout.

Dix minutes plus tard, chez lui, il s'apprêtait à se coucher, quoique persuadé qu'il ne parviendrait pas à fermer l'œil, lorsque le son annonçant l'arrivée d'un SMS lui fit plonger la main dans sa poche de pantalon.

Alors, comme ça, il paraît que vous êtes mon père.

Son cœur sauta un battement.

Sasha lui avait parlé.

Déjà.

Il se mit à pianoter sur le clavier de son téléphone.

Oui. Je suis navré de ne pas avoir été là avant. Si tu me le permets, j'ai l'intention de faire de mon mieux pour rattraper ce retard.

Retenant son souffle, il appuya sur Envoyer et attendit. Il ne respira de nouveau que lorsque la réponse arriva.

Je devrais pouvoir faire ça.

Il sourit et tapa une brève réponse.

Super.

Après quoi, il composa le numéro de ses parents. Sa mère répondit à la deuxième sonnerie.

— Branch ? Tout va bien ?

— Oui, oui, tout va bien, assura-t-il. Je sais qu'il est tard, mais j'ai une nouvelle qui ne pouvait pas attendre.

17

Jeudi 28 mars

Il faisait à peine jour lorsque Sasha s'éveilla le lendemain matin. Rey et elle avaient veillé tard, passant au crible tous les tiroirs, vidant les boîtes de rangement et les placards. Tout en poursuivant ses recherches, elle avait parlé longuement avec Brianne. Elle avait d'abord pensé attendre d'être de retour à New York pour lui parler face à face mais, compte tenu de tout ce qui se produisait depuis qu'elle avait entamé ses recherches, Sasha avait opté pour une conversation en vidéo, ce qui était le parfait compromis.

Brianne avait pris la nouvelle plutôt bien. Elle avait déclaré attendre depuis longtemps de connaître l'identité de son père. Sasha lui avait dit qu'elle lui savait gré de sa patience et de la compréhension dont elle avait fait preuve. L'une de ses premières requêtes avait été que Sasha lui donne le numéro de portable de son père. Branch lui avait fait savoir par la suite que Brianne avait pris contact avec lui.

Sasha se félicitait particulièrement que Branch ait si bien reçu la nouvelle. Dire qu'elle s'était torturé l'esprit, des années durant, à se demander comment se passeraient les choses le jour où elle dévoilerait la vérité... Brianne aussi avait été incroyable. C'était une préadolescente confiante et très équilibrée. Sasha était très fière d'elle.

Branch avait de la chance de se découvrir une fille aussi extraordinaire qu'elle.

Sasha s'aventura dans la cuisine. Rey avait prévu les pizzas, le vin et l'eau minérale mais elle n'avait pas pensé au café du matin. Mourant d'envie d'en boire un, Sasha opta pour faire un saut en ville acheter café et croissants. Elle serait probablement revenue avant que Rey ne soit levée. Son amie l'aurait bien mérité : comme à son habitude, elle avait abattu de la besogne pour quatre la veille. Une vraie tornade. Mais elles avaient eu beau fouiller la presque totalité de la maison, elles n'avaient rien trouvé – rien, en tout cas, qui jetât un nouvel éclairage sur l'affaire.

Tant de choses s'étaient passées ces derniers jours, médita-t-elle en se préparant à partir. La question n'était plus de savoir s'il y avait ou non eu double meurtre. Ses parents avaient été assassinés, point. Et plusieurs suspects potentiels étaient dans leur collimateur. Leandra Brennan, Alfred Nelson, Jarvis Packard, Seth Keegan et Hadden Roark. Et puis il y avait le point d'interrogation concernant Devlin Packard, que Sasha, cependant, voyait plus dans le rôle de témoin que dans celui d'assassin.

Elle attrapa son sac à main, les clés et son téléphone et ouvrit la porte d'entrée. Comme elle la verrouillait, elle glissa le téléphone dans son sac à main.

— Vous auriez dû m'écouter.

Sasha fit volte-face.

Elle reconnut le visage qu'elle avait vu dans ses recherches sur Internet. Devlin Packard se tenait devant elle, les yeux écarquillés par l'appréhension ou le doute – peut-être, la folie.

Son premier réflexe fut de crier mais elle se contint.

— Devlin, dit-elle, s'obligeant à respirer lentement. Je suis contente que vous soyez revenu. J'essaie d'avancer, de trouver des réponses. Mais je crois que j'aurais bien besoin de votre aide.

Il la dévisagea, décontenancé, les traits empreints d'un mélange d'appréhension et de défiance.

— Voulez-vous entrer ? J'allais chercher le petit déjeuner. Je peux vous rapporter quelque chose, si vous voulez, offrit-elle, priant le ciel qu'il ait faim.

Il l'attrapa par le bras. Son sac à main et ses clés tombèrent.

— Il faut que vous veniez avec moi.

La peur lui étreignit la gorge. Ç'aurait été le moment d'appeler à l'aide mais, si elle criait, le peu de confiance qu'elle avait commencé à instaurer avec lui serait aussitôt anéanti.

Pouvait-elle être certaine qu'il n'allait pas la tuer ?

Elle se rappela qu'il en avait eu la possibilité et qu'il ne l'avait pas fait.

Il l'entraînait à travers la cour. La rosée qui perlait sur les hautes herbes mouillait les jambes de son jean. Elle trébucha, s'efforçant de calquer son pas sur ses longues enjambées. Ils atteignirent l'orée de la forêt et elle devina où il l'emmenait. Les rayons rose orangé du soleil levant furent subitement masqués par les bois sombres.

— Vous viviez dans la cabane quand mes parents sont morts.

Il l'attira plus près de lui, comme s'il craignait qu'elle ne lui échappe.

Sasha ne résista pas. Il fallait qu'il sente qu'elle lui faisait confiance. S'il avait vu quelque chose, elle aurait besoin de sa coopération.

Le cœur de Sasha tambourinait dans sa poitrine lorsqu'ils arrivèrent à la cabane. Il la poussa à l'intérieur et entra à sa suite, laissant la porte ouverte, peut-être pour permettre au peu de lumière qui pénétrait les bois d'éclairer l'intérieur. Elle regretta de ne pas pouvoir utiliser son téléphone et son application lampe-torche.

— Vous n'auriez pas dû revenir poser des questions. Grosse erreur. Très grosse erreur, déclara-t-il, agité, en dansant d'un pied sur l'autre.

Elle referma ses bras autour d'elle et essaya de se rappeler ce qu'elle avait vu dans la cabane. Un vieux plaid, des cochonneries.

— Je voulais juste savoir ce qui était arrivé à ma mère et à mon père, expliqua-t-elle doucement, calmement, comme l'enfant qu'elle avait été quand elle avait perdu ses parents.

Elle avait toujours l'impression d'être cette enfant-là quand elle se laissait catapulter en arrière, à l'époque de leur mort.

— Ils vous tueront comme ils les ont tués, eux.

Il se pencha vers elle et elle lutta contre l'envie de reculer.

— C'est pour ça que je suis revenu, acheva-t-il.

— Merci.

Continuer à le faire parler. Rey allait se réveiller et voir qu'elle n'était pas là. Elle appellerait Branch et...

— Vous auriez dû repartir après l'enterrement de votre grand-mère au lieu de rester ici, à poser toutes ces questions. J'ai tout de suite su qu'ils allaient le découvrir et s'en prendre à vous comme ils s'en sont pris à eux.

— Qui donc ? demanda-t-elle, la voix palpitante d'émotion. Qui a tué mes parents ?

Il secoua de nouveau la tête, alla jusqu'à la porte et jeta un coup d'œil au-dehors, comme s'il avait peur que quelqu'un ne les ait suivis.

— Ils sont morts. Rien ne les ramènera.

Parlait-il de ses parents ?

— On devrait prévenir la police, la mettre au courant de ce qui s'est passé, suggéra-t-elle.

Il était de plus en plus agité et elle, de plus en plus nerveuse. Mais il savait quelque chose, c'était évident.

Il se retourna brusquement.

— Vous êtes folle ou quoi ? se récria-t-il. La police ne peut rien contre eux ! *Personne* ne peut rien.

La peur s'accrut en elle.

— Vous avez raison, ce n'est pas une bonne idée. Je ne sais pas ce qui m'a pris de dire ça.

Pendant quelques secondes, le silence fut si absolu qu'elle l'entendit respirer, entendit le battement du sang dans ses propres veines.

— Votre mère m'avait laissé venir ici parce qu'elle me plaignait. Elle était gentille avec moi.

— Vous aviez des ennuis ?

Il lui jeta un regard noir.

— J'ai toujours eu des ennuis. Je faisais tout de travers.

— Donc, ma mère vous aidait, reprit Sasha, réussissant à plaquer un petit sourire sur ses lèvres. Elle aimait bien aider les gens.

Il se remit à secouer la tête avec tant de véhémence que ce devait être inconfortable, voire douloureux pour lui.

— Elle n'aurait pas dû m'aider.

— Vous pensez qu'ils lui ont fait du mal parce qu'elle vous aidait ?

Si son cœur accélérait encore, il allait sûrement jaillir hors de sa poitrine.

— Ils croient que je ne sais pas, mais je sais…

Il regarda de nouveau dehors, rempli d'effroi.

— Ils sont à ma recherche. Je suis trop fatigué pour continuer à me cacher. Je ne peux plus fuir.

Sasha l'imita et regarda à l'extérieur.

— Qui vous cherche ?

— Il faut que je vous montre avant qu'ils n'arrivent. Je n'en aurai peut-être plus jamais l'occasion.

Sasha ne voyait ni n'entendait personne. Mais s'il avait quelque chose à lui montrer, c'était peut-être important.

Il se dirigea vers le fond de la cabane et se mit à gratter par terre.

C'était l'occasion de prendre le large. Il lui tournait le dos et elle était près de la porte. Mais il fallait qu'elle reste… pour voir ce qu'il tenait tant à lui montrer.

Il se releva et revint vers elle.

— J'ai gardé ça. Ils ne sont pas au courant. Je voulais vous les donner, dit-il en lui tendant une liasse de papiers. S'ils les trouvent, ils les prendront et vous n'aurez jamais ce que vous cherchez.

— Je les conserverai précieusement, promit-elle, ses doigts tremblants se refermant autour des grandes feuilles.

Le son lointain d'une voix ramena d'un coup leur attention vers la porte.

— Les voilà, murmura-t-il, les yeux agrandis par la frayeur.

Il repoussa le battant et se tourna vers elle.

— Éloignez-vous de la porte. Ils viennent pour nous tuer.

Branch s'apprêtait à sortir de chez lui lorsque son portable vibra dans sa poche. Numéro inconnu.

— Holloway à l'appareil.

— Branch, c'est Rey. Sasha a disparu. En me levant, j'ai trouvé son sac et ses clés par terre sur le perron mais elle n'est pas là. Il y a des types ici – on dirait un groupe d'intervention des forces spéciales ou quelque chose comme ça. Ils veulent fouiller la maison.

Branch sautait déjà dans sa camionnette.

— Ne les y autorise pas. Appelle Colt et Billy. Je suis en route.

Quelque chose lui soufflait que les prétendues forces spéciales devaient être l'équipe de la sécurité de Packard. Ils n'avaient aucun pouvoir en dehors des locaux de la société Packard et moins encore le droit de pénétrer dans une propriété privée. Malheureusement, il doutait qu'un point de droit aussi insignifiant que celui-ci ne les arrête.

Il battit son record et mit six minutes pour arriver à la maison Lenoir. Le SUV du shérif du comté, Colton Tanner, alias Colt, était déjà là.

Rey était dehors, sur le perron.

— Ils sont derrière, dans la cour ! lui cria-t-elle en montrant l'angle de la maison.

Comme Branch tournait au coin de la propriété, la camionnette de Billy arriva, moteur vrombissant, dans l'allée, mais Branch ne ralentit pas l'allure. Rey guiderait Billy.

Colt avait stoppé le groupe de quatre hommes vêtus de noir et armés jusqu'aux dents à la lisière des arbres, là où la cour se fondait dans la forêt sombre.

Tous quatre paraissaient suivre avec circonspection la course de Branch dans leur direction.

— Marshal Branch Holloway, lança-t-il d'une voix forte en exhibant son badge. Le chef de la police Brannigan vient d'arriver également. Messieurs, vous commettez une violation de propriété privée.

— Bonjour, Branch, dit Colt. C'est précisément ce que j'étais en train d'expliquer à ces messieurs.

— Nous avons des raisons de croire que le fils, mentalement instable, de notre employeur se trouve dans ces bois. Il pourrait présenter un danger pour lui-même et pour autrui. Nous avons ordre de le ramener à l'hôpital.

S'il était effectivement ici, Branch devinait sans peine où il se trouvait.

— Shérif, si vous et le chef Brannigan voulez bien surveiller ces messieurs, je vais aller jeter un coup d'œil.

Colt fit un signe d'assentiment et Branch s'enfonça dans la

forêt. Il se retint à grand-peine de courir jusqu'à ce qu'il soit hors de vue de l'équipe de sécurité. Alors, il s'élança à fond de train. Parvenu aux abords de la cabane, il ralentit, demeurant sous le couvert de la végétation.

Puis, en silence, tendant l'oreille, à l'affût du moindre son, il approcha lentement.

Il ne savait pas si l'homme était armé ou non. Plutôt que de courir le risque de faire irruption dans la cabane, il appela :

— Sasha, c'est moi. Est-ce que tu es là ?

— Branch !

Des bruits de pas et des sons étouffés lui apprirent que Devlin était bien avec elle. Il dut faire appel à tout son sang-froid pour ne pas se ruer à l'intérieur pour la sauver.

— Tout va bien. C'est mon ami, annonça calmement Sasha de l'autre côté du battant.

Branch était juste à côté de la porte maintenant.

— Je ne peux pas vous protéger, gronda une voix masculine.

Branch poussa la porte.

— Mais moi, je peux.

Son regard alla de l'homme qui lui faisait face à Sasha. Elle semblait indemne mais ébranlée.

— Je peux vous protéger tous les deux, dit-il à l'homme qu'il reconnut comme étant Devlin Packard.

Packard secoua la tête frénétiquement.

— C'est ce que vous croyez. Mais ils nous tueront dès qu'ils en auront l'occasion.

Branch songea aux fusils d'assaut des hommes en noir.

— Restez dans la cabane et couchez-vous par terre. Toi aussi, ajouta-t-il à l'adresse de Sasha.

Réagissant au quart de tour, elle prit la main de Devlin et l'incita à s'étendre sur le sol. Branch appela Billy.

— Écoute-moi bien, Billy. Je suis à la cabane et ils sont là tous les deux. Il est terrifié par le commando d'hommes en noir. Il pense qu'ils ont été envoyés pour les abattre, lui et Sasha. Il faut les faire sortir d'ici et les mettre à l'abri, au poste de police.

Il leur fallut patienter trente-cinq minutes avant de pouvoir évacuer les lieux. Jusqu'à la dernière seconde, Branch craignit le pire. Étant donné l'influence de Packard, celui-ci pouvait avoir dépêché plusieurs équipes dans les bois. À tout instant, Branch s'attendait à les voir surgir d'une direction puis d'une autre pour les encercler et les prendre au piège.

Ce ne fut que quand Billy et ses hommes arrivèrent pour les escorter hors des bois que Branch commença à souffler.

— Le groupe de vigiles armés a été conduit au poste, après un petit détour par le bureau du shérif.

Branch fut heureux de les savoir hors d'état de nuire. Enfin, il ouvrit la porte et tendit la main à Sasha.

— La voie est libre.

Sitôt qu'elle fut dehors, près de lui, elle se haussa sur la pointe des pieds pour lui murmurer à l'oreille :

— S'il te plaît, ne le traite pas comme un criminel.

Branch opina du chef. Il entra dans la cabane et s'avança vers l'homme toujours couché par terre.

— Vous pouvez sortir maintenant, Devlin. Personne ne vous fera de mal.

L'homme saisit la main que Branch lui tendait et se releva. Il promena un regard suspicieux autour de lui en émergeant de la cabane.

— Voici le chef de la police Brannigan, expliqua Branch. Il va veiller à ce que nous puissions sortir des bois en toute sécurité pour expliquer ce qui s'est passé.

L'air encore un peu hésitant, l'homme hocha néanmoins la tête.

Il fallut une autre demi-heure avant que tout le monde se retrouve au poste de police. On installa Devlin dans une salle d'audition où devait le rejoindre un avocat commis d'office. Ils essayaient d'aller très vite, avant que Jarvis Packard n'ait eu le temps d'user de son influence et de contre-attaquer.

Debout, regroupés autour d'une table de conférence, Billy, Sasha et Branch examinaient les dessins que Devlin avait donnés à Sasha. Plusieurs d'entre eux représentaient une femme regardant par les fenêtres d'une maison. Sasha supposa que c'était celle de son enfance et que la femme était sa mère. Les autres images montraient des hommes en noir postés à l'extérieur, regardant dans la maison. Elle songea au commando qui avait traqué Devlin. S'agissait-il aussi des hommes de main de Packard sur ces dessins ?

Elle secoua la tête.

— Je ne suis pas sûre de comprendre ce que tout ceci veut dire.

— Moi, je crois que je comprends, dit Branch.

Sortant son téléphone, il effleura l'écran puis se tourna vers Billy.

— Je pense qu'il faut que Sasha voie Devlin. Il a refusé de te parler mais je pense qu'il lui parlera, à elle.

— Sans doute, acquiesça Sasha. Il sait que je ne lui veux aucun mal maintenant. Ça vaut la peine de tenter le coup.

— On peut essayer, concéda Billy en ouvrant la porte. Toi et moi, on suivra l'entretien depuis la salle d'observation.

Billy ouvrit la marche jusqu'à la salle d'audition. Branch passa son téléphone portable et les dessins à Sasha.

— Demande-lui si c'est elle, la femme des dessins.

Sasha regarda l'écran. C'était le visage de Leandra Brennan vingt-sept ans plus tôt. La photo provenait d'un article publié dans le journal local. Elle l'avait vu en effectuant ses recherches sur Internet. La fureur s'empara de nouveau d'elle à l'idée des accusations que Brennan avait portées. Puis elle comprit soudain où Branch voulait en venir. Leurs regards se croisèrent et elle hocha la tête.

Prenant une grande inspiration, elle entra dans la salle d'audition et s'assit à la table.

— Est-ce que vous voulez boire quelque chose, Devlin ?

Il secoua la tête, ses mouvements saccadés indiquant qu'il était encore agité.

— Je crois que nous avons saisi ce que vous tentiez de nous dire, Devlin, commença-t-elle en posant les dessins devant lui.

Ses yeux balayèrent les images étalées devant lui.

— C'est elle que vous avez dessinée, n'est-ce pas ? questionna-t-elle en lui montrant la photo sur l'écran de téléphone.

Il hocha vigoureusement la tête.

— Elle fait semblant d'être gentille mais elle ne l'est pas.

— Elle a fait du mal à mes parents ?

Il haussa les épaules.

— Elle regardait. Les hommes...

Il désigna les silhouettes noires sur un autre de ses dessins.

— Ce sont eux qui leur ont fait du mal.

— Vous en êtes sûr ? insista Sasha, le cœur dans la gorge.

— Oui. Mon père s'est toujours débarrassé de ceux qui se mettaient en travers de son chemin.

Sasha força ses lèvres tremblantes à produire un sourire.

— Merci, Devlin. Vous nous aidez énormément.

Rassemblant les dessins, elle sortit de la salle et son regard s'arrêta sur Branch.

— Il l'a formellement reconnue. Mais pourquoi observait-elle ma famille ?

Mais, au fond, elle connaissait la réponse. À cause de sa liaison avec son père.

— Deux de mes hommes sont en train de l'appréhender, assura Billy. Je les ai envoyés la chercher à la minute où Devlin l'a identifiée.

— Et pour ce qui est de Packard ?

— Mes meilleurs enquêteurs se rendent en ce moment même à son domicile.

Tout cela était-il vraiment en train de se produire ? Allait-elle enfin entendre la vérité ?

Deux heures s'écoulèrent. Deux longues heures durant lesquelles Sasha décompta chaque minute.

Finalement, Leandra Brennan passa aux aveux. Avec Branch à son côté, Sasha suivait l'interrogatoire à travers le miroir sans tain.

— Il m'aimait plus qu'il ne l'aimait, elle, mais elle refusait de le laisser partir. J'ai essayé de me retirer quand elle est tombée enceinte. Mais je l'ai revu des années plus tard – après qu'il venait de perdre son travail. On s'est croisés par hasard. Il avait bu et je l'ai aidé à rentrer chez lui. Ce jour-là, j'ai compris qu'il était toujours amoureux de moi. Alors, j'ai décidé de prendre les choses en main.

— Comment ? questionna Billy.

— Je savais que M. Packard n'aurait jamais toléré que quelqu'un ose s'opposer à son projet de construction, pour l'hôpital. Alors, j'ai imaginé un stratagème pour parvenir à mes fins. J'ai piégé Alexandra en lui faisant croire que Packard avait pris des libertés avec la sécurité – je lui ai fourni des plans du site qui n'étaient pas les bons. Et j'ai fait croire à M. Packard qu'elle réclamait de l'argent en contrepartie de son silence.

Elle rit.

— Il est malin comme un singe mais, si intelligent qu'il soit, il n'y a vu que du feu. Il a gobé mon histoire sans se poser de questions et a demandé à ses sbires de s'occuper d'elle.

Elle fronça les sourcils.

— Brandon n'était pas censé être chez lui ce soir-là. Il devait être avec moi. Seules Alexandra et Sasha devaient mourir. Mais il a changé ses plans à la dernière minute et je n'ai rien pu arrêter. Si Sasha était morte cette nuit-là, personne n'aurait jamais rien su.

Sasha ne put en entendre davantage. Elle quitta la salle.

L'idée que sa mère était morte parce que sa meilleure amie avait décidé de s'approprier son mari la rendait malade. Elle ne connaîtrait jamais de façon certaine le degré de culpabilité de son père dans cette histoire mais, ce qu'elle savait, c'était qu'il avait essayé de protéger sa mère à la fin.

Branch la rejoignit dans le couloir.

— Tu ne comptes pas quitter Winchester tout de suite ?

Elle haussa les épaules.

— Non. Je... J'ai besoin de réfléchir.

— OK. Rey t'attend pour t'emmener chez elle. Moi, je reste jusqu'à ce que je me sois assuré que Packard et ses sbires aient tous été arrêtés.

— Merci, Branch. Jamais je n'y serais arrivée sans toi.

Il inclina brièvement la tête.

— Il va falloir qu'on parle prochainement.

Il avait raison. Une conversation s'imposait. Bientôt. *Très* bientôt.

18

Lundi 1er avril

Debout dans la cour arrière, Sasha contemplait les bois. Enfant, elle avait adoré cet endroit. Elle avait exploré chaque centimètre carré de cette forêt. Elle reporta son regard sur la maison. Quel dommage de la laisser se détériorer ainsi. Une famille aurait pu y vivre heureuse. Elle allait prendre ses dispositions pour faire nettoyer le terrain et engager les travaux de rénovation.

Ce serait beaucoup de travail mais il était temps de laisser le passé là où il était et de tourner la page.

Elle avait décidé de conserver la maison de sa grand-mère. Elle s'y sentait plus chez elle qu'ici. Et puis... Comment aurait-elle pu se séparer de la maison que sa grand-mère avait tant aimée ? Impossible. Et, quand l'heure viendrait, elle la transmettrait à sa fille.

Même si elle avait tranché concernant un certain nombre de choix, il lui restait encore des décisions à prendre.

Le vent tourna, l'enveloppant de l'air frais du matin. Elle referma les bras autour d'elle. Elle avait pris un congé prolongé de sa société. Brianne finirait son année en suivant des cours par correspondance. Ensemble, elles passeraient l'été à envisager les différentes solutions qui s'offraient à elle.

Jarvis Packard s'était entouré d'une pléiade d'avocats et niait avoir eu connaissance des faits relatés par Leandra Brennan. Non que Sasha se soit attendue à le voir reconnaître ses responsabilités dans la mort de ses parents. Brennan l'avait également accusé d'avoir commandité l'assassinat d'Alfred Nelson. Mais, à moins que Brennan ne puisse apporter des preuves de ses allégations, il y avait fort à parier que Packard s'en tirerait sans être inquiété. Sasha était contente de connaître enfin la vérité et elle avait bon espoir que Brennan irait croupir en prison de très nombreuses années pour les actes qu'elle avait commis.

Elle avait ourdi une machination machiavélique contre la mère de Sasha – qui avait été sa meilleure amie – tout cela parce qu'elle la jalousait. Résultat : ses deux parents l'avaient payé de leur vie.

Sasha frissonna. Elle était extrêmement reconnaissante à Devlin Packard d'avoir contribué à désigner les personnes responsables de l'assassinat de ses parents. Sans lui, malgré ses certitudes, Leandra Brennan n'aurait peut-être jamais été traduite devant la justice. Il avait depuis réintégré son centre de soins ultra-luxueux. Elle lui souhaitait le meilleur pour l'avenir.

Plus important encore, Branch s'était tenu à son côté tout au long de son voyage dans le passé. C'était lui le vrai héros de l'histoire.

Un bruit de moteur ramena son attention sur la maison. Quand on parlait du loup… Ce devait être Branch. Elle fit rapidement le tour de la maison et arriva en vue de l'allée juste au moment où il sortait de sa camionnette. Comme il s'avançait dans sa direction, un sentiment d'anticipation s'empara d'elle. Elle ne se lasserait jamais de le regarder se mouvoir ni de l'entendre parler. Il lui sourit.

Ni de voir un sourire s'épanouir sur son beau visage.

— Bonjour.

— Bonjour.

Ils se rejoignirent au milieu de l'allée. Qui avait retrouvé sa largeur initiale. Branch avait envoyé l'entreprise d'élagage qui entretenait les jardins de ses parents et de sa grand-mère et, à coups de tronçonneuse et de débroussailleuse, ils avaient dompté la jungle qui avait envahi les alentours de la maison.

— J'ai eu un appel de Billy, annonça-t-il. Le Dr Farr a passé un accord avec le procureur. Il va témoigner au tribunal et déclarer que Jarvis Packard lui a offert une place au conseil d'administration de l'hôpital en échange du rapport d'expertise médicale qu'il avait fourni te concernant.

Sasha pressa les deux mains sur sa bouche. Bien sûr, elle avait su que Farr mentait mais...

— Est-ce que son témoignage peut faire la différence ?

Branch hocha la tête.

— Packard a toute une armée d'avocats qui planchent sur l'affaire, mais, oui, je pense que le témoignage de Farr a toutes les chances de faire pencher la balance.

— C'est une excellente nouvelle, dit Sasha, immensément soulagée mais n'osant encore y croire. Merci !

Le silence retomba entre eux pendant quelques secondes puis, finalement, Sasha demanda :

— Est-ce que... tu as pris ta décision ?

Il hocha la tête sans hésitation.

— Oui.

Elle retint son souffle. Elle n'avait aucun droit d'attendre de lui qu'il change ses projets de vie pour elle ou pour Brianne.

— Je reste à Winchester.

Le soulagement la submergea.

— Je suis sûre que tes parents et ta grand-mère vont être ravis.

— Ils le sont, assura-t-il en souriant. Et, pour être tout à fait honnête, moi aussi. Ça n'a pas été une décision facile à prendre mais... je sens que c'est la bonne.

— J'en suis heureuse.

Il soutint son regard pendant un moment.

— C'est bon à savoir.

Ils tournaient autour du pot, dansaient autour de la question qu'ils avaient tous les deux en tête sans la nommer, mais, pour l'instant, la charge émotionnelle était trop forte. Il leur fallait du temps.

— J'ai pris un long congé pour tout régler ici, donc je ne m'en vais pas non plus avant un certain temps, annonça-t-elle finalement.

— Oh. Bien... Super. C'était sûrement le mieux à faire.

Son ton était réservé. S'inquiétait-il de la façon dont les choses allaient évoluer entre eux deux ? Cela la préoccupait, elle aussi, mais ils avaient d'autres considérations – comme une fille préadolescente.

— Oui, je crois. J'ai pensé qu'il serait mieux que je sois là – au moins pendant un temps. Pour que tu puisses faire connaissance avec ta fille.

Son cœur fit un bond dans sa poitrine quand elle vit l'étincelle d'anticipation qui s'allumait dans ses yeux.

— Oui... Ça me plairait vraiment beaucoup.

Sasha hocha la tête. S'efforçant à la légèreté, elle répliqua :

— Eh bien, tant mieux, parce qu'elle est très, très impatiente de te rencontrer.

Et c'était peu de le dire. Brianne *trépignait* d'impatience. Elle était pressée de découvrir l'autre moitié de sa famille.

Un sourire perça le masque circonspect.

— C'est réciproque.

Branch et Brianne s'étaient parlé au téléphone tous les jours. Sitôt que son avion avait atterri la veille, elle avait voulu se rendre directement chez lui mais Sasha avait insisté pour qu'elle s'accorde le temps de s'acclimater.

— Veux-tu entrer lui dire bonjour de vive voix ? suggéra-t-elle.

— Oui, j'aimerais beaucoup.

Ils gravirent les marches ensemble. Comme il tendait la main pour pousser la porte, elle marqua un temps d'arrêt.

— Je me disais que... tu pourrais peut-être venir dîner ce soir ? Brianne et moi avons prévu de cuisiner.

— Si tu me dis où et à quelle heure, j'y serai.

— 19 heures, chez ma grand-mère ?

Il acquiesça.

— J'y serai.

Il ouvrit la porte et Sasha entra la première. Brianne dévalait l'escalier.

— Salut, chérie.

Elle se retourna à demi, tendant le bras vers l'homme qui était derrière elle.

— Voici... Branch.

Brianne s'arrêta sur la dernière marche pendant un long moment, regardant pour la première fois celui qui était son père.

Ce fut Branch qui rompit la glace en s'avançant et en tendant la main.

— Bonjour, Brianne. Je suis très content de te voir enfin en chair et en os.

Elle plaça sa main dans la sienne et la serra.

— Oui. Moi aussi. Enchantée.

— Brianne et moi nous apprêtions à aller faire une promenade. Si tu veux te joindre à nous... ?

— Bien sûr, volontiers.

Ils ressortirent et se dirigèrent vers l'arrière de la maison. Sasha se laissa devancer et regarda le père et la fille, côte à côte. La ressemblance était frappante. Sasha l'avait toujours su mais c'était tellement évident maintenant qu'ils étaient là, tous les deux, ensemble... Elle savait aussi que cette relation tout juste naissante ne serait pas simple tous les jours. Pour l'instant, sa fille était tout à l'excitation de la découverte. Il y aurait des hauts et des bas, bien entendu, mais, pour l'instant, tous deux étaient fermement décidés à construire une relation solide. Sasha n'aurait pu rêver mieux. La rencontre laissait présager le meilleur pour l'avenir.

L'ombre qui avait plané sur sa vie pendant tellement longtemps s'était dissipée.

Jamais le futur ne s'était présenté sous de meilleurs auspices.

Alors même que cette pensée lui traversait l'esprit, Branch se retourna et lui sourit.

S'il y avait encore eu le moindre doute dans son cœur, Sasha sut à cet instant avec une absolue certitude que c'était ici qu'elle était chez elle.

À la maison.

Quoi que l'avenir lui réserve, Branch et Winchester en feraient désormais partie.